TAITH
YR
ADERYN

ALUN JONES

Gomer

Cyhoeddwyd gyntaf yn 2018 gan
Wasg Gomer, Llandysul, Ceredigion SA44 4JL
www.gomer.co.uk

ISBN 978 1 78562 265 6

Cyhoeddwyd gyda chymorth ariannol
Cyngor Llyfrau Cymru.

Argraffwyd a rhwymwyd yng Nghymru gan
Wasg Gomer, Llandysul, Ceredigion.

i
HYWYN, ANNES, TWM a NINA

~

Dymuna'r awdur ddiolch i Wasg Gomer
am gyhoeddi'r nofel hon, ac yn arbennig
i Mari Emlyn am ei chymorth parod.
Diolch yr un mor arbennig
i Elinor Wyn Reynolds.

1

'Mae'r wawr yn gwaedu,' meddai'r fechan. 'Ddaw dim da o'r dydd.'

Newydd gyrraedd ei naw oed oedd Cari. Ysgydwai ei phen melyn wrth syllu ar awyr gynnar y dwyrain. Y tu ôl iddi safai Gaut ei brawd mawr, yn dal gafael llac ar fwced gwag, yntau hefyd yn syllu, yn dawelach a mwy synfyfyriol na'i arfer.

'Gora oll, felly,' meddai o. 'Os daw 'na storm fedri di ddim mynd at yr ynfytan dynas 'na i ddrysu dy ben hefo'i lol hi.'

'Dydi hi ddim yn ynfytan.'

'Ydi. Nid Gweddw'r Hynafgwr ydi hi. Priodferch ynfydrwydd ydi hi.'

'Mae hi'n gwybod ac yn gallu deud be sy'n mynd i ddigwydd i'r tiroedd ac i'r bobol i gyd.'

'Mi ddyla hi bellach, a hitha wedi bod â'i phig ym mhob cafn ers dechra 'i ddyddia.' Trodd Gaut ei gefn ar y wawr a chychwyn tuag at y boncan rhwng eu cartref a'r gors. 'Ers pryd wyt ti'n ddigon o hulpan i wrando arni hi?'

'Mi ddaru hi ddarogan yn gywir ynglŷn â Tarje medda hi. Tarje Lwfr Lofrudd mae hi'n 'i alw fo. A phawb arall medda hi.'

'Dyna'n union pam y dylat ti gadw'n glir oddi wrthi.'

'Ras i ben y boncan.'

Doedd cerydd diamynedd ei brawd ddim yn nodweddiadol ohono, a phenderfynodd Cari mai ras oedd y dull gorau i ddod ag o i'w derfyn. Rhedodd nerth ei thraed heb edrych a oedd Gaut am ei dilyn. Pan gyrhaeddodd ben y boncan arhosodd yn stond. Islaw, roedd dynion yn y gors o'i blaen, yn chwilio a chwilota. Trodd at Gaut ac amneidio'n wyllt arno.

'Be maen nhw'n 'i wneud?' gofynnodd pan gyrhaeddodd o, ei llaw fechan yn chwilio am ei law o.

Edrychodd Gaut ar y chwilotwyr am eiliad.

'Chwilio am y babi.'

'Pa fabi?'

Chafodd hi ddim ateb am eiliad wedyn chwaith. Canolbwyntiodd Gaut ar yr adar a'r cychod ar y llyn y tu hwnt i'r gors. Llyn Sorob oedd llyn gorau'r tiroedd, yn ôl Cari, heb boeni mai dim ond dyrnaid yr oedd wedi'u gweld yn ei nawmlwydd. Rŵan roedd ei llygaid yn chwilio wyneb Gaut am ateb. Edrychodd o'n ôl i'r llygaid ymholgar a gafael fymryn yn gadarnach yn y llaw fach.

'Paid â deud 'mod i wedi deud wrthat ti.'

'Wna i ddim, siŵr,' meddai hi ar frys.

Petrusodd Gaut drachefn, a throi ei sylw'n ôl ar y dynion yn y gors. Pedwar oedd yno, yn cynnwys yr Hynafgwr Newydd oedd yn sefyll ar ei chyrion, a'i nai, oedd yn prysur luchio gorchmynion yn y gors a cheisio gofalu am ei draed yr un pryd.

'Deud 'ta,' meddai Cari.

'Babi bach Eir,' meddai Gaut, yn cadw ei lais yn dawel fel tasai arno ofn clustiau anweledig. 'Ac wrth nad ydi hi ddim wedi priodi maen nhw wedi'i roi o yn y gors dros nos i weld pwy ydi'r tad.'

Mewn dychryn disymwth chwiliodd llygaid cyflym Cari y gors o un pen i'r llall. Trodd at Gaut.

'Sut maen nhw'n gallu deud pwy ydi'r tad felly?'

Roedd y llais bychan yn llawn ofn.

'Os ydi'r tad yn 'i arddal o mae o'n mynd i'r gors i'w nôl o ac yn mynd â fo at 'i fam.'

Edrychodd ar y gors eto ac yna ar Cari drachefn. Tynnodd hi ato. 'Am 'i bod hi'n chwaer i Tarje maen nhw wedi gwneud hyn. Ddaru nhw ddim gwneud hynny pan gafodd Ása fabi llynadd, dim ond 'i lwytho fo a hi i gar llusg ar y slei a mynd â nhw at ryw berthnasa yn ymyl Llyn Embla yn rwla am fod 'i thaid hi'n frawd i'r hen Hynafgwr medda Dad. Fasan nhw ddim wedi'i wneud o i fabi Eir chwaith tasai Tarje heb wneud be ddaru o, os daru o. Roedd teulu Tarje'n plesio cyn hynny.'

Dim ond lled-wrando oedd Cari.

'Be sy'n digwydd os nad ydi'r tad yn mynd i'w nôl o?'

'Mae'r babi'n cael ei adael yna.' Rŵan roedd llygaid Gaut ar nai yr Hynafgwr Newydd eto. 'Mae o'n rhewi ne'n rhynnu i farwolaeth cyn y bora, ne'n suddo'n ara deg i'r gors a boddi. Mi wyddost mor feddal ydi hi mewn amball le yna.'

'Gadael i'r babi bach farw?'

'Ia. Mae'r Chwedl yn deud fod yn rhaid gwneud hynny meddan nhw, pan mae'n hwylus iddyn nhw gredu hynny. Dyna pam dw i'n deud wrthat ti am gadw'n glir oddi wrth yr hen ddynas 'na.'

'Dydi o ddim yn deg,' meddai Cari, a'i llaw yn ysgwyd ei law o.

'Doedd hannar lladd mam Tarje ddim yn deg chwaith. Ond mi ddaru nhw wneud hynny dim ond am 'i bod hi'n fam iddo fo.' Trodd ati a phlygodd fymryn i fod wyneb yn wyneb. 'Paid â mynd at Weddw'r Hynafgwr 'na eto,' ymbiliodd yn dawel. 'Mae hi ynghanol y lol yma lawn cymaint â'r un o'r rhein.'

Parhawyd lygaid yn llygaid.

'Fyddi di'n ffrindia hefo fi am byth?' gofynnodd hi.

'Wel byddaf, debyg.'

'O'r gora 'ta.' Daliodd i edrych i'w lygaid. 'Be tasai'r babi'n fyw o hyd a neb wedi dod i'w nôl o?'

'Mi fasa fo'n cael 'i adael yna.'

'Be tasai rhywun arall yn 'i nôl o a'i gadw fo?'

'Mi fasan nhw'n mynd â fo oddi arnyn nhw a mynd â fo'n ôl i'r gors.' Arhosodd Gaut ennyd, yn chwilio'r pryder yn y llygaid o'i flaen. 'Yli,' penderfynodd, 'mae isio i ti gadw cyfrinach. Wnei di hynny?'

'Gwnaf,' atebodd Cari ar unwaith. 'Cheith Mam na Dad na Dag na neb wybod.'

'Dydi'r babi bach ddim yna. Mae o'n ddiogel hefo'i fam.'

'Sut gwyddost ti?'

'Hei! Chdi! Tyd yma!'

Cododd Gaut ei lygaid. Roedd nai yr Hynafgwr Newydd yn amneidio'n wyllt arno â'i fraich.

'Hen bryd i hwn gael ci bach newydd,' meddai Gaut.

Cododd, a chychwynnodd i lawr at y gors, yn dal i afael yn llaw Cari. Roedd y lleill wedi troi i'w gwylio. Tybiai Gaut ei fod yn gweld rhyw olwg wedi'i orfodi i ymuno yn y ddefod ar y pedwerydd, oedd yn daid i bedwar o'i gyfeillion. Doedd dim golwg wastrodol o gwbl yn ei lygaid wrth iddo syllu arnyn nhw'n dynesu, ac roedd yn amlwg hefyd o'i wedd mai fo oedd wedi bod yn gwylio'r gors dros nos rhag ofn i'r babi gael ei gipio i ddiogelwch ar y slei.

'Sut gwyddost ti nad ydi'r babi yna?' gofynnodd Cari drachefn.

'Hidia befo am hynny am funud. Paid â deud yr un gair wrth hwn. Doro dy fys yn dy geg yn swil a chuddia y tu ôl i mi os bydd o'n gofyn rwbath i ti.'

'Mi welist ti'r tad yn mynd â fo o'na felly, 'ndo?'

Gwasgiad bychan arall ar ei llaw a gafodd yn ateb.

'Wyddost ti rwbath am hyn?' gofynnodd y nai wrth i'r ddau gyrraedd.

'Am be?'

'Paid â thrio bod yn ddylach nag yr wyt ti. Welist ti rywun yn y gors 'ma neithiwr?'

'Wnes i ddim edrach ar y gors neithiwr.'

Tybiodd Gaut iddo weld fflach o ddireidi'n dod i lygaid taid ei gyfeillion.

'Paid â bod mor haerllug!' mylliodd y nai. 'Atab yn iawn!'

''Nelo peth fel hwn ddim byd â'r babi, debyg,' meddai'r Hynafgwr Newydd, wedi dod yn nes i gael gwell golwg ar Gaut. 'Ar yr olwg arno fo thadogith o ddim am un pum mlynadd arall. Cybyn y Seppo a'r Thora 'na ydi hwn. Faint ydi d'oed di?' gofynnodd i Gaut.

'Pymthag.'

'Mae golwg nes at ddeuddag arnat ti. Cyw melyn bach,' ychwanegodd wrth y nai, a rhyw dinc dosturiol yn ei lais.

'Mi fydd yn rhaid i mi gael 'y ngeni ynghynt ac yn hŷn y tro nesa felly, bydd?' meddai Gaut.

'Atab yn gall, ne' mi hira i di,' gwaeddodd y nai.

Gwasgodd Cari fwy ar law Gaut wrth glywed hynny. Gwasgodd yntau'n ôl yn gynilach. Roedd llawer yn deud nad oedd yr Hynafgwr Newydd hanner cymaint o bwysigyn â'r un oedd o'i flaen, ac roedd yn amlwg ei fod yn llawer haws ei oddef na hwnnw, ac yn llawer haws ei oddef na'i nai, penderfynodd Gaut.

'Be wyt ti'n 'i wneud yma 'ta?' gofynnodd y nai iddo.

'Meindio 'musnas a hel llugaeron cynnar.'

'Heli di ddim llugaeron yn fa'ma!'

'Mi wn i hynny. Mae pawb call yn gwybod hynny. Tyd,' meddai wrth Cari, 'ne' chawn ni ddim bwcedad cyn y glaw.'

Trodd, a mynd, gan anwybyddu'r ceryddu a'r gorchmynion o'i ôl. Prysurodd y traed bychain hefo fo.

'Lleuad ne' ddau arall ac mi fydd y fyddin yma,' meddai'r llais o'i ôl. 'Mi dorrith honno dy grib ceiliog dandi di.'

'Hen ddyn cas,' meddai Cari. 'Ac mae pawb call yn gwybod mai yn ochor arall y gors mae'r llugaeron.'

'Hidia befo. Mae pawb yn 'i watwar o prun bynnag.'

'Be oedd o'n 'i ddeud am y fyddin?'

'Maen nhw'n dŵad i hela rhagor eto. Ond mae angan dal amball un.'

Aeth y ddau ar draws y gors, yn gwybod yn iawn ble i droedio wrth ei chroesi. Dim ond i ychydig roedd hi'n gyfarwydd, gan fod cnydau llugaeron diogelach i'w casglu ym mhen arall y gymdogaeth. Ond yma fyddai'r cnydau cynharaf fel rheol a chyn hir daethant at gnwd da, yn gyforiog o ffrwythau aeddfed. Dechreuasant arni. Cymerai Gaut gip ar ben arall y gors a'r dynion bob hyn a hyn. Roedd Cari yn llawer mwy parablus na fo wrth iddyn nhw hel.

'Ydyn nhw'n deud clwydda am Tarje felly?' gofynnodd hi cyn hir.

'Ella'u bod nhw. Chawn ni mo'r gwir os ydi'n well gynnyn nhw'r clwydda. Tarje ddaru 'nysgu i sut i nabod y gors 'ma pan o'n i'n fach. Roedd o'n bedair ar bymthag yn mynd i'r fyddin. Diwrnod 'i ben-blwydd.'

'Be ddaru o 'ta?'

'Lladd Uchben, a dengid. Meddan nhw.'

'Be ydi Uchben?'

'Dyn sy pia'r milwyr.'

Dyfeisiodd Cari ddyn mawr hefo dillad pwysig ynghanol llond pob man o filwyr a'r rheini i gyd yn gwneud lle iddo ac yntau'n eu goruchwylio ac yn chwilio am ddynion drwg yn eu canol.

'Pryd wyt ti'n gorfod mynd i'r fyddin?' gofynnodd.

Syllodd Gaut ar y ddwy fasarnen rhwng y gors a'r llyn, y ddwy yr oedd wedi dringo cymaint arnyn nhw nes ei fod yn nabod pob brigyn a changen a phob tamaid o risgl eu boncyffion. Bron na fedrai eu hawlio. Syllodd eto ar y cychod cyfarwydd ar y dŵr cyfarwydd.

'Pan fydd y Seren Lonydd wedi mudo i awyr y de.'

Ar y coed yr edrychai wrth ddeud hynny.

Ailddosbarthodd Cari y mymryn llugaeron oedd ganddi ar gledr ei llaw a chwarae hefo nhw â'i bys cyn eu tywallt yn araf i'r bwced.

'Mae Dad yn deud fod yn rhaid i bawb mae'r milwyr yn cael gafael ynddyn nhw fynd,' meddai, a thaflu cip arall i mewn i'r bwced i glandro faint o waith llenwi oedd arno.

'Mi drïwn ni gael llond hwn cyn i'r glaw ddŵad.'

Dechreuai cymylau tywyll ymgrynhoi uwchben a deuai awel newydd ag arogl y glaw hefo hi. Ond daliodd yn sych iddyn nhw hel llond y bwced. Cychwynasant yn ôl, a bellach doedd neb i'w weld ym mhen arall y gors a chawsai'r adar a'r mân anifeiliaid ei hadfeddiannu. Unwaith y cawsant dir sych dan draed lle medrent gerdded ochr yn ochr gafaelodd Cari eto yn llaw Gaut. Wrth deimlo'r llaw fechan yn gwasgu cafodd yntau bwl arall sydyn o ddymuniad i rannu ac eisteddodd ar foncyff a orweddai ar ochr y llwybr. Cododd Cari i eistedd wrth ei ochr a gafaelodd amdani. Chwiliodd am eiriau.

'Mae'n rhaid i mi fynd i ffwr.'

'I lle?' gofynnodd hi.

'Wn i ddim. Ond os arhosa i yma mi fydd y fyddin yn 'y nghael i a weli di byth mono i eto. Os a' i i'r fyddin mi gaf fy lladd.'

'Ydi pob milwr yn cael 'i ladd?'

'Na. Ond mi ga i.'

'Am fynd i guddiad oddi wrthyn nhw wyt ti?'

'Naci.' Syllodd ar y bwced llawn wrth ei draed. 'Mae'n rhaid i mi fynd heddiw. Ella bydd y casglwyr milwyr yma fory,' ychwanegodd ar fwy o frys. 'Fydda i ddim yn mynd o'ma am byth. 'Drycha di ar ôl Dad a Mam a Dag, a dysga fo sut i gerddad y gors yn ddiogel.'

Ystyriodd Cari y geiriau a'r cyfrifoldeb yn ddwys am ychydig.

'Ydi Mam a Dad yn gwybod?'

'Na. Mi ddudan ni wrthyn nhw pan awn ni'n ôl. A...'

'A be?'

Erbyn hyn roedd o'n gwasgu Cari ato.

'Doedd yr hen ddyn gwirion 'na ddim yn gywir.'

'Yr Hynafgwr Newydd?' gofynnodd hi.

'Na. Y nai.'

'Pam felly?'

Roedd y geiriau'n gyndyn o ddod.

'Fydda i ddim yn mynd fy hun.'

'Pwy sy'n mynd hefo chdi?'

'Fi aeth â'r babi bach o'r gors neithiwr.'

Roedd y llygaid mawrion yn canolbwyntio'n llwyr arno unwaith yn rhagor.

'Doeddat ti ddim i fod i wneud hynny, medda chdi gynna.'

'Oeddwn. Ein babi bach ni ydi o. Eir a fi.'

Bellach roedd o'n crynu.

'Ar ôl helynt Tarje cheith Eir ddim llonydd i fagu'r babi, 'sti,' meddai, ei lais yn cyflymu. 'Mae'n rhaid i ni fynd o'ma. Lle na fedran nhw gael gafael arnon ni.'

Pwysai Cari yn ei erbyn.

'Dw i ddim isio i ti fynd.'

'Mi fydd Dag i chwara hefo chdi. Ac mi ddown ni'n ôl i edrach amdanoch chi bob cyfla gawn ni. Tyd rŵan.'

Plygodd i gusanu ei gwallt a gafaelodd hithau â'i dwy law amdano, i'w hawlio fel pob tro arall yr oeddan nhw'n rhannu'r cyfrinachau bychain. Arhosodd Gaut felly am funud cyn ymryddhau. Datododd ei grys a thynnu'r cerflun oedd wrth ei garrai ledr am ei wddw. Roedd yn gerflun newydd, o'i law ei hun, a tasai o ddim wedi'i orffen bryd hynny gwyddai mai'n dal heb ei orffen y byddai, oherwydd dridiau wedi iddo ei gwblhau a'i wisgo am y tro cyntaf roedd Eir yn sibrwd yn ei glust fod babi bach yn tyfu o'i mewn. Tri phen oedd ar y cerflun derw: ei ben o, wedi'i gerfio gyda chymorth yr adlewyrchiad a welai wrth edrych i lawr ar ddŵr llonydd y cafn llydan, a phennau Cari a Dag, gyda Dag yn y canol. Roedd o braidd yn fawr i fod yn gerflun i'w wisgo am ei wddw ond roedd o wedi penderfynu mai dyna oedd o i fod a buan yr oedd wedi dod i arfer ag o. Prun bynnag, roedd Eir wedi gwirioni arno ac wedi'i wahardd rhag ei dynnu.

'Mi fyddi di a Dag hefo fi drwy'r adag, yli,' meddai o, gan dynnu Cari ato drachefn.

Ailwisgodd y garrai a chau ei grys. Daeth oddi ar y boncyff. Roedd meddyliau a phryder y dyddiau di-ri wedi troi'n eiriau ac wedi dod i'r awyr iach, a cheisiai a methai gymryd arno y byddai rwân yn fwy abl i'w hailadrodd wrth ei dad a'i fam pan gyrhaeddai'r tŷ.

'Tyd.'

Dechreuodd fwrw wrth iddyn nhw gychwyn, a chryfhaodd yr awel i chwythu'r glaw i'w hwynebau. Brysiodd y ddau.

'Stedda yn fan'na am funud,' meddai ei dad y munud y daeth i'r tŷ.

Gorchymyn tawel oedd o. Felly fyddai ei orchmynion yn ddi-feth. Ni chynhyrfai Seppo ar ddim. Ond rŵan roedd golwg ddifrifol ar ei wyneb, llawer mwy difrifol na dim a gofiai Gaut.

Roedd golwg yr un mor ddifrifol ar ei fam. Eisteddodd o.

'Dos i chwara at Dag am eiliad,' meddai Thora wrth Cari.

'Na,' meddai Gaut. Tynnodd Cari i eistedd wrth ei ochr. 'Mae hi'n gwybod.'

'Gwybod be?' gofynnodd Thora.

'Mi wna i ddeud,' sibrydodd Cari yn ei glust. 'Ti isio i mi ddeud?'

Yn gweld cyfrinach, cododd y brawd bach pumlwydd diwyd oddi wrth ei bethau yn y gornel ac aeth at Gaut a neidio ar ei lin. Chafodd o mo'r ymateb arferol o ysgwyd a chodi i fyny aç i lawr a chosi, ond arhosodd yno yr un fath. Yna roedd Gaut yn dechrau crynu. Cadwai ei olwg rywle rhwng ei dad a'i fam.

'Be oeddat ti'n 'i wneud yn y gors neithiwr?' gofynnodd ei dad.

'Mynd â'n babi bach ni'n ôl i Eir.' Daeth ei ateb ar frys. Cododd ei lygaid. Llyncodd ei boer. Gwasgodd fymryn ar Dag. 'Dach chi'ch dau'n nain a thaid.'

Cip ar ei gilydd gan Thora a Seppo. Daliai'r ddau i sefyll yn llonydd o'i flaen.

'Sut gwyddach chi?' gofynnodd.

'Mi welodd Angard chdi'n sleifio heibio i'r cefna 'ma yn llwythog dy freichia,' meddai Seppo. 'Mi welodd o chdi'n troi i gyfeiriad tŷ Eir. Mae o newydd fod yma'n deud. Ac yn deud am y straeon sydd hyd y lle 'ma ers pan ddarganfuwyd fod gan Eir olwg.'

'Digwydd ddaru o,' meddai Gaut, yn ddiymadferth yn ei eglurhad anobeithiol, 'dim ond digwydd. 'Dan ni'n caru,' ychwanegodd yn dawelach fyth. ''Dan ni'n caru ers cyn... ers... Mi gawn ni briodi medda tad a mam Eir.'

'Rwyt ti braidd yn ifanc, 'sti,' meddai ei fam yn dawel ar ôl distawrwydd cynnil sioc arall y cyhoeddiad.

'Di o ddim ots am hynny.'

Roedd Gaut wedi dychmygu pob math ar helynt, ond roedd ei dad a'i fam yn dawel, heb awgrym o gerydd wedi bod yn eu lleisiau.

'Be ydi'r babi bach 'ta?' gofynnodd Thora wedyn.

'Hogyn. Lars, 'run fath â thad Eir. Ydi o ots gen ti, Dad? Roeddan ni'n meddwl bod 'na fwy o waith plesio arno fo nag arnat ti.'

Roedd Seppo ar goll am eiliad.

'Sut mae Lars ac Aud wedi ymatab?' gofynnodd. 'Ers pryd maen nhw'n gwybod?'

'Ers rhyw ddau leuad ne' dri, pan ddaru Eir ddechra dangos.' Yn raddol, dechreuai Gaut ddod ato'i hun. 'Dydyn nhw ddim yn 'y nghasáu i am be sy wedi digwydd. Ac maen nhw'n gwybod o'r dechra 'mod i'n gwrthod meddwl yn ddrwg am Tarje.'

Tawodd am ennyd. Chwiliodd ei lygaid y bwced llugaeron wrth ei draed. Roedd Cari yn dal â'i braich amdano, ac yn syllu ar ei mam a'i thad. Bellach roedd braich Dag hefyd am ei wddw.

'Dyna pam rwyt ti wedi bod yn byw a bod yno yn hytrach na hefo dy ffrindia yn ddiweddar, felly?' gofynnodd Thora.

''Dan ni wedi bod wrthi'n trio cael Aud i ddod i'r golwg pan mae rhywun 'blaw Angard a fi'n dod i'r tŷ,' meddai Gaut, ei lais yn cyflymu. 'Nid arni hi mae'r bai am fod arni hi ofn i neb weld 'i hwynab hi. Dw i wedi trio deud wrthi hi nad ydi'r rhan fwya'n 'u casáu nhw na Tarje nac yn gwrando ar y lol. Ac mi roddodd Lars 'i ddau ddwrn ar 'y sgwydda i a 'nghofleidio fi neithiwr am fynd â Lars bach yn ôl i Eir. 'Dan ni'n mynd i ffwr,' meddai ar ei union wedyn.

'I ffwr i ble?' gofynnodd Seppo, ei lais yn codi a mymryn o sŵn ceryddgar ynddo am y tro cyntaf.

'Mae'n rhaid i ni fynd. Os nad a' i hefo Eir mi fydd y milwyr yn mynd â fi ar ras i fy anga. Os a' i hebddi mi neith Gweddw'r Hynafgwr a'r nialwch arall 'na'n sicr na cheith hi'r un eiliad o lonydd i fagu Lars.'

Teimlodd Thora ei hun yn cael ei hysgwyd wrth glywed enw'r babi'n cael ei ddeud mor naturiol. Ei mab hi'i hun nad oedd hi wedi ystyried rhoi'r gorau i feddwl amdano ond fel plentyn yn sôn am ei blentyn o'i hun, mor naturiol ynghanol pob sioc. Syllodd o'r newydd ar ei ddwyster. Roedd dwyster nawmlwydd yr un mor gyfrifol yn llygaid Cari wrth ei ochr.

'Sut llwyddist ti i gael gafael yn Lars heb i'r gwarchodwr dy weld di?' gofynnodd ei dad, ei lais wedi tawelu eto.

A theimlodd Gaut yntau ei hun yn cael ei ysgwyd wrth glywed enw eu babi'n cael ei ddeud mor naturiol gan ei dad.

'Mi es i i'r pen arall a sleifio'n ôl rhwng llwyni pan ddaeth y gwyll a mynd yn ôl yr un ffor.'

Methodd ei ymdrech. Mwyaf sydyn roedd y cryndod bychan cyson yn troi'n ddagrau disymwth.

'Rhoi Lars mewn cors. Y giwad iddyn nhw.'

Cip arall ar ei gilydd gan y tad a'r fam. Roedd Gaut yn gwasgu Dag ato.

'Dyna fo, yli,' meddai Seppo. 'Tasat ti wedi deud wrthan ni yn y dechra fyddai 'na ddim achos i'r dagra 'na rŵan. Pam na fasat ti wedi deud, hogyn?'

Gwnaeth Gaut ymdrech wyllt i glirio'r dagrau hefo cefn ei law.

'Mi ddudodd Lars ac Aud 'i bod hi'n well i mi aros tan i'r babi gyrraedd rhag ofn i rwbath ddigwydd.' Claddodd ei wyneb am eiliad yng ngwallt Dag. 'Mae'n rhaid i ni fynd i ffwr heddiw.'

'Cymedrola, wir,' meddai Thora. 'Dwyt ti mwy nag Eir mewn cyflwr i gychwyn i unman. A fydd Eir ddim am leuad arall o leia.'

'Mi fyddan nhw yma ymhell cyn hynny!'

'Mae'n rhaid i'r groth gael 'i chyfla i ddod ati'i hun cyn y medar Eir feddwl am deithio. Fedar hi ddim mynd i unman rŵan, Gaut.'

'Mae'n well i ni fynd yno,' meddai Seppo. 'Gora po gynta y gwnawn ni arddal y babi a dy arddal di a derbyn Eir.' Aeth at y drws a thynnu ei gôt oddi ar y bachyn ar ei gefn. 'Wyt ti wedi'u gweld nhw heddiw?'

'Naddo,' atebodd Gaut.

'Tyd. Golchwch y llugaeron 'ma i'ch mam,' meddai wrth Cari a Dag.

'Ga i ddŵad?' gofynnodd Cari.

'A fi!' gwaeddodd Dag.

'Na chewch rŵan,' meddai Seppo. 'Mi gewch fynd yno hefo Mam cyn nos. Gwna deisen lugaeron iddyn nhw,' meddai wrth Cari. 'Dy anrheg di dy hun a Dag i bawb yn y tŷ.'

Distaw oedd y ddau wrth fynd o'r tŷ. Arhosodd Thora yn ei hunfan ar ganol y llawr yn syllu ar y drws. Daeth y ddau arall ati a sefyll un bob ochr iddi. Gafaelodd hi amdanyn nhw, fraich am bob ysgwydd. Ymhen ychydig wrth deimlo'r pennau'n troi i bwyso arni tynnodd y ddau yn nes ati.

Roedd y glaw wedi peidio ond roedd rhagor lond yr awyr. Roedd y llwybr heibio i'r cefn yn llawer culach a mwy caregog ac anwastad na'r llwybr i ganol y gymdogaeth a chan hynny'n dipyn mwy didramwy, a Gaut oedd ei ddefnyddiwr mynychaf ers tro. Roedd o'n fwy o lwybr ar y slei hefyd gan ei fod gan mwyaf yn troelli rhwng banadl ac eithin a mân binwydd.

'Wyt ti'n flin, Dad?'

Roedd y llwybr yn rhy gul i gynnal dau ochr yn ochr, a Seppo oedd ar y blaen. Arhosodd o glywed y geiriau annisgwyl. Trodd.

'Na.' Roedd ei lygaid yntau yr un mor ddifrifol. 'Ella y byddai'n well tasa fo heb ddigwydd, a chitha'ch dau mor ifanc.'

'Dydi Eir ddim ond blwyddyn yn fengach na Mam pan gawsoch chi fi. Mae hi'n ddwy ar bymthag.'

'Ond ro'n i bum mlynadd yn hŷn nag wyt ti, ac wedi setlo yn 'y nghrefft. Na, dydan ni ddim yn flin. Tyd.'

Ailgychwynasant, a Gaut eto'n teimlo lwmp gwerthfawrogiad yn cau ei wddw. Ymhen ychydig, trodd Seppo oddi ar y llwybr a mynd i lawr at dŷ islaw. Agorodd y drws.

'Ni sy 'ma,' meddai.

Roedd Angard yn hen. I Gaut, roedd o'n rhyfeddol o hen, dros ei ddeg a thrigain yn ôl pob cyfri. Roedd ganddo gystal hawl â neb arall yn y gymdogaeth i fod yn Hynafgwr, a hyd yn oed i'w benodi ei hun yn un, fel y digwyddai mor aml. Ond byddai o'n deud wrth bawb y câi Llyn Sorob droi'n fynydd cyn y digwyddai peth felly. Doedd o chwaith ddim yn tyfu barf ddoeth fel y gweddai i Hynafgwr nac yn taenu cwyr ystor y binwydden ar ei fwstásh. Roedd o wedi gweld ei chwe mab yn cael eu llusgo fesul un a fesul blwyddyn i'r fyddin, ac ni chlywsai'r un gair oddi wrth yr un o'r chwech nac amdanyn nhw fyth wedyn.

'Tyd yma. Tyd â dy ddwy law i mi,' meddai wrth Gaut.

Gafaelodd Gaut mor gadarn ag y gallai ar y funud. Ond teimlai fod y dwylo ceimion a afaelai ynddo fo yn gadarnach. Byddent wedi bod felly prun bynnag, meddyliodd wedyn.

'Cario'r babi at ei fam oeddat ti neithiwr 'te?' meddai Angard.

'Ia.'

'Dy fabi di.'

'Ia.' Rhuthrodd y geiriau. ''I luchio fo fel gwenci farw i'r gors.

Doeddan nhw ddim am adael iddo fo gael cyfla i fod yn neb, heb sôn am...'

'Dyna chdi,' meddai Angard ar ei draws, 'cad dy styrbans. Does dim o'i hangan hi yma.' Gwasgodd ddwylo Gaut eto i gadarnhau. 'Rŵan 'ta, deud ar dy ben. Wyt ti'n ddig am 'mod i wedi mynd at dy dad a dy fam i achwyn arnat ti?'

Ceisiodd Gaut gymedroli. Edrychodd i fyw llygaid Angard, yn union fel roedd Cari wedi edrych arno fo cynt.

'Nac'dw, Angard.'

'Wnes i'r peth iawn?'

'Do.'

'Dyna chdi.' Gwasgiad bychan arall. 'Dos rŵan. Dos at dy blentyn a'i fam. Mi wnest yn iawn i ddod â fo,' meddai wrth Seppo. 'Nid petha i ori arnyn nhw ydi rhyw deimlada fel hyn. Cerwch rŵan.'

Ddeuddydd yn ddiweddarach brysiai Gaut ar hyd yr un llwybr tua chartref Eir. Roedd llwyth o ddillad ar ôl Dag eisoes wedi mynd o un tŷ i'r llall ond doedd Thora ddim yn fodlon ar hynny a bu wrthi'n gwneud crys newydd sbon i Lars ac roedd y crys yn ddiogel o dan gôt Gaut wrth iddo frasgamu ar y llwybr. Roedd y bychan yn ddigon iach ar ôl ei ddwyawr yn y gors dridiau ynghynt ac roedd Eir hefyd yn dygymod yn dda. Roedd Gaut braidd yn rhy syfrdan i ddechrau gwirioni. Cododd ei olygon am ennyd a gwelodd yr eryr yn hofran uwchben cyrion y goedlan y tu hwnt i dŷ Eir. Cadwodd ei olwg llawen arno wrth fynd ymlaen. Roedd yr eryr wedi tyfu digon i ymgynnal ers rhai lleuadau bellach ond eithriad oedd iddo hedfan ymhell iawn, ac yn ôl y deuai bob gafael. Ac wrth edrych ar ei hofran parod uwch y goedlan dyma Gaut yn sylweddoli na fyddai Lars mwya tebyg wedi'i genhedlu na'i eni oni bai amdano fo. Nid rŵan, ella, meddyliodd wedyn.

Roedd wedi stelcian braidd wrth wylio'r eryr a phrysurodd

ymlaen. Aeth heibio i dŷ Angard islaw ac ymlaen ac o'r golwg rhwng llwyni ucha'r llwybr gan ddal i gadw ei sylw ar yr eryr. Roedd o bron wedi cyrraedd pen draw'r llwyni pan ddaeth sŵn sydyn o'r tu ôl iddo. Cyn iddo gael cyfle i droi gafaelodd dwylo amdano o bob ochr a daeth llaw arall i wasgu ar ei wegil. Greddfol oedd ei waedd, greddfol oedd ei wingo a'i ymdrech i wrthsefyll. Wrth iddo geisio ysgwyd yn rhydd disgynnodd y crys o'i gôt i'r llwybr a chael ei sathru dan draed y munud hwnnw. Rhuthrodd milwr llwyd o'i flaen a phlannu dwrn yn ei fol nes ei blygu, a chyn iddo gael cyfle i ystyried dim ond poen clymwyd rhaff amdano fel na fedrai symud yr un fraich. Wrth godi ei ben yn ei ymdrech ofer gwelodd wyneb nai yr Hynafgwr Newydd yn rhythu arno. Gwelodd o'n gostwng ei lygaid fymryn i rythu ar y garrai am ei wddw cyn camu ato a rhwygo ei grys yn agored. Plyciodd y garrai dros ei ben ac edrych unwaith ar y cerflun cyn ei gadw yn ei boced. Yna plygodd a chodi'r crys bychan a'i luchio o'r golwg i'r drysi.

Yna roedd llais arall uwch ei ben.

'Croeso i'r fyddin, gyw filwr.'

2

'Tyd allan i'r haul,' meddai Thora wrth Aud.

Chwifiodd Aud ei llaw ar unwaith.

'Tyd,' ailadroddodd Thora. 'Mae pawb call eisoes wedi bod yma'n cyfarch Lars bach. Poen oedd yn dod i'w hwyneba nhw wrth weld na fedrat ti ddod i'w croesawu nhw.'

Chwifio ei llaw ddaru Aud eto. Dim ond pan ddaeth Seppo a Thora yno yr oedd hi wedi dod i'r golwg. Roedd hi wedi cadw draw y tro cyntaf i Cari a Dag ddod hefyd, ond fe ddaeth i'r fei yr eildro. Ymateb naturiol plant gafodd ei hymddangosiad ac ymhen dim roeddan nhw'n gartrefol braf hefo hi. Ond gwrthod pob gwahoddiad ac anogaeth i fynd allan a wnâi.

'Nid dy gywilydd di ydi'r hyn ddigwyddodd i dy wynab di,' taer ddadleuodd Thora. 'Dangos o i bawb.'

'Cosb y duwiau am 'mod i'n ffroenuchel,' meddai Aud, yn cadw ei golygon at i lawr.

'Fuost ti rioed yn ffroenuchel. Tyd. Mi fydd Eir yn iawn am rŵan.'

O'r gornel deuai nodau bychain Eir wrth iddi ganu hiraeth i'r babi. Tawodd y nodau pan sylweddolodd fod Thora a'i mam wedi distewi.

'Cerwch i'r cefna,' meddai. 'Wêl neb monoch chi yn fan'no.'

'Mi fyddi dy hun yma,' meddai Aud.

'Na fyddaf. Mae Lars yma.'

Symudodd ei llaw drwy ei gwallt, cyn ei gadael ynddo am ennyd, yn union fel y gwnâi Gaut. Roedd ei gwallt yn hir, ac roedd wedi penderfynu nad oedd yn mynd i dorri dim arno nes dychwelai Gaut.

Cododd Lars at ei bron. Caeodd ei llygaid wrth deimlo'r gwefusau bach yn dechrau sugno eto. Doedd y gwefusau bach hyn ddim yn gallu gwybod eu bod mor werthfawr ar ei bronnau â gwefusau cariad Gaut. Roedd pobl wedi deud wrthi fod y Chwedl yn cyhoeddi nad oedd merch i fod i garu rhywun fengach na hi'i hun, ac mai ei rhan hi yng nghyfoethogiad y tiroedd oedd gobeithio y byddai dyn o brofiad ac aeddfedrwydd yn barnu y byddai hi'n deilwng iddo fel cymar a gwraig.

Ond doedd y Chwedl ddim yn dallt. Mwythodd fwy ar y corff bychan bodlon ei sugno prysur a phlygodd i gusanu ei ben.

'Dw i'n mynd i dy ddysgu di amdano fo,' sibrydodd drwy'r gusan. 'Mi fyddi di'n nabod dy dad.'

Roedd Thora wedi troi i edrych ar y ddau. Penderfynodd adael iddyn nhw yn eu byd cyfrin.

'Fyddan ni ddim yn hir,' meddai.

A llwyddodd i gael Aud allan, yr allan fawr a ddylai fod yn rhydd. Mynd i gael rhywbeth i'w wneud oedd hithau hefyd, am ei bod yn dechrau methu aros yn yr un lle. Roedd meddwl y gwaethaf, er ei gwaethaf, yn waeth yn yr unfan nag wrth symud a gwneud rhywbeth, tasai hynny'n ddim ond cerdded.

Allan, roedd haul cynnes pnawn o haf yn tynnu tua'i derfyn yn taro, haul a ddylai dywynnu bodlonrwydd. Ond tueddu i wibio yma thraw oedd llygad Aud wrth iddi edrych yma ac acw ar hyd y llwybr bychan o'u blaenau. Ni chodai ei phen.

''Toes 'na sôn amdanat ti rioed fel dynas gre,' meddai Thora.

'Lol.'

'Nac'di. Roedd Tarje'n deud yr un peth bob amsar.'

Aethant ymlaen. Roedd y llwybr yn mynd at dri thŷ ar gyrion y gymdogaeth ond trodd Aud oddi arno i lwybr culach a glasach a âi drwy goedlan fechan at fryncyn ymhellach draw. Roedd golwg fymryn yn brafiach ei byd arni pan aethant ar y llwybr hwnnw. Ac yna, wrth i'r haul daro'n gynhesach am eiliad, dyma hi'n teimlo ei chorff yn ailgroesawu'r awyr iach yr oedd wedi arfer ag o erioed. Gallodd godi ei phen i edrych o'i chwmpas. Gwleddodd, hynny o wledda a fedrai ei wneud, am ychydig cyn amneidio cip o ddiolchgarwch ar wyneb gwelw Thora.

'Wyt ti'n dygymod?' gofynnodd yn sydyn. 'Nac wyt, debyg,' meddai wedyn ar yr un gwynt.

'Tasan ni wedi cael 'i weld o cyn iddo fo fynd.' Arhosodd Thora. 'Dim ond 'i weld o.'

Mwya sydyn ymddangosodd gwiwer yr awyr ar gangen y dderwen oedd o'u blaenau, ac aeth hi â'u sylw am ennyd. Llamodd y wiwer i gangen uwch coeden gysegredig, a'i chroen yn ymagor yn blanced amdani. Gwyliodd Thora hi'n dal i ddringo'r gangen, yn meddwl tybed beth a'i tynnodd hi o'i nyth mor gynnar yn y pnawn ac am faint y byddai'n rhyfygu aros yn y golwg i demtio'r belaod neu unrhyw dylluan oedd yn hela'r dydd. Llamodd y wiwer eto yn uwch i gangen arall a mynd o'u golwg. Cadwai Thora ei golygon ar y goeden.

'Tasai Eir wedi cael 'i weld o,' meddai. 'Tasa fo wedi cael gweld Lars. Tasan ni wedi gallu 'i baratoi o i fynd.' Tynnodd ei golygon oddi ar y goeden ac edrych i lawr ar y llwybr o'u blaenau. 'Dydi Cari ddim yn stopio crio, dim ond pan mae hi yma ne' wedi ymlâdd digon i gysgu. Wedyn mae'r bychan yn crio hefo hi, 'tydi.'

'Roedd Tarje'n dyheu am gael mynd,' meddai Aud. ''I dad o'n 'i gefnogi o i'r carn, finna hefyd am 'wn i. Mor wahanol, 'tydi? Mae dy welwedd ditha'n anghydnaws â'r haul.'

Chwiliodd Thora ganghennau'r goeden gysegredig eto, ond roedd y wiwer fechan yn cadw o'r golwg. Ailgychwynnodd y ddwy.

'Yr Obri 'na,' meddai Thora. 'Fo ddaru ddarparu popeth, fo arweiniodd y milwyr i'r llwybr a dangos iddyn nhw ble i gadw o'r golwg. Mi wyddon ni hynny rŵan.'

Obri oedd nai yr Hynafgwr Newydd.

'Paid â gadael iddyn nhw wneud i ti gasáu'r dyfodol. Dyna ddaru nhw 'i wneud i mi.' Roedd llais Aud yn drist eto, fel tasai wrth glywed ei enw'n ail-fyw'r dyddiau yr oedd Obri a'r lleill yn gyfeillion. 'Cofia am dy fodryb. Cofia am Aino.'

'Mi wyddon ni be sydd wedi digwydd i Gaut, a be fydd yn digwydd i Dag ymhen deng mlynadd. Wyddai Aino ddim am ddim.'

'Cheith gobaith ddim bod yn ofer.' Teimlai Aud y geiriau'n ymlafnio. ''I chri feunyddiol hi i bob rheswm a phob rhwystr am dros un mlynadd ar ddeg. Roedd hi'n iawn, 'toedd? 'I mab hi''i hun yn 'i thywys am leuada lawer yr holl ffor heibio i'r Pedwar Cawr i fynd â hi ac ynta adra, heb y syniad lleia un pwy oedd o na be'r oedd o'n 'i wneud.'

'Doedd hi na neb arall yn gwybod be oedd wedi digwydd iddo fo,' atebodd Thora. 'Mae chwerwedd ac anobaith yn cerddad y tiroedd,' meddai wedyn cyn i Aud gael cyfle i ateb.

'Tria di beidio â'i gwneud hi'n waeth. Ddaw 'na neb i ysbrydoli'r tiroedd. Mae'n rhaid i ni chwilio ein hunain, gofalu am hynny ein hunain. Cofio am Aino pia hi.'

Roedd dwy flynedd ers y diwrnod hwnnw, y diwrnod y daethai Aino yno hefo'i mab, wedi cerdded y seithddydd o Lyn Sigur i'w ddangos, a'r mab yn chwerthin wrth ei alw'i hun yn Baldur ac Eyolf bron bob yn ail am ei fod yn methu peidio wedi iddo dreulio ei bedair blynedd ar ddeg gyntaf yn Baldur a'r un mlynedd ar ddeg nesaf yn Eyolf. Roedd Aino'n chwaer fach i dad Thora a gwyddai Thora y byddai hithau'n ei swcro yr un mor ddidwyll ag Aud tasai hi yno rŵan.

'Mae'n straen cuddio rhag y ddau fach,' meddai.

'Y dull calla o wneud hynny ydi rhoi'r gora i anobeithio,' meddai Aud.

Pan ddychwelodd y ddwy i'r tŷ ymhen dwyawr dda, ac Eir yn dechrau pendroni yn eu cylch, ond eto'n falch am fod Thora wedi llwyddo i gael ei mam i fynd allan o gwbl, gwelodd ryw benderfyniad newydd a thawelwch newydd ar wynebau'r ddwy.

Daeth Thora ati. Mwythodd ben Lars a chusanodd wefus Eir yr un mor dyner.

'Mae Gaut a Tarje'n dŵad yn 'u hola,' meddai. 'Paid â phryderu. Mi ddôn nhw. Ac mi rown i'r holl diroedd am weld y ddau'n dychwelyd hefo'i gilydd.'

3

Digwydd clywed lleisiau ddaru'r Isben. Amheuodd fod gofyn busnesa a dynesodd at ochr y cwt. Rŵan roedd y lleisiau o'r cefn yn glir.

'Nid chdi ydi'r llwfrgi cynta i orfod cael rhaff am 'i ganol i ddod ag o i'r fyddin!'

Daeth sŵn fel chwip drwy'r awyr yn taro corff a gwaedd fechan argyfyngus a griddfan i'w chanlyn. Brysiodd yr Isben ymlaen.

'Ond chdi ydi'r cynta i arddal Tarje Lwfr Lofrudd a'i deulu gwiberllyd!'

Chwipiad arall a gwaedd fechan arall. Cyrhaeddodd yr Isben gefn y cwt.

'Rhowch y gora iddi!' gwaeddodd.

Roedd yr hogyn wedi'i glymu'n noeth wrth bolyn. Roedd Uwchfilwr a thri milwr o'i flaen, pob un â'i gangen binwydd yn ei law. Roedd marciau ar draws corff yr hogyn ond ar yr olwg frysiog gyntaf ni welai'r Isben waed.

'Rhyddha fo,' meddai wrth yr Uwchfilwr.

Roedd edrychiad yr Uwchfilwr wrth iddo droi tuag ato'n ddigamsyniol heriol.

'Mae o'n gwrthod gwadu 'i fod o'n meddwl yn dda am Tarje Uchbenleiddiad,' dadleuodd.

'Rhyddha fo.'

Roedd golwg gwrthod ar yr Uwchfilwr. Ond ailfeddyliodd ac amneidiodd ar filwr.

'Naci,' meddai'r Isben. 'Rhyddha di o,' meddai gan bwyntio at yr Uwchfilwr. 'Datod di y rhaff 'na. Rho di 'i ddillad o'n ôl iddo fo.'

Roedd hyn yn newydd sbon i'r tri milwr arall, ac am funud yn goresgyn eu hofn o gosb. Ni fyddai neb uwch na milwr cyffredin yn cael gorchymyn diraddiol gan rywun uwch nag o yn eu clyw a'u presenoldeb nhw. Roedd gwrid gwyllt ar wyneb yr Uwchfilwr wrth iddo fynd i ddatod y rhaff a glymai'r hogyn wrth y polyn.

'Gwisga amdanat,' meddai'r Isben wrth yr hogyn. 'Dowch,' meddai wrth y lleill.

Aeth â nhw i'r llain ynghanol y gwersyll.

'Sefwch mewn cylch, gefn wrth gefn, hyd corff oddi wrth eich gilydd. Neb i ddeud gair wrth eich gilydd nac wrth neb arall. Doro dorch ddirmyg am 'u gyddfa nhw,' meddai wrth Orisben oedd wedi dod i fusnesa. 'Pan ddaw'r machlud tynna wisg hwn oddi amdano fo a rho wisg milwr cyffredin iddo fo.'

Roedd gweld Uwchfilwr yn cael cosb ger bron pawb yn denu'r tyrfaoedd. Cyn hir daeth yr hogyn o gefn y cwt, ei osgo mor ddiobaith â'r olwg yn ei lygaid. Gwyddai'r Isben mai un o lwyth newydd oedd wedi cyrraedd seithddydd ynghynt oedd o.

'Dos i nôl dy sachyn,' meddai.

Roedd yn amlwg fod yr hogyn yn brifo gormod i frysio. Ond dychwelodd toc a'i sachyn yn ei law.

'Tyd,' meddai'r Isben. Cychwynnodd at gwt ym mhen arall y gwersyll, yn gorfod cerdded yn annodweddiadol araf. 'Be 'di d'enw di?'

Llyncodd yr hogyn ei boer cyn ateb.

'Milwr G Rhif Deugian o...'

'Be 'di d'enw di?'

'Gaut.'

'Ble mae dy gartra di?'

'Ar lan Llyn Sorob.'

Arhosodd yr Isben.

'Onid fan'no ydi cartra Tarje?'

'Ia. Ydach chi'n 'i nabod o?' gofynnodd Gaut ar frys yn ei hanner llais.

Roeddan nhw wedi deud wrtho nad oedd o i fod i ofyn

cwestiwn i neb uwch nag o a'i fod i'w cyfarch wrth eu gradd wrth siarad hefo nhw neu wrth ateb eu cwestiynau, ond doedd yr Isben ddim i'w weld yn malio. Chafodd o ddim ateb chwaith.

'Tyd i mewn,' meddai'r Isben wrth iddyn nhw gyrraedd y cwt. 'Stedda.' Agorodd gaead crochan ar ben y siambr dân a dechrau troi ei chynnwys hefo llwy. 'Mi fûm i yng nghwmni Tarje am 'chydig ddyddia,' meddai ar ôl canolbwyntio am ychydig ar y crochan a'i gynnwys. 'Y 'chydig ddyddia hynny ydi'r unig adnabyddiaeth sy gen i ohono fo.'

'Ydyn nhw'n deud y gwir amdano fo?' gofynnodd Gaut bron ar ei draws. 'Isben,' ychwanegodd wedyn, rhag ofn.

Nid rhag ofn chwaith. Dechreuai Gaut deimlo fod y gair parch yn haeddu ystyr amgenach hefo'r Isben hwn. Roedd o wedi gweld digon arno i ddarganfod nad oedd byth yn gweiddi nac yn arthio ar neb, nac yn chwythu bygythion na lluchio awdurdod er ei fwyn ei hun. Roedd wedi darganfod hefyd mai fo oedd yr unig un a wnâi hynny.

'Be ydi dy farn di?' gofynnodd yr Isben.

'Tarje ddaru 'nysgu i i wneud llawar o betha. Tua phump oed o'n i pan ddysgodd o fi i wneud pib. Mi ddysgodd fi i nabod y gors, cynna tân, gwneud rhwydi, paball ganghenna, pob math ar fagla anifeiliaid ac adar. Mae o'n wych am wneud petha.'

'Mae'n rhaid dy fod yn ifanc iawn pan oedd o'n gwneud y petha 'ma i gyd.'

'Dim felly,' atebodd Gaut. 'Ar ddiwrnod 'i ben-blwydd yn bedair ar bymthag yr aeth o i'r fyddin.'

'Isben o fewn pedair blynadd o ddod i'r fyddin.' Myfyriodd yr Isben fymryn ar ei eiriau. 'Dyna i ti be 'di plesio yn hytrach na pherthyn. Dyma ti.'

Rhoddodd lond desgil o botas poeth o'i flaen, hwnnw'n drwch o lysiau a lympiau o gig carw, yn wahanol i ddim a welsai Gaut ers dyddiau di-ri. Rhythodd arno, a daeth gwên fechan drist ar wyneb yr Isben.

'Mae'n hirbryd arnat ti'n aml, 'tydi?' meddai. 'Paid â llowcio.'
Daeth â thorth iddo ac eisteddodd gyferbyn a thyrchu i'w
ddesgil ei hun. 'Ers pa bryd wyt ti yn y fyddin?'

'Cwta leuad yn ôl, Isben. Dw i wedi bod yn cerddad y rhan
fwya o'r dyddia.'

Yna'n ddirybudd roedd y bwyd newydd blasus yn 'cau'n glir
â mynd i lawr.

'Paid â bod ofn dy ddagra,' meddai'r Isben yn dawel. 'Wêl
neb ond fi nhw.'

'Mae gynnon ni hogyn bach, Eir a fi. Wela i fyth mono fo.'

Trodd y dagrau'n grynu wylo.

'Cadwed Ymir ni!' ebychodd yr Isben. 'Mae gen ti blentyn?'

Nodiodd Gaut.

'Faint ydi 'i oed o?'

'Pedwar diwrnod oedd o pan ge's i 'nghipio.' Deuai'r geiriau
fesul ebychiad. 'Ac mi ge's i 'nghipio am fod Eir yn chwaer i
Tarje. Mi roeson nhw'r babi yn y gors am 'i bod hi'n chwaer iddo
fo. Mi'i tynnis i o ohoni a mynd â fo'n ôl iddi o dan 'u trwyna
nhw. Y nialwch.'

'Ydi'r rhein yn gwybod hyn?' gofynnodd yr Isben.

'Ydyn rŵan.' Ymdrechai Gaut am ei eiriau. 'Mi wn i 'mod i'n
mynd i gael fy lladd prun bynnag.'

'Rwyt ti'n siarad 'chydig bach o rwts rŵan.'

'Ac mae'n well gen i gael fy lladd am arddal Eir a Lars na chan
rywun na ŵyr o 'mod i'n bod tan fydd 'i arf o'n 'y nhrywanu i.'

'Tria fyta,' meddai'r Isben yn dawel.

'Diolch.'

Edrychodd yr Isben arno'n bwyta am rai eiliadau.

'Mi ddoi di o'r fyddin yn fyw,' meddai. 'Rŵan, cad hyn i chdi
dy hun. Pan ei di adra, ac os byth y gweli di Tarje, deud wrtho
fod Ahti'n cofio ato fo.'

Cododd Gaut ei lygaid.

'Chi ydi Ahti?'

'Ia.'

'Dydach chi ddim yn 'i gollfarnu o, felly?'

'Mi fydd dy ddyfarniad di lawn cystal â f'un i.'

Agorodd y drws cyn iddo ddeud rhagor a daeth Gorisben i mewn.

'Fa'ma mae o,' meddai.

'Be 'di'r straeon?' gofynnodd Ahti.

''I fod o wedi'i chwipio am arddal Tarje Lwfr Lofrudd,' atebodd y Gorisben gan amneidio ar Gaut. 'Ond mae gynnyn nhw lawar mwy o ddiddordab yn Giri a'i ffawd. Ac mae Uchben Mulg isio dy weld di rŵan.'

'Hynny fawr o syndod, debyg.' Cododd Ahti a rhoi ei ddesgil ger y siambr dân. 'Aros di yma 'ta.'

'O'r gora.'

Daliodd y Gorisben fymryn o drwyn gwerthfawrogol uwchben y crochan cyn mynd ati i lenwi desgil. Daeth i eistedd gyferbyn â Gaut.

'Rwyt ti'n fyw, felly?' meddai.

Nodiodd Gaut. Am yr eildro ers iddo gyrraedd y gwersyll roedd rhywun heblaw am y newydd-ddyfodiaid eraill yn siarad yn glên a naturiol hefo fo.

'Gorisben Osmo ydi o,' meddai Ahti wrth Gaut wrth fynd allan. 'Mi fedri di siarad hefo fo hefyd.'

Aeth. Roedd tyrfa o hyd ar ganol y llain. Aeth ymlaen at gwt yr Uchben.

'Wyddwn i ddim mai gwarchod arddelwyr llofruddion o'r math gwaetha ydi swyddogaeth Isbeniaid,' meddai'r Uchben.

Doedd Ahti ddim yn rhy hoff o Uchben Mulg. Roedd o weithiau'n cymryd arno wadu nad oedd yn rhy hoff o'r tri Uchben arall yn y gwersyll chwaith, nac unrhyw Uchben a gyfarfyddasai erioed bron, o roi dwyfraich dros galon, hyd yn oed y rhai oedd wedi gofalu am ei ddyrchafiadau.

'Mae gwarchod milwyr dibrofiad rhag cael eu cam-drin yn un o swyddogaetha pawb, Uchben,' atebodd.

'A'u lapio nhw mewn cnu cynnas, debyg.'

'Na, Uchben.' Gallai Ahti ymddwyn yn glustfyddar i bob sarhad a phob abwyd. 'Dim ond ymgeleddu'r clwyfa a cheisio gofalu na ddigwydd hynna eto. Fedra i ddim gweld sut gellir gwneud milwr da o neb drwy wneud iddo gasáu ei fyddin a'i fywyd.'

'Wnei di ddim milwr da o neb drwy 'i fwytho fo fel babi sugno. Rwyt ti i ddod ag o yma er mwyn i mi 'i gl'wad o'n deud drwy 'i enau 'i hun 'i fod o'n diarddal Tarje Lwfr Lofrudd a phob un o'i deulu yn llwyr.'

'O'r gora, Uchben. Go brin y medar yr hogyn symud llawar cyn fory.'

'Mi fydd yma cyn fory os dw i'n deud.'

'Bydd, Uchben.'

Trodd Ahti, ac aeth allan. Safodd wrth y drws am ennyd. Roedd yn amlwg fod yr Uchben wedi cael si am Gaut a chwaer Tarje a'r babi. Aeth am wynt bychan i geisio meddwl a chlandro. Ond doedd hynny'n dda i ddim a dychwelodd i'r cwt.

'Wyt ti'n teimlo'n well?' gofynnodd i Gaut.

'Nac'di,' atebodd Osmo yn ei le, 'dim mymryn gwell.'

Cododd, ac ysgwyd ei ben ar Ahti wrth fynd allan. Estynnodd Ahti ei bowlen ac aeth i eistedd gyferbyn â Gaut.

'Wyt ti'n meddwl y medri di symud?' gofynnodd mor ddidaro â phosib.

'Medraf.'

Disgwyliodd Gaut sylw arall, ond roedd Ahti yn canolbwyntio ar ei fwyd.

'Be oeddach chi'n mynd i'w ddeud am Tarje gynna, Isben?' gofynnodd.

'O ia, Tarje,' atebodd Ahti ar ôl cymryd llwyaid o'i botas. 'Mi ddaethon ni'n eitha ffrindia yn y 'chydig ddyddia y bûm i'n gyfarwydd ag o. Roedd o wedi bod ar grwydr, yn chwilio am wersyll, wedi bod wrthi'n prysur ddadlwytho milwyr pechadurus o sacha, yn groes i bob rheol a gorchymyn. Mi wyddost am y sacha a'u bygythiad?'

'Gwn.'

'Roedd yr Uchbeniaid yn gwybod am un oedd wedi'i ryddhau gynno fo, ac mi soniodd o'n gyfrinachol wrtha i am un arall a chyhoeddi'n groyw ei farn am yr holl egwyddor. Ond ymhen dim roedd o'n ymadael â'r gwersyll ymhlith deucant o filwyr a llwyth o sacha ar ymgyrch i gipio gwarchodfa oedd gan y fyddin werdd ar ucheldir yn rwla. Roedd Tarje wedi treulio noson ne' ddwy ynddo fo yn rhyw hannar caethyn pan aeth rhywun â fo a dau gydymaith yno ar ôl cael eu darganfod ar goll ar ôl llongddrylliad. Ond pan ddaeth o a'r ddau gan milwr i'r gwersyll roedd y gwyrddion wedi tanio'r lle a diflannu. Roedd pawb wedi mynd i chwilio'r safla ac wedi gadael milwr mewn sach yn y coed o'u hôl. Y peth nesa oedd y milwr hwnnw'n rhedag yn rhydd ac o'i go'n lân tuag atyn nhw ac yn gweiddi bod yr Uchben wedi'i ladd. Mi aeth 'na Uchben arall, Uchben Brün, a dau ne' dri o filwyr i chwilio, a'r peth nesa welwyd oedd y milwr fu yn y sach yn cael 'i ddienyddio hefo bwyall. Ond buan iawn y gwelson nhw fod Uchben Brün wedi dial ar yr un anghywir. Ge'st ti ddigon o fwyd?' gofynnodd yn sydyn. 'Dos i nôl dysgliad arall. Mae 'na ddigon ohono fo.'

'Diolch.'

Ceisiodd Gaut godi. O'i weld, cododd Ahti ac amneidio arno i eistedd. Aeth â'r ddesgil at y crochan a'i hail-lenwi. Arhosodd i Gaut ailddechrau bwyta cyn canlyn ymlaen.

'Mi welwyd fod Tarje ar goll,' meddai. 'Yna mi ddudodd rhyw Orisben 'i fod o wedi'i weld o'n cilio i'r coed lle'r oedd y sach ychydig funuda cyn yr helynt. Mi welwyd wedyn fod y rhaff oedd yn clymu'r milwr wedi'i thorri hefo cyllall. Ac mi welson mai cyllall yn ei wddw a gafodd yr Uchben a laddwyd. Wedyn mi gofiwyd am styfnigrwydd diedifar Tarje pan groesholwyd o am y tro'r oedd o wedi rhyddhau milwr o sach y tro cynta. Ac mi ddaethon nhw i'r casgliad anorfod.'

'Mae o'n wir, felly,' meddai Gaut, ei lais yn llawn siom.

'Y ffaith? Ydi, yn ddiama,' atebodd Ahti. 'Y cymhelliad? Mi fydd yn rhaid i ti ofyn i Tarje am hynny. Ond mi fentra i bopeth ar f'elw fod gynno fo un.'

'Dydach chi ddim yn 'i gollfarnu o, felly?'

'Nac'dw,' atebodd Ahti ar ei ben. 'Nid heb gael llawar mwy o wybodaeth.'

'Faint sy'n gwybod nad ydach chi'n 'i gollfarnu o?'

'Mi dyfi ditha ryw ddiwrnod, hogyn.'

'Be ddigwyddodd wedyn 'ta? Aethon nhw i chwilio amdano fo?'

Rhoes Ahti y gorau i fwyta.

'Wyddost ti rwbath am hyn?' gofynnodd, a rhyw sŵn anghrediniol yn llenwi ei lais.

'Be dach chi'n 'i feddwl?'

'Chwilio amdano fo? Wel do, debyg. Wyddost ti pwy ddaru o 'i ladd?'

'Uchben 'te?'

'Ia, ond nid rhyw Uchben bach ffwr-â-hi. Mi laddodd Tarje Uchben Anund.'

'O.'

'O, medda fo. A wyddost ti ddim pwy oedd Uchben Anund.'

'Mi ddaru nhw guro mam Tarje nes collodd hi un llygad. Hannar wynab sy gynni hi ar ôl i bob pwrpas. 'Deith hi ddim o'r tŷ. Dim ond Angard a fi sy'n cael gweld 'i hwynab hi. Ac mae'r rhein isio i mi 'i diarddal hi. Na wnaf, waeth gen i pwy ydi 'u Huchben Anund nhw.'

Gwrandawai Ahti mewn sobrwydd arno.

'Dyna chdi, felly,' meddai'n dawel yn y man. 'Uchben Anund oedd mab yr Aruchben.

'O.'

'O, medda fo eto. Mi aethon nhw i chwilio am Tarje ond mi ddaeth yn storm ymhen ychydig oria. Ond buan iawn yr aeth yr hanas am Tarje drwy bob gwersyll, ynghlwm wrth y dyfarniad 'i fod o'n waeth na'r un Gwineuyn a sarnodd y tiroedd erioed. Mi wyddost be 'di'r rheini?'

'Y bobol sy'n gwrthod ymladd i'r un fyddin a sy'n cyhoeddi hynny drwy wisgo rwbath gwinau a thrio 'u gora i gael pawb i'w canlyn.'

'Ia, fwy na heb.'

'Ydyn nhw mor ddrwg â hynny, Isben?'

'Paid â gadael i neb yn y gwersyll 'ma gl'wad y cwestiwn yna o d'enau di.'

'Mae cefnder Mam yn gwisgo'r gwinau.'

'Paid â deud hynna wrth neb arall yma,' rhuthrodd Ahti.

'Mi fuodd o ar goll am flynyddoedd cyn i neb ddod i ddallt pwy oedd o.' Gwyddai Gaut nad oedd raid iddo ddifaru am ddeud, rhybudd neu beidio. 'Be ddigwyddodd hefo Tarje wedyn?' gofynnodd, gan fod Ahti wedi distewi.

'Mi aeth Uchben Brün at lan y Llyn Cysegredig 'gosa at law i ymgynghori â'r duwia a deud 'i gŵyn wrthyn nhw.' Cododd Ahti ei lygaid, a gwelodd fymryn o oleuni'n dod i'r llygaid astud o'i flaen. 'Mae'n rhaid 'u bod nhw wedi gwrando oherwydd mi ddychwelodd i ddeud fod Oliph dduw ei hun wedi cyhoeddi cosb ar Tarje a'i holl deulu a'i holl gymdogaeth, gan ddyfarnu melltith ar Lyn Sorob fel na fyddai'r un pysgodyn yn dod i nofio 'i ddyfroedd ac y byddai'r llyn yn amddifad o bob bywyd hyd nes byddai'r tri ugain mil lleuad wedi dod i'w derfyn. A dyna fyddai wedi digwydd hefyd 'blaw iddo fo anghofio deud wrth y pysgod.'

Teimlodd ryddhad bychan o weld gwên drwy boen.

'Ond roedd lladd Uchben Anund yr unig dro yn hanes y tiroedd i Uchben gael ei lofruddio gan filwr, tasai hynny o bwys,' meddai. 'Pan aeth y newydd i'r Aruchben, mi ddaeth â byddin hefo fo i'n gwersyll ni. Erbyn hynny roedd pob milwr ar wahân i Tarje a'r creadur gafodd 'i ddienyddio gan Uchben Brün wedi dychwelyd o weddillion gwersyll y fyddin werdd. Mi ddewisodd yr Aruchben un o bob pump ohonyn nhw ar hap a chael ei filwyr o'i hun i'w dienyddio nhw ger bron pawb. Yna mi ddienyddiodd bob Uwchflilwr a Gorisben ac Isben fu ar yr ymgyrch. Wedyn mi ddienyddiodd Uchben Brün.'

'Ydw i i fod i ymladd dros rwbath 'fath â fo, Isben?'

'Ymladd dros y tiroedd wyt ti.'

'Dydi rhoi'r enw yna arno fo ddim yn gwneud iddo fo swnio mor hunanol, debyg.'

'Pawb â'i farn am hynny.'

'Does gan filwr marw ddim barn.'

'Fyddi di ddim yn filwr marw.'

'Byddaf. Does gan filwr byw ddim barn chwaith, nac oes? Dim ond yr un sy'n plesio. Pam dw i'n cael deud y petha 'ma wrthach chi?' gofynnodd yn sydyn.

'Wel...' cynigiodd Ahti, ar goll o gael cwestiwn mor annisgwyl.

'Os bydda i'n lladd,' meddai Gaut, ei lais yn dawel eto, 'mi fydda i'n gwneud hynny fel Pladur y Chwedl.'

'Y Pladur yn medi heb bladurwr,' meddai Ahti, ei lais yn swnio'n synfyfyriol.

'Nid gwrthod cymryd y bai fydda i chwaith,' rhuthrodd Gaut, 'nid fel y duwia'n dewino'r Pladur iddo fo weithio wrtho'i hun fel na fedar neb luchio'r bai atyn nhw.'

'Fyddai'r un o'r duwia'n gwneud hynny,' atebodd Ahti, yr un mor synfyfyriol. 'Maen nhw'n cystadlu am y gora am niferoedd y meirwon y gallan nhw'u hawlio.'

'Fydda i ddim yn cystadlu â neb.'

Yna dechreuodd y geiriau lifo. Dywedodd Gaut ei hanes. Gollyngodd ei fol. Pan ddechreuodd sôn am y crys bychan newydd roedd dagrau'n bygwth drachefn.

'Be maen nhw'n 'i wneud?' gofynnodd.

'Pwy'n union sy gen ti rŵan?' gofynnodd Ahti, yn ei gweld yn duo o bob cyfeiriad.

'Rhain 'te. Mi ddalion nhw eryr mewn magl a'i bluo fo'n fyw a'i adael o felly. Chwerthin am 'i ben o a'i adael o i farw. I be?'

'Fel'na mae rhai,' atebodd Ahti wedi sioc fechan y newid cywair. 'Dangos iddo fo pwy 'di'r mistar. A dydi'r Chwedl ddim yn rhy enwog am 'i hoffter o'r eryr. Mi wyddost hynny, debyg.'

''I chollad hi ydi hynny.'

'Ama'r Chwedl?' Rŵan roedd tinc dim gobaith yn llais Ahti. 'Chdi ŵyr dy betha.' Yna ystyriodd. 'Pa bryd oedd hyn?'

'Ddoe.'

'Mawredd! Mi ddaru titha ddangos dy ymatab, debyg. Ddaru ti wneud iddyn nhw ama dy fod yn 'u ffieiddio nhw a'u hwyl?'

Dim ond codi mymryn ar ei sgwyddau a wnaeth Gaut.

'Yr un rhai ddaru dy guro di, 'te?'

Amneidiodd Gaut.

'Dyna fo, felly,' meddai Ahti. 'Mi'i ce'st ti hi lawn cymaint am hynny ag am Tarje. Chdi fyddai wedi pluo'r eryr nesa.'

'Na faswn.'

Dim ond sibrwd.

'Gweld dy hogyn bach oeddat ti, 'te?'

Ddaru Gaut ddim ateb hynny. Aeth y ddau'n dawel.

'Dw i'n gweld dim,' meddai Gaut yn y man.

'Rwyt ti'n hoff o adar, felly?'

'Mi fagis i eryr.'

'O?'

'Mi ddois i o hyd i nyth.' Deuai briwsyn o frwdfrydedd i'w lais. 'Roedd o mewn coedan o'n i ddim wedi'i dringo o'r blaen. Roedd 'na gyw ynddo fo, a golwg legach arno fo. Mi es i lawr a chadw o'r golwg am hir a dal i wylio. Ddaeth 'na'r un eryr ato fo. Wn i ddim be oedd wedi digwydd iddyn nhw, ond ddaethon nhw ddim yn ôl at y nyth. Mi es i i ddal llygod a lemingiaid a'u hagor nhw a bwydo'u tu mewn nhw iddo fo. Mi rois i damad o wlanan yn y nyth i'w gadw fo'n gynnas a phan gryfhaodd o ddigon i'w symud, mi es ag o adra. Mi ddaru ni 'i ddysgu o i ymgynnal drwy ddŵad ag anifeiliaid byw at ymyl 'i nyth newydd o ac amball sgodyn byw mewn bwcedad o ddŵr a'i dywallt o i'r cafn llydan.'

Gwelodd Ahti fymryn o gyfle.

'Be oedd ymatab dy ffrindia di i hyn?' gofynnodd. 'Oeddan nhw'n gwybod?'

'Oeddan. Roeddan nhw wrth 'u bodda.'

'Dyna fo, yli. Does 'na neb yn y gwersyll 'ma'n ama'r Chwedl ond dim ond dyrnad bychan bach fyddai'n meddwl am wneud be ddaru'r rheina i'r eryr arall ddoe, a dim ond dyrnad yr un mor fach fyddai'n dy glymu di wrth bostyn i dy guro di.'

'Dim ond chi ddaeth i'w hatal nhw.'

'Am mai fi oedd y cynta i sylweddoli fod 'na rwbath o'i le. A fedri di ddim disgwyl i filwyr cyffredin roi terfyn ar rwbath pan mae gen ti Uwchfilwr yn 'i ganol o.'

'Wrth fwydo'r eryr y daeth Eir a fi hefo'n gilydd i ddechra.' Roedd golwg ar ymyl dagrau ar wyneb Gaut eto, ond ymataliodd. 'Ar wahân i Dad a Mam a Cari hi oedd y gynta i ddŵad i fy helpu i.'

Aeth yn ddistawrwydd rhyngddynt eto.

'Mae'n rhaid i ni chwilio am ryw fath o ddyfodol i ti,' meddai Ahti yn y man.

'Mae o ar goll.'

'Ydi, Uchben.'

Safai Uchben Mulg o flaen Ahti, bron drwyn wrth drwyn. Roedd yn amlwg nad oedd o'n coelio dim a ddywedai Ahti wrtho. Safai dau Isben arall wrth y drws. Ceisiai Ahti ddyfalu pa un o dduwiau'r Chwedl a fynnai'r clod am ofalu mai'r ddau

Isben yr oedd ganddo leiaf o ymddiriedaeth ynddyn nhw oedd y ddau.

'O dan dy warchodaeth di,' meddai'r Uchben. 'Ac mae o ar goll.'

'Pan ddychwelis i i'r cwt, roedd o wedi mynd.'

'Dwyt titha'n gweld dim yn rhyfadd yn y peth.'

'Rhyfadd, Uchben?'

Tynnodd yr Uchben ei wynt ato. Trodd, ac aeth i sefyll y tu ôl i'w fwrdd. Safodd Ahti ble'r oedd, a golwg yr un mor ddigynnwrf arno.

'Yn ôl pob adroddiad roeddat ti'n llawiach garw hefo Tarje Lwfr Lofrudd pan oedd o a thi yn y gwersyll arall hwnnw,' meddai'r Uchben, yn plygu ymlaen a chledrau ei ddwy law'n pwyso ar y bwrdd. 'Ac yna mwya sydyn dyma 'na gyw llyffant o filwr i'r gwersyll yma, ynta hefyd wedi bod yn llawiach hefo fo ers pan oedd o'n ddim o beth ac yn gwrthod 'i ddiarddal o. Rwyt titha'n 'i fwytho fo ac yn 'i fwydo fo hefo dy fwyd dy hun yn union fel tasat ti'n gorfod prynu parch rwbath 'fath â fo.'

'Mae parch yn ddiystyr os nad ydi o o'r ddeupen, Uchben.'

Dyrnodd yr Uchben y bwrdd.

'Pwy yn 'i iawn bwyll fyddai'n gwneud Isben o rwbath 'fath â chdi?'

'Uchben Anund ddaru hynny, fel mae'n digwydd bod, Uchben,' atebodd Ahti, yn ceisio cuddio'r fuddugoliaeth fechan sydyn. 'Mi ddaru mi atal arf rhag mynd drwyddo fo ym mrwydr Llyn y Tair Ynys. Nid 'mod i'n ddewin na dim.'

'Os felly mi ddylat ddangos rhywfaint o ddiolchgarwch iddo fo!' gwaeddodd yr Uchben. 'Nid mwytho arddelwr 'i lofrudd o, y llofrudd y treulist ti gymaint o dy amser yn 'i swcro!'

'Y rheswm fod Isben Tarje wedi...'

Roedd dwrn yn clecian eilwaith ar y bwrdd.

'Tarje Lwfr Lofrudd!'

Roedd y ddau Isben cynhyrfus y tu ôl iddo'n ieuengach nag

Ahti, ac yn ceisio taflu cip ar ei gilydd bob hyn a hyn. Roedd y syniad o Isben fel tasai'n gwrthod sylwadau a cherydd Uchben ac yn dadlau ei achos fel hefo cydradd yn newydd sbon iddyn nhw.

'Y rheswm 'i fod o wedi treulio 'chydig ddyddia yn 'y nghwmni i oedd fod Uchben Brün wedi'i roi o yn fy ngofal i am 'i fod o'n Isben dibrofiad, Uchben,' meddai Ahti.

Tynnodd yr Uchben ei wynt ato unwaith yn rhagor.

'Oedd gen ti ddim cyfaill arall o fradwr o Isben a gafodd 'i ddienyddio yn dy ŵydd di am fod Uchben Anund wedi darganfod 'i frad o mewn da bryd?' gofynnodd, ei lais wedi addfwyno mewn buddugoliaeth. 'A'i ddienyddio ar yr union ddiwrnod y daeth Tarje Lwfr Lofrudd i'ch gwersyll chi?'

'Mae'r rheswm am ddienyddio Isben Donar yn ddirgelwch i mi, Uchben.'

Aeth y fuddugoliaeth i ebargofiant.

'Mi roddwyd rhesyma!' gwaeddodd yr Uchben gyda chlec cledr dwrn eto fyth ar y bwrdd. 'Ers pa bryd mae gen ti hawl i wrthod rhesyma Uchben?'

'Fyddwn i ddim yn gwrthod rhesyma neb tasai...'

'Na fyddet ti? A fyddet ti chwaith ddim yn trefnu ac yn cynllwynio hefo dy gyfaill newydd i ddial ar y slei ar Uchben Anund yn y dull mwyaf llwfr posib pan ddeuai cyfle i wneud hynny?'

'Tawn i wedi gwneud hynny, Uchben,' atebodd Ahti ar ei union, yn ymwybodol o'r ebychiadau bychain cynhyrfus y tu ôl iddo, 'mi fyddwn i'n uwch 'y nghloch na neb yn condemnio Isben Tarje mor gyhoeddus ag y medrwn i.'

'Ne' mi hoffat ti i bobol gredu hynny.'

'Os felly, gora daero a dim arall ydi hi.'

'Paid â bod mor haerllug hefo fi!'

A'r munud hwnnw clywodd Ahti lais Gaut yn gofyn ydan ni i fod i ymladd dros rwbath fel hwn.

'Rwyt ti i ddod o hyd iddo fo,' meddai'r Uchben.

'Ydi'r gwersyll wedi'i chwilio'n drwyadl?' gofynnodd Ahti. 'Mae'r milwr yn gwybod na fedar o fynd i unman hefo rhywfaint o hyder 'i fod o'n mynd i gyrraedd yno. Does gynno fo mo'r syniad lleia sut i fynd adra. I ble'r eith o?'

'Mi eith yn well hefo'i sachyn, mae hynny'n ddigon sicr. Pam ddudist ti wrtho fo am ddod â'i sachyn hefo fo i dy wledd di?'

'Mymryn o botas, Uchben. Ro'n i am chwilio 'i sachyn o rhag ofn fod gynno fo winau wedi'i guddiad ynddo fo. Doedd gynno fo ddim.'

'Dos.'

Trodd Ahti, ac aeth allan heb edrych ar y ddau Isben wrth y drws. Amneidiodd yr Uchben ar y ddau a daethant ymlaen ato.

'Gwyliwch o,' meddai'r Uchben mewn llais cyfrinach. 'Gwyliwch bopeth mae o'n 'i wneud.'

'Ar bob cyfri, Uchben,' meddai'r hynaf. 'Uchben,' meddai wedyn.

'Be?'

'Mae Gorisben Osmo'n frawd i Isben Donar, hwnnw gafodd 'i ddienyddio yn y gwersyll arall. Ac mae Isben Ahti ac yntau'n treulio llawar o amsar yng nghwmni 'i gilydd.'

'Galwch o'n ôl.'

'Mae 'na rwbath arall hefyd, Uchben,' meddai'r Isben ar fwy o frys.

'Be?'

'Mi gyfaddefodd Tarje Lwfr Lofrudd wrth Uchben Anund ac Uchben Brün 'i fod o wedi rhyddhau milwr o sach.'

'Do, mi wn i. Ac mi gaed ar ddallt wedyn mai mab Uchben Haldor Fradwr oedd y cybyn o filwr hwnnw. Mi gadarnhaodd Tarje Lwfr Lofrudd fod y mab wedi marw y noson honno o ganlyniad i'r gwenwyn roedd o wedi'i yfad.'

'Does 'na neb i ategu hynny, Uchben. Rydw i wedi cael achlust na fu'r hogyn o filwr farw, a'i fod yn fyw o hyd.'

Daeth golwg syfrdan i lygaid yr Uchben.

'Pam na wn i am hyn?'

'Fedra i ddim atab hynna, Uchben, mae'n ddrwg gen i,' crynodd yr Isben. 'Ond roedd Tarje Lwfr Lofrudd a mab Uchben Haldor yn treulio cryn dipyn o amser yng nghwmni'i gilydd pan oeddan nhw ar yr ymgyrch ofer honno i gipio gwarchodfa'r gelyn gwyrdd, a chyn i'r hogyn gael ei glymu yn y sach. A hefyd, Uchben,' aeth ymlaen, yn cael ei swcro gan y cynnwrf amlwg o'i flaen, 'roedd Isben Ahti yn yr un gwersyll ag Uchben Haldor pan gafodd Uchben Haldor ei ddienyddio oherwydd ei frad. Roedd Isben Ahti'n anghymeradwyo'r dienyddiad.'

'Galwch o'n ôl y munud yma!'

Brysiodd yr Isben ieuengaf drwy'r drws. Dychwelodd ymhen dim ac Ahti ar ei ôl.

'Pam wyt ti'n treulio cymaint o amsar yng nghwmni brawd y bradwr o Isben a ddienyddiwyd?' gofynnodd yr Uchben.

'Am ein bod wedi cyd-dyfu yn yr un gymdogaeth, Uchben,' atebodd Ahti heb betruso.

'A be ydi dy reswm di am dy ddistawrwydd ynglŷn â'r cysylltiad rhwng Tarje Lwfr Lofrudd a'r bradwr o Uchben yr oeddat ti'n anghymeradwyo 'i ddienyddio yntau hefyd? Rwyt ti'n un da am anghymeradwyo penderfyniadau dy well, 'twyt?'

'Am be dach chi'n sôn, Uchben?'

'Am be dw i'n sôn?' Dyrnod arall ar y bwrdd. 'Mi wyddost am be dw i'n sôn! Mi wyddost fod Tarje Lwfr Lofrudd wedi rhyddhau mab yr Uchben Haldor Fradwr 'na o sach. Mi ddudodd hynny wrthat ti dy hun!'

'Ddaru o ddim deud pwy oedd o wrtha i, Uchben. Wyddwn i ddim fod gan Uchben Haldor fab, heb sôn am fab yn y fyddin.'

'Paid â deud dy glwydda!'

'Mae o'n wir, Uchben. Yr unig beth a wn i ydi mai rhyw bymthag oed oedd y milwr yn y sach. Be oedd enw'r mab, Uchben?'

'Be 'di'r ots be oedd 'i enw budur o?'

'Ddaru Isben Tarje ddim deud yr un enw wrtha i, beth bynnag.'

'Tarje Lwfr Lofrudd!' Rhuthrodd yr Uchben at Ahti a sefyll o'i flaen, ac osgo arno fel tasai am ei daro. Ond tawelu ddaru'r llais, a miniogi. 'Ac mae sôn hyd y tiroedd fod mab yr Uchben Haldor 'na'n fyw.' Arhosodd am y cynnwrf na ddaeth. 'Mae'n rhaid cael gafael arno fo.'

'Pymthag oed, Uchben. Rhyw ddwy ar bymthag ydi o rŵan. I be?'

'I be?' Roedd gwaedd arall yn ei wyneb. 'Chlywist ti ddim am Ymir Gawr? Mab ei elyn penna'n cynllwynio dialedd arno fo?'

'Byd y cewri, ia Uchben? Gadael y byd hwnnw iddyn nhw ydi'r calla, debyg, 'i adael o yng nghôl gwarchodol y Chwedl.'

'Nid rwbath i'w adael ydi o!'

'Hogyn deg diwrnod oed yn trefnu dialedd ymhlith 'i bobol...'

'Dydi o ddim ots faint oedd 'i oed o! Rwyt ti'n amau'r Chwedl rŵan, wyt ti? Mi fydd yr un dialedd yn llenwi calon ellyllaidd mab Haldor Fradwr! Ond wnei di ddim dysgu, na wnei? Mae'n well gen ti 'u mwytho nhw, 'tydi? Dos i chwilio am y llall 'na! Dos i chwilio am y ddau!'

Roedd chwifiad y fraich mor fygythiol ag o derfynol. Trodd Ahti a mynd. Ymhen ychydig, wedi i'r gweiddi gymedroli, daeth y ddau Isben allan. Roedd Ahti wedi aros ychydig gamau o'r cwt.

'Cofiwch wneud eich gwaith yn drwyadl,' meddai, a gwenu'n gynnil ar y ddau.

'Mae gan y fyddin ddau elyn newydd,' meddai Ahti wrth Osmo ychydig eiliadau wedyn, 'a'r ddau'n llawar gwaeth na'r fyddin werdd na'r un Gwineuyn. Mae un yn bymthag oed a'r llall ryw flwyddyn ne' ddwy yn hŷn. Glywis i chdi'n deud 'i bod hi braidd yn fain ar y fyddin lwyd?'

'Am be wyt ti'n sôn? gofynnodd Osmo, ei lygaid ar y ddau Isben oedd yn rhythu tuag atyn nhw.

'Un o Lyn Helgi Fawr ydi'r llall. Bo ydi 'i enw fo.'

4

'Dw i'n mynd,' meddai Bo.

Eisteddai ar y fainc dro rhwng Görf, ei lystad newydd, a Birgit, y chwaer fawr yr oedd wedi addoli mwy nag erioed arni ers pan ddychwelodd, y tri'n manteisio ar y machlud tyner ac yn gwylio'r ddau gwch a ddychwelai at lan y llyn wrth eu pwysau.

'Mi fuoch chi yng nghwmni'ch gilydd am lai na diwrnod,' meddai Birgit. 'Callia.'

'A phwy glywodd am neb yn mynd i ben draw'r tiroedd i chwilio am gymar?' gofynnodd Görf.

'Mae pen draw'r tiroedd yn llawar pellach na'r Pedwar Cawr. Ac nid chwilio fydda i.'

'Wyt ti wedi ystyriad bod gofyn i neb fod yn hurtan os ydi hi'n penderfynu 'i bod hi'n gwirioni ar rywun hannar eiliad ar ôl 'i weld o am y tro cynta rioed?' daliodd Birgit arni. 'Mae 'na dipyn o waith tyfu arni hi, faint bynnag ydi'i hoed hi.'

Sgwrs oedd hi, nid dadl. Roedd wedi'i chynnal droeon o'r blaen. Ond yn ddiarwybod i'r naill a'r llall, synhwyrai Birgit a Görf ddifrifoldeb newydd y tro hwn.

'Mae Edda a Helge wedi deud wrtha i bod yn rhaid i mi fynd yn ôl,' meddai Bo.

'Beidio mai deud er mwyn cysuro 'i ferch fach a chditha oedd o?' cynigiodd Görf, 'yn gwybod yn 'i grombil nad oedd y pellteroedd yn mynd i hwyluso dim o'r fath.'

'Dim peryg,' atebodd Bo. 'Mae Helge'n rhy gadarn i hynny. Mi ddaru Edda ac ynta ein helpu ni hyd yn oed ar ôl iddyn nhw weld ein bod ni'n gwisgo'r gwinau. Roeddan nhw'n gwybod y basai wedi canu arnyn nhw tasai'r byddinoedd yn darganfod hynny. Ac ella y bydd Linus isio dŵad hefo fi,' ychwanegodd i atgyfnerthu ei ddadl. 'Mae o isio gweld mam Jalo eto. Dw inna isio 'i gweld hi eto hefyd.'

'Ella mai gadael iddi ydi'r gora,' meddai Birgit. 'Gynnoch chi y clywodd hi fod Jalo wedi'i ladd yn y llongddrylliad hwnnw, ac roeddach chi'n mynd ymlaen ar eich taith drannoeth. Wyddost ti ddim pa effaith gafodd y newydd arni hi.'

'Na.' Roedd Bo'n bendant. 'Mi aeth Linus i'w gweld hi wedyn, ac Edda a fi bora trannoeth. Roedd hi'n amlwg nad oedd hi isio torri cysylltiad. Roedd hi'n gwerthfawrogi pam roedd Eyolf a Linus wedi mynd i'r draffarth o gyrraedd ardaloedd y Pedwar Cawr i ddeud wrthi hi am Jalo. Roedd hi'n gweld pam mai Jalo oedd yn gyfrifol am iddyn nhw wisgo'r gwinau.' Arhosodd ennyd. Trodd at Birgit. 'Faint o eiliada sydd 'u hangan?'

'Nac wyt, Bo!' meddai Birgit, yn daer rŵan. 'Yn un peth, rwyt ti'n rhy ifanc.'

'Nac'dw.'

'Ac mae Edda bron ddwy flynadd yn fengach, medda chdi.'

'Bron 'run oed â Mam pan briododd hi. A phrun bynnag, mi ddaru Edda a minna wneud rwbath i'n huno ni am byth.'

'Am be wyt ti'n sôn?' gofynnodd Birgit bron cyn iddo orffen, pob math o lanast yn rhuthro i'w meddwl.

'Yr helynt ddigwyddodd yn nhŷ Jalo pan aethon ni i ddeud y newydd amdano fo a phan ddaru mi ddangos 'y ngwinau iddyn nhw,' atebodd Bo, yn anymwybodol o unrhyw ddehongliad arall ar ei sylw. 'Mi ddwynodd 'i dad o gi copor o'r tŷ ac mi aeth o a nain Jalo i ryw Lyn Cysegredig a thaflu'r ci iddo fo i buro'r tŷ ne' rwbath a phlesio rhyw dduw ne'i gilydd. Mam Jalo oedd pia'r ci. Roedd o'n gain ryfeddol. Bora trannoeth mi es i hefo Edda at y llyn. Roedd hi wedi marcio'r lle disgynnodd y ci iddo fo a dyma hi'n dechra tynnu amdani i ddeifio i'r llyn i chwilio amdano fo.'

Daeth ofn mawr i wyneb Görf. Edrychodd yn syfrdan ar Birgit cyn troi ei olygon yn ôl ar wyneb digyffro Bo.

'Mynd i ddeifio i Lyn Cysegredig?' gofynnodd, ei lais yn gwadu'r hyn a glywodd.

'Ia,' atebodd Bo yn llwyr ddi-her.

'Llyn Cysegredig y Pedwar Cawr? Llyn mwya cysegredig yr holl diroedd?'

'Ydi o?'

'Oliph ei hun a'n cadwo!'

Roedd Birgit yn fwy hamddenol ynglŷn â hynny.

'Paid â synnu am ddim glywi di gan hwn bellach,' meddai wrth Görf.

'Wyt ti rioed yn credu yn y lol?' gofynnodd Bo iddo.

'Nid hynny, naci?' atebodd Görf, ei feddwl yn anhrefn. ''Di o ddim ots am betha fel fi, nac'di? Dydw i ddim yn bwysig, nac'dw?'

''Di o ddim ots amdanyn nhwtha chwaith. Ond fi oedd yn gyfrifol am fod y ci wedi'i daflu i'r llyn a doedd hi ddim yn iawn i Edda rynnu yn y dŵr ac mi dynnis i amdana a deifio i'r llyn cyn iddi hi gael cyfla i orffan tynnu amdani. Ond unwaith y cyrhaeddis i'r lle'r oedd hi'n pwyntio ato fo o'r lan mi orffennodd hitha dynnu amdani ac mi ddeifiodd ar f'ôl i. Ac mi ddaethon ni'n dau o hyd i'r ci copor ar waelod y llyn hefo'n gilydd. Mi fuon ni'n nofio ac yn deifio ac yn chwara yn y dŵr oer am hir wedyn i ddathlu, a'r ci copor yn ddiogel o dan lwyn bychan ger y lan.'

'Gwarad ni rhag cilwg y felltan!' ebychodd Görf.

'Dw i'n fyw o hyd, yli.' Roedd llais Bo yr un mor ddi-her. ''Di o ddim gwahaniaeth pa mor oer ydi'r dŵr pan wyt ti'n ennill. Yr unig beth oedd gen i amdana wrth nofio a chwara yn y llyn oedd hwn.' Agorodd ei grys a thynnu'r cerflun oedd yn hongian wrth garrai am ei wddw, yr hebog mawr cain yr oedd Linus wedi'i gerfio iddo a'i lifo'n winau. 'Edda ddaru ddeud wrtha i am 'i gadw o am 'y ngwddw pan o'n i'n tynnu amdana. Roedd hitha hefyd yn gwybod mai 'u syniada nhw oedd yn halogi'r llyn, nid 'y ngwinau i.'

Gwasgodd y cerflun yn ei law am ennyd i gadarnhau, cyn ei

roi i Görf. Roedd yntau hefyd yn gerfiwr, ac wedi cael ei gyfle o'r blaen i astudio a gwerthfawrogi'r cerflun bychan a'i geindra. Ond rŵan ni fedrai ganolbwyntio dim arno.

'Ac wrth sychu'n gilydd yn llian Edda a minna'n cymryd hydoedd i sychu 'i gwallt hi y daru ni benderfynu,' aeth Bo ymlaen. 'Yn fan'no ar lan 'u Llyn Cysegredig nhw. Buddugoliaeth Edda a mam Jalo a minna yn fan'no, a buddugoliaeth dŵr pur y llyn. Ddaru ni ddim deud wrth neb, dim ond wrth Helge a mam Jalo. Dydi Linus nac Aino nac Eyolf ddim yn gwybod, hyd yn oed, am fod Helge hefyd wedi dychryn am 'i fywyd pan welodd o'r ci copor wedi'i guddiad yn y llian ac wedi'n hel ni ar ein hunion i'r ager i dynnu olion y dŵr oer oddi ar ein hwyneba cyn i'r lleill ein gweld ni. Mi ddaru'n rhybuddio ni fod dwyn offrwm yn ôl o Lyn Cysegredig y peth gwaetha fedra neb 'i wneud ym meddylia'r tyrfaoedd sydd ofn meddwl, yn rwbath llawar gwaeth na gwisgo'r gwinau, a gwaeth na nofio mewn Llyn Cysegredig hefyd mwya tebyg.'

'Gwaeth?' ebychodd Görf eto. 'Mi fyddai'r fyddin werdd a'r fyddin lwyd wedi uno i'ch hela chi. Mi fyddai'r tiroedd... mi fyddai...'

'Wedi methu maen nhw hyd yma.' Syllai Bo ar y dŵr y bu'n chwarae ac yn nofio cymaint ynddo a gwyddai rŵan mai trannoeth fyddai'r tro olaf iddo ei weld am leuadau meithion. 'Dyna pam ddudodd Helge wrtha i am fynd yn ôl yno atyn nhw y cyfla cynta gawn i. Dyna pam ddudodd o fod Edda a finna'n gweddu i'n gilydd. Roedd o'n sylweddoli gystal â ninna na fyddai hi ddim yn fuddugoliaeth o fath yn y byd tasai'r ynfytyn tad 'na oedd gan Jalo druan wedi taflu'r ci copor i Lyn Borga yn hytrach nag i'r Llyn Cysegredig 'nw. Doedd Helge ddim am ddeud hynny, chwaith.'

Arhosodd, yn dechrau crynu mymryn o sylweddoli ei fod wedi datgelu ei gyfrinach fawr. Rhoes y garrai yn ôl am ei wddw a chau ei grys a chymryd arno ganolbwyntio ar y cychod yn cyrraedd glan. Doedd yr ofn yn llygaid Görf ddim am ddechrau cilio.

Ond doedd Bo ddim wedi gorffen.

'Mae arna i isio gwneud petha erill hefyd. Dw i am fynd i edrach am Aarne a Louhi a Leif i gl'wad Louhi'n canu i mi eto. Dw i am fynd i chwilio am Baldur. Dw i am fynd i ddyffryn y Tri Llamwr o dan y Mynydd Pigfain i ddeud Chwedl y Gwinau eto wrth y plantos ac i sefyll yn yr union fan y ce's i fy nhywallt i mewn i sach a chyhoeddi buddugoliaeth derfynol Edda ac Aino ac Eyolf a Linus a'r bleiddiaid a'r eryrod a minna dros y byddinoedd a chyhoeddi buddugoliaeth fwy fyth yn yr union le hwnnw drwy ddeud wrth yr holl diroedd nad bwyd i'r byddinoedd fydd plant Edda a fi. Dyna ydi buddugoliaeth, a dw i am 'i chyhoeddi hi.'

Tristwch penderfynol profiad na ddylsai rhywun deirgwaith ei oed heb sôn amdano fo fod wedi'i gael a welodd Birgit yn ei lygaid wrth iddi godi a'i dynnu ar ei draed ac i'r ddau edrych i fyw llygaid ei gilydd.

'Dw i'n mynd, Birgit,' meddai Bo, ei lais yn ddim ond sibrwd.

Yr un brawd bach ag erioed oedd o, byth yn herian wrth ddeud ei benderfyniadau, a byth yn eu newid. Cusanodd Birgit o ar ei wefus.

'Tyd i nôl bwyd,' meddai.

5

'Beidio bod y duwia hefo chdi o'r diwadd, Gaut?'

Wrtho'i hun y gofynnodd Ahti hynny. Daethai gwaredigaeth o fath. Casglwyd pedwar Uchben y gwersyll a'r holl Isbeniaid ynghyd i wrando ar yr Uchben Negesydd oedd newydd gyrraedd. Safai Ahti cyn belled ag y medrai o ganolbwynt y sylw, ond doedd o ddim yn synnu fod ei ddau Isben gwarchodol un bob ochr iddo.

'Be 'di'r cyffro mawr?' gofynnodd Osmo pan gafodd Ahti ei draed yn rhydd.

'Mae'r Aruchben am goffáu ei fab, a'i goffáu o tra pery'r tiroedd.'

'Coffáu Anund?'

'Ia.'

'Hwnnw?'

'Ydi'r Gaut bach 'na wedi gadael meddylia llafarog yn dy geg ditha hefyd?' gofynnodd Ahti, ei lais yn tawelu. 'Paid â gadael i neb dy gl'wad di. Mi neith 'na amball ffrind penna unrhyw beth am ddyrchafiad.'

Aethant i'r cwt i ganol trafod brwd.

'Be fydd natur y coffâd?' gofynnodd Osmo.

'Mae'r cyfeillion yn ein mysg.'

Roedd y ddau Isben gwarchodol newydd ddod i mewn.

'Be fydd o?' gofynnodd Osmo.

'Yr adeilad mwya a welodd y tiroedd erioed. Mae o i bara am byth. Ac mae o'n mynd i gael 'i godi yn yr union fan y lladdodd Tarje Anund, un o'r lleoedd mwya anhygyrch a digynhaliaeth drwy'r tiroedd.'

'I be?' gofynnodd Osmo, yn ceisio cadw ei wyneb mor ddifater ag y gallai.

'Uchelgais pob babi, ac uchelgais pob musgrellni mewn

henwr neu henwraig fydd teithio'r tiroedd i ymweld â'r adeilad, i dalu gwrogaeth i'r mab ac mae'n debyg i'w dad o pan ddaw'r adag weddus i wneud hynny.'

'Oliph a'r lleill a'n cadwo!'

'Yr ymgyrch fawr nesa fydd honno i drio cael pobol fel chdi i weld synnwyr yn y peth.'

Ni chafodd Osmo gyfle i ateb hynny. Daeth un o'r ddau Isben gwarchodol atynt.

'Ro'n i'n meddwl fod Uchben Mulg wedi'ch gwahardd chi'ch dau rhag ymgyfathrachu,' meddai, yn cadw ei sylw i gyd ar Ahti.

'Dos i chwara hefo dy nain.'

'Mi gei di ddeud hynna wrth Uchben Mulg dy hun!'

'Ia, dyna fo, dos rŵan.'

Trodd yr Isben a dychwelyd i ddadlau'n daer â'i gydymaith.

'Mae Mulg yn rhy brysur ar y funud,' meddai Ahti.

'Mae Anund i gael 'i droi'n dduw, felly?' gofynnodd Osmo.

'Fedra i mo d'atal di rhag credu hynny.'

'Dros be ddudist ti oeddan ni'n ymladd?'

'Mi wyt ti wedi cael clwy'r hogyn. Tyd. Mi awn ni allan.'

Gwenodd Ahti'n foesgar ar y ddau Isben gwarchodol wrth fynd heibio iddyn nhw.

'Mi fydd cerrig yr adeilad un ac oll yn dod o greigfa ger cartra'r Aruchben,' meddai Ahti.

'Oliph, Oliph!' Allan ynghanol y milwyr doedd Osmo ddim yn credu fod angen iddo guddio ei ymateb. 'A phwy mae o'n mynd i'w gael i fynd â'r meini yr holl ffor i fan'no? A phwy geith o i godi'r peth 'ma?'

'Chwys dan chwip. O hyn ymlaen, rydan ni i fod i ladd cyn lleiad â phosib o'r gwyrddion a mynd â nhw i fan'no. Ac mi fydd pob milwr ddaw o hyd i wisgwr gwinau a mynd â fo'n fyw i'r Aruchben yn cael dyrchafiad.'

'Rheini?'

'Ia.' Trodd Ahti ei ben yn ôl am eiliad a gweld fod y

ddau Isben gwarchodol wedi dod allan o'r cwt. 'Honno fydd buddugoliaeth y tiroedd dros y gwinau.'

'A does 'na neb i awgrymu mor wallgo ydi hyn i gyd.'

'Dim ond y sawl sy'n dymuno i'w fywyd fachlud yr un pryd â'r haul heno. Be mae hwn yn trio 'i wneud?'

Roedd milwr newydd yn straffaglio â sach trwm yr olwg ar ei gefn, a hwnnw'n camu'n waeth wrth i'r milwr geisio ei sythu. Methodd. Disgynnodd y sach ac yntau.

'Be wyt ti'n 'i wneud hefo'r sach 'ma?' gofynnodd Ahti.

''I gario fo, Uchben.'

Daeth ffrwydrad bychan o chwerthin o geg Osmo.

'Mae arna i ofn fod dy atab di'n rhy gymhlath i 'nghrebwyll bach i,' meddai Ahti. 'Ac Isben ydw i, nid Uchben.'

'Ia, Isben.'

Cododd y milwr ac edrych yn briodol i rywle tua chyffiniau ei draed.

'A phwy wyt ti, felly?' gofynnodd Ahti.

'Milwr S Rhif Deg ar Hugian o Ddegfad Rheng Maes Cant a Phymthag, Isben.'

'Dipyn o waith, rhwng cofio a chario sach. Be sy gen ti ynddo fo?'

'Cerrig, Isben.'

'I ble'r wyt ti'n mynd â nhw?'

'Hyd y lle 'ma, Isben.'

'Cerrig cosb?'

'Ia, Isben.'

Plygodd Osmo at y sach a'i godi fymryn cyn ei ollwng drachefn.

'Am be?' gofynnodd Ahti i'r milwr.

Dim ond codi ei sgwyddau ddaru'r milwr.

'Deud rŵan,' meddai Ahti. 'Chei di ddim gwaeth gen i.'

'Deud 'mod i'n gobeithio fod Gaut wedi dengid, Isben. Mi ddaru 'na rywun achwyn arna i wrth Uwchfilwr.'

'Pwy ydi'r Gaut 'ma sy gen ti?'

'Chi ddaru 'i achub o, Isben.'

'Hwnna'n air trwm braidd gen ti. Dos â'r rhein fesul llwyth call i'r gongl 'na. Deud wrth yr Uwchfilwr mai fi sydd wedi deud wrthat ti.'

Cododd y milwr ei lygaid.

'Diolch, Isben.'

'Be 'dan ni haws?' meddai Ahti wrth i'r ddau adael y milwr diolchgar i'w orchwyl.'Pa haws mae unrhyw fyddin o gael milwr a'i gefn o wedi sigo fel pawan wiwar yn bwydo?'

'Mi fydd yn rhaid i ti egluro,' mynnodd Osmo.

'Hidia befo. Mi ddaeth yr Uchben Negesydd â datganiad arall hefo fo. Mae'r Aruchben yn deddfu fod yn rhaid chwilio'r tai drwy'r tiroedd am betha cain, a mynd â nhw iddo fo iddyn nhw gael 'u cadw am byth yng Nghwt yr Anund.'

Arhosodd Osmo'n stond.

'Pob tŷ?'

'Pob tŷ y medar rhywun o'r fyddin lwyd gael 'i droed dros y trothwy.'

'Fydd gan neb hawl i gadw 'i betha 'i hun iddo'i hun?'

'Na fydd. Ac os oes gen ti gerflun ne' dlws go werthfawr yn dy bocad ne'n hongian am dy wddw mae'n well i ti 'i guddiad o.' Edrychodd yn ôl eto am ennyd. 'Roedd gan Gaut druan un, medda fo,' meddai wrth droi ei ben yn ôl, 'ac mi gafodd 'i ddwyn gan ryw nai i'r Hynafgwr ne' rwbath pan oeddan nhw'n ymosod arno fo i'w gipio i'r fyddin. Mi ge's i ddisgrifiad digon manwl ohono fo drwy ddagrau i'w nabod o am byth pan o'n i'n paratoi 'i sachyn dengid o.'

'Mae gan Mam betha cain, lond tŷ ohonyn nhw,' meddai Osmo, fel tasai o heb wrando ar ddim yr oedd Ahti newydd ei ddeud.

'Roedd gynni hi fab arall hefyd, 'toedd? O ia,' cofiodd, 'mae 'na un gorchymyn arall. Os ydi'r stori am Bo fab Uchben Haldor yn wir mi fydd unrhyw filwr a ddaw ag o'n fyw a'i ollwng wrth draed yr Aruchben yn cael 'i ddyrchafu'n Isben ar y twymiad.'

'Wel, mae o ychydig yn hŷn na gelyn Ymir Gawr druan, debyg, a chymaint â hynny'n beryclach, siŵr o fod.'

Doeddan nhw ddim wedi sylwi ar Isben yn brysio tuag atyn nhw. Aeth heibio heb edrych arnyn nhw o gwbl, dim ond arafu i ddeud ei bwt.

'Mae 'na baratoada ar eich cyfar chi'ch dau,' meddai, ei geg bron ar gau.

Prysurodd ymlaen nes cyrraedd yr Isben gwarchodol oedd heb fynd i gwt yr Uchbeniaid. Dechreuodd sgwrs frwd hefo fo.

'Mae'n well i ni feddwl am 'i throi hi,' meddai Ahti.

'Pan maen nhw'n dy gerddad di i'r fyddin maen nhw'n dy gerddad di drwy goedwigoedd dirifedi ac yn newid cyfeiriad o ddydd i ddydd i wneud yn sicr nad oes gen ti'r un syniad ble'r wyt ti na hyd yn oed i ba gyfeiriad mae dy gartra di pan gyrhaeddi di'r gwersyll.'

Geiriau Angard. Doedd gan Gaut ddim lle i'w amau bryd hynny chwaith, pan nad oedd y fyddin yn ddim ond lled-fygythiad pell a braidd yn amherthnasol i hogyn un ar ddeg oed. Rŵan roedd yn eu cofio. Ond roedd y geiriau eraill yn mynnu aros hefyd, a hynny'n fwy cyndyn am ei fod yn ceisio eu gollwng dros go. Daethai hen Uchben i'r gwersyll i'w hannerch, gan gyhoeddi fod pob milwr yn wyneb angau yn galw ar y duwiau hefo'i anadl olaf i'w dderbyn oherwydd iddo dywallt y gwaed o'i fewn er eu hanrhydedd ac anrhydedd y tiroedd. Dim ond y cyfarch hwnnw oedd yn addas i'r anadl olaf. Roeddent wedi gorfod ailadrodd hynny drosodd a throsodd wrtho, yna ei weiddi, drosodd a throsodd, yntau'n eu hysio ymlaen nes bod eu gwaedd yn diasbedain a'r Uchben wedi rhoi'r gorau i'w weiddi o.

Roedd wedi cychwyn i'r cyfeiriad y gwyddai ei fod wedi cyrraedd y gwersyll ohono, yna wedi mynd i goedwig am nad oedd dim arall o'i flaen, a phan ddaeth ohoni roedd ar goll, a geiriau Angard yn cael eu gwireddu. Safodd ar gwr y goedwig. O'i flaen roedd dyffryn ar dro. Doedd dim golwg o'r haul, dim ond llond awyr o gymylau amryliw. Credai ei fod yn wynebu'r dwyrain, rhyw reddf ella'n awgrymu hynny.

Doedd o ddim am ymdroi. Cychwynnodd, a phenderfynu mynd i lawr hefo'r afon ddifyr ar gwr y dyffryn. Roedd rhywbeth yn gadarnhaol yn sŵn y llif bychan prysur. Sibrydodd yr enwau wrtho'i hun i'w gyfeiliant. Mam, Dad, Cari, Dag, Aud, Lars Daid, Angard, Eir, Lars. Ond ni wyddai ai dynesu tuag atyn nhw ai pellhau oedd o wrth gerdded glan yr afon a hanner dwsin o geirw beth pellter i'r dde iddo'n codi eu pennau o'u pori i'w wylio.

6

'Ydi o'n gyd-ddigwyddiad tybad?' gofynnodd Angard.

'Be?' gofynnodd Seppo.

'Mi wyddost yn iawn. Pam mae hwn yn hongian oddi ar y goedan hon, o bob coedan yn y lle 'ma?'

'Wel am mai yn fa'ma y rhoddwyd o, debyg.'

'Yr union goedan mae Gaut wedi treulio 'i blentyndod yn 'i dringo a'i dathlu. Y goedan agosa at y fan y rhoddwyd Lars bach i'w dynged, yn y gobaith na ddeuai 'na neb i'w nôl o a'i arddal o.'

'Os wyt ti'n fy ama i...'

'Nac ydw, debyg. Pwy bynnag ddaru hyn, nid chdi oedd o.'

Daliodd y ddau i edrych ar gorff Obri, nai yr Hynafgwr Newydd, yn hongian â'i ben i lawr oddi ar gangen gref un o'r ddwy fasarnen a dyfai ar lan y gors. Doedd dim ôl artaith arno, dim ond wedi'i adael i farw wrtho'i hun. Roedd lwmp o wlanen yn llond ei geg, yn cael ei ddal ynddi gan rimyn o glwt wedi'i glymu am ei wyneb, fel na fyddai unrhyw waedd o'i eiddo'n cyrraedd ymhellach na boncyff cadarn y fasarnen. Roedd y rhaff yr hongiai oddi arni'n gwlwm dolen am ei fferau ac yna'n codi dros gangen a'i phen arall wedi'i glymu wrth wyth boncyff yn llwyth ar y ddaear, pob un wedi'i lifio i ryw hyd braich, a'r wyth wedi'u clymu yn ei gilydd hefo rhaff arall deneuach oedd â'i phen rhydd yn flêr ar y ddaear gam neu ddau oddi wrth y boncyffion.

Roeddan nhw wedi llwyddo i dawelu rhywfaint ar yr Hynafgwr Newydd. Roedd wedi mynd ohoni'n lân pan aed â'r newydd iddo gan ei gymydog a phan ddaeth ar ei frys ei hun i olwg y corff. Aeth ati'n ddiymdroi a didrugaredd i gyhuddo pawb o fewn golwg ac o fewn clyw ac o fewn cof, gan wasgaru cyhuddiadau fel hadau'r ysgall hyd y lle. Er ei fod yn credu ei fod yn gallach na'r un Hynafgwr a gofiai o'i flaen ac er ei fod yn gallu llawn ddirnad yr hyn y medrai ysgytwad sydyn ei wneud i feddwl a rheswm, roedd yn anodd gan Seppo deimlo cydymdeimlad ag o ac roedd un cip ar wyneb Angard yn dangos nad oedd o ar feddwl teimlo dim o'r fath.

'Chdi ddaru hyn!'

Daethai'r Hynafgwr Newydd at Angard i weiddi yn ei wyneb.

'Be haru ti...' dechreuodd Seppo.

'Ia,' meddai Angard ar ei draws. 'Hefo bys bach 'y nhroed a blewyn o 'marf.'

Daeth y cymydog yno. Gafaelodd mor dosturiol ag y gallai yn ysgwydd yr Hynafgwr Newydd.

'Tyd rŵan. Wnei di ddim lles i chdi dy hun na neb fel hyn.'

'Y llafna ddaru hyn ar dy anogaeth di!' gwaeddodd yr Hynafgwr Newydd ar Angard. 'Rwyt ti'n gwenwyno meddylia'r ifanc hefo dy dafod! Mi fuo'n rhaid i dy blant di fynd o d'olwg di cyn gweld sut un oeddat ti. Mi welson wedyn, does dim sy'n sicrach. Fawr ryfadd i'r un ohonyn nhw gynnig cam yn ôl tuag at dy dŷ di!'

Gwelwodd Angard. Dechreuodd ei ên grynu. Ond camodd Seppo heibio iddo a gafael yn ysgwydd yr Hynafgwr Newydd. Edrychodd ennyd ar yr ofn yn llamu i'w lygaid.

'Deud di hynna eto,' meddai, bellach yn sicr ohono'i hun, 'ac mi fydda i'n dy hongian di ar dy ben i lawr ar y goedan arall 'na yng ngolwg pawb a sefyll o dy flaen di i ofalu na ddoi di o'na'n fyw, waeth gen i faint ydi d'oed di na pha gyflwr na galar wyt ti ynddo fo.'

Roedd fymryn yn edifar am eiliad wrth weld henwr yn mynd i'w gragen a throi oddi wrtho. Yna gafaelodd yn Angard a'i ledio draw.

'Wedi styrbio mae o,' cynigiodd y cymydog gan afael eto yn yr Hynafgwr Newydd. 'Ddaw dim lles o ddeud na meddwl petha fel'na, 'sti,' meddai wrtho'n dadol.

'Paid â phoeni amdana i,' meddai Angard wrth Seppo. 'Mae gen i amcan go lew pwy sy'n gyfrifol am hyn,' cyhoeddodd yn uwch wrth bawb.

Yna roedd ganddo gynulleidfa. Trodd at yr Hynafgwr Newydd.

'Nid wrthat ti dw i'n deud hyn,' meddai. 'Sgytwad ne' beidio, dwyt ti ddim gwerth trafferthu hefo fo. Mae holl ogla ysbiwyr y fyddin werdd ar hyn,' meddai wrth bawb. 'Dyma'u dull nhw o gosbi a rhybuddio.'

Gollyngodd y cymydog ei afael ar yr Hynafgwr newydd a brysio ato.

'Sut gwyddost ti?' gofynnodd.

'Pan fydd pobol o gymdogaetha erill yn galw yn 'y nhŷ i wedi'u hirdaith, gwrando fydda i, nid siarad.'

'Pam fyddan nhw am gosbi Obri?' gofynnodd y cymydog, ei lais bron yn wich.

'Poeni am dy groen wyt ti?' gofynnodd Angard yn sur braf. 'Beidio bod glynu dy dafod yn nhin y fyddin lwyd fel rwyt ti a fo wedi'i wneud ar hyd y blynyddoedd yn dechra mynd yn beryg?'

'Deud yn iawn be wyddost ti!' gwaeddodd y cymydog.

'Dos i gysgu am y gaea,' atebodd Angard. Trodd ei sylw at y lleill. 'Roedd hwn,' meddai gan amneidio at y corff, 'yn gofalu fod pawb yn gwybod mor frwd oedd o fel heliwr milwyr i'r fyddin lwyd 'toedd? Ac yn hwyr ne'n hwyrach roedd ysbiwyr y gwyrddion yn mynd i ddod i wybod am hynny 'toeddan? Waeth i chi 'i dynnu o i lawr a pharatoi twll iddo fo ddim,' ychwanegodd. 'Go brin y dôn nhw i'w gladdu o. Tyd,' meddai wrth Seppo. 'Wela i ddim fod hyn yn waith i mi nac i titha.'

Trodd, a chychwyn i fyny. Roedd Seppo'n dawel, yn berwi o'i fewn. Yna, pan ddaethant i ben y bryncyn y gwelsai Cari a Gaut y chwilio am Lars ohono, arhosodd, a throi i edrych tuag at y goeden a'i llwyth newydd.

'Be oeddat ti'n 'i ddeud am ddull y fyddin werdd o ddial?' gofynnodd.

'Rwts pob gair,' atebodd Angard, a mymryn o ddialedd llon yn llenwi ei lais wrth iddo yntau droi'n ôl. 'Ymgais fach i symud yr amheuaeth oddi wrth y llafna ifanc 'ma. Maen nhw wedi cael gwybod sut cafodd Gaut 'i ddarnlusgo i'r fyddin a phwy oedd yn gyfrifol. Mae dialedd wedi bod yn 'u llond nhw ers hynny. Be sylwist ti?' gofynnodd.

'Dim mwy na chdi, mae'n sicr.'

'Dim ond cyfrwystra oedd 'i angan. Mi fyddai un wedi gallu gwneud hyn, a fyddai dim angan iddo fo fod yn gry iawn o gorff chwaith. Y rhaff dena 'na sy'n clymu'r boncyffion ydi'r atab 'te? Ac union safla'r boncyffion.'

'Ella,' atebodd Seppo.

'Mae'r lladdwr,' meddai Angard, yn dal i syllu ar yr olygfa odanyn nhw, 'y byddai rhai'n deud 'i fod o'n gymwynaswr hyn o gymdogaeth,' ychwanegodd bron wrtho'i hun, 'yn hel digon o foncyffion fydd hefo'i gilydd yn drymach na hwnna. Os na fedar o'u cludo nhw yna yn un llwyth mae'n dŵad â nhw fesul un a'u cuddio nhw yn un o'r llwyni 'na nes mae o wedi cael yr wyth. Mae o'n dewis y noson hefo'r union ddigon o leuad. Mae o'n mynd â'r boncyffion i ben y gangan fesul un.' Roedd ei fys prysur yn anelu at y gangen gref uwchben y boncyffion. 'Mae o'n 'u clymu nhw'n dynn wrth 'i gilydd hefo'r rhaff dena 'na ac yn gollwng 'i phen rhydd hi i hongian, fel y medar o gael gafael arno fo o'r llawr pan ddaw'r adag, ac wedyn yn clymu'r rhaff hir yn y boncyffion ac yn 'i thaflu hi dros y gangan arall 'na, a'r cwlwm dolan yn barod yn 'i phen hi. Mae o wedi'i mesur hi i'r trwch blewyn 'gosa. Mae o'n symud y llwyth boncyffion fel y bydd un plwc ar y rhaff dena'n ddigon i'w cael nhw i ddisgyn oddi ar y gangan. Wedyn, rywsut ne'i gilydd, mae o'n denu hwnna yma ac yn llwyddo rywfodd i'w gael o i sefyll yng nghylch y cwlwm dolan. Mae'n debyg 'i fod o'n cael y cwlwm dolan am y ffera cyn iddo fo dynnu yn y rhaff arall rhag ofn i betha fynd o chwith. Unwaith mae'r boncyffion yn disgyn mae hwnna'n cael 'i blycian din dros ben i hynny o entrychion sydd 'u hangan am fod y boncyffion yn drymach nag o.'

''Da i ddim i daeru hefo hynna,' meddai Seppo.

'Yr unig beth na chawn ni fyth mo'i wybod mae'n debyg ydi a gynhaliodd y lladdwr sgwrs hefo fo tra oedd o'n hongian. Os daru o, mi fentra i 'mywyd fod enw Gaut wedi dod iddi. Paid â disgwyl 'y ngweld i yn y gladdfa. Tyd.'

Aethant. Ymhen dim arhosodd Angard drachefn.

'Ymladd i ddod ag anobaith i'r tiroedd maen nhw 'te?' meddai. 'Ella mai dyna ydi hyn. Y tiroedd yn dechra taro'n ôl. Ond wedyn,' ychwanegodd cyn i Seppo gael cyfle i ystyried ei eiriau, 'os fel hyn mae'r tiroedd yn taro'n ôl fyddan ni ond yn yr un twll yn y pen draw, na fyddan?'

Chwiliodd Seppo am ateb. Ond roedd o ar goll.

7

'Mae amheuwr pum munud yn fwy gwerthfawr na hygoelyn oes,' meddai Eyolf.

'Dydi hynna ddim yn berthnasol i hwn gan nad ydi o'n mynd i'r draffarth o ama, dim ond gwrthod pob cred ar 'i ben,' atebodd Aino gan amneidio'n swta tuag at Bo.

'Dydi hynna ddim yn wir,' meddai Bo. 'Rydach chi'n credu yn y bleiddiaid. Dw inna hefyd. Rydach chi'n credu yn yr eryr. Dw inna hefyd. Rydach chi'n credu yn y tiroedd, wel, pob man ond y Gogledd Pell. Dw inna hefyd, yn arbennig yn y Gogledd Pell.'

'Dydw i ddim yn sôn am betha felly.'

'Dim ond y rheini sy'n werth sôn amdanyn nhw. A phrun bynnag, os ydi un llwyth o ddŵr yn gysegredig mae pob un.'

Yn union fel y ddau dro cynt i Bo gerdded y tridiau o lannau'r afon rhwng Llyn Helgi Fawr a Llyn Sigur i ddod i ymweld ag Aino ac Eyolf, roedd Aino ac yntau wedi mwytho a llyfu ei gilydd am hydoedd cyn i'r un gair ddod o geg y naill na'r llall. Y rheswm nad oedd Bo'n yngan yr un gair oedd ei fod yn methu. Roedd y cofio a'r ail-fyw yn rhy lethol. Yna, wedi dod ato'i hun, roedd wedi deud mai galw wrth fynd heibio oedd o y tro hwn, ac yna wedi deud ei stori, y cwbl i gyd. Roedd ymateb Aino i'r hyn a ddigwyddodd yn y Llyn Cysegredig bron mor ddychrynedig ag ymateb Görf. Bu wrthi am funudau hirion yn ceryddu a thaer ymbil arno i feddwl am bobl eraill fel ei deulu a Helge ac Edda a phawb.

'A phrun bynnag,' meddai hi, ei cherydd wedi dod i ben a Bo'n gwrando a'r un hen edmygedd yn ailferwi o'i fewn, 'heb sôn am beryglon y byddinoedd, nid dyma'r adag o'r flwyddyn i deithio ymhell. Dw i'n synnu na fyddan nhw wedi dy atal di adra.'

'Mi ddaru nhw'u gora,' atebodd Bo. 'Rhoi'r gora iddi a deud 'i bod hi'n fy nabod i ddaru Mam. Ond mi fydd y byddinoedd yn ymbaratoi i glwydo am y gaea ac felly mae'n well mynd yr adag yma nag yn y gwanwyn. Mi fydda i yno hefo Edda a Helge cyn daw'r eira cyfyngu. Mae'r hydref yn dyner.'

'Dyna feddyliodd hwn,' ceryddodd Aino gan bwyntio at Eyolf a'i wên, 'a dim ond ar drum ucha'r cwm oedd o. Un mlynadd ar ddeg gymerodd o i ddŵad adra.'

'Ia, ond doedd o ddim wedi paratoi, nac oedd?' ymresymodd Bo. 'Ac roedd o'n llawar fengach na fi 'toedd? Ar draws pob dim,' gofynnodd i Eyolf i ddod â'r rhan ddigroeso honno o'r sgwrs i ben, 'be wyt ti rŵan?'

'Be wyt ti'n 'i feddwl?' gofynnodd Eyolf.

'Eyolf 'ta Baldur wyt ti bellach?'

'O.' Darfu'r wên. Edrychodd Eyolf ar Aino am ennyd. 'Wn i ddim. Dipyn o'r ddau ella. Dibynnu pwy sy'n gofyn. Does 'na neb yn y gymdogaeth yn 'y ngalw i'n Eyolf.'

'Dyna fyddi di i ni 'te?' meddai Bo. Arhosodd eiliad. 'Be am dy dad? Prun o'r ddau wyt ti'n 'i ystyried fel dy dad? Y ddau?'

'Ia, debyg. Fedra i ddim peidio â meddwl am Steinn ond fel Nhad. Wrth feddwl amdano fo a phopeth ddaru o 'i wneud i mi a ninna'n perthyn dim yn y diwadd, mae...'

Methodd. Ni fedrai wneud dim ond synnu o'i flaen.

'Wrth feddwl amdano fo a phopeth ddaru o 'i wneud i ti mae pob anobaith yn diflannu,' meddai Aino.

'Y Chwedl ydi cariwr pob anobaith,' meddai Bo. 'Hi sy'n defnyddio'r byddinoedd.'

'Dwyt titha'n newid dim, nac wyt?' meddai Aino.

'Be wyddoch chi am anobaith, prun bynnag? Pryd teimloch chi beth felly?' Trodd Bo yn ôl i'w stori gyntaf. 'Ydach chi'n ddig am na ddudis i'n syth wrthach chi y diwrnod hwnnw am Edda a mi'n bachu'r ci copor yn ôl o'r llyn?'

'Nid dyna sy'n bwysig, debyg,' meddai Aino.

'Ia. Dydi o ddim ots am neb arall. A Helge ddaru'n rhybuddio ni i beidio â deud wrth neb, hyd yn oed wrthach chi.'

'Mi ddudodd yn iawn,' meddai Aino. 'Ac mae ots am bobol erill. Gora po leia sy'n gwybod am eich campa chi'ch dau y bora hwnnw. Ydi dy deulu di'n gwybod?'

'Ydyn.' Daeth cysgod gwên eto ar wyneb Bo. 'Mae gen inna ddau dad rŵan hefyd, er dw i ddim yn meddwl am Görf felly chwaith. Mae o'n iawn, er mi fydda i'n ama weithia fod arno f'ofn i braidd. Ond fi ddaru o 'i ddewis i fod yn Hebryngwr,' meddai wedyn, a brwdfrydedd newydd yn llond ei lais. 'Da 'te? Hebryngwr ym mhriodas fy mam fy hun.'

'Braf iawn arnat ti os wyt ti'n gallu meddwl fel'na,' meddai Aino.

'Hawdd 'tydi?'

Cododd Bo a thynnu'r cerflun oddi ar y silff, cerflun blaidd o law gadarn Linus. Eisteddodd drachefn a bodio'r blaidd i'w werthfawrogi'n llawn. Yna cododd ei ben.

'Wyddoch chi be oedd Mam yn 'i gario i'w phriodas, yn dynn yn 'i llaw?' gofynnodd. 'Fy addurn i. Hwnnw ge'st ti'n ôl i mi,' meddai wrth Eyolf, ei lais yn dawel gan werthfawrogiad. 'Yr hebog mawr a'i hyder ar un wynab iddo fo a'r goeden ar y llall. Ro'n i wedi'i roi o'n ôl i Mam pan ddois i adra y tro cynta ond mi wncs i 'i ailgyflwyno fo iddi y bora hwnnw, 'i roi o iddi am bob dim ddaru hi 'i wneud i ni, a Nhad i ffwr. A wyddost ti be ddaru hi 'i wisgo am 'i gwddw i fynd i'w phriodas?' gofynnodd i Eyolf.

'Dy winau di,' atebodd Eyolf.

'Sut gwyddat ti?' gofynnodd Bo syn.

'Roedd yr atab yn dy gwestiwn di.'

'Ar ôl iddi hi 'ngweld i'n 'i llnau o'n lân cyn cychwyn y penderfynodd hi bod arni hi isio 'i wisgo fo. Roedd Görf yn methu dallt, druan. Ond mi ddalltodd wedyn. Mae Görf yn iawn, siŵr.'

'Mi est i briodas dy fam heb wisgo'r gwinau, felly,' meddai Eyolf.

'Dim peryg. Ro'n i wedi gofyn i Görf ers dyddia oedd gynno fo wrthwynebiad i mi wisgo mantall sgwydda Nhad fel mantall Hebryngwr. Doedd gynno fo ddim. Ac mi es i ati'n syth i'w llifo hi'n winau, nes 'i bod hi fel newydd. Mi wisgis i honno.'

Canolbwyntiodd eto ar gerflun y blaidd, a'i fodio drachefn yn araf.

''Sgin ti ffansi siwrna?' gofynnodd i Eyolf.

'Wyt ti rioed wedi cymryd yn ganiataol 'mod i am ddŵad hefo chdi?' gofynnodd Eyolf ar frys.

'Naddo debyg. Mi fedra i fynd fy hun, siŵr. Ond pam na ddowch chi'ch dau? Mi edrychith y cymdogion ar ôl y tŷ 'ma, 'fath ag o'r blaen.'

'Mae 'nyddia crwydro fi ar ben, greadur,' atebodd Aino. 'Mae'n dyddia crwydro ni'n dau ar ben.'

'Pam mae dyddia crwydro hwn ar ben?' gofynnodd Bo gan ddal ei fys bron dan drwyn Eyolf. 'Megis llefnyn ydi o. Wyt ti am ddŵad hefo fi?' gofynnodd iddo.

'Nac'dw.'

'Pam?'

Syllodd Eyolf ar y cerflun am ennyd cyn ateb.

'Cyn hir mi fydda i'n gofyn i ti fod yn Hebryngwr yn 'y mhriodas inna hefyd. Linus a chditha.'

'Chdi'n priodi?' gofynnodd Bo bron cyn i Eyolf gael cyfle i orffen.

'Oes 'na rwbath yn rhyfadd yn y peth?'

'Idunn,' cyhoeddodd Aino'n dawel.

'Idunn?' Neidiodd Bo am y cyfle. 'Rwyt ti'n 'i phriodi hi am mai hi oedd y fwya brwd yn edrach ar ôl y tŷ 'ma pan oeddach chi i ffwr, felly.'

'Trocha dy hun yn y llyn 'na, y twmpath.'

'A dau Hebryngwr yn dy briodas?' gofynnodd Bo lawen wedyn.

'Nid am 'y mod i'n rhy ddiog i ddewis. Mi fuodd Linus yma rhyw leuad a darn yn ôl. Pan ddudis i wrtho fo mi ddudodd na chaen ni ddim priodi heb i chdi a fo fod yn Hebryngwyr. Malu'r drefn yn racs, medda fo, am mai 'i dilyn hi sy'n arwain at fyddinoedd. Mi wnei di, gwnei?'

'Wel gwnaf, debyg. Ydi hi'n Briodas Annheilwng?' gofynnodd Bo ar ei union a'r un brwdfrydedd yn llond ei lais.

'Fasai Priodas Deilwng ddim yn caniatáu i mi gael dau Hebryngwr,' meddai Eyolf.

'Gwych.'

'Faswn i ddim yn 'i orchymyn o pwy i'w phriodi...' dechreuodd Aino.

'Na fasach, debyg,' torrodd Bo ar ei thraws.

'A fasai rhieni Idunn ddim yn gwneud hynny iddi hitha chwaith,' gorffennodd Aino.

Cododd Bo y cerflun fymryn yn uwch ar ei lin a gwenu'n braf arno wrth ei fwytho.

'Mwya yn y byd o briodasa fel'ma gawn ni anodda yn y byd fydd hi i'r byddinoedd gael milwyr,' meddai.

'Sut bynnag mae'r ddamcaniaeth fach yna'n mynd i weithio,' meddai Aino.

'Amlwg 'tydi? Os ydi'r rhieni'n gallu meddwl drostyn nhw'u hunain cyn priodi mi fydd yn haws i'r plant wneud hynny'n bydd?' Cododd a gosod y cerflun yn ôl ar ei silff a throi at Eyolf. 'Tyd i'w dangos hi'n iawn.'

'Nid gafr ddethol ydi hi.'

'Nid dyna'r o'n i'n 'i feddwl, siŵr. Ers pa bryd ydach chi'n stwna?'

'Pan oedd hi'n bump a minna'n chwech,' gwenodd Eyolf.

'Y cynta i briodi fydd yn gwadd pawb.'

Roedd edrychiad Eyolf ac Aino ar ei gilydd yr un mor anobeithiol â'i gilydd.

'Mi ddudis i, 'ndo?' meddai Eyolf.

'Deud be?' gofynnodd Bo.

'Y basat ti'n cofio geiriau Aarne wrth inni ymwahanu y diwrnod hwnnw.'

'Oeddach chi'n disgwyl i mi anghofio?'

'Geiriau cysur oeddan nhw, hogyn,' meddai Aino, ei llais yn llawn amynedd caredig, 'dim isio dy siomi di a Linus drwy gydnabod ein bod ni'n gwahanu am byth.'

'Chlywis i rioed y fath rwts,' meddai Bo.

Chwiliodd Aino lygaid Eyolf am gefnogaeth, ond roedd o eisoes wedi ildio.

'Dydyn nhw ddim yn mynd i groesi'r holl diroedd drwy ganol y byddinoedd a'r brwydro,' meddai hi, fel tasai'n egluro wrth blentyn.

'Ydyn, maen nhw,' atebodd Bo, wedi penderfynu. 'Welsoch chi lygaid Leif pan oedd o'n gafael yno' i ac yn addo hynny? Nid cysur twyll oedd o. A ddudodd Aarne rioed yr un gair gwag o'i ben. Maen nhw'n dŵad.' Yna daeth gwên anferth ar ei wyneb. 'Aino.'

'Be?'

'Os ydi'r Hebryngwr yn 'u gwysio nhw maen nhw'n dŵad. A phan mae gynnoch chi ddau Hebryngwr yn unfryd unfarn ar wneud hynny mi fyddan yma yn gynt na'r eryr. Synnwn i damaid nad ydi Linus wedi dechra trefnu eisoes. Waeth gen i pa mor bell ydi Mynydd Trobi, maen nhw'n dŵad.'

'Ac rwyt ti am fynd i odre Mynydd Trobi i'w cyrchu nhw, wyt ti?'

'Ydw.' Yna ystyriodd Bo. 'Ble'n union ddudoch chi oedd o hefyd?'

'Ble'n union ddudis i oedd o hefyd?' Gwgodd Aino ar wên ildiad Eyolf. 'Y ffordd hwylusa o'i gyrraedd o ydi cyd-deithio hefo'r byddinoedd drwy'r holl diroedd nes doi di i ben gogleddol dyffryn y Tri Llamwr, a mynd heibio iddo fo gan ddal i fynd tua'r gorllewin am leuad ne' ragor nes doi di i'r arfordir a'i draetha peryglus a'i donnau direol. Yna troi i'r gogledd am ddiwrnod arall ac mi ddoi i'r gymdogaeth ar odre'r mynydd.'

'Mi fedra i feddwl am waeth,' meddai Bo'n ddibryder. 'A Mikki? Dydi o ddim ymhell oddi wrthyn nhw, nac'di? Mae o'n dŵad hefyd.'

'Hannar diwrnod arall tua'r gogledd. Be wnei di? Gwenu'n ddel ar bob byddin wrth fynd heibio?'

'Nid y rheini sydd i benderfynu pwy mae Idunn ac Eyolf yn 'u cael i'w priodas.'

Teimlodd Eyolf ei hun yn cael ei ysgwyd gan y sicrwydd a'r hyder. Cododd.

'Tyd. Mi awn ni i weld Idunn.'

Aeth at y drws, yn llawn cymaint i gael ei wynt ato â dim arall. Ond wrth ei ddilyn gwelodd Bo lygaid Aino eto. Aeth ati a'i chofleidio yr un mor angerddol â phob tro arall. Gwyliodd Eyolf y ddau am ychydig. Yna aeth popeth yn drech nag yntau ac aeth atynt. Cofleidiodd y tri ei gilydd fel pothanod mewn ffau. Ni ddywedwyd dim. Aeth Eyolf a Bo allan. Arhosodd Aino'n llonydd a phryderus ble'r oedd hi.

'Wyt ti'n cofio mwy am dy blentyndod erbyn hyn?' gofynnodd Bo wrth fusnesa'n braf o'i gwmpas.

'Dw i'n cofio llawn cymaint â neb arall, am 'wn i. 'Blaw Linus, wrth gwrs. Synnwn i damad nad ydi o'n cofio cael 'i genhedlu.'

'Be oeddat ti'n 'i deimlo am dy blentyndod pan oeddat ti'n llencyn 'ta?'

'Dim. Wel, dim y medra i 'i ddisgrifio, beth bynnag.' Arhosodd Eyolf i ganolbwyntio mymryn ar y llyn a'i fân grychdonnau. 'Ddaru Nhad – Steinn, felly – rioed grybwyll wrtha i 'mod i wedi colli 'ngho. Ro'n i'n teimlo'n rhyfadd rywsut pan fyddai Linus yn brywela 'i blentyndod yn ddiddiwadd, ond am ryw reswm do'n i ddim yn ystyriad nad o'n i'n cofio felly fy hun, heb sôn am ystyriad pam oedd hynny.' Ailgychwynnodd. 'Yr unig beth o'n i'n 'i gofio oedd gwaeledd mawr, gwaeledd rhyfadd, a gwybod yn 'y nghrombil nad o'n i i fod i wella. Roedd yr un breuddwyd yn byw a bod yn 'i ganol o, breuddwyd am fod ynghanol bwystfilod a'r rheini i fod i fy llarpio i ond nad oeddan nhw fyth yn gwneud hynny. Ond dydw i ddim yn cofio'r diwrnod yr es i ar goll. Go brin y gwna i bellach.'

'Sut oedd Aino'n gwybod mai ar y trum ucha'r oeddat ti, felly?'

'Am mai yn fan'no y byddwn i bob tro. Ro'n i'n 'i hawlio fo. Yr eryr a'r hebog a minna oedd pia fo. A'r blaidd, wrth gwrs.'

'Iawn, 'te?' meddai Bo, yn dal i syllu o'i gwmpas ac yn cael pwl newydd o wirioni am ei fod yn mynd i gael bod yn Hebryngwr yn y briodas. 'Lle braf yma, 'toes? Y tai 'ma i gyd yn daclus. Fyddi di'n aros yma?'

'Byddaf.'

'Ydi pawb yma'n gwybod dy fod yn mynd i gael dau Hebryngwr yn dy briodas?'

'Ydyn.'

'Be maen nhw'n 'i feddwl o hynny?'

'Pob math o betha. Rhai'n deud mai o'r tiroedd pell y daeth y syniad, lle nad oes wybod be i'w wneud hefo'r trigolion, rhai'n deud mai mynd yn rhy agos at y Pedwar Cawr ddaru ni, a bod hynny wedi amharu ar ein meddylia ni ne' bod y Pedwar Cawr yn dial am inni feiddio mynd mor agos atyn nhw drwy wneud inni feddwl a gwneud petha ynfyd. Ar ôl iddyn nhw ddod i ddallt fod Mam yn cymeradwyo'r syniad oedd hynny.'

Roedd tai pellaf y gymdogaeth gyferbyn â chanol y llyn. Gwyddai Bo mai cartref Idunn oedd y tŷ agosaf atyn nhw ac wrth i'r ddau ddynesu agorodd y drws a daeth hi allan. Cododd ael gynnil chwareus ar Eyolf cyn canolbwyntio mymryn ar Bo.

'Ro'n i'n rhyw ama 'sti,' cyfarchodd Bo hi.

Chwarddodd hi'n ysgafn. Daeth atynt. Gafaelodd yn Bo a'i gofleidio.

'Am fod yn Hebryngwr inni mae hon,' meddai, a'i chusan yn union fel cusan Birgit.

'Dw i wedi deud o'r dechra cynta fod Eyolf yn gwybod yn iawn be mae o'n 'i wneud.'

'Paid â'u creu nhw, sebonwr bach,' atebodd Idunn. 'Doeddat ti ddim mewn cyflwr i ddeud na meddwl dim pan welist ti Eyolf gynta.'

'Yn fuan wedyn 'ta,' meddai Bo.

Daliodd Idunn ei gafael ynddo. Roedd ei gwên ddireidus wedi mynd. Astudiai ei wyneb, a doedd Bo ddim yn teimlo'n annifyr ei fyd o gwbl wrth iddi wneud hynny. Teimlai adnabyddiaeth, a doedd 'nelo hwnnw ddim â'i fod wedi'i chyfarfod bob tro y daethai i'r gymdogaeth chwaith. Fel hyn oedd Birgit hefo fo ers iddo ddychwelyd.

Daliai Idunn i syllu.

'Mae 'na ddyfnder fel gwraidd y rhedyn yn dy lygaid di.'

Penderfynodd Bo y medrai fforddio tridiau i ddod rywfaint yn fwy cyfarwydd ag Idunn. Bod yn ddi-hid braidd yn ei dyb o oedd peidio, ac yntau'n mynd i fod yn Hebryngwr yn y briodas. Ond esgus oedd hynny hefyd. Roedd o wrth ei fodd yn ei chwmni, ac yn lled fuan yn y gyfathrach roedd wedi cael y syniad o'i gwadd i fynd hefo fo yn y gobaith y byddai hi'n derbyn ac yn tynnu Eyolf ar ei hôl. Roedd o hyd yn oed wedi ceisio gan Aino gymeradwyo'r syniad. Ar ben y trydydd diwrnod, ac yntau'n un trobwll o deimladau wrth sylweddoli fod gofyn iddo gychwyn bellach ac yn dal â'i obaith gwan, roedd yn stelcian wrth y llyn. Roedd brawd Aino wedi cyrraedd ar ei sgawt o Lyn Sorob, ac aeth yntau allan am dro i bawb arall gael llonydd.

Ond ymhen dim roedd Eyolf yn galw arno i ddod i'r tŷ,

oherwydd nid ar ei sgawt y daethai'r brawd. Roedd ganddo negeseuon, y gyntaf am y fyddin lwyd yn chwilio'r tai am greiriau ym mhobman heblaw am un lle. Yn ôl yr hyn roedd o wedi'i ddallt roedd yr Aruchben wedi deddfu na châi dim cain o gyffiniau Llyn Sorob fynd i adeilad coffa ei fab am mai y fan honno oedd cartref Tarje Lwfr Lofrudd, a'r unig beth y câi'r gymdogaeth ger y llyn hwnnw ei gyfrannu oedd gwaed ei hieuenctid.

Roedd ganddo ddwy neges arall. Yr hanes am Gaut oedd y gyntaf, hynny o'i hynt ag y gwyddai amdani, a'i gysylltiad â theulu Tarje a'i hanes yn mynd i'r gors i gyrchu ei fabi. Aeth hynny ag awran go lew o siarad cyn i'r brawd ddod at ei drydedd neges. Roedd y fyddin lwyd yn gorchymyn i bawb chwilio am fab rhyw Uchben Haldor o lannau Llyn Helgi Fawr, rhag ofn ei fod yn fyw, rhag ofn ei fod yn trefnu dialedd am dynged ei dad ac yn hel gwehilion fel Gwineuod a chrwydrwyr ysbail i'w ganlyn ac yn arfogi'r ysbrydion drwg a'r gau dduwiau, 'neu fel'na maen nhw'n deud,' ychwanegodd. Ni chymerodd y brawd arno ei fod yn gweld gwedd Bo.

'Maen nhw'n deud i mi bod yr Isben Ahti 'ma ddaru gynorthwyo Gaut i ddengid yn yr un gwersyll â'r Uchben Haldor pan gafodd hwnnw 'i ddienyddio,' meddai.

'Fo ydi o felly,' meddai Eyolf. 'Gorisben oedd o bryd hynny. Ro'n i yn y gwersyll hwnnw. Roeddan ni i gyd yn gorfod sefyll i wylio Uchben Haldor yn cael 'i ddienyddio. Fo ac Ahti oedd yr unig ddau gall yn y lle.'

Yna amneidiodd ar Bo i ddod allan. Gafaelodd ynddo, gafael pwysleisio gorchymyn.

'Paid byth â deud dy enw cywir nac o ble'r wyt ti'n dŵad wrth neb diarth.'

Erbyn hyn roedd y newydd yn dechrau deud ar Bo.

'Be dw i wedi'i wneud i neb?'

'Mi ddylat wybod bellach nad oes raid i ti wneud dim.' Yna

ystyriodd Eyolf. 'Sut oedd y fyddin yn gwybod dy fod di wedi bod yn y sach? Wyt ti wedi cyhoeddi hynny wrth bawb yn dy gymdogaeth?'

'Naddo, dim ond adra.'

Roedd y rheswm am hynny'n amlwg ar wyneb Bo. Ond daliodd Eyolf ati.

'Roedd pawb arall o'r fyddin oedd yn dyst i hynny wedi'i ladd gan y ddiod, pawb ond Tarje, a fyddai o ddim wedi achwyn, mwy na fyddai neb yn y warchodfa.' Ystyriodd Eyolf eto. 'Faint oedd ar yr ymgyrch honno? Wyddost ti?'

'Cant union,' atebodd Bo yn syth.

'Yn cynnwys yr Uchben?'

'Na. Cant a'r Uchben. Cant o filwyr.'

'Naw deg wyth gafodd 'u cario i'r doman dân, a'r Uchben yn 'u canol nhw. Tarje a chditha'n gwneud cant. Mae 'na un ar ôl. Roedd pawb oedd ar yr ymgyrch yn gwybod pwy oeddat ti?'

'Oeddan, am 'wn i.'

'Hwnnw felly 'te? Mi ddychwelodd i'w wersyll i ddeud 'i bwt, mae'n rhaid.' Arhosodd Eyolf ennyd. 'Ella y byddai'n well i ti ailfeddwl ynglŷn â'r daith 'ma.'

'Na wnaf.'

8

Canai Eir ei gobaith bychan i Lars.

Roedd pawb yn ei rhybuddio rhag mynnu troi'r gobaith yn sicrwydd. Roedd pawb yn ei rhybuddio hefyd y gallai'r dial am fod Gaut wedi dengid o'r fyddin fod arni hi a Lars. Roedd wedi cael rhybudd i guddio'r plentyn rhag iddyn nhw ddod.

Milwr llwyd ddaeth â'r newydd. Ei brif nod oedd mynd adref i rybuddio ei deulu a'i gymdogaeth o'r bwriad i chwilio'r cartrefi am bethau cain a gwisgwyr gwinau. Ac o rybuddio ei deulu ei hun, penderfynodd rybuddio pawb, gan adael ei neges ym mhob cymdogaeth yr âi drwyddi. Ond neges arall oedd ganddo yn Llyn Sorob. Roedd wedi holi am gartref Gaut ac wedi deud yr hanes amdano'n dianc wrth Seppo a Thora. Doedd o ddim yn sicr oedd yr Isben a'r Gorisben a gynorthwyodd Gaut wedi llwyddo i gymryd y goes eu hunain am ei fod wedi mynd o'r gwersyll cyn gynted fyth ag y cafodd gyfle. Roedd wedi gobeithio y deuai o hyd i Gaut ar ei siwrnai ond ni welsai mohono na'i ôl.

Roedd yr ymchwilwyr yn dal i geisio dod o hyd i bwy bynnag a ddenodd Obri i'w ddiwedd. Yr unig wybodaeth oedd ar gael oedd fod mwy nag un wedi gweld rhywun ag osgo llech i lwyn arno y noson cyn y llofruddiaeth. Roedd un ddynes wedi deud ei bod wedi clywed llais Obri wrth iddo fynd heibio i'w thŷ ond ni chlywsai lais cydymaith os oedd ganddo un. Wrth ystyried o gael ei holi, ychwanegodd hi fod dichon mai medd neu ei effaith oedd y cydymaith, ac nid neb ar ddeutroed.

Cadwyd y neges am Gaut yn gyfrinach rhwng y teuluoedd ac Angard. O'i chlywed, cynigiodd o i Eir a'r bychan gysgu yn ei dŷ rhag ofn ysbeilwyr nos. Roedd yn fwy o orchymyn nag o gynnig.

Ond gartref oedd Eir pan gafodd ymwelydd. Roedd Lars

bach yn mwmian yn fodlon yn ei grud, a hithau wrth ganu'n dawel iddo'n mwytho'r cerflun derw bychan o ben Gaut yr oedd ei thad newydd ei orffen ar orchymyn Cari. Roedd Dag a hithau'n galw'n feunyddiol, i anwesu a magu Lars bach ac i ofalu nad oedd Lars y tad yn gwneud llanast o'r cerflun. Dag oedd y beirniad llymaf ac roedd Eir yn fythol ddiolchgar iddo am iddo lwyddo i ddod â gwenau yn ôl ar wyneb ei thad. Bellach roedd y cerflun yn barod i fynd o un tŷ i'r llall gan fod Cari wedi gorchymyn hefyd mai wrth erchwyn ei gwely hi a Dag yr oedd i'w gadw.

Ond nid nhw ill dau oedd wrth y drws rŵan.

'Ga i ddod i mewn?'

Cododd Eir mewn dychryn disymwth. Safai Gweddw'r Hynafgwr ar y rhiniog.

Daeth Aud o'r cefn cyn i Eir gael cyfle i ddim. Safodd hithau'n stond. Daeth poen amlwg ddiffuant i wyneb y Weddw o weld ei hwyneb.

'Aud fach,' ebychodd.

'Be wnei di yma?' gofynnodd Aud, yn camu'n reddfol warchodol o flaen Eir.

'Dod â hwn i'r bychan, os ca i.'

Agorodd fymryn ar ei chôt yn drwsgwl, a thynnu crys bychan ohoni. Roedd golwg druenus braidd arni wrth edrych arno.

'Dw i wedi dechra arno fo ers dyddia lawar. Mi faswn i wedi'i orffan o ynghynt 'blaw bod y dwylo 'ma wedi mynd mor afrwydd. Mae'n cymryd amsar i mi wneud pob dim y dyddia hyn. Dydw i ddim cystal ag yr o'n i.' Roedd diniweidrwydd derbyn wedi llenwi ei llygaid. 'Ond ro'n i isio gwneud yr un gora medrwn i iddo fo.'

Camodd Aud ati. Cymerodd y crys o'i dwylo. Roedd Eir wedi mynd yn ôl at y crud ac wedi codi Lars a'i ddal yn dynn wrth ei bron.

'Does 'na ddim yn bod ar hwn,' meddai Aud, yn astudio a bodio'r crys, ond yn dal i fod yn rhy gythryblus i ganolbwyntio ar ddim. 'Pam wyt ti'n dod ag o yma?'

'Am 'mod i wedi cael 'y nhwyllo gynnyn nhw.'

Cadwodd Aud ei sylw arni, yn astudio, yn methu penderfynu. Cododd y Weddw ei golygon drachefn.

'Aud fach,' meddai wedyn.

'Tyd i mewn,' meddai Aud. 'Gwaedda ar dy dad,' meddai wrth Eir.

Ni bu angen iddi wneud hynny. Roedd Lars y tad yn y drws y tu ôl i'r Weddw. Edrychodd yn gyflym o un i'r llall cyn troi ei sylw'n ôl arni.

'Be ddaeth â chdi i'n tŷ ni?' gofynnodd.

Ers helynt Tarje roedd yntau, fel ei wraig, wedi aros fwy a mwy yng nghyffiniau agos ei gartref a chrwydro llai a llai o gwmpas y gymdogaeth. Wrth droi i edrych arno gwelodd y Weddw newid, gwelodd wedd lawer llai hyderus nag a fu.

'Maen nhw'n ein cael ni i gyd, 'tydyn?' atebodd.

'Dw i wedi'i gwadd hi i mewn,' meddai Aud.

'Dos i mewn 'ta,' meddai yntau.

Daeth i mewn ar ei hôl. Dangosodd Aud y crys iddo.

'Mae hi wedi dod â hwn,' meddai.

'Mi glywis i am yr hyn ddigwyddodd i'r llall,' meddai'r Weddw.

'Pa lall?' gofynnodd Lars.

'Y diwrnod ar ôl iddyn nhw fynd â Gaut oddi arnoch chi,' atebodd, ac aros. 'Doedd 'nelo fi ddim â hynny,' aeth ymlaen ar frys gwyllt, 'er gwaetha'r hyn maen nhw'n 'i ddeud. 'Nelo fi ddim o gwbwl â hynny.'

Arhosodd eto. Dechreuai grynu.

'O'r gora,' meddai Lars, gyda chipdrem ar Aud. 'Dos ymlaen.'

'Mi ddaeth Obri acw. Mi ddudodd yr hanas. Wyddwn i ddim o gwbwl. Ac mi ddudodd am y crys.'

'Y crys oedd Thora wedi'i wneud?' gofynnodd Aud. 'Hwnnw'r oedd Gaut yn ei gario?'

'Ia, mae'n debyg.' Gwaethygodd y crynu beth. 'Mi ddudodd o 'i fod o wedi plycian cerflun Gaut oddi ar ei wddw a'i gadw fo yn ei bocad cyn deud be'r oedd o wedi'i wneud hefo'r crys. 'I sathru o dan draed yn y llwtrach a'i luchio fo i'r drysi. Roedd o'n chwerthin dros y tŷ wrth ddeud yr hanas. Mi wylltis i. Ro'n i'n teimlo popeth a phobman yn troi o f'amgylch i. Mi weiddis i arno fo. Mi'i melltithis i o. Mi ddeisyfis yn 'i glyw o ar i Horar Fawr 'i hun 'i daro fo. Mi helis i o o'cw ac mi rois i ar ddallt iddo fo nad oedd o i roi 'i droed dros y trothwy fyth wedyn. Mi ddalis y llian ysgarlad yn 'i wynab o cyn 'i chwifio fo o amgylch y tŷ wrth iddo fo fynd ac mi daenis y trothwy â dŵr berw'r danadl wedyn.'

Tawodd, y crynu'n dal i'w meddiannu. Edrychodd Lars ar Aud eto am ennyd.

'Ddarparist ti goedan iddo fo?' gofynnodd i'r Weddw.

'Naddo debyg.' Daliodd y Weddw ddwy law gam i'w dangos. 'Sut fedra i wneud dim hefo'r dwylo 'ma? Ond peidied neb â disgwyl i mi achwyn. Achwyna i ddim ar neb ddaeth ag anadl hwnna i ben. A dw i wedi rhoi hynny ar ddallt iddyn nhw hefyd. Ymchwilio y byddan nhw, o'm rhan i.'

Tawodd drachefn. Llyncodd boer.

'Maen nhw wedi 'nefnyddio i o'r dechra cynta,' sibrydodd. 'Gwenwyno fy meddwl i a phawb arall. Wyddoch chi'r gwir am Tarje?' gofynnodd yn sydyn. 'Wn i ddim, wn i ddim bellach. Be ddaru o, pam ddaru o. Wn i ddim.' Ysgydwai ben dryslyd. 'Dydi Cari fach ddim yn galw i 'ngweld i mwyach. Mae'n chwith gen i hebddi. Roedd hi'n gwmni, yn puro'r tŷ dim ond wrth fod yno. Gobeithio y cewch chi Gaut yn ôl yn iach.' Tawodd. Cododd ei phen. 'Wnei di dderbyn y crys 'ma gen i?' gofynnodd i Eir.

'Gwnaf,' atebodd Eir ar ôl ennyd.

Daeth at y Weddw. Daliodd y bychan o'i blaen. Cusanodd y Weddw fo'n ysgafn ar ei dalcen.

Gwrthododd y cynnig o fwyd. Gwasgodd law Aud cyn mynd. Wrth fynd drwy'r drws gwelodd Cari a Dag yn rhedeg tuag yno. Arhosodd y ddau yn stond o'i gweld.

'Da bo eich dydd, blantos annwyl,' cynigiodd hi yn ei llais addfwynaf.

Rhyw wardio ddaru'r ddau. Yna sleifiodd Cari heibio iddi gan dynnu Dag ar ei hôl. Ysgydwodd hithau ben trist. Ymhen ychydig ailgychwynnodd.

Gyda'r machlud, daeth Angard ar ei ymweliad nosol i gyrchu Eir a Lars bach.

'Diffuantrwydd,' cynigiodd ar ôl gwrando'n ddistaw ar yr hanes. 'Ne' ofn gorffan 'i hoedl yn hongian oddi ar goedan,' cynigiodd drachefn. 'Mae hi wedi rhoi gwaith meddwl inni, 'tydi?'

Eir, Lars, Mam, Dad, Cari, Dag, Aud, Lars Daid, Angard.

Pan agorwyd y sach iddo gael mymryn o weddillion bwyd ar fin drewi gwelodd Gaut fod gwawr fymryn yn llwydolau ar yr eira newydd yma a thraw. Roedd gofyn craffu i weld y gwahaniaeth, ond gallai wneud hynny. Gwyddai hefyd mai eira rhagflaenol oedd hwn ac na fyddai'n aros. Ei fam oedd wedi'i ddysgu i wahaniaethu rhwng un eira a'r llall a'r amrywiadau cynnil yn ei liwiau o dirwedd i dirwedd ac o dywydd i dywydd. Roedd gwynder eira mân yn ddyfnach gwynder nag a oedd i'r bras hefyd. Roedd yr hen Hynafgwr a'i ddilynwyr yn cyhoeddi'n gadarn mai'r duwiau oedd yn gyfrifol am hynny yn hytrach na'r tirwedd ei hun a'r tywydd a'r awyr fawr uwchben. Am mai fo a'i griw oedd yn deud hynny doedd Gaut ddim ar feddwl eu coelio, yn enwedig pan oeddan nhw'n cyhoeddi mai dim ond y breintiedig rai oedd â'r gallu i sylwi ac i ddarganfod. Ond roedd rhai'n taeru mai dychymyg oedd yn gyfrifol am yr amrywiadau a hynny oherwydd nad oeddan nhw'u hunain yn gallu eu gweld. Gwyddai rŵan wrth edrych mai adlewyrchu llwydni'r awyr oedd lliw'r eira dan y sach ac o gwmpas.

Ella bod llygaid un milwr oedd yn syllu arno'n dangos cydymdeimlad a chefnogaeth.

Caewyd y sach. Ailgychwynasant. Dychmygodd yntau'r amrywiadau eraill yn lliwiau'r eira, yr amrywiadau oedd yn y golwg i lygaid oedd wedi cael eu dysgu i'w darganfod a'u gwerthfawrogi. Roedd y dychmygu hwnnw'n ei gadw rhag digalonni. Byddai digalonni'n bradychu pawb oedd wedi'i wneud o yn fo'i hun. Ystyriodd tybed a oedd y milwr oedd yn ei gario ac yn ei gam-drin bob hyn a hyn drwy adael i'r sach daro yn erbyn boncyff coeden neu grafu ar hyd craig yn gallu gwahaniaethu rhwng un lliw eira a'r llall, 'ta dim ond eira glân neu eira budr yr oeddan nhw yn ei weld. Ystyriodd tybed a oedd unrhyw un yn y fyddin oedd yn mynd â fo ar ryw daith i rywle yn gallu gwneud hynny. Ella bod y milwr oedd newydd awgrymu ei swcwr di-ddeud. Gobeithiai Gaut y byddai yno y tro nesaf yr agorid y sach.

Doedd o ddim am ildio. Eir, Lars, Mam, Dad, Cari, Dag, Aud, Lars Daid, Angard.

Doedd o ddim am ddigalonni.

9

Aeth Bo ar goll. Ei fwriad oedd cyrraedd cartref Linus ar lan Llyn Nanna ar afon Cun Lwyd ac ella ei gael o'n gydymaith i'w siwrnai. Roedd yn cydnabod mai gair gwan braidd oedd yr ella hefyd. Ond gwannach fyth oedd ei synnwyr cyfeiriad o mewn coedwig a phan ddaeth o'r un yr aeth iddi ar ochr Cwm yr Helfa roedd ar goll yn llwyr. Gwyddai ei fod wedi mynd yn rhy bell tua'r gorllewin. Daeth arwyddion hefyd nad oedd yr hydref am bara mor dyner ag y dechreuodd a phenderfynodd mai ei hanelu hi tua'r gogledd oedd orau iddo yn hytrach na mynd i chwilio am Linus.

Doedd o ddim yn poeni. O ben bryn wrth edrych tua'r gogledd credai mai copa Mynydd Frigga oedd yr un yn y pellter, y mynydd y tarddai afon Cun Lwyd o'i lethrau. Roedd rhai dyddiau o deithio i gyrraedd yno ond ni fedrai ragweld rhwystr. Yr unig beth oedd ar ôl oedd cydymaith i frywela hefo fo ac i gydswcro.

Daeth i wyneb y fyddin werdd. Prin ddigon trwchus i'w guddio oedd y llwyni banadl ar damaid o fryncyn yn y tir digysgod, ond y rheini oedd yr unig rai oedd ar gael i lechu y tu ôl iddyn nhw a phan redodd atyn nhw yn ei gwman gwelodd fod un arall am swatio hefyd. Blaidd unig oedd o. Aeth Bo ar ei gwrcwd y munud hwnnw a sbecian heibio i'r llwyni i geisio dangos i'r blaidd eu bod ill dau ar yr un gorchwyl, ill dau yn yr un caethgyfle. Roedd gan y blaidd ei reddf ei hun ac arhosodd ble'r oedd. Trodd Bo ei ben ato ymhen ychydig eiliadau i sefydlu cysylltiad llygaid pendant. Blaidd ifanc oedd o, prin flwydd. Ella ei fod wedi'i hel o'r cnud neu ella ei fod wedi penderfynu fod y gystadleuaeth yn rhy ffyrnig ac wedi mentro ar ei liwt ei hun i chwilio am gymar a ddeuai o bosib ymhen yrhawg yn sylfaen cnud newydd.

Hoeliodd y ddau eu sylw ar y fyddin yn dynesu a mynd heibio islaw. Doedd y fyddin ddim yn stelcian, ac felly doedd Bo ddim yn cynhyrfu gormod. Er hynny deuai ambell filwr braidd yn rhy agos at y llwyni, ond roedd tawelwch parod y blaidd yn cymedroli pryder Bo, a chanolbwyntiodd drachefn ar y milwyr. Gobeithiai nad oedd arwyddocâd newydd i rai o'r sachau a gâi eu cario. Wedi i'r fyddin a'r peryg ddiflannu bu'r blaidd ac yntau'n edrych ar ei gilydd am hir, y naill mor ffyddiog â'r llall yn sefyll yn eu hunfan a dim ond mymryn o lwyn isel rhyngddyn nhw. Am eiliad deisyfodd Bo ei gael yn gydymaith. Yn wahanol i gi, gallai hwn grwydro'r tiroedd maith yn ddiflino.

Y blaidd oedd y cyntaf i fynd ar ei hynt. Arhosodd Bo ble'r oedd, yn gwylio tan iddo fynd o'r golwg tua'r de.

Dridiau yn ddiweddarach daeth at afon lydan a lifai tua'r de-ddwyrain. Chwiliodd am adnabyddiaeth ar hyd ei glan arall. Roedd bron yn sicr mai afon Cun Lwyd oedd hi. Chwiliodd am Fynydd Frigga ond roedd y coed yn rhy agos iddo weld ymhell.

Roedd neges gyntaf brawd Aino wedi rhoi rheswm arall cry iddo dros ei siwrnai. Byddai yntau'n negesydd i unrhyw gymdogaeth y deuai iddi, i rybuddio ei phobl rhag rhaib y fyddin lwyd yn mynd â'u creiriau cain oddi arnyn nhw. Nid rhag tad Jalo a'r nain gynddeiriog yr oedd angen cuddio'r ci copr bellach, na rhag collfarn yr holl diroedd os oedd pobl fel Görf i'w coelio.

Wedi tamaid o ginio derbyniol aeth i fyny gyda'r afon, yn sicr bellach mai afon Cun Lwyd oedd hi. Pan ddaeth i wastatir lle'r oedd yr afon yn llydan ac yn ddigon bas, tynnodd am ei draed a chroesi'r rhyd. Ychydig gamau i fyny'r lan arall roedd pwll bychan o dan y dorlan ac roedd yr eog a ddaeth yn ddidrafferth o hwnnw'n ddigon i bara am ddiwrnodau. Aeth Bo ymlaen a chyn i'r pnawn fynd rhagddo roedd yn codi deuddwrn i'r entrychion.

Y ci bugail oedd y cyntaf i gyrraedd. Roedd yn batrwm o lendid a graen, yn anwybyddu fel o'r blaen y gorchymyn gorffwyll i ladd a ddeuai'n gyfeiliant i'w ruthr. Neidiodd ar Bo a'i gynffon yn clecian chwipio. Hyd yn oed ar ôl mwytho brwd a chyfarch fel hen gyfaill cafodd Bo dipyn o drafferth i ddynesu at y tŷ. Ond y ci gafodd y sylw cyntaf. Plygodd yr hen ŵr barfog ato.

'Mi bwyda i di i'r chwain! Pwy gadwai ryw faw gwiddon diddim fel chdi?'

'Pam ydach chi'n edrach ar 'i ôl o cystal 'ta?' gofynnodd Bo, a fflician dwy glec fechan bys a bawd ar y ci hapus i'w ddenu yn ôl ato.

'Cer o 'ngolwg i'r llempiwr! Cer o'ma gyntad fyth ag yr eith dy begla drewllyd di â chdi!'

'Mae 'nhraed i cyn lanad â fo.' Mwythodd Bo y ci drachefn. 'Dach chi'n 'y nghofio i? Dach chi'n cofio Linus ac Eyolf a minna'n dŵad yma ar ein ffor heibio?' Penderfynodd beidio ag enwi Aino. 'Dach chi'n daid i Linus 'tydach?'

'Be wnei di yma'r cyhyrath? Cer o 'ngolwg i!'

'Mi odra i'r geifr i chi. Eitri ydach chi 'te? Mi ddudodd Linus eich enw chi wrthan ni. Ylwch.' Tynnodd Bo ei sachyn oddi ar ei gefn a'i agor. Tynnodd yr eog ohono. 'Mi rannwn ni hwn i swpar. Mi'i gwnawn ni o hefo rhywfaint o'r bresych gleision 'na.'

Roedd llygaid awchus ar yr eog.

'Ddaw'r un troed ohonat ti dros drothwy'r tŷ 'ma, y sitrach!'

Doedd y llais ddim cyn uched.

'Mi wn i bod 'na ogo i fyny'r afon,' meddai Bo, bellach yn ffyddiog. 'Ond mi fasai'n well gen i rannu. Mi fasai'n well gen i gael sgwrs. Mi a' i wedyn os liciwch chi. Mi gysga i'r nos yn yr ogo. Mi wna i y bwyd i ni'n dau, Eitri.'

Ella mai clywed ei enw'n cael ei ynganu'n gyfeillgar a droes y fantol. Diflannodd yr olwg wyllt o'r llygaid. Daeth amheuaeth eu llond yn ei lle.

'Mi ddwyni di 'mhetha i.'

'Dim peryg. Mi fentra i fod y ci 'ma'n hen ddigon call i synhwyro lleidr. A sut cariwn i beth bynnag sy gynnoch chi prun bynnag? Dw i'n llawnlwythog fel rydw i.'

Bu ennyd o ystyried. Yna daeth llond sgyfaint o chwyrniad.

'Tyd i mewn 'ta. A chad dy ddwylo i chdi dy hun ne' mi hollta i di.'

Roedd Eitri'n cwmanu braidd wrth fynd at y tŷ, ac i Bo roedd hynny'n cryfhau'r teimlad o unigrwydd yr hen ŵr, dim ond fo a'i gi a'i eifr, a hynny ers blynyddoedd lawer yn ôl teulu Linus. Rhoes Bo ei bwn i lawr ger y trothwy, gan ddal ei afael yn yr eog rhag y ci. Agorodd Eitri'r drws ac aeth i mewn.

'Y bleiddiaid a'n cadwo!'

Trodd Eitri yn ôl fel ergyd.

'Rheini? Go brin fod angan gofyn cwmni pwy wyt ti wedi bod yn 'i gadw.'

Dim ond lled-glywed oedd Bo. Roedd y stafell yn un o'r taclusaf a glanaf iddo'u gweld erioed, a'i pharwydydd yn llawn i'r ymylon o greiriau, i gyd o bren. Roedd cerfiadau o anifeiliaid, adar, coed, rhai'n adlewyrchiadau cywir, eraill yn cymryd yr adlewyrchiad cywir yn sylfaen i ddychymyg wneud a fynnai yn ôl ei ddisgyblaeth iddyn nhw. Roedd cerfiadau eraill oedd yn ddim ond siapiau, heb ffurf i'w nabod, dim ond i'w gwerthfawrogi a myfyrio uwch eu pennau.

'Cyffyrdda ben dy fys yn y rhein ac mi bodda i di.'

Dim ond lled-wrando a wnâi Bo wedyn hefyd. Deud o ran deud oedd yr hen ŵr prun bynnag. Daliodd Bo i edrych, i fyny, i lawr, yma a thraw. Doedd dim angen gofyn pwy oedd y crefftwr gan fod crair ar ei ganol ar y bwrdd, a chyllell a naddwr wrth ei ochr. Roedd cawg bychan i ddal y siafins o dan y bwrdd.

Erbyn hyn roedd Eitri i'w weld yn derbyn mai gwerthfawrogi oedd Bo. Roedd yn astudio ei lygaid a'i gorff o'i gorun i'w sawdl ac yn nodio rhywbeth tebyg i fodlonrwydd.

'Dach chi'n cadw'r tu allan i'r tŷ 'ma'n ddi-raen yn fwriadol 'tydach?' sylweddolodd Bo.

Ni chafodd ateb.

'Wyddoch chi fod Linus yn gerfiwr hefyd?' gofynnodd wedyn.

'Pwy?' Dychwelodd y llais arthio'n ddiymdrech. 'Hogyn y llipryn Armo 'na?'

'Dach chi cystal â'ch gilydd bob tamad. Mi ddaru Linus gerfio eryr a blaidd. Mae'r...'

'Do, m'wn! Tebyg at 'i debyg!'

'Eitri, mae gynnoch chi waith nabod.' Edrychodd Bo ar y dernyn anorffen ar y bwrdd. 'Rwbath bach yn deud wrtha i fod gynnyn nhwtha hefyd.' Cofiodd yn sydyn. 'Ylwch.'

Datododd ei gôt a mymryn o'i grys. Tynnodd y garrai dros ei ben. Rhoes hi i Eitri.

'Dw i'n cario'r hebog 'ma i bob man hefo fi. Linus ddaru 'i gerfio fo. Ylwch gwych ydi o. Dim ond cyllall oedd gynno fo. Mi ddaru o dreulio oria a dyddia yn 'i gerfio fo'n unswydd i mi, heb i mi wybod heb sôn am ofyn.'

Astudiai Eitri'r hebog mawr yn fanwl, gan ei droi a chrychu ei drwyn arno bob hyn a hyn a gadael i Bo wybod ei fod yn edrych yn amheugar arno bob yn ail.

'Be arall sy gen ti i'w ddeud amdano fo?'

'Linus?'

'Naci'r slafan! Am hwn!'

'Mi wyddoch cystal â minna, gwyddoch? Dw i'n gwisgo'r gwinau.'

'Dos o'r tŷ 'ma y munud yma! Paid â dangos dy wynab neidar yn agos i'r tiroedd 'ma byth!'

Ildiodd Bo i'r demtasiwn o godi'r dernyn newydd ar y bwrdd i'w astudio.

'Chwinciad gymerai hi i Linus a chitha ddŵad yn ffrindia calon,' meddai.

Roedd Eitri'n dal i astudio'r hebog, yn dal i'w fyseddu. Gwelodd Bo fysedd yn gwybod yn union yr hyn roeddan nhw'n ei wneud. Byseddodd yntau'r dernyn newydd. Cafodd lonydd i wneud hynny. Doedd dim siâp pendant i'r dernyn hyd yma ac nid oedd modd dirnad yr hyn a fyddai wedi'i orffen. Ella fod ei werthfawrogiad yn cael ei fynegi yn y modd y symudai ei fysedd dros y pren ac mai dyna pam nad oedd cerydd a bytheirio'n gyfeiliant i'w astudio. Rhoes o yn ei ôl yn ofalus.

'Ga i wneud bwyd?'

'Mi fydda i'n cadw golwg arnat ti, dallt di.'

Ddaru o ddim chwaith. Rhoes yr hebog yn ôl i Bo ac aeth allan. Aeth Bo i chwilio'r cwpwrdd bychan yn y gornel. Roedd bresych gleision a madarch, darn helaeth o gaws gafr a dwy dorth ddigon di-siâp ynddo. Torrodd damaid bychan o'r caws i'w flasu. Byddai gwledd fach rhyngddyn nhw ill dau. Roedd meddwl am hynny, dim ond hynny, yn ei syfrdanu braidd, ac yn ei syfrdanu fwy wrth iddo ddychmygu ymateb Aino a Linus. Paratôdd y pysgodyn a'r llysiau i ferwi, ac unwaith y cafodd y rheini i'r dŵr aeth i fusnesa hyd y silffoedd. Ac yno wrth edmygu'r cynnyrch, ni fedrai edrych heb feddwl am y gwneuthurwr, yno yn y tŷ wrth ei lusern neu allan yng ngolau'r dydd, yn gadael i'r gyllell a'r naddwr wadu ei unigrwydd. Oherwydd dyna oedd o, penderfynodd. Ond ni pharodd yr ystyriaeth honno'n hir oherwydd disodlwyd hi'n gyflym gan un arall. Roedd wedi codi cerflun o elain yn sugno'r ewig, a choesau blaen yr un bach yn fregus yr olwg wrth iddyn nhw fod ar led er mwyn i'r pen fod yn ddigon isel i gael at dethi'r fam. Roedd pen a chlustiau'r ewig mor barod â'i gilydd. Wrth i'r ystyriaeth newydd ei daro chwiliodd Bo ar hyd y silff a'r silffoedd eraill. Gwelodd ei fod yn gywir. Doedd yr un cerfiad yn cydnabod hela a helwyr. Doedd yr un blaidd, dim arth, dim eryr na hebog na charlwm. Porwr oedd pob anifail, gwybetwr neu bigwr hadau oedd pob aderyn. Ceisiodd ddyfalu pam. Wedi sbaena ychydig rhagor piciodd allan. Roedd Eitri wrthi'n brysur yn godro'r geifr i gyfeiliant ei lais ei hun.

'Dach chi isio i mi orffan godro?' gofynnodd Bo.

'Cad dy fysadd busneslyd lle maen nhw. Rhusio'r geifr. Dw i ar yr ola prun bynnag.'

Dychwelodd Bo i'r tŷ, Aino a Linus yn llond ei feddwl unwaith yn rhagor. Toc daeth Eitri i mewn, yn cario pwcedaid o laeth gafr. Rhannodd Bo'r pysgodyn a'r llysiau i ddau blât a symudodd Eitri y cerflun oedd ar ganol ei wneud yn ofalus i wneud lle iddyn nhw.

'Mae'r blaidd y daru Linus 'i gerfio yn nhŷ Aino,' meddai Bo wrth dacluso'r llysiau oddeutu'r darn pysgodyn ar bob plât. 'Mae hi wrth 'i bodd hefo fo.'

'Honno?' gwaeddodd Eitri, a'i ddyrnau'n codi'n braf, a'r ci oedd wedi dod i orwedd wrth ei draed yn codi pen digyffro wrth ei glywed. 'Ydi, debyg! Wrth 'i bodd, ac wrth 'i bodd y buo hi rioed! 'Tydi hi wedi gorwadd holl nosweithia'i bywyd ar groen yr arth! 'Tydi hi wedi treulio 'i hoes yn tryforio am bob hudlath y medar hi 'u cywain! 'Tydi pob gwiddon fu hyd y tiroedd 'ma o ddechreuad y blynyddoedd wedi sugno oddi ar 'i bronna hi!'

'Pob un ond rhyw bedair ella,' meddai Bo.

'Cer o'r tŷ 'ma yr eiliad 'ma!'

'Faint o'r caws 'ma dorra i?'

'Y mymryn lleia welist ti rioed. Mae isio iddo fo 'mestyn.'

Roedd tipyn mwy na'r mymryn lleiaf ar y ddau blât pan roddwyd nhw ar y bwrdd, ond ni chymerodd Eitri arno, dim ond tyrchu i'w fwyd.

'Ers pa bryd ydach chi'n cerfio, Eitri?' gofynnodd Bo ymhen sbelan, yn gobeithio fod y bwyta dirwgnach gyferbyn ag o'n arwydd o fodlonrwydd. 'Oeddach chi'n gwneud cyn i chi ddod yma?'

'Pam, be oedd?'

'Mae tad Linus yn gerfiwr gwych hefyd. Chi ddaru 'i ddysgu o?'

'Oes dysgu ar y burgyn? Na,' meddai, yn canolbwyntio ennyd ar damaid o'r eog yn ei geg ac yn chwyrnu gwerthfawrogiad, 'ar ôl dŵad yma y dechreuis i arni.' Peidiodd â bwyta am ennyd. Daeth golwg drist, bron yn annwyl, ar ei wyneb. 'Rwbath i fynd â 'mryd a 'meddwl i. Wyddost ti be 'di cael dy gam-ddallt?' gofynnodd wedyn cyn i Bo gael cyfle i ystyried na chydymdeimlo. 'Wyddost ti be 'di'r unigrwydd sy'n deillio o hynny? Neb i siarad hefo fo ond dy gi a dy eifr? Be arall wnawn i?'

Canolbwyntiodd Bo yntau ennyd ar ei fwyd. Doedd o ddim yn sicr iawn faint o dosturio o'i blegid ei hun oedd yn y llais.

'Ddaru chi unrhyw ymdrech i beidio â chael eich cam-ddallt?'

'Taga ar yr eog 'na'r temigyn diffath!'

'Pan aethon ni i gartra Linus y tro dwytha ddaru 'na neb ddeud dim drwg amdanoch chi,' meddai Bo. 'Mi ddudodd mam Linus nad oeddan nhw wedi coelio be'r oeddach chi wedi'i ddeud am Aino am na chymerai hi Briodas Deilwng, a dim ond 'i ddeud o ddaru hi.' Arhosodd, ond roedd Eitri wedi aildyrchu i'w fwyd. 'Lol ydi'r syniad o Briodas Deilwng prun bynnag, Eitri. Gadael i bobol ddewis drostyn nhw'u hunain ydi'r calla, debyg.'

'Ac mi wyddost ti fwy am gallinab na neb drwy'r tiroedd.'

'Mi wn i rai o'r petha sy'n bwysig. A go brin fod gŵr Aino wedi'i chipio hi i'w phriodas.'

'Hwnnw?' Dyrnodd Eitri y bwrdd. 'Hwnnw? Tawn i o fewn cyrraedd, mi faswn i'n 'i godi o o'r gladdfa 'na a'i sbaddu o!'

'Wel ia, mi wnâi hynny fyd o les.' Gwelodd Bo nad oedd fymryn haws â rhoi dim ger bron. Yna ystyriodd. 'Sut gwyddoch chi fod Aino'n weddw, a chitha'n gwneud dim hefo'ch teulu ers blynyddoedd?'

''Tydi pob ystlum a thylluan nos yn gwybod 'i hanas hi!'

A hynny oedd i'w gael. Bwytaodd Bo'n dawel am ysbaid cyn penderfynu mentro unwaith yn rhagor.

'Eitri, mae'n rhaid i chi guddiad y petha 'ma.'

Cododd Eitri ei ben.

'Be wyt ti'n 'i feddwl? Pa betha?'

'Mae'r fyddin lwyd yn mynd â chreiria sy'n werth 'u dwyn o bob tŷ y dôn nhw o hyd iddo fo, ac mi fentra i bod llawar o'r rhai maen nhw'n 'u cymryd yn dipyn salach na'r rhein.'

Ac aeth rhagddo i ddeud yr hanes mor llawn ag y medrai.

'Waeth i chi heb â bygwth y ci arnyn nhw,' meddai ar y diwedd, y boen yn llond ei lais. 'Ella bydd 'na hannar cant ohonyn nhw, ella gant. Fyddwch chi ddim haws â chloi rhagddyn nhw.'

'I be gwnawn i beth felly?'

'Be dach chi'n 'i feddwl?'

'Waeth iddyn nhw 'u cael nhw ddim. Be arall wna i hefo nhw?' gofynnodd Eitri. 'Wyt ti'n meddwl 'u bod nhw'n golygu rwbath i mi 'blaw'r munuda a gymerwyd i'w gwneud nhw?'

'Ond...' Chwiliai Bo ym mhobman. 'Y cerfiada 'ma. Y ceindar. Yr holl waith...'

'Ers pa bryd mae crafu mymryn o goedyn hefo cyllall yn waith? Wyddost ti be ydi gwaith, y frwynan?'

Gwyddai Bo mai dyfarniad oedd hwnnw, nid cwestiwn. Ond daliodd ati.

'Dydach chi ddim yn gyson iawn...'

'Be 'di peth felly?'

'Gynna chawn i ddim cyffwrdd yn yr un ohonyn nhw a rŵan dydi o ddim gwahaniaeth gynnoch chi be ddigwydd iddyn nhw. Be dach chi'n trio 'i ddeud, Eitri?'

'Be dw i'n trio 'i ddeud?' Rhoes Eitri'r gorau i'w fwyd am ennyd. 'Be fydd yma ar f'ôl i? Fydd 'na rywun yma, rhywun â diddordab mewn dim? Pwy ddaw i le fel hwn? Mi fydd y tŷ 'ma'n mynd â'i ben iddo ac mi fydd yr holl betha 'ma ar drugaradd y tywydd, i'w pydru gan y glaw ne' i'w tanio gan y felltan.'

'Mi fasai hynny'n well nag iddyn nhw gael 'u gwarchod gan gelwydd.'

'Be 'di hwnnw?'

Roedd yn codi'n ffrae ac yn mynd yn anodd meddwl. Tawodd Bo.

'Eitri,' ceisiodd yn dyner, 'mi fyddan nhw'n mynd â'ch dawn chi i'w lle newydd mawr 'i rwysg a'i gelwydd ac yn 'i hawlio hi fel 'u dawn nhw'u hunain. Mi fydd eich gwaith chi'n cael 'i ddangos i brofi mawredd yr Aruchben ac i gyfiawnhau'r brwydro diddiwadd. Mi fyddan nhw'n taeru na fyddai'r creiria hyn wedi bod yn bosib heb ymgyrchoedd y fyddin dros y tiroedd. Ac mi fydd y celwydd hwnnw'n para tra pery'r lle, faint bynnag o gannoedd o flynyddoedd fydd hynny. Ac mi fyddwch chi wedi'ch gwadu o'r munud cynta. Lladrad fydd y lle 'na o'r garrag sylfaen ddyfna i'r dwarchan ucha ar 'i do fo.'

'Mi ro'n nhw betha amgenach na thyweirch ar 'i do fo, goelia i,' oedd unig sylw Eitri.

'Celwydd fydd o,' dadleuodd Bo daer eto. 'Ac mi wn i be 'di unigrwydd hefyd,' meddai wedyn, mor ddistaw fel na na ddaeth ar feddwl Eitri i roi unrhyw waldan eiriol sgornllyd arall iddo. Yna goleuodd ei wyneb. 'Diwrnod gymrith hi.'

'Gymrith be?' gofynnodd Eitri, mewn llais un wedi gofyn y cwestiwn gydol oes.

'Cychwyn gyda'i thoriad hi ac mi fyddwn yn Llyn Nanna cyn nos.'

'Am be...'

'Mi fedra i fforddio tridia, siawns.' Methai Bo â dallt pam nad oedd wedi meddwl am hynny ynghynt. 'Dowch hefo fi. Mi awn ni yno ben bora fory. Dowch ag un ne' ddau o'r cerfiada cain 'ma hefo chi ac mi...'

'Chdi sy'n trefnu'r machlud a'r tymhora hefyd?' gwaeddodd Eitri.

'Mi awn ni â rhai o'r creiria 'ma hefo ni a chuddiad y gweddill.' Roedd Bo'n goleuo gan frwdfrydedd. 'Mi ddaw Linus a'r lleill yn ôl yma hefo chi drennydd i'w nôl nhw a nôl y geifr. Ac os bydd o am ddŵad hefo fi wedyn mi fydd y lleill yn gwybod sut i ddychwelyd adra, byddan?'

'Os wyt ti mor alluog i drefnu'r holl diroedd a bywyda pob un o'u trigolion rŵan, Oliph Fawr yn unig a ŵyr be fydd dy alluoedd di ar ôl i ti ddŵad o dy glytia!'

'Does dim rhaid i chi dreulio'ch dyddia yn yr unigrwydd 'ma, Eitri. Ac mi geith eich gwaith chi 'i gadw a'i werthfawrogi am y rhesyma cywir.' Bellach roedd Bo'n benderfynol o ddal ati. 'Does 'na neb yn eich casáu chi.'

'Be 'di o bwys gen i be sy'n mynd drwy'u penna gweigion nhw?'

'Mae o'n wir, Eitri. Ella na fasan nhw'n cynnal dawns i'r duwia o'ch gweld chi'n dychwelyd, pwy bynnag yn 'i iawn bwyll fyddai'n dymuno cael peth felly, ond fasan nhw ddim yn eich gwrthod chi chwaith. Fyddai dim angan i neb gyfaddawdu dim.'

'Cyfaddawdu be?'

Bron nad oedd Eitri'n poeri, a'r arthio wedi troi'n ddirmyg. Ond doedd Bo ddim am ildio.

'Mae gen i dair chwaer fengach na fi,' meddai, a'i wên yn troi'n chwarddiad bychan disymwth, 'y tair wedi dŵad hefo'i gilydd yn un llwyth taclus pan o'n i'n rhy ifanc i ddallt dim ond 'u gwichian nhw. Anamal mae o'n digwydd hefo tair, medda pawb yn y gymdogaeth, ond maen nhw'n efeilliaid unwy, y tair yr un fath yn union â'i gilydd, ne' dyna mae pawb ond Mam a Birgit a fi yn 'i ddeud. Er mwyn 'u gweld nhw'n mynd yn lloerig am y gora mi fydda i'n cymryd arna feddwl yn 'u lle nhw amball dro. Mi fasai'n werth i chi fod acw pan mae hynny'n digwydd.'

'Be sy 'nelo hynny â dim?'

'Pan ddôn nhw i oed priodi, nhw'u hunain fydd yn penderfynu. Neb arall. Dyna be sy 'nelo fo. Cydnabyddwch chi'r un hawl i feddwl drosti'i hun i'ch chwaer fach chi ac mi fydd 'i dirmyg hi'n diflannu'n gynt na chawr o flaen cyfrifoldeb. Ymhyfrydu am fod Aino'n chwaer i chi ddylach chi 'i wneud, Eitri, nid tyrchu am bob drygair y medrwch chi ddod o hyd iddyn nhw.'

'Pa angan tyrchu? A be wyddost ti am gewri, wybedyn?'

Drennydd, dychwelodd Bo.

Ni lwyddodd i gael Eitri i ddod hefo fo. Gwrthod pob dadl ddaru o, ond o leiaf roedd wedi deud y câi Bo bryd arall o fwyd pan ddychwelai os oedd raid iddo gael un.

Roedd cymdogaeth Llyn Nanna eisoes wedi cael ar ddallt fod chwilota tai yn yr arfaeth. Pan gyrhaeddodd Bo roedd Linus â'i droed i fyny wedi damwain ac ni allai feddwl am deithio. A phan gyrhaeddodd chafodd neb arall air i mewn am weddill y dydd, dim ond nhw ill dau. Doedd neb am ystyried rhannu'r gobaith y gellid darbwyllo Eitri i adael ei drigfan ddinod na'i gael i ollwng ei drysorau i'w deulu i'w gwerthfawrogi a'u gwarchod, a chan hynny taith unig a gafodd Bo wrth ddychwelyd hefyd. Roedd Linus yn siomedig, ond barn bendant ei fam a'i dad oedd y byddai'r eira wedi ymdaenu hyd y tiroedd cyn y byddai ei droed yn abl i ymateb i daith hir.

Roedd rhywbeth o'i le. Gwelodd Bo y tŷ. Ni ddaeth na rhuthr na chyfarthiad na chollfarn i'w gyfarch. Ni welai'r geifr. Gan fod y drws yn y talcen a wynebai i fyny'r afon ni welai hwnnw chwaith. Dynesodd. Doedd sŵn yr afon ddim i'w glywed y tro cynt ynghanol y cyfarth croesawgar a'r bytheirio bygythiol, ond rŵan dim ond sŵn dŵr y lli a ddeuai i'w glustiau. Trodd wrth y talcen. Roedd corff y ci hardd ger y drws, a'i waed dano. Roedd y drws ei hun yn gilagored. Gwthiodd o. Roedd pob silff yn y tŷ yn wag a chorff gwaedlyd Eitri'n gorwedd ar ganol y llawr.

10

'Mae'r wawr yn gwaedu,' meddai Cari.

'Dyna sy'n dod â chi yma mor fora?' gofynnodd y Weddw.

'Ia. Mae isio i ni fynd yn ôl cyn iddi droi.'

Am y tro cyntaf, roedd Dag wedi dod hefo'i chwaer fawr i edrych am y Weddw am ei bod yn ben-blwydd arni, a'r ddau wedi cael dod gan eu mam er gwaetha'r tywydd garw oedd yn bygwth. Doedd neb yn gwybod faint oedd oed y Weddw, ond roedd Cari wedi dod â llestriad o geulad mwyar a llysiau'r gwewyr mewn llaeth dafad iddi. Roedd Dag wedi mynnu cael dod i gael gweld be'r oedd o'n ei golli ac roedd wedi dod â'i belen gyfrin hefo fo. Gaut oedd wedi'i gwneud iddo a'r dasg oedd rhoi'r darnau pren wrth ei gilydd i ffurfio pelen. Doedd Dag ddim yn chwarae hefo hi chwaith, oherwydd roedd y newydd-deb yn rhy ddiddorol.

'Faint ydi'ch oed chi heddiw?' gofynnodd toc ar ganol ei fusnesa.

'Llawar lleuad bellach,' atebodd y Weddw mewn llais fymryn yn fwy blinedig nag arfer.

'Cyfri blynyddoedd mae pawb fel rheol,' meddai Cari.

'Llawar iawn o'r rheini hefyd,' meddai hithau wedyn yn yr un llais. 'A dw i wedi gweld llawar gwawr yn gwaedu yn ystod fy oes. Mwya'r gresyn.'

'Mae awyr goch yn dlws,' meddai Dag, yn gwylio siâp ceg y Weddw drwy bob gair o'i heiddo.

'Ydi, ella,' meddai hithau, 'pan ydan ni'n diystyru pam mae hi felly.'

'Be dach chi'n 'i feddwl?' gofynnodd Cari.

Rhoes y Weddw ei holl sylw ar y llygaid a'r clustiau astud o'i blaen.

'Pan mae'r brwydro rhwng y byddinoedd yn ffyrnig,'

meddai, a'i llais wedi newid i gyfleu profiad maith a'i ddoethineb, 'mae 'na gymaint o waed o'r lladdfeydd nes bod gormod ohono fo iddo fo aros ar y tiroedd, ac mae'r Seren Grwydrol Goch yn mynd â fo iddi gael cadw 'i lliw. Ond pan mae'r brwydro ar 'i ffyrnica mae 'na fwy o waed na sydd ar y Seren 'i angan, a bryd hynny mae hi'n gadael peth ar ôl yn yr awyr. Awyr y machlud sy'n 'i hawlio fo fel rheol ond weithia mae awyr toriad gwawr yn cael y blaen arni hi ac yn 'i gipio fo i gyd iddi'i hun. Pan mae hynny'n digwydd mae'r ddwy yn ffraeo ac yn ymladd a dyna pam mae stormydd a thywydd garw'n dilyn awyr goch y wawr.'

Rhoes y gorau i siarad wrth i hyrddiad sydyn o wynt waldio'r drws. Canolbwyntiodd y ddau blentyn ar hynny, ond ni chymerodd y Weddw fawr o sylw. Roedd hi'n fwy gwerthfawrogol ac yn fwy bodlon ei byd nag yr oedd wedi bod ers lleuadau na fedrai eu cofio, ac nid oherwydd y llestriad oedd yn cydnabod ei phen-blwydd chwaith.

Am Gaut y meddyliodd Cari wrth ystyried geiriau'r Weddw. Roedd Gaut wedi deud wrthi drosodd a throsodd mai rwdlan, a hwnnw'n rwdlan peryg, oedd pob gair a ddeuai o geg y Weddw, a phan oedd pawb arall yn anadlu'r awyr iach ei bod hi'n anadlu gwynt y doman. Ond roedd pawb yn deud erbyn hyn fod y Weddw wedi newid ers i Gaut gael ei gipio i'r fyddin, a doedd Gaut ddim yn gwybod hynny. Rŵan roedd Cari yn ceisio dyfalu be fyddai ei farn o am y wawr goch. Doedd hi ddim am gymryd arni wrth y Weddw chwaith, oherwydd roedd ganddi gyfrinach na wyddai'r Weddw amdani. Roedd Eir wedi deud wrthi ar y slei fod Gaut wedi dengid o'r fyddin ac wedi deud hefyd fod y rhai'r oedd hi'n eu coelio, sef eu rhieni nhw ill dwy, ac Angard, yn sicr ei fod yn ddiogel a'i fod ar ei ffordd adra. Roedd Eir wedi'i rhybuddio i beidio â deud wrth neb, nac wrth Dag chwaith gan ei fod yn rhy ifanc i gadw cyfrinach. Ac roedd Eir wedi deud wrth Cari, eto yn gyfrinachol, mai am fod Gaut wedi'i gipio i'r fyddin yr oedd y Weddw wedi newid. Roedd hi'n llawer mwy caredig, beth bynnag.

Ond ar y funud dymunai Cari i Gaut ddod yno i gadarnhau mai dyna pam roedd y wawr yn gwaedu. Ella byddai Angard yn gallu deud.

'Pryd mae'ch dyn diarth chi'n bwriadu troi tuag adra?' gofynnodd y Weddw.

'Ella heddiw ne' fory, medda fo,' atebodd Cari. 'Mae o isio cychwyn cyn daw'r eira.'

'Mae'n beryg mai eira fydd yn llnau gwaed y wawr,' rhybuddiodd y Weddw gan gulhau ei llygaid doeth. 'Synnwn i nad ydi o ar ein gwartha ni eisoes. Mae'n beryg y bydd o yma cyn nos.'

'Mae Eyolf wedi arfar teithio mewn eira,' meddai Cari. 'Mae o wedi bod yn deud yr hanas wrthan ni.'

'Mae gynno fo ddau enw gwahanol,' cyhoeddodd Dag.

'Felly'r o'n i'n dallt.'

'Eyolf ydi un. Bladur ydi'r llall.'

'Baldur, y lob,' cywirodd Cari gan chwerthin ar y Weddw. 'Dydi o ddim yn ddyn diarth go iawn,' eglurodd, heb wybod fod y Weddw a'r gymdogaeth yn gwybod hynny eisoes. 'Cefndar Mam ydi o. Mae hi'n hŷn na fo o chwe mlynadd medda hi.'

Tywyllodd yr ystafell.

'Does arna i ddim isio eich hel chi o'ma ond mae'n well i chi fynd rŵan,' meddai'r Weddw. 'Mae hi ar dywallt.' Aeth at y drws a'i agor a chrychu trwyn ar yr awyr uwchben. 'Diolch i chi am bob dim. Dudwch diolch wrth eich mam a'ch tad hefyd.'

Rhoes ei llaw ar ben Dag a mwytho mymryn arno. Roedd o erbyn hyn ymhlith y cyfeillion newydd. Roedd yr hen rai'n ei thrin gyda dirmyg braidd.

'Yli!' pwyntiodd Dag frwd pan groesodd y trothwy. 'Mae o wedi dŵad i'n nôl ni!'

Dynesai Eyolf ar beth brys rhwng llwyni. Ond er y brys tybiai'r Weddw fod rhyw olwg yn ei fyd ei hun arno.

'Mae'n well iddyn nhw ddŵad rŵan,' meddai o wrthi fel cyfarchiad.

'Dyna'r o'n i'n 'i ddeud wrthyn nhw,' atebodd hithau. 'A dw i wedi deud wrthyn nhw am ddiolch drosta i.'

Yn ôl y straeon oedd iddi cynt, roedd hynny'n beth newydd yn ei hanes, meddyliodd Eyolf ar draws pob meddwl arall. Ond doedd o ddim am farnu ar hynny.

'Dowch 'ta,' meddai wrth y plant.

'Sgwydda,' gorchmynnodd Dag gan godi dwyfraich.

'Tyd 'ta'r diogyn.'

Cododd Eyolf o a'i luchio i'r awyr cyn ei ddal drachefn a'i osod yn daclus ar ei sgwyddau i gyfeiliant chwerthin braf y bychan.

'Boed i Horar Fawr ei hun a'r duwiau dy ddilyn di ar dy daith adra,' meddai'r Weddw wrth Eyolf.

Aeth meddwl Eyolf ar Bo.

'Ydi hi'n deud y gwir am y wawr?' gofynnodd Cari a mynd ymlaen i ailadrodd geiriau'r Weddw. 'Dyna pam mae'r wawr yn gwaedu?'

'Does dim rhaid i ti gredu hynny os nad wyt ti isio,' meddai Eyolf, a Bo eto'n llond ei feddwl.

Yna'n sydyn, gydag un wedi'i glymu ei hun am ei wddw a'i ddwy law fach yn gafael yn ei wallt i fod yn fwy diogel a llaw fechan arall yn gafael yn ei law o wrth iddyn nhw frysio drwy blu eira'n dechrau chwyrlïo o'u hamgylch, teimlodd Eyolf gyfrifoldeb newydd sbon yn tonni drwyddo. Edrychodd i lawr ar wyneb Cari a gwenodd hithau'n ôl arno. Cadarnhaodd y wên bopeth. Am y tro cyntaf sylweddolodd yn llawn pam roedd ei fam wedi mynd i chwilio amdano. Byddai Idunn wrth gwrs yn dallt yn iawn.

Cyrhaeddodd y tŷ rywfaint yn ysgafnach ei feddwl. Penderfynodd Dag ei fod yn gyndyn o ddod i lawr a gwasgodd ei goesau'n dynnach am wddw Eyolf. Arhosodd ble'r oedd gan ganu mymryn o nodau wrth i Eyolf eistedd a gadael iddo. Ond yna o weld Cari yn mynd i'r gongl at ei phethau ymryddhaodd a neidio i lawr ar ei hôl.

'Mae Angard wedi cael achlust,' meddai Seppo, yn cadw ei lais yn ddigon tawel rhag y plant.

'Be felly?' gofynnodd Thora.

Roedd hi wrthi'n brysur yn gorffen gwneud gwisg newydd i Lars, yn drowsus bychan a chrys o'r un llian. Syllodd Seppo arni am ennyd cyn ateb.

'Mae rhai o'r ymchwilwyr yn awgrymu mai chdi sy'n gyfrifol am ddenu Obri at ei goeden.'

'O.'

Synnodd Eyolf braidd o glywed y difaterwch yn y gair bychan.

'Ond mae 'na rai'n awgrymu mai Aud sy'n gyfrifol,' ychwanegodd Seppo, gan ddal i gadw ei olwg arni.

'O.'

'Ac mae 'na rai erill yn deud yn dra phendant eich bod chi'ch dwy yr un mor gyfrifol â'ch gilydd.'

'Mae'n dda nad ydyn nhw'n gwybod fod Gaut wedi dengid,' meddai Thora. 'Ydyn nhw wedi ystyried ella mai Lars bach ddaru, gan 'i bod hi'n amlwg nad ydyn nhw'n gwneud dim ond dallgeibio? A tasat ti'n poeni ac yn ofni 'u bod nhw'n gywir,' ychwanegodd heb dynnu ei sylw oddi ar ei gwaith, 'fyddat ti ddim wedi deud hyn yng nghlyw Eyolf. Ella na fasat ti wedi deud wrtha i chwaith, dim ond 'i gadw fo i chdi dy hun, i boeni'n hurtyn am weddill dy oes.'

'Mae 'na rai sy'n ddigon ynfyd i goelio pawb,' meddai Eyolf, gan fod Seppo i'w weld fel tasai o am ori ar eiriau Thora am ychydig. 'Ella na fydda fo'n syniad drwg i chi'ch dau fusnesa ar y slei hyd y fan.'

'Ia,' cytunodd Seppo, yn swnio'n ffwrdd-â-hi a mymryn yn bell. 'Ond mi fydd Angard yn siŵr o wneud, prun bynnag,' meddai wedyn yn fwy pendant.

'Bydd, druan,' meddai Eyolf.

Fedrai o ddim peidio â chwilio'r ddau wyneb heb gymryd arno rhag ofn bod rhyw gyfrinach neu amheuaeth ynghudd ynddyn nhw. Ond ni welai ddim, ac ar ôl syllu ar y plant am ennyd penderfynodd yrru'r cwch i'r dŵr ei hun.

'Be am y si arall 'ta?' gofynnodd.

Cododd y ddau arall eu pennau ar unwaith.

'Pa si?' gofynnodd Seppo.

'Pan o'n i ar fy ffor i nôl y ddau yma,' atebodd Eyolf, 'mi ge's i sgwrs am ennyd hefo – hefo – Erik? Hwnnw â'i lygad chwith wedi hannar cau.'

'Ia, Erik,' meddai Thora.

'Roedd o wedi cael achlust fod Tarje wedi dychwelyd a'i fod o'n ymguddio yn y coed ac mai fo ddaru ladd Obri.'

Trodd Thora ei sylw yn ôl ar ei gwaith a gadael i hynny ddatgan ei barn.

'Dyna be ydi dallgeibio,' meddai Seppo.

'Ia,' meddai Eyolf, a rhyw argraff ara deg yn y gair yn ei adael i olygu unrhyw beth.

'Dwyt ti ddim i'w gl'wad yn rhyw siŵr iawn dy gytuniad,' meddai Seppo.

'Nid hynny. Dim ond y byddwn i'n hoff o weld Tarje, a chael sgwrs.' Cododd Eyolf, yn gweld nad oedd budd dilyn y trywydd. 'Dw i am bicio yno.'

'Tyd yn d'ôl yma i nôl bwyd,' meddai Thora. 'A dwyt ti ddim i gychwyn adra heddiw os daw hi'n storm.'

'O'r gora.'

Aeth. Gwelodd ar unwaith mai eira dod a dadmer oedd yn disgyn hyd y fan, ond doedd hi'n argoeli'n debyg i ddim am weddill y dydd ac roedd o'n ddigon bodlon derbyn gorchymyn Thora. Roedd y ddau deulu wedi gwerthfawrogi iddo ddod yr holl ffordd i edrych amdanyn nhw ac i gynnig hynny o obaith a fedrai am Gaut a'i hynt. Pan oedd wedi gwyntyllu'r awgrym wrth ei fam ac Idunn roedd y ddwy wedi cytuno ar unwaith iddo gychwyn gynted fyth ag y medrai. Mi wn i be 'di anogaeth i beidio â digalonni, oedd Aino wedi'i ddeud. Roedd hynny'n ddigon gan Eyolf ac ymhen yr awr roedd wedi cychwyn.

Rŵan fodd bynnag, wrth iddo droedio'r llwybr cefn roedd ei feddwl ar Tarje, ac ar Gaut yn gwneud yr un siwrnai funudau cyn cael ei gipio.

Roedd Lars yn nhŷ Angard. Wrth i'w llygaid gyfarfod roedd Eyolf unwaith yn rhagor yn credu ei fod yn dirnad rhyw ddealltwriaeth, yn union fel pob tro arall yr oedd wedi bod yn ei gwmni. Tarje oedd y ddealltwriaeth. Yn y cip gwelai Eyolf werthfawrogiad trist Lars o'i ymddiriedaeth o yn Tarje, ond bod rhyw oferedd yn cael ei gyfleu yr un pryd. Yn y cip hefyd gwelai ddyn wedi colli ei hyder. Atgyfnerthu hynny oedd sgyrsiau Lars cyn amled â pheidio, gyda brawddegau'n dechrau'n naturiol ac yn gorffen yn llipa a di-feind.

Roedd yn amlwg ar wynebau Angard a Lars eu bod ill dau ar ganol trafodaeth, a hynny'n cael ei gadarnhau gan eu distawrwydd disymwth wrth droi i edrych pan agorodd y drws. Doedd gan Eyolf ddim awydd i fân siarad na gori ar beth bynnag oedd ar feddwl y ddau.

'Ydi Tarje hyd y fan?' gofynnodd.

'Am be wyt ti'n sôn, greadur?' gofynnodd Angard.

'Ydach chi wedi cl'wad y stori ge's i gan Erik gynna?'

'Mae gan Erik gymaint o straeon â sydd gynno fo o ddychymyg, ac mae ffitio'r straeon i glust y gwrandäwr yn un o'i gampa bychan o,' meddai Angard yn hamddenol, yn fwriadol hamddenol yn nhyb Eyolf. 'Mae ynta hefyd yn gyfarwydd â dy gefnogaeth ddigymrodedd di i Tarje ers pan wyt ti yma.'

'Rydach chi wedi cl'wad, felly?'

'Do,' atebodd Lars. 'Tasai Tarje hyd y fan, mi fydden ni wedi cael gwybod ryw ffor ne'i gilydd bellach.'

Amneidiodd Angard ei gytundeb. Edrychodd ar Eyolf am eiliad cyn troi ei olygon tua'r llawr. Gweld ei feibion mae o, meddyliodd Eyolf. Ond wedyn, roedd rhyw olwg arall wedi dod i'w lygaid y munud y daeth Tarje'n destun y sgwrs, rhyw olwg ryfedd, bron fel golwg euog.

Cododd Lars.

'Tyd.'

'Mi bicia i yma eto cyn mynd,' meddai Eyolf wrth Angard. 'Mae'n debyg mai fory y bydda i'n cychwyn.'

Cododd Angard ei lygaid.

'Dyna chdi,' atebodd.

Rŵan dim ond tristwch a welai Eyolf yn y llygaid. Aethant.

'Gweld yr hogia mae o wrth 'y ngweld i?' gofynnodd Eyolf y munud y caeodd y drws ar ei ôl.

'Ddigon posib,' atebodd Lars. 'Mi ddychwelist ti adra ar ôl blynyddoedd. Pwy a ŵyr be sy'n corddi yn 'i feddwl o?'

Aethant ymlaen yn dawel am ychydig cyn i Eyolf fentro ei amheuon newydd eto.

'Ydi o'n credu ne'n gwybod fod Tarje yma yn rwla?'

'O ble câi o le i gredu hynny?'

'Roedd Erik yn bur bendant.'

'Erik ydi hwnnw.' Dim ond deud hynny ddaru Lars, heb gyfleu unrhyw deimlad ynghlwm ag o. 'Be am dy feddylia di?' gofynnodd wedyn ar yr un gwynt. 'Rwyt ti'n nabod Tarje cystal â neb.'

'Dydi milwr ddim yn cynllunio nac yn cynllwynio i ladd neb mewn brwydr, nac'di?' atebodd Eyolf wedi chwilio ennyd. 'Dim ond gwneud. Dim ond gweiddi a sgrechian a gwneud.

Fyddai Tarje fyth dragwyddol yn cynllwynio i ladd neb. Beth bynnag ddigwyddodd hefo'r Uchben hwnnw, 'i ladd o ar y twymiad ddaru Tarje, nid cynllwynio hynny ac aros am y cyfla.' Petrusodd. Edrychodd ar yr wyneb gwelw wrth ei ochr, y dioddefaint yn dal ynddo. Petrusodd eto. 'Yr unig beth...'

'Be?' gofynnodd Lars.

'Tasai be ddigwyddodd i Aud yn digwydd i Mam a minna'n darganfod pwy ddaru, 'sgin i ddim syniad be faswn i'n 'i wneud iddo fo.' Petrusodd. 'Roedd Erik yn deud rwbath arall hefyd.'

'Be?'

'Fod Obri mor gyfrifol â neb am be ddigwyddodd i Aud. Fo arweiniodd y milwyr acw, medda Erik, a fo ddudodd wrth yr Isbeniaid oedd hefo nhw eich bod chi'ch dau'n cefnogi Tarje i'r carn am iddo fo ladd yr Uchben, sut bynnag yr oeddach chi i wybod 'i fod o wedi'i ladd o. Roedd Erik yn awgrymu fod Tarje wedi cael hynny ar ddallt a'i fod o wedi sleifio yma i gael cadarnhad. Ac mi welodd o wynab Aud.'

'Ddaru Erik awgrymu sut medrai Tarje fod wedi cael hynny ar ddallt?' gofynnodd Lars.

'Naddo. A dim ond ailadrodd yr hyn glywis i ydw i. Mae gan Tarje ddigon o ffrindia yma, 'tocs? Mae 'na lawar fyddai'n ddigon parod i ddeud wrtho fo. Ond does dim rhaid bod 'na gysylltiad o gwbwl wrth gwrs. Ella mai rhywun a rwbath arall oedd yn gyfrifol am ladd Obri. Mae'n amlwg nad oes 'na fawr o gollad, nac oes?'

Nid atebodd Lars hynny chwaith. Aethant ymlaen yn ddisgwrs.

'Ydach chi'n poeni?' gofynnodd Eyolf pan ddaethant at y tŷ.

'Poeni 'mod i'n gachgi? Ydw.'

'Peidwch â rwdlan!' Doedd Eyolf ddim wedi bwriadu i'w lais godi. 'Doeddach chi ddim adra pan ddaru nhw ymosod ar Aud,' meddai'n dawelach. 'Sut medrach chi 'i gwarchod hi?'

'Nid hynny.'

'Be 'ta?'

Arhosodd Lars. Edrychodd i fyw llygaid Eyolf.

'Ro'n i adra pan ddaethon nhw yma i fynd â Lars bach i'r gors.'

Dim ond am eiliad y dychrynodd Eyolf. Pan ddaeth o'i babell ar gwr y coed y peth cyntaf a welodd oedd olion traed yn y mymryn eira oedd wedi disgyn dros nos. Daliai i bluo rhywfaint ac roedd yn amlwg fod yr olion wedi'u gwneud o fewn yr awr cynt. Roedd yr olion yn dod o'r coed at agoriad y babell ac yn troi'n ôl ac roedd yn amlwg nad oedd gan bwy bynnag a'u gwnaeth gydymaith.

Cymharodd yr olion â'i droed ei hun. Roedd y traed diarth tua'r un faint â'i draed o. Craffodd tuag at y coed. Doedd yr un symudiad. Tasai pwy bynnag oedd yno ar berwyl drwg byddai wedi gallu ei ladd cyn iddo ddeffro. Gan hynny prysurodd ymlaen at y coed, ond doedd dim digon o eira wedi disgyn i orchuddio tir y goedwig a buan y diflannodd yr olion. Chwiliodd, ond doedd dim i'w weld ond yr arferol a dim i'w deimlo ond naws coedwig yn ymbaratoi am hirgwsg gaeaf. Arhosodd felly am ychydig, yn dal i chwilio am ryw arwydd neu symudiad.

Mentrodd y gair gorffwyll.

'Tarje?'

Trodd, a dychwelyd. Aeth ei feddwl eto fyth ar Lars.

Roedd o wedi dychryn o sylweddoli fod Lars wedi mynd i'r fath gyflwr fel ei fod yn credu y dylai fod wedi atal Lars bach rhag cael ei gludo i'r gors, heb sôn am fedru gwneud hynny. Tasai o wedi digwydd i deulu arall byddai Lars fel pawb arall yn derbyn y weithred ac yn gadael i'r drefn gymryd ei hynt, a busnesa'r canlyniad os byddai'n dymuno. Ni fedrid amgyffred na rhiant na theulu'n gwrthwynebu'r ddefod honno o bob defod. Roedd yn rhan o wead y tiroedd. Dim ond pobl fel Bo fyddai'n amau.

A Linus. A fo'i hun, penderfynodd fel fflach. Ac Idunn. Mawredd, meddyliodd, dylai'r tri fod yno hefo fo.

Cychwynnodd, ac wrth iddo roi ei gam cyntaf dyma fo'n sylweddoli. Daeth wyneb Eir. Daeth wyneb Lars. Daeth wyneb Aud. Daeth dwy law Dag ar ei wallt a llaw Cari yn ei law o, y tair llaw yn ymddiried mor naturiol. A dyma fo'n dallt.

Aeth ar ei hynt.

11

Roedd cwmwl yn crafu'r mynydd ond gwyddai Bo mai Mynydd Tarra oedd o, mynydd llencyndod Eyolf. Yn araf bach roedd ambell gawod o eira'r nos yn hawlio mwy o'r dydd cyn dadmer ond prin oedd ei ias i'w deimlo.

Roedd gofyn aildanio hyder fod gwarineb ar gael. Roedd o ar gael yn nhŷ Edda a Helge a chan un o'r tri yn nhŷ Jalo, a hefyd yn y gymdogaeth ar odre Mynydd Tarra. Roedd o'n gwrthod digalonni, yn gwrthod cymryd ei drechu gan lofruddiaeth a lladrad a droai gelf yn gelwydd. Gwyddai mai'r fyddin oedd wedi lladd Eitri a'r ci, oherwydd roedd digon o'i holion i fyny'r afon ac wrth yr ogof, pa liw bynnag oedd i'w gwisgoedd.

Roedd celfi Eitri i gyd wedi mynd a doedd dim ar gael i dorri bedd. Ond doedd Bo ddim am adael Eitri fel roedd o, na mynd ymlaen ar ei daith cyn dychwelyd i gartref Linus i ddeud wrth y teulu. Yr unig ddewis oedd ganddo oedd pant bychan yng nghefn y tŷ y gallai lusgo'r corff iddo. Rhoes y ci i orwedd wrth draed Eitri. Cafodd garreg lefn o'r afon i'w gosod yn wlyb a thyner dros galon yr hen ŵr rhag ofn y byddai'r ddefod wedi bod yn bwysig iddo, a gorchuddiodd y ddau gorff â digon o gerrig i atal bwystfilod rhag ymyrryd â nhw. Ni fedrai beidio â dyfalu prun ai tafod Eitri 'ta dim ond ei fodolaeth oedd wedi bod yn gyfrifol am ei dynged. A dyfalu felly y bu o gydol ei daith yn ôl at Linus a'i deulu ac yn ôl drachefn heibio i'r tŷ a'r twmpath cerrig newydd yn ei gefn.

Roedd yn rhaid fod gwarineb ar gael. Wrth feddwl am Eitri roedd yn meddwl am Gaut, er nad oedd erioed wedi'i weld nac wedi clywed amdano tan i frawd Aino ddod â'i stori. Roedd Gaut yn gyfyrder i Eyolf a theimlai Bo gysylltiad ar wahân i gysylltiad profiad. Er na chawsai o mo'i guro yn seremonïol fel Gaut, ar wahân i ambell ddwrn yn ei stumog wrth gael ei watwar a'i wthio, yr un oedd y profiad. Cam-drin oedd cam-drin pa natur bynnag oedd iddo. Roeddan nhw'n gallu rhoi enwau fel disgyblaeth a chosb arno, ond cam-drin oedd o, a'r unig reswm amdano oedd yr hoffter o'i wneud. Doedd neb a fedrai ei argyhoeddi'n wahanol bellach, a gwyddai mai'r unig wahaniaeth rhwng yr hyn a ddigwyddodd iddo fo a'r hyn a ddigwyddodd i Gaut ac Eitri oedd bod Gaut ac yntau'n fyw ar y diwedd. Ond nid i'r fyddin a'i chamdrinwyr oedd y diolch am hynny. Gafaelodd yn y cerflun am ei wddw a'i dynnu'n rhydd dros ei ben er mwyn cael gafael yn iawn ynddo fo.

Sicrwydd gwag braidd oedd ei eiriau cyn cychwyn fod y byddinoedd yn rhy brysur yn ymbaratoi i glwydo'r gaeaf, a chadwai gymaint ag y gallai i gyrion coed a chwiliai'r awyr rhag ofn bod rhybudd i'w gael gan yr adar. Doedd o ddim am adael i hynny wneud ei daith yn ddiflas chwaith na'i wneud o'n anwerthfawrogol o'r tiroedd a gerddai.

A'r adar a roddodd y rhybudd iddo. Gwyddai ei fod o fewn cyrraedd cymdogaeth llencyndod Eyolf a hithau'n bnawn cynnar pan godod haid swnllyd o rugieir duon o'r tu hwnt i gefnen beth pellter o'i flaen. Roedd ganddo ddewis o goed i'r dde neu i'r chwith. Y goedwig ar y chwith oedd yr un orau i'w gadw ar ei lwybr ac i fynd ag o i gyfeiriad y Pedwar Cawr. Aeth iddi'n ddiymdroi a chanfu'n fuan wrth gadw i'w chyrion mai'r fyddin lwyd oedd yno, yn teithio ar hyd y dyffryn yr oedd newydd sleifio ohono. Mentrodd newid mymryn ar ei gyfeiriad gan anelu tua'r gogledd-orllewin gan nad oedd y coed yn rhy drwchus i guddio'r haul oddi wrtho. Bellach ni fedrai gerdded coedwig heb gofio am Eyolf a'i sicrwydd fod rhyw bresenoldeb anweledig yn cyd-deithio hefo fo. Bron nad oedd arno awydd dyfeisio un iddo'i hun, ei flaidd gwarchodol o'i hun.

Pan ddaeth o'r coed drannoeth i haenen newydd o eira ar lawr roedd ar goll. Ni welai Fynydd Tarra, ond doedd hynny ddim yn ei boeni. Daliodd i fynd, ac o ben bryn gryn leuad yn ddiweddarach gwelodd gopaon gwynion y Pedwar Cawr, ddyddiau lawer o deithio o'i flaen. Dathlodd, yn dyheu am rywun i gyd-ddathlu hefo fo, yn dyheu am rannu'r fuddugoliaeth. Arhosodd am funudau hirion dim ond i edrych arnyn nhw.

Ganol y bore ymhen dyddiau ac yntau'n sicr bellach nad oedd ei lwybr yr un â'r un a deithiodd hefo Aino ac Eyolf a Linus, daeth o goedlan a chlywed sŵn afon beth pellter tua'r dwyrain. Gobeithiai mai Mynydd Ymir oedd yr un o'i flaen yn y pellter, y mwyaf deheuol o'r Pedwar Cawr. Byddai wrth ei droed cyn nos ond iddo beidio ag ymdroi. Roedd yr eira bellach bron yn wastadol ar y ddaear, ond nid achosai drafferth, ac er bod ei lygaid yn ddigon cry gwiriondeb oedd peidio â gwisgo mwgwd. Hen fwgwd ei dad oedd o, y dyn braidd yn ddiarth oedd yn gyfaill swil. Wyddai o ddim o ble y cafwyd deunydd Uchben ynddo, mwy nag yn Aarne, meddyliai. Ond wedyn, tasai pob Uchben fel ei dad ac Aarne, fyddai dim angen byddinoedd. Roedd meddwl fel hyn yn lleddfu unigrwydd.

Cynyddai sŵn yr afon a chyn hir daeth ati, a daeth yr eira yn gymwynas ddisymwth. Roedd olion traed dirifedi hyd y lle. Gwyddai mai dim ond byddin a achosai'r fath olion ac roedd digon o arwyddion mai wedi teithio i lawr gyda'r afon yr oedd hi. Gwelai hefyd oddi wrth yr haenen fechan o eira newydd ar yr olion mai y diwrnod cynt y bu'r daith.

Cafodd le digon cudd i stelcian wrth yr afon swnllyd a dal tri thorgoch braf cyn mynd ymlaen ar ei daith, ei lygaid parod yn chwilio'r tir a'r awyr am arwyddion o ôl-filwyr. Troai ei ben yn aml rhag ofn fod arwyddion o'i ôl, ond dim ond byw eu bywyd arferol oedd yr adar a dim ond gochel rhag y peryglon arferol a wnâi'r ambell elc a charw a gafr a welai yma a thraw'n crafu'r eira i gael at y borfa. Cyn hir daeth at dro yn yr afon a wardiodd y munud hwnnw. Roedd tŷ o'i flaen. Camodd gam neu ddau yn ôl a gwyliodd. Codai rhimyn o fwg o'r corn. Ac yntau'n dal i wardio ac yn dechrau oeri braidd agorodd y drws a daeth dynes o'r tŷ, a bwyell yn ei llaw. Aeth ati i dorri coed ar flocyn a gwyliodd Bo hi am dipyn cyn penderfynu y gallai ddod i'r golwg. Tynnodd ei fwgwd eira a dynesu, gan godi ei law i gyfarch pan gododd y ddynes ei phen o'i weld. Sefyll yn ei hunfan i'w wylio ddaru hi. Dyfarnodd yntau mai cyfarchiad hawddgar oedd yn briodol.

'Pa afon ydi hon, wreigdda?' gofynnodd.

Roedd yr ateb yn siort a drwgdybus.

'Pwy wyt ti i ofyn y fath gwestiwn?'

Gwelodd Bo ei bod yn llawer hŷn na'i fam. Roedd hi'n hen, o bosib tua thrigain oed, tybiodd. Roedd hi wedi gollwng y fwyell ar y blocyn o'i blaen i'w astudio fo yn iawn.

'Dieithryn o fath,' atebodd.

'Hm,' meddai hithau, yn dal i'w astudio ennyd cyn ailgodi'r fwyell ac ailddechrau torri. 'Mae pawb sy'n werth 'i nabod yn gwybod mai afon Borga Fawr ydi hi.'

'Gwych!' dathlodd Bo fuddugoliaethus. 'A Mynydd Ymir ydi hwn felly?'

'Ia, debyg,' atebodd hithau, yn rhoi'r gorau eto i'w gwaith o weld ei lawenydd.

'Dw i wedi dŵad o Lyn Helgi Fawr,' canlynodd Bo arni. 'Wyddoch chi lle mae o?'

Yna sylweddolodd yr hyn roedd wedi'i ddeud. Ceisiodd beidio â chymryd arno. Ond dim ond wrth wneud llanast fel hyn yr oedd yn gweld mor gall oedd rhybudd Eyolf. Ceisiodd gyflwyno ei wyneb diniweitiaf ger bron.

'Mi glywis amdano fo,' atebodd y ddynes. 'Wyddost ti pwy oedd Helgi Fawr, 'ta wyt ti fel pob un o'r petha ifanc 'ma'n rhy feddwl dda ohonyn nhw'u hunain i ystyriad dim am y dewrion a fu a roes eu henwa i'r afonydd a'r llynnoedd a'r mynyddoedd a'r moroedd?' Rŵan roedd yn dangos mwy o ddiddordeb yn ei ddyn diarth a'i frwdfrydedd, er nad oedd o am gael cyfle i ateb ei chwestiwn chwaith. 'A be wyddost ti am afon Borga Fawr a mynydd Ymir Gawr i fod mor hapus yn 'u cylch nhw os wyt ti wedi dod cyn bellad?'

'Mae'r afon yn tarddu o Lyn Borga ac mae afon Borga Fach yn dod i'r llyn o'r ochor arall ar ôl cosi troed Mynydd Corr ar ei thaith drwy'r ceunant dyfn o'r gogledd a'r rhewlif rhwng Mynydd Corr a Mynydd Aarne,' atebodd Bo, yn penderfynu nad oedd datgelu ei wybodaeth am hynny'n mynd i'w roi mewn magl. Ac wedi'r holl deithio roedd yn rhaid iddo gael dathlu ei fuddugoliaeth.

Ond doedd y ddynes ddim am ddathlu.

'Rhwng be?' gwaeddodd, a chodi'r fwyell.

'Ia, mi wn i mai Mynydd Horar mae pawb arall yn galw'r un gogledd...'

'A Mynydd Horar ydi'i enw fo!' daliodd hithau i weiddi. 'Pwy wyt ti i ddeud yn wahanol, y cyw chwilan? Ydi ceiliogod dandi tiroedd y De'n credu 'u bod nhw'n gwybod yn well na'r cewri a'r duwiau pa enwau y dylai'r mynyddoedd eu cael rŵan, ydyn nhw? Rhwbia dy dafod ar foncyff praff y fedwen i'w buro fo y munud yma!'

'Wyddwn i ddim fod y fedwen wedi'i hamhuro.'

'Gymri di hon ar draws dy wegil?'

'Dw i'n nabod afon Borga Fach yn dda,' meddai Bo yn hytrach na chynnig ei farn am Horar Gawr. 'Mi ddisgynnis i dros 'y mhen i bwll ynddi hi y pen pella i'r ceunant, a hynny ar ddiwrnod oera'r gwanwyn. Dydi hynny ddim yn beth call i'w wneud.'

'Rwyt ti wedi bod yma o'r blaen, felly?' gofynnodd hithau, a Bo'n clywed drwgdybiaeth newydd lond ei llais. 'I be ymyrrat ti â'r tiroedd 'ma bryd hynny ac i be y gwnei di hynny y tro yma? Pwy wyt ti? Be 'di d'enw di?'

'Hente.' Dyna'r enw a ruthrodd gyntaf i feddwl Bo. Edrychodd ar yr olion yn yr eira. 'Fuo 'na fyddin heibio yma ddoe?'

'Pam? Chwilio am dy fyddin wyt ti?'

'Na. Sgynnoch chi ffansi rhannu pryd bach o fwyd?' gofynnodd yn ddiniwed i gyd.

'Rhannu?' meddai hithau. 'Be 'di peth felly? Fi 'i ddarparu o a chditha 'i fyta fo, debyg.' Dychwelodd at ei gwaith, ond gan ddal i gadw golwg arno a'r un ddrwgdybiaeth yn ei llygaid. 'Morol am dy damaid dy hun.'

Gollyngodd Bo ei bwn a thyrchu i'w sachyn. Tynnodd ddau dorgoch a phetrisen wedi'i phluo ohono.

'Dyma ni, ylwch.' Daeth yn nes iddi gael golwg iawn. 'Mi gewch chi ddewis. Ne' mi wnawn ni'r cwbwl.'

Astudiodd hi y pysgod a'r aderyn. Tybiodd Bo iddo weld y ddrwgdybiaeth yn lleddfu beth.

'Digon o gig ar hon, i'w weld,' dyfarnodd hi gan wasgu mymryn ar y betrisen. 'Ddaw dim da i neb sy'n rhyfygu i newid enwau'r mynyddoedd,' meddai wedyn, y cerydd fymryn yn garedicach, yn debycach i gyngor. 'Mae'n rhaid i ti beidio â gwneud hynny ne' chei di ddim dod dros drothwy 'y nhŷ i.'

'Byw eich hun ydach chi?'

'Ia.' Roedd llygaid gwyrddion dan aeliau culion fel tasan nhw'n ei astudio o'r newydd. 'Mae 'na lawar wedi trio 'nghael i'n wraig iddyn nhw, ond wedi methu maen nhw bob un. Mi chwifis i gangen ddeiliog yr helygen felen yn 'u hwyneba nhw i gyd.'

'Doedd 'na neb yn gofyn amdanoch chi yn y gaea, felly?'

'Tyd gam yn nes, sbrigyn, ac mi'i gwna i hi'n aea arnat ti.' Trodd. 'Methu wnaet titha hefyd.'

'Be 'di'r gora gynnoch chi? Chi dorri coed a minna wneud bwyd 'ta fel arall?'

'Ac rwyt ti'n trefnu bywyda pobol hefyd, wyt ti?'

'Be 'di'ch enw chi?'

'Norta.'

'Pwy sydd am wneud y bwyd?'

'Tyd â nhw yma.' Cipiodd bysgodyn a'r betrisen o'i ddwylo. 'Cym bwyll hefo'r fwyall 'na, lencyn. Dim ond fi sy'n 'i dallt hi.'

'Mi wna i well cymwynas â chi na thorri coed,' meddai yntau yr eiliad y cafodd afael ar y fwyell a chael golwg arni. 'Sgynnoch chi rwbath i'w hogi hi?'

'I'w gwneud hi fel dy dafod, debyg. Aros yn fan'na.'

Aeth Norta i'r tŷ. Edrychodd yntau i fyny'r afon, y dathlu'n ei lonni o'r newydd unwaith yn rhagor. Doedd dim rhwystr i'w weld i'w atal rhag mynd heibio i droed y mynydd ac i olwg y llyn. A phan gyrhaeddai yno byddai'n gallu edrych dros y llyn i'w lan bellaf ac ar y tŷ cyntaf y deuid iddo o'r dwyrain. Roedd o fewn diwrnod i'w nod. Rŵan roedd brys.

Dychwelodd Norta allan ymhen rhyw funud.

'Dyma hi.' Dangosodd galen â thipyn o ôl traul arni iddo a dal dwrn o flaen ei wyneb. 'Meiddia ddeud fod gen ti enw arall ar y mynydd ucha. Be 'di'i enw o?' cyfarthodd.

'Mynydd Oliph, yn ôl y sôn,' atebodd yntau'n ddiniwed, rhag ofn iddo orfod byw heb y pryd bwyd yr oedd bellach yn awchu amdano.

'Yn ôl pa sôn?' gwaeddodd Norta.

'Mynydd Oliph 'ta,' meddai yntau. 'Mynydd Aino,' sibrydodd wrth y fwyell. 'Ia, Mynydd Oliph 'te,' meddai wrth Norta.

'Mi faswn i feddwl hefyd,' chwyrnodd hi. Roedd ei hystum fel tasai'n gwegian rhwng ei waldio hefo'r galen a'i rhoi iddo. Ond ei stwffio'n sgornllyd i'w law ddaru hi. 'Chi'r petha ifanc 'ma, waeth gynnoch chi am na duw na chawr na dim. Wyddost ti be ydi poeni'r nos oherwydd yr holl gabalganu sydd i'w gl'wad am y duwiau? Na wyddost, m'wn. Poeni hyd at gur calon fod y duwiau a'r cewri'n mynd yn ddibris ac yna'n angof ym meddyliau'r bobol a hynny o dy herwydd di a dy debyg a'r nialwch gwyrddion 'na i gyd. Gweld fy hun yn dychwelyd i'r tiroedd ymhen y tri ugain mil lleuad a chael fod y bobol yn ymdrybaeddu mewn Priodasau Annheilwng a phlanta dibriodas ac yn yr anghofrwydd mawr yn rhoi enwau'r duwiau ar y cŵn.'

'Y cŵn druan.'

'Be ddudist ti?'

'Hon sy gynnoch chi'n hogi'ch lli hefyd?'

'Pwy sy'n deud fod ar fy lli i angan 'i hogi?'

Ond cafodd Bo weld y lli, a chafodd ei hogi. Ar ganol y gorchwyl oedd o pan ddechreuodd ystyried. Doedd o ddim wedi cael math o gyfathrach hefo neb ers iddo adael cymdogaeth Linus, ac o fewn ychydig funudau o'i chyfarfod roedd o'n hogi celfi dynes nad oedd erioed wedi'i gweld o'r blaen. Peth fel hyn, meddyliodd yn sydyn, ydi gwarineb. Penderfynodd na fyddai'r byddinoedd yn dallt. Ac nid amau pawb a phopeth diarth oedd bod yn wyliadwrus na pheidio â deud ei enw cywir.

'A be sydd wedi dy dynnu di yma?' gofynnodd Norta ar ganol y pryd bwyd mwya blasus iddo'i gael ers iddo ymadael â chartref Linus. 'Gwrogaeth iddyn Nhw?'

Cododd ei bys a'i anelu fry rywle y tu ôl i'w chefn.

'Pa nhw felly?' gofynnodd Bo braidd yn rhy ddiniwed.

'Nhw! Y duwiau! Y Pedwar Cawr!'

'O. Rheini?' Prysurodd ymlaen o weld y tynhau. 'Na. Pan o'n i yma y tro blaen mi – ym...'

Tawodd. Tybiodd mai callio mewn pryd ddaru o. Roedd o'n mynd i sôn am Edda a Helge. Ond roeddan nhw wedi mentro eu bywydau drwy gynnig croeso a lloches i wisgwyr gwinau ac roedd yn rhaid i hynny aros yn gyfrinach. A doedd Norta ddim wedi ateb ei gwestiwn cynharach am y fyddin. Ond roedd hi wedi sylwi ar y petruso, ac yn dangos yn glir ei bod wedi gwneud hynny. Roedd yn rhaid iddo geisio dod ohoni rywfodd.

'Oes 'na gymdogaetha yn y tiroedd hyn 'blaw am y ddwy wrth odre Mynydd Ymir a Mynydd Aino?' gofynnodd.

Am eiliad diflannodd pob amheuaeth.

'Mynydd be?'

'Dw i'n ddiarth, 'chi.' Ceisiodd Bo ei orau glas i ffwndro. 'Mae'r enwa 'ma'n ddiarth hefyd...'

'Mae pawb drwy'r holl diroedd yn gwybod yr enwa! Hyd yn oed yn nhiroedd diddim y De!'

'Ydyn, debyg. Be oedd o hefyd? Oliph, ia?' Penderfynodd Bo ei fod yn dda am ddiniweidrwydd. Ond roedd yn rhaid iddo ddyfeisio rhyw reswm am ei daith. 'Dw i'n chwilio am fodryb i mi,' meddai. 'Mi fethis i ddod o hyd iddi y tro blaen. Ond doedd gen i ddim negas iddi y tro hwnnw a 'des i ddim i chwilio llawar. Dim ond mynd heibio oeddan ni prun bynnag.'

'A be wnei di hefo hi y tro yma? Ydi hi mor ddibris â chdi ynglŷn ag enwa'r rhai sy'n ein cadw ni ac yn cadw'r tiroedd?'

Roedd y llais fymryn yn llai arthiog, ond roedd yr amheuaeth wedi dychwelyd.

'Chwaer Mam ydi hi. Mae hi'n byw yn un o'r ddwy gymdogaeth, mac'n rhaid. Fi sydd wedi cael y gorchwyl o fynd â'r negas iddi bod 'i mam a'i thad hi wedi marw, gwta leuad rhwng 'i gilydd. Roedd Nain a Taid yn garedig,' ychwanegodd, i geisio newid y trywydd, ''fath â chi. Mewn tŷ ar lan afon Cun Lwyd y ce's i fwyd fel hyn ddwytha. Yn fa'ma cawsoch chi'ch geni?' gofynnodd wedyn. 'Yma dach chi wedi bod erioed?'

'Ia. Pam?'

'Ddaru 'na neb drio eich gorfodi chi i Briodas Deilwng?'

'Pwy feiddia?'

'Eich tad, ella.'

'Na.' Roedd llais Norta wedi addfwyno. 'Mi gollis Mam pan o'n i'n bymthag. Yma hefo Nhad y bûm i. Ddeng mlynadd yn ôl mi glafychodd wrth i'r dydd ymestyn ac i Gorr dduw daenu 'i fantell dros y tiroedd a dyma'r gog yn dechra canu'n gyson yn 'i glyw o ac mi wyddwn i wedyn na fyddai'n hir cyn y byddai'r gladdfa'n 'i dderbyn o. Ac roedd y gog yn dal i ganu wrth inni roi'r garrag lefn dros 'i galon onast o iddo fo gael mynd i fangreoedd y duwiau.' Bu'n dawel am ennyd. Yna cododd ei golygon. 'Mae 'na dristwch yn dy lygaid ditha na ddyla fo ddim bod mewn hogyn o d'oed di.'

Sŵn cerydd bychan oedd yn y dyfarniad, ond doedd dim awgrym o arthio yn y llais. Bu Bo'n dawel am ennyd, yn ceisio meddwl faint o'i stori i'w deud ac yn ymwybodol o'r llygaid a'u chwilio disgwylgar. Adroddodd hanes Eitri a dim mwy.

'Oeddach chi'n gwybod bod y milwyr yn chwilio'r tai am greiria cain?' gofynnodd pan oedd yn synhwyro ei bod hi'n dymuno cael rhagor o'i hanes o'i hun.

'Mi glywis. Paid â phoeni amdana i.'

'Fuon nhw yma ddoe?'

'Mi aethon nhw heibio gyda glan yr afon.'

Mae hi'n deud clwydda, meddyliodd Bo. Roedd yr eira ger y tŷ'n llawn o olion traed llawer mwy na'i thraed hi.

'Pa fyddin oedd hi?' gofynnodd.

'Y llwydion, debyg. Mi fyddwn wedi trochi'r lleill yn yr afon.'

Gwrthododd hi adael iddo fynd am na chyrhaeddai Lyn Borga cyn nos. O fynd ben bore, dadleuodd, byddai'n cyrraedd y llyn erbyn y pnawn cynnar a byddai ganddo ddigon o'r dydd ar ôl i holi o gwmpas am ei deulu. Roedd o'n ddigon bodlon derbyn hynny a chafodd y ddau orig yn sgwrsio. Aeth Bo i'r twb a'r ager wedyn, ei gerflun gwinau wedi'i guddio yn ei law cyn iddo dynnu amdano, a bu yno orig arall yn dadflino'n braf ac yn falchach nag y bu o gwbl ei fod wedi codi baddondy ager newydd sbon i'w fam pan ddychwelodd o'i deithiau, a Linus ac Eyolf a Görf yn gyd-weithwyr mor ddygn. Pan ddaeth o'r stafell ager sylwodd nad oedd ei bentwr dillad yr un siâp ag y'i gadawsai. Roedd Norta allan wrth y drws, yn edrych tua'r gogledd. Ni fu yno'n hir, oherwydd roedd y cyfnos a'i oerni'n dyfod, a dychwelodd i mewn. Syllodd ar Bo'n gwisgo amdano. Cadwodd yntau ei gerflun ynghudd.

Cafodd gynnig digon o fedd, ond nid yfodd hanner cymaint ag yr oedd hi'n ei gynnig iddo. Roedd hi'n yfed llai fyth. Tybiai o ei bod hi'n ei astudio ar y slei i weld faint o ddylanwad oedd y medd yn ei gael. Cymerodd arno flino a meddwi mwy nag yr oedd wedi'i wneud ac wedi diolch yn flêr aeth i'w sach cysgu i wrando. Ond doedd Norta ddim am siarad hefo hi'i hun. Toc, diffoddodd hi y llusern a chlywodd Bo hi'n mynd i'w gwely. Roedd o'n rhy gymysglyd i gysgu. Ella bod Norta'n mynd allan i syllu tua'r gogledd cyn pob cyfnos, meddyliodd. Ella ei bod hi'n credu fod ei thad marw hefo'r duwiau ar ben Mynydd Ymir a bod mynd allan fel hyn yn dod â hi ac yntau'n nes at ei gilydd. Ella mai ei hunigrwydd oedd yn gyfrifol am yr amheuaeth yn ei threm, yn ei gwneud yn reddfol anghyffyrddus pan ddeuai dieithriaid i'w chartref. Roedd meddwl felly yn hytrach nag yn ddrwgdybus yn ei wneud o'n fwy swrth, a bodlonodd ar hynny, a daeth cwsg.

Roedd Norta allan ar ei thoriad hi bore trannoeth. Ond roedd anniddigrwydd Bo wedi atal trwmgwsg, a deffrodd ar ei union wrth deimlo awel oer ar ei wyneb pan agorwyd y drws. Cododd yn ddistaw, a sbecian. Safai Norta allan o flaen y drws, ei golygon eto tua'r gogledd. Ella ei bod yn disgwyl gweld ôl-filwyr, meddyliodd Bo. Ella bod y fyddin wedi deud wrthi ddeuddydd ynghynt eu bod ar eu taith tuag yno. Ond ella mai cael sgwrs ddieiriau hefo'i thad yr oedd hi.

Ffarweliodd Bo yn gynnar, yn wirion o gynnar yn nhyb Norta, bron yn anniolchgar o gynnar. Wrth edrych i'w llygaid, doedd o byth yn sicr. Ond wrth droi'n ôl i godi ei law cyn mynd o'r golwg, a hithau'n sefyll yn llonydd o flaen ei thŷ yn ei wylio, dim ond unigrwydd a welai. Unwaith yr aeth o'i golwg fodd bynnag dechreuodd frysio, a brysiodd orau y medrai hefo'i bynnau tra oedd y tir o'i flaen yn glir. Bu'n rhaid iddo arafu wedyn pan aeth y tir yn rhy anwastad ac iddi fynd yn amhosib iddo weld yn ddigon pell. Aeth ymlaen, mor wyliadwrus ag y bu o gwbl ers cychwyn o Lyn Helgi Fawr ddau leuad a darn ynghynt.

Roeddan nhw yno. Yr elciaid a fynegodd y tro hwn, gryn ddeg oedd wrthi'n chwilota'r borfa yn cymryd y goes mwya sydyn ar draws y tir o'i flaen tuag at droed y mynydd. Gwnaeth yntau'r gorau o fymryn o gorhelyg i lechu y tu ôl iddyn nhw i sbecian. Gwelodd dair pabell fechan ar lan yr afon beth pellter o'i flaen, a thri milwr llwyd yn nes ato'n rhoi'r gorau i'w ras anobeithiol yn erbyn yr elciaid ac yn dychwelyd tuag at y pebyll. Wrthi'n cael brecwast oedd y lleill. Doedd ganddo ddim dewis ond aros, a gobeithio na ddeuai arwydd o fath yn y byd i'r milwyr fod neb yn eu gwylio. Ni fedrai beidio â meddwl am Norta, yn sefyll yn y drws yn y nos a phen bore, yn edrych i'r union gyfeiriad hwnnw. Tybed, meddyliodd. Doedd o ddim isio meddwl felly. Ond roedd rhai callach a mwy profiadol na fo wedi'i drochi mewn rhybuddion dirifedi, meddyliodd wedyn. Calla ochelo.

Mynd ddaru'r milwyr. Daeth yntau o'i guddfan ddiafael ac ailgychwyn ar ei daith. Ymhen ychydig oriau, a haul gwan a chlaerwyn yn union i'r de y tu ôl iddo, safai ar lan Llyn Borga. Roedd y llyn yn dawel, ei wyneb yn adlewyrchu ei amgylchfyd. Prin sylwi arno ddaru Bo. Roedd gofyn chwilio am y tŷ y tu hwnt i'r lan bell gyferbyn, ond fe'i gwelodd, a dyma ryddhad cyflawni'n rhuthro drosto i'w lonni drwyddo. Am eiliad doedd ganddo ddim rheolaeth arno'i hun na dim. Yna chwiliodd ei lygaid eiddgar am y cwm bychan rhwng Mynydd Corr a Mynydd Aino, lle'r oedd y llyn yr oedd Edda ac yntau wedi cyhoeddi eu buddugoliaeth dros bob celwydd ynddo.

Roedd copa pob un o'r pedwar mynydd yn y golwg o'r fan hon. Edrychodd o un i'r llall, bob yn ail ag ailedrych tuag at y tŷ pell. Roedd pob copa'n brydferth. Iddo fo roedd yr hyn oedd o flaen ei lygaid yn rhy hardd i gael ei ddifwyno gan y syniad o gewri neu dduwiau ar bob copa. Roedd meddwl am eu presenoldeb yno yn waeth fyth, yno'n gwahardd pob bywyd rhag eu cyrraedd, yn gwahardd yr eryrod hyd yn oed. Iddo fo, roedd peidio â choelio'n fynegiant o ryddid.

Roedd cymdogaeth ar y chwith iddo ger glan ddeheuol y llyn, cymdogaeth Ymir. Roedd y llall, oedd ryw ddeng munud o daith o gartref Helge ac Edda i gyfeiriad godre'r mynydd uchaf, draw i'r gogledd-orllewin. Cymerodd lond ei sgyfaint o'r awyr iach a chychwyn tua diwedd ei daith. Croesodd sarn gadarn ar afon Borga Fawr ger glan y llyn a brysiodd ar hyd y llwybr ar ei lan ddwyreiniol gan ddal i edrych i gyfeiriad ei nod bob cyfle a gâi. Roedd digon o ôl tramwyo ar y llwybr nes ei fod bron yn amddifad o eira ac roedd yn troi oddi wrth y llyn byliau i osgoi tiroedd corsiog, gan ei adael yn gyfan gwbl wedyn cyn dod at afon Borga Fach beth pellter o ben gogleddol y llyn a throi i fyny gyda'i glan. Roedd Sarn yr Ych dipyn pellach o'r llyn nag y cofiai o'r tro cynt. Ond daeth ati a'i chroesi a throi tua'r gorllewin i'r tir y bu'n ei droedio ar y daith a ddaeth ag Aino ac Eyolf a Linus ac yntau i gyfarfod ag Edda a Helge am y tro cyntaf. Gwnaeth hynny iddo frysio mwy a thua dwyawr wedi iddo gychwyn o'r sarn ar afon Borga Fawr gwelodd ddyn yn codi o'i orchwyl i'w wylio'n dynesu. Heb betruso dim, cododd law hapus arno.

'Chdi!' meddai Helge.

'Sgynnoch chi li arall?' gofynnodd Bo, yn gweld dipyn mwy o waith ar y boncyff. 'Mi gymra i 'i hannar o.'

'Dyna sy gen ti i'w ddeud?'

'Lle dechreuwn ni 'ta?'

Parhawyd lygad yn llygad am ychydig. Yna gollyngodd Bo ei bynnau. Daeth Helge ato a phwyso dwy law gadarn ar ei ysgwydd.

'Mae hi yn y tŷ,' meddai. 'Ac mi ddoist,' meddai wedyn, a'r sŵn anghrediniol yn ei lais bron â bod yn gerddorol.

'Do, debyg.'

Ymhen yr awr, daeth Helge i'r tŷ. Arhosodd yn stond yn y drws.

'Be wyt ti'n 'i ddŵad hefo chdi?' gofynnodd i Bo, a rhyw sŵn anobeithiol yn llond ei lais. 'Callineb 'ta helynt?'

'Argyhoeddiad,' atebodd Bo, ei lais mor grynedig â'i geg.

Roedd wynebau Bo ac Edda wedi glasu a'u gwalltiau'n socian a'u dannedd yn clecian yn ei gilydd wrth i'r ddau grynu am y gorau a rhwbio eu dwylo uwchben y siambr dân. Wrth i'w dwylo gyffwrdd gwenodd y ddau ar ei gilydd cyn sobri drachefn. Roedd wyneb digyffro Edda yn union fel tasai hi'n gweld dyfodiad Bo fel y digwyddiad mwyaf naturiol dan haul.

'A dydw i ddim yn ddigroeso yma, nac'dw, ne' fasach chi ddim wedi gwneud hwn,' meddai Bo wedyn gan fwytho gwddw Edda o dan ei gwisg a gafael mewn cerflun derw oedd ar garrai am ei gwddw. Datododd y garrai i'w gael yn rhydd. Cerflun o hebog mawr oedd o, mor debyg i'w un o ag y gallai cof Edda a Helge ei greu. 'Roedd 'na ddau wisgwr gwinau'n halogi 'u Llyn Cysegredig nhw heddiw,' aeth ymlaen wrth dynnu ei gerflun o i gymharu'r ddau.

'Roedd hi'n mynnu 'i gael o,' meddai Helge, yn methu meddwl.

Erbyn hyn roedd y ddau gorff ger y siambr dân yn bur dynn yn ei gilydd, a gwefr y newydd yn tonni yn gymysg â'r stori. Doedd Bo ddim wedi ystyried am eiliad y gallai Edda fod yn wahanol ac yn wahanol ei theimladau i'r hyn oedd hi y tro cyntaf. Closiodd yn nes fyth a dechrau mwytho'r gwallt melyn, ei fwytho yr holl ffordd i lawr at ei chluniau. Rhwbiodd ei ddwylo yn ei gilydd cyn mynd ati i sychu gwallt Edda. Roedd y gwallt yr un mor hir, yr un mor olau, yr un mor lân, yn cyfleu yr un hyder. A'r eiliad honno gwelodd Helge wallt ei ferch fel pe o'r newydd. Golchai Edda ei gwallt bron bob yn eilddydd ac roedd o wedi hen arfer â'i weld yn socian, ond rŵan roedd y gwallt yn union fel darluniau'r dychymyg o walltiau duwiesau'r llynnoedd a'r moroedd yn y straeon a'r chwedlau.

Rhwbiodd fymryn ar ei wallt ei hun. Rŵan roedd o'n dechrau

sylweddoli nad oedd ganddo achos i synnu. Cadw'n dawel a pheidio â dadlau oedd o wedi'i wneud bob tro y soniai Edda am ddychweliad Bo, a hynny am ei bod hi mor ffyddiog a di-droi. Ond doedd o ddim am ei cholli. Roedd hi'n rhy ifanc. Prin gofio ei mam oedd hi, a doedd yr un gair croes na'r un gair o gerydd wedi bod yn y tŷ gydol ei magwraeth, hyd yn oed y bore rhyfedd hwnnw pan ddaeth Bo a hi'n ôl o'r Llyn Cysegredig ag olion y dŵr oer ar eu wynebau bryd hynny hefyd, a'u cyfrinach fawr ynghudd yn llian Edda. Ond hi oedd yr unig deulu oedd ganddo. Er ei bod hi ac yntau'n ddigon cymdeithasol, byw i'w gilydd oeddan nhw er bod newid wedi dod i'w fywyd o yn ddiweddar. Doedd o ddim am ei cholli. Ond doedd o ddim am ei hawlio chwaith.

"Dei di i unman cyn y gaea, bellach,' meddai wrth Bo. 'Dyma dy gartra di tan y gwanwyn.'

'Doedd 'na neb wrth y llyn prun bynnag,' meddai Bo, yn dal i sychu'r gwallt yn araf. 'Doedd 'na neb am offrymu dim i'r duwia gwallgo 'na heddiw.'

Ceisiodd Helge aros ym myd y cyfrifol.

'Be tasa 'na rywun wedi dod yno a chitha ar ganol chwara ynddo fo?' gofynnodd, eto'n gwybod mor ofer oedd y cwestiwn.

'Dydi o byth wedi darganfod oes 'na Lyn Cysegredig yn 'i gymdogaeth o,' meddai Edda, ei llais hithau hefyd yn crynu'n braf.

'Mi anghofis i ofyn,' meddai Bo. Trodd ei gân. 'Be 'di hanas Amora? A'r lleill?'

'Ddudist ti ddim wrtho fo?' gofynnodd Helge i Edda, a Bo'n gweld mymryn o wrid yn dod i'w wyneb.

'Che's i ddim cyfla,' meddai hithau.

'Mae dros awr,' atebodd Helge.

'Deud be?' gofynnodd Bo.

'Rhyw hanas yr wyt ti'n gyfrifol amdano fo.' Roedd direidi sydyn yn llygaid Helge wrth iddo weld y ddau'n troi i ganolbwyntio arno fo yn hytrach nag ar ei gilydd. 'Dw i wedi deud wrth Edda dy fod wedi chwalu un briodas fel mae hi.'

'Am be dach chi'n sôn?' gofynnodd Bo mewn dychryn.

Dechreuodd Edda chwerthin yn dawel drwy ei chryndod.

'Drannoeth ar ôl i chi ymadael y tro blaen mi heliodd Amora ei gŵr a'r hen wraig o'r tŷ,' meddai Helge. 'A chawson nhw ddim dod yn ôl. Chawson nhw fyth wybod am eich campa chi'ch dau chwaith. Does 'na neb yn gwybod hynny, a gofala mai felly y bydd hi.'

'Dw i wedi deud adra, ac mae Aino ac Eyolf a Linus yn gwybod erbyn hyn hefyd,' meddai Bo. Ond roedd ar ormod o frys i ganolbwyntio ar hynny. 'Be ddigwyddodd?'

'Mi ddaru dy winau di a sgwrs dawel Linus aildanio hen hyder a hen barch tuag ati'i hun yn Amora. A ddaru hi ddim dychryn o gwbwl pan glywodd hi eich bod chi'ch dau wedi mynd i'r Llyn Cysegredig i fynnu'r ci copor yn ôl o grafanga'r duwiau. Mi atgyfnerthodd hynny ddigon arni i ddiarddel 'i gŵr a'r hen ddynas yn 'u hwyneba. Hi'i hun ddudodd wrthon ni mor ddi-feind oedd y ddau am dynged Jalo. Jalo druan, 'i dad 'i hun yn defnyddio 'i farwolaeth o i'w ddyrchafu 'i hun ger bron rhyw gyfeillion. Ond drannoeth roedd o a'r hen wraig yn – ym – ymadael. Ella mai dyna'r gair calla.'

'Ydi Amora'n iawn?' gofynnodd Bo. 'Ydi hi'n ymgynnal?'

'Ydi,' meddai Helge, y gwrid yn dychwelyd beth. 'Mi gafodd 'i chyhuddo o fod yn widdon gan amball un, ac roeddan nhw isio 'i cherddad hi drwy faes y llwybra dyrys i weld a fyddai hynny'n drysu'r ysbrydion drwg yn 'i chorff hi fel 'u bod nhw'n methu 'i dilyn hi ac yn diflannu, ond mi ddistawodd hynny hefyd unwaith y gwelson nhw 'i bod hi'n gallach nag y buo hi rioed, ac yn llawar callach na nhw. Nid 'u bod nhw'n mynd i gydnabod hynny.'

'Deud y cwbwl, Dad,' meddai Edda, hithau'n teimlo yr un mor braf a hyderus.

Cynyddodd y gwrid ar wyneb Helge.

'Mae Dad ac Amora'n caru,' meddai Edda.

'Da 'te,' meddai Bo, yn cymryd y newydd wrth ei bwysau. ''Fath â Mam a Görf. Maen nhw wedi priodi. Fi oedd yr Hebryngwr.' Arhosodd. 'Ond roedd Mam yn weddw 'toedd? Dydi Amora ddim, nac'di?' Chwiliai. 'Be mae pobol, be mae'r gymdogaeth... Be maen nhw'n 'i ddeud?'

'Fel y disgwyliat ti,' atebodd Helge. 'Mae'r rhan fwya'n iawn. Amball un...'

'Sgynnoch chitha Hynafgwr hefyd?'

'Wel, dyna fo,' cynigiodd Helge wedi chwarddiad bychan rhyddhaol, a hynny'n bennaf am mai dyma'r tro cyntaf iddo glywed Edda'n crybwyll ei garwriaeth, a hynny mor naturiol gynnes. 'Be 'di dy hanas di 'ta?' gofynnodd.

'Fawr ddim.'

Ac, yn ara deg, dyma Bo'n dechrau arllwys. Dywedodd y cyfan. Erbyn iddo ddod i sôn am y rhybuddion bod y fyddin yn chwilio amdano ac y byddai unrhyw filwr a ddeuai o hyd iddo'n cael ei ddyrchafu'n Isben, roedd o wedi gafael yn dynn yn llaw Edda. Soniodd am Eitri, fel y bu'n ceisio ei berswadio i fynd hefo fo i gartref Linus ac fel yr aeth ati i'w gladdu wedyn. Yna dechreuodd sôn am Norta, ac aeth yn anniddig y munud hwnnw.

'Ydach chi'n 'i nabod hi?' gofynnodd.

'Mae Norta wedi gwneud yn siŵr fod pawb hyd y lle 'ma'n 'i nabod hi. Wnest ti ddim deud wrthi pwy wyt ti, gobeithio.'

'Mi wnes i un llanast. Mi ddudis i o ble dw i'n dŵad, heb feddwl. Ond mi ddudis i wrthi mai Hente ydi f'enw i. Wnes i ddim deud mai yma'r o'n i'n dŵad.'

Dim ond amneidio ddaru Helge i hynny.

'Oes 'na reswm pam na ddylwn i ddeud wrthi hi?' gofynnodd Bo.

'Mae hi'n frwd ac yn llafar iawn 'i chefnogaeth i'r fyddin lwyd a'i hymgyrchoedd.'

'Roedd hi'n sôn dipyn am ryw arwriaeth a rhyw urddas a rhyw gowdal, a deud nad oedd 'na lawar o siâp 'u gwerthfawrogi nhw arna i. Mi fydda i'n gadael rhyw betha felly i'r prydyddion, medda fi wrthi.'

Ond roedd ei feddwl yn dychwelyd at yr ôl-filwyr a welsai, ac at Norta'n syllu i'r cyfeiriad hwnnw ynghynt.

'Y chwilio 'ma,' meddai, ei lais yn ansicr. 'Mi a' i o'ma os ydach chi'n teimlo 'i bod hi'n rhy beryg i chi 'nghadw i yma.'

'Wnei di ddim o'r fath,' meddai Helge. Cododd. 'Mi a' i i baratoi'r ager i chi. Nofio yr adag hon o'r flwyddyn.' Gadawodd i'r geiriau fynegi ei farn. 'Does dim angan i ti guddiad chwaith,' meddai wrth Bo. 'Dal i ddeud mai Hente ydi d'enw di a phaid â sôn am Lyn Helgi Fawr.'

'Os ydach chi'n fodlon,' cynigiodd Bo, braidd yn anniddig ei fyd.

'Paid â meddwl y cei di fynd o'ma,' meddai Edda.

Roedd hi'n dal i afael yn ei law. Teimlai gryndod bychan newydd ynddi.

12

'Mi wn i be wnest ti.'

Roedd y llais yn hanner sibrwd a'r geiriau'n para'n hir. Roedd gwallt y ddynes hyd y lle ym mhobman ond ei llygaid a chudynnau wedi clymu am ei gilydd ohonyn nhw'u hunain drwyddo. Roedd ei bys yn chwifio'n ara deg o flaen wyneb Bo a'r llygaid mawr yn dynn yn ei lygaid o, yn benderfynol o'u dal. Doedd o ddim yn siŵr iawn pa mor annifyr y teimlai. Gan fod Helge fel y tro cynt wedi'i rybuddio rhagddi roedd rhyw obaith ynddo'n cynnig mai rhywbeth yn debyg oedd sgwrs y ddynes pwy bynnag a fyddai o'i blaen, ond eto roedd yr edrychiad mor bersonol, yn deud wrtho'n ddigamsyniol mai hefo fo yr oedd hi'n siarad ac nid hefo rhywun rhywun.

'Mi est ti i'r Llyn. Mi est ti i'r Llyn sydd wedi'i gysegru i'r Duwiau Oll.'

Gwelodd Bo ar unwaith yn y llygaid mawr mor hurt oedd gwadu. Ond teimlai ryw gynnwrf, cynnwrf sydyn y diarth ym magl y cyfarwydd.

'Dŵr ydi o,' mentrodd. 'Dŵr glân pur o'r mynydd a'r rhewlif. Does 'nelo'r un duw na chawr na chorrach ddim ag o.'

Chododd hynny ddim mymryn o ymateb yn y llygaid.

'Lleta'i safn y byr ei feddwl.' Roedd hi'n dal ei dwy law o flaen ei wyneb ac yn eu lledu allan yn hanner cylch. 'Ac mi est â'r Hirwallt Euraid hefo chdi.' Dychwelodd yr un bys i chwifio dan ei drwyn. 'Mi ddinoethoch eich dau eich gilydd a chwalu llonyddwch Dŵr y Duwiau Oll. Mi ddiflansoch o dan yr oerddwr yn credu eich bod chi'n ymguddiad rhag y Duwiau sy'n ein cadw. Mi ddiflansoch odano fo i drefnu drygioni a chodi i gusanu a chwerthin a chwara a chreu tonna a chythrwfwl ar wyneb y Dŵr. Mae'r Duwiau Oll wedi'ch gweld chi.'

Llonyddodd y bys o flaen ei drwyn hefo'r geiriau hynny.

Wedi picio drannoeth i edrych am Amora oedd Bo a phan ddaeth o'r tŷ roedd y ddynes wedi rhedeg ato o ddrws y tŷ islaw. Pan oedd yno y tro cyntaf hwnnw hefo Aino ac Eyolf a Linus yn mynd â'r newyddion am Jalo i'w deulu roedd yr un ddynes wedi rhedeg ato bryd hynny hefyd a dal ei dwrn o flaen ei drwyn cyn rhedeg yn ôl am ei thŷ. Roedd Helge wedi'u rhybuddio cynt i anwybyddu popeth a ddeuai o'r tŷ hwnnw. Rŵan roedd pob anwybyddu'n amhosib. Daliodd Bo i edrych i'r llygaid. Dydi'r druanas ddim yn yr un byd â ni, oedd Helge wedi'i ddeud pan glywodd am y dwrn y tro cyntaf hwnnw. Ond roedd yn amlwg ei bod hi yn yr un byd â Bo rŵan. A doedd hi ddim wedi bygwth yr un dwrn arno y tro hwn.

'Dydi'r duwia ddim yn bwysig, 'chi,' meddai o, yn gobeithio bod y geiriau'n treiddio. 'Hynafgwyr wedi'u sychu ydyn nhw,' aeth ymlaen, yn dal i chwilio'r llygaid oedd yn chwilio ei lygaid o. 'Maen nhw'n rhy brysur yn pledu 'i gilydd hefo clogfeini i gymryd sylw o'r Llyn nac ohonan ni.'

'Ac mi est â'r Hirwallt Euraid i'r Llyn er mwyn ei hawlio hi i chdi dy hun,' meddai hi, fel tasai heb glywed dim yr oedd o wedi'i ddeud.

Ond roedd Bo'n rhuthro i ateb hynny.

'Dw i'n hawlio dim ond fy rhyddid. Dydi Edda ddim yn eiddo i neb i'w hawlio, a fydd hi ddim chwaith, mwy na chitha. Mae 'na wahaniaeth rhwng hawlio a gwybod. Be 'di'ch enw chi?' gofynnodd.

'Rwyt ti wedi mynd â'r Hirwallt Euraid i herio'r Duwiau Oll o'r blaen.' Roedd y bys wedi dechrau ysgwyd eto. 'Mi fuost yma pan nad oedd y blewiach ond prin ymddangos ar dy wynab.' Rhoes ei llaw ar ei foch a chwilio ei groen a'i thynnu dros ei geg at y foch arall i'w chwilio hithau. 'Mi est ti â'r Hirwallt Euraid i'r Llyn bryd hynny hefyd a mynd â'r hyn sy'n eiddo i'r Duwiau yn ôl hefo chdi yn dy gôl.'

Roedd y cythrwfwl a lanwodd Bo o glywed hynny'n cael ei

gymedroli, bron yn cael ei oresgyn, yr un eiliad gan dynerwch oedd yn cael ei gyfleu mor ddigamsyniol gan y llaw ar ei wyneb. Ond roedd hi'n aros.

'Be dach chi'n 'i feddwl?' ceisiodd Bo.

Cwestiwn er ei fwyn ei hun oedd o.

'Gwadu. Gwadu.' Bron nad oedd hi'n llafarganu. 'Dy lais ofnus di'n gwadu a dy lygaid gwirion di'n cyfadda. Ddaw dim ohonat ti o wadu.'

'Dw i ddim yn dallt.'

Ond roedd rhyw obaith sydyn yn gwneud ei wadiad mor ddianghenraid ag yr oedd o o anargyhoeddiadol.

'Dydi'r Pellgerddwr ddim yn dallt.' Roedd hi'n ysgwyd pen gwrthod. 'Dydi'r Pellgerddwr ddim yn dallt sut medra neb 'i weld o a'r Hirwallt Euraid yn cyrchu tua'r Llyn a gysegrwyd i'r Duwiau Oll a'r wawr ar orffen torri, ac yn dinoethi ac yn taflu 'u cyrff i'r Llyn a dwyn yr offrwm ohono fo, yr offrwm y buon nhw o'u cuddfan uwchben y Llyn yn 'i wylio'n cael 'i gyflwyno i'r Duwiau Oll y diwrnod cynt gan y Pwysig Boldew.'

A dyma Bo'n ymlacio yr eiliad honno, ac ymlacio mewn gorfoledd. Gwenodd arni. Chwarddodd arni. Roedd o wedi meddwl a chyhoeddi enwau ar dad Jalo bron bob tro'r oedd wedi meddwl amdano, ond doedd yr un ohonyn nhw'n ddim tebyg i hyn.

'Roeddach chitha'n ymguddiad hefyd?' gofynnodd â gwên enfawr.

'Mi ddaru ti a'r Hirwallt Euraid ddwyn eiddo'r Duwiau Oll. Does neb i ddwyn eiddo'r Duwiau Oll.'

'Nid eiddo'r rheini oedd o.' Rŵan roedd Bo'n fodlon rhesymu'n braf hefo hi am weddill y dydd. 'Nid eiddo'r Pwysig Boldew oedd o chwaith.' Chwarddodd eto o glywed yr enw'n dod o'i enau ei hun. Arhosodd ennyd i sobri. 'Nid fo oedd pia'r ci copor i'w gyflwyno fo i na duw na llgodan. Eiddo Amora oedd o, eiddo 'i theulu hi ers blynyddoedd ar flynyddoedd.

Doedd gan y Pwysig Boldew ddim mymryn o hawl i fynd â fo o'r tŷ o gwbwl, mwy nag oedd gan yr hen ddynas 'no. Be ydi enw honno?' gofynnodd mewn gobaith mawr.

Dwysaodd y llygaid.

'Ac mae'r Hirwallt Euraid wedi treulio oria wrth y Llyn, yn plygu ato fo ac yn tynnu 'i bys drwy'r oerddwr i aros am y Pellgerddwr.'

Roedd ei geiriau fel cerdd, a'i bysedd wrth fwytho ei foch a'r difrifoldeb newydd yn ei llygaid yn cadarnhau ei bod hi'n gweld ei fethiant eto i guddio dim.

'Rydach chi'n ffrindia hefo Edda, 'tydach?' dathlodd, yn methu'n glir â chuddio llawenydd disyfyd oedd yn ei orchfygu'n lân. 'A hitha hefo chi.'

'Gwarad dy hun rhag dial y Duwiau Oll.'

Mwythodd dynerwch araf dros ei dalcen ac i lawr drachefn at ei foch.

'Roeddach chi'n bygwth dwrn arna i y tro blaen,' meddai o. 'Ydach chi'n cofio?'

Nid atebodd hi, dim ond dal i edrych arno. Credai Bo ei fod yn gweld tynerwch yn ei llygaid hefyd. Ac wrth ddal i syllu daeth o'n ymwybodol fod y llygaid yn ei atgoffa o lygaid eraill. Chwiliodd.

''Di o ddim ots am y dwrn chwaith,' meddai ar beth brys. 'Ydach chi wedi deud wrth Amora eich bod chi'n gwybod? Dach chi'n ffrindia hefo hitha hefyd, 'tydach?'

Tynnodd hi ei llaw yn ôl.

'Bydd y Duwiau Oll yn dial.'

'Peidiwch â bod 'u hofn nhw. Dydyn nhw ddim gwerth ffidlan hefo nhw.'

Doedd dim sŵn cytuno yn y mwmian a ddaeth yn ateb i hynny. Rhoes y ddynes ei bys ar ei gôt a'i dynnu i lawr ar hyd-ddi, a Bo rŵan yn gweld y tristwch drwy'r tynerwch. Byddai'r tristwch yn cydymdeimlo ag Amora, meddyliodd, a doedd hi ddim wedi achwyn rhag ofn i dad Jalo ddod i ddallt fod y ci copr wedi'i ddychwelyd i'r tŷ, wedi'i ddychwelyd i Amora. Yn dal i edrych ar ei llygaid, gafaelodd yn ei dwyfraich, dim ond i gadarnhau. Yna, wrth weld y llygaid eraill hefyd trodd y gafael yn gofleidiad.

A derbyniodd hi o. Clywodd Bo sŵn bychan bodlon yn ei glust wrth i'w bysedd bwyso yn erbyn ei ysgwydd a'i gefn i'w gael yn dynnach ati. Parhaodd felly am rai eiliadau, ei bysedd i fyny ac i lawr ei gefn yn wastadol. Yna cusanodd o. Dim ond prin gyffwrdd ei foch ddaru ei gwefusau, ond roedd o'n gyffyrddiad digonol. Cyfleodd bopeth oedd ei angen, fel yr oedd yn amlwg yn y diniweidrwydd syml a lanwai ei llygaid wrth iddi ymryddhau. Parhaodd y llygaid felly am eiliad neu ddwy cyn i'r tristwch eu llenwi drachefn. Yna trodd hi a mynd, gan hanner deud, hanner sibrwd geiriau annealladwy. Gwyliodd Bo hi nes iddi fynd i'w thŷ. Nid oedd hi wedi troi i edrych arno wedyn. Wedi ennyd, trodd yntau a dychwelyd fymryn yn ddryslyd a llawen ei feddwl i dŷ Edda.

Doedd neb adra. Doedd ganddo yntau ddim bwriad na mynadd i stelcian yn y tŷ oherwydd gwyddai y byddai'n mwydro am yr hyn yr oedd newydd ei glywed. Gwyddai hefyd fod y mwydro'n anochel ble bynnag y byddai ond roedd gwneud hynny wrth symud yn well nag yn yr unfan. Roedd o wedi gwneud digon o siarad a meddwl y noson cynt prun bynnag, meddyliodd wedyn.

Cododd ei arf o'r gongl. Wrth ddynesu at ddiwedd ei daith ar hyd glan y llyn y diwrnod cynt roedd wedi gweld cryn ddwsin o elciaid heb fod yn wirion o bell o'r tŷ. Aeth i hela, yn ddryslyd a llawen ei feddwl ac yn penderfynu ei fod wedi profi o warineb drwy gusan dynes ddiarth.

Dychwelodd yn waglaw, am fod yr elc yn rhy drwm i'w lusgo. Brysiodd yn ôl rhag ofn i'r bwystfilod neu chwilotwyr diog fanteisio ar ei helfa. Ond roedd ei feddwl bron yn wastadol ar ei gyfarfyddiad â'r ddynes a'i dadleniad am y llyn a dyma fo'n dechrau ystyried tybed a wyddai Edda ei bod yn gwybod eu hanes. Dal i geisio dyfalu'r oedd o wrth ddod heibio i'r tro at y tŷ.

Arhosodd yn stond. Roedd dyn a dau filwr llwyd yno, yn amlwg newydd gyrraedd o'i flaen. Gwelodd Helge ac Edda'n dod i'r drws, ond bradychodd llygaid Edda ei bod yn edrych y tu hwnt i'r tri. Trodd y dyn ei ben ar unwaith i ddilyn ei golygon.

'Dyma fo,' cyhoeddodd. 'Hwn ydi o. Tyd yma,' gorchmynnodd. Trodd at Helge. 'Mynd i ofyn i ti amdano fo o'n i.' Trodd yn ôl. 'Tyd yma!' gwaeddodd.

Rhuthrodd Bo i'w gasgliad. A rhuthrodd i benderfyniad. Dynesodd. Roedd y ddau filwr yn ei lygadu a'u dwylo'n barod am eu harfau. Roedd un yn ifanc, a golwg frwd a chyfrifol arno. Roedd y llall dipyn yn hŷn, tua'r un oed â Helge o bosib, a theimlodd Bo ymhen rhyw eiliad ei fod yn syllu arno braidd yn rhy ddyfal. Ond roedd yn sicr nad oedd wedi'i weld o'r blaen. Gwnaeth ati i'w anwybyddu.

'Mae gen i elc,' meddai wrth Helge. 'Mae o'n rhy drwm i un. Mi awn ni â'r car llusg hefo ni.'

''Dei di ddim i unman!' arthiodd y dyn. 'Pwy wyt ti?'

Trodd Bo ato, a gwenu'r wên fwyaf nawddoglyd a feddai wrth ei astudio.

'Mae 'na ryw siâp Hynafgwr arnach chi,' cynigiodd yn rhadlon braf. 'Dyna ydach chi?'

Bron nad oedd golwg werthfawrogol yn dod i lygaid y milwr hŷn.

'Be wyt ti'n 'i feddwl, siâp, y tinllach bach digwilydd?' gwaeddodd y dyn.

'Fo ydi'r Hynafgwr,' meddai Helge, yn batrwm o gymrodeddwr.

'Atab y nghwestiwn i!' gwaeddodd y dyn. 'Be 'di d'enw di?'
'Carr.'

'Nid dyna oeddat ti ddoe!'

'Ia, am 'wn i. Gofynnwch i Mam.'

Edrychai'r milwr hŷn o un i'r llall heb fymryn o ddisgyblaeth milwr yn ei lygaid. Roedd Bo'n prysur ddod i'r casgliad ei fod yn filwr call ac y gallai ymddiried ynddo, a theimlodd y tyndra'n mynd o'i gorff. Ond roedd yr Hynafgwr yn mynd rhagddo.

'Pwy wyt ti? O ble doist ti? Ers pryd wyt ti yma? Atab, wnei di?'

Roedd pob cwestiwn ar yr un gwynt. Ac am fod y dyn yn ei atgoffa o dad Jalo, neu ella am ei fod yn dymuno iddo ei atgoffa o dad Jalo, teimlai Bo fod ei atebion wedi'u paratoi ers blynyddoedd.

'Dw i wedi deud pwy ydw i. Dw i yma ers chwe diwrnod...'

'Nac wyt!'

'Ydw. Gofynnwch i Dewyrth Helge ne' Edda.'

'Ydi, mae o,' meddai Helge, yn derbyn ei gyfrifoldeb newydd hefo dim ond yr awgrym lleiaf o syndod yn ei lygaid.

Sylwodd Bo fod golwg dechrau ymlacio ar Edda hefyd.

'O ble doist ti?' arthiodd yr Hynafgwr.

'Dw i'n byw hefo Mam ar odre Mynydd Tarra.' Yna roedd Bo'n gobeithio'n felltennog gyflym nad oedd yr un o'r ddau filwr yn dod o fan'no. 'Mae hi'n chwaer i Dewyrth Helge,' ychwanegodd gan obeithio yr un mor felltennog nad oedd yr Hynafgwr yn nabod Helge ers pan oedd yn blentyn.

'Be 'di 'i henw hi?'

'Paiva,' atebodd bron heb yn wybod ei fod yn gwneud hynny.

Dod ddaru'r enw, dim ond dod. A'r teimlad a ruthrodd drwyddo oedd na fu erioed cyn falched o arddel enw. Ond doedd dim cyfle i wledda ar hynny.

'A dy dad?'

'Pwy a ŵyr?'

'Atab yn iawn!'

'Welis i rioed mono fo.' Edrychai Bo ar Edda. 'Babi'r gors ydw i. Babi'r blaidd.'

Ac ar ei union felly y daeth y syniad hwnnw iddo hefyd. Roedd stori Eyolf ganddo, roedd yr hanes am Gaut ganddo. Gyda'r ddau lwyth yna o wair rhaffau a'r ysbrydoliaeth a gafodd gan y gair Paiva gwyddai y gallai gynnal pob croesholi a phob dadl am weddill y gaeaf.

Edrychodd y ddau filwr o un i'r llall.

'Be wyt ti'n 'i feddwl, babi'r blaidd?' gofynnodd yr un hŷn.

'Pan o'n i'n ddiwrnod a hannar oed mi ge's fy ngosod yn y gors ar waelod y dyffryn wrth i'r haul gilio dros ysgwydd y mynydd. Ddaeth pwy bynnag oedd yn dad i mi ddim i fy nôl i a mynd â fi'n ôl at fron Mam.' Roedd yn cyflwyno ei wyneb diniweitiaf ger bron. 'Ddaeth 'na neb i fy nôl i. Wel, neb ar ddeutroed.'

Arhosodd, ond doedd neb am gynnig dim. Ond roedd wyneb Helge'n werth ei weld, i'r sawl yr oedd llygaid ganddo i weld, meddyliodd Bo wedyn o werthfawrogi cynildeb yr edrychiad yn llawn. Aeth ymlaen.

'Mae hi'n gors feddal, yn beryg bywyd ac yn ddigon dyfn i lyncu byddin meddan nhw. Ond mae pawenna'r blaidd yn ddigon llydan i gynnal 'i bwysa fo, 'tydi, ac mi fedar dramwyo'r meddalwch mor ddiogel a didraffarth â tasa fo'n troedio llawr gwlad cadarn. Ond bleiddast oedd hon. Hi ddaeth ata i i'r gors, a hi ddaru 'ngharion i o'no. Bleiddast ifanc oedd hi, medda Mam. Ac ar ôl dod â fi i ddiogelwch dyma'r fleiddast yn dechra galw ac udo.'

Synhwyrai nad am yr un rheswm â'r ddau arall yr oedd y milwr hŷn yn methu coelio.

'Roedd pawb arall yn cl'wad galwad bygythiol. Ond roedd Mam yn nabod y sŵn. Fedrai hi ddim rhedag, debyg, a hitha newydd 'y ngeni i, a honno'n enedigaeth gynta hefyd. Ond mi ddaeth yno cyn gyflymad ag y medra hi. A hi aeth â fi adra.

Mi gafodd lonydd i wneud hynny am fod ar bawb arall ofn y fleiddast am 'u bywyda. Ac mi gafodd lonydd i fy magu i fyth wedyn. Mi ddudodd hi wrtha i ar y slei ar ôl i mi dyfu mai'r peth cynta a welodd hi pan ddaeth hi i gwr y gors oedd fi'n sugno'r fleiddast.' Trodd at Helge. 'Well i ni fynd i nôl yr elc, Dewyrth,' meddai yn y llais mwyaf rhesymol a feddai. 'Dydi bleiddiaid y tir hwn ddim yn 'y nabod i. Unwaith y gwelan nhw'r elc fydd dim gwahaniaeth gynnyn nhw pwy fydd wedi'i ladd o.'

'Gwareded y cewri ni!' ebychodd yr Hynafgwr. Trodd at Helge. 'Ro'n i'n mynd i ofyn iddo fo be oedd o'n 'i wneud yng nghwmni'r Wallgofas gynna, y ddau'n gafael am 'i gilydd fel cnych nadroedd. Ond mae'n amlwg rŵan, 'tydi?' Trodd i edrych eto ar Bo cyn troi'n ôl at Helge. 'Oes 'na ronyn o wirionadd yn 'i hurtrwydd o?'

'Dipyn mwy na gronyn.' Ceisiai Helge swnio yr un mor rhesymol â Bo. 'Wn i ddim am y fleiddast, ond mi gafodd o 'i ollwng yn y gors pan oedd o'n fabi, a ddaeth 'na'r un tad i'w nôl o. Carr ydi 'i enw fo, mab Paiva fy chwaer ydi o, ac mae o yma ers chwe diwrnod. Mi fydd yma am y gaea bellach. Os wyt ti angan cadarnhad, mi'i cei o gan Amora.'

Gwelodd Bo'r Hynafgwr yn tynhau.

'Mi'i mynna i o hefyd,' meddai'r Hynafgwr. 'O leia does dim angan i mi ofyn pam nad ydi o yn y fyddin,' meddai wedyn, yn gwneud yn siŵr nad oedd dim o'i ddirmyg yn gudd. Trodd at y ddau arall. 'Dau wallgo o fewn tafliad poeriad gog i'w gilydd. Dowch.'

Brasgamodd ymaith heb edrych unwaith ar Bo nac edrych a oedd y ddau arall am ei ddilyn. Cychwynnodd y milwyr, yr un ifanc yn edrych bron yn dosturiol ar Bo wrth fynd heibio iddo. Ond arhosodd yr un hŷn yn ei ymyl, a gadael i'r llall fynd ymlaen fymryn. Trodd i edrych ar Bo.

'Onid petha i'w parchu ydi Hynafgwyr, Bo?' gofynnodd.

'Carr ydw i,' atebodd Bo.

Ond roedd bron yn sicr fod ei lygaid wedi'i fradychu.

'Ia, siŵr.'

Amneidiodd y milwr, a mynd. Y munud y trodd y tri o'r golwg amneidiodd Helge ar Edda. Ond roedd ganddi hi un flaenoriaeth.

'Diolch, Dad,' meddai, ei gwasgiad a'i chusan mor gynnes â'i gilydd.

Sleifiodd ymaith a brysio rhwng y llwyni tuag at dŷ Amora. Daeth Helge at Bo a phwyso dwy law ar ei ysgwydd, yn gadarn fel o'r blaen. Roedd Bo wedi gwthio ei ddwylo drwy ei wallt ac wedi'u gadael yno, o'r golwg yn y cudynnau.

'Norta,' meddai.

'Ia, mae'n beryg,' cytunodd Helge. 'Tyd.'

Aeth i nôl y car llusg, ac aethant. Roedd Bo'n dawel, a gadawodd Helge lonydd iddo. Roedd yntau wedi dychryn braidd. Gwelai nad oedd wedi llawn sylweddoli arwyddocâd geiriau Bo y noson cynt wrth iddo ailadrodd y stori am y fyddin lwyd yn chwilio amdano. Doedd yr Hynafgwr na'r un o'r ddau filwr wedi deud beth oedd diben eu hymweliad, ond roedd hwnnw'n amlwg bellach.

'Sgynnoch chi chwaer?' gofynnodd Bo cyn hir.

'Dwy. Ac mae'n dda i ti nad yma ce's i fy magu. Mi fasai hi wedi canu arnat ti tasai hwnna'n gwybod 'u henwa nhw.'

'Mae Mam yn deud rioed bod gen i ddawn anarferol i ddechra meddwl y munud yr ydw i'n gorffan deud rwbath.' Aeth Bo'n dawel am eiliad. 'Mae'r milwr hyna 'na'n gwybod pwy ydw i.'

Doedd o ddim wedi codi ei ben i gyhoeddi hynny, dim ond cadw ei olygon ar y llwybr.

'Tybad?' holodd Helge.

'Mi ddaru o 'ngalw i'n Bo.'

Roedd clywed hynny'n groes i'r hyn oedd newydd fod yn mynd drwy feddwl Helge. Arhosodd.

'Roedd o'n gwybod yn iawn dy fod yn palu clwydda a dy fod yn llawar callach na dy stori. Wyt ti'n gyfarwydd ag o?' gofynnodd.

'Welis i rioed mono fo.'

Daliai Bo i gadw ei olygon ar y llwybr. Yna cododd ei lygaid i gadarnhau.

'Sut gwyddost ti?' gofynnodd Helge wrth ailgychwyn.

'Be dach chi'n 'i feddwl?'

'Faint o filwyr oedd yn y gwersyll 'na'r oeddat ti ynddo fo cyn mynd ar yr ymgyrch honno?'

'Dim syniad.' Ysgydwodd Bo ei ben. 'Cannoedd.'

'Faint ohonyn nhw oedd yn feibion pymthag oed i Uchben oedd newydd gael 'i ddienyddio mewn gwersyll arall?'

'Does 'nelo hynny...'

'Oes, debyg,' torrodd Helge ar ei draws. 'Roedd y mab hwnnw'n destun sylw, 'toedd? 'I enw fo a phopeth. Mi elli fentro nad oes na'r un o'r cannoedd oedd yn y gwersyll yna wedi d'anghofio di.'

'Ond mi ddudodd brawd Aino y bydd unrhyw filwr neith 'y nal i'n cael 'i ddyrchafu'n Isben.'

'Oedd golwg dymuno dyrchafiad ar hwn?'

'Be wn i? Roedd golwg gall arno fo.'

'Ella bod gynno fo frawd yr un oed â chdi, ne' fab. Ne' ella gyfaill ne' berthynas a gafodd 'i gaethiwo mewn sach.'

'Ne' ella 'i fod o wedi mynd i nôl chwanag.'

'Go brin 'te?' anghytunodd Helge ar unwaith. Arhosodd eto. 'Paid â gadael i hyn wneud i chdi deimlo fel herwr. Mi fyddai hynny gystal yn 'u golwg nhw â dy ddal di.'

'Do'n i ddim yn meddwl amdani felly,' atebodd Bo.

'Gora oll felly.' Dim ond ei ddeud o ddaru Helge, heb na chytuniad nac amheuaeth yn ei lais. 'Paid â mynd i feddwl am y lle 'ma fel cuddfan chwaith. Dos hefo Edda ne' tyd hefo fi pan fyddan ni'n mynd i'r gymdogaeth. Dangos dy hun i bawb, a glyna at yr enw roist ti i'r rhein, ac at dy stori. Wel,' gwenodd, 'ar wahân i'r gors ella.'

Trodd ei wên yn chwarddiad. Roedd Bo'n falch o'i glywed.

Cawsai corff yr elc lonydd am fod Bo wedi'i orchuddio â changhennau mân ac eithin. Roedd yr anifail yn ddigon trwm i bara'r gaeaf ac roedd tipyn o waith llusgo arno. Roeddan nhw bron wedi cyrraedd yn ôl cyn i Bo gofio nad oedd wedi sôn am ei gyfarfyddiad â'r ddynes. Dywedodd y stori'n llawn.

'Be ydi 'i henw hi?' gofynnodd.

'Tona.'

'Ydi hi wedi cael babi ryw dro?'

Arhosodd Helge'n stond.

'Pam wyt ti'n gofyn hynna?'

'Mi welis i lygaid Paiva yn 'i llygaid hi.'

'Paiva eto,' meddai Helge. 'Pwy ydi hi?'

Adroddodd Bo'r hanes, am Eyolf yn dychwelyd i'r cartref na wyddai mai ei ail gartref oedd o, am ddod o hyd i Paiva yno, wedi meddiannu'r tŷ yn ei diniweidrwydd a'i hiraeth. Adroddodd amdani'n dal i chwilio am ei merch fach naw oed oedd wedi boddi tua chymaint o flynyddoedd â hynny ynghynt, yn dal i aros iddi ddychwelyd.

'Mi welis yr un tristwch yn llygaid Tona,' meddai.

'Dydi hi ddim wedi achwyn arnoch chi,' oedd unig sylw Helge.

Pan gyrhaeddodd y ddau y tŷ, gwelsant nad oedd Edda wedi dychwelyd. A'i feddyliau'n un drybolfa o hyd, aeth Bo ati i baratoi'r elc ar gyfer ei dorri a'i hongian. Roedd wedi'i agor ac wrthi'n tynnu'r ymysgaroedd ohono pan ddychwelodd Edda. Llamodd meddwl Bo i'r hyn yr oedd Tona wedi'i ddeud wrtho amdani'n cerdded hyd lan y llyn, a methodd ei lygaid â chuddio hynny wrth iddi ddynesu ato.

'Welist ti Amora?' gofynnodd Helge iddi i dynnu Bo'n ôl i'r byd oedd o'i gwmpas.

'Do. Mi fu'r tri yno ar ôl i mi fynd.' Ond ar Bo a'r olwg newydd yn ei lygaid oedd ei sylw hi. Aeth ato i'w helpu, a gadael i'w ddistawrwydd a'r mymryn gwrid a ddaeth i'w wyneb gyfoethogi'r eiliad. 'Dw i wedi bod yn busnesa hyd y gymdogaeth,' meddai, yn ymuno'n braf â byd arall Bo ac yn dal ei chorff yn bur dynn ynddo wrth fynd i'r afael â'r elc. 'Roedd y ddau filwr wedi bod yn gofyn oedd 'na ddynas o gyffinia Llyn Helgi Fawr hefo nai o'r enw Hente yn byw yma. Pan oeddan nhw'n holi yng nghymdogaeth Ymir mi ddudodd 'na lawar wrthyn nhw 'u bod nhw wedi gweld rhywun diarth yn dod i fyny hefo'r afon fawr at y llyn pnawn ddoe ac yn 'i chroesi hi a mynd i gyfeiriad Sarn yr Ych.'

'Dyna un newydd da, felly,' meddai Helge. 'A chymryd bod y milwr 'na oedd yn dy nabod di'n mynd i gau 'i geg, rwyt ti fymryn bach yn fwy diogel,' meddai wrth Bo.

'Pam?'

'Mi elli fentro fod pawb ond hwnnw'n credu fod y dieithryn welson nhw ddoe wedi mynd yn ei flaen o Sarn yr Ych tua'r ceunant a dyffryn Horar. Fyddai neb yn meddwl mynd yr un ffor ag yr est ti o geg afon Borga Fawr i ddod yma. Y rheswm yr aethoch chi o'ma y ffor honno y tro blaen oedd bod Aino ac Eyolf isio osgoi'r ddwy gymdogaeth oherwydd be ddigwyddodd yn nhŷ Amora pan aethoch chi â'r newydd am Jalo yno. Ond dod drwy'r ddwy gymdogaeth ydi'r ffor ferra at yma o ddigon.'

'Mi welis i hynny ddoe,' atebodd Bo, 'ond ro'n i isio cyrraedd yma ar yr un llwybr yn union â'r tro blaen. Ro'n i'n ddigon dwl i obeithio y gwelwn i yr un olygfa yn union wrth ddod i olwg y tŷ.'

Ond roedd meddwl Edda ar ei stori, er bod ei chorff yn dal yn dynn wrtho.

'Go brin y basan nhw wedi dŵad ymlaen at yma 'blaw 'u bod nhw wedi cael gorchymyn pendant i holi yn y ddwy gymdogaeth,' meddai hi. 'Roeddan nhw wedi bod yn holi yma ac acw hyd y tai 'ma cyn i'r Hynafgwr wybod 'u bod nhw yma. Roedd o newydd dy weld di'n siarad hefo Tona ac yn dychwelyd tuag yma. Mi ge's i sgwrs hefo'r ddau filwr ar 'u ffor o'ma hefyd,' ychwanegodd, a rhyw wên fechan gyfrwys yr olwg ar ei hwyneb. 'Ddaru nhw ddim croesholi dim arna i. Mae'r un hyna isio i mi ddeud wrthat ti nad am 'i bod hi mor feddal mae Cors Tarra'n beryg,' meddai wrth Bo, 'ond am 'i bod hi mor anweledig.'

'Gan Amora mae'r llais mwya tlws yn y tiroedd.'

Geiriau Linus oedd y rheini, ryw gyda'r nos yn eu pabell pan oeddan nhw ar eu taith adra y tro arall hwnnw a meddyliau Bo yn llawn cymaint o dryblith ag yr oeddan nhw rŵan. Ond wrth wrando ar Amora wrth y bwrdd swper gallai Bo ddallt yn union yr hyn oedd gan Linus. Roedd o wedi bod yn sôn am Paiva wrth y tri arall, gan ehangu ar yr ychydig yr oedd wedi'i ddeud wrth Helge.

'Mi wnes i helpu i wneud drws i Paiva, i'w chadw'n glyd yn 'i thŷ a'i thrueni,' meddai. Chwaraeodd fymryn â'r cwrw barlys yn ei gwpan, yn edrych arno'n troelli o'i fewn. 'Fyddai'r fyddin ddim wedi gwneud hynny, dim ond malu'r hen un yn waeth rhag ofn bod 'na rywun y medra hi 'i fachu yn y tŷ.' Cododd ei lygaid, a chanolbwyntio ar wallt Edda gyferbyn, a gweld am ennyd y gwallt hardd arall yn ymdorchi am ei sgidiau wrth i'r ddynes ddisgyn yn farw wrth ei draed yng nghyffiniau arswydlon y Tri Llamwr. 'Mae'r fyddin yn rhy brysur yn dod ag anrhydedd i'r tiroedd i drwsio drws neb.'

'Dyna pam wnest ti roi 'i henw hi fel dy fam?' gofynnodd Amora.

'Naci. Nid fi oedd yn meddwl pan ddaeth y gair o 'ngheg i. Llygaid Paiva welis i pan oedd Tona'n trosglwyddo 'i thristwch i fyw fy llygaid i.'

Roedd llygaid Amora hefyd yn hardd ac yn drist yn wastadol. Roeddan nhw'n drist hyd yn oed pan fyddai hi'n gwenu. Roedd

Birgit wedi deud wrth Bo mai felly oedd llygaid ei fam hefyd gydol yr amser y bu o oddi cartra. Nid tristwch codi'r felan oedd tristwch Amora chwaith. Roedd o wedi gorfod deud ei hanes i gyd wrthi hithau hefyd yn gynharach y dydd, yr un mor fanwl ag wrth Edda a Helge y noson cynt. Roedd hithau wedi'i holi bob yn ail â sôn yn hiraethus naturiol am Jalo, a hynny heb sôn yr un ebwch am ei gŵr na'r hen wraig na'u hymadawiad. Roedd wedi gafael amdano a'i gusanu cyn tynnu'r ci copr o gwpwrdd a'i osod yn ôl ar y silff yr oedd wedi bod arni ar hyd y blynyddoedd. Rwyt ti'n debyg iawn i Jalo yn dy betha, oedd hi wedi'i ddeud wrth iddo ymadael.

'Pan ofynnis i oedd Tona wedi cael babi ryw dro ddaru chi ddim atab,' meddai wrth Helge.

Roedd o'n dal i chwarae hefo'i gwpan. O'i glywed rhoes Amora'r gorau i fwyta. Syllodd arno, yn amlwg yn methu dirnad sut daeth y syniad i'w feddwl.

'Roedd 'y mhen-glin i'n ysu am gael morthwylio ceillia'r Hynafgwr 'na pan galwodd o hi'n Wallgofas,' aeth yntau ymlaen. 'Ro'n i'n chwilio am ryw ddealltwriaeth wrth afael ynddi hi. Mi wn i 'i bod hi'n trio cyfleu rwbath.'

'Mi gafodd hi fabi,' meddai Helge ar ôl y mymryn distawrwydd. 'Roedd o'n farwanedig. Ac am na ddaru hi 'i roi o i neb i'w gladdu mi gafodd 'i chyhuddo o'i fwyta fo.'

I Bo, roedd llais difynegiant Helge wrth iddo ddeud hynny'n mynegi'r cwbl. Roedd distawrwydd Edda ac Amora yr un mor ddadlennol. Roedd yntau eto'n dechrau teimlo gafael byw Tona ynddo ychydig oriau ynghynt, yn gweld y llygaid, yn gweld dim ond tristwch, yn methu cyfleu.

'Pwy oedd yn gwneud hynny?' gofynnodd.

'Rhyw griwiach hyd y lle 'ma,' atebodd Helge.

'Pam fyddai neb yn meddwl peth fel'na amdani?'

'Roedd hi'n doman hwylus gan ambell un i daflu petha ar 'i phen hi,' meddai Amora.

'Be ddigwyddodd i'r babi 'ta? Be ddaru hi 'i wneud hefo fo?'

'Mae'n debyg 'i bod hi wedi'i lapio fo mewn llian wrth fymryn o bwysa a'i offrymu o i'r llyn,' cynigiodd Helge'n araf a lled ansicr.

'Y llyn bach?' gofynnodd Bo. 'Hwnna?' ychwanegodd gan daflu ei fawd yn ôl at y ffenest.

'Os na che'st ti glwy wrth 'i nofio fo go brin y cei di un wrth ddeud 'i enw fo,' meddai Edda. 'Mi gei di ddeud y gair Cysegredig. Ddaw Horar Fawr ddim i dy lyncu di.'

'Mae Tona'n credu ynddo fo,' oedd ateb Bo i'r her braf yn ei llygaid.

'Mi welis i hi'n dod adra o'no,' meddai Helge. 'Roedd yn amlwg 'i bod hi wedi codi allan yn rhy fuan ar ôl y geni. Prin fedru cerddad oedd hi, ac mi helpis i hi i fynd adra. Roedd 'i sgidia hi a godre 'i gwisg hi'n socian. O'r sgwrs ge's i hefo hi mi fedris ddod i'r casgliad mai wedi offrymu'r babi oedd hi. Mi es at y llyn rhag ofn bod ôl claddu newydd ar 'i lan o, ond doedd dim. Nid 'mod i haws â deud y petha hyn o ran trio darbwyllo'r cyhuddwyr.'

'Oedd 'na ryw hanas o dad i'r babi?' gofynnodd Bo. 'Roedd 'na rywun hefo hi y tro dwytha, 'toedd?' cofiodd yn sydyn. 'Roedd 'na ddau yn sbecian arnon ni o ochor y tŷ cyn i Tona redag ata i hefo'i dwrn. Hwnnw ocdd o?'

'Na, rhyw greadur o ben arall y gymdogaeth oedd hwnnw,' atebodd Amora. 'Mi fydda fo'n byw a bod yna. Mi glafychodd llynadd ac mi fuo fo farw. Hogyn o gymdogaeth Ymir oedd y tad,' aeth ymlaen. 'Mi aeth y fyddin werdd ag o cyn i Tona druan ddechra dangos.'

'Sut maen nhw'n gwybod mai fo oedd y tad?' gofynnodd Bo, yr ystyriaeth sydyn yn cyflymu ei eiriau. 'Oedd y cenhedliad yn ddefod ger bron yr holl diroedd? Dathlu penodiad Hynafgwr ne' dduw a leming yn priodi?'

'Ger bron cryn dipyn o'r gymdogaeth fwy na heb,' meddai Helge. 'Roedd y creadur yn feddw gorn ac mi gafodd 'i ddal.'

'Ond roedd Tona druan yn llawen pan sylweddolodd hi 'i bod hi'n disgwyl,' meddai Amora yn y man. 'Llawen iawn.'

'Mi fasai hi wedi gallu 'i fagu o,' meddai Bo, bron wrtho'i hun.

Edrychodd y tri arall ar ei gilydd. Ni ddywedwyd dim.

13

Cawsai'r sach ei osod i orwedd ar ben rhimyn o graig bron yn bigfain yn yr afon, un o amryw greigiau cyffelyb y llifai'r dŵr swnllyd rhyngddyn nhw. Ni fyddai angen llawer o frengian o'i fewn i'w gael i ddymchwel i'r llif. Câi ambell floedd ei lluchio tuag ato o'r lan bob hyn a hyn. Cyn hir trechodd temtasiwn ac roedd cerrig o bob rhyw fath yn glanio yn y llif i dasgu dŵr drosto.

'Am 'i foddi o ydach chi?'

Neidiodd y pedwar milwr. Roeddan nhw wedi ymgolli cymaint yn eu hwyl newydd fel na chlywsant neb yn dynesu. Safai Isben a thri Gorisben yn union y tu ôl iddyn nhw. Straffagliodd y pedwar ar eu traed.

'Mi fyddai'n hwyl 'i weld o'n boddi, byddai,' meddai'r Isben, 'yn enwedig a chitha wedi cael gorchymyn i ofalu nad oes 'na ddim i ddigwydd iddo fo.'

Roedd y pedwar pen wedi gostwng.

'Fasach chi ddim yn 'i weld o'n boddi chwaith, na fasach,' aeth yr Isben rhagddo, 'dim ond gweld y sach yn disgyn a mymryn o gicio oddi mewn iddo fo wedyn. Ond mi fydd pawb yn eich gweld chi'n cael eich dienyddio ac yn cael dewis prun ohonach chi fydd yn cael 'i ddienyddio gynta. Cerwch i'w nôl o.'

Trodd y pedwar milwr a chychwyn tua'r cerrig oedd yn ffurfio rhyw fath ar sarn rhwng y lan a'r sach. Methodd yr Isben â dal ac aeth ar eu holau gan roi hergwd i un nes ei fod ar ei hyd yn yr afon. Roedd y tri Gorisben yn fwy na pharod i ymuno ac erbyn i'r sach gyrraedd y lan roedd y pedwar milwr yn crynu drwyddyn.

'Cerwch i sefyll gefn wrth gefn mewn cylch o flaen paball yr Uchbeniaid,' meddai'r Isben. 'Neb i ddeud gair. Dos di â nhw,' meddai wrth y Gorisben a safai agosaf ato. 'Dach chi'n gwybod be 'di'r gorchymyn,' meddai wedyn wrth y milwyr. 'Peidiwch â synnu os bydd yr Uchbeniaid yn penderfynu'ch dienyddio chi, a pheidiwch â disgwyl i neb eich ymgeleddu chi os byddwch chi'n rhynnu tra byddan nhw'n penderfynu be i'w wneud hefo chi na'ch claddu chi os byddwch chi'n rhynnu i farwolaeth. Cerwch.'

Cododd y Gorisben fraich swta a chychwynnodd y pedwar milwr. Roedd un yn ifanc, a daeth dagrau i'w lygaid wrth iddo droi. Cafodd gic gan y Gorisben nes ei fod yn llyfu'r llawr.

'Ynfytiaid!' ebychodd y Gorisben wrth ei godi a'i hyrddio ymlaen. 'Mi fasach yn fodlon ein gweld ni i gyd yn cael ein dienyddio, fasach chi? Dowch! Traed arni!'

Aeth y milwyr dan duthian, a'r Gorisben wrth weld y drafferth a gaent oherwydd eu gwlypdra'n gwneud ati i'w hysian ymlaen. Gwyliodd yr Isben nhw am ychydig cyn amneidio at y sach. Agorodd Gorisben arall o.

'Tynnwch o ohono fo,' meddai'r Isben. 'Ydi o'n wlyb?'

'Ydi, Isben.'

'Cerwch â fo i gael molchiad a dillad sych. O hyn ymlaen mae o i gael gwell bwyd fel y medar o gerddad. Rhaff am 'i ganol o i'w gadw fo'n ddof.'

Gafaelodd y Gorisben yn yr hogyn a'i dynnu ar ei draed.

'Yli, mi fedri di arbad hyn i gyd,' meddai'r Isben wrtho. 'Dim ond 'i ddeud o, a does dim isio i ti wneud hynny ger bron yr holl fyddin chwaith. Dim ond deud wrthan ni'n tri dy fod yn diarddal Tarje Lwfr Lofrudd yn llwyr a phob un o'i deulu o'n ddiwahân. A dim ond 'i ail-ddeud o wedyn ger bron un o'r Uchbeniaid ac mi fydd popeth yn iawn. Mi fyddi di'n ôl yn filwr cyffredin. Be sy haws?'

Prin ddod atyn nhw'u hunain oedd y llygaid.

'Na wnaf.'

'Dyna chdi 'ta.' Bron nad oedd llais yr Isben yn gyfeillgar. 'Os ydi'n well gen ti raff a sach a marwolaeth waeth na marwolaeth Gwineuod ar 'u diwadd nhw, dydi o'n poeni dim arnon ni.'

'Na wnaf.'

'Cerwch â fo.'

Am y tro cyntaf ers dyddiau lawer, roedd yn cerdded. Roedd y ddau Orisben yn gafael ynddo, un bob ochr. Gafael oeddan nhw, nid gwasgu. Roedd hynny'n golygu felly nad oeddan nhw'n ei gasáu o, meddyliodd. Pan dynnwyd o o'r sach, ac wedi i'w lygaid ddygymod â'r dydd, roedd o wedi chwilio am y milwr y gwyddai ei fod yn dangos arwydd o gydymdeimlad ag o pan agorwyd y sach y tro arall hwnnw – roedd wedi anghofio – nac oedd – yr eildro i'r sach gael ei agor iddo gael bwyd. Ond nis gwelai.

Ond doedd y gafael ynddo ddim yn filain. Eir, Lars, Mam, Dad, Cari, Dag, Aud, Lars Daid, Angard.

Roedd o'n gwrthod digalonni.

14

'Mae'r olwg synfyfyriol 'na yn ddyfnach nag arfar,' meddai Edda.

Chafodd hi ddim ateb am funud. Roedd Bo wrthi'n llyfnu iau newydd ac yn amlwg yn canolbwyntio ond y nesaf peth i ddim ar ei waith.

'Trio cael y tiroedd i wangalonni maen nhw 'te, i dderbyn 'u goruchafiaeth nhw,' atebodd. 'Gwneud y syniad o ddedwyddwch yn ffiaidd.' Astudiodd fymryn ar ei waith ac ailddechrau llyfnu cyn rhoi'r gorau iddi wedyn. 'Treisio'r cymdogaetha a galw hynny'n ddiogelwch a dyrnu i benna'r bobol na fedran nhw fyw hebddo fo.'

'Ddaru nhw ddim ennill tro 'ma.'

'Dim ond plannu'r ofn a'r ansicrwydd. Mi wneith hynny'r tro am rŵan.'

'Mae'n dda nad ydi Amora yma yn dy gl'wad di,' meddai Edda. 'Roedd hi'n deud ddoe mai cludwr llawenydd wyt ti. Ail Jalo.' Cododd. 'Dw i am fynd i weld ydi Tona'n iawn.'

'Ia.' Cododd Bo a rhoi'r iau i bwyso yn erbyn y pared. 'Mi awn ni.'

Ond roedd yn amlwg ar wyneb Edda nad oedd hi'n gwerthfawrogi'r cynnig hwnnw.

'Mae'n well i ti swatio,' cynigiodd.

'Na wnaf.'

Doedd dim yn heriol yn ei lais. Ond gwelodd y pryder sydyn yn ei llygaid, er mai dim ond am eiliad y parodd cyn cael ei ddisodli gan her.

'Tyd 'ta.'

Aethant. Bellach roedd yn dawel allan, pob cynnwrf i'w weld wedi darfod. Roedd milwr llwyd anufudd wedi cael y blaen ar ei fyddin y tro hwn hefyd. Milwr arall oedd wedi rhybuddio'r ddwy gymdogaeth y tro cynt, a phan ddaethai'r fyddin ar eu gwarthaf doedd yr un crair o werth i'w weld yn yr un tŷ. Roedd yr ail filwr wedi deud fod y fyddin bellach wedi cael achlust o'r rhybuddion a'u bod wedi dechrau ailymweld â chymdogaethau ar hap.

Mynd rhwng y llwyni ddaru Edda a Bo, hi'n teimlo'r siom wrth ei hochr. Roedd yn amlwg o sgyrsiau Bo ers ei ddyfodiad ei fod wedi gobeithio na fyddai angen iddo feddwl am yr un fyddin, am y gaeaf o leiaf.

'Noddfa'r lladron fydd y lle newydd 'na,' meddai hi. 'Mi fasai'n dda mynd yno a chwalu'r lle'n racs o dan 'u trwyna nhw.'

'Dim ond yn storïau'r dychymyg diddim y gall hynny ddigwydd,' meddai Bo.

'Ne'r fyddin werdd ella.'

Daethant i olwg tai Amora a Tona, a swatiodd y ddau y tu ôl i lwyn y munud hwnnw. Roedd dyrnaid o filwyr yn dal i fod hyd y fan, yn dewis tai ar hap rhag ofn fod trigolion ambell un wedi ildio i'r demtasiwn o ail-lenwi eu silff gan dybio ei bod yn ddiogel gwneud hynny am fod y chwilwyr wedi ymadael a mynd i dai eraill. Roedd Gorisben a golwg frwd ei fryd arno a milwr a golwg llawer lai brwd ei fryd arno'n dynesu at dŷ Tona. Safai hi ar y trothwy.

'Symud,' gorchmynnodd y Gorisben.

Trodd Tona ei phen fymryn yn gam i chwilio wyneb y Gorisben.

'Sŷ-mud,' meddai, yn darnlafarganu'r gair gan wneud iddo bara'n hir a chodi ei dwylo yr un pryd gan eu troi mewn cylch oedd bron â chyffwrdd wyneb y Gorisben. 'Sŷ-mud,' ailadroddodd yn yr un cyflymder a'r un oslef.

'Ia, symud, wnei di?' gwaeddodd y Gorisben.

'Sŷ-mud.'

Cododd y Gorisben ei arf i'r entrychion a phlygodd ei fraich chwith ar draws ei fron.

'Yn enw a thrwy awdurdod yr Aruchben...'

'Awdûr-dod', llafarganodd Tona, ac ailddechrau troi ei dwylo o flaen ei wyneb. 'Mae gynno fo Awdûr-dod. Awdûr-dod tylwyth y doman.'

Gafaelodd y Gorisben ynddi gerfydd ei gwisg a'i thynnu ato. 'Oes gen ti rwbath gwerthfawr yn y tŷ 'ma?'

'Gwerthfawr?' meddai hithau, yn newid ei goslef yn llwyr, fel tasai hi'n cofio rhywbeth, ac yn anymwybodol o fygythiad yr arf uwch ei phen. 'Gwerthfawr?' ailadroddodd, ei llygaid yn troi'n fawr a synfyfyriol. 'Yn y Llyn. Yn Nŵr Oer y Llyn.' Dechreuodd ei phen a'i hysgwyddau ysgwyd o ochr i ochr. 'Chafodd o ddim cyfla i fod yn werthfawr.'

'Horar a'n cadwo! Symud, y slwtan!'

Rhoes y Gorisben hergwd iddi nes ei bod yn llyfu'r eira. Rhuthrodd Bo. Ond ddaru'r Gorisben ddim cymryd sylw ohono fo na'i ruthr, dim ond cicio drws y tŷ a mynd i mewn, gan dynnu'r milwr cyndyn ar ei ôl. Plygodd Bo at Tona a'i chodi ar ei heistedd, gan guro'r eira oddi ar ei dillad. Yr eiliad nesaf roedd Edda'n plygu hefyd ac yn ei wthio draw fel ei bod hi rhyngddo a'r drws.

Cododd Tona ei llygaid.

'Yr Hirwallt Euraid,' meddai, yn amlwg heb ddirnad yr hyn oedd newydd ddigwydd. 'Yr Hirwallt Euraid sy'n werthfawr.'

'Dos i guddiad,' meddai Edda wrth Bo.

'Na wnaf.'

'Be tasan nhw'n dy nabod di? Ne'n dy gipio di prun bynnag? Dim ond gweiddi ar y lleill sy isio iddyn nhw 'i wneud.'

'Na wnaf. Paid â bod 'u hofn nhw,' meddai Bo wrth Tona. 'Ni pia hi.'

'Mae'r Pellgerddwr yn werthfawr.'

Cododd y ddau hi ar ei thraed. Crynai drwyddi, a thynhaodd Edda ei gafael amdani a'i chusanu'n ysgafn ar ei boch. Gafaelodd

Bo yntau yn dynnach amdani, y dymuniad i gadarnhau yn drech nag o am ennyd. Deuai sŵn chwalu o'r tŷ.

'Dos i guddiad,' ymbiliodd Edda ar Bo.

'Iddyn nhw gael hwyl am dy ben ditha hefyd? A gwneud fel y mynnon nhw hefo chdi? Mi awn ni â chdi at Amora,' meddai wrth Tona. 'Os ydyn nhw wedi malu rwbath mi wnawn ni 'i drwsio fo.'

Doedd Tona ddim i'w gweld yn cymryd sylw o hynny. Daeth y Gorisben a'r milwr allan. Symudodd Edda o flaen Bo i geisio cuddio cymaint ag y gallai arno, ond erbyn hynny roedd pobl o'r gymdogaeth yn cyrraedd, yn ferched gan mwyaf gyda dyrnaid o ddynion yn rhyw lusgo y tu ôl iddyn nhw. Ni wnaeth y Gorisben edrych tuag atyn nhw ill tri na chynnig bygythiad arall ar neb, dim ond mynd. Daeth llais dynes yn gwatwar a throdd y Gorisben gan godi ei arf a gwrido.

'Meiddia'r bwbach!'

Llais dynes arall oedd hwnnw.

'Tyd,' meddai'r Gorisben, yn gwneud ei orau i swnio'n ddiamynedd.

Ond roedd golwg ar goll ar y milwr arall. Roedd wedi aros, a syllai ar Edda, ar ei gwallt. Methai'n lân â pheidio. Roedd golwg ceisio cyfleu nad fo oedd yn gyfrifol am hyn yn llond ei lygaid wrth iddo ddal a dal i syllu. Ond roedd Edda wedi sylwi. Gwelodd lygaid yn dymuno cyfeillgarwch ac yn tristáu o weld na ddeuai hynny.

'Wnei di ysbeilio dy gartra dy hun hefyd?' gofynnodd iddo.

Trodd ei chefn arno. Daliodd yntau i edrych, ei lygaid bellach yn athrist. Doedd o ddim yn sylwi ar Tona'n edrych arno, gan symud mymryn ar ei ben o un ochr i'r llall wrth wneud hynny. Ymhen ennyd, wedi gwaedd gan y Gorisben, trodd a'i ddilyn, yn cadw ei lygaid ar y tir gam neu ddau o'i flaen, yn amlwg yn teimlo'r gwatwar a luchid tuag ato i'r byw.

'Go brin dy fod ymhell ohoni,' meddai Bo. 'Mi fentra i

fod rhai o'r rhein yn gorfod mynd i'w cartrefi 'u hunain i'w hysbeilio nhw.'

'Ydw i i fod i gydymdeimlo hefo nhw?'

Ni chafodd ateb am eiliad. Roedd Bo'n tacluso rhywfaint ar wallt Tona, heb sylweddoli'r tynerwch oedd yn ei law wrth iddo wneud hynny. Roedd y cryndod bychan drwy ei chorff o hyd.

'Ella, amball dro,' cynigiodd, yn canolbwytio ar lygaid diddirnad Tona. 'Os ydi milwr yn anufuddhau i orchymyn mae o un ai'n cael cweir ne'n cael 'i wthio i sach ne'n cael 'i ladd.'

'Mi gymrwn i fy lladd cyn ysbeilio Dad.' Gadawodd Edda hi ar hynny. 'Tyd, Tona,' meddai.

'Hogyn Trist yr Arfa'n hiraethu wrth edrach ar yr Hirwallt Euraid,' meddai hi.

'Hiraethu?' gofynnodd Bo. 'Sut gwyddost ti?'

'Hogyn Trist yr Arfa ddim yn chwantu'r Hirwallt Euraid.' Roedd hi'n dal ei phen yn erbyn ysgwydd Bo, a'i llaw yn gwasgu llaw Edda. 'Wnâi o'r un drwg i'r Hirwallt Euraid.'

Daeth Amora i ddrws ei thŷ a brysiodd i'w cyfarfod.

'Pam na fasach chi wedi gweiddi?' meddai.

'Mi fedrwn ni edrach ar ôl Tona,' atebodd Edda. 'Mae'n bwysicach i ti ofalu am dy dŷ.'

'Dowch â hi i mewn.'

Doedd dim llawer o waith ymgeleddu ar Tona. Cafodd deisen afal mewn ceirch a diod o ddanadl poeth, a gwrandawsant arni'n hymian wrthi'i hun tra oedd yn bwyta, ac yn siglo ei phen i'w halaw bob hyn a hyn. Roedd wedi tynnu Edda ati, ac Edda wrth wrando ar yr alaw yn ceisio dirnad tybed beth oedd yn mynd drwy ei meddwl hi. Roedd yn rhaid bod y digwyddiad wedi cael rhyw effaith arni, ystyriodd, yn gwybod oddi wrth wyneb Bo ei fod yntau'n meddwl yr un peth. Doedd o ddim wedi clywed y nodau o'r blaen wrth gwrs, ac o dipyn i beth wrth i'r ddau ddal ati i wrando'n dawel daeth ambell air i dorri ar yr hymian, a chyn hir daeth cân, pob gair ynddi'n glir. Y

Wenlloer yng nghyfrinachedd y nos yn anfon ei gwawl i lawr i'r Llyn. Y gwawl yn cusanu'r Llyn cyn llithro iddo i chwilio am y trysor ymysg y trysorau. Yn gafael ynddo a'i dynnu i'w gôl. Ei roi yn ôl yn dyner i ofal y Llyn ac yn dychwelyd at y Wenlloer. Y Wenlloer yn tristáu ac yn pylu ac yn mynd i lechu y tu ôl i gwmwl rhag i'r tiroedd weld y dagrau, ac yn aros ynghudd nes i'r wawr dorri ar y Llyn tawel a'i drysor.

'Oedd Paiva'n canu i ti hefyd?' gofynnodd Amora i Bo yn y man, o'i weld yn cyd-fyw rhyw brofiad wrth iddo ddal i edrych ar Tona a'r gân wedi hen ddarfod.

'Na,' atebodd o'n dawel wedi eiliad. 'Pam oeddach chi'n tybio 'mod i'n meddwl amdani hi?'

'Dwyt ti fawr o dwyllwr, nac o guddiwr.'

'O ble cafodd hi'r gân?' gofynnodd yntau.

'Dyna'r unig un ddealladwy sydd gynni hi,' meddai Edda. 'Anamal iawn mae hi'n 'i chanu hi, yng nghlyw rhywun arall beth bynnag.'

'Oes 'na rywun arall yn 'i chanu hi?'

'Chlywis i rioed neb,' meddai Amora.

Daliai Bo i gadw ei sylw ar Tona.

'Ydi Norta'n cael 'i bygwth hefyd?' gofynnodd.

'Norta?' gofynnodd Amora. 'Meddwl amdani hi oeddat ti?'

'Ella mai dyna pam mae hi'n achwyn, am fod 'na rywun yn 'i bygwth hi.'

Chwiliodd lygaid Edda.

'Nid am fod 'i bwyd hi'n flasus rwyt ti isio meddwl yn dda amdani,' meddai hi.

'Wel dyna fo,' meddai Amora, 'does 'na ddim byd haws na meddwl yn ddrwg am bobol. Rwyt ti'n ddigon dryslyd ynglŷn â phetha felly, 'twyt?' meddai wrth Bo.

Gwyddai Bo nad oedd ganddo ateb. Doedd dim angen iddo ateb prun bynnag. Agorwyd y drws ar frys a daeth hogan fach i mewn.

'Mae 'na filwr wedi mynd yn ôl i dŷ Tona,' cyhoeddodd, yn canolbwyntio ei sylw i gyd ar Amora, 'yr un oedd hefo hwnna oedd yn gweiddi gynna. Dydi o ddim yn malu dim yno chwaith.'

'Lle mae'r lleill?' gofynnodd Bo.

'Lle mae'r milwyr erill?' gofynnodd Edda, gan ei bod yn amlwg ar yr hogan ei bod yn teimlo'n rhy swil i ateb cwestiwn dyn diarth.

'Maen nhw wedi cychwyn o'ma.'

Cododd Bo, a brysio allan. Roedd Edda hefo fo mewn chwinciad.

'Cym bwyll,' meddai hi. 'Ella bod 'na un arall yn cuddiad yn rwla.'

'Ar yr olwg oedd ar hwn gynna, go brin.'

Roedd pobman i'w weld yn dawel, a phawb oedd yno cynt wedi mynd. Aeth y ddau i mewn i dŷ Tona. Safai'r milwr ar ganol y llawr. Roedd golwg ofnus arno, ond unwaith eto methodd beidio â rhoi ei holl sylw ar wallt Edda am ennyd.

'Be wyt ti'n 'i wneud?' gofynnodd Bo.

Doedd o ddim yn gwestiwn croesholgar, oherwydd roedd Bo'n prysur ddod i'w gasgliad. Bron na welai olwg o ryddhad ar wyneb y milwr o glywed ei oslef.

'Rhoi'r petha 'ma'n ôl,' atebodd, ei lais yn crynu braidd. 'Dw i wedi cael llond bol,' meddai drachefn, bron wrtho'i hun.

Edrychodd Edda o gwmpas. O'r hyn a welai roedd y milwr yn deud y gwir. Ond roedd o'n rhythu ar ei gwallt drachefn.

'Pam wyt ti'n edrach arna i fel'na?' gofynnodd hi.

Doedd ei llais hithau ddim yn groesholgar chwaith, na'i hedrychiad bellach yn oeraidd. Gwridodd y milwr. Gwyrodd ei ben.

'Oes 'na rwbath o'i le arna i?' gofynnodd hithau wedyn, yn dal arno.

Dim ond ysgwyd mymryn ar ei ben ddaru'r milwr. Roedd ei arf ar y bwrdd, a chododd o.

'Mae pob dim yn ôl fel roedd o rŵan, am 'wn i,' meddai, yn dal i fod yn wrid i gyd. 'Ddaru o ddim dwyn dim o'ma.'

Roedd Bo'n edrych arno yr un mor bendant ag yr oedd o wedi edrych ar wallt Edda, ac yn ystyried dyfarniad Tona. Roedd ei diniweidrwydd yn gywir. Doedd hwn ddim yn beryg.

'Dwyt ti ddim yn edmygu llawar ar dy wisg, nac wyt?' meddai.

Edrychodd y milwr ar y bwrdd gwag cyn troi ei olygon i lawr drachefn.

'Mae'n rhaid i mi fynd,' meddai.

'Faint ydi d'oed di?' gofynnodd Edda.

Cododd y milwr lygaid ofnus.

'Pam?'

'Faint?'

Petrusodd.

'Tair ar hugian.'

'Ers faint wyt ti yn y fyddin?'

'Chwe mlynadd.'

'Be di d'enw di?' gofynnodd Bo.

'Svend.'

Rŵan doedd o ddim mor awchus i fynd. Roedd o fel tasai'n dechrau synhwyro nad oedd gelyniaeth na dirmyg tuag ato. Fel rheol byddai rhai fel hyn ofn milwyr am eu bywydau, ac weithiau'n ceisio ei guddio drwy fod yn anobeithiol herfeiddiol.

'Do'n i ddim...' Methodd. 'Gynna...' Methodd drachefn. 'Ydi'r ddynas yn iawn?' gofynnodd yn sydyn.

'Ydi,' meddai Edda. 'Pam oeddat ti'n edrach arna i fel roeddat ti?'

'Mae gan Mam wallt fel'na.'

Doedd Edda na Bo ddim wedi disgwyl ateb mor glir.

'Do'n i ddim yn bwriadu rhythu,' aeth yntau ymlaen. 'Mae'n ddrwg gen i.'

'Hidia befo,' meddai Edda, pob arwydd o ddrwgdybiaeth wedi diflannu. 'Pryd welist ti dy fam ddwytha?'

'Chwe mlynadd yn ôl, debyg.' Roedd sŵn wedi blino ar laru yn llais Svend. 'Wyddost ti ddim am y fyddin, na wyddost?'

'I be'r ei di'n ôl atyn nhw?' gofynnodd Bo ar ei ben. 'Be fasan nhw'n 'i wneud tasan nhw'n dy weld di rŵan?'

'Wyt ti'n trio deud fod gen i ddewis?' meddai yntau.

'Pwy collith di, a phwy achwynith?'

'Wyddoch chi ddim amdani, na wyddoch?'

Roedd eiliad yn ddigon gan Bo.

'Yli be sy gen i,' meddai. Agorodd ei grys a thynnu'r cerflun hebog mawr i'w ddangos. 'Mi wn i hynny dw i isio 'i wybod amdani.' Camodd yn nes at Svend i ddangos y cerflun yn well. 'Pan rois i'r gora i fod yn filwr y ce's i hwn.'

O glywed hynny edrychodd Svend yn syth i'w lygaid, yn amlwg yn methu coelio. Ond nid dyna a aeth â sylw Bo. Wrth iddo edrych yn ôl ar y llygaid aeth pob gwinau ac egwyddor yn amherthnasol. Ni fedrai wneud dim ond rhythu. Sylwodd Svend ar ei union.

'Paid â bod ofn,' brysiodd. 'Mi wn i be ydi o. Dydw i ddim yn mynd i dy ladd di am wisgo'r gwinau. Phoenith o ddim arna i tasai pawb yn y tiroedd yn 'i wisgo fo.'

Roedd Edda hefyd wedi sylwi.

'Be sydd?' gofynnodd i Bo.

'Dim,' atebodd Bo.

Ond roedd ei hyder wedi mynd. Edrychodd i lawr ar y cerflun am ennyd cyn ei gadw. Caeodd ei grys, heb edrych ar neb, yn canolbwyntio yn amlwg ddiangen ar y gorchwyl.

'Mae gan Edda un hefyd, yr un fath â hwn,' meddai, yn chwilio am rywbeth i'w ddeud. ''I thad hi ddaru 'i gerfio fo. Mi neith o un i chditha hefyd.'

Roedd Svend i'w weld yn adfeddiannu peth o'i hyder.

'Mae'n rhaid i mi fynd,' meddai. 'Dudwch wrth y ddynas...'

Rhoes y gorau iddi. Aeth at y drws. Roedd Bo'n dal i gadw ei olygon ar y llawr.

'Ro'n i'n meddwl fod milwyr i fod i ladd pob gwisgwr gwinau,' meddai Edda.

'Diolch,' meddai Svend.

Aeth. Caeodd y drws ar ei ôl.

Gadawodd Edda i'r distawrwydd fod am ychydig. Yna daeth at Bo.

'Mae 'na fymryn o waith nabod arnat ti, 'toes?' meddai.

'Dim mwy nag a weli di.'

Gwyddai Bo nad oedd mymryn o argyhoeddiad yn ei lais.

'Be ddigwyddodd rŵan?' gofynnodd Edda. 'Be ddaeth i ti?' Gafaelodd amdano. 'Deud.'

Edrychodd Bo i'w llygaid.

'Deud,' meddai hi eto.

'Aros funud.'

Gollyngodd Bo hi. Aeth at y drws a'i agor.

'Svend,' galwodd.

Doedd Svend ddim wedi mynd ond ychydig gamau. Trodd, a dychwelyd at y tŷ. Roedd Edda wedi dod i'r drws at Bo. Ond roedd Bo'n colli ei hyder drachefn.

'Meddwl 'mod i'n mynd i achwyn arnat ti wyt ti?' gofynnodd Svend. 'Be sydd?'

Ymhell o'i flaen, gwelai Bo eryr yn troelli uwchben Llyn Borga, ei ben parod yn chwilio'r dŵr odano. Bellach roedd pob eryr yn ei atgoffa o Aino a'i dycnwch a'i chadernid. Edrychodd ar Svend.

'Y Tri Llamwr,' meddai.

Rhyw gynnig y geiriau oedd o, a golwg difaru y munud hwnnw arno wrth iddo glywed ei lais ei hun. Ond newidiodd gwedd Svend.

'Hannele,' meddai Bo wedyn cyn i Svend gael cyfle i ddim.

'Mam ydi Hannele,' meddai Svend, y geiriau'n rhuthro. 'Sut gwyddost ti amdani?'

Newidiodd gwedd Edda hefyd. Roedd hithau bellach yn gyfarwydd â'r hanes ac â'r enwau.

Roedd yn rhewi, ond roedd yn braf o hyd. Roedd y cyfnos hir yn dod yn raddol i'w derfyn ac i nos a fyddai'n dechrau'n serog gyda lwmpyn neu ddau o gymylau yma a thraw a chymylau ehanganch a mwy boliog yn dynesu wrth eu pwysau o'r gogledd dros tynydd Aarne. Draw tua'r de roedd gewin lleuad yn sbecian dros ysgwydd Mynydd Ymir. Ond ni chymerai Bo lawer o sylw o'r byd o'i amgylch. Doedd o fyth wedi dod ato'i hun a gwyddai Edda hynny'n well na fo wrth i'r ddau gerdded ar lwybr glan y llyn tuag adref o dŷ Amora.

'Tyd, rhanna,' meddai hi. 'Sut gwyddat ti?'

'Pan oeddan ni ar ein ffor adra y tro dwytha mi gawson ni'n cau uwchben brwydr un pnawn,' atebodd o, fel tasai wedi bod yn gobeithio clywed ei chwestiwn ers meitin. 'Doeddan ni'n gallu gwneud dim ond edrach arnyn nhw, a'r noson honno mi ge's i hunlla.' Arhosodd am ennyd. Doedd o ddim wedi manylu ar ei hunllef wrth neb o'r blaen, dim ond deud yr esgyrn sychion wrth Aino ac Eyolf a Linus. 'Mi welwn lygaid Hannele'n hoelio 'u hunain ar 'y llygaid i wrth iddi ruthro ata i a chipio fy arf i oddi arna i, yn union fel roeddan nhw wedi gwneud y diwrnod hwnnw, a hitha'n dal a dal i edrach arna i wrth iddi droi'r arf arni'i hun a disgyn yn farw wrth 'y nhraed i.' Roedd ei lais yn tawelu wrth iddo fynd ymlaen. 'Ond yr eiliad nesa, nid hi oedd hi. Chdi oedd yno. Chdi oedd yn cael dy hyrddio i'r ddaear a dy wallt di oedd yn cael 'i sathru i'r eira. Ro'n i'n gweiddi cymaint mi fu'n rhaid i Aino 'y neffro i. Ddois i ddim ata fy hun am ddiwrnoda. Ond mi 'rhosodd llygaid Hannele yno' i. Maen nhw wedi bod yno' i drwy'r adag, ac mi'u gwelis i nhw eto pan syllodd Svend arna i wrth i mi ddangos yr hebog 'ma iddo fo. Yr un llygaid yn union â Hannele.'

Roedd yn oer, roedd yn rhewi, ond roedd gwaed ifanc yn cynhesu cyrff wrth i Edda aros a gafael amdano.

'Ro'n i'n gwybod bod 'na fwy o waith nabod arnat ti,' meddai. 'Pam na fasat ti wedi deud 'mod i wedi bod yn achos hunlla i ti?'

'Nid chdi oedd yr achos.'

Roedd rhywun yn dynesu ar hyd y llwybr o gyfeiriad y gymdogaeth, ac ailgychwynnodd y ddau, braidd yn rhy gythryblus yn eu meddyliau eu hunain i sgwrsio. Roedd Bo wedi deud yr hanes i gyd wrth Svend, am ei dad yn cael ei ladd a sut y bu i'w fam farw. Dim ond wedi amneidio bob hyn a hyn oedd Svend wrth glywed yr hanes, a gofyn ambell gwestiwn trist. Gwrthododd bob erfyniad iddo aros. Roedd wedi diolch ac wedi dychwelyd at y fyddin a Bo'n methu dallt sut roedd yn gallu meddwl am wneud hynny.

Aethant i'r tŷ. Roeddan nhw newydd gael bwyd yn nhŷ Amora ac roedd Helge wedi aros yno tan yn hwyrach, fel yr oedd wedi dechrau arfer ei wneud ers dyfodiad Bo. Ond roedd y byddinoedd yn rhy agos ganddo i aros yno dros nos a theimlai fod ceg Bo braidd yn rhy ddifyr fel rheol i fedru ymddiried ynddi i fod yn gaead bob tro yr oedd gofyn iddi fod.

Cyn tynnu ei gôt llwythodd Bo goed i'r siambr dân tra bu Edda'n goleuo'r llusern. Wedi iddo orffen, safodd Bo, dim ond sefyll yno yn ei gwylio. Daeth hi ato a thynnu ei gôt fel tasai o'n blentyn. Cododd o ei law a mwytho ei gwallt yn araf.

'Dyma be welis inna pan welis i chdi gynta un,' meddai.

Daeth curo sydyn ar y drws cyn i Edda ateb. Daeth golwg gynhyrfus ar wyneb Bo. Ond roedd Edda'n fwy hamddenol.

'Dydi byddinoedd ddim yn curo ar ddrysa tai pobol,' meddai.

Gollyngodd o a mynd at y drws. Dilynodd Bo hi.

Safai Svend ar y trothwy llwyd dywyll. Roedd ei arf yn ei law ond gollyngodd o pan welodd Edda a Bo. Roedd gwaed hyd ei wyneb ac ar ei ddillad.

'Be sydd wedi digwydd?' gofynnodd Edda.

'Ga i ddod i mewn?' Roedd y geiriau'n fwy o anadl nag o lais. 'Dim ond fi sy 'ma.'

'Tyd.'

Tynnodd Edda fo i mewn a brysiodd Bo i'r drws. Cododd yr arf a chwiliodd y lled-dywyllwch cyn dychwelyd i'r tŷ a chau'r drws. Roedd yr arf hefyd yn waed i gyd.

'Be ddigwyddodd i ti?' gofynnodd Edda.

Edrychodd Svend ar yr arf yn llaw Bo.

'Nid 'y ngwaed i,' dechreuodd. 'Gwaed...'

Methodd.

'Gwaed pwy?' gofynnodd Edda.

Edrychodd Svend druenus o un i'r llall.

'Dw i wedi lladd Isben.'

'Pa bryd? Ydyn nhw'n gwybod?' rhuthrodd Bo.

'Nac'dyn.' Gallodd Svend ateb hynny. 'Dim ond fo a fi oedd yna.'

Gwelodd Edda fod dagrau yn gymysg â'r gwaed. Tywalltodd ddŵr cynnes i ddesgil.

'I be gwnaet ti beth felly?' gofynnodd Bo, a sylweddoli ynfydrwydd y cwestiwn wrth ei orffen. 'Ble mae o?' gofynnodd wedyn.

'Ochor arall y gymdogaeth.'

'Sut gwyddat ti mai yma 'dan ni'n byw?' gofynnodd Edda.

'Mi welis i chi'n dŵad o'r tŷ arall.'

Ar archiad arall Edda, gafaelodd yn y ddesgil. Gwyliodd y ddau o'n molchi rhywfaint ar ei wyneb, yn dal y dŵr arno am hir ac yn crynu drwyddo.

'Be ddigwyddodd?' gofynnodd Bo.

Trodd Svend i'w hwynebu, a sychu ei wyneb yn y llian oedd Edda yn ei ddal iddo. Rŵan roedd yr ôl dagrau i'w weld yn glir.

'Mi ddechreuodd 'u gwawdio nhw.'

Ceisiodd oresgyn rhagor o ddagrau. Methodd.

'Dy fam a dy dad?' gofynnodd Bo ymhen ychydig.

'Roedd o wedi bod mewn rhyw dŷ hefo rhyw ddynas. Dyna sut y gwelodd o fi.'

Tawodd eto. Gadawodd y ddau lonydd iddo.

'Mi ofynnodd wedyn lle o'n i wedi bod. Mi ddechreuis inna drio deud be oedd wedi digwydd.'

Rhwbiodd ei lygaid ac edrych eto ar wallt Edda cyn dechrau wylo drachefn.

'Mi ddechreuis grio,' aeth ymlaen yn y man. 'Mi waeddodd ynta ers pryd o'n i'n credu fod Mam a Dad yn bwysicach na'i gyfarch o fel dylwn i ac mi ddechreuodd 'y mhwnio i a gweiddi arna i i sefyll yn iawn o'i flaen o. A dyma fo'n dechra 'u gwatwar nhw a minna. Chafodd o ddim cyfla i ddeud mwy na rhyw dri gair.'

'Lle mae o?' gofynnodd Edda.

'Yn y llyn.' Gwnâi ymdrech i ddod ato'i hun. Edrychodd o un i'r llall. 'Neith o ddim chwyddo a chodi. Dw i wedi'i dorri o.'

'Tyd.' Gafaelodd Edda ynddo. 'Mi gei di ddillad Dad wedyn. Pryd ce'st ti fwyd call ddwytha?'

'Chwe mlynadd yn ôl, debyg. Ylwch, mi a' i o'ma. Mae'n beryg i chi.'

'Hidia befo am hynny.'

'Ddaw 'na rywun i chwilio amdanat ti?' gofynnodd Bo.

Dim ond synnu ar y llawr o'i flaen ddaru Svend. Yna edrychodd ar Bo, ac ailddechreuodd y dagrau.

'Chdi ydi mab Uchben Haldor 'te?' meddai. 'Chdi ydi Bo.'

Ni ddaeth neb i chwilio am Svend. Daeth dau Isben a hanner dwsin o filwyr i chwilio am yr Isben arall ond roedd eira'r bore bach wedi cuddio'r holl bechodau ac nid oedd na gwybodaeth am ei hynt na chydymdeimlad am ei fod ar goll ar gael yn y gymdogaeth. Roedd Edda wedi picio i dŷ Tona rhag ofn fod helynt y diwrnod cynt am ddechrau gadael rhyw ôl arni. Dychwelodd yn fodlonach ei byd.

Roedd Bo wedi deud hynny a wyddai am hanes cymdogaeth y Tri Llamwr wrth Svend y noson cynt. Soniodd am y fyddin lwyd yn dod ar ei gwarthaf a lladd pawb o fewn gafael, ac fel y llwyddodd criw bychan i ddianc mewn pryd a chodi caban dros dro mewn coedwig ddyddiau lawer o daith i'r gogledd. Twyll ydi cadw hyn rhag dy glustia di, meddai, a thwyll ydi 'i ohirio fo hefyd. Ond gwyddai na fyddai'n gallu ei ddeud tasai Edda a Helge ddim yno, yn gefn a swcwr iddo. Bob tro'r oedd Svend yn ceisio deud rhywbeth dechreuai wylo. Tybiodd Edda ei bod wedi gweld rhyw olwg ddiarth, bron fel ofn, yn dod i'w lygaid gan orchfygu'r galar am eiliad pan soniodd Bo am y milwyr yn dringo'r rhaeadr ar ôl lladd ei dad a'i fam yr eildro iddyn nhw ddod yno. Ni chymerodd arni chwaith.

A thrannoeth, ar ôl cinio tawel a difywyd aethant am dro gyda glan y llyn i gyfeiriad Sarn yr Ych wedi i Helge awgrymu na fyddai mymryn o awel y mynyddoedd yn gwneud hanesion trist yn dristach. Doedd yr un sgwrs am ddod am dipyn, ar wahân i gyhoeddiad Svend ei fod yn teimlo'n rhyfedd mewn dillad heb fod yn wisg milwr.

Doedd Bo ddim fel tasai arno ormod o awydd i siarad chwaith. Roedd y pyliau o ail-fyw wedi bod yn taro'n ddirybudd ers y noson cynt. Cyn hynny, atgof na soniai amdano oedd y dyddiau yn y sach. Ond rŵan bob tro roedd yn gweld llygaid Svend roedd yn gweld llygaid Hannele. Daliodd fymryn yn ôl i syllu ar y llyn a gadael i Edda a Svend fynd o'i flaen.

Doedd Edda ddim yn gwybod a oedd tristwch a galar yr un peth. Doedd hi ddim wedi galaru ar ôl ei mam am ei bod yn rhy ifanc i wneud hynny pan fu hi farw. Wedyn nid oedd ond tristwch, a mynd i eistedd ar lin ei thad pan fyddai o'n methu cuddio'r dagrau. Parhaodd hynny am leuadau a blynyddoedd wedyn byliau. Ac roedd hi wedi wylo am fod ei thad wedi wylo.

'Dwyt ti ddim wedi deud sut gwyddat ti,' meddai toc.

'Gwybod be?' gofynnodd Svend, y galar yn llond ei lais.

'Mai Bo ydi o.'

''Rhyn ddudodd o ddoe, pan ddudodd o sut oedd Mam a Dad wedi cael 'u lladd a sut cafodd o 'i luchio i mewn i'r sach hwnnw. Roeddan ni wedi cl'wad mai dyna oedd wedi digwydd i fab Uchben Haldor, er nad oedd gynnon ni ddim syniad lle'r oedd hynny wedi digwydd. Ond wrth i mi fynd yn ôl ddoe mi wyddwn 'i bod yn amlwg mai fo oedd o.' Arhosodd. 'Ond taswn i wedi dod i wybod mai fo ydi o cyn i mi gl'wad yr hanas faswn i byth wedi achwyn arno fo. Wir rŵan,' ychwanegodd, ei ymbil yn llond ei wyneb.

'Mi wn i,' atebodd Edda.

Erbyn i Bo gyrraedd atyn nhw roedd Svend wedi dechrau sôn am ei gartref a'i fam a'i dad. Aeth i sôn am ei fam yn mynd â bwyd i bothanod ac yn siarad hefo nhw, yn sôn am hapusrwydd a dyheadau, a llawer yn y gymdogaeth yn ei galw'n ddynes ryfedd o'r herwydd, gyda rhai yn ei hofni a'i galw'n hudoles. Gwrandawai Bo bellach yn astud ar bob gair, ond roedd ganddo un peth arall i'w ddeud wrth Svend.

'Wnes i ddim deud neithiwr bod yr hogan fach honno, Sini, wedi'i chladdu yn yr un bedd â dy fam,' meddai. 'A dy dad,' ychwanegodd ar beth brys.

'Pwy oedd yno i'w claddu nhw?' gofynnodd Svend yn y man, yr ymdrech yn llond ei lais. 'Wyddost ti?'

Arhosodd Bo am ennyd.

'Rwyt ti fel pawb arall wedi cl'wad digon o sôn am Tarje,' meddai.

Cododd Svend ei ben yn sydyn.

'Tarje Lwfr Lofrudd?'

'Mi welodd ynta dy dad a dy fam a Sini yn cael 'u lladd. A'r cyfle cynta gafodd o mi deithiodd bedwar diwrnod drwy'r eira i ddychwelyd yno yn unswydd i'w claddu nhw.'

Roedd cryndod newydd yn meddiannu Svend.

'Dyna i ti pa mor llwfr ydi o,' aeth Bo ymlaen, ei lais yn dawel, yn ceisio lleddfu'r cryndod. 'Dydi o ddim yn llofrudd chwaith.'

'Be 'ti'n feddwl, ddim yn llofrudd? Pam mae...'

'Fo ddaru 'nhynnu i o'r sach. Wedyn mi ddychwelodd yr holl ffor i'r Tri Llamwr i dorri'r bedd.' Gafaelodd Bo yn ysgwydd Svend am ennyd. 'Dydi Tarje ddim yn llwfr nac yn llofrudd,' meddai.

Roedd yn amlwg ar holl osgo Svend ei fod yn ymdrechu i geisio dirnad.

'Güdda dduw yn dial,' meddai'n sydyn.

'Pwy 'di hwnnw eto?' gofynnodd Bo.

'Be 'ti'n feddwl, pwy 'di hwnnw?'

'Oes 'na dduw am bob morgrugyn?'

'Duw'r rhaeadr. Duw'r Llamwyr. Mi wyddost hynny, debyg.'

Doedd dim siâp gwybod hynny na dim arall ar wyneb Bo.

'Mae Güdda dduw wedi deddfu nad oes neb i ddringo i fyny nac i lawr y rhaeadr,' eglurodd Svend, ac ochenidio wedyn o weld dim ymateb. 'Dy lusgo i fyny yn erbyn dy ewyllys mewn sach ge'st ti,' ceisiodd drachefn, 'ac mi welodd Güdda dduw hynny a dy arbad di. Mi laddwyd pob un o'r lleill medda chdi.'

'Roedd Tarje wedi deud bod 'na raeadr i'w ddringo ac nad oedd o'n rhy anodd. Mi'i dringodd o fo i fyny ac i lawr amryw o weithia. Dydi o ddim yn farw.'

'Mae o'n waeth na marw hefo'r holl diroedd yn chwilio amdano fo.'

Roedd Bo'n paratoi ei ateb ond roedd pwt o rybudd yn llygaid Edda wrth iddi edrych arno. Aethant ymlaen, y ddau'n ymwybodol o dawelwch newydd Svend.

'Be wnawn ni, troi'n ôl?' gofynnodd hi pan gyraeddasant Sarn yr Ych.

'Ia, am 'wn i,' atebodd Bo, braidd yn ddifywyd. 'Dwyt ti ddim isio gwneud cylch a mynd yn ôl drwy'r ddwy gymdogaeth, nac oes?' gofynnodd i Svend.

Ond ni chymerai Svend welw sylw. Am y tro cyntaf, roedd yn astudio'r wlad o'i amgylch.

'Rydan ni wrth draed y Pedwar Cawr!' meddai.

Syllai ar y pedwar copa, un ar ôl y llall, yntau mor ddisymud â'r copaon. Ond roedd ei oslef yn gwneud i Bo amau tarddiad y llonyddwch y munud hwnnw.

'Does dim isio i ti ddyrchafu mymryn mwy arnyn nhw na'r hyn weli di,' meddai.

'Ond trigfan y duwiau, trigfan y meirw haeddiannol...'

'Pwy trochodd di yn y Chwedl?' Deud oedd Bo, nid dadlau. 'Tasan ni'n gallu cyrraedd 'u copaon nhw yr unig beth welen ni fyddai eira a chreigia serth diddringo wedi rhewi ac ella amball eryr ne' dderyn mentrus arall. Y rheswm nad ydi'r eryrod yn byw a bod yna ydi am nad oes 'na ddigon o gynhaliaeth iddyn nhw. Ond nhw pia'r pedwar copa. Neb na dim arall.'

Roedd Svend wedi tynnu ei sylw oddi ar y mynyddoedd ac edrychai ar Bo yn llawn ofn.

'Oes arnat ti ddim ofn i'r duwiau dy gl'wad di?'

'Doedd arna i ddim ofn marw tan i mi gael ar ddallt fod 'na beryg i mi fynd i blith y nialwch hynny,' atebodd Bo. 'Paid â rhoi carrag lefn dros 'y nghalon farw i. Rho 'nghorff i'n fwyd i'r blaidd a'r hebog a'r eryr a'r gigfran. Mi ddaw 'na ryw fudd ohono fo felly.'

'Dydi hynna'n ddim ond rhyfygu,' meddai Svend.

'Be arall fydd 'na?' gofynnodd Bo yn ei lais di-hid gorau. 'Mi barith ôl dy droed di tan y gawod nesa. A dyna hi.'

Syllai Svend i rywle o'i flaen, dim ond syllu.

'Chlywis i rioed ddim mor ddiobaith.'

'Does'nelo gobaith nacanobaith ddim ago.' Yna sylweddolodd Bo. Claddodd ei law yn ei wallt. 'Yli,' ymddiheurodd, 'mae'n ddrwg gen i. Mi fasai'n well i mi gau 'y ngheg fawr heddiw, basa?'

'Nid hynny.' Roedd ofn newydd yn llygaid Svend. 'Pwy fedra gytuno hefo chdi prun bynnag?' Gafaelodd yn nwy ysgwydd Bo. 'Paid â thynnu gwg y duwiau ar dy ben. Wyt ti ddim wedi diodda digon fel mae hi?'

'Yn enw'r rheini y bûm i mewn sach am ddiwrnoda bwygilydd. Yn enw'r rheini y cafodd Nhad 'i ddienyddio. Yn enw'r rheini mae'r byddinoedd yn ymladd ac yn ysbeilio tai ac yn hyrddio Tona i'r eira ac yn gadael cyrff luch dafl hyd y tiroedd. Yn enw'r rheini...'

'Daeth o ddim ymlaen. Wedi ennyd, gollyngodd Svend ei afael. Trodd at Edda.

'Fedri di mo'i ddarbwyllo fo?' gofynnodd.

''Dan ni wedi gwneud petha hefo'n gilydd.'

Roedd ei llais hi'n hamddenol, a dychrynodd hynny Svend lawn cymaint â dim a ddaethai o enau Bo.

'Dowch,' meddai Edda.

Cychwynasant yn ôl, a chyn hir dechreuodd Svend holi Bo am ei hanes. Roedd Edda'n falch ei fod yn gallu meddwl am hynny.

'Lle mae Llyn Cysegredig y Pedwar Cawr?' gofynnodd Svend toc, a Bo wedi crwydro o'i hanes o'i hun i ganmol Llyn Helgi Fawr.

'Heibio tŷ ni,' meddai Edda. Edrychodd ar Bo, ond doedd dim awgrym o wfft ar ei wyneb. 'Be wnei di hefo hwnnw?'

'Offrymu coffadwriaeth Mam a Dad,' atebodd Svend. 'Wnei di ddangos ble mae o i mi?'

'Wyt ti isio mynd yno rŵan?'

'Ia. Ddoi di yno hefo fi?' gofynnodd i Bo. Roedd ei lais yn dechrau crynu braidd. 'Mi fydd yr offrwm yn gyfoethocach os byddi di yno hefyd,' meddai cyn i Bo gael cyfle i ateb. 'Chdi oedd yr ola i weld Mam yn fyw. O dy ddwylo di y cafodd hi waredigaeth rhag 'u hartaith a'u cyrff budron nhw. Ddoi di?'

'Dof.'

Prin sibrwd y gair ddaru Bo.

15

'Pa lyn ydi hwn, wrda?' gofynnodd y dieithryn.

Cododd yr hogyn, a sgwario. Nid pob seithmlwydd oedd yn cael ei gyfarch fel hyn. Astudiodd y dieithryn yn fanylach. Gwelodd ei fod yn hen, yn hŷn na'i dad, a'i bwn yn llwyth trwm yr olwg ar ei gefn. Roedd ei farf yr un mor flêr â hynny o'i wallt a welid o dan ei gap. Ond doedd dim golwg gas yn ei lygaid.

'Llyn Sorob, debyg,' atebodd.

Daliodd i astudio wrth iddo glywed rhyddhad yn anadliad y dieithryn wrth iddo droi i edrych ar y gymdogaeth y tu hwnt i'r llyn. Yna trodd ei sylw'n ôl ato fo.

'Wyddost ti pwy ydi Sorob?' gofynnodd.

'Duw hel plant i'w gwlâu.'

'Ia? Thynnith o neb i drybini, felly,' ystyriodd y dieithryn, a gwên yn ymledu y tu ôl i'r farf. Astudiodd y gymdogaeth drachefn. 'Wyddost ti lle mae Eir yn byw?'

'Eir babi'r gors?'

Gwelodd yr hogyn fod y dieithryn yn dychryn braidd gan y cwestiwn.

'Ia,' atebodd y dyn. 'Ro'n i'n dallt bod 'i babi bach hi wedi bod yn y gors gynnyn nhw.'

'Dyna hi'r gors, yn fan'na,' meddai'r hogyn, gan bwyntio dros y llyn a heibio i ddwy fasarnen gadarn. 'Mae'r tŷ ffor'cw, heibio i dŷ Cari a Dag,' meddai gan droi a phwyntio dros fryncyn bychan ar y dde i'r gymdogaeth. 'Weli di mono fo o fa'ma.'

'Mi'i tria i hi ffor'cw 'ta.' Tynnodd y dieithryn ddarn bychan o bren o'i boced. 'Wyddost ti be ydi hon?'

'Pib?'

'Dyna chdi.' Rhoes y dieithryn hi iddo. 'Dysga reoli dy

anadl ac mi gei di lawar o syna gwahanol ohoni ac mi fedri di 'i defnyddio hi i bob math o betha.'

'Diolch.'

Roedd y gwerthfawrogiad yn llond llygaid yr hogyn. Trodd y bib drosodd a throsodd yn ei ddwylo cyn ei mentro hi ar ei wefusau. Daeth nodyn gwyntog ohoni.

'Dal ati,' meddai'r dieithryn. 'Mi ddaw.'

Cychwynnodd.

'Dros y bryn a thrwy'r cefna ydi'r ffor gynta i dŷ Eir,' meddai'r hogyn.

'Mi a' i y ffor honno felly. Diolch iti.'

'Da bo dy ddydd.'

Rhedodd yr hogyn o'i flaen gan afael yn dynn yn ei drysor newydd. Anelodd yntau tuag at y bryncyn. O'i gopa gwelodd y byddai angen iddo ofyn drachefn gan fod cryn hanner dwsin o dai ar wasgar o'i flaen, pob un beth pellter o ganol y gymdogaeth oedd tua'r chwith odano. Gwelai lwybr bychan yn ymdroelli rhwng llwyni, yn cysylltu'r tai fwy na heb, a llwybrau eraill yn eu cysylltu â gweddill y gymdogaeth. Aeth i lawr.

'Llwybr anarferol i ddieithryn,' meddai llais o'r tu ôl iddo pan oedd newydd fynd heibio i'r tŷ cyntaf.

Trodd. Roedd dynes fengach na fo yn ei astudio yr un mor drylwyr â'r hogyn wrth y llyn.

'Mae hynna'n ddigon gwir yn amlwg,' gwenodd, 'ond mi ge's gyngor gan un o dy gymdogion ifanc di mai hwn ydi'r llwybr calla i fynd â mi i ben fy nhaith. Fedri di ddeud wrtha i ble ca i afael ar Eir?'

'Be wnei di ag Eir?' gofynnodd y ddynes, ei llais yn sydyn groesholgar.

'Ella mai hi ddylai gael...' dechreuodd o.

'Nid busnesa ydw i. Be wnei di ag Eir?'

Roedd y llais wedi cymedroli, ond doedd y pryder ddim.

'Mae gen i wybodaeth iddi hi,' meddai o.

'Am be?'

'Hi ddylai...'

'Os oes 'nelo fo rwbath â Gaut, mi gei 'i ddeud o wrtha i.' Roedd y llais wedi tawelu fwyfwy, ond daethai angerdd newydd iddo. 'Thora dw i, 'i fam o.'

Tynnodd y dieithryn ei bwn oddi ar ei gefn ar unwaith a'i ollwng ar y llwybr wrth ei draed. Daeth at Thora a chynnig ei ddwylo iddi.

'Ahti ydi f'enw i,' meddai. 'Ro'n i'n Isben yn y gwersyll y llusgwyd Gaut iddo fo.'

Gwelodd ar unwaith fod yr argyfwng a lanwodd ei llygaid wedi para lleuadau.

'Mi wyddon ni 'i fod o wedi dengid. Be ydi 'i hynt o?' gofynnodd hi, ei chwestiwn ar ruthr.

'Mae o wedi'i ddal,' atebodd Ahti heb betruso. 'Mae o'n fyw,' meddai ar lawer mwy o frys, o weld ei hwyneb.

'Sut gwyddost ti?'

'Dw i'n nabod y fyddin. Dw i yma i ddeud y gwir.'

Er ei ruthr, ceisiai swnio mor ddibryder ag y gallai. Gwasgodd fwy ar ei dwylo i geisio cadarnhau.

'Dw i ddim yn paldaruo,' ceisiodd eto. 'Wnân nhw ddim byd iddo fo. Mae gynnyn nhw ddefnydd iddo fo.'

Tybiodd iddo weld y llygaid yn tawelu fymryn. Yna teimlodd wasgiad ei dwylo. Dim ond am ennyd.

''Dan ni wedi cl'wad amdanat ti,' meddai hi. 'Mi wyddon ni be wnest ti i helpu Gaut.' Llanwodd y gofid ei llygaid eto. 'Sut gwyddost ti 'i fod o wedi'i ddal?'

'Mi fu'n rhaid i minna ddengid,' atebodd Ahti, ei lais rŵan yn drist, ddi-liw. 'Roeddan nhw wedi darganfod 'mod i wedi'i helpu o. Ymhen rhai dyddia o deithio heb un amcan ond osgoi ymlidwyr mi ddois i gymdogaeth. Roedd y bobol yno'n gwybod hynt Gaut. Roedd 'na fintai o'r gwersyll yr o'n i ynddo fo wedi dechra rhuthro ar gymdogaetha i'w hysbeilio nhw o greiria cain ac roedd Gaut wedi dod i'r gymdogaeth honno pan oeddan nhw ar ganol 'i hysbeilio hi.'

'Mi gafodd 'i ddal yn fan'no?' gofynnodd Thora.

'Ar 'i chyrion hi. Wir rŵan,' pwysleisiodd eto, 'mi elli fentro 'i fod o'n fyw.'

'Tyd i'r tŷ,' meddai Thora, yn methu deud fawr ddim arall. 'Mi gei folchiad ac ager a dillad glân. Mi awn ni i nôl Eir.'

Troesant tua'r tŷ. Daeth Cari a Dag heibio i'r talcen ac aros yn stond. Cododd Ahti ei law fymryn i'w cyfarch. Gwelodd Thora'r holi mawr yn llygaid Cari wrth iddi redeg atyn nhw.

'Lle mae Gaut?' gofynnodd ar ei phen i Ahti.

Dychrynodd Ahti braidd o'i chlywed. Trodd at Thora cyn troi'n ôl at Cari.

'Mi ddaw,' meddai, a rhoi ei law ar ei phen. 'Mi ddaw, am dy fod di'n graff.'

'O ble doist ti yma 'ta?' gofynnodd Thora iddo.

'O chwilio amdanoch chi,' atebodd Ahti, a'i law ar ben Cari o hyd. 'Doedd gen i ddim syniad ble'r oedd y llyn na'r gymdogaeth.'

'Ydi dy fyddin di'n gwybod?'

'Nid Isben ydw i bellach. Herwr.'

'Diolch i ti am ddeud y gwir,' meddai Eir. 'Diolch i ti am deithio'r gaea i ddod cyn bellad i'w ddeud o.'

'Paid â 'ngham-ddallt i, ond does gen i ddim arall i'w wneud,' atebodd Ahti.

Roedd pawb allan o flaen cartref Eir, ei theulu hi, teulu Gaut, ac Angard. Am y tro cyntaf yn ei hoes roedd y Weddw wedi peidio ag ymuno â'r dyrfa a ymgynullai ar lan y llyn i ddilyn yr Hynafgwr yn cynnal y ddefod, ac roedd wedi derbyn gwahoddiad Aud i ymuno â nhw. Roedd Cari a Dag wedi cael aros yn hwyrach i weld y lleuad yn mynd drwy'r diffyg ac i fod yn rhan o'r deisyf i gael Gaut yn ôl yn iach. Roedd Lars bach yn glyd mewn siôl drwchus ym mreichiau Eir.

'Wyt ti'n siomedig?' gofynnodd Eir. 'Oeddat ti'n credu yn dy fyddin? Mae'n rhaid dy fod di, a chditha'n Isben,' atebodd yn ei le.

'Trio 'nghadw fy hun yn gall. Trio cadw eraill yn gall,' meddai Ahti wedi ennyd, heb feddwl llawer a oedd yn ateb ai peidio.

'Dy ffrind di,' meddai hithau. 'Osmo.'

'Be?'

'Mi gafodd 'i ladd oherwydd Gaut felly, 'ndo?'

'Ddaw dim budd i neb o feddwl fel'na,' rhuthrodd yntau. 'Fi oedd yn gyfrifol am drefnu i Gaut ddengid prun bynnag, nid Osmo. Mae o'n gwneud mwy o synnwyr i ti ddeud mai f'oherwydd i y cafodd Osmo 'i ladd.'

Doedd o ddim wedi deud hynny wrth neb cynt, dim ond wrtho'i hun yn ei byliau diddiwedd o frywela, pan oedd pob tasai yn chwyrlïo drwy ei ben a phob un yr un mor ddi-fudd â'i gilydd. Yn y gobaith o atal amheuaeth, roedd Osmo ac yntau wedi ymwahanu cyn dianc. Prin wedi gwneud hynny'r oeddan nhw nad oedd y lleill ar eu gwarthaf. Llwyddodd o i ddianc, ond pan oedd o'n ymguddio y tu allan i'r gwersyll i aros am Osmo fe welodd ei gorff yn cael ei gludo o'r gwersyll a'i luchio i bwt o hafn, yn ymborth i fwystfilod y nos.

'Ac nid Osmo oedd yr unig un chwaith,' meddai ymhen ysbaid. 'Mi laddis i ddau Orisben wrth ddengid. Paid â meddwl mai Gaut oedd yn gyfrifol am y petha yma.'

Gwasgodd Eir Lars fymryn yn dynnach ati.

'Mae o'n dechra,' meddai llais Thora o'u cefnau.

Edrychasant i'r awyr. Roedd mymryn o gysgod yn dechrau ymddangos dros ymyl dde rhan uchaf y lleuad. Safodd pawb yn ddistaw i'w wylio. Bellach wyddai Eir ddim a oedd hi'n credu yn y ddefod, neu dyna oedd wedi bod yn mynd drwy ei meddwl cyn i awr y diffyg ddynesu ac iddi hithau ddechrau ailgynhyrfu ac i amheuon ddechrau mynd yn amherthnasol. Roedd pawb yn credu i'r drefn prun bynnag, neu bron pawb. Roedd Gaut wedi awgrymu o dro i dro ei bod yn llawer gwell ganddo amau na chredu, a'r awgrymiadau hynny wedi cynyddu a chryfhau wrth iddo aeddfedu mewn hyder. Ac ar draws pob meddwl arall dyma hi'n meddwl yn sydyn y byddai'n rhaid i Gaut gredu os oedd y ddefod i ddwyn ffrwyth.

Roedd y ddau deulu wedi gofyn i Angard gynnal defod yr ymbil gan ei fod wedi arfer gwneud hynny. Bob tro y byddai diffyg ar y lleuad byddai'n cyfarch Norül dduw, i'w gydnabod fel unig warchodwr y lloer, cyn mynd ymlaen i ymbil ar ran ei feibion coll. Rŵan safai o flaen y ddau deulu, yn syllu ar y lleuad yn graddol dywyllu a newid ei liw. Dim ond pan fyddai'r diffyg yn ei orchuddio'n llwyr y gellid cynnal y ddefod. Ond pan ddaeth yr amser, a lliw'r lleuad rywbeth rhwng gwinau golau a choch, buan yr anghofiwyd amdano fo a phopeth wrth i Angard ddechrau llefaru. Nid y ddefod arferol oedd hon. Ddarü o ddim enwi Norül dduw na chyfarch neb, dim ond dymuno i Gaut gael dychwelyd adra yn fuan ac yn iach. Ac yn hytrach na llafarganu fel y dylai ei wneud roedd yn siarad â'i lais naturiol ei hun, heb awgrym o floeddio na datgan. O'i glywed, doedd neb yn llafarganu eu hategiadau i'r ymbil chwaith fel y dylai pawb ei wneud, dim ond gwrando, pawb yn eu meddyliau eu hunain wrth wrando ar ddwyster syml ei lais. A ddaru Angard ddim dod â'r ddefod i'w therfyn yn ôl y drefn chwaith. Roedd o i fod i erfyn ar Norül dduw i ddod â'r drygionus i gyfri. Y tro hwn roedd hynny'n bwysicach nag erioed ac roedd yr Hynafgwr wedi cyhoeddi fod pawb oedd am gynnal defod ger bron y lloer o'u cartrefi yn hytrach na dod at lan y llyn i fod i ymbil ar Norül dduw iddo ddatgelu i'r tiroedd pwy oedd wedi lladd Obri, oherwydd ei bod y llofruddiaeth gyntaf yn y gymdogaeth ers cyn geni neb oedd yn fyw. Ond ddaru Angard ddim gwneud hynny.

Roedd Cari a Dag yn ddigon bodlon ar syllu ar y lleuad, yn ddiarth yn yr awyr. Roedd Cari yn rhyfeddu am ei bod yn argyhoeddedig ei bod yn gweld siâp pelen pan oedd y lleuad ar ei dywyllaf ac yn rhyfeddu fwyfwy wrth weld ei ymyl yn dechrau sbecian heibio i'r diffyg wrth iddo ddod ohono yn hamddenol, a phan ddaeth o i gyd i'r golwg a throi'n gylch drachefn roedd o yn union fel tasai o wedi cael ei lanhau. Gwyddai Cari o weld y glendid newydd fod Gaut yn mynd i ddychwelyd. A phan ddeuai Gaut yn ei ôl byddai ganddi gyfrinach newydd sbon i'w deud wrtho. Ond yna roedd Dag yn tynnu yn ei braich iddo gael at ei chlust.

'Mi welis i'r lleuad yn troi'n belan,' sibrydodd. 'Paid â deud wrthyn nhw.'

Rêl hwn, meddyliodd Cari. Yna gwasgodd ei law a'i dynnu ati.

Er bod ymbil Angard wedi dod i'w derfyn cyn i'r lleuad ddechrau dod o'r diffyg doedd neb am symud nac am ddeud dim hyd yn oed wedi i'r lleuad ddod yn glir unwaith yn rhagor, ac Angard oedd y cyntaf i symud. O dipyn i beth daeth suon sgyrsiau tawel wrth i bawb arall ddal i stelcian y tu allan neu fynd i'r tŷ ar gyfer swper y ddefod.

'Fel hyn mae o'n cynnal y ddefod bob tro?' gofynnodd Ahti i Thora.

'Na. Mi fentra i mai dy newydd di a dy ymdrech i ddod â fo sy'n gyfrifol am hyn.'

'Hynny ddois i i nabod ar Gaut, mi fyddwn i'n deud fod hyn yn gweddu iddo fo.'

'Wyt ti'n gwir gredu 'i fod o'n fyw?' gofynnodd hi.

'Ydw.' Setlodd Ahti ar y gair pendant hwnnw. Yna cofiodd rywbeth arall. 'Wyddost ti'r cerflun hwnnw oedd gynno fo wrth garrai am 'i wddw, hwnnw ohono fo'i hun a'r ddau fychan?'

'Ia?'

'Mi ddudodd o wrtha i fod yr Obri 'na wedi'i ddwyn o oddi arno fo pan gipiwyd o.'

'Do.' Roedd yr hen dristwch yn llenwi llais Thora. 'Mi glywson ni hynny wedyn.'

'Chawsoch chi mohono fo'n ôl, felly?'

'Na.'

Aeth hi i'r tŷ. Arhosodd o allan, yr ail-fyw disymwth yn anorfod. Rhwygo cerflun mynegiant syml oddi ar wddw i roi terfyn ar hunaniaeth. Rŵan gwelai hynny'n grynhoad o'i ugain mlynedd o fyddina. Er hynny roedd yn falch ei fod wedi dod yma gan iddo lwyddo i godi rhywfaint ar galonnau dau deulu, ac roedd yn braf hefyd glywed enw Tarje'n cael ei ddeud heb boer na chasineb difeddwl a dinabod ynghlwm wrtho. Roeddan nhw wedi sôn wrtho am Eyolf, a'i fod o yn yr un gwersyll ag yntau pan gafodd Uchben Haldor ei ddienyddio. Ni fedrai ei gofio. Gan nad oedd milwyr yn cael enwau byddai'n rhaid iddo ei weld cyn y byddai ganddo obaith o hynny.

Daeth Eir ato. Safodd wrth ei ochr, yn dawel am ei fod o'n dawel. Roedd Aud wedi mynd â Lars bach oddi arni ac i'r tŷ i'w grud.

'Mae Gaut a minna'n syllu ar y sêr,' meddai hi toc. 'Ne' mi oeddan ni.'

'Dal i ddeud eich bod chi,' meddai Ahti. 'Paid â sôn amdano fo fel hen hanas.'

'Y tro dwytha, roedd o'n sefyll y tu ôl i mi a'i ddwy law am 'y mol i. Ro'n i'n cael cusan ar 'y ngwddw bob tro'r oedd o'n teimlo Lars yn symud y tu mewn i mi, ac roedd ynta wrthi fwy nag arfar. Roeddan ni'n trio ystyried pam mae'r Seren Lonydd yn llonydd a'r lleill yn troi o'i chwmpas hi fel mae'r nos yn mynd rhagddi, a pham mae'r Sêr Crwydrol yn dewis 'u llwybra 'u hunain. A dyma ni'n penderfynu mai syllu ar y sêr a'r Sêr Crwydrol sydd wedi'n galluogi ni i ystyried, ein galluogi ni i ofyn pam i bob dim arall hefyd, a tasai 'na gymyla gwastadol dros y tiroedd a'r sêr rioed wedi'u gweld fasan ni ddim yn gallu gofyn pam i ddim arall chwaith. Roedd hi'n noson rydd braf, yn ddileuad, y sêr ar 'u gora. Yr unig beth oedd yn poeni Gaut oedd be ddweda fo wrth 'i fam a'i dad pan gâi Lars 'i eni. Ddaeth y gors ddim i'n meddwl ni o gwbwl. Ddaru ni rioed feddwl y byddai neb yn gwneud peth fel'na.'

Prin glywed y geiriau hynny ddaru Ahti. Doedd Eir ddim yn edrych i'r awyr bellach.

'Dydi'r noson ddim yn rhydd heno.'

Teimlodd Ahti gryndod bychan yr wylo tawel. Gafaelodd amdani a'i thynnu ato.

Ni pharodd yr wylo'n hir. Ymryddhaodd Eir.

'Dw i ddim yn wan,' meddai. 'Ond mae'r pylia 'ma'n dŵad.'

'Pwy sy'n deud mai'r gwan sy'n crio? Dal di i syllu ar dy sêr.'

Ond rŵan ni welai hi mohonyn nhw. Sychodd ei llygaid a syllu ar y tir cyfarwydd dan olau cryf newydd y lleuad.

Daeth cyfarthiad llwynog o gyfeiriad y coed ar y bryncyn y tu ôl i'r tŷ. Gwrandawodd Ahti'n astud. Ymhen rhyw bum eiliad daeth cyfarthiad drachefn.

'Well i mi fynd i mewn i helpu Mam,' meddai Eir.

Roedd ei llais wedi newid, yn fwy ffrwcslyd, tybiodd Ahti. Aeth hi i'r tŷ heb ddeud dim mwy. Gwrandawodd Ahti, ond ni ddaeth cyfarthiad arall. Paid â busnesa, meddai wrtho'i hun. Ond natur oedd natur. Gwrandawodd eto am ychydig, yn gwybod na ddeuai dim. Aeth i'r tŷ.

Roedd Lars y tad a Seppo ac Angard mewn sgwrs ddwys yn y gornel. Amneidiodd Seppo arno i ddod atynt ac wrth iddo gyrraedd daeth y Weddw o'r cefn a gafael yn ddi-lol ym mraich Angard a'i dynnu oddi wrth y lleill. Dilynodd Angard hi, er braidd yn gyndyn. Roedd o wedi derbyn ei bod wedi newid yn llwyr ers i Gaut gael ei gipio ac i Obri gael ei ladd, ond doedd o ddim wedi siarad yr un gair i bwrpas hefo hi ers blynyddoedd lawer.

'Dull go anarferol o ymbil?' awgrymodd hi.

'Dw i wedi trio'r arferol ganwaith, heb fod fymryn elwach,' atebodd o. 'Nid dyna dy gwestiwn di chwaith, naci?' meddai wedyn.

'Tasat ti wedi ymuno â'r ymchwilwyr y bora y gwelist ti Obri'n hongian fel ystlum oddi ar y fasarnan fawr fyddai dim gofyn i neb ymbil ar Norül dduw i ddatrys dim.'

'Braidd yn ddiweddar i'w ddeud o yn dy oed di ella, ond tasai 'na'r un faint o le yn dy ben di â sy 'na yn dy geg di mi wnaet rwbath ohoni.'

Gwenodd hi'n sur chwareus i ddeud wrtho fod dyddiau'r sarhau ar ben.

'Ella y medrwn i dy goelio di'n deud na wyddat ti ddim y bora hwnnw,' meddai, 'ond buan iawn y doist ti i wybod pwy ddaru adael costrelaid o fedd ar y slei i Obri y diwrnod cynt gydag addewid am well petha i ddod.'

Doedd yr olwg ddi-ddallt yn llygaid Angard yn mennu dim arni. Golwg wneud a welai hi a gwenodd eto wrth fynd ymlaen.

'Ond faint bynnag ydi maint 'y ngheg i, dw i'n 'i chau hi am 'y mod i wedi addo gwneud hynny i bobol sy'n haeddu'r addewid hwnnw, waeth gen i faint o fusnesa na bygwth ddaw o du'r ymchwilwyr. Mi gân nhw fynd ati i gorlannu'r sêr cyn cân nhw ddim o 'ngheg i.'

'Mae 'na obaith i'r tiroedd felly,' meddai Angard, a'r un olwg yn ei lygaid.

'Be?'

'Os ydi rwbath 'fath â chdi'n gallu deud peth fel'na mae'n rhaid bod 'na obaith iddyn nhw.'

'Ella bod. A ddoist titha ddim â dy orchwyl i ben pan orffennist ti dy bwt diffuant am Gaut druan chwaith, naddo?'

'I ble mae dy dafod di'n 'nelu rŵan?'

'Mi ddalist ati i ymbil ar Norül dduw. Mi ddaru ti ymbil arno fo i beidio â dod â'r dirgelwch i ben. Ond dim ond fo a chdi dy hun glywodd yr ymbil hwnnw. A minna, wrth gwrs,' ychwanegodd fymryn yn ffwrdd-â-hi. 'Ac roeddat ti wedi gadael i un arall wybod mewn da bryd.'

Gwenodd drachefn ar yr aeliau'n codi yn eu cynildeb mesuredig hwythau.

'Mae dy ffon tyrchu meddylia di'n dal i fod cyn sythed â'r enfys,' meddai o.

'Wnei di rannu cwpan y swpar hefo fi?'

'Gwnaf,' atebodd Angard heb betruso dim.

'Chei di ddim gwenwyn ohono i mwyach.'

'A thra byddwn ni'n rhannu'r cwpan, mi gei ditha rannu hefyd.' Roedd llais Angard yn dawelach, yn awgrymu cyfrinach. 'Mi fedra inna gau hefyd.'

'Rhannu be?' gofynnodd y Weddw, a'i llais hithau wedi'i ostwng i gydweddu.

'Os gwyddost ti pwy ddaru hongian Obri, mi wyddost fwy nag a wn i.'

Dim ond am eiliad y parodd yr wfft ar wyneb y Weddw cyn iddi sylweddoli ei fod yn deud y gwir.

'Ro'n i'n gwir gredu mai chdi oedd y cynta i ddod i wybod,' meddai. 'Ac roedd dy ymddygiad di gynna'n cadarnhau hynny.'

'Roedd dy gred di'n gam,' meddai yntau. 'Ac nid er mwyn dy gael di i agor dy geg wrtha i yr ydw i'n rhannu'r cwpan hefo chdi.'

'Paid â bod mor ddrwgdybus,' meddai'r Weddw, wedi dod ati'i hun, a'i cherydd yn gyfeillgar.

Roedd pawb yn bresennol ond nid pawb oedd yn cael gweld. Roedd ambell gic, ambell bwniad. Daeth llais goruwch y lleisiau.

'Norül dduw!'

Daeth gwaedd cannoedd.

'Norül dduw!'

Cafodd gic. Daeth llais i'w glust drwy'r sach.

'Cyfarch o, wnei di? Gwaedda ar Norül dduw.'

Ni wnaeth. Cafodd gic arall. Daeth llais arall.

'Gad iddo fo! Mae 'i angan o'n gyfa.'

'Mae o'n gwrthod cydnabod Norül dduw!'

'Yna mi fydd Norül dduw'n dial arno fo 'i hun.'

Daeth llais arall i'w glust drwy'r sach o ganol y gweiddi a'r ateb.

'Rydan ni am ddeisyf ar Norül dduw i ddod â Tarje Lwfr Lofrudd o fewn ein gafael.' Roedd rhywbeth yn garedig yn y llais, yn naturiol ddifygythiad. 'Rydan ni am ddeisyf ar Norül dduw i ddod ag Ahti Lofrudd Ffiaidd hefyd o fewn ein gafael. Wedyn mi fyddi di'n cael dy ddwyn ger bron yr Aruchben 'i hun ac yn cael dy ryddhau o'r sach. Mi fyddi'n gweld Tarje Lwfr Lofrudd ac Ahti Lofrudd Ffiaidd yn 'u cadwyna o dy flaen. Mi fyddi di'n plygu ger bron yr Aruchben ac yna'n cael dewis prun ohonyn nhw y byddi di'n 'i ladd gynta. Ac ar ôl lladd y ddau a diarddel pob un o deulu'r ddau yn ddiwahân mi fyddi di'n cael dy ryddhau i dreulio gweddill dy fywyd yn was i'r Aruchben. Dyna pam 'dan ni'n dy fwydo di mor dda, yli.'

Eir, Lais, Mam, Dad, Cari, Dag, Aud, Lars Daid, Angard.

Roedd o'n gwrthod digalonni.

Gwyddai Ahti fod rhywbeth wedi digwydd y noson cynt. Doedd beth bynnag oedd o'n ddim o bwys iddo fo, ond roedd yn dal i ffrwtian er ei waethaf.

Aeth i hela i'r goedlan y tu ôl i gartref Eir, ac i geisio rhoi ei feddwl ar rywbeth amgenach. Ar anogaeth Thora roedd o wedi cytuno i beidio â gadael i neb ar wahân iddyn nhw a theulu Eir ac Angard wybod pwy oedd o, a dadl Seppo oedd y byddai iddo gymryd arno enw arall yn ei gwneud yn ddigon diogel iddo godi cartref newydd yno ac y byddai pawb yn ei dderbyn i'w plith heb fusnesa dim yn ei gylch, ar wahân i'r dyrnaid arferol o amheuwyr yr oedd amau pob dieithryn yn ail natur ac yn un o amodau bywyd iddyn nhw.

Ar bethau felly yr oedd ei feddwl wrth iddo ddod ar eu gwarthaf.

Llygaid Eir yn dychryn o'i weld a wnaeth i'w chydymaith droi gan neidio a chodi ei arf. Gollyngodd Ahti ei arf o a dal ei ddwy law o'i flaen ar unwaith. Arhosodd y ddau felly am eiliad, yn llygadu ei gilydd.

'Tarje?'

Dynesodd Ahti. Rhyfeddodd braidd o weld yr un a safai o'i flaen, ei arf wedi gostwng rhywfaint. Roedd golwg gadarn arno, yn iach, yn lân. Roedd yr un diffuantrwydd cwestiynog yn ei lygaid ag oedd wedi bod ynddyn nhw gydol y dyddiau y bu'r ddau yn y gwersyll hwnnw gyda'i gilydd. Heb betruso, gosododd ddau ddwrn cadarn ar ei ysgwyddau.

'Mae Eir newydd ddeud dy hanas di.'

Dyna'r unig beth oedd gan Tarje i'w ddeud. Erbyn hyn roedd ei arf yntau ar y ddaear. Trodd Ahti at Eir.

'Do'n i ddim yn dy ddilyn di,' meddai. 'Ond dydw i ddim yn synnu.' Edrychodd eto ar Tarje. 'I glust sy'n gwrando, dwyt ti ddim mwy o lwynog nag wyt ti o gath.'

'Mae Eir wedi deud hanas Gaut hefyd,' meddai Tarje.

Ac wrth weld ei lygaid wrth iddo ddeud hynny y sylweddolodd Ahti nad oedd angen ystyried cyn penderfynu.

Dadl Ahti a drechodd. Tasat ti'n dod hefo ni fyddai gan Lars bach mo'r syniad lleiaf pwy fasat ti pan ddeuen ni'n ôl, meddai wrth Eir. Yn gyndyn, roedd hi wedi derbyn hynny a'r bore trannoeth roedd Ahti a Tarje'n cychwyn.

Roedd Tarje'n ddigon sgyrsiog er ei fod yn rhoi ei sylw bron i gyd i hynt Gaut a lleoliadau'r fyddin lwyd a'i bwriadau.

Ceisiai rannu argyhoeddiad Ahti fod Gaut yn fyw ac nad oedd gan y fyddin yr un bwriad o'i ladd, am y tro beth bynnag. Er i Ahti geisio gwthio'r cwch i'r dŵr heb gymryd arno megis, yr unig damaid o'i hanes ei hun yr oedd Tarje wedi'i gynnig oedd yr hyn a ddigwyddodd hefo Uchben Anund. Ni wyddai bryd hynny fod Anund yn fab i'r Aruchben, ond gwyddai am yr hyn a wnaeth yr Aruchben pan gafodd wybod fod ei fab wedi'i ladd.

'Nid galar oedd 'i ymatab o,' meddai Ahti.

'Rwyt ti'n nabod yr Aruchben?' gofynnodd Tarje, wedi dychryn braidd.

'Pob un o ddechreuad y blynyddoedd hyd 'u diwadd nhw.'

'Dyna'r union fath o beth y byddai Eyolf yn 'i ddeud,' meddai Tarje a'r cerydd yn llond ei lais. 'A Jalo a Linus yn 'i edmygu o am 'i glyfrwch. Ystyriad dim, llyncu'r cwbwl.'

'Dial am y meiddio ddaru'r Aruchben. Dangos ger bron pawb nad ydi peth felly i ddigwydd iddo fo na'r un Aruchben arall, pa liw bynnag oedd ne' sydd ne' fydd i wisgoedd 'u byddinoedd nhw.'

Roedd yn amlwg ar wyneb Tarje nad oedd am drin hynny fel rhywbeth i'w ystyried.

'Roeddan nhw i gyd yn 'y nghasáu i.'

'Paid â malu,' meddai Ahti. 'Doedd 'na neb yn dy gasáu di yn y gwersyll.'

'Roedd hi'n wahanol yn fan'no, 'toedd? Ond unwaith yr oeddan ni ar yr ymgyrch fi oedd testun y sylw, 'te? Fi oedd yn gyfrifol am 'u bod nhw wedi'u llusgo o'r gwersyll i hannar rhewi yn y pebyll a'r coed. A fi oedd y fenga yno. Roedd rhai ohonyn nhw'n ddigon hen i fod yn dad i mi. Iddyn nhw, dim ond llyfwr ne' berthynas fedrai fod yn Isben yn fy oed i. Weli di fai arnyn nhw? Ac nid ar y milwyr gafodd 'u dienyddio oedd y bai am be wnes i.'

'Nid chdi bennodd fod dial ar y diniwed yn chwyddo awdurdod yn fwy na chosbi'r euog.'

Doedd dim llawer o siâp derbyn hynny ar Tarje.

'Mi ddylwn fod wedi...' dechreuodd, a methu.

Am eiliad roedd Ahti fel tasai o rhwng dau feddwl.

'Rwyt ti'n cofio gweld Donar wedi'i glymu â'i ben i lawr wrth y polyn hwnnw pan ddoist ti i'r gwersyll,' meddai.

'Yr Isben?' gofynnodd Tarje. 'Ydw.'

'Mi welist ti'r golwg ar 'i gorff o. Dyna fyddai wedi digwydd i mi taswn i heb ladd dau Orisben wrth ddengid. Gwneud yn ôl y gorchymyn oeddan nhw, dim ond gwneud 'u gwaith. Ond mi'u lladdis i nhw. Wedyn y daru mi feddwl am Donar a'i dynged wrth gwrs, nid ar y twymiad. Dim ond achub 'y nghroen oedd ar 'y meddwl i bryd hynny. Fedar neb feddwl fel arall ar y twymiad, am na thegwch na dyletswydd nac uchelgais na dim.'

Un yn amau a'r llall yn cadarnhau. Felly y treulient eu taith. Ganol dydd y trydydd diwrnod roedd y ddau'n bwyta mymryn o ginio yng nghysgod craig.

'Waeth i ti ddeud ar dy ben ddim,' meddai Ahti, a Tarje'n sôn am ei blentyndod ac yn manylu ar y ddwy fasarnen hoff. 'Chdi ddaru ladd yr Obri 'na?'

'Na.'

Derbyniodd Ahti'r atebiad bychan fel un hen ddigon. Cyn iddo ddeud dim arall daeth symudiad heibio i'r graig.

'Oliph Fawr!'

Doedd hi ddim yn gwybod eu bod wedi aros yno. Roedd ganddi bwn a phabell ar ei chefn a babi mewn harnais wrth ei bron, wedi'i lapio mor glyd â'r babanod yn y chwedlau am bobl y Gogledd Pell.

'Mi fydd o'n gwybod pwy ydw i. Ac mae'r eryr hefo ni.'

16

'Os treulio oes yn curo dwyfron ydi unig nod bywyd, mae'n well gen i hebddo fo,' meddai Bo.

'Dydw i ddim yn sôn am betha felly,' atebodd Svend, ei sylw ar y lastorch yr oedd ar ganol ei blingo. 'Sôn am aeddfedu ydw i, rhoi'r gora i feddwl ac ystyried fel plentyn. A rhoi dy gred lle mae hi i fod.'

'Dechra credu mewn petha yn yr oed y basa pawb call yn rhoi'r gora i gredu ynddyn nhw.'

'Rwyt ti'n deud rŵan mai dim ond chdi sy'n gall drwy'r holl diroedd.'

'Nac'dw. Mae casgan gig Tona bron yn wag, medda Edda. Dw i am fynd â thoriad ne' ddau o'r elc 'ma iddi.' Plannodd Bo y fwyell gig yn daclus i ganol tenewyn a'i hollti. 'Mae Tona'n werth mil o dduwia.'

'Does 'na ddim gobaith i ti, nac oes? Dos â'r lastorch 'ma iddi hefyd.'

'Nid am dy fod di'n credu mewn rhyw betha hyd y topia 'cw y mae 'na obaith i ti,' meddai Bo gan godi'r fwyell a'i hanelu'n ddibris i gyfeiriad copa Mynydd Aino, 'ond am dy fod yn gwybod mai Tona sy'n gyfrifol mai yma'r wyt ti ac nid yn y fyddin. Ac rwyt ti'n dal i fod yn gyndyn o gydnabod wrthat ti dy hun mor ddiolchgar wyt ti.' Torrodd ddarn o ysgwydd yr elc. 'Oedd dy fam yn credu yn y duwia?' gofynnodd yn sydyn.

'Oedd, debyg. Pam?'

'Dim ond meddwl. Mi ddudodd Louhi lawar o betha gwych amdani hi wrtha i. A dy dad?'

'Dim ond chdi sy'n gwrthod credu ynddyn nhw.' Arhosodd Svend ennyd. 'Ddudodd Dad rioed chwaith. Doedd dim angan iddo fo, nac oedd?' Arhosodd eto. Cododd, a nesáu at Bo a sefyll uwch ei ben. Arhosodd felly yn dawel, fel tasai arno ofn mentro. 'Pam nad wyt ti wedi deud wrtha i sut lladdwyd o?' gofynnodd, ei gwestiwn yn frysiog. 'Rwyt ti wedi deud yn union be ddigwyddodd i Mam,' meddai wedyn, am na thybiai ei fod am gael ateb.

Bu'n rhaid iddo aros fymryn eto hefyd.

'Welis i mono fo'n cael 'i ladd.'

Canolbwyntiai Bo ei sylw ar yr elc.

'Deud.'

'Bwyall yn 'i ben.' Ni chododd Bo ei lygaid. 'Cwta eiliad gafodd o i ddychryn. Ond welis i mo hynny. Dim ond gweld y corff wnes i.'

'Diolch.' Pwysodd Svend ei ddwrn yn ysgafn ar ysgwydd Bo. 'Mae'n ddrwg gen i os ydw i'n gwneud i ti ail-fyw.'

'Mi fyddai'n dda gen i taswn i wedi cael nabod dy fam.' Cododd Bo. Roedd o fel tasai o'n chwilio am rywbeth arall i'w ddeud. Ond ar y funud ni ddeuai dim. 'Wyt ti am ddŵad i dŷ Tona?' gofynnodd.

'O'r gora.'

Aethant, yn cario digon o gig i Tona i'w chadw am leuad taclus. Roedd Svend wedi derbyn y gwahoddiad i aros tan y gwanwyn, gan nad oedd ganddo ddim ond tŷ gwag yn gartref, ac i benderfynu bryd hynny os mynnai be oedd o am ei wneud hefo fo'i hun ac ymhle. Roedd o wedi cael trafferth braidd i dderbyn nad oedd neb yn y gymdogaeth am edliw dim iddo, a bod pawb i'w weld wedi cymryd mai wedi ffieiddio oherwydd yr ysbeilio tai oedd o ac wedi dengid o'r fyddin.

Agorodd Bo y drws a galw.

'Y Pellgerddwr a Hogyn Trist yr Arfa,' meddai Tona, yn mwytho'r cigoedd yn araf wrth iddyn nhw gael eu dadlwytho ar y bwrdd a'i diolchgarwch yn llond y diniweidrwydd. 'Y Pellgerddwr a Hogyn Trist yr Arfa'n garedig.'

'Mae gen i enw,' meddai Svend.

'Wel taw â deud,' meddai Bo.

Roedd medd Tona'n flasus ac yn gallu bod yn llethol. Roedd ganddi ei dull ei hun o'i lefeinio a'i unig ddrwg oedd ei fod yn cael ei dywallt fel tasai'n ddŵr ganddi. Ond bu'n rhaid i'r ddau gymryd cwpanaid helaeth bob un. Roedd hithau yn ôl ei harfer yn llithro'n ddidrafferth o'r byd hwn i'w byd ei hun ac yn ôl, gan ymuno yn y sgwrs bwl ac anwybyddu pob sylw neu gwestiwn bwl arall.

'Y Pellgerddwr yn garedig,' meddai drachefn toc. 'Hogyn Trist yr Arfa'n garedig,' meddai wedyn.

Gwelai Bo'r hiraeth yn ei meddiannu. Daeth ati, a gafael yn ei llaw. Roedd wedi sylwi ei bod hi'n hoff o gael rhywun i fwytho ei llaw, a byddai Amora ac Edda'n gwneud hynny yn gyson iddi. Derbyniodd hi ei law o yr un mor fodlon. Dechreuodd hymian alaw fechan drist, yn ddistaw, bron wrthi'i hun.

'Pa bryd rhoist ti'r un bach i'r dŵr, Tona?' gofynnodd Bo mor dyner ag y gallai.

Rhoes Tona'r gorau i'w hymian, ond ni chafodd Bo ateb. Roedd ei phen yn siglo'n araf a'r llygaid mawr yn edrych yn syth ymlaen gan ganolbwyntio ar rywle na wyddai neb mo'i fod. Bodlonodd Bo ar dderbyn nad oedd ateb am ddod. Cymerodd lymaid arall o'r medd. Gyferbyn ag o, roedd Svend yn eu gwylio, yn amlwg yn ansicr o'r ddiod. Heb gael diferyn yn ei chwe blynedd yn y fyddin, a dim llawer cyn hynny chwaith, doedd o na'i gorff ddim wedi dod i lwyr arfer â medd, yn enwedig un fel hwn. Edrychodd ar Bo'n mwytho cefn llaw Tona. Ni fedrai o weld dim yn Bo a wnâi synnwyr. Dim ond rhywun dibris o'i hoedl a fedrai herio'r holl dduwiau a'r holl gewri drwy eu gwadu, a gwneud hynny dros y lle yn hytrach nag yng nghuddfan y meddwl. Yn ôl pob synnwyr, byddai unrhyw un felly yn ddibris o bawb a phopeth arall hefyd. Ond roedd ymwneud Bo â phobl, a'r holl hanesion oedd ganddo ac oedd amdano, mor groes i hynny ag y medrai dim fod. Pan oedd y tri wedi mynd at y Llyn Cysegredig er mwyn iddo fo gael offrymu coffadwriaeth ei fam a'i dad roedd diffuantrwydd syml Bo ar un ochr iddo ac Edda ar yr ochr arall wedi bod mor gyfrannog i'r goffadwriaeth â dim yr oedd o'i hun wedi gallu ei gynnig. Ben bore trannoeth roedd Bo'n rhoi tywalltiad arall diarbed o hanes pob nain ocdd ganddyn nhw i bob duw a chawr yn ddiwahân. Fedrai Svend wneud dim ond anobeithio amdano.

Ond rŵan roedd Bo yn rhy brysur yn ceisio treiddio i fyd Tona i feddwl am na duw na chawr.

'Wyt ti am ddeud?' gofynnodd iddi eto, yr un mor dyner.

Ailddechrau hymian a dal i fwytho ddaru Tona. Yna, ymhen tipyn, cododd y bys i fwytho boch a gên Bo, yn araf, araf.

'Pan oedd pig y fwyalchen yn llawn.'

Dim ond hiraeth a glywai Bo yn y llais.

'Am be dach chi'n sôn?' gofynnodd Svend.

'Hapusrwydd a ddylai fod wedi bod yma,' meddai Bo.

'Hapusrwydd,' meddai Svend.

Ni wyddai Bo ai gosodiad ai cwestiwn oedd o.

'Ia,' ategodd. 'Syniad diarth, 'tydi? Pryd clywist ti am un o'r duwia'n dymuno hynny i neb rioed? Ne' fyddin?'

'Rwyt ti'n mynnu gorddio dy gredoa cam i bob pen weli di 'twyt?'

'Os wyt ti'n deud. Pryd buost ti'n hapus ddwytha?'

Cymerodd Svend ychydig o amser i ateb.

'Unigolyn dw i. Dw i rioed wedi cymryd mai 'nheimlada i ydi teimlada pawb.'

'Unigolyn ydi Tona hefyd. 'Te Tona?'

Roedd Tona wedi ailddechrau ei halaw.

'Roedd Mam yn canu,' meddai Svend yn y man, bron fel tasai o'n siarad hefo fo 'i hun. ''I chaneuon 'i hun. Byth ganeuon y tiroedd.'

'Oeddat ti'n canu yn y fyddin?' gofynnodd Bo.

'Oeddwn, debyg. Dim dewis, mwy nag oedd gen titha.'

'Chlywson nhw rioed nodyn o 'ngheg i.'

'Dyma ni eto.'

'Clwydda'r dewrder. Clwydda'r buddugoliaetha. Clwydda'r fuddugoliaeth. Am be fyddai dy fam yn canu?'

''I phetha 'i hun. Yr awyr. Y Lleuad. Y Sêr Crwydrol. Y gwynt.'

'Rhyddid.'

'Dyna fasat ti'n dymuno 'i gredu, waeth be faswn i wedi'i ddeud.'

Arafodd nodau alaw Tona wrth i Bo ddal i fwytho ei llaw. Daeth gair neu ddau i mewn rhwng yr hymian, ac yna ymhen ychydig peidiodd yn llwyr.

'Hogyn Trist yr Arfa'n hiraethu,' meddai, gan ddal i edrych i'r un lle cyfrin. 'Hogyn Trist yr Arfa isio gweld 'i gartra.'

Cododd Bo ei lygaid.

'Wyt ti?' gofynnodd.

'Lle ce'st ti'r syniad yna, Tona?' gofynnodd Svend, wedi gwrido.

Ond roedd Tona wedi dychwelyd at ei halaw.

'Wyddost ti'r ffor i fynd adra?' gofynnodd Bo.

'Pam wyt ti'n cymryd yn ganiataol?'

Ni orffennodd Svend ei gwestiwn. Buont yn dawel am ennyd, yn gwrando ar alaw leddf Tona, bellach yn bytiog, fel tasai hi'n aros i synfyfyrio bob yn ail nodyn.

'Dw i wedi deud adra 'mod i'n mynd yn ôl i'r Tri Llamwr i sefyll ar y llain o flaen dy dŷ di, yn yr union le y ce's i fy nghlymu yn y sach, a chyhoeddi buddugoliaeth derfynol Edda a minna a phawb sy'n golygu rwbath inni dros y byddinoedd.' Roedd llais Bo mor dawel â nodau Tona. 'Mae Edda am ddod yno hefo fi. Dydi Helge ddim yn fodlon iawn ond mae o wedi cytuno, am 'i fod o'n dallt.' Mwythodd ragor ar law Tona. 'Mi fydd 'na dri'n mynd felly, 'n bydd?'

Cymerodd Bo dawelwch Svend fel cadarnhad. Roedd wedi gwyntyllu'r bwriad i gyrchu cymdogaeth y Tri Llamwr wrth i'r gwanwyn gynnig ei arwyddion. Doedd o ddim wedi awgrymu ei awydd i gael cyd-deithiwr ond roedd Edda wedi deud ar ei hunion ei bod am ddod, a hynny heb adael i frwdfrydedd difeddwl antur benderfynu drosti. Roedd o wedi rhestru'r peryglon fesul un a thybiai mai oherwydd hynny yn fwy na dim yr oedd Helge wedi cydsynio yn y diwedd.

'Mi fydd yn rhaid i titha bellach osgoi byddinoedd,' meddai wrth Svend.

Cadw'n dawel ddaru Svend. Deuai ambell air yn gymysg â'r nodau gan Tona o hyd, ond ni fedrai Bo gael trefn ynddyn nhw. Doedd Svend ddim i'w weld fel tasai o'n ei chlywed o gwbl.

'Wnei di fod wrth fy ochr i pan fydda i'n offrymu coffadwriaeth Mam a Dad uwchben y bedd?' gofynnodd.

'Gwnaf.'

Gair rheidrwydd oedd o. Doedd Bo ddim wedi deud wrth Edda na neb, ond pan oedd Svend yn offrymu ei goffadwriaeth ar lan y llyn ac yntau'n sefyll wrth ei ochr roedd yr ail-fyw bron wedi'i orchfygu. Byddai'n waeth uwchben y bedd, ond nid oedd dewis. Gwasgodd law Tona fymryn yn gadarnach.

'Dagra'r tiroedd ar wynab Hogyn Trist yr Arfa,' meddai Tona.

Roedd Svend wedi plygu ei ben, ond roedd y cryndod yn dechrau meddiannu ei gorff. Gwyddai Bo ei fod yn cael y pyliau hyn o bryd i'w gilydd, fel arfer yn y tywyllwch pan nad oedd ond y synau bychain i'w datgelu. Dim ond gadael iddo oedd yn bosib.

'Mae 'nagra i wedi bod,' meddai toc.

Roedd llaw Tona dros ei dalcen ac yn mwytho dros ei lygad i lawr at ei foch.

'Dagra tu allan y Pellgerddwr wedi bod.'

Daeth Edda i mewn. Cododd Svend ei ben cyn ei blygu drachefn. Ceisiodd sychu ei ddagrau ond wrth weld Edda doedd ganddo ddim gobaith. Daeth hi ato ar unwaith a'i godi ar ei draed. Gafaelodd amdano, cofleidiodd o, cusanodd o. Arhosodd felly, a gadael iddo ymollwng.

'Yr Hirwallt Euraid yn byw y tu hwnt i'w chof,' meddai Tona.

'Be wyt ti'n 'i feddwl?' sibrydodd Bo.

Dim ond gwasgu ei law fymryn ddaru Tona.

'Dw i'n crio am mai un fel chdi oedd Mam,' meddai Svend wrth Edda pan lwyddodd i allu deud rhywbeth. 'Dyna pam mae Bo'n dallt.'

Gwasgodd Edda ato cyn ei gollwng.

'Mi ddylwn allu dechra dygymod bellach,' meddai wedyn. Trodd at Bo. 'Pam nad wyt ti'n colli arni wrth 'y ngweld i'n cusanu dy gariad?' gofynnodd, yn gobeithio nad oedd ei ymdrech at ysgafnder yn swnio cyn waethed iddyn nhw ag yr oedd hi iddo fo.

'Ella am 'y mod i wedi tyfu cyn pryd.'

Doedd dim ysgafnder yn llais Bo.

Edrychai Bo ar y rhimyn lleuad dal eira uwchben y mynydd wrth gerdded hefo Amora a Helge tua thŷ Amora. Bellach roedd Svend ac Edda ac yntau'n barod i gychwyn.

'Mae'n beryg y byddwch chi'n mynd i gaethgyfle ymhell cyn cyrraedd y Tri Llamwr,' meddai Helge.

'Dw i'n cymryd hynny'n ganiataol,' meddai Bo. 'Gwneud i rywun feddwl yn well.'

'Fel deud o ble doist ti wrth Norta?'

'Wel ia,' ildiodd Bo.

'Mi ddudodd Svend bora 'ma nad ydi o rioed wedi gweld y Mynydd Pigfain am fod Güdda dduw'n atal pobol rhag dringo rhaeadr y Tri Llamwr,' meddai Amora.

'Ond mi fyddwn ni'n gwybod ble byddan ni pan welwn ni o,' meddai Bo.

'Ffor ydach chi am fynd?' gofynnodd Helge.

'Pa ddewis sy 'na?'

'Y dewis gora fel rheol ydi bod yn gyfarwydd â'r tiroedd,' meddai Amora.

'Hynny'n iawn yn 'i le, debyg.'

Roedd ganddi hi hawl i'w phryder, meddyliodd Bo. Pan glywodd hi am ei fwriad roedd wedi'i dynnu o'r neilltu ac wedi sôn wrtho am Jalo. Meddyliau fel hyn oedd yn mynd â bryd dy fam pan nad oeddat ti ar gael, meddai yng nghwrs ei straeon. Mi ddaru'r newydd am Jalo eich rhyddhau chi, oedd Bo wedi'i ddeud.

Rŵan, a hithau hefyd yn edrych ar y lleuad, roedd y pryder yn llond ei llygaid eto.

'Mae gynnoch chi ddau ddewis bras,' meddai. 'Y ffor ferra a'r hwylusa ydi tua'r de am leuad ac wedyn tua'r gorllewin, drwy diroedd sy'n berwi gan fyddinoedd. Y dewis arall ydi dychwelyd yr un ffor ag y doist ti yma y tro blaen.'

'Dychwelyd i'r lle y cychwynson ni ohono fo. Dychwelyd i'r lle mae'r Aruchben wedi gorchymyn codi storfa i eiddo lladrad i goffáu hwnnw y daru Tarje 'i ladd, os daru o.'

'O leia rwyt ti'n effro,' meddai Helge. 'Ond dydi hynny ddim yn mynd i sicrhau llwyddiant na diogelwch.'

Roedd o'n cael pyliau o geisio ei ddarbwyllo ei hun ei fod wedi ymbaratoi i ddygymod â hyn o'r dechrau, pan oedd Edda wedi dod â'i darn derw iddo gerfio'r hebog ohono. Ac roedd Bo a hithau wedi pwysleisio wrtho na fydden nhw fyth ymhell am hir iawn. A tawn i'n fab i ti yn hytrach na merch mi fyddai'r fyddin yn mynd â fi prun bynnag, oedd hi wedi'i ddeud.

'Dydi aros yn ein cragan yn dda i ddim,' meddai Bo. 'Ildio'r tiroedd i'r byddinoedd ydi hynny. Yr anifeiliaid a'r adar yn colli'r cysylltiad â ni, a ni â nhw. Troi'r holl diroedd yn anwar.'

'Beidio dy fod yn cymryd llawar arnat ti dy hun?' gofynnodd Amora.

'Dydw i ddim yn sôn amdana i. Mae isio i'r tiroedd wybod nad ydan ni'n ildio i'r byddinoedd. Dyna pam rydan ni am fynd ymlaen o'r Tri Llamwr i Fynydd Trobi i wysio Aarne a Louhi a Leif a Mikki i briodas Idunn ac Eyolf. Roedd Aino'n gwaredu rhag y syniad. Mi fydd dangos iddi 'i bod hi'n anghywir yn deyrnged iddi hi am mai hi ddangosodd i mi be ydi argyhoeddiad.'

'Ffor ei di, felly?' gofynnodd Helge wedi distawrwydd bychan.

'Mi ddudodd Linus fod y ffor y daethon ni yma'r tro blaen wedi golygu dyddia lawar o gerddad wast prun bynnag,' meddai Bo. 'Osgoi byddinoedd oedd y bwriad, ond ddaru ni ddim. Ac mae 'na gymdogaetha yn nhiroedd y De i ni holi.'

'A'r rheini'n cynnwys pob math o bobol,' meddai Amora, 'amball un yn hen ddigon parod i ruthro at y fyddin 'gosa at law hefo pob stori sy'n dod i'w glustia.' Tynnodd Bo ati, a derbyniodd yntau hynny, fel plentyn. 'Dw i ddim wedi deud wrthat ti rhag dy boeni di.'

'Deud be?'

'Y milwr ddaru dy alw di'n Bo.'

'Be amdano fo?'

'Pan ddaeth o yma hefo'r Hynafgwr mi ddudodd wrtha i yn ddistaw bach dy fod yr un ffunud â dy dad. Yr unig ffor y gelli di dwyllo neb medda fo ydi drwy droi dy wynab y tu chwithig allan.'

'Mae hynna'n beth i'w ystyriad yn ddifrifol iawn,' meddai Helge.

'Mi fydd yn rhaid i ti gyflawni'r un gwyrthia ar dy lais hefyd,' meddai Amora, gan nad oedd yn ymddangos fod Bo am gynnig dim. 'Mi fyddai'r milwr wedi dy nabod di tasa fo'n ddall medda fo.'

''Dan ni'n mynd.'

'Ond mi weli di pam 'dan ni'n poeni.'

'Mae pawb call yn poeni, yn poeni am betha llawar amgenach na rhyw betha 'fath â fi. Ond mae pawb call yn gwrthod gadael i'r poeni deyrnasu a'u rheoli nhw.' Petrusodd Bo, dim ond am eiliad. 'Be fasai Jalo wedi'i wneud?'

'Mynd, debyg,' atebodd Amora ar ei phen.

Doedd Bo ddim wedi disgwyl yr ateb hwnnw.

'Dydi honna ddim llawn cymaint o fuddugoliaeth ag yr wyt ti'n credu 'i bod hi,' meddai Helge.

'Do'n i ddim yn chwilio am fuddugoliaeth. Dim ond gofyn.'

'Iawn felly.'

'Doedd Jalo ddim yn rhy hoff o'i dad, nac o'i nain,' meddai Amora. 'Ac mi wn i bod y pwy wêl fai arno fo yn dy lygaid di.'

'Dyna un ffor o ddeud eich bod chi wedi'ch llusgo i Briodas Deilwng,' meddai Bo.

'Mi wnaeth cael Jalo iawn am hynny,' atebodd hi'n dawel.

17

Aeth pedwar yn saith. Bron nad oedd Eyolf wedi neidio ar Tarje pan welodd o'n hanner ymguddio y tu ôl i Ahti ac Eir pan ddaethant at y tŷ. Aeth y diwrnod i gyfnewid hanesion a bwriadau, gydag Eyolf ac Idunn yn gofalu bod Aino'n cael pob manylyn wrth iddyn nhw gyfieithu iddi.

'Chdi 'ta dy frawd sy'n mentro fwyaf?' gofynnodd Aino i Eir.

Ysgwyd mymryn ar ei phen ddaru Eir. Ond gwelodd Eyolf ei llygaid.

'Dw i'n dod hefo chi,' meddai.

'Mi gymrist yn hir iawn i ddeud hynna,' meddai Idunn wrth ei ochr. Trodd at Aino a'i phryder. 'Mi fydd o'n iawn, Aino.'

'Rwyt titha'n mynd hefyd?' gofynnodd hi.

'Pan o'n i'n picio yma i weld bod y tŷ'n iawn pan oeddach chi i ffwr ro'n i'n dychmygu'ch taith chi, yn dychmygu tiroedd a thirwedd. Dyna dw i wedi'i wneud wrth gael yr holl straeon gynnoch chi'ch dau a Linus a Bo. Dw i wedi laru dychmygu. Mae'n debyg dy fod yn mynd i gyrchu Linus hefyd,' meddai wrth Eyolf.

Bedwar diwrnod yn ddiweddarach ddaru Linus ddim arfer unrhyw fath o led-barchusrwydd pan welodd o Tarje, dim ond neidio arno fel plentyn a Tarje'n ffrwcslyd i gyd.

A deuddydd wedyn daethant at y tŷ a'r bedd cerrig yn ei gefn, a phenderfynwyd ei setlo hi yno am y nos. Wedi sbaena mymryn o amgylch aeth Ahti a Tarje at yr afon i chwilio am bysgod ac aeth Eyolf ati i wneud tân. Pan aeth Idunn allan gwelodd fod Linus yn dal i sefyll wrth y bedd.

'Mae gen i hiraeth amdano fo rŵan,' meddai o.

'Wyt ti am offrymu 'i goffadwriaeth o?' gofynnodd hi.

'Offrymu i bwy?' Doedd na barn na dirmyg yn ei gwestiwn. 'Tasai Bo heb ddod acw i ddeud am y ceinder oedd yn y tŷ 'ma go brin y byddai gen i hiraeth, dim ond mymryn o dristwch oherwydd diwadd hen ŵr styfnig.' Edrychodd eto ar y bedd, yn gwerthfawrogi'r gwaith dadlennol daclus roedd Bo wedi'i wneud arno. 'Rŵan mae gen i hiraeth am 'i fod o'n ormod o benci i gymryd 'i nabod.' Trodd oddi wrth y bedd. 'O hyn ymlaen mi fydda i'n edmygu pencwn.'

'Wyt ti'n teimlo'n rhyfadd?' gofynnodd hi wrth iddyn nhw gychwyn tuag at y tŷ.

'Rhyfadd be?'

'Mynd ar leuada o daith i chwilio am rywun na welist ti rioed mono fo.'

Ystyriodd Linus ei geiriau am gam neu ddau.

'Mae hynna wedi bod ar dy feddwl di ers i ti gychwyn,' dyfarnodd.

'Nid drwy'r adag.'

'Ond mi ddoist hefo nhw.'

'Yn wahanol i chdi, dw i rioed wedi teithio ymhellach nag ochor bella'r llyn tan rŵan.'

'Mi fu 'na ddigonadd o adega yr o'n inna'n dyheu am gael deud hynna,' meddai Linus. 'Ond mi wyddost fod crwydro'r tiroedd yn beryg.'

'Oedd dy daid yn crwydro'r tiroedd pan gafodd o 'i ladd? Ne'r bobol yn y Tri Llamwr yr ydach chi wedi bod yn sôn amdanyn nhw?'

'Dyna chdi 'ta,' ildiodd Linus. 'Ond dw i ddim yn difaru.'

'Mae Baldur yn bur hoff o ddeud hynna.'

Arhosodd Linus.

'Baldur?'

'Eyolf 'ta.'

'Baldur. Ddo i fyth i arfar. Fuo fo rioed yn Baldur i ni, naddo? Eyolf oedd o pan oedd o'n ein cadw ni'n gall. Eyolf fydd o hefyd.'

'Di o'm ots. Os cawn ni hogyn bach mae'r enw gynnon ni.'

Aethant i'r tŷ. Eisteddai Eir a Lars ar un o'r ddwy gadair oedd ynddo a phan oedd y bwyd yn barod sodrodd Linus Ahti yn y llall gan ddyfarnu mai fo oedd yr henwr. Roedd Tarje eisoes yn eistedd ar y llawr o dan y silffoedd oedd wedi cynnal ceinder ac aeth Idunn a Linus i eistedd wrth ei ochr. Eisteddodd Eyolf ar y llawr wrth ochr cadair Ahti. Bwytasant, i gyfeiliant mân sgwrsio a sŵn bychan Lars yn ymgyfathrebu yn ei iaith ei hun. Roedd sylw Linus wedi'i hoelio ar y staen tywyll ar ganol y llawr.

'Mae 'na rai'n rhoi arwyddocâd i waed fel tasa fo'n rwbath amgenach na stwff sy'n llifo drwy dy gorff di a sy'n gwneud i chdi beidio â bod os wyt ti'n colli gormod ohono fo,' meddai.

'At be wyt ti'n 'nelu?' gofynnodd Idunn.

'Ydw i i fod i weld rwbath gwahanol i chdi yn y staen 'ma?'

'Nid yn y staen 'i hun ella,' atebodd hi wedi ennyd o bendroni. 'Dibynnu be wyt ti'n 'i gysylltu hefo fo.'

'Tasai 'na dri wedi'u lladd yma yr un pryd, a'r tri wedi colli 'u gwaed fel hyn i roi gwedd newydd ar y llawr, sut faswn i'n gallu deud pa un o'r tri staen oedd wedi dod o gorff dyn oedd yn daid i mi? Pa staen fyddai'n deud wrtha i fod 'i dywalltwr o'n rhegi a bytheirio mwy mewn hannar munud nag oedd y ddau arall mewn hannar oes?'

'Wnei di ddim prydyddyn,' meddai Eir.

Doedd hi ddim wedi deud wrth yr un ohonyn nhw mor dda oedd ganddi'r cwmni newydd. Doedd hynny nid yn gymaint am eu parodrwydd nac am eu hymddiriedaeth ddi-lol yn Tarje a'u cyfeillgarwch byrlymog, yn sôn am bopeth ond ei drafferthion, er mor ansicr oedd o wrth eu clywed. Ond roeddan nhw'n dod â rhyw fywyd naturiol i'r daith, yn siarad am bethau heblaw nod ac ofn, ac yn cael hwyl wrth gydfagu Lars. Rŵan syllai ar Linus, fo'n amlwg yn ystyried ei sylw.

'Ella bod gen i betha amgenach i'w gwerthfawrogi na gwaed,' meddai o. Cododd ei lygaid. 'Tyd â Lars i mi i ti gael dy freichia'n rhydd am eiliad.'

Cododd a chymryd Lars oddi arni a'i gusanu ar ei ben cyn ei setlo yn ei freichiau.

'Un da 'di hwn.'

Dechreuodd siglo mymryn ar Lars wrth edrych eto ar y staen ar ganol llawr y tŷ.

'Mae 'na hen ŵr yn byw yr ochor arall i'r llyn 'cw,' meddai, 'ac maen nhw'n deud 'i fod o wedi'i genhedlu pan oedd 'i fam o'n gorwadd dan rywun oedd wedi dod o ryw bellteroedd yn rwla y tu hwnt i'r tiroedd i hwrgatha ym mhob cymdogaeth y deuai iddi. Lle bynnag mae 'u tu hwnt i'r tiroedd nhw. Ac am nad oedd y tad yn dod o diroedd yr oeddan nhw'n gallu 'u dirnad dydi gwaed yr hen ŵr ddim yn bur, a dyna pam mae 'i wedd o a siâp 'i wynab o'n wahanol fymryn i siâp pob wynab arall hyd y lle 'cw. Mae o'n bedwar ugian oed ac yn sboncian hyd y lle fel wiwar flwydd, ac eto dydi 'i waed o ddim yn bur medda'r bobol hannar 'i oed o sy'n llawn cricmala.' Rhwbiodd ei wefusau'n ysgafn ar ben Lars a chwythu mymryn. 'Petha difyr ydi pobol, Lars.'

'Wnei di ddim prydyddyn,' ategodd Ahti Eir.

'Mae Eyolf yn well am betha felly na mi,' atebodd Linus. 'Wyt ti am ganu?' gofynnodd iddo.

'Nac'dw.'

'Paid 'ta. Dwyt ti ddim yn 'i gofio fo yn y fyddin?' gofynnodd Linus i Ahti.

'Mae 'na rwbath tebyg i atgo'n bygwth dychwelyd o bryd i'w gilydd,' atebodd yntau. 'Un o blith y cannoedd oedd ynta fel pawb arall. Pawb ond Tarje ella, fel y gwelson ni,' meddai wedyn gan edrych ennyd ar Tarje, oedd yn cadw ei sylw'n gyfan gwbl ar y staen o'i flaen. 'Be wnest ti pan glywist ti 'i fod o wedi lladd Uchben?' gofynnodd i Eyolf.

Syllodd Eyolf yntau ar y staen gwaed ar y llawr cyn ateb.

'Dychryn,' meddai, gan godi ei lygaid i edrych ar Tarje ac ail-fyw profiadau dirifedi mewn eiliad. 'Poeni. Cydymdeimlo.'

'Hefo pwy?'

'Tarje, debyg.'

'Cydymdeimlo hefo teulu'r un gafodd 'i ladd ddylat ti 'te?' meddai Tarje.

'Wyt ti byth wedi dod drosto fo?' gofynnodd Idunn.

Cadwodd Tarje ei sylw ar batrwm y staen o'i flaen.

'Be wnest ti pan glywist ti?' gofynnodd Ahti i Linus.

'Chwerthin.'

'Oliph!'

Cododd Tarje yn ei hyll a mynd tua'r drws ac allan. Bu pawb yn dawel am eiliad.

'Braidd yn oer i ti fynd allan rŵan,' meddai Linus wrth Lars.

Trosglwyddodd y bychan i freichiau Idunn. Aeth allan.

Safai Tarje o dan y tŷ, ei wyneb tua'r afon. Safodd Linus wrth ei ochr, yr un o'r ddau'n deud dim. Doedd dim argoel o dyndra. Cyn hir pwysodd Linus ei law ar ysgwydd Tarje, a'i gadael yno.

'Ro'n i'n gwir gredu dy fod yn mynd i farw pan es i o'r lle hwnnw y tro cynta a chditha'n anymwybodol,' meddai Tarje toc. 'Does gen ti ddim syniad mor falch o'n i o dy weld di'n gwella pan ddaethon i'n ôl yno.'

'Mi ddylat fod wedi aros i ddod i nabod Aino.' Roedd llais Linus yr un mor ddwys. 'Un o eiliada hyfryta 'mywyd i oedd pan ddudodd hi 'i bod hi'n perthyn i mi.'

'Rwyt ti'n dal yr hogyn bach 'na yn dy freichia,' meddai Tarje cyn hir, a llaw Linus yn dal ar ei ysgwydd. 'Be fasat ti'n 'i deimlo tasat ti'n dad iddo fo?'

Gwrandawodd Linus ar sŵn yr afon am ychydig.

'Yr Aruchben yn siglo 'i hogyn bach yn 'i freichia ac yn gwirioni wrth 'i weld o'n tyfu ac yn pitïo yr un pryd am na neith o aros yn hogyn bach am byth i gael 'i fwytho. Yr eiliad nesa mae'r hogyn bach wedi tyfu ac wedi rhedag i lafn dy gyllall di.'

'Roedd o'n fab i'w dad,' meddai Tarje yn y man.

'Mae'r arth wrw'n cnychu ac i ffwr â fo. Tyd. Mae'n rhewi.'

'Goeli di rŵan?' meddai Tarje wrth Eyolf pan ddychwelodd i'r tŷ.

'Dw i wedi coelio llawar o bobol a phetha yn 'y nydd, wirionad ag o'n i,' atebodd yntau, yn teimlo'i hun yn cael ei adnewyddu am ei fod yn gweld ac yn ailbrofi'r hen olwg geryddgar gyfarwydd ar wyneb Tarje. 'Be sy gen ti rŵan?'

'Mi ddudis i ddigon wrthat ti mai'r unig uchelgais oedd gen ti oedd gwneud Jalo a Linus mor anghyfrifol ag y medrat ti. Wel dyma dy lwyddiant di.'

'Mae'r arth wrw'n cnychu ac i ffwr â fo,' meddai Linus.

'Am be mae hwn yn sôn?' gofynnodd Eir.

'Dy frawd sy'n credu fod pawb mor ddidwyll â fo,' meddai Linus.

'Roedd o'n fab i'w fam hefyd,' meddai Tarje.

'O, wela i rŵan,' meddai Idunn. 'Ddaeth hi hefo'i gŵr i'r gwersyll yr oeddat ti ynddo fo cynt ar ôl i ti ladd yr Uchben?' gofynnodd.

'Sut gwn i?'

'Do,' meddai Ahti.

'Oedd hi'n dyst i'r dienyddio bras?' gofynnodd Idunn.

'Oedd.'

'Roedd o'n fab iddyn nhw,' meddai Tarje drachefn.

'Wyt ti'n deud y gwir?' gofynnodd Eir drannoeth. 'Chwerthin wnest ti?'

'Ia, debyg,' atebodd Linus, gan drosglwyddo Lars iddi gan ei fod newydd ddeffro a'i freichiau a'i wefusau'n chwilio amdani. 'Rwyt ti'n nabod Tarje'n well na mi.'

'Sy'n rheswm dros beidio â chwerthin.'

'Ydi os na che'st ti flwyddyn ddi-dor o gael dy atgoffa bob hannar awr mor hanfodol ydi dangos y parch a'r ufudd-dod dyladwy at bawb o Uwchfilwr i fyny.' Arhosodd. 'Nid chwerthin am 'i ben o o'n i.'

'Chwerthin ddaru Jalo ac ynta drwy bob cerydd gan Tarje,' meddai Eyolf.

'Y ffordd galla o drio cadw'n gall,' meddai Linus. Edrychodd ar Tarje oedd wedi mynd dipyn ymlaen hefo Ahti i archwilio dyffryn yr oeddan nhw ar fin ei gyrraedd, y ddau yn amlwg mewn trafodaeth ddwys. 'Tarje'n dawal 'tydi?' meddai.

'Dydi o ddim yn dawal hefo fi,' anghytunodd Idunn.

'Nac'di, debyg.' Tynhaodd Linus fymryn ar y rhimyn lledr oedd yn dal ei bwn. 'Mi dynnat ti sgwrs hefo'r mud. Ac mi siaradith Tarje drwy'r dydd hefo pawb, ond ddudith o'r un gair o'i hanas. Mi gei ditha gadw pob cyfrinach,' meddai wrth Eir.

Roedd hi newydd roi Lars ar ei bron. Roedd wedi dysgu gwneud hynny heb aros, gan ei bod wedi tybio o'r dechrau mai dyna'r unig ddewis oedd ganddi pan gychwynnodd ar ei thaith os nad oedd am golli golwg ar Tarje ac Ahti. Roedd yn gwirioni braidd o weld mor hawdd oedd hynny unwaith y daeth hi i arfer. A chryfhau hyder oedd gallu mwytho a cherdded a theimlo'r sugno bychan yr un pryd.

'Does 'na ddim cyfrinach i'w chadw,' meddai. 'Nid rhagoch chi, beth bynnag. Mae Tarje wedi bod adra o'r dechra bron, am gyfnoda hir weithia.' Arhosodd ennyd, ond doedd neb i'w weld wedi cael ysgytwad o fath yn y byd gan ei dadleniad. 'Dydach chi ddim yn synnu, felly?' gofynnodd.

'Be 'di'r hanas 'ta?' gofynnodd Idunn.

'Roedd y milwyr wedi bod acw,' meddai Eir. Roedd sŵn ofer, trist, yn ei llais. 'Doedd Dad na finna ddim adra. Pan gyrhaeddon ni'n ôl roedd Angard yno, yn trio ymgeleddu Mam. Mi fasai hi wedi marw 'blaw amdano fo. Wn i ddim oedd o ym mwriad y milwyr i'w lladd hi, 'ta dim ond gwneud iddi gofio a diodda am weddill 'i hoes. Hi ddudodd wrthan ni be'r oedd y milwyr wedi'i ddeud wrthi am Tarje'n lladd yr Uchben 'nw. Ymhen rhyw dri lleuad mi gyrhaeddodd Tarje. Mi gawson ni'r hanas yn llawn gynno fo.'

'Ac mae o'n dal i weld bai arno fo'i hun,' meddai Eyolf.

'Tarje 'di o 'te?' meddai Linus. 'Mae 'i ddiffuantrwydd o'n fistar corn arno fo. A'r unig beth y mae hanas yr Uchben 'na'n 'i brofi ydi na laddodd Tarje neb rioed mewn brwydr, os na ddaru o drwy ffliwc ac yn ddiarwybod.

'Pam wyt ti'n deud hynny?' gofynnodd Eir.

'Mae'r styrbans o wybod 'i fod o wedi lladd rhywun wedi para dwy flynadd a rhagor. Tasa fo wedi lladd rhywun cynt fydda fo'n dal i ferwi am rieni'r Uchben 'na?' Edrychodd yntau ar Tarje, oedd yn dal yn frwd ei sgwrs ag Ahti. 'Hunan-dwyll mwya'r tiroedd ydi Tarje'n credu fod 'na ddeunydd milwr ynddo fo.'

'Ro'n i'n meddwl yr un peth neithiwr,' meddai Idunn. 'Pam rhieni'r Uchben hwnnw mwy na rhieni neb arall?'

Gwrando'n dawel oedd Eir. Roedd Tarje bron wyth mlynedd yn hŷn na hi a thrwy ei phlentyndod roedd o wedi bod yn llawn cymaint o warchodwr ag o frawd mawr. A dyma'r dieithriaid clên hyn yn deud rŵan nad oedd deunydd milwr ynddo. Am funud roedd y syniad hwnnw'n rhy ddiarth i'w amgyffred.

Gwrando oedd Eyolf hefyd, ac yn cofio'r diwrnod y gwelson nhw Tarje o bell wrth iddyn nhw ddod i ben bryncyn ar eu siwrnai faith tuag adref, ac yntau'n rhedeg yn gyflymach nag y rhedodd erioed ar ei ôl, gan weiddi ei enw yn ofer yn erbyn y gwynt. Hyd yn oed o bell a heb weld dim ond ei gefn gwelsai olwg unig ac ar goll ar Tarje, rhyw olwg athrist wrth iddo ddal i fynd ar ei lwybr unionsyth a diflannu i goedwig heb edrych o'i gwmpas nac yn ôl. A phan ddaeth yr helynt i glustiau'r gymdogaeth ar lan Llyn Sigur gwyddai fod hynny'n cadarnhau popeth a deimlodd yn y cyfarfyddiad hwnnw na fu.

'Oes 'na rywun 'blaw dy fam a dy dad a chditha'n gwybod mai acw y mae Tarje wedi bod?' gofynnodd i Eir.

'Angard,' atebodd hi. 'Roedd Tarje'n aros hefo fo ar stormydd a phan oedd y gaea ar 'i waetha.'

Ddaru hynny chwaith ddim synnu Eyolf. Cofiai am edrychiad Angard a Lars y tad ar ei gilydd pan aeth o i dŷ Angard. Canolbwyntiodd ar hynny am eiliad, gan geisio cofio'r sgwrs a'r cipdremion cynnil. Ni sylwodd ar Eir yn edrych arno.

'Nid Tarje ddaru ladd Obri,' meddai hi.

'Pwy ddaru?' gofynnodd Eyolf yn sydyn.

'Nid Gaut, naci?' atebodd hithau. Arhosodd. 'Mae Lars isio 'i newid.'

'Mi wna i,' meddai Linus, a chymryd Lars oddi arni. 'Un da 'di hwn.'

Gwnaeth alwad cyflym a byr ehedydd y coed i gyfeiriad Ahti a Tarje ac arhosodd y ddau. Ni roesant y gorau i siarad chwaith. Aeth Idunn atyn nhw i ymuno yn eu sgwrs a gobeithio y byddai'r ddau'n rhannu eu meddyliau a'r amheuon yr oedd y naill fel y llall mor hwyrfrydig o'u cydnabod, heb sôn am eu datgelu. Arhosodd Eyolf hefo Eir a Linus, ac wrth syllu ar Linus mor ddiwyd hefo Lars teimlai Eir ei hun yn cwmanu gan hiraeth. Ac eto roedd hi'n teimlo ar yr un pryd ei bod yn dymuno i'r olygfa fach syml o'i blaen mewn lle a chefndir mor ddiarth bara am byth.

'Dyna chdi,' meddai Linus wrth y bychan pan oedd yn lân a sych unwaith yn rhagor.

'Tyd ag o i mi,' meddai Eyolf. Cymerodd Lars i'w freichiau. Trodd at Eir. 'Ydi Tarje'n gwybod mai Obri ddaru arwain y milwyr i'ch tŷ chi i hannar lladd dy fam?' gofynnodd.

'Pwy fyddai'n gwybod i ddeud wrtho fo?' gofynnodd Eir, ei llais yn datgelu dim arall.

'Pawb, yn ôl be glywis i. Dim ond rhyw feddwl. 'Blaw am yr Obri 'na fyddai Gaut ddim yn y fyddin, fyddai Ahti ddim yn herwr, a fyddan ni ddim yn fa'ma rŵan. Nid 'mod i'n gweld bai ar bwy bynnag ddaru 'i ladd o.'

'Pa mor ffyddiog wyt ti y down ni o hyd i Gaut?' gofynnodd i Ahti yn ddiweddarach pan nad oedd neb arall o fewn clyw.

'Mi fuost titha'n filwr.'

'Wardiwch!'

Roedd Tarje yn annifyr ei fyd ers meitin, yn cadw ei olwg yn wastadol ar goedwig ar ochr dde y dyffryn o'u blaenau ac wedi deud wrth y lleill am symud mor ddisylw â phosib. Doedd dim rhaid iddo ddeud na dangos ei fod wedi magu greddf ochel ddihafal; roedd pob cam a roddai'n dangos hynny, ble bynnag yr oedd. Sleifiodd y lleill i lechu y tu ôl i fymryn o lwyni rhuddwernen oedd yn prysur ddeilio ychydig gamau i'r chwith.

'Be welist ti?' gofynnodd Linus, heb feiddio sbecian.

'Mae 'na symudiad yn y coed 'cw.'

Aeth Tarje ar ei hyd ar lawr a chropian yn araf i gwr y rhuddwernen fwyaf, oedd fymryn yn nes at ganol y dyffryn na'r lleill. Tynnodd ei gwfwl dros ei ben a'i dalcen cyn codi ei ben yn araf. Arhosodd felly, yn llonydd. Ni welai ddim anarferol, ond daliodd i aros ble'r oedd, profiad wedi'i wneud yn benfyddar i bob temtasiwn. Cadwai Ahti olwg ar y tir yr oeddan nhw newydd ei droedio. Roedd braich Idunn am Eir, a sylwai ei bod hi'n gafael yn dynnach nag arfer yn Lars. Roedd o'n effro, yn chwarae hefo'i fysedd ac yn cytuno'n ddedwydd hefo fo'i hun bob hyn a hyn.

'Dach chi wedi arfar hefo petha fel hyn,' meddai Idunn wrth y lleill.

'Do,' atebodd Linus. 'Nid hefo'r fyddin chwaith.' Roedd yn gwneud ati fymryn i siarad yn hamddenol. 'Dim ond rhuthro gwallgo oeddan ni hefo honno, chwilio am helynt er 'i fwyn 'i hun.' Chwiliodd yr awyr o'u blaenau rhag ofn fod yr adar am ddadlennu, ond ni welai unrhyw symudiad anarferol. 'Pan oeddan ni'n teithio hefo Aino ddaru ni ddysgu gwneud hyn,' aeth ymlaen. 'Doedd 'na ddim prindar cyfleoedd bryd hynny. Hi ddaru ein dysgu ni. Mae hi'n gystal wardiwr bob tamaid â Tarje.'

Doedd dim symudiad o du Tarje chwaith. Ymhen ychydig trechodd chwilfrydedd ac aeth Linus ar ei fol ac ymlusgo tuag ato. Ni chododd ei ben.

''Sgin ti rwbath?' gofynnodd.

'Mae 'na dri symudiad mewn tri lle gwahanol.'

Craffodd Linus, ond ni welai ddim.

'Byddin?'

'Ella.'

Trodd Linus ei ben o glywed sŵn bychan arall wrth i Eyolf ymlusgo tuag atyn nhw. Astudiai Tarje gwr y coed oedd bron gyferbyn lawn mor drylwyr â'r lleoedd y gwelsai'r symudiadau ynddyn nhw. Doedd yr afon a lifai i lawr y dyffryn yn ddim amgenach na nant, a llifai gyda chyrion y goedwig. Roedd y dyffryn ei hun yn droellog, a diflannai o'r golwg mewn tro hir i'r dde heb fod ymhell.

Arhosodd y tri ar eu boliau, a Linus ac Eyolf hefyd bellach wedi codi eu pennau yn eu cyfylau i astudio'r llonyddwch amheus o'u blaenau. Ac o dipyn i beth atgoffodd hynny Eyolf o wylio llonydd arall.

'Deud i mi,' meddai wrth Tarje, 'ddaru ni gwrdd ryw fora fymryn o leuada cyn i ti ddod acw hefo Ahti?'

'Am be wyt ti'n sôn?' gofynnodd Tarje, ac Eyolf yn tybio ar unwaith fod ei gwestiwn yn wyliadwrus.

'Chdi ddoth at 'y mhaball i ryw ben bora pan o'n i'n dychwelyd o Lyn Sorob a mynd yn ôl ar dy union i'r coed? Waeth i ti ddeud ddim,' meddai wedyn o gael dim ond tawelwch. 'Doedd pwy bynnag oedd o'n dymuno dim drwg i mi, a minna'n cysgu'n braf. Mi ddilynis i'r ôl traed i'r coed a galw d'enw di. Chdi oedd o?'

Bu raid iddo aros. Doedd Tarje ddim fel tasai o wedi'i glywed.

'Ia,' meddai pan feddyliodd Eyolf nad oedd am gael ateb o gwbl.

'Ac mi est o'no heb siarad hefo fo?' gofynnodd Linus. 'Pam?' mynnodd wedyn am fod Tarje'n dal i fod yn ddi-ddeud.

'Ofn,' meddai Tarje yn y diwedd. 'Wyddost ti ddim be 'di herwr, na wyddost?'

Roedd ei eiriau fel peltan annisgwyl. Edrychodd Linus ar Eyolf, ond roedd golwg ystyried pethau am y tro cyntaf ar ei wyneb o hefyd. Trodd ei ben yn ôl at Tarje.

'Mi wn i pwy wyt ti, dw i'n meddwl.'

''Sgin ti ddim syniad mor falch ydw i dy fod wedi gwella,' meddai Tarje wedi distawrwydd bychan arall.

'Wel ia,' atebodd Linus, ''sgin titha ddim syniad mor falch ydw inna dy fod di wedi dod o hyd i le mor gall i ddeud hynna.'

Troes Tarje ei sylw oddi ar y dyffryn am ennyd.

'Mewn lle fel'ma ar adag fel'ma mae hi'n dod mor amlwg faint wyt ti'n 'i fentro wrth chwilio am rywun na welist ti rioed mono fo. Mae Eir yn gwerthfawrogi hynna'n fwy na neb. A chdi 'di'r agosa ati hi a Gaut o ran oedran.'

'Fedrwn i ddim gadael i chi fynd, na fedrwn?'

Ni fedrai Linus feddwl am ateb arall.

Daeth symudiad sydyn islaw. Daethai iwrch o'r coed i bori ond doedd yr un o'r tri wedi sylwi llawer arno. Ond yna yn ddirybudd dechreuodd ruthro tuag atyn nhw. Parhaodd hynny am ychydig cyn iddo droi tuag at y goedwig a llamu dros y nant fel tasai hi'r lletaf o'r afonydd a'i phlannu hi i'r coed. Bron yn union wedyn ymddangosodd y rheswm dros ei ruthr ar y tro hir ar waelod y dyffryn wrth i'r fyddin lwyd ddod i'r golwg.

Amneidiodd Tarje ar Ahti a sleifiodd yntau yno ar ôl deud wrth Eir ac Idunn am gadw golwg ar y tir yr oeddan nhw newydd ei gerdded. Gwyliodd y pedwar wrth i ragor o filwyr ymddangos.

'Dydi'r rhein ddim yn flaenfilwyr,' meddai Ahti. 'Mae 'na ormod ohonyn nhw.'

'Lle mae'r rheini, felly?' gofynnodd Tarje.

'Yn y coed?' cynigiodd Linus. 'Does 'na ddim golwg gochal ar y rhein, nac oes?'

'Os ydyn nhw'n cerddad heb chwilio'r coed mi fedrwn ni guddiad yn fan'na,' meddai Eyolf gan amneidio at bwt o goedlan ar y chwith iddyn nhw.

'Mi fyddai gofyn i ni fynd yn ddigon pell rhag ofn i'r bychan ddechra crio,' meddai Ahti.

'Crio be?' gofynnodd Linus. 'Welis i ddim babi cyn ddistawad â hwn.'

'Paid â chymryd dim yn ganiataol,' torrodd Tarje ar ei draws.

''Drychwch welwch chi sach wrth bolyn rhwng dau filwr,' meddai Ahti.

'Gaut?' gofynnodd Linus.

'Na. Dim peryg mai yma mae o. Ond os oes 'na sach yn 'u canol nhw, ella y medrwn ni ymarfar.'

'Gefn dydd gola?'

'Ar y slei pan dwllith hi,' meddai Tarje. 'Callia.'

Cyn i Linus gael cyfle i chwilio am ateb i hwnnw, y cerydd cyfeillgar cyntaf iddo gofio ei gael gan Tarje, daeth cynnwrf newydd islaw. Rhuthrodd yr iwrch o'r coed yr un mor gyflym ag yr aeth iddyn nhw a throi i fyny'r dyffryn gan lamu ar hytraws dros y nant. Swatiodd y pedwar fwyfwy wrth iddo ddynesu a'u llygaid yn chwilio pob modfedd o'r dyffryn a'r coed. Nid oedd dim arall i'w weld yn symud ar wahân i'r iwrch, ac wrth iddo ddod yn nes cuddiodd y pedwar eu pennau'n llwyr yn eu cyfylau. Roedd Ahti wedi amneidio'n sydyn ar Eir ac Idunn a swatiodd y ddwy wrth y llwyn ac ymhen ychydig eiliadau rhuthrodd yr iwrch heibio.

O weld cythrwfwl yr anifail roedd pob arf wedi'i godi islaw ac roedd y milwyr oedd tua'r cefn wedi brysio i ymuno â'r gweddill. Rŵan roedd y fyddin yn llonydd.

Buont yno am hir. Credai Eyolf fod hynny sbelan dros awr. Roeddan nhw ill pedwar wedi mynd i wylio fesul dau i arbed eu cyrff rhag gorwedd yn llonydd ar y ddaear oer am ormod o amser, rhag ofn i mi gael cricmala cyn y bydda i'n bump ar hugian a 'ngwaed i mor bur, cynigiodd Linus. Roedd Idunn ac Eir wedi mynd i'r goedlan ar y chwith i sbaena ac wedi dod o hyd i ddau le gweddol gadarn i ymguddio ynddyn nhw pe bai angen.

'Peth fel hyn ydi o, felly,' meddai Eir.

'Wyt ti'n difaru dod?' gofynnodd Idunn.

'Nac'dw. Prun bynnag, rydan ni yr un mor ddiogel yma â tasan ni adra. Mae taid Linus yn cadarnhau hynny 'tydi?'

'Ydi.' Y tro hwn ni wnaeth Idunn gymryd arni anwybyddu'r olwg synfyfyrgar a ddeuai ar wyneb Eir bob tro yr anelai'r sgwrs tuag at ei chartref. 'Diogelach, ella?' cynigiodd.

'Sut fedar hi fod felly?' gofynnodd Eir.

'Meddwl am yr Obri 'nw o'n i. Rwyt ti'n llwyddo bron yn llwyr i guddiad dy wyliadwriaeth bob tro mae rhywun yn sôn am hwnnw.'

'Ella bod dy ddychymyg di'n ffitio Linus yn well nag Eyolf,' atebodd Eir. 'A dach chi i gyd yn meddwl am hwnnw heddiw.'

'Dyna fo eto. Dwyt ti'n petruso dim. Ond cadw 'i ddychymyg iddo'i hun mae Eyolf. Dw i'n dechra arfar hefo'r enw hwnnw rŵan,' gwenodd Idunn cyn dychwelyd at yr hyn oedd ar ei meddwl. 'Paid â chymryd arnat, ond dw i bron yn sicr fod Ahti'n credu fod y bobol sy'n ymchwilio i lofruddiaeth yr Obri 'na'n ama ne'n gwybod dy fod di'n gwybod mwy na nhw. Rwyt ti'n cael llonydd oddi wrth 'u hamheuon nhw yn fa'ma.'

'Mae dy ddychymyg di'n ffitio Linus yn well nag Eyolf.'

Gafaelodd Idunn amdani a'i chusanu ar ei boch.

'Os gwnest ti rwbath, tasai o'n ddim ond cytuno ne' 'i chau hi'n dynn, paid â disgwyl dim ond cymeradwyaeth gen i.'

'Ydw i'n ymyrryd?'

Daethai Ahti i'r goedlan, a safai o fewn ychydig gamau iddyn nhw.

'Nac wyt,' atebodd Idunn. 'Dim ond cysuro'n gilydd am eiliad.' Ni ollyngodd ei gafael ar Eir. 'Mae 'na hafn yn y gwaelod 'na.'

Camodd Ahti heibio. Astudiodd yr hafn. Gwelodd ar unwaith fod y lle'r oeddan nhw'n sefyll yn bargodi drosti. Roedd cilfachau bychain yma a thraw yn y graig gyferbyn hefyd.

'Tyd!'

Trodd i weld Linus yn brysio atyn nhw.

'Maen nhw ar gychwyn,' meddai.

Trodd yn ôl a brysio at Eyolf a Tarje. Aeth ar ei fol a chuddio ei ben yn ei gwfwl i wylio'r fyddin islaw'n cychwyn tuag atyn nhw'n ochelgar. Ymhen dim roedd Ahti hefyd ar ei fol wrth ei ochr.

'A phrun bynnag,' meddai Linus wrth Tarje, 'nid pan ddaru hi dwllu y daru Louhi a chdi dynnu Leif o'r sach roedd o ynddo fo. Roedd hynny gefn dydd gola.'

'Hidia befo hynny rŵan,' ceryddodd Tarje, yn ôl i'r hen drefn. Yna ar amrantiad aeth rhywbeth arall â'i sylw. 'Y coed,' rhybuddiodd.

Prin gael y geiriau o'i geg ddaru o nad oedd y milwyr gwyrdd yn cythru o'r coed gan ruo a chwifio eu harfau, ac yn neidio'r nant yr un mor ddidrafferth ond nid mor ddeheuig â'r iwrch. Trodd Ahti ei ben yn ôl ar unwaith i chwilio'r tir y daethant drwyddo, ond roedd hwnnw'n wag. Trodd yn ôl. Rhuthrai'r fyddin lwyd hithau ymlaen tuag at y gwyrddion, oedd yn gorfod rhuthro'n wylltach gan fod Isbeniaid wedi dod i gyrion y coed i'w hysio ymlaen gan weiddi a chwifio eu harfau. Rhedodd un Isben ar ôl milwr i'w wthio ymlaen cyn rhedeg yn ôl i ganlyn ymlaen â'i hysio. Daeth sŵn yr arfau a bloeddiadau dioddefaint byrhoedlog i gymysgu â'r gweiddi torfol ac yna roedd pawb a phopeth benben. Teimlodd Linus ei hun yn cael ei gloi gorff a meddwl, yn union fel y tro cynt, yn methu symud, dim ond gwylio. Roedd Ahti wedi troi ei ben yn ôl unwaith yn rhagor ond doedd neb am ddod o'u cefnau. Daeth Eir a Lars ac Idunn i'r golwg o'r goedlan ac amneidiodd Ahti'n wyllt iddyn nhw gilio.

Yna penderfynodd Linus nad oedd angen ymdrech.

'Dw i wedi gweld hyn heb fod yn 'i ganol o unwaith o'r blaen.'

'Paid â gweld bai arnat ti dy hun os ydi hyn yn ormod iti,' meddai Ahti.

'Nid hynny.'

Gwelodd Linus fod Tarje'n crynu drwyddo. Dychwelodd at Eir ac Idunn.

''Dan ni'n ddigon diogel. Tyd, dyn bach,' meddai gan gymryd Lars oddi ar Eir a'i wasgu ato. 'Mi awn ni i'r guddfan. Rwyt ti'n fwy o werth na phob byddin hefo'i gilydd.'

Gwelodd Idunn ei fod yn crynu drwyddo.

'Y gweiddi,' meddai Idunn. 'Y sgrechian.'

Nid atebodd neb am ychydig. Erbyn hyn roedd pawb ond Eyolf yn yr hafn, ac Ahti wedi dyfarnu ei bod yn ddigon diogel iddyn nhw baratoi mymryn o fwyd.

'Dychryn a chodi ofn ar y gelyn,' eglurodd Tarje.

'Meddan nhw, 'te?' meddai Linus.

'Be arall?' gofynnodd Tarje yn ei lais ceryddu.

'Fedri di ddim sgrechian a meddwl yr un pryd.' Ni chododd Linus ei ben oddi ar ei orchwyl. 'Gorchymyn i roi'r gora i feddwl ydi'r gorchymyn i sgrechian, rhag ofn bod 'na filwr ymhlith y cannoedd sy'n ddigon gwallgo i wneud hynny.'

'Sut wyt ti'n gallu deud rhyw lol fel'na?' rhuthrodd Tarje.

'Am 'y mod i'n gallu meddwl, 'te.' Unwaith yn rhagor roedd Linus yn gwneud ati i swnio'n hamddenol. 'Dyna ddysgodd Jalo a minna. Ddaeth 'na'r un waedd ar gyfyl ein cega ni pan oeddan ni'n rhuthro. Dyna pam 'dw i'n fyw.' Arhosodd. 'Gyflwynist ti sgrech hefo dy gyllall i fab dy Aruchben?'

'Oliph!'

Daeth Eyolf i lawr atyn nhw. Roedd golwg yn ei fyd ei hun arno yntau hefyd.

'Pwy ddaru ennill y peth 'na 'ta?' gofynnodd Linus gan fflician ei gyllell heibio i'w ysgwydd. 'Mae o ar ben, ydi?'

'Pwy a ŵyr?' meddai Eyolf. 'Mae'r llwydion wedi cilio i lawr y dyffryn ac mi ymlidiodd hynny oedd ar ôl o'r gwyrddion nhw. Wel, am 'wn i. Mi aethon nhw heibio i'r tro beth bynnag.'

'Mae'n well i ni beidio â mynd i lawr y dyffryn am sbelan

rhag ofn i ni gael ein camgymryd am grwydrwyr ysbail,' meddai Ahti. Daeth at Linus a sefyll uwch ei ben. 'Be 'ti'n 'i neud?' gofynnodd.

Roedd Linus wrthi'n brysur yn torri mymryn o dorgoch hefo'i gyllell, ac wedi'i dorri mor fân nes ei fod bron fel grawn.

'Mae'n hen bryd i'r diogyn bach 'ma ddechra morol amdano'i hun, yn lle dibynnu ar laeth 'i fam drwy'r adag,' meddai gan amneidio at Lars. 'Wyt ti'n gwrando?' gofynnodd gan gosi blaen trwyn Lars. 'Mae isio i dy fam gadw mwy o'i hegni ar gyfar 'i thaith a llai ar gyfar cynhyrchu llaeth i chdi.'

Rhuthrodd yr un hiraeth dros Eir unwaith yn rhagor.

'Fel hyn oeddat ti ar ôl y brwydra fuost ti yn 'u canol nhw hefyd?' gofynnodd.

'Trio cadw'n gall.'

Chafodd hynny'r un sylw pellach. Roedd pawb yn gwylio Linus ar ei orchwyl am ychydig. Yna chwiliodd Eir yn ei sachyn a thynnu llwy bren fechan ohono, wedi'i cherfio'n gain.

'Masarnen,' meddai.

'Pwy cerfiodd hi?' gofynnodd Linus.

'Gaut.'

Astudiodd pawb hi yn ei dro. Daliodd Tarje hi'n hwy na phawb arall.

'Faint laddwyd?' gofynnodd Idunn i Ahti yn y man.

'Dim hannar digon,' meddai Linus, 'ne' fydd 'na ddim esgus i wneud yr un peth y tro nesa, na fydd?'

'Be haru ti?' meddai Tarje.

'Dydi'r bwystfilod ddim yn chwilio am esgus, dim ond dilyn y reddf. Pan maen nhw'n lladd i rwbath 'blaw hel bwyd, nid gwneud er mwyn gwneud maen nhw. Mae 'na reddf na wyddon nhw amdani'n deud wrthyn nhw mai fel hyn mae cadw rhyw ddesgil ne'i gilydd yn wastad, desgil y tiroedd. Dydi 'u greddf nhw ddim yn deud wrthyn nhw bod yn rhaid iddyn nhw drio cuddiad y peth a'i alw fo'n anrhydedd a rhyw gybôl chwaith. Dyna'r unig wahaniaeth rhyngddyn nhw a'r bobol.'

'Yr un hen baldaruo eto fyth,' chwyrnodd Tarje.

Roedd o â'i gefn yn erbyn pinwydden, yn gwneud dim ond rhythu ar y ddaear o'i flaen.

'Greddf sy'n gwneud i'r byddinoedd ladd 'i gilydd hefyd.' Roedd Linus fel tasai heb glywed geiriau Tarje. 'Cadw desgil nifer y bobol ar y tiroedd yn wastad, a dydyn nhw ddim yn gwybod hynny. Dydyn nhw ddim yn gwybod nad oes gynnyn nhw reolaeth arni hi, mwy na sy gan y blaidd sy'n lladd pothanod y cnud nesa. Does gynnyn nhw ddim rheolaeth ar y reddf ddaru ddyfeisio byddinoedd. Dydyn nhw ddim yn gwybod mai dyna ddaru 'u dyfeisio nhw.'

'Rwyt ti'n dy roi dy hun uwchlaw pawb wrth ddeud dy lol,' meddai Tarje.

'Nac'dw. Dim ond meddwl yn hytrach na sgrechian.'

'Mi fasai'n well i ti feddwl am drio bod yn gall.'

'Os ydi'r rhei'cw'n gall, does arna i ddim isio bod,' atebodd Linus gan fflician ei gyllell drach ei gefn unwaith yn rhagor. 'Mi gymysgwn ni hwn hefo mymryn o ddŵr cynnas i chdi i edrach be wnei di ag o,' meddai wrth Lars.

'Ydan ni'n ddiogel yma rŵan?' gofynnodd Idunn i Ahti.

'Mae'n debyg cin bod ni, am y tro beth bynnag.' Gofalai yntau nad oedd mymryn o bryder yn ei lais. 'Ond mi 'rhoswn ni yma rhag ofn y crwydrwyr ysbail, ne' lwyth arall o filwyr.'

'Mae'r eryr hefo ni,' meddai Linus, yn edrych ar Eir.

'Oliph!' ebychodd Tarje, bron wrtho'i hun.

'Wyt titha'n credu ynddo fo hefyd?' gofynnodd Ahti i Linus.

'Che'st ti ddim digon o amsar yng nghwmni Aino i ddod i'w nabod hi.'

18

'Mi wyddost 'mod i wedi deud wrthyn nhw dy fod yn gwisgo'r gwinau,' meddai Tarje wrth Eyolf, yn syllu ar y gymdogaeth bell o'i flaen. 'Be sy'n gwneud i ti feddwl dy fod mor ddiogel?'

'Go brin bod 'na neb o'r gwersyll hwnnw'n fy nabod i,' cynigiodd Eyolf.

Roedd ei lygaid parod yntau fel pob tro yn chwilio am unrhyw arwydd anarferol.

'Paid â chymryd hynny'n ganiataol,' meddai Ahti.

'A go brin bod 'na neb o fa'ma'n mynd i achwyn arna i,' aeth Eyolf ymlaen. 'Mae gen i stori iddyn nhw 'toes?'

Roedd o ar dir cyfarwydd. O'i flaen roedd cymdogaeth ei lencyndod, a Mynydd Tarra'n codi'n osgeiddig y tu hwnt iddi. Doedd eira'r gaeaf ddim wedi cilio llawer oddi ar ei lethrau a chyrhaeddai Terfyn y Cawr bron at ei odre o hyd mewn mannau. Roedd y Terfyn yn dal yno hyd yn oed yn yr hafau poethaf am fod y duwiau wedi pennu na châi dim ond eira ddisgyn ar ei gopa, i'w wneud yn anhygyrch i bawb. Roedd y Chwedl yn sôn am ddynionach a gredai eu bod yn ddewrion yn dringo'r mynydd ar ddiwrnod mwyaf crasboeth y blynyddoedd i glirio'r copa o'i eira, ac am y duwiau'n eu rhewi bob yn un ar eu cyffyrddiad cyntaf â'r eira a'u hyrddio i grombil y mynydd i'w gwasgu o fodolaeth fel nad oedd dim ohonyn nhw ar ôl i halogi'r tiroedd. Rŵan roedd Eyolf yn melltithio braidd wrtho'i hun am ei fod wedi anghofio deud y stori honno wrth Bo pan oeddent yma cynt.

Tynnodd ei olygon oddi ar y copa clir. Roeddan nhw'n rhy bell i'w gweld yn iawn, ond gwyddai wrth eu siâp ei fod yn nabod y ddau oedd yn tywys gyr bychan o warcheg i ddôl lle troai'r afon tua'r de i lifo ar hyd y dyffryn yr oeddan nhw ynddo. Wrth eu gweld dechreuai'r cynnwrf fynd drwyddo eto. Gafaelodd yn dynnach yn llaw Idunn.

'Dwyt ti byth wedi cynnig eglurhad pam ddaru ti ddeud wrth Uchbeniaid fod Eyolf yn gwisgo'r gwinau,' meddai hi wrth Tarje.

'Doedd gynno fo ddim dewis,' atebodd Eyolf, yn gweld Tarje'n meddwl cyn siarad. 'Dim ond wrth ddeud y gwir oedd 'i stori o'n gwneud synnwyr.'

'Dim ond hynny fyddai wedi dal croesholi Uchben Anund a'r llall,' cytunodd Ahti. 'Ac am 'i fod o wedi cadarnhau'r gwir am Eyolf wrthyn nhw o'i wirfodd mi lyncodd y ddau 'i gelwydd o am Bo.'

'Ro'n i isio achwyn arnat ti,' meddai Tarje wrth Eyolf, y geiriau'n rhuthr.

Idunn oedd yn gyfrifol am y gwasgiad llaw y tro hwn. Dim ond codiad ael bychan llawn direidi sydyn a gafodd hi'n ôl.

'Paid â chynhyrfu,' meddai Linus wrth Eir wrth weld ei hwyneb, oedd yr un mor ddychrynedig â wyneb Idunn. 'Roedd dy frawd mawr di'n ŵr cyfrifol a chydwybodol pan oedd o yn 'i glytia. Mi ddylai dy reddf chwaer fach di wybod hynny. Ond mae'n bosib fod 'i agwedd o at y gwinau wedi newid mymryn ers rhyw flwyddyn ne' ddwy. 'Tydi, Tarje?' gofynnodd, ei lais yntau'n ddircidi di-hid ei lond.

'Fedrwn i fyth wisgo'r gwinau na'i gymeradwyo fo, ac mi wyddost hynny.'

Roedd Tarje'n gerydd i gyd.

'Dim byd i boeni amdano fo, yli,' meddai Linus wrth Eir, gan afael yn ysgwydd Tarje a'i hysgwyd fymryn. 'Be amdanat ti?' gofynnodd i Ahti. 'Sut mae hi rhwng y Gwineuod a thitha?'

Mwythodd Ahti fymryn ar foch Lars ym mreichiau Eir.

''Chydig bach yn wahanol ers eich cyfarfod chi'ch dau,' meddai, yn rhannu dim o'r direidi.

'Sut oedd hi arnat ti cynt?'

'Rhyw agwedd wfftlyd ffwr-â-hi, am 'wn i.' Doedd dim golwg celu ar wyneb Ahti. 'Dim llawar o ddirmyg, fel dirmyg. Fûm i rioed yn un am hela Gwineuod.'

'Mi gerfia i winau i ti,' meddai Linus. 'Eryr,' ychwanegodd gan edrych i fyw llygaid Eir a gwenu wedyn i fyw llygaid Tarje. 'Wnei di 'i wisgo fo?' gofynnodd i Ahti.

'Dw i'n mynd yn rhy hen i ryw betha fel'na.'

Penderfynodd Ahti fod hwnnw'n ateb digonol. Diolchai fod Linus yn dod ato'i hun a'r direidi'n dychwelyd byliau i'w lygaid. Roedd y frwydr y buon nhw'n dystion iddi wedi effeithio llawer mwy ar Linus nag yr oedd o'n fodlon ei gydnabod ac roeddan nhw wedi sylwi ei fod yn mwytho mwy ar Lars ac yn sibrwd geiriau tawel wrtho bob tro y byddai'n ei gario. Ond roedd o wedi bywiogi pan gafodd ar ddallt ddeuddydd ynghynt eu bod yn anelu tua Mynydd Tarra a hynny oherwydd eu bod yn gorfod osgoi byddinoedd bron yn ddyddiol.

Trodd Ahti at Eyolf.

'Wyt ti'n siŵr 'i bod hi'n ddiogel i ti gyhoeddi dy fodolaeth wrth y gymdogaeth 'cw?' gofynnodd.

'Maen nhw'n gwybod am hwnnw, ne' maen nhw'n credu hynny,' atebodd Eyolf. 'Cyhoeddi 'mhresenoldeb fydda i'n 'i wneud heddiw, a'r fodolaeth na wyddon nhw amdani hi.' Syllodd eto ar y gŵr a'r wraig pell, oedd newydd droi'n eu holau o ddanfon y gwartheg i'w dôl. 'Be sy 'na i neb 'i gofio amdana i fel milwr? Dim ond un arall o'r cannoedd diwynab dienw, fel dudist ti. Milwr E Rhif Deunaw o Nawfed Rheng Maes Pymtheg. Tawn i'n colli 'ngho eto anghofia i dragwyddol mo hwnna. Dowch, mi awn ymlaen.'

'Awn ni wir?' meddai Ahti.

'Be wnei di 'ta, troi'n ôl?' gofynnodd Linus, yn ysgafn braf ei lais.

'Dwyt ti nac Eyolf fyth wedi dysgu meddwl, naddo?' meddai Tarje.

'Dibynnu.'

'Dwyt ti rioed yn credu fod Ahti a minna'n mynd i ddechra cerddad cymdogaetha?'

Sobrodd Linus.

'Mi fuoch chi acw, 'ndo?' dadleuodd. 'Ac yn Llyn Sigur. Redodd 'na neb i achwyn arnoch chi yn yr un o'r ddau le hynny na thrio'ch cadwyno chi. Waeth i ti wrando ddim. Mae hon yn gymdogaeth gall hefyd.'

'Ydi, yn dy feddwl di,' meddai Ahti, yn pwysleisio pob gair oedd ei angen. 'Ddaru ni ddim dangos ein presenoldeb yn eich cymdogaetha chi i neb 'blaw eich teuluoedd.'

'Mi orffennodd y gymdogaeth acw fagu Eyolf,' daliodd Linus ati gan bwyntio tuag at y gymdogaeth i gryfhau ei ddadl. 'Dwyt ti ddim yn disgwyl i Eyolf gerddad darn leuad yr holl ffor yma ac yna osgoi 'i hen gydnabod?'

'Dim o gwbwl, os ydi o'n gwir gredu 'i bod hi'n ddiogel iddo fo wneud hynny,' meddai Ahti. 'Dydw i ddim isio ymddwyn fel herwr, ond does gan Tarje na finna ddim dewis. Cerwch chi, a chofia dy fod ditha'n gwisgo'r gwinau hefyd cyn i ti ruthro'n benfeddw i dy dynged.' Trodd at Eyolf. 'Fedrwn ni'n dau fynd ar hytraws drwy'r coed 'ma?' gofynnodd.

'Medrwch.' Roedd Eyolf hefyd fel tasai'n ystyried pethau o'r newydd. 'Mi gewch chi rywfaint o draffarth croesi'r afon pan ddowch chi ohonyn nhw. Does 'na ddim sarn yn y darn hwnnw o'r dyffryn.'

'Y ffor honno ydan ni'n mynd felly?' gofynnodd Linus, ei feddwl yn mynd i faes arall ar amrantiad a sŵn lled synfyfyriol, lled obeithiol yn ei lais. 'Ar hyd y dyffryn hefo'r afon?'

'Ia, tua'r gorllewin o hyn ymlaen,' atebodd Ahti. 'Pam?'

'Mae arna i isio gweld mam Jalo.'

Bu distawrwydd am ennyd. Teimlodd Linus law Eyolf ar ei ysgwydd.

'Mae arna i isio'i gweld hi,' ailadroddodd.

'Godre'r Pedwar Cawr?' Edrychai Ahti hefyd yn dosturiol arno. 'Mae arna i ofn y bydd raid i ti fynd i fan'no dy hun.'

'Ella na fyddai hi ddim adra prun bynnag,' meddai Eyolf, er ei fod yntau hefyd â'r un dyhead. 'Ella fod Bo wedi llwyddo i'w pherswadio hi i ddod yn ôl hefo Edda ac ynta. Ffliwc fwya'r blynyddoedd fyddai i chi daro ar eich gilydd ar y daith.'

'Dyna fo 'ta,' meddai Linus. 'Mi wrandawn ni ar y mawrion,' meddai wrth Lars, ynghwsg ym mreichiau Eir. Trodd at Eyolf. 'Rwyt ti wedi bod yn meddwl am Paiva 'twyt?' meddai. 'Mi gawn ni weld be 'di 'i hanas hi.'

'Siawns na chlywn ni hynny yn y gymdogaeth. Hefo pwy 'ti'n mynd?' gofynnodd Eyolf i Eir.

'Mi ddo i hefo chi.' Doedd dim llawer o fywyd na brwdfrydedd i'w glywed yn ei llais. 'Well na straffaglio drwy'r coed.'

'Fedrwn ni gadw golwg arnoch chi o'r coed tra byddwch chi yn y gymdogaeth?' gofynnodd Ahti.

'Ydi'n bosib bod yn rhy ddrwgdybus?' gofynnodd Idunn.

'Mi fedar cymdogaetha fod yn beryclach na'r tiroedd,' meddai Tarje.

'Diolch i'r byddinoedd y buon ni'n ŵyn bach mor gydwybodol ynddyn nhw,' meddai Linus. Edrychodd draw ar y gymdogaeth eto. 'Mi fyddwn ni'n iawn yma.'

Cychwynasant. Sleifiodd Tarje ac Ahti i'r coed. Eyolf ac Idunn oedd ar y blaen ac wrth iddyn nhw ddynesu daeth tyfra fechan i ymgynnull o dipyn i beth i'w gwylio. Doedd awgrym o un dim ond chwilfrydedd ynddi.

Mae hi'n byw yn dy dŷ di o hyd ac mae hi'n iach oedd byrdwn y wybodaeth a gafodd Eyolf am Paiva yn y gymdogaeth. Ond nid dyna oedd yn mynd â bryd neb oherwydd roedd pawb yn rhy brysur yn sôn am ei stori o i roi meddyliau ar ddim arall, er bod un ddynes wedi hanner sibrwd wrtho am beidio â dychryn pan ddeuai i'r tŷ. Roedd hynny'n chwyrlïo ynghanol y gymysgfa ddireol yn ei ben wrth iddyn nhw adael y gymdogaeth a throi tua'i hen gartref.

Ond yn gyntaf aeth i'r gladdfa hefo Idunn, a gadael i Eir a Linus a Lars fynd ymlaen wrth eu pwysau.

'Steinn,' meddai o'n dawel wrth y bedd. 'Dad,' meddai wedyn, yr un mor dawel.

'Wyt ti isio i mi roi cangan ddeiliog dros 'i fedd o?' gofynnodd Idunn toc.

'Na. Gad i'r dail dyfu.' Amneidiodd at fedd ychydig draw oedd â changen newydd cynffonnau ŵyn bach arno. 'Bedd Hilja ydi hwnna.'

'Hogan fach Paiva?'

'Ia. Pwy roddodd gangan arno fo, tybad?'

'Paiva ella.'

'Go brin. Mae hi'n dal i chwilio am Hilja, yn dal i aros amdani.' Edrychodd ychydig yn rhagor o'i gwmpas cyn troi oddi wrth y bedd odano. 'Tyd. Mae 'na hen ŵr yn y gymdogaeth 'ma'n deud nad ydi claddfa'n lle i fagu gwaed. Os nad ydi o wedi cyrraedd yma hefyd.'

Aethant, gan gadw at y llain fechan ar lan yr afon. Ac wrth fynd gwelodd Eyolf nad oedd dim yn wahanol yn y cyfarwydd. Wrth ddod tua'r gymdogaeth roedd wedi tybio ella y byddai cerdded y dyffryn tua'r tŷ oedd wedi bod yn gartref iddo pan oedd yn Eyolf yn hytrach na Baldur yn brofiad rhyfedd a diarth, ond doedd o ddim. Eyolf, Baldur. Doedd dim mymryn o wrthdaro rhwng y ddau, dim mymryn o ddieithrwch. A phenderfynodd mai dim ond dwy fagwraeth mor gall â'i gilydd a fedrai fod yn gyfrifol am hynny. Meddyliodd eto am Ahti'n sôn am ymateb Tarje pan glywodd yr hanes. Roedd pawb arall wedi rhyfeddu pan glywsant ond yn ôl Ahti roedd Tarje wedi gwrando a'i gadael hi ar hynny, gan ddal ati i'w alw'n Eyolf fel tasai dim wedi digwydd. Daeth Eyolf i'w gasgliad llon mai ormod yn ei bethau ei hun oedd Tarje i ryfeddu dim. Ella mai

Tarje oedd yn iawn, meddyliodd wrth weld y cyfarwydd rŵan yn ddim ond cyfarwydd.

'Wyt ti'n cofio cyrraedd y tŷ y tro cynta?' gofynnodd Idunn, wedi gadael iddo yn ei ddistawrwydd am sbel a'r ddau'n dal yn ôl fymryn o hyd.

'Na. Dim ond bod yma. Fûm i rioed yn ymwybodol fod y gymdogaeth wedi edrach arnon ni fel pobol ddiarth.' Trodd Eyolf yn ôl, a syllu tuag at y gymdogaeth. 'Dw i ddim yn cofio'r tro cynta i mi fynd i'r gymdogaeth mwy nag ydw i'n cofio'r tro cynta i mi fynd at lan y llyn pan o'n i'n glapyn ne'r tro cynta y gwelis i chdi. A hyd y gwn i ddaru Nhad – ddaru Steinn ddim cymryd arno wrth neb nad 'y nhad i oedd o. A fedrai o ddim deud fy hanas i wrtha i am nad oedd o'n 'i wybod o. Fedrai o wneud dim ond gadael i mi lithro'n ara a diarwybod i 'mywyd newydd.' Arhosodd ennyd eto. 'Dw i wedi bod yn meddwl be fasa wedi dŵad ohono i tasa fo wedi byw yn hwy, fyddwn i wedi mynd i'r fyddin 'ta fyddwn i wedi cuddiad rhagddi hi ac aros adra i edrach ar 'i ôl o. Doedd gynno fo ddim barn o fath yn y byd ar y brwydro na'r byddinoedd.'

Cododd frigyn bychan wrth ei droed. Syllodd arno am dipyn cyn ei daflu'n ysgafn i'r afon a'i wylio'n cychwyn ar ei daith, fel roedd wedi gwneud ganwaith pan oedd yn llefnyn pan geisiai ddyfalu prun ai i dorlan neu i lyn yr âi lli'r afon â'r brigyn, neu hyd yn oed ymlaen am leuadau bwygilydd i un o'r moroedd y clywsai amdanynt.

'Tasai hynny wedi digwydd fyddwn i ddim wedi cerddad tiroedd am leuada hefo dynas odidog o'r enw Aino a chyrraedd cwm uwchlaw Llyn Sigur,' meddai. 'Fyddwn i ddim wedi mynd i lawr ac i mewn i dŷ a dechra galw Aino'n Mam.' Edrychodd ar y brigyn yn graddol fynd o'u golwg. 'Fyddwn i ddim wedi dy weld di.' Trodd ati. 'Pam wyt ti'n edrach arna i fel'na?'

Bron na thaerai fod golwg drist ar ei hwyneb.

'Dydi o ddim yn mynd i ddigwydd, nac'di?' meddai hi.

'Be?'

'Pan ddudodd Ahti echdoe mai at yma'r oeddan ni'n anelu, mi ddechreuis i obeithio y byddai dychwelyd yma'n ysgogi dy go di i ddadlwytho rhagor o'i gyfrinacha, y byddat ti'n dod i gofio'r dyddia a'r lleuada rhwng dy ddamwain a'r adag y daru i'r co ddechra gweithio o'r newydd pan ddoist ti yma.'

Doedd Eyolf ddim wedi ystyried ei bod hithau hefyd wedi meddwl hynny.

'Hidia befo,' meddai. Gafaelodd amdani. 'Does dim o'i angan o. Mae gwybod be ddaru Nhad i mi'n fwy na digon.' Arhosodd, yn meddwl, yn byw ei orffennol mewn eiliad. 'Fedra i mo'i alw fo'n Steinn. Nid byw celwydd ydi gwrthod meddwl amdano fo ond fel Nhad.'

'Dim ond y dwl fyddai'n disgwyl i ti wneud hynny.'

Aethant ymlaen yn dawel, hi'n dal i fod fymryn yn ei siom. Ni pharodd y tawelwch yn hir chwaith. Dechreuodd o rannu'r profiadau ac arwyddocâd ambell bwll neu dro yn yr afon, neu goeden neu lwyn neu bwt o graig ar y dyffryn. Ond darfu'r mân straea unwaith y daethant i gyffiniau'r tŷ. Erbyn hynny roedd y lleill dipyn o'u blaenau a daethai Ahti a Tarje i'r golwg o gysgod craig i ymuno â nhw, a'r arwydd cyntaf o rywbeth anarferol a welodd y ddau oedd Linus yn brysio tuag atynt.

'Mae 'na ddillad plentyn yn sychu ar y llwyni,' meddai.

'Rhywun wedi galw heibio ar 'i sgawt ella,' meddai Eyolf, yn methu dallt y cyffro yn llais Linus.

Ond wedyn roedd rhybudd y ddynes yn y gymdogaeth yn dychwelyd.

'Dowch 'ta,' meddai. 'Mi gawn ni weld.'

'Cerwch chi'ch dau, rhag ofn iddi ddychryn wrth ein gweld ni i gyd,' meddai Ahti wrth Eyolf a Linus pan ddaethant at y lleill.

Aethant. Tawel oedd Eyolf, ac yna'n ddirybudd wrth weld y tŷ a'r llwybr bychan yn codi at ei ddrws roedd o'n llawn hiraeth.

'Mae'r lle 'ma'n daclus gynni hi,' meddai Linus, yn ymwybodol o'r tawelwch wrth ei ochr ac yn ei ddallt. 'Yli, mae'n drws ni fel newydd o hyd.'

Dim ond amneidio a fedrai Eyolf ei wneud. Y tu ôl iddo roedd Idunn yn ei wylio.

Roedd hogan fach yn gafael yn llaw Paiva pan agorodd hi'r drws. Edrychodd Eyolf a Linus yn sydyn ac anfwriadol ar ei gilydd. Roedd yn amlwg eu bod ill dau'n gweld wyneb y fam yn y plentyn y munud hwnnw. Ond doedd dim amser i ori ar hynny.

'Eyolf!' cyhoeddodd Paiva, ei llais yn hanner anadl, hanner cân. 'Linus!' cyhoeddodd wedyn.

'Rwyt ti'n cofio f'enw i hefyd?' meddai Linus, a gwenu arni gan ei fod yn tybio iddo weld ei llygaid yn mynd yn ofnus ac ansicr o'u gweld.

'O ble daethoch chi? Dwyt ti ddim isio dy dŷ yn ôl, nac wyt?' gofynnodd Paiva i Eyolf cyn i Linus orffen bron, yn tynnu'r hogan fach ati â'i llaw rydd.

Daeth Eyolf ato'i hun wrth weld yr ymbil syml yn ei llygaid.

'Chdi bia'r tŷ 'ma rŵan, Paiva,' meddai. 'Fydd arna i mo'i angan o eto.'

Lleddfodd y llygaid ar eu hunion.

'Dyna oedd Bo'n 'i ddeud hefyd. Deud dy fod ar fin priodi.'

'Ydi Bo wedi bod yma?' dathlodd Linus.

'Hefo Edda a Svend,' atebodd Paiva. 'Mi 'rhoson nhw ddwy noson hefo fi i ddadflino mymryn.'

'Pa bryd?' gofynnodd Eyolf.

'Mi aethon nhw o'ma ben bora ddoe. Mi ddaethon nhw yma am fod ar Bo annwyl isio gweld 'mod i'n iawn. Nid mynd heibio oeddan nhw. Mi fuodd o'n chwara drwy'r dydd hefo chdi, 'ndo,' meddai wrth yr hogan fach, 'fo ac Edda.'

'Ffor aethon nhw?' gofynnodd Eyolf.

'Â'u cefna at yr haul.'

'Pwy ydi Svend?' gofynnodd Linus.

'Svend,' atebodd Paiva'n syml. 'Mi ddaeth hefo nhw o'r pellafoedd, o'r Gogledd Mawr. Mynd am adra, medda fo. Rhyw Dri Llamwr ne' rwbath. Dowch i'r tŷ i chi gael bwyd.'

'Mae gynnon ni bobol hefo ni,' meddai Eyolf. 'Mae 'ma ormod ohonan ni.'

Ond roedd ei feddwl ar y Tri Llamwr a Bo.

'Sonion nhw rwbath am y Tri Llamwr?' gofynnodd.

'Naddo. Chewch chi ddim mynd o'ma,' meddai Paiva. 'Dowch i'r tŷ.' Chwifiodd ei llaw rydd ar y lleill. 'Dowch,' galwodd.

Aeth Linus ar ei gwrcwd o flaen yr hogan fach.

'Be 'di d'enw di?' gwenodd arni, a chosi mymryn ar ei gên hefo cefn ei fys.

'Hilja,' atebodd Paiva.

Diflannodd gwên Linus. Cododd ei ben i edrych ar Paiva. Edrychodd hi'n ôl i'w lygaid.

'Wyt titha'n dyfarnu hefo'r duwiau hefyd?' gofynnodd.

'Rheini?' gofynnodd Linus, y gair a'r ebychiad yn reddfol ddifeddwl. 'Am be wyt ti'n sôn?'

'Mi ddudodd y bobol na ddylwn i roi Hilja'n enw arni hi,' meddai Paiva, gan wasgu'r hogan fach yn dynnach ati. 'Mi ddudon nhw y byddai'r duwiau'n ddig am fod Hilja fach wedi mynd i'w plith nhw pan aeth hi i'r afon a'u bod nhw wedi'i chadw hi iddyn nhw'u hunain, ac am hynny y dylwn i roi enw arall arnat ti, 'te 'mechan i?' meddai gan blygu at yr hogan fach a'i hanwesu. 'Ond wrandawis i ddim arnyn nhw. Ac mi ddudodd Bo annwyl da iawn am hynny. Neith y duwiau ddim dial arna i eto. Ac mi fyddi di'n ddyflwydd cyn bo hir, 'byddi 'mechan i? Dowch rŵan.'

Mynnodd eu bod yn dod i mewn. Bron nad oedd yn gwthio Eyolf o'i blaen. Aeth yntau i mewn, a gwelodd ar unwaith nad oedd yn gwneud dim ond dychwelyd. Roedd y tŷ yn union fel y tro blaen, yn union fel y gadawsai o flynyddoedd ynghynt. A'r un atgofion yn union a daniwyd ynddo â'r tro cynt. Chwiliodd, ond doedd o'n gweld dim o'r newydd yn y cyfarwydd hwn chwaith. Trosglwyddodd hynny i lygaid Idunn wrth iddi ddod drwy'r drws.

Roedd Paiva brysur yn hysio pawb i'r tŷ.

''Ngwerthfawr bach i,' meddai pan welodd Lars ym mreichiau Eir. Cusanodd o ar ei dalcen. 'Tyd,' meddai wrth Eir, 'mae gwelwedd rhod y lleuad yn dy wynab di. Stedda ar hon. Mi gei di fwyd.'

Mynnodd fod Eir yn eistedd ar ei chadair hi ger y siambr dân. Daeth Ahti a Tarje i mewn yn ddigymell, ond wedi i Paiva dderbyn eu dwy law i'w dwylo hi yn eu tro aeth y ddau allan drachefn i bendroni rhagor ynglŷn â'r daith.

'Rwyt ti'n gwneud cartra da yma, Paiva,' meddai Eyolf.

'Mae pob dim yn iawn rŵan, 'tydi,' meddai hithau.

A gwelodd Eyolf ei bod yn deud y gwir. Unwaith y darfu'r argyfwng bychan pan welodd nhw yn y drws roedd Paiva wedi tawelu, a doedd hi'n dangos dim o'r aflonyddwch a hawliai ei chorff y tro cynt, a doedd ei llygaid ddim yn gwibio o le i le yn ddirybudd chwaith. Ac o dipyn i beth, ynghanol y mân sgwrsio a'r hanesion wedi i Eyolf egluro iddi pam roeddan nhw ar eu taith, dechreuodd Paiva ddadlennu ei hanes ers yr adeg y bu Eyolf a Linus yno cynt. Roedd yn amlwg ei bod wedi derbyn bellach fod yr Hilja hynaf wedi boddi a bod ei chorff yn y gladdfa. Ella, meddyliai Eyolf, mai dyna oedd y rheswm fod yr olwg ddi-ddallt, oedd weithiau'n troi'n wyllt, wedi mynd o'i llygaid. Gwelai dristwch ynddyn nhw o hyd ond yr hiraeth na ddarfyddai oedd hwnnw, a gwyddai na fyddai'n ei goresgyn.

Roedd ei chasgen gig bron yn llawn a mynnodd eu bod yn cael pryd, a phan ddychwelodd Ahti a Tarje aethant allan yn ôl ar eu hunion i hela rhagor iddi tra bu'r cigoedd yn coginio a'r llysiau'n cael eu paratoi. Gwerthfawrogai gymorth brwd Linus yn llawn ac yn llafar.

'Rwyt ti'n magu Hilja ar dy ben dy hun, felly?' gofynnodd o toc.

'Roedd o wedi mynd ar 'i daith ymhell cyn i mi ddod i wybod fod Hilja am ddŵad o 'nghroth i i fod yn gwmni i mi ac i wneud 'y mywyd i'n llawn yn 'i ôl.' Rŵan roedd Paiva'n edrych ar Eir wrth iddi fwydo Lars. ''Di o ddim ots. 'Dan ni'n gwneud hebddo fo ac mi wnawn ni eto.'

'Dach chi'ch dwy'n dangos hynny'n ddigon amlwg,' meddai Idunn.

Roedd hi ar goll braidd. Roedd Paiva ymhell o fod y Paiva y cawsai ddarlun ohoni gan Eyolf a'i ategu gan Linus, a'r un yr oedd wedi'i ragbaratoi yn ei meddwl ar gyfer ei chyfarfod. Gwelai oddi wrth eu hwynebau eu bod hwythau ill dau yn yr un dryswch.

'Do'n i ddim yn 'i nabod o prun bynnag,' meddai Paiva. 'Ar 'i daith oedd o, ynta hefyd wedi dod o bellafoedd y Gogledd Mawr, ac mi arhosodd yma am 'chydig ddyddia. Roedd o'n glên. Doedd o ddim yn trio cymryd mantais arna i. Mi fasa fo wedi bod wrth 'i fodd yn aros, medda fo, ond doedd o ddim digon pell o'i gartra ne' rwbath, pa mor bell bynnag oedd 'i bell o. Wn i ddim be fyddai o wedi'i wneud tasa fo'n gwybod 'i fod o wedi llenwi 'nghroth i. Ond 'da i ddim i chwilio amdano fo chwaith, 'fath â chdi,' meddai wrth Eir. 'Does gen i ddim rheswm.'

Aeth Linus at Eir. Rhoes ei fraich amdani.

'Cod dy galon,' meddai.

Er gwaethaf, neu oherwydd yr ymdrech i'w gorchfygu roedd y dagrau wedi ymddangos.

'Mae'n rhaid iddo gael dŵad â'i anobaith hefo fo, 'tydi?' meddai Linus wedyn. 'Fel tasa fo'i hun ddim yn ddigon.'

'Rwyt ti'n siarad fel tasat ti'n 'i gael o dy hun,' meddai Idunn.

'Mae o wedi diodda mwy na hyn,' meddai Eir.

'Doedd hwnnw mo'r un diodda,' meddai Linus.

Daeth Hilja at Eir a glynu ynddi i fusnesa ar Lars yn sugno. Mwythodd Eir ei phen â'i llaw rydd.

Roedd y tŷ, fel tŷ Eitri, yn fach braidd i gynifer, ond daethant drosti'n ddigon taclus pan oedd y bwyd yn barod. Gan fod Hilja wedi mynnu eistedd ar lin Eir roedd Lars yng ngofal Paiva, ac roeddan nhw ill pedwar ac Idunn ac Eyolf wrth y bwrdd, a'r tri arall yn eistedd ar y llawr. Cawsai Ahti a Tarje ychydig o waith darbwyllo Linus yn y canol rhyngddyn nhw nad oedd brysio i geisio dal Bo a'i gymdeithion yn syniad rhy dda, gan nad oedd tua'r gorllewin yn abwyd digon manwl i fynd ar eu holau.

'Dw i wedi mynd â dy ddillad di a dillad dy dad iddyn nhw yn y gymdogaeth,' meddai Paiva wrth Eyolf pan oeddan nhw newydd orffen bwyta. 'Ro'n i'n meddwl 'i bod hi'n well i'r dynion a'r hogia 'u cael nhw gan 'u bod nhw'n lân ac yn gyfa.'

'Mi wnest yn iawn,' meddai Eyolf. Doedd o ddim yn cofio am eu bodolaeth. 'Doeddan nhw'n dda i ddim i mi.'

'Ond 'des i ddim â dy drysor di chwaith.'

'Pa drysor? Dad oedd yr unig drysor oedd gen i.'

'Y coffor mawr.' Amneidiodd Paiva tua'r llawr o dan y bwrdd. 'Tynna'r dillad a'r petha ohono fo. Mae dy drysor di yna o hyd.'

Symudodd i wneud lle i Eyolf. Cododd yntau a llusgo'r coffor i ganol y llawr. Cofiodd y wich fechan wrth i'w gaead godi, a thynnodd ddillad Paiva a Hilja a rhyw fymryn o frethyn a llian fesul un ohono a'u rhoi i ofal Idunn. Doedd dim llawer o waith gwagio arno. Yna astudiodd o a chwilio ei waelod, gan deimlo'n ynfyd braidd.

'Mae o'n wag, Paiva. Am be wyt ti'n sôn?'

'O dan y styllod, debyg.'

'Styllod be?'

'Rheina 'te.' Daeth Paiva ato a phwyntio at y pedair styllen oedd yn waelod i'r coffor. 'Wyddat ti ddim 'u bod nhw'n dod o'na? Mae 'na ddau waelod iddo fo.'

Ni chawsai Eyolf erioed achos i dybio na chredu hynny, a dyma fo'n sylweddoli nad oedd yn cofio iddo weld y coffor yn wag o'r blaen. Byseddodd y styllod ar y gwaelod. Roeddan nhw'n symud a siglo mymryn wrth iddo bwyso arnyn nhw yma a thraw. Roedd yn ymwybodol o dawelwch disgwylgar y stafell wrth iddo dynnu ei gyllell o'i gwain a stwffio'r llafn rhwng styllen ac ochr y coffor. Cododd y styllen yn rhwydd a gwelodd ddarn o ddilledyn golau odani. Tynnodd y styllen o'r coffor a'i gosod ar y llawr a thynnodd y tair styllen arall o'u lle. Syllodd am ychydig ar y dilledyn cyn ei godi i'w astudio'n fanylach.

'Chdi pia hi 'te?' meddai Paiva.

Ond doedd Eyolf ddim fel tasai o'n ei chlywed. Trodd y gôt yn ei ddwylo, drosodd a throsodd. Edrychodd Idunn i mewn i'r coffor, ond doedd dim arall ynddo. Doedd Eyolf ddim yn cymryd yr un sylw ohoni hi na neb arall, dim ond dal ei afael yn y gôt a thynnu ei fysedd drosti.

'Chdi pia hi 'te?' meddai Paiva eto.

'Ia,' sibrydodd.

Roedd y stafell yn dawel o hyd, pawb yn gwylio Eyolf, ac yntau'n anymwybodol o bopeth ond y gôt a'i chwfwl trwchus. Ymhen ychydig chwiliodd y ddwy boced. Yna caeodd y cwfwl am ei law a'i theimlo'n cynhesu y munud hwnnw.

'D'o weld am funud,' meddai Linus.

Edrychodd Eyolf arno am eiliad fel tasai'n gwerthfawrogi'r cyd-ddeall ymholgar yn ei lais cyn rhoi'r gôt iddo. Astudiodd Linus y gôt yn ddiymdroi. Yna cododd a'i thaenu ar y bwrdd i'w hastudio'n well.

'Aino!' ebychodd, ei lais yn rhyfeddod pur.

'Be?' gofynnodd Eyolf, fel tasai o ddim ond yn hanner clywed.

'Mae o'n wir! Yli!'

Cododd Linus y gôt oddi ar y bwrdd i'w dangos. Pwyntiodd at olion a thyllau bychain.

'Ahti,' meddai, 'be 'di'r rhain?'

Cododd Ahti. Chwinciad a gymerodd i astudio.

'Pwy a'n gwaredo?' ebychodd. 'Mae hon wedi bod yng ngheg blaidd.'

'D'o weld.'

Cododd Tarje.

'Ôl dannadd blaidd,' dyfarnodd heb betruso.

'Ac yli,' meddai Linus gan droi'r gôt drosodd. 'Dim mymryn o staen gwaed ar 'i chyfyl hi. Aino!' ebychodd drachefn. Edrychodd ar Paiva. 'Paiva,' meddai, 'rwyt ti'n werth yr holl diroedd.'

Weddill y dydd, dim ond eistedd yn ei gongl, yno ar ei hen gadair, ddaru Eyolf, eistedd yno, y gôt ar ei lin, weithiau'n cael ei mwytho, weithiau'n cael ei gwasgu'n dyner yn ei ddwylo. Ni chafwyd ebwch ohono.

19

'Dw i ddim isio dy boeni di,' meddai Svend.

'Be?' gofynnodd Bo.

'Welodd Mam be oedd wedi digwydd i Nhad?'

Cadwodd Bo ei sylw ar ei sachyn.

'Do.'

'Welodd hi o'n cael 'i ladd?' gofynnodd Svend, yntau â'i sylw i gyd ar ei sachyn o.

'Naddo.' Cododd Bo ei lygaid, dim ond am ennyd. 'Roedd hi yn y coed. Doedd 'na ddim sŵn i'w rhybuddio hi. Sleifio o'r tu ôl i dy dad ddaru'r milwyr i'w ladd o. Dŵad o'r coed oedd dy fam pan welodd y milwyr hi.'

'Nhw ddaru fynd â hi uwchben 'i gorff o?'

'Ia.' Cododd Bo ei lygaid i edrych ar Edda. 'Mi'i llusgwyd hi o'r coed. Roeddan nhw'n chwerthin.' Gostyngodd ei lygaid drachefn. 'Gweiddi. Gwatwar.'

'Diolch i ti am ddeud y gwir,' meddai Svend yn y man.

Codasant.

'Wyt ti'n siŵr dy fod isio mynd adra?' gofynnodd Edda i Svend.

'Ydw.'

'Dowch 'ta.'

Doeddan nhw ddim am gymryd arnyn nad oeddan nhw wedi'u hysgwyd. Roedd tri wedi dod i'w cyfarfod ar dro yn y dyffryn. Roedd wyneb y plentyn ar y fraich wedi'i guddio bron yn wyneb y dyn a'r breichiau yn gafael am ei wddw a bysedd bychain y llaw dde'n ei fwytho'n araf, a diarwybod ella gan fod y llygaid ynghau. Prin flwydd oedd o. Hogan oedd yr un fach, oddeutu'r deg oed, yn gafael yng nghôt y dyn wrth gerdded. Ond nid dyna a aethai â sylw'r tri wrth iddyn nhw aros yn stond. Corff oedd y pwn ar y sgwyddau, corff dynes wedi'i glymu â'r wyneb at i fyny a'r gwallt hir yn disgyn dros fraich dde'r dyn ac yn siglo mymryn i'w gamau a churiadau cyson y ffon bastwn yn ei law dde. Roedd y ddynes yn amlwg yn fengach na'r dyn, er nad oedd dichon dyfalu ei oed o gyda dim tebyg i sicrwydd gan fod yr allan fawr yn llond ei wedd. Dynesai, yn dal i edrych yn syth ymlaen. Roedd yn amhosib iddo beidio â bod yn eu gweld nhw ond roedd yn amlwg nad oedd cysylltiad, ac er iddo gyrraedd o fewn hyd cyfarchiad ni chafwyd yr un. Roeddan nhw ill tri wedi dychryn gormod i feddwl am ei gyfarch o. Nid oedd anaf i'w weld ar y corff. Yna roeddan nhw wedi ceisio siarad hefo'r dyn ond ni chymerai sylw. Cuddiai'r hogan fach ei hwyneb yn y gôt bob tro yr oeddan nhw'n gofyn rhywbeth iddi. Yn y diwedd roedd Bo wedi mynd i'w sachyn a throsglwyddo cigoedd i law rydd yr hogan fach ac i sachyn y dyn. Ymhen yr awr cawsant eu pryd distawaf.

'Y gwegi difaol 'na yn ei lygaid o,' meddai Bo.

Ddywedwyd dim arall nes iddyn nhw orffen bwyta.

'Peth fel hyn ydi anrhydedd y tiroedd,' meddai Bo wedi iddyn nhw gychwyn.

'Paid â rhuthro i dy gasgliada,' meddai Svend. 'Doedd 'na ddim gwaed, nac oedd? Mi fedra hi fod wedi marw o glefyd mor hawdd â pheidio, ne' wrth eni.' Arhosodd ennyd. 'Dw i'n ddigon bodlon troi'n ôl a mynd â chi adra.'

'Na.'

Edda ddywedodd hynny, cyn i Bo gael cyfle.

''Dan ni'n mynd â chdi i dy gartra,' meddai o wrth Svend, yn derbyn gair Edda. 'Mi gei di benderfynu be i'w wneud wedyn. Os na fyddi di'n frwd dros aros mi gei ddod ymlaen hefo ni i wysio Aarne a'r lleill i briodas Idunn ac Eyolf os byddi di'n dymuno hynny.'

''Gaf weld.' Roedd Svend yn derbyn nad oedd clust i'w ddadl nac i'w ddyhead, nid ei fod wedi disgwyl dim arall. 'Dibynnu sut mae'r gymdogaeth wedi ymdopi. Os daethon nhw'n ôl,' meddai wedyn wedi ennyd o bendroni.

Aethant ymlaen. Cerddasant drwy'r dydd. Ni welsant ddim i gynnig nac esboniad nac awgrym am ymddangosiad na chyflwr y dyn a'r ddau blentyn a'r corff.

'Na wnaf.'

'Mae o'n gyngor call,' dadleuodd Ahti. 'Paid â'i wrthod o ar dy ben.'

'Yli...' dechreuodd Tarje â'i daernieb arferol.

'Na wnaf.'

Sodrodd Eir Lars ym mreichiau Tarje. Gwelodd y fflach yn llygaid Linus. Heb i'r naill fod angen deud wrth y llall, roedd Eir a Linus wedi sylwi ar ymarweddiad Tarje hefo Lars. Doedd o ddim yn gwarafun ei gario er nad oedd fyth yn gwirfoddoli i wneud hynny. Ond pan oedd Lars yn ei freichiau roedd Tarje yn ei drin yn dyner a ffurfiol. A rŵan, o gael Lars yn gynnes ddibynnol yn ei freichiau, roedd Tarje unwaith eto'n fud.

'Na wnaf,' meddai Eir eto.

Paiva oedd wedi awgrymu'r syniad. Roedd Ahti wedi crybwyll y byddai eu taith o hynny ymlaen yn debygol o fod yn llawer mwy peryglus ac roedd hithau wedi cynnig i Eir a Lars ac Idunn aros hefo hi nes dychwelai'r pedwar arall hefo Gaut. Roedd hithau'n derbyn heb amheuaeth mai mynd i gyrchu Gaut yr oeddan nhw, nid i chwilio amdano.

Trodd Ahti at Linus.

'Be sy gen ti i'w ddeud?' gofynnodd.

'Pan dw i'n cario'r dyn bach mae popeth yn gwneud synnwyr.'

'Ydi, i ti,' meddai Tarje. 'Mi fydd o wedi'i gyflyru i dy syniada di cyn daw'r un gair o'i geg o. A gwinau fydd y gair hwnnw, nid Mam, druan ag o.'

Yn llygaid Eir oedd y fflach rŵan.

'Mi'i caria i o gyhyd ag y bydd angan,' meddai Linus, ar y funud yn rhy sobr i ymateb i'r fflach. 'Ond dw i ddim am 'i gario fo i drybini.'

Roedd y fflach wedi mynd o lygaid Eir.

'Os down ni o hyd i Gaut, Lars fydd y cynta y bydd o'n 'i weld.'

Sylwodd y tri ar y gair os.

'Dydi Idunn ddim ar feddwl aros yma chwaith, fel y gwyddoch chi'n burion,' meddai Eir wedyn. 'Ac nid Eyolf sydd wedi'i pherswadio hi. Mae o'n dal ar goll. Waeth i ti ddeud bellach,' meddai wrth Ahti. 'Wyt ti'n gwybod ble mae Gaut 'ta wyt ti ddim?'

'Nac'dw,' atebodd Ahti, wedi disgwyl y cwestiwn o'r dechrau a bron wedi mynd i gredu nad oedd am ddod. 'Ond mi wn i i ble maen nhw'n mynd â fo. Mi fedar Linus ddeud hynny wrthat ti os ydi o wedi meddwl hannar cymaint ag y mae o wedi parablu.'

'Y warchodfa,' meddai Linus, yn hanner ebychiad, hanner cwestiwn.

'Dyna oedd hi, fel dw i'n dallt.'

'Dw inna ddim yn ddwl chwaith,' meddai Eir. 'Maen nhw'n mynd â Gaut i'r lle y lladdwyd yr Uchben hwnnw 'tydyn?'

Am y tro cyntaf, gwasgodd Tarje Lars yn dyner tuag ato. Gwasgiad sydyn, greddfol oedd o, wrth iddo ddarganfod fod Eir wedi credu ella o'r dechrau fod Gaut yn mynd i gael ei ladd yn yr union fan y cafodd Uchben Anund ei ladd ganddo fo'i hun.

'Ylwch, mi wna i...' dechreuodd, a rhoi'r gorau iddi.

Trodd Linus ato.

'Mi wnei di be?' gofynnodd, ei lais yn dangos ei fod yn gwybod yn iawn nad oedd angen iddo ofyn.

'Mi ildia i iddyn nhw,' rhuthrodd Tarje.

'Yn gyfnewid am ryddid Gaut. Wel dyna fyddin garedig. Ble fyddai gwerthoedd gwarineb hebddi hi?'

'Peidiwch â mynd i ofer ruthro,' meddai Ahti. 'Dydi Gaut

ddim mewn peryg a fydd o ddim am leuada, os na ddôn nhw o hyd i chdi wrth gwrs,' meddai wrth Tarje. 'Mi fydd gynnyn nhw ddigon o ddefnydd iddo fo.'

Erbyn hyn roedd Lars yn dynn yng nghôl Tarje. Trodd Ahti at Eir.

'Go brin 'i fod o wedi cyrraedd yno hyd yma prun bynnag. Ond i fan'no y maen nhw'n mynd â fo. I fan'no 'dan ninna'n mynd hefyd. A dydi hwnnw ddim yn lle i Lars na thitha. Wyt ti'n cytuno hefo fi rŵan?' gofynnodd i Linus.

'Ydw.'

'Mi fuodd Aino yno am dair blynadd a rhagor,' meddai Eir. 'Oedd o'n lle iddi hi?'

'Roedd callineb yn teyrnasu yno bryd hynny,' meddai Linus. 'Mi ddiflannodd hwnnw yn y fflama. Gofyn i hwn,' ychwanegodd wrth weld y drws yn agor ac Eyolf yn dod allan.

Nid bod Linus yn disgwyl bod Eyolf mewn cyflwr i ganolbwyntio ar bethau felly.

'Tyd am dro bach hefo fi,' meddai Eyolf wrtho, ei lais yn awgrymu rhyw angen arall. ''Dawn ni ddim o'ma heddiw bellach. Wyt ti am ddŵad?' gofynnodd i Tarje.

'Dw i'n aros hefo Eir,' meddai Tarje.

Amneidiodd Linus ei gytuniad arno a throi i fynd hefo Eyolf gan wasgu llaw Eir wrth fynd heibio iddi. Aeth ar ôl Eyolf, oedd eisoes wedi cychwyn i lawr i gyfeiriad yr afon. Aeth y ddau i lawr, yn araf dawel wrth eu pwysau.

'Wyt ti'n dechra dŵad atat dy hun?' gofynnodd Linus.

'Nac'dw.'

'Mi ddoi.'

Troes Eyolf ato, a rhyw olwg be wyddost ti ar ei wyneb. Ond yna gwelodd mai'r un Linus hyderus ag erioed oedd o, byth yn gwneud môr a mynydd o'i hyder na dim. Debyg iawn fod Linus yn gwybod, meddyliodd. Roeddan nhw ill dau wedi bod drwyddi, yn nabod ei gilydd i'r blewyn.

'Dw i'n cofio petha,' dechreuodd. 'Dw i'n cofio'r diwrnod yr es i ar goll. Dw i'n 'i gofio fo'n gliriach na'r un diwrnod o 'mhlentyndod.'

'Wyt ti'n cofio be ddigwyddodd, felly?' gofynnodd Linus ar frys.

'Na. Mi wn i bellach na wna i fyth mo hynny. Ond dw i'n cofio mynd i fyny'r cwm. Ro'n i wedi cael rhybudd i beidio am fod pawb yn darogan eira. Ond roedd hi'n braf ac ro'n i'n benderfynol o gael un pnawn ar y trum ucha cyn i'r gaea 'i hawlio fo. Dw i'n cofio'r eryr yn 'y ngwylio i'n mynd i fyny. Ro'n i wedi dŵad â chig carw ac afal hefo mi ac mi bwytis i nhw ar y trum.' Roedd ei lais yn dechrau cyflymu wrth iddo ymollwng iddi. 'Mi ddaeth 'na hebog heibio i mi a gwanu leming a dŵad ag o i'r trum arall i'w fyta, yn cymryd dim sylw ohono i. A dyma fi'n troi i chwilio awyr y gogledd am y cymyla eira ac roedd Leial yno'n 'y ngwylio i.'

'Leial?'

'Y blaidd.'

'O, ia.' Gwenodd Linus. Daeth sŵn braf yr afon i'w glustiau wrth iddo gofio. 'Mi gadwis f'amheuon i mi fy hun.'

'Pa amheuon?'

'Roedd Aino'n gwybod nad o'n i'n 'i choelio hi pan ddudodd hi amdanat ti'n 'i dynnu o o'i fagl. Ro'n i'n trio dychmygu fy hun yn ddeuddag oed yn treulio bora cyfa i ddofi blaidd ddigon i allu gwneud hynny. Ond pan goelis i ymhen rhyw funud mi ddaeth taran o syniad i mi mai amdanat ti'r oedd hi'n sôn. Doedd y stori 'i hun yn ddim o'i chymharu â sylweddoli hynny.'

'Dw i'n cofio'r diwrnod hwnnw hefyd.' Am y tro cyntaf ers deuddydd teimlai Eyolf ei hun yn ymlacio. 'A dw i'n bendant rŵan mai Leial oedd o. Ro'n i'n mynd i gychwyn ar 'i ôl o i'r coed pan ddaeth yr eira. A ddaeth hwnnw ddim o'r gogledd. Roedd o i 'ngwynab i wrth i mi fynd i lawr y cwm. Roedd o mor fân ac yn cael 'i hyrddio cymaint, fedrwn i ddim anadlu.

Doedd gen i ddim dewis ond mynd i'r goedwig. Ro'n i'n meddwl y medrwn i fynd i lawr hefo'r coed ond mae'r goedwig yn llawn clogwyni ac mae'n rhaid 'mod i wedi mynd ymhellach ac ymhellach iddi wrth drio mynd i lawr. Mi ddaeth y cyfnos ac mi aeth hi'n waeth fyth. A dyna hynny dw i'n 'i gofio. Mae'n cau arna i wedyn.' Arhosodd. Roedd yr olwg ar goll yn dychwelyd i'w lygaid. 'Ond fedra i ddim cysoni petha. Dw i'n cofio dechra dod ata fy hun bylia. Dw i'n cofio Nhad – Steinn – yn tendio arna i, ond dw i ddim yn cofio meddwl amdano fo fel dyn diarth hyd yn oed yr adag honno. Dw i'n cofio mendio a gadael y tŷ am byth a phabellu dros nos ne' aros mewn tai pobol ddiarth oedd yn cynnig gwely inni. Dw i'n cofio cyrraedd yma. Ond dw i ddim yn gwybod pryd na pham y dechreuis i ddeud Dad wrth Steinn, ai fo ddaru 'nghymell i i wneud 'ta gwneud yn ddiarwybod ddaru mi. Dw i'n dallt dim yr ydw i'n 'i gofio am hynny. Mae 'na rwbath mawr ar goll o hyd.'

Tawodd. Roeddan nhw wedi cyrraedd yr afon, oedd yn brysur gan lawogydd y dyddiau cynt ar Fynydd Tarra, a'r glawogydd wedi hybu dadmer yr eira ar ei lethrau isaf gan chwyddo'r llif fwyfwy. Eisteddodd Eyolf ar hoff graig ar y lan.

'Dyna mae colli co'n 'i wneud felly, 'te,' meddai Linus, yntau'n astudio'r afon.

'Ond mae o'n rhyfadd.' Roedd holl sylw Eyolf ar yr afon a'i harwyddocâd newydd. Yna cododd ei ben. 'Be sy'n poeni Tarje?'

'Wyddost ti i ble 'dan ni'n mynd?'

'O.' Edrychodd Eyolf ar ddŵr yr afon drachefn. 'Fan'no.'

'Mi wyddat, felly.'

'Na. Dy lais di. A'r amheuon, debyg.'

'Mae Ahti a Tarje'n trio perswadio Eir i aros yma. Mae hi'n gwrthod.'

Doedd Eyolf ddim fel tasai'n gwrando.

'Roeddat ti'n anymwybodol,' meddai. 'Welist ti mohoni.'

'Gweld pwy?' gofynnodd Linus, yn methu dallt sut medrai Eyolf feddwl am ddim ond yr hyn roedd newydd ei glywed.

Ond roedd Eyolf wedi dychwelyd i'w ddeufyd cyfrin.

'Dw i'n dallt rŵan. Roeddan ni newydd gyrraedd y warchdofa, a chditha'n anymwybodol, Baldur yn dy gario di ar 'i gefn. Roedd o'n mynd â chdi i'r cwt mawr a ninna'n cychwyn ar 'i ôl o hefo Aarne a'r milwyr. Ac mi ddaeth y ddynas rhwng y ddau gwt i edrach arnon ni. Roedd 'i hwynab hi wedi'i guddiad yn y cwfwl ond ro'n i'n gwybod mai arna i roedd hi'n edrach, nid ar neb arall. Mi drodd i ddilyn hynt yr eryr am funud, a throi'n ôl i edrach arna i wedyn. Roedd hi'n gwybod y munud hwnnw pwy o'n i, a doedd hi ddim wedi 'ngweld i ers pan o'n i'n bedair ar ddeg. Ond dw i'n dallt rŵan.' Arhosodd. Cododd ei ben i edrych eto ar Linus. 'Pam dw i'n dallt petha nad oes dallt arnyn nhw?'

'Methu dallt petha y mae dallt arnyn nhw ydw i.' Wrth wrando arno roedd cof Linus wedi mynd yn un bwrlwm o'r warchodfa. Stwyriodd. 'Os daw 'na eryrod yno y tro yma mae'n beryg mai dŵad i fwydo ar ein cyrff ni y byddan nhw. Chân nhw ddim bwydo ar gyrff Eir a Lars. Mae'n rhaid i ni drio 'i pherswadio hi.'

'Bydd.'

'Tyd 'ta. Mi gei di ddŵad atat dy hun eto.'

Gwenodd Eolf am y tro cyntaf ers dyddiau. Cododd, a dychwelodd y ddau at y lleill.

'Rwyt ti'n credu fod Gaut yn mynd i gael ei ddefnyddio fel abwyd, felly,' meddai Eyolf wrth Ahti, yn penderfynu mai cam gwag fyddai cadw dim rhag Eir bellach.

'Nid yn hollol,' atebodd Ahti, fymryn yn betrusgar, ond nid am fod Eir yn gwrando. 'Tasai gynnyn nhw le i gredu fod Tarje'n gwybod 'i hynt o, mi fydden nhw'n gwneud hynny. Ond does 'na neb o Lyn Sorob heb sôn am y fyddin yn gwybod fod Tarje wedi bod adra, ond 'i deulu o ac Angard. Tasai'r bobol sydd wedi bod yn cadw golwg slei ar 'i gartra fo wedi'i weld o, mi fydden nhw wedi'i ddilyn o a gofalu 'i fod o'n cael 'i gludo i ofal yr Uchben 'gosa at law yn daclus i gyd. Felly does gynnyn nhw ddim lle i gredu fod Tarje'n gwybod dim am Gaut.'

'Os ydi o'n abwyd, 'dan ni'n gwybod hynny,' meddai Linus.

'Ond mae'r lle 'na bellach yn un o'r lleoedd sy'n cael 'i warchod yn fwya trylwyr drwy'r holl diroedd,' meddai wrth Eir. 'Mae 'na ysbiwyr a gwarchodwyr ym mhobman o'i gwmpas o, ac mae o'n berwi gan filwyr.'

'A chaethion,' cynigiodd hi.

'Fydd 'na ddim prindar o'r rheini,' meddai Eyolf, 'yn wyrddion a gwineuod a di-liw a diniwed.'

'Fydd 'na gaethferch ne' ddwy yn 'u plith nhw?'

'At be wyt ti'n 'nelu?' gofynnodd Tarje'n gyflym.

'Dau ohonach chi i wisgo'r wisg lwyd a thywys y gweddill ohonan ni fel caethion ac mi awn ni drwyddyn nhw i gyd heb i neb ama dim.'

Yr hyder tawel yn ei llais a drodd y lleill oddi ar eu hechel. Dim ond prin ymwybodol o'r llaw fechan a ddaeth i chwarae â'i ên oedd Tarje.

'Does gen ti ddim...' dechreuodd.

'Na,' meddai Ahti, hefo mwy o reolaeth ar ei lais na Tarje.

'Pam?' gofynnodd hithau.

'I ddechra arni, mi fûm i yn y fyddin am ugian mlynadd. Mae 'ngwep i'n gyfarwydd i filoedd o filwyr. Mae'n bosib y bydd 'na lawar yno'n nabod Tarje hefyd.'

'Mi ddaru mi lifo gwallt Gaut pan oedd o'n ddeuddag oed. Pan aeth o adra ddaru Thora na Seppo mo'i nabod o nes iddo fo ddechra siarad hefo nhw.'

'Rŵan wnest ti feddwl am hynna, 'ta wyt ti wedi bod yn darparu hyn ers dyddia?' gofynnodd Linus.

Doedd ei lais na'i wyneb o ddim hanner mor anobeithiol â'r ddau arall.

'Paid â'i hannog hi,' ymbiliodd Tarje, yn nabod yr edmygedd yn llais Linus. 'Does 'na ddim gobaith i beth fel hyn lwyddo. Mi fasa'r Isben cynta i'n gweld ni'n ein darnio ni.'

'Dim ond deud wrthyn nhw mai eiddo'r Aruchben ydi'r caethion,' meddai Eir. 'Fasan nhw ddim yn meiddio cyffwrdd pen 'u bysadd ynon ni.'

'Mae arna i ofn y bydden nhw,' meddai Ahti. 'Tasai 'na gaethion yn cael 'u llusgo yn unswydd i'r Aruchben nid dau ne' dri o filwyr bach diddim fyddai'n mynd â nhw.'

'Wyt ti mewn cyflwr i ddeud rwbath bellach?' gofynnodd Tarje i Eyolf. 'Rwyt ti'n nabod y fyddin cystal â neb yma. Deud wrthi, yn enw Horar.'

Ond roedd Eyolf yn edrych heibio iddyn nhw, yn anymwybodol o bopeth ond yr hyn a ddeuai i'r golwg heibio i'r ysgwydd i fyny'r dyffryn o'i flaen. O weld ei wyneb, trodd y lleill. Deuai dyn i'w cyfarfod, yn cario pwn ar ei gefn a ffon bastwn yn ei law dde. Roedd plentyn rhyw flwydd oed ar ei fraich chwith a llaw fechan yn gafael am ei wddw. Cerddai hogan tua deg oed wrth ei ochr, ei llaw'n gafael yn dynn yn ei gôt. Nid edrychai'r dyn i unman ond yn syth o'i flaen. Ond roedd eu sylw nhw ar gorff y ddynes ar ei ysgwyddau, a'r gwallt hir yn siglo i'w gerddediad.

Linus oedd y cyntaf i symud. Ymhen eiliad roedd Eir wrth ei ochr. Safodd y ddau o flaen y dyn ond daliai o i ddynesu.

'Dydi o ddim yn ein gweld ni,' meddai Eir, yn gafael yn reddfol ym mraich Linus.

''Rhoswch,' meddai Linus. 'I ble dach chi'n mynd?' cynigiodd wedyn.

Ailadroddodd ei gwestiwn yn ei famiaith, ond ni thyciai. Dim ond newid mymryn ar ei gyfeiriad ddigon i fynd heibio iddyn nhw ddaru'r dyn, eto heb roi unrhyw argraff ei fod yn ymwybodol o wneud hynny. Ond roedd yr hogan yn edrych i fyw llygaid Eir, yr angen yn llond ei llygaid.

'Mae'n rhaid iddo fo aros,' meddai Eir. 'Maen nhw ar ddisgyn.'

Symudodd Linus o flaen y dyn a gosod dwy law gadarn ar ei freichiau. Ac er na symudodd y llygaid gwelodd Linus eu bod yn newid i edrych arno fo yn hytrach nag ar yr anwybod. Roedd y llais a ruodd yn ei wyneb yn gri o ddyfnderoedd.

'Gad imi! Er mwyn Oliph, gad imi!'

Yna roedd Ahti ac Eyolf yno, a Tarje'n dynesu â Lars yn dynn yn ei gôl.

'Be sydd wedi digwydd?' gofynnodd Ahti i'r dyn. 'I ble'r ci di?'

Roedd y dwrn a ddaliai'r ffon bastwn yn crynu.

'Ers faint wyt ti'n cerdded?' gofynnodd Ahti wedyn. 'Wyddost ti ble'r wyt ti?'

'Pryd buo hi farw?' gofynnodd Eyolf.

Roedd Eir wedi plygu at yr hogan.

'Be 'di d'enw di?' gofynnodd iddi.

Closiodd yr hogan at y dyn nes bod ochr ei hwyneb yn dynn yn ei gôt. Cododd Eir.

'Mae ar y plant angan 'u molchi,' meddai wrth y dyn, 'a bwyd poeth a gwres. Dowch â'r hogyn bach i mi.'

Daeth rhuad arall llawn anadl o geg y dyn, a geiriau fel pe ar hanner eu ffurfio'n ceisio dod drwodd ynddo. Ceisiodd gamu ymlaen, ond roedd Ahti ac Eyolf yn ei atal, a Linus yn dal ei afael yn ei freichiau, er bod y llygaid diddirnad yn codi ofn arno.

'Na,' mynnodd Ahti, yn cadw ei lais yn dawel a chyfeillgar. 'Os gwyddost ti i ble'r wyt ti'n mynd â'r corff, mi gawn ni gar llusg a chymorth i ti yn y gymdogaeth. Ond mae'n rhaid ymgeleddu'r plant, a thitha.'

Llonyddodd y dyn, y llonyddwch yn athrist a'r sŵn o'i geg bellach wedi gostwng, ond yn codi cymaint o ofn ar Linus â'r llygaid. Roedd yr hogan wedi bodloni i Eir afael yn ei llaw. Mwythodd hithau ei boch â'i llaw rydd.

'Wyt ti am ddeud wrtha i be sydd wedi digwydd?' gofynnodd.

'Lladd Mam pan oedd Dad yn y goedwig.'

Roedd y llais bychan yn ebychiadau drwyddo. Daliodd Eir i fwytho.

'Pwy ddaru?'

'Tarje Lwfr Lofrudd.'

Cododd Eir ei phen, i weld Tarje'n gwelwi ac yn tynnu Lars yn dynnach i'w gôl.

20

Cafwyd gronyn o synnwyr o'r dyn. O dipyn i beth, rhwng y bloeddiadau a'r ocheneidiau a'r galw ar y duwiau a chadarnhad o ambell beth gan yr hogan fach, cafwyd ar ddallt mai wrthi'n llafurio yn y coed gydag eraill o'i gymdogaeth oedd y dyn pan redodd hogyn atyn nhw i weiddi fod milwyr yn creu llanast yn y gymdogaeth am eu bod yn gwybod fod Tarje Lwfr Lofrudd yn ymguddio yno. Roedd yntau wedi rhuthro adref a chael ei wraig ar ganol y llawr, wedi'i threisio a'i thagu a'r ddau blentyn o boptu'n ceisio ysgwyd bywyd yn ôl i'r corff.

Ond aeth yr ailadrodd, fesul pwt, fesul gair, fesul ebwch ddirdynnol yn ormod iddo. Daeth yn amlwg hefyd nad oedd ganddo bellach syniad ymhle'r oedd ac aeth ohoni'n llwyr pan orfodwyd o mor dyner ag oedd modd i ildio'r corff i'r gladdfa ac i'r ddau blentyn gael eu tynnu oddi wrtho i'w hymgeleddu. O'i weld yn bloeddio ei alar wrth geisio gwrthsefyll a hynny'n mynd yn ymgais i golbio ei ben yn erbyn craig, penderfynwyd na ellid gwneud dim ond gosod cadwynau amdano a'i gaethiwo. A chafodd Eyolf ei ysgwyd i'w seiliau gan y cryndod a feddiannodd gorff Paiva pan aed â'r newydd am y cadwyno iddi. Hwn oedd y tro cyntaf i'r cadwynau gael eu defnyddio yn y gymdogaeth ers pan fu hi ynddyn nhw flynyddoedd ynghynt.

'Ro'n i'n cerddad adra hefo Nhad y noson y clymwyd Paiva yn y cadwyna,' meddai Eyolf, ac Idunn ac yntau'n edrych ar yr afon dan leuad, 'y lleuad yn braf fel hyn, a'r un ohonon ni'n deud gair nac edrach o'n cwmpas. Mi sleifis i i 'ngwely a chrio'n ddistaw bach. Ro'n i bron yn ddwy ar bymthag ond mi ddaru mi grio am fod Paiva mewn cadwyna am 'i bod hi'n methu gwybod fod Hilja yn y gladdfa.'

'Doeddat ti ddim yn gwybod dy fod wedi rhyddhau eryr na

blaidd o'u cadwyna nhw. Doeddat ti ddim yn gwybod am dy fodolaeth.'

'Ella.'

Roedd sylw Eyolf wedi mynd ar Tarje, yn sefyll ar lan yr afon â'i gefn atyn nhw, ei osgo'n cyfleu popeth. Aethant ato. Chododd o mo'i lygaid.

'Dydi dy enw di ddim yn drewi drwy'r tiroedd,' meddai Eyolf. Chododd Tarje mo'i lygaid wedyn chwaith.

Bore trannoeth, codasant eu pac a mynd. Linus oedd y cyntaf i sylweddoli fod Tarje wedi cymryd Lars i'w freichiau o'i wirfodd.

Roedd y bore wedi troi'n dywyll, yn felynllyd ddiarth. Bu'n bwrw rhywfaint a tharanu o bell er nad oedd mellten wedi tanio'r awyr hyd yma. Roedd yr haul isel yn un cylch llwydwyn ym mhellafoedd y melyndra, fel tasai'n methu goleuo'r tiroedd, a dim ond ychydig yn fwy disglair na'r lleuad llawn, yn annifyrru dim ar y llygaid a syllai arno. Roedd yn annaturiol dawel, fel tasai natur hithau wedi ymdawelu i wylio.

'Ella byddai'n well i ni ailgodi'r baball rhag ofn bod 'na storm ar ein gwartha ni,' meddai Edda, yn methu tynnu ei sylw oddi ar yr haul estron.

'Mae'n ddifyr hefyd 'tydi,' meddai Bo, yn cytuno, ond nid yn rhy hoff o wneud hynny. 'Welis i rioed awyr fel hon o'r blaen. Yli'r haul 'na, ddyn bach. Yli'r lliw 'ma.'

Ond roedd Svend yn edrych mewn braw ar yr awyr. Roedd yntau'n cael ei lygad-dynnu gan yr haul ond roedd arno ofn edrych arno rhag i'w lygaid fynd yn gaethion i'w dynfa ac i'r ysbrydion drwg ymsaethu drwy lwybr y dynfa ac i mewn drwy ei lygaid diymadferth a meddiannu ei gorff. Trodd i chwilio'r awyr o'u holau, a gwelodd yr un bygythiad yn y llwydni hwnnw.

'Gwaeddwn ar Oliph i'n harbed ni,' ymbiliodd.

'Gad i'r bwbach ble mae o,' meddai Bo. Trodd ato a gafael ynddo i'w droi i wynebu'r haul a'r awyr felyn drachefn.

'Edrycha'n iawn arni hi. Ella na weli di na ninna fyth awyr fel hon eto. Gwerthfawroga bob eiliad ohoni. Sugna hi i dy gyfansoddiad, i'w chofio hi am byth, i'w disgrifio hyd at syrffad dagra i dy blant bach a'u plant nhwtha. Llynca hi, bob llawiad ohoni.' Trodd at Edda. 'Faint o blant ydan ni'n mynd i'w cael?'

Am ennyd aeth pob teimlad a âi drwy Edda wrth wylio'r awyr a'r haul i'w hynt. Câi byliau o gredu ei bod yn dod i arfer â'r cwestiynau mynych a saethai'n ddirybudd a digyswllt o enau Bo, a'i bod yn dechrau dygymod â'r cyweiriau diderfyn yn ei ben. Ond deuai un newydd i'r amlwg bron yn feunyddiol â'i swadan fechan ei hun hefo fo. Edrychodd ar Svend bron fel pe i chwilio am ei gymorth ond doedd o ddim fel tasai o wedi clywed Bo o gwbl.

'Callia'r twmpath.'

'Callio be? Roeddat ti fwy wrth dy fodd na fi hyd yn oed wrth chwara hefo Hilja. Mi welist ti hynny, 'ndo?' meddai wrth Svend.

'Mae o'n arwydd,' crynodd o.

'Be, chwara llam y lastorch hefo Hilja?'

'Paid â gwamalu, yn enw Horar!'

'Mi wn i be wnawn i yn enw hwnnw.' Sobrodd Bo. 'Svend,' ceisiodd â'i lais mwyaf cyfeillgar posib, 'y byd o'n cwmpas ni ydi hwn, dim arall. Dathlu ydan ni i fod i'w wneud, nid crynu. Nid gormeswyr ydi'r haul na'r awyr na'r sêr. A neith y felltan mo dy daro di os wyt ti'n cadw o'r golwg ne'n llonydd ar dy gwrcwd. Mae gan yr awyr hawl ddirwystr i ddewis mynd i liw diarth yn ôl yr hin yn union fel roedd gen ti hawl ddirwystr a diedliw i ddod yn ffrindia braf hefo Paiva a Hilja y munud y gwelist ti nhw. Ddaru 'na'r un duw na chawr dy wthio di i hynny, naddo?' Cododd fymryn ar ei ben i arogleuo'r awyr a theimlo ei naws. 'Beryg bod y mellt yma.'

'Mae'n well i ni beidio â chodi'r baball, felly,' meddai Edda. 'Mi awn ni i'r pant 'na.'

Aethant. Roedd y pant gerllaw'n ddyfnach na'i olwg ac

erbyn iddyn nhw gyrraedd ei waelod roedd dafnau breision rhagflaenydd y mellt yn dechrau taro.

'Mae gofyn bod yn gyfrifol cyn cael plant,' meddai Svend.

Swatiai'r tri ar eu cyrcydau, yn wynebu ei gilydd yn eu cylch bychan, ac yn llonydd fel y cerrig o'u hamgylch. Roedd yr awyr wedi newid ei lliw a'r haul wedi diflannu, byth i ddychwelyd fel roedd o newydd fod, meddyliai Bo. Rŵan llwydni tywyll oedd o'u hamgylch a'r glaw bras a oleuid yn ysbeidiol gan y mellt yn pistyllu am eu pennau, y rheini wedi'u cuddio yn eu cyfylau ac yn cadw'n sych er bod y cyfylau'n cuddio gormod ar eu hwynebau iddyn nhw allu edrych lygad yn llygad. Byddai codi eu pennau'n golygu eu symud a byddai hynny'n gwadd y mellt. Ond roedd Svend wedi mentro codi mymryn ar ei ben i chwilio am ryw gysylltiad.

'Pa obaith fyddai i unrhyw blentyn fyddai'n cael 'i drochi yn dy syniada di?' aeth ymlaen. 'Mae o'n 'y nychryn i be fasat ti'n 'i ddysgu i dy blant.'

Daeth mellten arall. Cyfeiliant, meddyliodd Edda. Cadarnhad, meddyliodd wedyn ar amrantiad gan ymdrechu i gadw ei chorff yn llonydd rhag y chwerthin wrth i'r daran sgrytian o'u hamgylch.

Ond welai Bo mo hynny. A rŵan doedd dim yn chwyrlïo'n ddi-drefn yn ei ymennydd.

'Mi fydda i'n dysgu ein plant ni am dy fam yn bwydo'r pothanod. Mi fydda i'n 'u dysgu nhw am Tona'n cusanu 'i hymddiriedaeth yno' i. Mi fydda i'n 'u dysgu nhw am Eyolf yn rhyddhau eryr o fagl pobol oedd yn methu derbyn fod deryn yn well heliwr na nhw. Mi fydda i'n 'u dysgu nhw am Eyolf yn treulio bora cyfa i ddofi blaidd cyn gwneud yr un peth iddo ynta.'

'Dydw i ddim yn sôn am betha felly.'

'Mi fydda i'n 'u dysgu nhw am y blaidd yn talu'r gymwynas yn ôl i Eyolf ar 'i chanfad. Mi fydda i'n 'u dysgu nhw am 'u mam nhw'n crwydro glanna'r llyn â'i bys yn y dŵr.'

Diflannodd pob awydd i chwerthin yn Edda, a'r munud hwnnw roedd hi'n gorfod ymdrechu i beidio â symud a gafael yn Bo. Roedd arni hi isio gafael ynddo a thynnu'r cwfwl oddi ar ei ben iddi gael ei weld yn iawn a chwilio dyfnderoedd ei lygaid. Ei chyfrinach hi oedd honno a doedd hi ddim wedi'i rhannu â neb, ei thad nac Amora na neb. Doedd Bo ddim wedi cynnig unrhyw awgrym cynt ei fod yn gwybod amdani. Ond roedd o'n dal ati.

'Mi fydda i'n 'u dysgu nhw am Tarje'n fy rhyddhau i o sach ac am filwyr hefo gwisg wahanol i 'ngwisg milwr anfad i'n fy ymgeleddu i ac yn dangos i mi be ydi cyfeillgarwch dieithriaid oedd i fod yn elynion. Mi fydda i'n 'u dysgu nhw am Aino. Mi fydda i'n 'u dysgu nhw gymaint am Aino nes bydd dim ond cl'wad 'i henw hi'n 'u hysbrydoli nhw.'

Daeth mellten arall. Daeth taran arall.

'Osgoi atab ydi hynna,' meddai Svend wedi i chwyrniad olaf y daran gilio.

'Mi fydda i'n 'u dysgu nhw amdanat ti'n tacluso tŷ Tona. Mi fydda i'n 'u dysgu nhw am y frwydr rhwng gorchymyn a dyhead ofnus yn dy lygaid di pan welist ti'r amheuaeth a'r oerni yn llygaid Edda'n troi'n gyfeillgarwch. Dyna fydda i'n 'i ddysgu iddyn nhw.'

'Pwy gododd 'u lleisia ddigon i orchfygu storm o fellt a thrana i gael sgwrs fel hon o'r blaen?' meddai Edda ymhen ychydig, am fod Bo a Svend wedi tewi a dim arwydd fod rhagor ar ddod.

'Mae 'na betha pwysicach ac mi wyddost hynny,' meddai Svend wrth Bo.

'Fyddan nhw ddim angan f'anogaeth i i dynnu'r Chwedl yn greia a'i chwalu hi i'r deunaw gwynt.'

'Dwyt ti ddim ffit i gael plant, a fyddi di ddim chwaith.'

Roedd Edda'n dyheu ers meitin am gysylltiad llygad yn llygad. Ond rŵan roedd hi'n dyheu am gysylltiad gwefus wrth wefus, corff wrth gorff. Cododd ei phen eto, yr un mor araf.

A'r un mor araf, fel blodyn yn codi ei ben i gyfarch haul gwan, gwelodd gôt drwchus a chwfwl Bo'n dechrau dynesu tuag ati.

Doedd neb am ddeud rhagor, dim ond gwrando ar y glaw yn graddol gymedroli ac yn dychwelyd i'w ffyrnigrwydd wrth i fellten arall oleuo'r dydd. Ond rŵan roedd Edda yn cofio am y bore cyntaf hwnnw pan ddychwelodd hi adra ar ôl bod yn rhybuddio Amora am ymweliad yr Hynafgwr i geisio cadarnhau stori Bo. A rŵan teimlai fod ei gorff o'n dynesu tuag ati'n llawer rhy ara deg ac ildiodd i'r awydd a symud ei braich yn araf ddisylw yn nes ato, dim ond i'w gyffwrdd. Cododd yntau fymryn ar ei ben, dim ond digon i lygaid weld llygaid. Yna gwyddai hi.

Doedd Svend ddim am ildio.

'Dydi dy fod di'n casáu byddinoedd ddim yn cyfiawnhau dy agwedd di at y duwiau,' meddai. 'Mi wn i am lawar sy'n casáu byddinoedd.'

'Mi wn inna hefyd, tasan nhw wedi cael byw i wneud hynny.'

'Dim gobaith, nac oes?'

Gostyngodd Svend ei ben yn ôl, yr un mor araf ag y'i cododd.

'Dwyt ti byth wedi deud wyt ti bellach yn casáu byddinoedd,' meddai Edda wrtho. 'Wyt ti'n un o'r bobol 'ma sy'n gweld bai ar bawb a phopeth os ydi rhywrai annwyl o dy deulu di'n marw cyn pryd, yn cael 'u lladd gan glefyd ne' fwystfil, ond yn gweld bai ar neb os ydyn nhw'n cael 'u lladd gan fyddin?'

Ni symudodd y pen yn ei gwfwl.

'Doedd dy dad a dy fam ddim mewn brwydr,' aeth hithau ymlaen. 'Doeddan nhw ddim hyd yn oed ar lwybr brwydr.'

Yna difarodd. Gwelodd y crynu cynnil. Ar ôl yr hyrddiad olaf eiliadau ynghynt daethai'n amlwg fod y storm yn dechrau chwythu ei phlwc. Mentrodd hithau. Dynesodd. Tynnodd ei chwfwl a chwfwl Svend. Gafaelodd amdano a'i gusanu ar ei foch.

'Mae 'ngheg inna'n fawr weithia,' meddai wrth y llygaid lleithion.

Roedd Bo hefyd wedi tynnu ei gwfwl. Gafaelodd yn ysgwydd Svend, a gadael ei law yno.

'Mae 'na rai'n brolio 'u dewrder,' meddai. 'Y bobol fwya diffath y gwn i amdanyn nhw.'

Darfu'r storm. Daeth yr awyr lwydaidd yn gynefin drachefn. Arhosodd y tri'n llonydd am dipyn rhagor rhag mellten ar ddisberod. Ond ni ddaeth yr un a chodasant eu paciau drachefn a'i chychwyn hi tua'r gorllewin.

'Dwyt ti ddim dicach wrtha i am ddeud y petha 'ma,' meddai Svend toc.

'Mae'r syniad o fod yn ddig wrthat ti fel bod yn ddig wrth ddeilan y fedwen arian am wywo cyn daw'r eira,' meddai Bo.

'Ond dw i'n deud y gwir. Os ydach chi'n meddwl am gael plant, mae'n rhaid i chi feddwl am y cyfrifoldeb, nid am 'u cael nhw a dim arall. Nid fel cynnyrch chwant.'

'Mi wnawn ni 'u dysgu nhw i feddwl,' meddai Edda. 'Neith hynny'r tro gen ti?'

'Meddwl yn gyfrifol,' cywirodd Svend. 'Fedar neb ddyrnu i dy ben di nad rwbath ffwr-â-hi i'w drin fel lludw'r siambar dân ne' gynffon torgoch ydi'r Chwedl?' meddai wrth Bo. 'Rwyt ti'n 'i thrin hi fel tasai hi'n ddim ond un o'r mân chwedla.'

'Mae chwedla'n wych.' Roedd Bo ar frys i anghytuno. 'Ar 'u gora maen nhw'n cyfoethogi, pan mae pawb ond Hynafgwyr yn 'u canu nhw. Dydi'r Chwedl ddim. Pam mae honno'n casáu pob chwedl ond ei heiddo'i hun?'

'Tria golbio rwbath tebyg i gyfrifoldeb i gyfansoddiad hwn cyn meddwl am briodi a chael plant,' meddai Svend wrth Edda. ''Dan ni wedi gwneud petha hefo'n gilydd.'

Arhosodd Edda am ryw sylw gan Bo ond roedd o wedi mynd i'w fyd ei hun.

21

Doedd yr adar ddim yn ffraeo yn yr awyr.

Roedd y tri wedi dringo drwy goedwig ym mhen draw dyffryn, a Svend wedi dod i'r casgliad eu bod wedi dewis y dyffryn anghywir o'r ddau oedd o'u blaenau y diwrnod cynt. Pan ddaethant i'w ben draw digroeso roeddan nhw wedi penderfynu dringo drwy goed i weld be ddeuai ohoni yn hytrach na dychwel. Wedi dwyawr dda o ddringo daethant i geufron fechan ar ochr mynydd gwyn ei gopa ar y dde iddyn nhw. Dim ond y mynydd a rhagor o goed i bob cyfeiriad arall a welid o'r geufron, ac aethant ymlaen wedi i'r haul gadarnhau'r cyfeiriad iddyn nhw. Bellach roeddan nhw'n mynd at i lawr a'r daith yr un mor anodd ar brydiau â'r un at i fyny ychydig ynghynt. Wedi dwyawr arall gymhleth daethant i rimyn cul o dir uwchben dyffryn. Ac yno uwchben y dyffryn roedd yr adar. Roedd cigfrain, hebogiaid, hebogiaid mawr, bwncathod, barcutiaid, eryr neu ddau, i gyd yn hofran neu'n codi a gostwng, heb yr un i'w weld yn cymryd sylw o'r un arall. Ambell grawc oedd yr unig sŵn i'w glywed.

''Rhoswch,' meddai Svend, yn cadw ei lais yn dawel.

'Maen nhw'n bwydo heb ruthro,' meddai Edda. 'Brwydr?' gofynnodd.

'Fasai corff yr un bwystfil na pherson yn denu cymaint â hyn. Mae'n well i ni droi'n ôl,' dyfarnodd Svend wedyn ar ôl gweld Bo'n amneidio i gytuno.

'Pam?' gofynnodd Edda. 'Fydden nhw ddim yna tasai'r frwydr yn dal i fynd.'

'Os oes 'na frwydr wedi bod, mae'n well i ti beidio â gweld 'i chanlyniad hi.'

Aeth Svend ymlaen, gan gadw yng nghysgod y coed ac arafu

wrth i'r dyffryn islaw ddod i'r golwg fesul cam. Ymhen dim roedd Bo ac Edda wrth ei ochr.

''Rhoswch ble'r ydach chi!'

'Dal i fynd,' meddai Bo. 'Cad dy wyliadwriaeth.'

Yna roeddan nhw uwchben llawr y dyffryn. Roedd y cyrff ym mhobman.

'Cerwch yn ôl,' ymbiliodd Svend. 'Cad 'i llygaid hi rhagddo fo,' meddai wrth Bo.

'Dw i wedi gweld cyrff o'r blaen,' meddai Edda, yn ceisio cael trefn ar y dychryn.

Roedd Bo a hithau'n gafael yn dynn iawn yn nwylo'i gilydd. Chwiliai o am symudiadau, ond dim ond ymhlith yr adar a'r anifeiliaid oedd hynny. Roedd pob clwyf wedi gwneud ei waith. Doedd dim angen i'r anifeiliaid ffraeo chwaith. Roedd cnud o fleiddiaid wedi ymwasgaru i ddewis fel y mynnai, a dau folgi prysur yn lled agos at ei gilydd. Daeth mymryn o gythrwfwl wrth i lwynog neidio am gigfran oedd wedi chwantu'r un ymborth. Rhyw ddilyn greddf oedd y llwynog hefyd oherwydd 'daeth o ddim i'r drafferth o gynnal ei fygythiad, dim ond dychwelyd at ei damaid, a setlodd y gigfran ar gorffyn cyfagos. Roedd gweddillion coelcerth ymhellach draw fymryn. Ni chodai mwg ohoni.

'Ddoe digwyddodd hyn,' meddai Bo.

'Ia, mae'n debyg,' cytunodd Svend.

Doedd dim arall i'w ddeud. Yna, wrth edrych, roedd Edda'n cofio'r straeon. Y Chwedl oedd eu tarddiad bob un. Roedd pob tir y bu brwydr arno'n cael ei newid am byth; roedd y sŵn a'r gwaed a'r aberthu'n creu naws na fedrid ei ddileu a fyddai neb fyth mwy'n gallu cerdded na llafurio'r tir hwnnw heb ymsugno'r naws. Byddai'r rhai yr oedd y duwiau wedi'u cynysgaeddu â'u ffafr yn gallu clywed sŵn y brwydro ac ail-fyw'r ymladd a hynt y dewrion, ac o droedio'r tir ac aros i fyfyrio a mawrygu byddai cyngor a doethineb yn ymdreiddio iddyn nhw o'r pridd lle disgynnodd yr arwyr.

Ond nid felly'r oedd hi. Wrth i'w dychryn gymedroli a braich Bo amdani a'i law yn mwytho ei braich a'i hysgwydd roedd Edda'n gallu troi ei sylw oddi ar y cyrff. Astudiodd y dyffryn o'i blaen. Roedd yn amlwg mai'r un oedd y tir â chynt. Os oedd naws o gwbl, meddyliodd, naws y tir yn pwysleisio ei annibyniaeth ddiedifar oedd o. Yr un haul oedd yn tywynnu'n ysgafn ar y cyrff a'r gwleddwyr ag oedd wedi tywynnu ar ben y geufron a phobman arall. Yr un chwa oedd yn chwarae â lludw'r goelcerth ag oedd yn suo pennau'r coed. Byddai'r anifeiliaid a'r adar yn cael eu gwala ac yn mynd, ella i ddychwelyd am ddiwrnod neu ddau. Byddai'r cnawd nas bwytawyd yn pydru i'r tir, i'w fwyta gan bryfetach nes na fyddai dim ar ôl i greu dim ond pryfetach newydd. Byddai'r esgyrn nas darniwyd gan ddannedd yn breuo yn yr haul ac yn chwalu yn eu tro. Byddai'r dillad yn pydru ac yn mynd yn rhan o'r tir, i dyfiant newydd eu gorchuddio a phorthi porwyr newydd a fyddai yn eu tro'n gochel rhag bwystfilod newydd. A byddai'r un haul yn tywynnu arno yn ei dro, a'r un lleuad yn ei oleuo yr un mor ddifraw yn ei dro.

Roedd Bo hefyd yn cofio. Roedd ci fam wedi'i ddysgu ers pan oedd yn blentyn nad ar hap y tyfai llwyni ar dir agored, ond o'r maeth a ddeilliai o weddillion anifeiliaid oedd wedi marw yn yr union le hwnnw. Dyna oedd y sbardun yr oedd ar yr hedyn di-nod ei angen. Os felly, meddyliai, ella y byddai'r dyffryn odanyn nhw mor gyforiog o lwyni a phlanhigion ymhen ychydig fel na fyddai neb yn gallu ei dramwyo.

'Ylwch.'

Daeth llais Svend â nhw o'u meddyliau. Pwyntiai o i'r dde yn y pellter. Roedd cyrff yno heb wisg milwyr amdanyn nhw, yn ddynion a merched. Gafaelodd Edda yn dynn yn Bo wrth weld cyrff tri phlentyn yn eu mysg.

'Crwydrwyr ysbail,' meddai o. 'Wyt ti wedi cl'wad am y rheini?'

'Do.'

'Mi adawodd y fyddin fuddugoliaethus filwyr ar ôl i'w difa nhw,' meddai Svend.

'Fuost ti'n gwneud peth felly?' gofynnodd Bo.

'Unwaith.'

Daliodd Bo i edrych ar y cyrff am ychydig, ond doedd dim symudiad i'w weld.

'Be 'dan ni am 'i wneud?' gofynnodd Edda.

'Os ydi'r crwydrwyr ysbail yn gelain ddaw 'na neb arall yma,' meddai Bo. 'Mi fedrwn ni droi'n ôl ne' mi fedrwn ni gamu dros gyrff.'

'Cym bwyll,' meddai Svend. 'Does wybod ble mae gweddill y fyddin ddaru ddod drwyddi.'

'Mi 'rhoswn i yma am fymryn 'ta.' Pwysodd Bo ei ben ar ysgwydd Edda. Mwythodd ei gwallt. 'Cha i ddim hunlla heno. Paid ti â chael un chwaith.'

'Dw i wedi cl'wad am ladd y plant.'

Ciliasant i gysgod llwyn, a mynd i'w storfa fechan o gigoedd parod.

'Mi ddudodd Dad am hyn, 'ndo?' meddai Edda, a'r tri'n bwyta â'u cefnau at y dyffryn ac o'i olwg. 'Mi ddudodd Amora ac ynta be oedd o'n blaena ni.'

'Do,' meddai Bo. 'Ac Aino, a Mam, a Birgit, a Görf. Y dewis arall ydi aros yn ein cragan.'

'Mi welwn ni ragor, mae'n beryg,' meddai Svend.

'Waeth i ni fynd drwy'r dyffryn ddim felly, na waeth?' meddai Edda. 'Chymrith y bwystfilod yr un sylw ohonon ni.'

Canolbwyntiodd Svend ar ei fwyd am ennyd. Yna cododd ei lygaid.

'Mi fyddai'n well gen i droi'n ôl a mynd â chdi adra,' meddai wrth Edda.

'Na wnaf.'

Plygodd Svend ei ben. Canolbwyntiodd eto ar ei fwyd. Edrychodd ennyd ar Edda cyn plygu ei ben drachefn.

'Paid â meddwl 'mod i'n gweld bai ar Bo,' dechreuodd, a phetruso yr un munud, yn chwilio am eiriau, 'ond dw i ddim yn meddwl 'i fod o na thitha wedi ystyriad...' Petrusodd eto.

'Mi fydd yn rhaid i ni beidio â chael ein dal felly, 'n bydd?' meddai Edda.

'Ia, ond...'

'Mi wn i be 'di treisio.'

Gadawodd Svend hi ar hynny, er bod ei lygaid yn dal i ymbil ar Bo. Gorffenasant eu pryd bychan heb ddeud gair arall. Wedyn, yn ddi-sgwrs o hyd, aethant i lawr y llechwedd i'r dyffryn. Daeth yn amlwg ar unwaith nad oedd tiriogaeth y coed i'r de'n dramwyadwy, ac roedd yr ochr ogleddol yn codi i'r mynydd a'r un mor amhosib ei throedio. Ni chymerodd y cnud sylw o gwbl ohonyn nhw wrth iddyn nhw gadw mor agos i'r coed ag y gallent, gan fethu peidio ag edrych i'r wynebau marw oedd yn y golwg. Roedd y bolgwn wedi'u digoni ac wedi mynd ar eu hynt, ond deuai rhagor o lwynogod o'r coed gan anwybyddu pawb a phopeth ond y cyrff. Daliai'r adar i droelli uwchben a disgyn a chodi drachefn yn ôl eu chwiw.

Daeth y dyffryn i'w derfyn bron yn ddirybudd, yn disgyn i dir ehangach gydag afon lydan yn llifo i'r de heb fod nepell. Roedd y tir yn ddi-goed bron, gyda llwyni a mân fryncynnau yma a thraw. Roedd cymdogaeth beth pellter i'r de, yn berwi gan filwyr llwyd.

Ychydig eiliadau a gymerodd Svend i benderfynu. Yn dal ei fys dros ei wefusau, pwyntiodd â'i law arall at ochr ogleddol y dyffryn, oedd yn ymestyn fwy i'r tir ehangach na'r ochr ddeheuol. Ciliasant fymryn cyn croesi at yr ochr.

Roedd cryn dipyn o waith dringo ar yr allt ond bu llawer boncyff o gymorth wrth iddyn nhw halio eu hunain i fyny, yn gofalu nad oeddan nhw'n ysgwyd yr un brigyn. Roeddan nhw bron wedi cyrraedd y trum pan ddaethant i bantle bychan y gellid gweld y tir a'r afon a'r gymdogaeth ohono a chadw ynghudd yr un pryd. Bodlonasant ar hwnnw am y tro, a diosg eu pynnau. Doedd neb wedi deud gair.

'Beryg bydd y milwyr yma am ddyddia,' meddai Svend toc. 'Mae'n rhaid i ni groesi'r afon.'

Chwiliai llygaid y tri ar hyd-ddi.

'Does gynnon ni ddim lleuad gwerth sôn amdano fo chwaith, nac oes?' meddai Bo.

'Be wnaet ti â hwnnw?' gofynnodd Edda.

'Sleifio i'r gymdogaeth gefn nos a chroesi. Mae'n debyg bod 'na sarn yno.'

'Dwyt ti ddim yn mynd i groesi sarn na welist ti rioed mohoni heb ola cryfach na be sy gan y lleuad i'w gynnig,' meddai Svend.

'Mi wnawn ni ysgraff rhag ofn bod yr afon yn ddofn,' meddai Edda. 'Sgraffyn bach ysgafn 'te? Tasai o 'mond yn cario un pwn ac un llwyth o ddillad ar y tro mae o'n ddigon 'tydi? Dim ond nofio yn ôl ac ymlaen hefo fo os bydd hi'n rhy ddyfn ne'n rhy beryg i gerddad. Fedri di nofio?' gofynnodd i Svend.

'Medraf.'

Roedd dwyster newydd yn y tri llais fel ei gilydd. Gwelai Svend o yn llygaid Edda hefyd, yn eu gwneud yn brydferthach, yn ei atgoffa. Ond roedd Edda yn mynd rhagddi.

'Mi wnes i sgraffyn hefo canghenna,' meddai. 'Saith ohonyn nhw, tua hyd 'y llaw i o drwch, a'u clymu nhw wrth 'i gilydd hefo gwiail ar ôl 'u llifio nhw. Mi es â fo i'r llyn.'

'Pa lyn?' gofynnodd Bo, ei frwdfrydedd sydyn yn gorchfygu pob dwyster.

'Llyn Borga, y lembo. Mi rwyfis ar 'i draws o ac mi welodd Dad fi a dychryn am 'i fywyd a dod ar f'ôl i hefo cwch. Ond mi gyrhaeddis i'r ochor arall, yn ymyl lle mae'r afon fawr yn llifo ohono fo. Ac mi rwyfis i'n ôl hefyd, a Dad o 'mlaen i yn y cwch yn cynghori ac yn canu bob yn ail.'

'Pa bryd oedd hyn?'

'Pan o'n i'n ddeuddag. Ro'n i wedi nofio ar draws y llyn droeon cyn hynny prun bynnag.'

'Paid â bod yn llancas chwaith,' meddai Svend. 'Tasai 'na lanast wedi digwydd mi fedrai'r sgraffyn ne'r rhwyf fod wedi dy daro di ar dy ben wrth iddo fo ddymchwel.'

'Fawr ryfadd fod Dad a chditha'n gwneud yn iawn hefo'ch gilydd,' atebodd Edda. Pwyntiodd at lwyni bron gyferbyn â nhw ger yr afon. 'Mi fedrwn ni guddiad yn y llwyni 'cw i roi'r sgraffyn wrth 'i gilydd.'

'Mi wnawn ni hynny,' meddai Svend.

Daeth y sêr yn gymdeithion i'w pryd. Roedd cyrff wedi'u sychu, dillad wedi'u hailwisgo, a'r sgraffyn wedi'i ddatgymalu. Bwytasant yn dawel, y tri'n gwylio Seren Grwydrol y Cyfnos yn hwylio i fachlud yn y de-orllewin.

'Dydi hi ddim yn un am frwydro,' meddai Edda, yn astudio'r Seren. 'Dyna pam mae hi'n wen. Mae'n well gynni hi fod yn gydymaith i'r haul, a'i ddilyn dros y machlud ne' ragflaenu ei ddyfodiad yn y bora bach.'

'Mae Seren Grwydrol Fach y Cyfnos yn gwneud yr un peth,' meddai Svend, a'r atgofion a'r hiraeth yn byrlymu drwyddo wrth iddo yntau syllu ar y Seren. 'Ond mae hi'n rhy swil i ddangos gormod arni'i hun. Ddaw hi ddim i'r golwg hannar mor amal â hon. Mae'n well gynni hi awyr y bora bach nag un y cyfnos prun bynnag.'

'Pwy sy'n deud hynny a phwy sy'n deud 'i bod hi'n swil?' gofynnodd Bo.

'Os duda i mai fi sy'n 'i ddeud o, choeli di mono fo. Os duda i mai Mam oedd yn 'i ddeud o, mi goeli di.'

Daeth gwên fechan ar wyneb Bo, y gyntaf y diwrnod hwnnw.

'Rwyt ti'n dechra 'i nabod o o'r diwadd,' meddai Edda wrth

Svend. Chwiliodd yr awyr gan werthfawrogi blas y cigoedd yr un pryd. 'Dydi'r Seren Grwydrol Goch ddim ar y cyfyl heno. Ella 'i bod hi'n rhy ddiog i symud ar ôl sugno cymaint o waed.'

'Mi fydd hi hefo ni'n hwyrach,' meddai Svend. 'Mae'n well i chi fynd i gysgu cyn hynny. Roedd hi'n hwyr arni hi neithiwr.'

'Sut gwyddost ti?' gofynnodd Bo.

'Mi es allan. Roeddach chi'ch dau'n cysgu.'

'I be aet ti allan gefn nos?'

'I hiraethu.'

'Mae'r Seren Grwydrol Wen hefo ni,' meddai Edda yn y man, yn edrych i fyny bron yn union uwch ei phen. Syllodd arni am ychydig. 'Honna sy'n rhannu doethineb, medda Tona.' Troes ei sylw yn ôl at ei chig. 'Wn i ddim sut fath chwaith. Mae hi'n eiddigeddus am fod Seren Grwydrol y Cyfnos yn fwy disglair na hi, yn ôl Tona.'

'Mae Görf yn deud hynny hefyd,' meddai Bo. 'Mae o'n deud fod y Seren Grwydrol Wantan yn gwatwar y Seren Grwydrol Wen pan mae honno'n crochlefain mai hi ydi seren bwysica'r awyr ac yna'n mynd i guddiad y tu ôl i un o'r sêr erill am fod y Seren Grwydrol Wen yn gwylltio ac yn bygwth cynnull y duwia i'w difa hi. Dyna pam nad ydi'r Seren Grwydrol Wantan i'w gweld mor amal â'r lleill medda fo.' Edrychodd yntau i fyny i'r awyr. 'Go brin fod angan gofyn o ble cafodd o'r rwts yna.'

'Profa mai rwts ydi o os wyt ti mor glyfar,' meddai Svend.

'Dw i isio 'u gwylio nhw oherwydd be ydyn nhw, nid oherwydd be 'dan ni i fod i'w gredu amdanyn nhw. Dyna ydi rhyddid. Dyna pam mae'r byddinoedd yn 'i gasáu o.'

'Yr un hen gân,' meddai Svend.

Ond am y tro cyntaf roedd ysgafnder yn ei lais wrth iddo gyhoeddi hynny.

'Wyddwn i ddim fod llynnoedd y Gogledd yn betha i nofio ynddyn nhw,' meddai wedyn.

'Pam?' gofynnodd Edda.

'Mi luchia i chdi i Lyn Mawr y Gogledd ac mi rewi di'n gorn ynddo fo. Dyna'r oeddan ni'n 'i gael pan oeddan ni'n blant drwg.' Roedd yr hiraeth i'w glywed yn llond ei lais. 'Pobol y gymdogaeth oedd yn deud hynny hefyd. Doedd Mam a Dad ddim.'

'Mewn geiria erill, doedd 'na ddim deunydd Hynafgwr yn dy dad,' meddai Bo.

'Dw i rioed wedi cwarfod neb hefo'i baldaruo mor ddiddiwedd â d'un di.' Ond ar Edda a'r prydferthwch newydd yn ei llygaid, o hyd i'w weld yn y gwyll, y canolbwyntiai Svend. 'Dydi'r llyn ddim yn rhy oer, felly?' gofynnodd.

'Mi rewith drosto yn y gaea,' meddai Edda, 'ond mae o'n iawn yn yr ha. Iawn gen i, beth bynnag.'

'Dydi'r llynnoedd ddim yn rhy ddrwg ar ddechra'r gaea chwaith,' meddai Bo, 'yn enwedig os ydi Helge ar gael wedyn i lwytho'r siambar dân a pharatoi'r ager.'

'Am be wyt ti'n sôn?' gofynnodd Svend. 'Sut gwyddost ti?'

''Dan ni wedi gwneud petha hefo'n gilydd.' Edrychodd Bo ar Edda, ac ni welai ddim ond cadarnhad braf yn llond ei llygaid. 'Mae gen i stori i ti,' meddai wrth Svend.

Ben bore trannoeth, wedi sicrhau fod y tir o'u hôl ac o'u hamgylch yn wag heblaw am yr anifeiliaid a'r adar a bod y milwyr yn ddigon pell, aethant ar eu taith tua'r gorllewin, gan fanteisio hynny a fedrent ar y llwyni i'w cuddio gymaint ag oedd modd. O bell, gwelent yr adar yn dal i ddisgyn a chodi a hofran uwchben y dyffryn o'u hôl. Doedd dim cythrwfwl i'w weld yn eu mysg. Roedd Svend yn dal i ysgwyd ei ben ac ebychu'n dawel wrtho'i hun bob hyn a hyn. Mi fyddai dy fam wedi dallt yn iawn, oedd Bo wedi'i ddeud.

22

'Wela i ddim bai arnat ti am beidio â 'nghoelio i.'

Arhosodd ennyd. Cawsai dipyn o drafferth cyrraedd y sach a cheisio dod o hyd i'r glust. Roedd wedi gwrando am ennyd cyn mentro.

'Mi wn i dy fod di'n effro,' sibrydodd eto. 'Rwyt ti newydd fod yn crio'n ddistaw bach. Symud dy ben-glin os wyt ti'n fodlon gwrando arna i.'

Cadwodd ei geg wrth y glust a chwiliodd ei law yn ysgafn ar hyd y goes ac aros ar y pen-glin. Ni ddaeth symudiad odano.

'Mi wn i na fedri di ymddiried yn neb.' Arhosodd, yn gwerthfawrogi'r llonyddwch. 'Paid â chynhyrfu. Dw i'n mynd i agor y sach.'

Dim ond sŵn anadl cwsg a glywai o'i amgylch. Allan, roedd y lleuad o fewn deuddydd i fod yn llawn ond ni threiddiai dim ond y mymryn lleiaf o'i lewyrch i'r babell, a hynny drwy'r hollt yn yr agoriad. Roedd yntau wedi sleifio i mewn o dan yr agoriad yn hytrach na'i agor a themtio Norül dduw i ddefnyddio'r llewyrch i ddeffro neb. Gwyddai ble'r oedd y sach ac y byddai gormod braidd o gysgwyr rhyngddo a'r agoriad.

Teimlodd y symudiad cynilaf o fewn y sach wrth iddo ei agor. Tynnodd o i lawr at y sgwyddau a theimlodd gyhyrau'n tynhau wrth i'w law wasgu gronyn i geisio cadarnhau a thawelu'r cynnwrf rywfaint. Plygodd eto i gael ei geg wrth y glust.

'Aros yn llonydd tra bydda i'n datod y rhaff 'ma.'

Tynnodd y sach i lawr eto'n araf nes teimlo'r dwylo y tu ôl i'r cefn. Roedd y cwlwm yn ddigon hwylus unwaith y medrodd deimlo o'i amgylch ond osgôdd y demtasiwn i'w agor ar frys. Plygodd eto.

'Dw i'n mynd i afael yn dy law di rŵan a'i chodi hi at 'y

245

ngwynab. Dal dy fys i fyny. Dyma'r unig brawf o ddiffuantrwydd y medra i 'i gynnig.'

Gafaelodd yn y llaw dde a'i chodi'n araf nes teimlo'r bys ar ei dalcen.

'Dyma 'nhalcan i.' Symudodd fymryn ar y llaw. 'Dyma fy llygad dde i.' Symudodd y bys ar draws. 'Dyma 'nhrwyn i. Paid â phwyso rŵan.' Symudodd y bys eto. 'Mae gen i lygad arall o dan y chwydd 'ma. Dw i'n gobeithio y bydda i'n dal i allu gweld hefo fo pan eith y chwydd i lawr.'

Teimlodd y bys yn dymuno symud. Gollyngodd o a symudodd y bys at ei glust. Yna, yr un mor araf ag yr oedd o 'i hun wedi gwneud popeth, cododd y pen. Teimlodd yr anadl ar ei glust.

'Chdi gafodd gweir bora?'

'Ia,' sibrydodd. 'Dw i'n mynd i ddengid. Mae llewyrch Norül hefo ni. Wyt ti am ddŵad?'

Teimlodd gryndod yn hawlio'r corff.

'Maen nhw wedi bod yn dy gerddad di a dy fwydo di'n dda. Mi wn i pam hefyd. Ond am hynny rwyt ti cyn iachad a heini â neb yma. Wyt ti'n dŵad?'

Arhosodd.

'Dw i wedi cuddiad paball a dau sachyn llawn. Mae gynnon ni bob dim fyddwn ni 'i angen.'

Daeth y pen at ei glust eto.

'Mi gei di dy ladd.'

'Os ca i 'nal mi ga i fy lladd prun a fyddi di hefo fi ai peidio.'

Ni ddeuai dim. Chwiliodd eto.

'Ddaw 'na neb arall i drio dy ryddhau di. A'r unig reswm y maen nhw'n mynd â chdi at yr Aruchben ydi iddo fo gael gwledda ar dy farwolaeth di. Ond mi fyddi di wedi gorfod gwneud petha erill iddo fo cyn hynny.'

Teimlodd wefus ar ei glust.

'Maen nhw wedi clymu 'nhraed i.'

'Aros.'

Tynnodd y sach i lawr a thros y traed a'i symud o'r ffordd fymryn. Cafodd fwy o drafferth hefo'r cwlwm traed, ac ni feiddiai ddefnyddio ei gyllell.

Roedd y wefus ar ei glust eto.

'Does gen i ddim sgidia.'

'Maen nhw gen i. Ddaru'r ffyliaid ddim gweld 'mod i'n 'u gwylio nhw wrth iddyn nhw ddod â fi yma i fygwth y sach arna inna a 'ngwatwar i.'

Llwyddo i lacio'r cwlwm traed yn hytrach na'i agor ddaru o, ond roedd yn llacio digonol.

'Fedri di godi?'

'Medraf.'

'Gan bwyll. Gafael amdana i. Gofala fod dy draed yn cyffwrdd 'y ngwadna i a gwthia fel bod dy draed di'n symud hefo 'nhraed i. Paid â gwthio gormod.'

Roedd yn haws rŵan gan ei fod yn gweld yr hollt yn yr agoriad, ond roedd y dwylo amdano'n llawn cryndod ac yn gwaethygu wrth iddyn nhw gyrraedd ato.

'Mae'n rhaid i ni fynd ochor yn ochor o dan yr agoriad,' sibrydodd. 'Mae 'na ddau allan yn gwylio drwy'r nos am bod 'na leuad ac mae'n rhaid i ni gymryd yn ganiataol nad ydyn nhw ddim wedi bachu medd a chwrw'r Uchbeniaid a mynd i ryw gongol. Dw i'n mynd i blygu rŵan i estyn dy sgidia di. Clyma nhw cyn mynd allan.'

Tra oedd y sgidiau'n cael eu gwisgo aeth ar ei fol ar y ddaear a chodi gwaelod y babell ger yr agoriad. Roedd yn glir, ond daliodd i wylio nes teimlo ei gydymaith newydd ar ei bedwar crynedig wrth ei ochr.

'Tyd.'

Ymhen dim roeddan nhw'n llechu y tu ôl i'r babell.

'Pam wyt ti'n gwneud hyn?'

Doedd dim angen mynd geg wrth glust rŵan, dim ond cadw llais mor dawel â phosib.

'Mi gân nhw weld be mae fy llygad du i wedi'i olygu iddyn nhw ben bora fory.'

'Be 'di d'enw di?'

'Beli. Mae'r holl diroedd yn gwybod mai Gaut ydi d'enw di.'

'Wyddost ti lle mae Llyn Sorob?'

'Cymedrola'r crynu 'na, greadur. Gad i ni fynd o'ma.'

'Wyddost ti ble ydan ni?'

'Fwy na heb. Fedri di fynd drwy'r nos?'

'Cyn bellad â sydd angan.'

'Mi ddaliwn ni i fynd tua'r gogledd. Wnân nhw ddim meddwl chwilio o'u blaena.'

'Gobeithio.'

'Mi gadwith y rhusio nhw yma drwy'r rhan fwya o fory prun bynnag.'

'Gobeithio.'

'Tyd. Sleifia.'

Brysiodd yn ei gwman at babell arall, a dilynodd Gaut o, dim ond dilyn. Doedd ganddo'r un syniad pwy oedd hwn o'i flaen. Yr unig beth a wyddai oedd ei fod yn mentro ei fywyd. Roedd Gaut wedi bod yn dyst gorfodol iddo'n cael ei guro ben bore, ond doedd o ddim wedi gweld ei wyneb gan fod Gorisbeniaid ac Uwchfilwyr wedi'i amgylchu wrth ei bwyo. Mi geith o wers fwy y tro nesa, oedd yr Isben oedd yn gafael yn Gaut wedi'i ddeud wrtho.

Daethant at y babell ac aros. Ar ôl sbecian o'i gwmpas orau y medrai, trodd Beli i wynebu Gaut.

'Mae'n argoeli'n lled dda ar hyn o bryd.'

Y geiriau cysur cyntaf i Gaut eu clywed ers lleuadau, a goleuodd y lleuad rŵan ddigon ar ei wyneb i hynny ddangos. Daeth dwrn ysgafn ar ei ysgwydd.

'Tyd.'

Sleifiodd y ddau o babell i babell nes cyrraedd llwyni ar gyrion y gwersyll a sleifio y tu ôl iddyn nhw.

'Dw i wedi dy fesur di wrth gerddad pnawn,' meddai Beli wrth blygu i wrych. 'Mi ddylai'r rhain dy ffitio di.'

Tynnodd ddau lwyth o ddillad o'r gwrych.

'O ble ce'st ti nhw?' gofynnodd Gaut.

'Dillad yr ysbiwyr, debyg.'

Tynnodd Gaut ei wisg a'i chuddio yn y llwyn. Rhyw deimlad o ddilyn y drefn oedd o. Tra bu'n clymu ei sgidiau drachefn roedd Beli wedi plygu eto i'r llwyn a thynnu dau sachyn a phabell fechan ohono.

'Wyt ti'n dal i frifo?' gofynnodd Gaut, yn sydyn ymwybodol o fod yn gallu meddwl.

'Hidia befo am hynny.'

'Tyd â'r baball i mi. Clyma hi ar 'y nghefn i.'

'Paball i un ydi hi. Mi fydd yn rhaid i ni stwffio.'

'Mae hi'n sgafnach felly, 'tydi?'

'Deud os bydda i'n mynd yn rhy gyflym. Mae'n rhaid i ni gerddad drwy'r nos.'

Aethant. Roedd y gwersyll mewn mymryn o gilfach ac unwaith yr aethant o'i olwg a gallu cerddcd yn hytrach na sleifio, prysurodd y ddau ar hyd y tir agored i'r un cyfeiriad ag yr oedd y fyddin wedi bod yn teithio iddo. Roedd y ddau'n dawel, Gaut ar ôl ei un emyd o feddwl yn glir rŵan yn dychryn gormod i gael meddyliau mewn trefn, a dim ond cadarnhau ei fod yn iawn a fedrai ei wneud pan oedd Beli'n gofyn iddo bob hyn a hyn. Roedd y cwestiwn yn gyflym bob tro, gan fod Beli wedi hen ddysgu fod sgwrs yn arafu pob cerddediad yn hwyr neu'n hwyrach. Edrychai Gaut o'i amgylch gymaint ag y gallai, ond doedd gan y tir ddim anarferol i'w gynnig yng ngolau'r lleuad cymwynasgar. Nid ar y lleuad yr oedd y bai am fod y tir yn rhy ddigysgod i ffoedigion a'u bod ill dau i'w gweld o bob cyfeiriad. Roedd hynny ynddo'i hun yn hwb i ddal ati i brysuro er nad oedd symudiad i'w weld ar wahân i bwt o gwmwl o'u blaenau'n croesi'n araf tua'r dwyrain. Ac felly, o dipyn i beth, wrth syllu ar y llonyddwch mawr o'u cwmpas ac o'u holau, dechreuodd Gaut ddod i ddygymod â'r hyn oedd newydd ddigwydd. Edrychodd yn ôl i fyny eto ar y lleuad. Doedd o ddim yn cofio pryd y gwelsai o o'r blaen, ond wrth edrych arno daeth i deimlo fod ei fyd ar ymylu dychwelyd i ryw fath o gallineb a bod ei ddycnwch yn gwrthod digalonni wedi talu ar ei ganfed.

Wedi rhai oriau tawedog, a blinder bellach yn dechrau deud ar Gaut ac yn pylu pob teimlad ac ystyriaeth arall, arhosodd Beli.

'Gwiriondab ydi gorflino os medrwn ni beidio,' meddai. 'Mi gymerwn ni fymryn o fwyd a mymryn o orffwys.'

'Mae dy baball di'n ysgafn braf,' meddai Gaut i osgoi cydnabod ei flinder wrth dynnu ei bwn, ac yn dechrau teimlo'n euog ei fod wedi canu ei glodydd ei hun braidd wrth ystyried ei ffawd.

'Wyt ti'n dechra dod atat dy hun?' gofynnodd Beli.

'Ella. Ydi'n ddiogel i ni aros?'

'Mor ddiogel ag y gweli di. Mi drïwn ni ryw ddwyawr eto cyn chwilio am guddfan am y dydd.' Agorodd Beli ei sachyn. 'Mae 'na ddigon o fwyd yn y sacha i bara tri ne' bedwar diwrnod.'

Ac yno, wrth eistedd ar y babell a phrofi blas y cig yn ei geg, y daeth Gaut i deimlo ei fod yn gallu meddwl byliau y tu hwnt i'w ddychryn. Edrychodd eto ar y lleuad. Roedd gwneud hynny'n sicr o fod yn ei gynorthwyo, yn dod ag o'n ôl i'w fyd hefo Eir, hefo Cari a Dag a phawb. Roedd gan y lleuad ddwy noson i fynd cyn y byddai'n llawn, ond hyd yn oed wedyn ni fyddai ei berffeithrwydd i'w weld yn ôl pob sôn. Doedd hwnnw fyth yn dod i'r golwg. Roedd pawb yn deud mai Norül dduw oedd yn cuddio'r perffeithrwydd drwy osod y cysgodion yma a thraw arno er mwyn datgan i'r tiroedd mai rhywbeth i'w chwennych oedd perffeithrwydd, nid rhywbeth i'w gyrraedd a'i hawlio. Dim ond pan nad oedd y lleuad yn y golwg yr oedd

Norül yn tynnu'r cysgodion ymaith fel nad oedd neb ond fo'i hun yn gallu gweld a phrofi yr hyn oedd berffaith.

'Wyt ti'n credu yn y duwia?' gofynnodd yn sydyn.

'Yn enw Oliph! Wyt ti wedi gadael hannar dy ben ar ôl yn y sach 'na?'

Credai Gaut fod rhywbeth yn hoffus yn y dirmyg newydd yn llais Beli. Aeth ymlaen.

'Os cuddio perffeithrwydd y lleuad i ddangos i ni pam na fedrwn ni fyth fod yn berffaith ydi diben y cysgodion, mi fasai'n well i Norül dduw 'u rhoi nhw mewn lle gwahanol bob tro yn ôl 'i fympwy.'

'Dwyt ti ddim yn un da iawn am drio bod ddim yn gall. Waeth i ti roi'r gora iddi rŵan ddim.'

Ysgydwodd Beli ben anobeithiol, yna caeodd ei lygad i edrych a fedrai weld y lleuad hefo'r llygad arall. Nis gwelai, dim ond bod yn ymwybodol nad oedd tywyllwch. Agorodd y llygad arall mewn peth rhyddhad.

'Dw i'n dibynnu ar dy lygaid di i chwilio'r tir, ac rwyt ti'n cerddad yn dda,' meddai. 'Rŵan maen nhw'n talu am 'u clyfrwch, yli. Wyt ti wedi blino?'

'Ydw. Di o'm ots. Mi fedra i ddal i fynd.' Daliai Gaut i astudio'r lleuad. 'Ond tasa fo'n ddim ond cylch claerwyn, yli diflas ac undonog fyddai o. Pwy yn 'i iawn bwyll sy isio perffeithrwydd? Be sy'n mynd i ddigwydd rŵan?' gofynnodd wedyn cyn i Beli gael gori ar hynny.

Gori ddaru Beli hefyd, am eiliad, cyn setlo ar ateb y cwestiwn.

'Pan ddaw'r wawr maen nhw'n mynd i chwilio amdanon ni yn ôl tua'r de.'

'Tybad?' Ysgydwai Gaut ei ben. 'Mi faswn i feddwl y byddan nhw'n chwilio ym mhob cyfeiriad.'

'Paid â meddwl 'mod i'n ben bach o ffyddiog.' Roedd sicrwydd yn llais Beli fodd bynnag. 'Ar ôl i mi gael cweir ddoe mi ddalis yn ôl a throi i edrach wysg 'y nghefn gymaint ag y medrwn i, a gwneud y golwg mwya digalon a hiraethus posib ar 'y ngwynab a'i gadael hi ar hynny.'

'Weithith o?'

'Siŵr o wneud.'

'Gobeithio.'

Cymerodd Beli damaid arall o gig.

'Rwyt ti'n hoff o'r gair yna,' meddai.

'Ydw bellach. Pam meddylist ti amdana i?'

'Mae 'na gryn ffraeo wedi bod yn dy gylch di. Mi fydd peth mwdradd yn fwy na'u hannar nhw'n llonni yn 'u calonna o weld dy fod wedi cymryd y goes.'

'Pam meddylist ti amdana i wnes i 'i ofyn.'

Canolbwyntiodd Beli ar fwyta am ychydig.

'Dial,' meddai yn y man a cheisio gan y llygad dan y chwydd i weld y lleuad eto. 'Pa ddull mwy trylwyr o wneud hynny na dy gael di o'u crafanga nhw? Dialedd a hunanoldeb syml a rhonc.'

Canolbwyntiodd Gaut yntau ar ei gig. Roedd rhyw undonedd bron yn ddi-hid yn llais Beli, ym mhopeth oedd Gaut wedi'i glywed ganddo hyd yma, ar wahân i'w ymateb i'r sylwadau am y lleuad.

'Dw i ddim yn dy goelio di.'

'Pam felly?'

'Fasai rhywun mor hunanol ag yr wyt ti newydd gymryd arnat dy fod di ddim yn peryglu cymaint arno'i hun ag y gwnest ti.'

'Os wyt ti'n deud.'

Troes Beli ei sylw oddi ar y lleuad a chwilio'r tir â'i lygad arall orau y gallai am ychydig. Teimlai sylwadau parod a di-lol Gaut yn ei atgyfnerthu.

'Fedri di wynebu'r gwir?' gofynnodd toc.

'Dw i'n wynebu digon o glwydda, 'tydw? Bob dydd ers pan ge's i 'nghipio.'

'Pan ddaw'r bora a phan welan nhw sach gwag, mi fydd yr Uchbeniaid yn hel pawb oedd yn y baball hefo chdi at ei gilydd ac yn 'u harteithio nhw a'u dienyddio nhw. Mi fyddan nhw'n gwneud yr un peth i'r ddau wyliwr.'

Teimlodd yr un cryndod sydyn wrth ei ochr ag a wnaethai yn y sach. Am eiliad roedd yn edifar.

'Roedd 'na ddau Isben yn y baball,' meddai Gaut, yn chwilio am rywbeth i'w ddeud ac yn methu'n glir â chuddio'r cynnwrf a'r ofn oedd wedi dychwelyd i'w lais. 'Wnân nhw ddim dienyddio'r rheini?'

'Pam? Oes 'na brindar?' Roedd yr eiliad ar ben. 'A pha bryd oeddan nhw a'r lleill yn mynd i gysgu? Pan oeddan nhw wedi blino gormod i dy watwar di a bygwth pob math o betha arnat ti a dy deulu? Does dim angan i ti grynu o'u plegid nhw. Roedd rheina oedd yn yr un baball â chdi wedi'u dewis. Rheini ddaru 'nghuro i a gafael yno' i wedyn cyn iddi dwllu a dod â fi i'r baball i dy weld di newydd gael dy glymu'n ôl yn y sach a bygwth yr un peth arna inna. Wedyn mi daflon nhw fi allan a mynd ati i dy watwar di cyn setlo am y nos. Ro'n wedi ystyriad dy gael di'n rhydd yn ystod y dydd ond dyna pryd y penderfynis i'n derfynol a mynd ati i ddarparu sachyn arall.'

Doedd gan Gaut ddim i'w ddeud.

'Paid â chrynu,' meddai Beli, ei lais yr un mor ddifynegaint. 'Dydyn nhw ddim gwerth yr egni'r wyt ti'n 'i gorddi i wneud hynny.'

'Mae'r rhein i gyd yn mynd i gael 'u lladd o f'herwydd i.'

'Well i mi fynd â chdi'n ôl, felly. Wyddwn i ddim dy fod wedi gofyn am gael dy gadw mewn sach.'

'I be oeddan nhw'n 'y nghario i o un fintai i'r llall?' gofynnodd Gaut yn y man.

'Y creadur diniwad. Rhag ofn i ti fagu ffrindia, debyg, ac i'r rheini fynd yn ddigon dwl i drio dy ryddhau di.'

'Dwyt ti ddim yn ddwl. Ers faint wyt ti yn y fyddin?'

'Naw mlynadd.'

'Pam dengid rŵan?'

Bu raid i Gaut aros am yr ateb. Roedd llygad Beli'n astudio'r lleuad a'i batrymau.

'Che's i ddim cweir tan rŵan.'

'Am be ge'st ti gweir?'

'Rhyw gyw leming o filwr oedd yn achwyn ar bawb wela fo wrth yr Uwchfilwyr. Mi gafodd 'y nwrn chwith i yn 'i stumog a 'nwrn de i ar 'i drwyn.'

'Mi ge's i ddwrn yn 'y stumog pan ddaru nhw ymosod arna i y diwrnod y ce's i 'nghipio.' Rŵan roedd synfyfyrdod tawel yn llenwi llais Gaut. 'Nid hwnnw frifodd waetha chwaith. Mi aethon nhw â 'ngherflun i oddi arna i. Ro'n i wedi'i wneud o hefo darn o dderw. Roedd o'n newydd. Cerflun o benna Cari a Dag a fi.'

'Pwy ydyn nhw?'

'Fy chwaer a 'mrawd bach. Ro'n i'n 'i wisgo fo am 'y ngwddw.'

'Mi fasat ti wedi'i golli o prun bynnag. Mi fasan nhw wedi'i falu o'n dipia mân o flaen dy lygaid di cyn dy glymu di yn y sach.' Cododd Beli. 'Tyd. Mae'n well i ni fynd.'

Roedd hynny hefyd yn cael ei ddeud yn yr un llais undonog hawdd gwrando arno. Cododd Gaut.

'I ble ydan ni'n mynd?' gofynnodd.

'Mor bell ag y medrwn ni oddi wrth y rhei'cw.'

Cychwynasant.

'Wyddost ti lle mae Llyn Sorob?'

'Na.'

23

'Naci, Svend,' ceisiodd Bo.

'Waeth i ti heb â thaeru,' meddai Svend. 'Mi gerddwn ni'r holl diroedd a ddown ni o hyd i neb i wadu mai dyma'r Saith Gwarchodwr. Chdi ydi'r unig un sy'n ddigon pengalad i wneud hynny.'

'Dw i ddim yn gwadu mai dyna ydi 'u henw nhw. Enw bach digon del, fel mae'r enwa 'ma. Ond enw ydi o, a phytia o greigia garw ydi'r rhein. Dim arall.'

'Pytia? Dyma Saith Gwarchodwr y duwiau,' cyhoeddodd Svend yn derfynol.

Roeddan nhw wedi cyrraedd pen draw bwlch ac wedi dod uwchben tir eang, yn fryniog yma a thraw, ond heb afon na llyn o faintioli i'w gweld. Fymryn i'r dde o'u blaenau roedd bryn â chopa pantiog iddo. Codai pum colofn dal o graig dywyll mewn cylch blêr o ganol y pant a dwy arall yr un mor dal o lethr bychan i'r gogledd ohono. Roedd pob un yn llawer uwch na thaldra deuddyn, a'r uchaf, oedd ar ben gorllewinol y cylch, yn teneuo i fod yr un mor bigfain yn ei gwaelod ag yr oedd hi ar ei chopa.

'Honna ydi'r graig y daru Oliph Fawr 'i hun 'i thaflu o gopa 'i fynydd uwchben dy gartra di,' meddai Svend wrth Edda, gan bwyntio at yr uchaf.

'Trio trywanu dryw bach am biso am ben 'i gath o ddaru o?' gofynnodd Bo.

'Dwyt ti ddim gwerth dy atab.'

Roedd eryr uwchben y creigiau, a'i hofran parod o a ddenai sylw Bo. A dim ond o ran myrrath oedd Edda wedi cyfri'r creigiau. Doedd dim prinder o greigiau cyffelyb yn codi o'r tir yng nghyffiniau ei chartref er nad oedd y rheini mor drawiadol â llwyth hefo'i gilydd fel hyn. Ond nid hynny oedd yn mynd â'i meddwl. Pan ddaethant drwy'r bwlch ac i olwg y tir eang a'r bryn roedd rhywbeth wedi digwydd i Svend. Roedd cynnwrf na allai'r duwiau ei greu wedi mynd drwyddo a'r ymdrech a wnaethai i'w guddio'n ei wneud yn waeth. Gwelsai hi fod Bo'n rhy fusneslyd o'r amgylchfyd newydd i fod wedi sylwi ac roedd o'n dal i ddilyn hynt yr eryr uwchben.

'Mae'n rhaid i ti wneud rwbath hefo hwn,' meddai Svend wrthi, a hithau'n gweld ei eiriau'n fwy sicr na'i lygaid. 'Mae 'i ryfygu o'n mynd yn waeth o ddiwrnod i ddiwrnod.' Trodd i chwilio'r tir o'u blaenau. ''Gofyn i ni fod yn wyliadwrus rŵan. Mae 'na gymdogaeth yr ochor arall i'r bryn.'

'Wyt ti wedi bod yma o'r blaen?' gofynnodd Edda.

Difarodd am gyflymdra ei chwestiwn y munud hwnnw. Ond wrth glywed geiriau Svend roedd wedi teimlo'r dirgelwch newydd yn dynesu at gael ei ddatrys. Doedd Svend fodd bynnag ddim i'w weld yn sylwi ar y brys yn ei llais. Pwyntiodd o at fryn arall i'r de.

'Mi ge's 'y nghlwyfo mewn brwydr ar waelod nacw. Wn i ddim sut dois i ohoni'n fyw.'

Doedd hwnnw ddim hanner digon o ateb, meddyliodd Edda.

'Mi wyddost y ffor i fynd adra rŵan, felly,' meddai.

'Na. O'r de y daethon ni yma. Pan ddaethon ni at y bryn 'cw roedd y fyddin werdd yn llechu.'

Arhosodd Svend. Edrychodd. Doedd dim i darfu ar y tawelwch na'r llonyddwch o'i flaen.

Cyn hir roedd llaw Bo ar ei fraich.

'Paid ag ail-fyw. Dydi o ddim mo'i werth o.'

'Mi fyddai'n dda gen i tasat ti mor ystyriol ohonat dy hun ag yr wyt ti o bobol erill.' Trodd Svend. 'Yn enw Horar, tyd i lawr!' galwodd.

Roedd Edda wedi cyrraedd y pant ar y copa ac yn dringo i ochr bella'r bryn.

'Mi trawith y duwiau di!'

'Mi roith hi warrog yn ôl iddyn nhw,' meddai Bo.

'Tyd i lawr!' ymbiliodd Svend eto.

Codi ei llaw i gydnabod ei bod wedi'i glywed ddaru Edda a dal i ddringo. Cyrhaeddodd y brig ymhen ychydig, yn dal i glywed ymbil Svend. Edrychodd i lawr am ennyd, a chilio mymryn, yn diolch nad oedd llais Svend yn mynd i gario lawer ymhellach na ble'r oedd hi. Yna syllodd o'i blaen ac i'r pellter. Trodd ac amneidio'n gyflym â'i braich.

'Paid â mynd!' ymbiliodd Svend ar Bo. 'Tyd i lawr!' galwodd eto ar Edda.

Gollyngodd Bo ei bynnau a rhedodd i fyny.

'Paid â mynd yn rhy agos,' meddai Edda. 'Mae'r gymdogaeth yn llawn o filwyr.' Pwyntiodd i'r pellter. 'Hwnna ydi o?'

Edrychodd Bo. Roedd cadwyn o fynyddoedd draw yn y pellter, neu roedd yn ymddangos fel cadwyn o'r fan y safai'r ddau. Roedd cymylau trwchus uwchben a doedd y mynyddoedd ddim yn glir iawn, ond roedd yn ddigon clir i ddangos y mynydd pigfain trawiadol yn codi ynghanol y gadwyn fymryn i'r gogledd-orllewin.

'Hwnna ydi o,' meddai Bo. 'Roedd Aarne yn deud 'i fod o yr un mor bigfain o bob cyfeiriad.'

Roeddan nhw'n llawer rhy bell i weld dim ond llethrau a chopaon, ond eto roedd llygaid Bo'n chwilio i'r gogledd o'r copa pigfain. Yno yn rhywle roedd darn o dir lle'r oedd dieithriaid wedi'i dynnu o sach a newid ei fywyd yn gyfan gwbl. Yno yn rhywle roedd o wedi cael cyfeillion newydd, a phrofi cyfeillgarwch newydd yn union fel y cyfeillgarwch yr oedd wedi gallu ei gymryd yn ganiataol drwy ei blentyndod ac oedd wedi diffodd yn llwyr unwaith y cafodd ei gipio i'r fyddin. Yno yn rhywle roedd dechreuad taith a ddaeth ag o at Edda. Ni fedrai wneud dim rŵan ond gafael ynddi a'i gwasgu ato a dal i syllu i'r pellter. Yna wedi iddo ddechrau dod ato'i hun sleifiodd ymlaen at yr ymyl.

'Maen nhw'n chwilio'r tai,' meddai.

Gwelai fod y milwyr islaw'n llawer rhy brysur i fod ar berwyl arall. Roedd tipyn o fynd a dod a pheth cythrwfwl yma ac acw.

'Creiria?' gofynnodd Edda.

'Ella, ne' chwilio am filwr wedi dengid ne' am ragor o filwyr newydd. Ne'r cwbwl.'

Ond roedd ei lygaid yn mynnu dychwelyd i rywle yn y pellter.

'Tyd,' meddai Edda.

Dychwelodd y ddau i lawr, ac Edda eto'n chwilio am y naws a ddylai fod yn llenwi'r fan os oedd rhyw goel ar gredo Svend a phawb, a dod i'r casgliad eto mai tir oedd tir a chraig oedd craig a chael eiliad o werthfawrogi ei magwraeth drwy hynny. Gwyddai ar sut roedd Bo'n gafael ynddi yr hyn oedd yn llenwi ei feddwl o. Wrth ddynesu at Svend gwnaeth hithau ei hun yn barod at yr ymborth eiriol a'u disgwyliai. Ond o weld llygaid Bo diflannodd pob cerydd o osgo Svend.

'Mae 'na filwyr gwyrdd yn chwilio'r gymdogaeth,' meddai hi, yn synnu braidd at dawelwch Svend.

Roedd sylw Svend ar Bo.

'Be ddigwyddodd i ti ar y crib 'na?' gofynnodd.

'Dim,' atebodd Bo.

'Rwyt ti'n ail-fyw rwbath. Gwranda ar dy gyngor dy hun. Paid.'

'Mae'r mynyddoedd ddyddia lawar i ffwrdd,' meddai Bo. 'Mae'r tiroedd yn ddigysgod braidd.'

'Wyt ti'n gwrando?' gofynnodd Svend.

'Ydw. Doedd 'na ddim o'i le ar yr ail-fyw rŵan. Does dim angan perffeithio'r rhan ora o hwnnw hefo rhyw wedd ffug chwaith.'

'Dyna chdi 'ta. Mae'r tiroedd yn gorsiog hefyd, yn y pen yma beth bynnag.' Roedd chwarddiad bychan Svend fymryn yn chwerw. 'Dyna sut dw i'n fyw ella.'

'Pam hynny?' gofynnodd Edda.

'Mi lwyddon ni i hel y gwyrddion yn ôl o'r bryn, ac mi aethon nhw i'r gors. Mae hi'n dwyllodrus. Roedd hi'n haws 'u difa nhw wedyn. Ond mi ge's i glwyf ar 'y nghoes.' Arhosodd ennyd. 'Gofalwch na wnewch chi byth beth fel'na eto.'

'Be?' gofynnodd Edda.

'Mi wyddost yn iawn. Mi fentra i na fasat ti wedi bod yn ddigon ynfyd i ddringo at y creigia 'na cyn i hwn gael gafael arnat ti.'

''Dan ni wedi gwneud petha hefo'n gilydd.'

'Dyna fo. Mae o wedi dy gyflyru di i gredu fod be wnaethoch chi yn y Llyn Cysegredig yn her. Paid â mynd yr un fath ag o, yn enw Oliph.'

'Hidia befo 'muchedd na 'niefligrwydd i am eiliad,' meddai Bo, yn symud ymlaen fymryn i gael gwell golwg ar y tir tua'r gorllewin, ond yn gwylio rhag dangos gormod arno'i hun. 'Pa mor gorsiog ydi'r tir 'ma?'

'Roedd pobol y gymdogaeth yn deud 'i fod o'n berwi gan gorsydd ac nad oes 'na neb byth yn meddwl am drio 'u croesi nhw.'

'Beryg mai deisyfu helynt ydi trio felly, 'tydi?' meddai Edda.

'Wnest ti ddim deud gynna ein bod ni o fewn cyrraedd y Mynydd Pigfain,' meddai Bo.

'Be, hwnna y tu hwnt i'r corsydd ffor'cw?' gofynnodd Svend gan bwyntio'n fras i'r cyfeiriad gan nad oedd y Mynydd Pigfain yn y golwg o ble safent. 'Nid hwnna ydi o.'

'Ia, Svend.'

'Naci. Mynydd Norül ydi hwnna.'

Roedd siom amlwg ar wyneb Edda wrth iddi edrych ar Bo.

'Pam mae'n rhaid i bawb sarhau mynyddoedd?' gofynnodd o. 'Y Mynydd Pigfain ydi hwnna. Mae Aarne ac Aino wedi crwydro mwy o diroedd nag a welwn ni fyth ac roedd y ddau'n deud nad oes 'na fynydd cyffelyb iddo fo drwy'r holl diroedd.'

'Mae pobol y gymdogaeth yn deud mai Mynydd Norül ydi o.'

'Enw gynnyn nhw ydi o felly. Pawb â'i dduw, debyg.'

'Mynydd Norül ydi o. Mi ddaru Cüllog mab Horar drio 'i hawlio fo iddo'i hun ac mi osododd Norül y corsydd yn y tiroedd i atal Cüllog rhag denu pobol i odre'r mynydd i dalu gwrogaeth iddo fo fel y medrai o 'i hawlio fo.'

'Sut ce'st ti sgwrs fel hyn hefo pobol y gymdogaeth?' gofynnodd Bo, hynny'n bwysicach ganddo ar y funud na chanlyn ymlaen â datgeliad Svend. 'Sut oedd hi rhyngoch chi a'r gymdogaeth ar ôl y frwydr? Aethoch chi ddim i'w rheibio hi?'

'Naddo. Roedd tri o'r Isbeniaid wedi'u magu yma ac mae 'na lawar o hen filwyr y fyddin lwyd yn byw yma hefyd. Yn y gymdogaeth y ce's i f'ymgeleddu.'

'Ella cawn ni gyngor sut i fynd tua'r gorllewin yn y gymdogaeth unwaith y bydd y gwyrddion wedi mynd,' meddai Bo.

'Na,' atebodd Svend.

'Be 'di hyn?' gofynnodd Edda, a'r cythrwfwl newydd ar wyneb Svend yn dwysáu wrth iddi ofyn. 'Pam nad wyt ti isio mynd i'r gymdogaeth?'

'Ddudis i mo hynny. Dowch. Mae'n well i ni fynd o'r golwg rhag ofn i'r fyddin ddŵad yma i fawrygu'r Saith Gwarchodwr.'

Roedd hafn fechan a chul gyferbyn â'r bryn, a chiliasant iddi. Roedd Edda a Bo'n synhwyro rhyw dyndra newydd sbon ac am y tro cyntaf ers iddyn nhw ei gyfarfod roedd Svend yn osgoi llygaid. Doedd Bo ddim yn cymryd arno guddio ei fod yntau hefyd yn astudio.

'Pam mae arnat ti ofn mynd i'r gymdogaeth?' gofynnodd Edda i Svend.

'Am be 'ti'n sôn, d'wad?'

'Mae o'n amlwg hyd yn oed i mi, ac mae tyrchod daear yn gweld drwy betha yn gynt na fi,' meddai Bo. 'Be ddigwyddodd i ti yn y gymdogaeth 'na?'

'Rydach chi'n hoff o greu, 'tydach?'

'Byd y duwia ydi byd cyfrinacha,' meddai Bo. 'Maen nhw mor ddiffath â'i gilydd. Nid busnesa ydan ni. Rhannu.'

Cododd Svend ei lygaid. Edrychodd i lygaid y ddau ac yna i rywle rhyngddyn nhw.

'Mi fûm i yn y gymdogaeth am leuada, am dros hannar blwyddyn,' meddai yn y diwedd.

Arhosodd. Edrychodd i lawr drachefn. Yna edrychodd Edda ar Bo am ennyd.

'Ac mi ddoist yn ffrindia hefo rhywun,' meddai hi.

Ni chododd Svend ei lygaid.

'Ac mi est o'no pan oedd hi'n dechra chwyddo.'

'Nid mynd,' atebodd Svend ar frys. 'Y fyddin ddaeth i 'nôl i. Sut gwyddost ti hyn?' gofynnodd wedyn ar yr un brys.

'Rwyt ti mor anobeithiol â Bo am guddio petha.'

'Mi fedrid cael digon o resyma call i lenwi'r hafn 'ma hefo nhw pam na fyddai o isio 'i ddangos 'i hun yn y lle 'ma,' meddai Bo wrth Edda.

'Medrid, mae'n debyg. Be 'di'r hanas?' gofynnodd hi i Svend.

'Dw i ddim yn gwybod, nac'dw? Che's i ddim hyd yn oed gweld Dämi cyn i mi fynd. Roedd hi allan yn rwla pan ddaeth y fyddin.'

Tawodd.

Bo darfodd ar y tawelwch.

'Peth fel hyn ydi byddina,' meddai. 'Nid rhyw ylwch-chi-fi mawr 'i sŵn a mwy 'i frôl ond rhywun fel chdi ddim yn cael cyfla i wybod oes gynno fo blentyn ai peidio. Peth fel hyn ydi anrhydedd y tiroedd. Dw i ddim yn brywela rŵan,' meddai wedyn toc.

Fo oedd y cyntaf i fethu dal. O glywed dim o'r tu hwnt i'r hafn, sleifiodd yn araf at ei cheg a sbecian. Amneidiodd ar y ddau arall. Islaw, roedd y milwyr yn dynesu at y bryn pellaf ar daith tua'r de. Cariai nifer sachau ar eu cefnau. Bron yn reddfol, chwiliai llygaid Bo am sach hirach dan bolion ar ysgwyddau ond ni welai'r un.

Roedd Svend i'w weld yn dod ato'i hun fymryn.

'Pa bryd oedd hyn?' gofynnodd Bo.

'Tair blynadd yn ôl.'

'Os buost ti yma am hannar blwyddyn siawns na ddudist ti wrthyn nhw o ble'r oeddat ti'n dod.'

'Roedd pawb oedd wedi cl'wad am y Tri Llamwr yn gwybod 'i fod o rwla yn nhiroedd y gorllewin y tu hwnt i'r corsydd a'r holl fynyddoedd. Mae'r corsydd yn atal cysylltiada â'r gorllewin a does 'na ddim ond tiroedd gweigion y tu hwnt iddyn nhw prun bynnag, meddan nhw. Mae'r cysylltiada i gyd i'r dwyrain a fymryn i'r de.'

'Ffor basat ti'n mynd o dy gymdogaeth di prun bynnag?' gofynnodd Bo. 'Mi ddaethon ni i fyny o'r de hefo'r afon ac roedd yn rhaid i ni ddringo bylia y ffor honno hefyd.'

'Ar wahân i be ddaru chi ella, o'r dwyrain mae'r unig fynd a dod, hynny sy 'na ohono fo,' meddai Svend.

'Ella byddai'n well i ni 'nelu tua'r de felly,' meddai Bo. 'Os medrwn ni ofalu bod y Mynydd Pigfain i'r dde inni pan drown ni wedyn i'r gorllewin mi ddown i'r Tri Llamwr. Pryd fyddi di'n nabod y tir a gwybod yr union ffor i fynd?'

'Pan fydda i adra.' Roedd goslef derbyn y drefn yn llais Svend. 'Fûm i rioed o'r gymdogaeth cyn i'r fyddin ddod i 'nôl i. Dyddia o gerddad trwy goed wedyn a dyna hi. Doedd gen i ddim syniad ble'r o'n i nac i ba gyfeiriad oedd adra pan ddaethon ni o'r coed. A hyd y gwn i fûm i rioed o fewn cyrraedd adra wedyn.'

'Oedd 'na rywun o'r gymdogaeth 'blaw chdi'n mynd yn filwr y tro hwnnw?' gofynnodd Edda.

'Saith. Buan iawn y cawson ni'n gwahanu. Welis i byth mo'r lleill.'

'Croeso i'r fyddin,' meddai Bo wrth Edda. Astudiodd wyneb Svend eto, heb gymryd arno nad oedd yn gwneud hynny. 'Mi wyddost ti be dw i'n mynd i'w ddeud rŵan, gwyddost?' meddai wrtho.

'Gan dy fod di un ai yn eithafion callineb ne' yn eithafion ffwlbri a rhyfyg a byth yn unman rhyngddyn nhw mae'n anodd i mi ddeud braidd.'

Nid ffwlbri oedd yn llygaid Bo.

'Be ddudist ti oedd enw'r hogan? Dämi?'

'Dwyt ti ddim yn mynd i'r gymdogaeth!'

'Does dim rhaid i ti ddod hefo ni os ydi'n well gen ti beidio.' Roedd Bo fel tasai o wedi rhagweld y cynnwrf. 'Mi gei di lechu yma tra byddwn ni yno.'

Chwiliai Svend am ei eiriau.

'Fuo 'na rwbath oedd yn bygwth bod yn debyg i ronyn o synnwyr yn dy ben di rioed?' Roedd ei lais wedi tawelu rhywfaint. Chwiliodd lygaid Edda am gymorth. 'Mi wyddost be ddudodd y milwr 'nw wrth Amora,' meddai wrth Bo. 'Mae bron yn sicr fod 'na bobol yn y gymdogaeth 'na oedd yn nabod dy dad. Mi fyddai hi wedi canu arnat ti.'

'Os ca i 'nal gan filwr, mi geith hwnnw 'i ddyrchafu'n Isben yn ôl pob sôn. Be fydd yn digwydd i rywun 'blaw milwr os gwneith hwnnw 'nal i? Cael 'i ddyrchafu'n Hynafgwr? A be neith o hefo fi? Rhoi tennyn am 'y ngwddw i a mynd â fi o amgylch y lle i 'nangos i i bawb?'

'I ddechra arni.' Roedd Svend wedi tawelu ac yn ystyried ei eiriau. 'Mae'n amlwg fod pob cymdogaeth mae'r fyddin lwyd yn mynd iddi'n cael gwybod bod 'na chwilio amdanat ti ac wedi cael gorchymyn i achwyn ar unrhyw ddieithryn o d'oed di rhag ofn mai chdi fydd o.'

'Achwyn wrth bwy? Ar ôl be sy newydd ddigwydd yn fa'ma go brin y bydd neb yma'n ffrindia garw hefo unrhyw fyddin, waeth be fo'i lliw hi.'

'Naci, Bo.' Rŵan roedd Svend yn hunanfeddiannol. Gafaelai yn nwy ysgwydd Bo. 'Mae 'na hen filwyr yma, rai ohonyn nhw'n ddistaw a rhai am y gora'n creu 'u gwrhydri o'r newydd. Mi fyddai'r rheini am y gora hefyd yn gofalu y byddai'r fyddin yn cael 'i bacha arnat ti.'

'Faint wyt ti wedi'i feddwl am Dämi?'

'Nid dyna sy'n bwysig.'

'Faint wyt ti wedi'i feddwl am Dämi?'

Edda ofynnodd y cwestiwn yr eildro. Gollyngodd Svend ei afael ar Bo. Cadwodd ei olygon ar y ddaear rywle o'i flaen.

'Bob dydd.' Cododd ei lygaid i edrych ar Edda. 'Dw i'n gweld gwallt Mam yn dy wallt di, dw i'n gweld llygaid Dämi yn dy lygaid di. O'r dechra,' meddai wedyn.

'Paid â theimlo'n euog nac yn ddiddim am ddeud hynna,' meddai Bo.

'Oedd rhieni Dämi'n gwybod cyn i ti fynd?' gofynnodd Edda.

'Oeddan.'

'Be oedd gynnyn nhw i'w ddeud?'

'Myllio fel eirth am hannar munud. Yna deud fod y petha 'ma'n digwydd a gofyn be o'n i am 'i wneud, dengid 'ta priodi.'

'Maen nhw'n gwybod na wnest ti ddengid, 'tydyn?' Arhosodd Edda ennyd. 'Ddudist ti dy fod am briodi?'

'Do, debyg.'

'Aros yma os wyt ti'n credu mai dyna sydd galla.' Cododd Edda ei phwn. 'Mae'n well i ni fynd â'n pynna hefo ni,' meddai wrth Bo. 'Mi edrychwn ni'n rhyfadd ac yn fwy amheus hebddyn nhw.'

'Peidiwch â mynd,' ymbiliodd Svend.

'Dwyt ti ddim yn mynd o'ma heb gael gwybod,' meddai Bo.

'Be tasan nhw wedi'i roi o yn y gors? Pwy fasai 'na i ddod i'w nôl o?'

'I be fyddai neb yn rhoi'r babi mewn cors a nhwtha'n gwybod mai chdi ydi 'i dad o? A be fasai'r hen filwyr dewr 'u tafoda 'ma'n 'i ddeud tasat ti wedi dengid o'r fyddin er mwyn priodi Dämi?'

Dim ond ysgwyd ei ben oedd Svend, ei wedd mor anobeithiol â phan ddaeth i'r tŷ leuadau ynghynt a gwaed Isben ar ei wyneb a'i ddillad.

'Ofn gwybod sy arnat ti, 'te?' meddai Edda.

'Ia.'

Mynd ddaru Edda a Bo. Pan gychwynnodd y ddau roedd Svend yn dal i'w galw'n ôl. O dderbyn ei fethiant, dychwelodd at ei bynnau. Rhoes nhw ar ei gefn. Tynnodd nhw. Edrychodd arnyn nhw am hir, a'u codi drachefn, a'u gollwng drachefn.

Roedd y gymdogaeth yn un gryno. Natur gorsiog y tir a benderfynodd hynny, dyfarnodd Bo wrth iddyn nhw weld fod y gymdogaeth ar dir fymryn yn uwch na'r tir eang oedd o'u blaenau.

'Be wnawn ni?' gofynnodd pan ddaethant o fewn golwg iddi.

'Gofyn ar 'i ben 'ta siarad gwag?'

'Be wyddost ti am beth felly? Na,' meddai Edda, 'gawn ni weld be ddaw.'

Dynesodd y ddau. Roedd y fyddin werdd wedi gadael digon o ôl ei thraed ar y llwybr ac roedd tyfiant newydd y gwanwyn ar ei ochrau wedi'i sathru bron i gyd. Safai hen wraig o flaen y tŷ agosaf atyn nhw, yn syllu ar y gweithgarwch yn y gymdogaeth nes iddi droi a'u gweld nhw'n dynesu.

'Ydach chi hefo'r milwyr 'na?' gofynnodd cyn i'r ddau gael cyfle i gyrraedd ati, ei llais yn gyflym ac yn llawn dirmyg.

'Nac'dan, debyg,' meddai Bo gan gynnig ei ddwy law iddi. Braidd yn annisgwyl iddo fo, derbyniodd hi nhw.

'Pam daethoch chi ar 'u hola nhw mor fuan, 'ta?' gofynnodd, a mwy o fusnesa naturiol yn ei llais. 'Be wnewch chi yma?'

'Dŵad i lawr o'r dwyrain a'r gogledd 'cw ddaru ni,' meddai Edda wrth gynnig dwy law iddi, ac yn gweld o osgo'r hen wraig fod yn rhaid iddi godi mymryn ar ei llais. 'Ar ein ffor adra ydan ni.'

'Rydan ni oddi ar ein trywydd braidd,' meddai Bo. 'Pan welson ni'r Saith Gwarchodwr o'n blaena gynna y daru ni sylweddoli hynny. Rhain ydi'r Saith Gwarchodwr 'te?' gofynnodd wedyn.

'Ia.' Gwnaeth yr hen wraig i'r gair bara cyhyd ag y medrai. 'Saith Gwarchodwr y geirwir.'

Doedd dim pwyslais ar y gair ond gwelai'r ddau o'n gwegian gan awgrym. Roedd llygaid yr hen wraig yn astudio eu hwynebau, yn symud bob ryw eiliad o un i'r llall, a Bo'n teimlo eu bod yn ceisio rhygnu'r gwir ohono.

'I ble'r ewch chi, os oes coel ar dy leferydd di?' gofynnodd hi.

'I'r Tri Llamwr,' meddai Edda. 'Wyddoch chi ble mae o?'

'Hyd y tiroedd yn rwla, 'ddyliwn.'

'Be ddaru'r milwyr gwyrdd yma?'

'Chwilio a bachu a mynd â'n bwyd ni. Bygwth, fel maen nhw.' Trodd hi i edrych tua'r gymdogaeth eto am ennyd. 'Wn i ddim i be oeddan nhw haws â 'mygwth i a minna'n barod i'r ddaear.'

'Mi gladdwch lawar cyn hynny, debyg,' meddai Bo yn y llais cysuro gorau a feddai. Tynnodd ei sachyn oddi ar ei gefn. 'Mae gynnon ni fwyd os ydi hi'n fain arnoch chi.'

'Dw i wedi morol amdana fy hun rioed. Cadw di dy fwyd ble mae o. Roeddan nhw'n deud 'u bod nhw'n chwilio am ryw gybyn o filwr oedd wedi dengid. Wedi pledu carrag at Uchben ne' rwbath a'i daro fo yn 'i lygad. Dim parch at neb na dim, fel mae'r cybia 'ma. Rwyt titha'n ifanc iawn i dwsu llefran,' meddai wrtho ar yr un gwynt.

'Rhyw gerddad ydan ni,' atebodd Bo.

'A gorwadd, m'wn.'

'Na. 'Dan ni'n frawd a chwaer.'

'Medda chdi.' Roedd hi'n dal i astudio. 'Mae 'na ryw olwg

digon annwyl arnoch chi'ch dau. Be wyt ti o dan yr wynab glân 'na,' gofynnodd i Bo, 'anwylyn 'ta pencnud?'

'Mae'r ddau'n gyfystyr i mi,' atebodd Bo.

'O. Un o'r petha hynny wyt ti?'

'Ella.' Ystyriodd Bo ennyd cyn mentro. 'Dudwch i mi, be 'di hanas Dämi y dyddia hyn?'

'Chi a'ch Tri Llamwr!' Yn sydyn roedd yr hen wraig yn gefnsyth. Llanwodd ei llygaid ag amheuaeth newydd. 'Yn enw Corr Gawr, dudwch pwy ydach chi cyn iddo fo'ch taro chi.' Roedd y llais caredig yn cyferbynnu'n hynod â'r amheuaeth. 'Oddi ar eich trywydd, wir!'

''Dan ni'n deud y gwir,' meddai Bo. 'Mae gynnon ni gyfaill sy'n nabod Dämi.'

'Be fasan ni'n 'i wneud heb gyfeillion?'

'Dydi o ddim yn paldaruo,' meddai Edda, yn gweld yn llygaid yr hen wraig faint roedd hi'n ei goelio arnyn nhw. 'Mae gan ein cyfaill ni straeon hapus am y gymdogaeth a'r bobol sy'n byw yma.'

Cyn iddi ddeud chwaneg daeth dau ddyn tuag atyn nhw heibio i dro y pen pellaf i'r tŷ. Roedd yr hynaf yn dal a llydan, a'i farf mor glaerwyn â'i wallt, a rhyw awdurdod i'w weld yn ei gerddediad. Roedd golwg dawelach a mwy chwilfrydig yn llygaid ei gydymaith, oedd i'w weld tua'r un oed â Svend.

'Mae'n well i chi atab rŵan, clapia.' Roedd buddugoliaeth dawel yn llygaid yr hen wraig. 'Mi sgydwith y rhain y gwir ohonach chi.'

'Pwy'n ysgwyd be?' gofynnodd yr ieuengaf, yn y llais mwyaf hamddenol a glywsai'r ddau eto.

'Go brin y medrwn ni ddeud da bo eich dydd wrthach chi ar ôl be sy newydd ddigwydd yma,' cyfarchodd Bo nhw, 'ond os medrwn ni wneud rwbath i'ch cynorthwyo chi i gael y lle i drefn mi wnawn ni hynny.'

'Llai o dy wenau blaidd di,' meddai'r hynaf yn swta. 'Pwy wyt ti? Be wnewch chi yma?'

'Paid â bod mor amheugar,' meddai'r llall, yr un mor ddigynnwrf â'i gwestiwn cynt. 'Does 'na ddim llawar o siâp drygioni ar y rhain,' meddai wrth yr hen wraig.' Trodd at y ddau drachefn. 'Pwy dach chi, felly?' gofynnodd. 'O ble daethoch chi?'

'O'r Pedwar Cawr,' atebodd Edda.

'Oliph a'n cadwo! Yr eryrod ddaeth â chi?'

'Does gen ti ddim syniad pa mor wir ydi hynna,' meddai Bo.

'Deutroed a sgidia cadarn,' meddai Edda, yn gweld angen cywiro. 'Ond mi aethon ni ar goll.'

'Maen nhw newydd holi am Dämi,' meddai'r hen wraig wrth yr un ifanc, mewn rhyw lais bach diniwed drwyddo. 'Dyna i ti pa mor ar goll ydyn nhw.'

'Am Dämi?' gofynnodd yntau, yr un mor ara deg â phopeth yr oedd wedi'i ddeud cynt.

'Dudwch be ydach chi'n 'i wneud yma!' arthiodd y dyn.

Ond roedd yr un ifanc yn dal ei fraich allan fel tasai am ei hel yn ôl.

'Bechod na fasat ti wedi bod mor hael dy dafod hefo'r milwyr 'na gynna, 'tydi?' meddai, heb fymryn o edliw yn ei lais. 'Paid â'u dychryn nhw os ydyn nhw'n nabod Dämi. Dydan ni ddim am fynd 'fath a'r rheina sy'n ein hysbeilio ni, debyg. Gad iddyn nhw ddeud 'u pwt wrth 'u pwysa.'

'Iddyn nhw gael digon o amsar i feddwl am y clwydda nesa?' gofynnodd y llall, ei lais yn codi.

'Siawns nad ydan ni wedi cael hen ddigon o arthio am un diwrnod. Welsoch chi mo'r bobol wyrdd, debyg,' meddai'r un ifanc wrth Edda a Bo.

'Mi'u gwelson nhw'n mynd o'ma,' meddai Edda. 'Eich petha chi oedd gynnyn nhw yn y sacha?'

'Hidia di befo am hynny!' arthiodd yr hynaf. 'Atab!'

'Dyma i ni un arall!' meddai'r hen wraig ar ei draws, yn

edrych heibio i Edda a Bo. 'Tydan ni'n cael ein goresgyn o bob cyfeiriad. Ydi gwg y duwiau'n tywallt arnon ni 'dwch?'

Troesant. Aeth gwelwedd wyneb Svend yn waeth wrth iddo weld yr astudio manwl arno. Ni chyfarchodd neb, dim ond dod yn syth at Edda a Bo.

'Dim ond llwfrgi fyddai'n eich gadael chi ar eich pennau eich hunain,' meddai.

'Paid â malu,' meddai Bo.

'Horar Fawr!' ebychodd yr ieuengaf. 'Svend!'

'Egor.'

Cynigiodd Svend ei ddwy law iddo. Sylwodd Bo nad oeddan nhw fymryn cadarnach na'i lais. Sylwodd hefyd nad oedd Svend yn cymryd dim sylw o'r hynaf, er i'w lygaid gydnabod yr hen wraig wrth i'r busnesa dygn yn ei llygaid droi'n adnabyddiaeth.

'Ac mi ddoist yn d'ôl,' meddai hi. 'Be wnei di yma, greadur?'

Roedd yr hynaf wedi'i adnabod hefyd.

'Be wnei di hyd y lle 'ma?' gofynnodd cyn i'r hen wraig ychwanegu at ei chwestiwn. 'Lle mae dy fyddin di? Lle mae dy wisg di?'

'Cynnig dy gwestiyna i'r Gwarchodwyr os nad oes gen ti rwbath callach i'w ofyn iddo fo,' meddai Egor, gan luchio braich ddi-hid tuag at y creigiau draw o'i flaen. 'Mae o'n ymarfar i fod yn Hynafgwr,' hanner ymddiheurodd wrth y tri heb bwt o wên yn unman ond ei grombil.

Ond gwelodd Bo hi. Cynigiodd ddwy law i Egor ar frys mawr. Derbyniodd Egor nhw, a'r wên bellach yn mynnu ei ffordd i'w lygaid. Trodd at Svend.

'Be 'di dy hanas di, 'ta?' gofynnodd. 'Mae'n dda dy weld di,' meddai wedyn a rhyw sobrwydd newydd yn ei lenwi.

'Dämi?' gofynnodd Svend, ei lais yn crynu.

Trodd Egor at y llall.

'Waeth i ti fynd,' meddai. 'Ddim,' meddai wedyn, fel tasai wedi ystyried y gair yn ofalus. 'Dowch chi'ch tri hefo fi.'

Trodd a chychwyn, heb ddeud gair arall. Dilynodd y tri o, gan adael yr hynaf i ddeud hynny o gŵyn oedd ganddo wrth yr hen wraig.

'Dämi?' gofynnodd Svend eto, yn fwy taer y tro hwn.

'Mae greddf yr efaill yn deud wrtha i 'i bod hi'n fyw,' atebodd Egor.

'Be, dydi hi ddim yma?' gofynnodd Svend, argyfwng newydd yn llond ei lais.

'Na.' Roedd chwithdod yn llais Egor. 'Dw i wedi bod yn hannar gobeithio dy weld di a hitha a'r babi'n dod yn ôl hefo'ch gilydd. Ro'n i'n gwybod nad oedd hynny'n mynd i ddigwydd ond mi wyddost sut un ydw i.'

'Be ddigwyddodd?' gofynnodd Svend.

'Lai na lleuad ar ôl i'r fyddin fynd â chdi o'n gafael ni mi drefnwyd Priodas Deilwng iddi,' meddai Egor. 'Roedd hynny'n golygu y byddai'n rhaid iddi aberthu'r babi 'toedd?' Yr un rhesymoldeb ara deg oedd yn ei lais ag oedd ym mhopeth arall yr oeddan nhw wedi'i glywed ganddo, ond ei fod rŵan yn llawer tristach. 'A fedrai'r hen ddyn 'cw ddim gwrthod gan 'i fod o dan fawd y teulu arall. Mi wyddost mor llywaeth ydi o, greadur. Ro'n i wrthi'n rhyw ddarparu cynllun oedd gen i ond un noson mi ge's gusan gan Dämi, am ddallt mae'n debyg, ac erbyn bora trannoeth doedd dim golwg ohoni. Ond ro'n i wedi'i dilyn hi allan yn slei bach y noson cynt, dim ond i gadarnhau i mi fy hun y byddai hi'n iawn.' Arhosodd, i astudio wyneb Svend. 'Mae greddf yr efaill yn deud wrtha i 'i bod hi wedi geni'r bychan yn iawn. Ond mae'r reddf yn 'cau'n glir â deud prun ai hogyn 'ta hogan gafodd hi.'

Erbyn hyn roeddan nhw ynghanol y gymdogaeth ac roedd pobl yn troi o'u gorchwylion i edrych, a rhai i wylio, a bron bawb i siarad. Yna'n sydyn roedd llaw Edda'n cythru am law Bo. Roedd hithau fel yntau newydd glywed yr enw Uchben Haldor.

'Mae'r duwiau'n dial,' mynnodd Svend. 'Mae o'n gofyn amdani ers y diwrnod y gwelis i o gynta un.'

'Be am y peth lleuad 'na?' gofynnodd Egor, wedi ennyd o ystyried y geiriau ac amneidio tua'r dwyrain. 'Dydi hwnnw ddim i'w weld yn dial rhyw lawar. Mae o i'w weld yn anfon llewyrch digon clir i chi.'

'Mae Norül dduw'n goleuo tiroedd y nos i bawb. Neith o ddim dial ar un drwy ddial ar bawb.'

'Wel chwara teg iddo fo.'

'Mi wn i mai gwneud cymwynas â mi oedd bwriad Bo,' meddai Svend, yn craffu o ochr y tŷ i gyfeiriad y gymdogaeth i weld a oedd rhywun yn dynesu. 'Dw i ddim yn siŵr iawn ydi o'n 'y nghoelio i 'mod i'n fodlonach rŵan wedi cael y gwir, ac nid deud rwbath rwbath i drio 'i gysuro fo ydw i. Dw i'n meddwl y byd o'r ddau. Mi fentron nhw 'u bywyda drosta i y noson gynta iddyn nhw 'ngweld i. Ond mae Bo'n rhyfygu o un pen i'r dydd i'r llall. Mae o'n gwneud ati i herio'r duwiau. Ac os llwyddwn ni i ddengid heno mi fydd y fyddin yn gwybod ymhen rhyw ddiwrnod ne' ddau fod Bo yn y cyffinia. Mi fydd 'na chwilio diderfyn amdano fo ac mi rydd y duwiau bob cymorth i hynny.'

'Llwyth o dduwia a byddin anfarth yn gwegian gan arfa ac Uchbeniaid a gwersylloedd a ballu ofn creadur fel fo,' meddai Egor wedi'r ennyd arall o ystyried geiriau a chraffu tua'r gymdogaeth. 'Hm.'

Doedd o ddim yn siŵr a oedd yn disgwyl i Svend gynnig sylw ar hynny. Aros yn dawel ddaru Svend.

'Deunaw oed,' aeth yntau ymlaen toc. Ystyriodd eto. 'Be fasan nhw'n 'i wneud tasa fo'n ugian?'

Gwelsant y siâp yn dynesu o lech i lwyn tra oedd Svend yn dechrau ystyried a oedd y sylw hwnnw'n werth ei ateb ai peidio.

Ymhen dim roedd hogan tua'r un oed ag Edda'n ymddangos o'u blaenau. Amneidiodd ar Egor.

'Maen nhw wedi penderfynu mai mab Uchben Haldor ydi o,' meddai. 'Maen nhw wrthi'n dadla ydyn nhw am ddod yma i'w nôl o rŵan 'ta aros tan y bora.'

'Rwyt ti'n hen gariad,' dyfarnodd Egor, yn ymateb yn gyflym am y tro cyntaf. 'Dos rŵan rhag ofn i rywun dy weld di.'

Ond doedd yr hogan ddim wedi gorffen.

'Mae Mam yn deud 'u bod nhw'n mynd i ddial ar Svend hefyd,' meddai. 'Mae hi'n deud fod y Briodas Deilwng gafodd 'i threfnu ar gyfer Dämi ar y gweill cyn i Svend chwyddo 'i bol hi a chyn i Dämi na neb gael gwybod dim amdani.'

'O.' Roedd awgrym o chwyrniad yn llais Egor. 'Dyna chdi 'ta. Tyd draw yn nes ymlaen yn ddiniwad i gyd os wyt ti isio.'

Sleifiodd yr hogan ymaith, i adael Egor mewn cynddaredd tawel llonydd a Svend mewn dychryn fymryn yn fwy aflonydd.

'Mi a' i i'w nôl nhw,' meddai Egor.

'Dw i isio ffarwelio hefo dy fam a dy dad,' meddai Svend.

'Paid â bod yn hir.'

Aethant i mewn. Amneidiodd Egor ar Bo ac Edda. Cynigiodd y ddau ddwylo brysiog a diolch i dad a mam Egor ac aethant allan ar ei ôl. Aeth Svend at y rhieni a'u cofleidio bob yn un. Doedd o ddim yn derbyn dyfarniad Egor am y tad a theimlai fod y cofleidiad cadarn yn ategu hynny.

'Nid 'y newis i,' meddai.

'Mae croeso i ti ddod o hyd iddi,' oedd ateb y tad.

'A dod â nhw'n ôl,' meddai'r fam. 'Mi gei di bob help gan Egor a ninna i godi tŷ.'

'Mae gen i dŷ,' meddai Svend, yn gweld geiriau'r fam yn amhosib ar ôl yr hyn roedd newydd ei glywed, 'ac os ydi Bo'n gywir ynglŷn â'r mynydd, dydi o ddim mor bell â hynny.'

'Mae gen ti fedd o'i flaen o, medda chdi,' meddai'r tad. 'Fyddai 'na'r un o flaen dy dŷ di yma.'

'Ond tawn i'n dŵad â hi yma, be fyddai o'i blaen hi?' gofynnodd Svend. 'Be am y briodas honno?'

'Mi drefnwyd un arall.'

Terfynoldeb swta oedd lond y llais. Ond tybiai Svend ei fod yn cuddio bodlonrwydd.

'Mae'n rhaid i mi ddod o hyd iddi yn gynta,' meddai. 'Mi gawn ni feddwl wedyn.'

Cofleidiasant eto. Aeth Svend. Allan, roedd Egor ac Edda a Bo'n llechu wrth ochr y tŷ gan wylio'r symudiadau yma a thraw yn y gymdogaeth, gydag Egor yn canolbwyntio ei sylw i gyd ar un tŷ tua'r canol.

'Dowch.'

Rhyfeddodd Bo fod Egor yn gallu deud gair swta. Dilynasant o heibio i gefnau tai gan gadw i'r cysgodion gymaint ag oedd modd. Ymhen ychydig roeddent ar gyrion coed.

'Does 'na ddim llwybr o fath yn y byd, ac mae'r clogwyni'n beryg bywyd, ond y ffor hon mae'n rhaid i chi fynd,' meddai Egor. 'Ddaw 'na neb ar eich hola chi oherwydd fyddai neb yn 'i iawn bwyll yn meddwl am fynd ffor'ma. Ond dyma sut llwyddodd Dämi i gymryd y goes. Mi fyddwch yn anelu tua'r gorllewin yn gyfochrog â'r corsydd. Tasai 'na lwybr call a chalad a syth drwy'r corsydd mi gymra hi dri ne' bedwar diwrnod i'w dramwyo fo cyn cyrraedd y tiroedd eang a sychach ymhellach draw, felly byddwch yn barod i dreulio deg diwrnod ne' ragor yn y coed. Os ân nhw'n rhy anodd peidiwch â meddwl mentro'r corsydd oherwydd maen nhw'n waeth fyth. Byddwch yn barod am fleiddiaid.' Syllodd am ennyd ar Bo cyn mynd ato a phlannu dau ddwrn cadarn ar ei ysgwyddau. 'Dyma sydd i'w gael am fod yn fab i dy dad.'

'Dw i wedi profi gwaeth,' atebodd o, ei lais yn gadarnach na'i stumog.

'Do. Do, debyg.' Cofleidiodd Egor o. 'Cofia 'u bod nhw ar d'ôl di. Maen nhw'n betha penderfynol.'

Trodd at Svend.

'Tyd â Dämi a'r un bach yn ôl, tasai dim ond am ychydig,' meddai wrth ei gofleidio yntau.

'Sut gwyddost ti fod Dämi wedi llwyddo?' gofynnodd Svend, a difaru yr un eiliad.

'Dwyt ti ddim yn haeddu dy atab. Ac anghofia'r lol glywist ti gynna. Bregliach pobol sydd â'u cega'n fwy na'u cyrff. Tyd â hi'n ôl.'

Cofleidiodd Edda a'i chusanu, a hithau'n teimlo am eiliad ei bod yn mynd ar goll yn ei farf. Teimlai fymryn yn ynfyd am mai'r farf a gafodd ei chusan hi.

'Rwyt ti cyn ddewrad â Dämi,' meddai Egor wrth ei gollwng.

'Mae gofyn dewrdar i gusanu barf,' meddai hi.

'Cerwch.'

Gwyliodd y tri'n mynd i'r coed. Arhosodd am ychydig wedi iddyn nhw ddiflannu cyn troi am adra. Ailfeddyliodd cyn cyrraedd y drws ac aeth i'r gymdogaeth.

Yr hen wraig oedd y gyntaf iddo'i gweld, hithau hefyd wedi dod allan i fusnesa.

'Rhyw ddiwrnod digon rhyfadd 'te?' meddai hi, yn chwilio ci wyneb yng ngolau clir y lleuad ac yn dangos yn ddigon diamwys iddo ei bod yn gwneud hynny. ''Gwestiwn mawr gen i ydi o ar ben hefyd. Be gredi di?'

'Mi ddaw i ben yn 'i amsar, decini.'

Troes hi ei sylw ar griw bychan yn dod allan o dŷ gyferbyn, yn siarad hefo'i gilydd ac ar draws ei gilydd, gan aros ger y trothwy i barhau â'u siarad.

'Doedd y Darpar Gawr ddim yn rhy hoff ohonat ti am 'i drin o mor ddibris pnawn 'ma,' meddai mewn llais lled sbeitlyd, yn dal i wylio'r siaradwyr.

'Dydi o ddim yn rhy hoff o neb na dim 'blaw fo 'i hun. Mae o wedi bod wrthi'n gwasgaru 'i gyngor i'r rhein drwy'r pnawn a heno, debyg. Cyngor y fagddu.'

'Do, mi elli fentro. A doedd o ddim yn rhy hoff o'r croeso roist ti i dad plentyn bach dy chwaer chwaith, na dy fod wedi gwneud ffrindia hefo'r ddau fychan cyn i ti 'u gweld nhw bron.'

'Hefo pwy ddylwn i wneud ffrindia 'sgwn i?'

'Hidia di befo am hynny. Mae'r rhein wrthi'n paratoi i fachu Svend a'r hogyn, ac mi elli fentro y bydd hynny'n digwydd cyn i'r nos fynd heibio.' Gostyngodd ei llais i lais cyfrinach. 'Wna i ddim achwyn arnat ti.'

'Am be wyt ti'n sôn, ddynas?'

'Mae golwg rhy fodlon dy fyd arnat ti. Paid â gadael i bawb weld.'

24

'Mae'r lan ddeheuol 'na i'w gweld yn fwy addawol,' meddai Linus gan amneidio i lawr at dir lled fras a oleddfai tua'r de-orllewin, ac afon yn troelli fymryn ar hyd-ddo.

'Ydi, os wyt ti â dy fryd ar grwydro'r tiroedd,' meddai Ahti.

Roeddan nhw wedi dringo esgair rhwng dyffrynnoedd a gorweddai Ahti a Tarje ac yntau ar eu boliau i chwilio'r tir o'u blaenau, ac yntau fel pob tro'n chwilio am ryw arwydd o Bo ac Edda a'u cydymaith diarth, ac yn mynd yn fwy a mwy siomedig nad oedd yr un i'w weld er gwaethaf ei reswm. Roedd llyn pur eang odanyn nhw ac o'u blaenau, a thair ynys yn rhes unionsyth yn ei ganol, y tair wedi'u gorchuddio gan goed a llwyni.

'Hwn ydi Llyn y Tair Ynys,' meddai Ahti, ag arafwch pob gair yn pwysleisio profiad. 'Mi ddois yma i frwydr yn Orisben. Mi es o'ma'n Isben.'

'Dyrchafiad yn y frwydr?' gofynnodd Linus.

'Ar 'i hôl hi.'

'Be, y lleill wedi'u lladd?'

'Paid â bod mor ddibris ohono i, y cyw cidwm. Mi arbedis i fywyd Uchben wrth geg yr afon yn fan'na ac mi ge's gamu dros y cyrff i dderbyn y clod. Wedyn mi aethon ni i lawr y dyffryn a hel ein gwala o dair cymdogaeth nes cyrraedd creigiau'r Saith Gwarchodwr. Mi deithion ni am ddau ddiwrnod i'r lle cysegredig hwnnw'n unswydd er mwyn i'r fyddin oll gyflwyno gwrogaeth i'r duwiau am iddyn nhw 'y newis i i fod yn gyfrwng achubiaeth yr Uchben.' Arhosodd ennyd, gan ddal i syllu tua cheg yr afon. Yna cododd ei ben i edrych ar Tarje. 'Wyddost ti be oedd 'i enw fo?'

Am eiliad roedd Tarje'n fud.

'Paid â chymryd hyn fel ergyd arall,' meddai Ahti.

'Rhannwch eich cyfrinacha, y lemingiaid,' meddai Linus. 'Am bwy ydach chi'n sôn?'

'Gofyn i Lars,' meddai Ahti, ei lais yn sydyn yn swnio'n llawer mwy trist ac ofer nag yr oedd ychydig eiliadau ynghynt.

'Nid y peth Anund 'nw, debyg?'

'Roedd 'y nyrchafiad i mor arbennig fel na che's i mo 'ngwisg Isben tan i ni gyrraedd y Saith Gwarchodwr. Os byth y byddi di isio plesio, tasai dim ond dros dro, gwareda Uchben rhag crafanc anga. Ond cofia ddewis dy Uchben yn ofalus.'

'Dal dy wynt am eiliad,' meddai Linus. 'Achub 'ran myrrath wyt ti?'

'Be'n union sy ar dy feddwl di rŵan?'

'Roedd mab dy Aruchben di ar fin mynd yn fwyd i'r pryfaid ac yn destun dos arall o arwriaeth a dyma chdi'n 'i arbad o rhag y pryfaid. Yr hanas nesa ohonat ti ydi dy fod yn achub hogyn sy'n hannar addoli llofrudd mab yr Aruchben a sy'n gyfrifol am fabi bach a ddaeth o groth chwaer y llofrudd. Ac yna rwyt ti'n mynd yn gydymaith i'r llofrudd i chwilio am yr hogyn hwnnw i'w achub o eto. Yli straffîg y byddat ti wedi'i harbad tasat ti wedi meddwl mwy am les y pryfaid pan oeddat ti yma y tro blaen.'

'Galwa arnyn nhw os wyt ti isio gwneud dcfnydd call o dy lais,' meddai Tarje.

Pwysodd Linus law chwareus ar ysgwydd Tarje cyn lled-godi a sleifio yn ôl i lawr y llethr. Setlodd Tarje ei hun yn ôl i syllu.

'Rwyt ti'n gori gormod,' meddai Ahti.

'Ydi plant y tiroedd yn dy gyhuddo di o ladd 'u mama nhw?'

'Un hogan fach yn ffwndro gan ddychryn a galar a blinder. Os dali di ati i feddwl fel hyn fyddi di'n dda i ddim i chdi dy hun na neb.'

Chwiliodd Tarje am ateb cyn ailfeddwl.

'Sut wyt ti mor sicr fod Gaut yn fyw o hyd?' gofynnodd.

'Yr hogan fach druan 'na oedd yn gofyn y cwestiwn 'na rŵan, nid chdi.'

'Atab.'

'O'r gora.' Rhoes Ahti'r gorau i'r gwylio a throi i eistedd. 'Mi gladdwyd Anund ar gopa rhyw fryncyn uwchben y lle oedd wedi'i losgi. Mi wyddost fwy am hwnnw na fi. Fûm i rioed ar gyfyl y lle.'

'Sôn am Gaut o'n i.'

'Ia. Gan 'u bod nhw ar gopa'r bryncyn roeddan nhw mewn craig unwaith y crafon nhw'r mymryn tyfiant, ac mi golbiwyd rhywfaint o honno i gael y bedd yn ddigon dyfn. Wedyn mi godwyd tŵr crwn o gerrig cadarn uwch 'i ben o i nodi'r fan er mwyn i holl drigolion y tiroedd 'i weld o, er nad oedd neb ond rhyw ddyrnaid o bobol drwy holl hanas y tiroedd erioed wedi bod yna nac yn gwybod am 'i fodolaeth o.'

'Be sy 'nelo hyn â Gaut?'

'Mae pen y tŵr cerrig yn wastad, a hynny er mwyn dy osod di arno fo pan ddaw'r adeg. Ar ben hwnnw y mae dy waed di i'w ollwng i dreiglo drwy'r cerrig fel bod corff Anund yn derbyn gwaed y dialedd i hynny o esgyrn fydd gynno fo ar ôl. Os na fyddan nhw wedi cael gafael arnat ti mewn pryd, mi gymeran nhw Gaut yn dy le di, hyd yn oed os bydd o wedi dy ddiarddal di a dy holl deulu, gan gynnwys dy chwaer sy'n gariad iddo fo ac yn fam i'w babi bach nhw ill dau. Rhyw dybio ydw i fod y creadur bach yn rhy ddidwyll hyd yn oed i gymryd arno wneud hynny. Ond mi elli fentro 'i fod o'n fyw, ac yn iach.' Trodd yn ôl at ei wyliadwriaeth a chanolbwyntio ennyd ar ddau garw a ddaethai i bori ar lan y llyn. 'Fedrwn ni ddim deud hynny am Uchben Brün chwaith, waeth pa mor gelfydd y gorchmynnodd o i fedd Anund fod.'

Daeth y gweddill i fyny a throsglwyddodd Eir Lars i ofal Tarje, gan edrych i fyw ei lygaid a dangos ei gwên gariadus chwaer fach iddo cyn troi i wisgo ei sachyn, oedd yng ngofal Eyolf. Ond methodd ei braich wrth iddi chwilio am y strapyn cefn. Trodd y sachyn a disgynnodd mân bethau ohono. Plygodd i'w codi, a dim ond cip a gafodd Ahti arnyn nhw ar y gwellt. Daeth mymryn o wrid i'w wyneb yntau wrth iddo ddarganfod o wyneb Eir ei bod hi wedi'i weld o'n syllu.

'Am be wyt ti'n meddwl?' gofynnodd Eyolf iddo ymhen rhai oriau, a hwythau'n dringo tir oedd yn debycach i hollt yn y mynydd nag i geunant, hefo dim ond y mymryn lleiaf o dyfiant dan draed bob ochr i nant a fyrlymai tuag at Lyn y Tair Ynys, bellach ymhell o'u hôl.

'Hyn a'r llall,' atebodd yntau, yn teimlo am eiliad ei fod wedi'i ddal. 'Pam?'

'Rwyt ti yn dy fyd dy hun ers inni gychwyn.'

'Na, dim felly,' meddai yntau, heb boeni a oedd yn argyhoeddi ai peidio.

Nid bod tyndra o fath yn y byd, ond teimlai o fod Eir fel tasai wedi gofalu ei bod yn cadw'n agos at Idunn a Tarje a Linus drwy'r adeg gan fynnu sgwrs hefo'r tri. Teimlai hefyd ei bod wedi osgoi ei lygaid o bob tro yr edrychai arni, ond roedd hyn ynghanol pyliau eraill o amau mai fo ei hun oedd yn creu'r teimladau ac yn creu ei ddrwgdybiaeth ei hun. Daliodd rywfaint yn ôl hefo Eyolf.

'Ddaru nhw ddeud wrthat ti sut cafodd Gaut 'i gipio?' gofynnodd.

'Dim ond Thora a fi oedd yn y tŷ pan oedd hi'n deud yr hanas. Roedd pob manylyn gynni hi, fel tasai hi wedi bod yno'n gwylio. Dyna pryd y daru mi lawn sylweddoli be oedd Mam wedi'i ddiodda pan ddiflannis i. Pam wyt ti'n gofyn?'

'Soniodd hi rwbath am be oedd gan Gaut hefo fo, ne' rwbath yr oedd o'n 'i wisgo?'

'Mi luchiwyd crys roedd hi wedi'i wneud i Lars i'r drysi. Yr Obri 'nw ddaru hynny. Pam?'

'Rwbath arall?'

'Oedd,' cofiodd Eyolf wedi cam neu ddau. 'Cerflun o'i ben o'i hun a'r ddau fychan. Fo oedd wedi'i wneud o, medda Thora. Mi ddwynodd Obri hwnnw ac roedd o wrth 'i fodd yn cael brolio hynny hyd y lle wedyn, medda hi. Ond mi ddudodd Thora 'i fod o'n gofalu diflannu ne' fod ynghanol digon o'i ffrindia pan oedd Seppo hyd y fan.'

'A does neb a ŵyr be ddigwyddodd i'r cerflun?'

'Dim hyd y gwn i. Pam?

'Paid â chymryd arnat wrth neb.' Roedd Ahti wedi gostwng ei lais. 'Mae o yn sachyn Eir.'

'Paid ag edrach mor ddrwgdybus arna i,' meddai Ahti.

'Am be wyt ti'n sôn?' gofynnodd Eir, yn ceisio ac yn methu cymryd arni.

'Ga i afael ynddo fo? Dw i wedi cael disgrifiad ohono fo gan Gaut 'i hun,' meddai wedyn o weld ei hwyneb, 'pob manylyn ohono fo.'

Roedd y lleill wedi mynd ymlaen fymryn i astudio'r tir o'u blaenau. Roedd Lars yn ei freichiau, ac yntau am funud neu ddau wedi dilyn y drefn o geisio ei gael i ddeud ei enw fo o flaen neb arall heblaw am ei fam. Roedd y gair hwnnw ganddo ers dyddiau, a thaerai Linus ei fod yn deud 'inus' yn fuan wedyn hefyd.

'Mae Gaut yn meddwl y byd ohono fo,' ceisiodd eto, 'ac o'r hyn welis i bora 'ma mae gynno fo bob cyfiawnhad i wneud hynny. Mae o'n gerflun ardderchog. D'o weld.'

Plygodd Eir ac agor ei sachyn.

'Paid â chrynu,' meddai o. 'Sut bynnag y daeth o i dy ddwylo di, dw i'n cymeradwyo, hynny o werth sy 'na i 'nghymeradwyaeth i.'

Ymhen munud neu ddau, o weld Idunn a Linus yn cychwyn yn ôl tuag atyn nhw, rhoes y cerflun yn ôl i Eir.

'Mae dy dad yn grefftwr wrth reddf,' meddai wrth Lars. 'Mi gei di ddeud Ahti rŵan, a finna wedi'i frolio fo.' Trodd at Eir. 'Paid â'i gadw fo,' meddai. 'Gwisga fo. Dangos o i bawb.'

25

Daliodd Gaut ei anadl. Caeodd ei ddwrn yn dynnach am y brigyn main. Arhosodd ennyd arall. Plyciodd. Neidiodd y tamaid brigyn ar ben arall ei raff frigau ymaith a disgynnodd y ffrâm frigau a gwellt ar y rugiar. Rhuthrodd yntau o'i guddfan a gafael ynddi cyn i walpian ei hadenydd ei rhyddhau na chreu gormod o stŵr, a lladdodd hi cyn i'w chri hefyd dynnu sylw. Dechreuodd ei phluo a chuddio'r plu o dan y ffrâm.

Roedd o'n iawn yn y tir gwag. Roedd y babell ganddo, a'i sachyn. Roedd wedi gweld cymdogaeth o bell y pnawn cyntaf ond daethai ofn arno. Gwelsai un arall o bell ychydig oriau wedyn a daethai ofn arno. Roedd yn rhaid iddo gael gwybod o rywle sut i fynd adref ond pan welsai'r ddwy gymdogaeth ni fedrai wneud dim ond crynu.

Gorffennodd bluo'r rugiar. Wedi iddo'i hagor a'i llnau lapiodd hi yn ei sachyn at drannoeth. Datododd y rhaff a wnaethai yng nghysgod y coed pan welsai'r grugieir a lluchio'r brigau tenau yma a thraw. Cododd ac aeth ar ei hynt.

Pa hynt bynnag ydi hi, meddyliodd eto. Doedd o ddim wedi meddwl y byddai wedi mynd yn ffrae rhyngddo a Beli, er mai Beli oedd yn gwneud y ffraeo i gyd. Roedd rhywfaint o dyndra wedi bod wrth i agweddau fygwth gwrthdaro a hefyd wrth fod Beli'n flin am nad oedd ei lygad yn gwella'n ddigon cyflym, a bellach roedd Gaut yn ystyried ella mai canlyniad anochel hynny i gyd oedd y ffrae. Doedd o ddim wedi disgwyl i Beli weiddi arno nad oedd yn werth ei achub pan ddywedodd ei fod yn edmygu cefnder ei fam am wisgo'r gwinau chwaith. Mi faswn i'n dy ladd di fy hun 'blaw y byddai hynny wrth fodd y rheina ddaru dy glymu di mewn sach, oedd Beli wedi'i weiddi arno bron ar yr un gwynt. Roedd hyn ganol y bore dridiau wedi iddyn nhw ddengid, a Gaut ar y pryd â'i feddwl ar bopeth ond ffraeo, gan ei fod yn dilyn hynt yr eryr uwchben ac yn meddwl yr un pryd wrth weld ei ryddid braf wrth iddo hofran a hedfan mymryn am yr eryr difyr y daru Eir ac yntau ei fagu mor frwd. Gobeithiai fod hwnnw'n fyw ac y byddai'n paru cyn bo hir, ac wrth feddwl am hynny ni fedrai beidio â meddwl am yr eryr truan arall hwnnw yn y gwersyll cyntaf. Deud rhywbeth am hynny a'i gysylltu â hapusrwydd a bodlonrwydd y duwiau o weld dioddefaint yr eryr a chysylltu hynny yn ei dro hefo dioddefaint gwahanol y sach ddechreuodd y ffrae. A ddaru ei sylwadau o wedyn am y gwinau ddim lles iddi.

Wedi i'r ffrae ddod i ben ac ymhen rhyw awr o deithio oeraidd a di-ddeud wedyn roeddan nhw wedi dod i gymdogaeth. Roedd dynes y tybiai Gaut ei bod tua'r un oed â'i fam y tu allan i'r ail dŷ. Awr yn ddiweddarach a Gaut yn ceisio cadw mor gudd ag oedd modd ger ochr y tŷ a cheisio cymedroli ei ofn yr un pryd, daethai Beli allan a deud wrtho am fynd. Wedi'r eiliad a gymerodd Gaut i ddallt roedd wedi cynnig ei ddwylo iddo. Petrusodd Beli cyn eu derbyn yn sychlyd.

'Wnei di ddim ohoni wrth fynd tua'r gogledd na'r dwyrain o fa'ma,' meddai, yr un mor sychlyd. 'Mae 'na ddwy gymdogaeth i'r dwyrain o fewn cyrraedd iddyn nhw heddiw ond does 'na ddim wedyn ond tiroedd gwag a chorsydd am leuada. Dos i'r gorllewin. Mi ddeui at y môr ymhen rhyw ddeuddydd os cerddi di'n ddiymdroi. Tro i'r gogledd am ddiwrnod ac mi weli fynydd pengrwn. Mynydd Trobi ydi hwnnw. Mae 'na gymdogaetha yn 'i gyffinia fo. Mae'r rheini'n ddiogelach i ti na'r rhain.'

Edrychodd arno am ennyd cyn troi a mynd. Aeth Gaut. Ychydig gamau wedyn roedd Beli wrth ei ochr drachefn. Arhosodd yntau. Ochneidiodd Beli, a'i gofleidio.

'Dos, a challia.'

Dyna'r unig eiriau. Unwaith yr oedd Gaut wedi mynd o olwg y tai roedd o wedi aros. Roedd Beli wedi deud cynt yn un o'r sgyrsiau cyn y ffrae eu bod o fewn ychydig ddyddiau i derfynau gorllewinol y tiroedd ac nad oedd dim i'w weld i'r gorllewin wedyn ond y môr. Roedd hynny wedi dychryn Gaut. Gair amherthnasol yn digwydd bodoli oedd môr wedi bod iddo erioed, fel i bawb arall yn y gymdogaeth, gair y straeon diarth a'r chwedlau, gair am rywbeth annirnadwy o bell. Ac o edrych tua'r dwyrain ac astudio orau y gallai ni welai fynyddoedd uchel i fod yn rhagfur, a dim ond wrth fynd i'r cyfeiriad hwnnw yn fras yr oedd ganddo unrhyw obaith o ddynesu at Lyn Sorob a'i fyd o'i hun. A thua'r dwyrain y cychwynnodd.

Roedd hynny ddeunaw diwrnod ynghynt.

Roedd llyn hir ymhell draw i'r dde odano, a'r mymryn lleiaf o dro yn ei ganol. Ac wrth aros i edrych arno a'i gefn yn pwyso ar goeden daeth yr ateb iddo. Nid ofn dangos ei hun ger bron dieithriaid oedd arno, ond ofn enwi Llyn Sorob. Roedd y gweiddi yn ei glustiau drwy'r sach fod Llyn Sorob a holl drigolion ei gymdogaeth yn ddrewdod drwy'r holl diroedd wedi gadael ei ôl. Yr ateb oedd mynd i'r gymdogaeth nesaf a welai a holi am Lyn Sigur. Roedd modryb ei fam yn byw ar lan Llyn Sigur a gwyddai hi am union lwybrau'r seithddydd rhwng y ddau lyn.

Aeth ymlaen, yn hapusach. Roedd ganddo obaith digon call fod yn rhaid ei fod yn mynd i'r cyfeiriad cywir yn fras a theimlai hynny'n ei gynnal. Ac roedd yn rhydd, yn gallu penderfynu pa gyfeiriad oedd gallaf. Roedd hynny'n ei gynnal fwyfwy. Roedd wedi gofyn i Beli drannoeth ei ryddhau i ble'r oedd y fyddin yn bwriadu mynd â fo, ond wyddai Beli ddim, ar wahân i'r dybiaeth y byddai'r Aruchben yno hefyd yn barod amdano. Dyna pam mae 'na chwilio mawr yn mynd i fod amdanon ni, meddai wedyn.

Draw o'i flaen gwelai afon yn tarddu o'r llyn ac yn llifo tua'r dwyrain ac afon arall yn prysuro i ymuno â hi o ucheldir tua'r de ymhellach draw. Penderfynodd mai dilyn yr afon oedd y dewis callaf, ac ymhen tridiau roedd yn sefyll yn stond i rythu mewn rhyfeddod ar y mynydd mwyaf trawiadol a welsai erioed.

Roedd yr un mor gymesur ag yr oedd o bigfain, ond wrth ddal i syllu arno gwyddai Gaut ei fod yn gadarnhad o ba mor bell o adra yr oedd. Tasai'r mynydd o fewn rhyw leuad i Lyn Sorob siawns na fyddai sôn amdano. Gallai ddychmygu Hynafgwyr yn hawlio ei ffurf ac yn crafu pob gronyn o'i graig i lefaru eu hawdurdod yn ei enw.

Aeth ymlaen ar hyd glan yr afon. Roedd y tir erbyn hyn yn eang, a'r afon yn cadw'n agos at fryniau coediog ei ymyl ddeheuol. Synnai Gaut braidd nad oedd cymdogaeth o fewn golwg, yn enwedig a'r afon mor llydan a'i dŵr mor glir ac iachus. Anifeiliaid gwyllt a borai yma a thraw hefyd ac roedd yn amlwg arnyn nhw mai dim ond rhag bwystfilod yr oedd gofyn iddyn nhw ochelyd. Gwelodd flaidd ar ro glan yr afon yn llymeitian mymryn ond ddaru'r blaidd ddim ond troi ei ben i edrych arno'n dynesu a mynd ar ei hynt gan anwybyddu'r elciaid parod hefyd. Rhyfeddodd Gaut o weld y pawennau braf yn tuthio mor gelfydd naturiol. Edrychodd ar yr awyr eto. Byddai rheswm yn cynnig nad yr un eryr oedd yn yr awyr uwch ei ben bob tro y gwelai o, ac roedd hynny bellach droeon bob dydd, ond doedd dim rhaid i reswm fod yn gywir bob tro nac yn ddiddorol ac roedd gwefr fechan i'w chael dim ond wrth gymryd arno fod ganddo gydymaith.

Drannoeth, gwta awr ar ôl cychwyn, safai wrth droed y mynydd. Nid hwnnw a âi â'i sylw, yn enwedig gan ei fod wedi edrych digon arno wrth ddynesu y diwrnod cynt ac yn ystod ei awran o gerdded y bore. Roedd gofyn pendroni, a theimlai ei fod wedi cael mymryn bach o ail. Roedd wedi cymryd yn ganiataol fod yr afon am ddal ati i lifo tua'r dwyrain eang o'i flaen, lle'r oedd y tir yn faith a gwastad gan mwyaf, gydag ambell fryncyn yma a thraw, ond ymhell o fod yn ddigon cysgodol iddo fo beidio â chael ei weld o bell, ble bynnag yr oedd rhywun ar gael i edrych, meddyliodd wedyn. Ni welsai erioed dir mor eang a gwag. Roedd hyd yn oed yr afon wedi penderfynu peidio ag ymddiried ynddo, meddyliodd wedyn, oherwydd troai hi i ddyffryn bychan i'r de, dyffryn nad oedd i'w weld cyn cyrraedd ato. Daliodd i bendroni. Roedd yn haws dod o hyd i gymdogaeth ar lan yr afon nag yn y tir eang o'i flaen. Roedd o'n mynd i holi yn y gymdogaeth nesaf, holi am Lyn Sigur a chael enw arall iddo fo'i hun. Wrthi'n chwilio am enw oedd o pan ddaeth yr eryr uwch ei ben eto a throi i'r dyffryn heb betruso dim.

Aeth ar ei ôl.

Roedd rhywbeth yn ddymunol yn ei sŵn, er y byddai'n rhaid i ddau a chwenychai sgwrs orfod gweiddi y naill yng nghlust y llall. Roedd yn amlwg ers meitin fod yr afon yn mynd i raeadr a phenderfynodd Gaut fyw heb fwyd nes cyrraedd ato rhag ofn ei fod yn mynd i gaethgyfle. Pan gyrhaeddodd a dynesu'n ochelgar at yr ymyl wrth i'r afon ddiflannu o'i flaen aeth prydferthwch y tri chwymp â'i fryd yn llwyr. Hyd yn oed os oedd ei siwrnai i lawr y dyffryn yn mynd i fod yn ofer o ran ei nod fyddai hi ddim yn ofer o ran dim arall. Doedd hyd yn oed Angard yn ei holl straeon ddim wedi dychmygu rhaeadr fel hwn, a thri rhaeadr mor fawreddog a llydan a swnllyd â'i gilydd yn un.

Braidd yn llwm a digroeso oedd y dyffryn wedi bod hyd hynny, yn goediog a chreigiog er yn ddigon hawdd ei gerdded, ond o edrych arno'n ymagor islaw y tu hwnt i'r rhaeadr tybiai Gaut ei fod yn addo gwell. Wrth astudio'r graig ar ochr y tri rhaeadr gwelodd ei fod yn bosib mentro gyda gofal ac nad oedd yn rhy anodd. Tasai o'n gorfod ailfeddwl byddai'n haws dringo'n ôl i fyny na mynd i lawr. Roedd hynny'n ddigon ac aeth i lawr, gan aros yn aml i edrych ar y tir islaw.

Roedd yr afon a'r dyffryn yn troi fymryn i'r chwith ar waelod y rhaeadr ac roedd hynny ynddo'i hun yn galondid. Roedd llinell y dyffryn uwchben y rhaeadr i'r de fwy na heb ond rŵan gallai Gaut gysuro ei hun fod y dyffryn o hynny ymlaen yn goleddfu mymryn yn fwy tua'r dwyrain. Aeth ymlaen, yn fwy gochelgar gan ei fod yn tybio fod y tir odano o well graen na chynt ac yn ablach i gynnal cymdogaeth. Cyn hir, arhosodd yn stond. Gwelai golofn fwg o'i flaen.

Aeth i ymguddio y tu ôl i ffawydden. Edrychodd heibio iddi, am hir, ac o weld dim symudiad arall daeth o'i blaen a phwysodd ei gefn yn erbyn y boncyff braf, fel tasai'n dymuno tynnu swcwr ohono. Peidio â deud Gaut, peidio â deud Llyn Sorob. Roedd yn rhaid i hynny fod yn hawdd. Safodd yn syth am eiliad, yna cychwynnodd ymlaen yn araf, o lech i lwyn. Yn y man, arhosodd yn stond eto. Roedd pentwr o gerrig fymryn i'r dde o'i flaen, yn ddigamsyniol eu diben. Nid ar hap y'u gosodwyd yno, nid gorlif yr afon oedd wedi creu'r siâp â'i waddod. Gwaith dwylo oedd o, a fedrai o fod yn ddim ond bedd. Dynesodd ato'n araf.

Neidiodd. Roedd wedi canolbwyntio ar y bedd ar draul popeth arall. Pan gododd ei ben, roedd hi yno, yno o flaen llwyn bychan ychydig gamau o dŷ bron ym mhen draw agoriad yn y coed. Roedd hi'n hŷn nag Eir, dim llawer chwaith, ac yn amlwg wedi'i weld o cyn iddo fo ei gweld hi. Roedd hogan fach rhyw ddwy oed yn gafael yn ei llaw ac yn edrych yn sobor arno.

Doedd ganddo ddim achos i ddychryn ond dychryn ddaru o. Yna prysurodd i dynnu ei gwfwl i ddangos ei ben i gyd i'r ddwy. Ymryddhaodd o'i bynnau a'u gollwng i'r ddacar. Dynesodd a dal ei ddwylo ymlaen.

'O ble doi di, ddieithryn?'

'O deithio,' atebodd yn ddi-glem, yn methu rheoli rhyddhad sydyn o sylwi nad oedd dim yn amheugar yn ei llais.

'Mi ddoist i lawr y rhaeadr?'

'Do.'

Methodd hefyd reoli ei ryddhad o'i gweld yn derbyn ei ddwylo'n ddi-lol a theimlo gwasgiad dadlennol ei bysedd.

'Does 'na neb fyth yn dod i lawr na mynd i fyny'r Tri

Llamwr,' meddai hi, a sŵn cyfrinach yn ei llais wrth iddi ddal i afael ac astudio ei wyneb. 'Gwadd gwg Güdda dduw a'r duwia erill. Be 'di d'enw di?' gofynnodd wrth ollwng ei ddwylo.

'Gaut.'

Doedd dim arall yn bosib.

'I ble'r ei di, os gwyddost ti?'

'Llyn Sorob.' Doedd dim arall yn bosib. 'Wyddost ti ble mae o?'

'Na.' Ysgydwodd hi ei phen. Bron nad oedd ei gair yn nodyn o gân. 'Chlywis i rioed amdano fo. Ond mae 'na lawar o leoedd a llawar o betha na chlywis i amdanyn nhw. Ydi'r llyn yn bell?'

'Beryg 'i fod o.'

Ni theimlai o'n annifyr o gwbl wrth iddi ei astudio.

'Ers faint wyt ti'n cerddad?'

'Lleuada. Wn i ddim. Mi ge's 'y nghipio i'r fyddin lwyd.'

'Wedi dengid wyt ti?'

'Ia, fwy na heb.'

'Sut medar neb ddengid fwy na heb?'

Am y tro cyntaf ers lleuadau roedd cysgod gwên ar wyneb Gaut.

'Mi ge's gymorth i ddengid, 'y ngorfodi fwy na heb.' Aeth ei wên fymryn lletach. Yna peidiodd. 'Ro'n i mewn sach.'

Wyddai o ddim ai hynny a wnaeth iddi wasgu'r hogan fach yn dynnach ati.

'Hoffat ti awr yn y twb molchi, a bwyd wedyn?' gofynnodd hi. 'Pryd wnest ti ymlacio ddwytha?'

'Pan o'n i adra, debyg.' Deuai ton o dristwch i'w lethu bron. 'Dw i ddim yn cofio pryd.'

Bu ennyd arall o dawelwch.

'Ydyn nhw'n chwilio amdanat ti?' gofynnodd hi.

'Debyg 'u bod nhw. Ond dydw i ddim wedi gweld neb ers dyddia lawar, bron leuad. Mae'r tiroedd yn wag hyd y topia 'na.'

'O ba gyfeiriad y doist ti?'

Cafodd Gaut y teimlad nad gofyn er mwyn gofyn oedd hi.

'O'r gorllewin, hefo'r afon. Tasan nhw'n 'y nilyn i mi fasan nhw wedi cael digon o gyfla i 'ngweld i a 'nal i.'

'Mae'n debyg y basan nhw,' cytunodd hi. 'Ond ddaw 'na neb i chwilio amdanat ti i lawr y rhaeadr, ble bynnag maen nhw. Rwyt ti'n ddigon diogel yma.' Amneidiodd at y tŷ. 'Tyd. Wedyn mi awn ni i'r gymdogaeth i holi. Mae 'na un ne' ddau yno wedi teithio'r tiroedd.'

'Ydi'r gymdogaeth yn bell?' gofynnodd Gaut.

'Rhyw ddeng munud i lawr gyda'r afon a rhyw ddeng munud arall pan weli di'r llwybr yn mynd i'r chwith tua chodiad yr haul.'

'O.'

'Pam?' gofynnodd hi. 'Mae 'na amheuaeth yn dy lais di.'

'Y bedd 'ma,' atebodd yntau. 'Mae 'na gladdfa yn y gymdogaeth, debyg?'

'Oes. Ond nid i fan'no yr aed â'r rhein. Hwn oedd y peth cynta welis inna pan ddois inna yma hefyd.' Trodd. 'Tyd. Mi adawn y meirw ble maen nhw. Mae angan ymgeledd arnat ti. Mae tristwch dyfnach na thristwch sach yn dy lygaid di.'

Gafaelodd yn ei fraich am ennyd i'w wadd ymlaen. Am funud ni fedrai o ddeud dim. Cododd ei bynnau, a'r hogan fach yn troi ei phen i'w wylio. Aethant at y tŷ.

'Tyd â dy bynna i mewn,' meddai hi, o'i weld yn eu gadael allan wrth y drws. 'Ddaw 'na neb yma, ond mae'n well iddyn nhw fod o'r golwg, er mai chdi ydi'r dieithryn cynta i mi 'i weld ers pan dw i yma.'

'Nid un o yma wyt ti felly?'

'Na. Stedda yn fan'na tra bydd y dŵr yn cnesu i ti. Wyt ti'n llwglyd?'

'Mae gen i ddigon o fwyd. Ro'n i'n mynd i gymryd peth pan glywis i'r afon yn rhaeadru.'

Eisteddodd. Gwelodd hithau'r rhyddhad.

'Faint 'di d'oed di?' gofynnodd.

'Mae'n rhaid 'mod i'n un ar bymthag bellach,' atebodd o ar ôl meddwl mymryn.

'Yn y sach ce'st ti dy ben-blwydd?'

'Ia ella.'

'Hidia befo. Dal petha nid pobol mae pob sach weli di yma.'

Tywalltodd ddŵr yn ageru o grochan uwchben y siambr dân i dwb molchi yn ei hymyl. Yna cododd fwcedaid o ddŵr oer a'i dywallt i'r crochan.

'O'r afon wyt ti'n cael dŵr?' gofynnodd o.

'Felly'r oedd hi pan ddois i yma. Ond pan welodd rhai o'r gymdogaeth hynny dyma nhw'n deud wrtha i am y ffynnon yn y cefn. Mae honno'n llawar hwylusach.'

'Ga i nôl peth?'

Estynnodd hi ddau fwced iddo.

'Y llwybr bach cul yn y cefn sy'n 'nelu'n ôl tua'r rhaeadr,' meddai. ''Chydig gama ydi o. Roedd o wedi tyfu drosto pan ddois i yma a wyddwn i ddim 'i fod o na'r ffynnon yn bod.'

Ella mai gweld y ffynnon yn lân yn ei cherrig oedd yn gyfrifol am y teimlad o ddiogelwch a ddaeth dros Gaut wrth iddo blygu i lenwi'r bwced cyntaf. Am eiliad roedd yn wefr. Yna, o glywed sŵn bychan, trodd. Roedd yr hogan fach wedi'i ddilyn, a safai yno yn ei wylio. Gwenodd arni. Ni fedrai gofio pa bryd y gwenodd gynt. Gwenodd hi'n ôl arno.

'Be di d'enw di?' gofynnodd.

Dal i wenu wnaeth yr hogan.

Tra bu o'n molchi a mwydo yn y twb dywedodd ei hanes. Dywedodd y cyfan. Ond roedd pob manylyn yn dychwelyd yn y diwedd at Eir a Lars. Gwrandawai hi ar ryddhad mawr y rhannu tra oedd yn hulio'r bwyd.

'Mi rown ni dy ddillad di yn y twb wedi i ti orffan,' meddai pan oedd llif Gaut yn dechrau cymedroli a phytiau o ddistawrwydd yn dod i'w ganol. 'Mi gei blancad tra byddan nhw'n sychu. Mi fydd yn brafiach i ti wedyn.'

'Fyddan nhw wedi sychu mewn pryd i ni fynd i'r gymdogaeth cyn iddi nosi?'

'Ydi o o bwys? Neith noson mewn gwely ddim drwg i ti.'

'Os wyt ti'n deud.'

'Ga i olchi dy wallt di?'

'Cei.'

'Ydi Eir yn gwneud hyn?' gofynnodd hi a'i dwy law ar goll yn ei wallt.

''Dan ni ddim wedi cael cyfla hyd yma.'

'Cael y syniad o wneud hyn i 'nghariad ddaru mi ryw bnawn. Y peth nesa oedd 'y mol i'n dechra chwyddo.' Rhwbiodd yn ffyrnicach. 'Paid â meddwl y cei di wneud yr un peth, bothanyn.'

Am y tro cyntaf ers lleuadau maith roedd Gaut yn chwerthin. Gafaelodd hithau yn hapus anhrugarog yn ei wallt i droi ei ben fel bod llygaid yn edrych i lygaid.

'Mae tristwch mewn llygaid yn fwy prydferth na hapusrwydd amball dro,' meddai, 'ond ar draul pwy mae hynny?' Plygodd ei phen a'i gusanu'n ysgafn ar ei wefus. 'Mae'n well gen i dy lygaid di'n hapus, fel maen nhw rŵan. Mi cawn ni chdi adra.'

Gwenodd Gaut eto ar y cadernid tawel yn y llygaid.

'Rwyt titha'n gwrthod anobeithio hefyd?' gofynnodd. 'Mae gen i stori am eryr i ti,' meddai wedyn cyn aros am ateb. 'Fo ddaeth â fi yma.'

'Mi gei di 'i deud hi wrth i ni gael bwyd.' Ailddechreuodd hi rwbio ei wallt. 'Faswn i ddim yn gwneud hyn 'blaw ein bod ni'n dau'n eneidia hoff cytûn,' meddai, yn ysgafn ei llais.

'Pam wyt ti'n deud hynny?'

'I lawr y rhaeadr y dois inna yma hefyd. Ond roedd 'y mol i'n dipyn mwy na d'un di bryd hynny.'

Ni chafwyd stori'r eryr wrth gael bwyd chwaith. Roedd Gaut yn canolbwyntio'n rhy drwyadl ar ei fwyd, a gadawodd hi lonydd iddo er ei bod yn dychryn braidd o'i weld yn ysgwyd ei ben mewn gwerthfawrogiad di-ddeud bob hyn a hyn. Roedd o wedi'i lapio mewn blanced a'i ddillad yn mwydo yn y twb, ac roedd yr hogan fach yn edrych yn wastadol arno wrth iddi hithau fwyta mymryn ohoni'i hun byliau a mynnu cael ei bwydo gan ei mam byliau amlach. Ar ôl gorffen y bwyd a'r diolchiadau di-ri y dechreuodd Gaut ar ei stori.

'Yr un eryr ydi o bob tro?' gofynnodd hi.

'Mae'n ddifyr credu hynny weithia. 'Ngwneud i'n llai unig.'

'Ydi.' Rŵan roedd mwy o gyfrinach yn ei llais. 'Ar 'y mhen fy hun oedd 'y nhaith inna yma hefyd ac ro'n i'n siarad drwy'r adag hefo hi, yn dcud wrthi be'r oeddan ni'n dwy yn mynd i'w wneud hefo'n gilydd pan ddeuai hi i'r byd,' meddai gan amneidio ar y fechan.

'Roedd Eir yn siarad hefo Lars bob tro'r oedd hi ar 'i phen 'i hun cyn iddo fo gael 'i eni hefyd,' meddai Gaut.

A dychwelodd at ei stori o fagu'r eryr a'r hapusrwydd hanner hiraethus o weld y llwyddiant wrth iddo ddechrau ymgynnal a dod o hyd i'w brae ei hun. Soniodd am Eir ac yntau'n dal i'w fwydo yn ôl yr angen am ddwy flynedd nes iddo dyfu'n heliwr digonol ac Eir ac yntau bellach yn anwahanadwy. Soniodd am yr eiliadau cyn iddo gael ei gipio pan oedd ei fyd yn llawn a'r eryr uwch ei ben ac yntau'n llawenhau o'i weld yn hawlio ei awyr mor ddigyffro.

'Sut gwyddost ti?' gofynnodd hi yn y man.

'Sut gwn i be?'

'Sut gwyddost ti nad fo sy'n gydymaith i ti rŵan?'

Am eiliad roedd Gaut ar goll. Roedd rhywun arall yn mynegi syniad yr oedd o wedi gwneud ei orau mynych i'w wrthod.

'Braidd yn amhosib 'tydi?' meddai.

'Does ar yr eryr ddim ofn pellteroedd,' meddai hi, mor naturiol hamddenol ag y dywedai bopeth arall. 'Mi godith 'i adain a mynd fel y mynno.'

'Ia, ond...'

'Os oeddat ti wedi bod yn 'i wylio fo eiliada cyn i'r milwyr dy gipio di mi welodd o be oedd yn digwydd. Mi welodd o chdi'n cael dy gam-drin a dy hyrddio o dy gynefin.'

Ysgydwodd Gaut ei ben a gwenu o weld y fechan yn ei ddynwared y munud hwnnw.

'Deryn ydi o,' meddai, 'nid rwbath o'r Chwedl.'

'Mae honno'n casáu'r eryr fel mae hi'n casáu'r blaidd, am fod y ddau'n rhydd i aros yn 'u cylch ne' deithio ymhell. Dydyn nhw ddim wedi'u cyfyngu i'r naill na'r llall, dim ond dilyn greddfa na ŵyr y Chwedl na'i phoblach ddim amdanyn nhw.'

Sobrodd Gaut fymryn.

'Dydi'r rhyddid y mae'r Chwedl yn i gasáu ddim yn anfon deryn i 'nilyn i am leuada bwygilydd.'

'Nac'di, medda chdi. Ydi hwn sydd uwch dy ben di y dyddia hyn o'r un dras â hwnnw y daru chi 'i fagu?'

'Ydi.'

'Yr un oed?'

Gwenai Gaut o glywed y croesholi'n llond ei llais.

'Ella. Un ifanc ydi hwn hefyd.'

'Siarada hefo fo,' meddai hi.

Aeth y wên yn chwarddiad bychan.

'I be?'

'Mi gofith dy lais di. Doeddat ti ddim yn fud pan oeddat ti'n 'i fagu o, debyg.'

'Dydi o ddim yn dŵad yn ddigon agos i 'nghl'wad i, siŵr. Mi fasa'n rhaid i mi weiddi.'

'Siarada hefo fo. Mi fydd yn gadarnhad iddo fo dy fod yn gwybod pwy ydi o ac mi eith o â chdi adra.'

Edrychodd y ddau ar ei gilydd eto. Doedd Gaut ddim yn gwenu rŵan.

'Mae dy ddychymyg di'n werth yr holl raeadrau.'

26

'Fel hyn mae hi,' meddai Bo. 'Mae gan y blaidd 'i reddf 'fath â chdi a phob creadur arall. Os ydi'i reddf o'n deud wrtho fo dy fod yn 'i gasáu o a'i holl hil a hynny am fod arnat ti 'i ofn o yn dy grombil, mae o'n meddwl wel dydi hwn fawr o beth a waeth i mi 'i fyta fo ddim.'

'Oliph a'n gwaredo!' ebychodd Svend.

Roedd Bo'n mynd i ganlyn arni, ond tawodd, braidd yn ddisymwth. Yna aeth ymlaen.

'Be oedd dy dad yn 'i feddwl o dy fam yn bwydo'r pothanod?' gofynnodd, a mymryn o'r gwrid cyfarwydd yn dod ar ei wyneb wrth iddo weld fod Edda'n ei astudio.

'Anobeithio a gadael iddi, 'fath â dw i hefo chdi,' atebodd Svend, yntau hefyd yn dechrau astudio.

'Oeddat ti'n mynd hefo hi?' gofynnodd Edda, y syniad yn trechu popeth am eiliad.

'Oeddwn.'

Doedd Bo nac Edda'n barod am yr ateb hwnnw.

'Fuost ti dy hun?' gofynnodd Edda.

'Do, lawar gwaith.' Cododd Svend. 'Siawns nad ydi hi'n glir bellach.'

Sleifiodd o'u cuddfan. Roedd Bo ar fin ei ddilyn ond roedd llaw Edda'n gafael yn ei fraich ac yn ei dynnu'n ôl yn ddidrugaredd.

'Deud,' meddai hi.

Ond roedd Bo'n dawel.

'Deud. Dw i ddim yn disgwyl i dy hanesion byddin di fod yn ganeuon cysgu i'r plant.'

Eisteddodd Bo ar y bonyn llawrydden roedd Svend newydd godi oddi arno.

'Mi ddudodd Tarje wrth Louhi...'

Ond roedd Svend yn dychwelyd.

'Maen nhw hyd y fan o hyd,' meddai.

Roedd yntau'n dal i astudio Bo.

'Waeth i ni yn fa'ma ddim,' meddai yntau.

'Pam wnest ti ddifaru sôn am y bleiddiaid?' gofynnodd Svend.

'Am be 'ti'n rwdlan?'

'Mae Edda wedi deud ein bod ni'n dau mor anobeithiol â'n gilydd am guddio petha. Mi fu cyrff Dad a Mam allan am ddyddia cyn i Tarje ddychwelyd, 'ndo?'

Nid oedd Bo am ateb.

'Tyd. Be ddaru'r bleiddiaid i gyrff Dad a Mam?'

Chwiliai Bo lygaid Edda am gymorth.

'Yn ôl be ddudodd Tarje wrth Louhi,' meddai, bron yn anhyglyw, 'ddaru nhw ddim cyffwrdd corff dy fam.' Arhosodd. 'Mi amharon nhw rywfaint ar gorff dy dad. Roedd yr hogan fach yn y tŷ, a'r drws wedi cau,' prysurodd.

'Chei di'r un cwestiwn creulon arall gen i,' meddai Svend, ar ôl eiliad o dawelwch, a dim i'w glywed ond su ysgafn y dail newydd uwch eu pennau. 'Honna oedd y gyfrinach ola?'

Amneidiodd Bo.

'Mi fyddi'n ddedwyddach dy fyd rŵan,' meddai Svend. Am eiliad roedd o fel tasai am ddeud rhywbeth arall ond troi a chychwyn yn ôl at geg y guddfan ddaru o. 'Dw i'n credu mai cilio maen nhw hefyd.'

Roedd Bo ar gychwyn i'w ddilyn ond daliodd Edda fo'n ôl.

'Gad iddo fo am eiliad,' meddai.

'Ddudis i ddim mo'r gwir. Mi fwytodd y bleiddiaid...'

'Welist ti mo'r corff pan oedd Tarje'n 'i gladdu o. Sut medri di ddeud faint o lanast wnaed iddo fo?'

Dychwelodd Svend eto.

'Maen nhw'n mynd,' meddai.

O geg eu cuddfan gwelent y milwyr llwyd yn ymgynnull ac

yn cychwyn ymaith tua thoriad yn y coed i'r gogledd-ddwyrain. Roedd cryn ugain yno, ac wrth sbecian bob hyn a hyn gwelsai Svend mai rhyw edrych yma ac acw hyd y bryncynnau bychain a'r pantiau yn y llechwedd mawr a ymestynnai i'r gogledd yr oeddan nhw wedi'i wneud, nid unrhyw fath o chwilio dyfal. Roedd wedi bod yn fodlonach ei fyd o sylweddoli hynny, ac roedd eu cuddfan anhygyrch mewn llwyni ger pen y llethr a ddisgynnai o'r llechwedd yn ddigon pell oddi wrth y milwyr iddyn nhw allu cynnal sgwrs dawel drwy'r adeg.

Roedd rheswm arall dros i'r tri fod fymryn yn fodlonach eu byd hefyd, oherwydd roeddan nhw wedi dod i le y gellid gweld rhywbeth heblaw coed ohono. Deg diwrnod neu ragor o deithio'r coed oedd Egor wedi'i gynnig, ond roeddan nhw wedi bod ynddyn nhw am chwe diwrnod ar hugain ac wedi cyrraedd man llawer uwch na'r bwriad. Ond ni chawsant amser i ystyried llawer ar hynny oherwydd daethai'r milwyr i'r golwg cyn gynted â'r tiroedd. Y peth cyntaf a wnaethai Svend ar ôl dod o'r coed oedd chwilio am guddfannau posib ond doedd o ddim wedi meddwl y byddai gofyn cael un mor fuan.

Wedi i'r milwyr fynd troesant eu sylw tua'r de. Roedd boncyff cwymp ger ceg y guddfan i eistedd arno. Astudiodd y tri y tir eang odanynt. Er ei fod wedi'i groesi o'r blaen, hwn oedd y tro cyntaf i Bo ei weld. Roedd yr arwyddocâd yn dechrau ei daro o'r newydd.

'Mae o'n ddigamsyniol rŵan,' meddai toc, yn amneidio at y Mynydd Pigfain ymhell draw i'r de, dri neu bedwar diwrnod o daith.

'Mae'n rhaid i ni deithio'r nos,' meddai Svend, yntau yn amlwg wedi bod ynghanol ei feddyliau.

'Mae 'na un peth, 'toes?' meddai Bo wedyn.

'Be?' gofynnodd Svend.

'Wyt ti'n fodlon dringo i lawr creigia'r Tri Llamwr?'

'Nac'dw.'

'Mi fydd yn rhaid i ni chwilio am ffordd arall, felly,' meddai Bo.

Gwelodd Edda ddireidi sydyn yn llenwi llygaid Svend wrth iddo yntau sylwi nad oedd y rhagor arferol ddim ar ddod.

'Mi ddoist o honna'n ddianaf,' meddai hi wrtho.

'Ro'n inna'n disgwyl araith hefyd,' atebodd o. 'Rho leuad ne' ddau arall iddo fo ac mi fydd o'n dyrchafu'r duwiau ac yn ymbaratoi i fod yn Hynafgwr.'

Ond er iddo werthfawrogi'r ysgafnder roedd Bo'n canolbwyntio ar y mynydd.

'Dim ond i'r dwyrain mae'r unig fynd a dod o dy gymdogaeth di. Dyna ddudist ti, 'te?' meddai wrth Svend, yn defnyddio ei fys i'w gynorthwyo i feddwl.

'Ia.'

'Tasai'r criw ddaru ddengid pan ddaeth y fyddin yno i ddifa wedi mynd tua'r dwyrain ac wedi troi i'r gogledd ymhellach draw na therfyn pella'r tiroedd corsiog yr ochor yma i'r mynyddoedd, mi fasan nhw wedi dod i gymdogaeth y Saith Gwarchodwr ac wedi cael eu derbyn yno, basan?'

'Mae 'na gymdogaetha llawar nes,' meddai Svend. 'Mae 'na dair ne' bedair yn agos at 'i gilydd o fewn rhyw ddeuddydd i'r dwyrain. Tasan nhw wedi cyrraedd un o'r rheini go brin y byddai gofyn iddyn nhw fynd ymhellach. Doedd 'na ddim llawar o fynd a dŵad rhyngon ni a nhw, ar wahân i amball briodas a ballu, ond fuo 'na rioed elyniaeth o fath yn y byd.'

'Os felly, mae'n rhaid 'u bod nhw wedi troi i'r gogledd yn llawar cynt ac wedi croesi'r tir eang 'ma yr ochor yma i'r corsydd ac wedi dringo ymlaen i'r gogledd ac i'r lle y gwelson ni nhw.'

'Ella bod arnyn nhw ofn gweld byddin arall os oeddan nhw am gadw i'r llwybr arferol tua'r dwyrain, ne' ella 'u bod nhw wedi gweld un,' cynigiodd Edda.

'Dyna'r unig reswm sy'n gwneud synnwyr,' cytunodd Svend.

'Fasan nhw ddim wedi dod i fyny'r Tri Llamwr?' gofynnodd Bo.

'Paid â bod mor ynfyd, hogyn.'

'Dim ond meddwl.'

'Wel doedd o ddim yn ddefnydd call iawn o dy feddwl.' Doedd dim o'r sŵn cerydd arferol yn llais Svend. Cododd ei olygon i astudio ffurf gymesur y Mynydd Pigfain am ennyd. 'Does 'na ddim mymryn o sicrwydd 'u bod nhw wedi dychwelyd chwaith, nac oes?'

'Roeddan nhw'n ddigon brwd, unwaith y clywson nhw mai dim ond rhyw dri o'r tai oedd wedi'u llosgi,' meddai Bo. 'A doedd ble'r oeddan nhw ddim yn lle gwych iawn i drio gwneud rwbath ohoni.'

'Ia, ond pymthag ohonyn nhw oedd 'na 'te? Ella 'u bod nhw wedi torri 'u clonna ar ôl dychwelyd, a chodi 'u pac.' Gostyngodd Svend ei lygaid. 'Roedd 'na dros gant yno cynt. Roedd hi'n gymdogaeth daclus. Welat ti fai arnyn nhw am fethu dygymod?'

'I ble'r aen nhw?' gofynnodd Edda, ei llais yr un mor drist â llais Svend.

'I un o'r cymdogaetha tua'r dwyrain, mwya tebyg. Fûm i rioed ar 'u cyfyl nhw.'

'Mi fentra i 'u bod nhw yna,' meddai Bo. 'Mi 'nelwn ni at yr ochor yma i'r mynydd. Mae'n rhaid bod 'na fwlch yna yn rwla y medrwn ni fynd drwyddo fo.'

'Dw i ddim yn meddwl fod Dämi wedi dod cyn uched â hyn,' meddai Edda toc, yn rhannu eto fyth y rheswm dros ddistawrwydd Svend, distawrwydd oedd wedi bod yn fynych iawn ers iddyn nhw gychwyn ar eu taith ddihangol y noson loergan ryfedd honno. 'Mi fentra i 'i bod hi wedi dod o'r coed yn llawar cynt na ni. Mae hi'n fwy cyfarwydd â'r tiroedd, 'tydi?'

Trodd Bo ei sylw tua'r gorllewin. Doedd dim terfyn i'w weld i'r tir eang.

'Mae'r môr ar derfyn y tir ffor'cw, leuad taclus o daith

ddigymdogaeth fwy na heb medda Aino,' meddai gan amneidio i'r cyfeiriad. 'Mae Mynydd Trobi a'i gymdogaetha wedyn ddiwrnod tua'r gogledd. Os oes gen ti le i gredu fod Dämi wedi mynd ymlaen tua'r gorllewin mi ddown ni hefo chdi i chwilio,' meddai wrth Svend.

'Does gen i ddim lle i gredu dim.'

'Rwyt ti'n feichiog ac unig ac yn 'i heglu hi rhag priodi cysgod Hynafgwr,' meddai Bo wrth Edda, wedi ennyd o ori ar dristwch Svend. 'Rwyt ti'n dod o'r coed ac yn gweld dim ond dieithrwch enfawr. Rwyt ti'n mynd i ben bryncyn i gael gwell sbec ar yr anferthedd. Mae'r gogledd yn anhygyrch. Rwyt ti'n gweld mynyddoedd i'r de a dim ond ehangder diderfyn tua'r gorllewin a chorsydd a phriodas tua'r dwyrain. Wrth i ti ddal ati i bendroni mae'r Svend bychan yn dy fol di'n rhoi cic fach i ti i ddeud wrthat ti am styrio, 'i gic gynta un o bosib. Be wnaet ti?'

'Diolch nad oedd gynni hi gydymaith hannar honco,' meddai Svend.

'Deisyfu cydymaith hannar honco a mynd tua'r de a chwilio am fwlch yn y mynyddoedd,' meddai Edda, a'i llygaid eisoes yn chwilio am un.

''Daeth hi ddim tua'r gorllewin, Svend,' meddai Bo.

Tawel oedd Svend eto am ysbaid. Yna cododd.

'Dowch 'ta. Wnawn ni ddim ohoni yn fa'ma.' Archwiliodd y llechwedd. 'Diolch i ti am ddeud y gwir am Dad,' meddai wrth Bo. 'Dowch,' meddai wedyn, yn gwrando ar ddistawrwydd y ddau.

Am y tro cyntaf ers chwe blynedd roedd Svend ar gyrion ei gymdogaeth ac roedd arno ofn, hwnnw'n chwyddo a gostwng ynghanol y chwilfrydedd. Ond o leiaf roedd un o'i bryderon wedi'i ddatrys. Roedd pobl o gwmpas y tai, a gwelai hefyd fod y tai yno i gyd, a pha rai bynnag a losgwyd wedi'u hadnewyddu. Ond doedd hynny ddim yn lleddfu llawer ar yr ofn.

'Mae'n rhaid 'u bod nhw wedi cael pobol atyn nhw,' meddai Edda. 'Mae 'na fwy na phymthag yn fa'ma.'

'Mae 'ma bobol nad ydw i yn 'u nabod,' meddai Svend.

'Yli!' Pwniodd Bo fo yn ei fraich. 'Dagr ydi nacw? Dw i'n nabod 'i locsyn o.'

'Ia hefyd.'

'Wel tyd 'ta.'

'Na.'

Gafaelodd Svend yn ei fraich.

'Be sydd?' gofynnodd yntau.

'Mi awn ni adra yn gynta. Dw i isio gweld y tŷ. Mi awn ni drwy'r coed.'

'Dyna chdi 'ta,' meddai Bo, yn dallt ar ei union.

'Dim ond chi'ch dau dw i isio yno pan ddown ni at y bedd. Mi awn ni i'r gymdogaeth wedyn.'

Doedd dim llwybr drwy'r coed ond ni phetrusai Svend, er y gwelai Edda a Bo fo'n cynhyrfu mwy rhwng pob cam. Cyn hir arhosodd yn stond rhwng dwy goeden.

'Ella bod y tŷ'n chwilfriw,' meddai. 'Ella bod 'na ddieithriaid wedi'i feddiannu o,' meddai wedyn ar yr un gwynt. 'Ella bod... be wn i?'

Daeth Edda ato. Gafaelodd ynddo.

'Tyd.'

Aethant ymlaen, a hi'n gafael yn Svend fel roedd wedi gwneud y pnawn cyntaf hwnnw. Gam y tu ôl iddyn nhw roedd Bo'n ceisio ei orau i orchfygu ei gynnwrf yntau. Goeden neu ddwy ymhellach, roedd yn methu.

Hynny a wnaeth i Svend ddod ato'i hun. Doedd o nac Edda ddim wedi sylwi nes iddi hi ddigwydd troi ei phen a gweld Bo â'i bwys ar goeden, ei ben yn gwyro, ei bynnau'n gam a blêr y tu ôl i'w ysgwyddau.

Svend oedd y cyntaf i gyrraedd ato. Ni chymerai Bo unrhyw sylw ohonyn nhw, dim ond syllu i'r un lle ar y ddaear o'i flaen.

'Mi awn ni'n ôl i'r gymdogaeth,' meddai Svend. 'Mi gei di aros yno.'

Dal i sefyll yno ddaru Bo, yn cymryd dim sylw. Ond ymhen ychydig llwyddodd i ysgwyd mymryn ar ei ben.

'Tyd,' meddai Svend.

'Na.'

Dim ond sibrwd oedd o. Yna, yn y man, cododd Bo ei lygaid. O'u gweld, llaciodd Svend y pynnau oddi ar ei ysgwydd a'u gollwng i'r ddaear. Tynnodd ei bynnau ei hun a'u gollwng hwythau. Gafaelodd yn Bo a'i gofleidio, ac aros felly am eiliadau hirion.

'Dim ond Dad a chdi a fi ddaru nabod Mam,' meddai.

'Mi awn ni,' meddai Bo, eto bron yn sibrwd.

'Wyt ti'n siŵr?'

'Ydw.'

'Doro ditha dy bynna i lawr hefyd,' meddai Svend wrth Edda. 'Rydan ni bron yna.'

'Ddaru'r dagra ddim dechra cilio, naddo?' sibrydodd hi yng nghlust Bo wrth iddi afael ynddo a'i dynnu ati.

Y mwg main o'r corn oedd y peth cyntaf a welsant.

'Wnawn ni ddim ohoni fel hyn,' meddai Edda yn y diwedd.

Roeddent wedi sefyll yn stond o weld y mwg, a Svend ddiddeud wedi'u dal yn ôl bob tro'r oedd Edda neu Bo'n stwyrian.

'Mwg o'r corn welodd Eyolf hefyd,' meddai Bo, yn benderfynol o ddod ato'i hun. 'A phan aethon ni at y tŷ nid rhyw elyn mawr ddaeth ohono fo ond Paiva.' Dalltodd wasgiad llaw Edda. 'Mi fydda i'n iawn rŵan,' meddai wrth Svend, yn benderfynol o hyd, a'r llaw yn dal i wasgu. 'Aros di yma. Mi fedrwn ni ymddwyn yn ddiniwad.'

'Na.' Roedd Svend yn bendant. 'Mi a' i.'

Aeth y tri. Ond yna roedd Svend yn aros eto. Roeddent wedi cyrraedd y tir agored o gwmpas y tŷ ac o'i flaen. Roedd Svend yn edrych ar y twmpath cerrig draw a'r ddwy gangen ddeiliog yn daclus ar ei ben. Roedd Edda a Bo hefyd yn edrych arno, ond wedi ychydig eiliadau trist mynnai llygaid Bo droi i syllu ar lecyn ger cwr y coed gyferbyn. Gafaelodd Edda'n dynnach ynddo.

'Wyt ti isio mynd ato fo yn gynta?' gofynnodd hi i Svend yn y man, o'i weld yn dal i edrych ar y bedd a dim golwg symud arno.

'Na. Well i ni... y tŷ.'

Cychwynnodd. Daliai Edda i afael yn Bo wrth iddyn nhw gychwyn ar ei ôl.

'Fedra i ddim curo ar hwn,' meddai Svend, yn rhythu ar y drws taclus.

'Dw i'n ddiarth,' meddai Edda.

Gollyngodd ei gafael yn Bo, ac aeth at y drws. Curodd arno, a'i agor.

Dim ond eiliad y parodd yr ansicrwydd sydyn a ddaeth i lygaid yr hogan wrth iddi dynnu'r hogan fach yn nes ati. Disodlwyd o gan olwg ymholgar wrth iddi ddynesu at y drws fymryn, ond yna roedd hi'n edrych heibio i Edda. Hi ddaeth ati'i hun yn gyntaf.

'I ble arall y down i?' gofynnodd hi.

Cododd yr hogan fach a'i hanwylo.

'Mi ddudis i y dôi o, 'ndo?' meddai wrthi.

27

'Ro'n i am gyhoeddi rhyw fuddugoliaeth yn fa'ma,' meddai Bo. Edrychodd eto ar y tamaid tir. 'Wn i ddim be oedd yn mynd i ddigwydd wedyn.'

'Ond rwyt ti yma,' meddai Dämi. 'O'r pellteroedd y doist ti mae honno'n fuddugoliaeth ynddi'i hun.'

'Dim mymryn mwy o fuddugoliaeth na d'un di.'

Roedd y coed a chulni'r dyffryn yn cadw gwres yr haul ac roedd yn bnawn cynnes i stelcian ar y fainc fechan o flaen y tŷ. Er nad oedd Dämi mor debyg i'w brawd o ran pryd a gwedd â'r rhan fwyaf o efeilliaid oedd yn gyfarwydd i Edda, chymerodd hi ddim llawer o amser iddi hi na Bo ddarganfod ei bod hi mor hamddenol ei hagwedd bob tamaid ag Egor, ac roedd hi'n amlwg ei bod wedi cymryd dychweliad Svend yn ganiataol o'r dydd y daethai hi yno. Dyna pam, tybiodd Edda, ei bod wedi dangos llawn cymaint o ddiddordeb yn eu hanes a'u cefndir nhw ill dau ag a wnaeth yn hynt Svend ers iddo gael ei dynnu gan y fyddin o gymdogaeth y Saith Gwarchodwr.

Y noson cynt roedd Edda a Bo wedi mynd i olwg y Tri Llamwr a Bo wedi methu deud dim. Tawedog y bu o wedyn am hir, yn gwrando bob tro y medrai ar y lleill yn cyfnewid hanesion ac ar Dämi'n sôn am ymweliad Gaut. Soniodd am y sach, a'r munud hwnnw teimlodd Edda'r cryndod bychan wrth ei hochr, a hwnnw'n gwaethygu wrth i Dämi ddeud am Gaut yn sôn am ei deulu.

'Tarje dorrodd y bedd 'ma,' meddai Bo ar ei thraws.

'Fo oedd o, felly?' meddai Dämi. 'Mi ddudis i wrth Gaut ein bod ni'n gwybod mai Tarje oedd enw hwnnw, a'i fod o wedi dychwelyd o ryw helynt tua'r gogledd yn rwla i wneud hynny'n unswydd, ond doedd 'na ddim lle i gredu ein bod ni'n sôn am yr un person.'

'Roeddat ti'n gwybod am yr helynt hefo Tarje?' gofynnodd Bo.

'Oeddwn, debyg,' atebodd, ac Edda'n gweld llygaid a goslef Egor yn yr ateb hamddenol.

'Pa enw arall oedd 'na iddi?' oedd Dämi wedi'i ofyn i Svend pan ddudodd wrtho mai Svena oedd enw'r hogan fach. Roedd hi wedi derbyn Svend fel ei thad yn ddigwestiwn a rŵan roedd y ddau ac Edda newydd fynd i gyfeiriad y Tri Llamwr. Wrth fân sgwrsio a chael pethau i drefn yn ystod y bore gwelsai Bo hefyd yr un llygaid hamddenol benderfynol gan Dämi ag a oedd gan ei brawd. Roedd wedi deud hynny wrthi. Yna, mewn pwl arall o dristwch, dywedodd mai llygaid ei nain oedd gan Svena. Roedd Dämi wedi dallt.

'Sut medrat ti fod mor ddigynnwrf pan welist ti Svend?' gofynnodd Bo, ei lygaid eto ar y tamaid tir. 'Roeddat ti'n union fel tasa fo ddim ond wedi picio i'r gymdogaeth.'

'Mae 'nghostreli i wedi bod yn hannar llawn rioed,' atebodd Dämi. 'Mae hynny'n beth digon buddiol pan dw i'n gweld pobol yn cwmanu gan yr awydd i anobeithio.'

'Nid fesul dyrnaid mae milwyr yn cael 'u lladd.'

'Ond chafodd Svend ddim, naddo?' Arhosodd hi eto. 'A be wyddost ti be oedd yn digwydd yn 'y nghrombil i pan welis i o, a thrwy'r dydd wedyn ddoe, a rŵan?'

'Tasa dy grombil di'n chwyrlïo fyddat ti byth yn gallu 'i guddiad o.'

'Fyddat ti ddim, ella. Mae Edda wrth 'i bodd am 'i bod hi'n gallu gweld drwyddat ti fel tasat ti'n ddŵr nant ar garegos.'

'Mae hi'n deud yr un peth am Svend. Ydi'r gymdogaeth yn gwybod nad ydach chi wedi priodi?'

'Ydyn, ers y diwrnod y dois i yma. Mi gafodd Svena groeso i'r byd gynnyn nhw ac mi ge's inna bob cymorth i'w geni hi.'

'Synnu dim.'

Aeth Bo ati i ddisgrifio sut y daeth Aino ac Eyolf a Linus ac yntau i gyfarfod â'r pymtheg oedd wedi goroesi'r lladdfa yn y gymdogaeth. Gwelodd Dämi fymryn o gyfle a holodd o yn ddibaid, i geisio meirioli rhywfaint ar y gorffennol arall oedd ym mhobman yr edrychai Bo arno.

'Mi gawson nhw ddigon o amser i ystyriad nad oedd yr arferion na'r defoda sydd wedi'u creiddio i'r tiroedd ddim yn ddigon i arbad y gymdogaeth rhag y lladdfa,' meddai hi pan dawodd Bo. 'A phan fyddwn ni'n priodi, mi fydd pawb yn y gymdogaeth yn dathlu. Fydd Svena ddim wedi'i chuddiad y diwrnod hwnnw chwaith.'

Doedd dim mymryn o her yn ei llais wrth iddi gyhoeddi hynny.

'Sut doist ti yma?' gofynnodd Bo.

'Yr un llwybr ag yr est ti o'ma. Ond paid â chymryd arnat.'

Gwenodd Bo. Roedd Dämi'n falch o'i gweld.

'Prawf arall dy fod yn chwaer i dy frawd,' meddai Bo, 'hynny ddois i i nabod arno fo. Ddudodd Svend wrthat ti 'i fod o wedi gwrthod ystyriad dod i lawr y rhaeadr?'

'Doedd dim angan iddo fo.'

'Fel arall mi fasan ni wedi cyrraedd dridia'n ôl.'

'Mae'n werth tridia i'w wneud o'n brafiach 'i fyd, debyg.' Cadwodd Dämi ei sylw ar eryr oedd newydd ddod o gyfeiriad y rhaeadr i hofran uwchben pwt o lain yn y coed, a symudiad prin weladwy ei adenydd wrth iddo fanteisio ar yr aer cynnes i droelli mymryn o'i gwmpas yn ei hatgoffa o Gaut a'i stori. 'Pryd ydach chi am fynd i'r gymdogaeth?' gofynnodd, ei llygaid ar yr eryr o hyd.

'Mi geith Svend benderfynu.'

Roedd Bo yntau wedi gweld yr eryr. Astudiodd o am ychydig.

'Mi fagodd Gaut eryr,' meddai Dämi, beth yn synfyfyriol, 'ac mae o'n grediniol fod gynno fo un yn gydymaith ar 'i deithia. Mi fydd o'n iawn.'

'Gobeithio.' Gwerthfawrogai Bo yr hyder. 'Faint sy'n byw yma erbyn hyn?'

'Tua phedwar ugian. Mi ddaeth y rhan fwya o gymdogaetha tua'r dwyrain pan glywson nhw be oedd wedi digwydd yma a bod 'ma le a chroeso iddyn nhw. Mi ddaeth dau deulu, deuddag i gyd, o'r de. Straffaglio i fyny gyda'r afon.'

'Dyna sut dois i yma.' Teimlai Bo y cynnwrf yn ei hawlio eto. Ceisiodd ei orchfygu eto. 'Welis i'r un gymdogaeth yn unman wrth ddod yma.'

'Roeddan nhw'n deud 'u bod nhw wedi dod o bell. Dengid oeddan nhwtha hefyd.'

Trodd Bo ei sylw ar y bedd unwaith yn rhagor.

'Gobaith ddaeth â chdi yma, 'te?' meddai.

'Rhyw fath.' Am eiliad roedd Dämi'n troi'r syniad yn ei meddwl. 'Threulis i ddim hannar cymaint o amsar â chi yn y coed. A phan ddois ohonyn nhw roedd y tir mor eang a gwag fel mai'r unig beth pendant i 'nelu ato oedd Mynydd Norül. Mi gymris gryn ddeuddag diwrnod i gyrraedd ato fo, hen ddigon o amsar i bendroni ac ystyriad tybad ai hwn oedd Mynydd Güdda i Svend. A phan gyrhaeddis i 'i odre fo a gweld yr afon yn troi i'r dyffryn a'i bod hi'n afon y byddai unrhyw raeadr y byddai hi'n 'i gynhyrchu'n werth 'i weld, mi benderfynis fynd hefo hi.'

'Yn fawr dy fol.' Edrychodd Bo eto ar yr eryr. 'I chdi mae'r diolch am ddoe.'

'Be, felly?'

'Ro'n i'n poeni sut byddai Svend pan welai o'r bedd, sut byddai o wrth offrymu'r goffadwriaeth. Mae o wedi crio cymaint. Ond mi welodd o chdi, a Svena, ac mi ddiflannodd 'i unigrwydd o. Mi aeth galar yn hiraeth.'

'Mae 'i unigrwydd o wedi diflannu ers iddo fo'ch cyfarfod chi'ch dau. Ac mi wn i be ddigwyddodd iddo fo fynd o'r fyddin hefyd. Does dim angan i chi guddio dim.'

Distawodd y ddau eto. Edrychai Bo eto ar y llain fechan

o flaen y coed gyferbyn, a hynny am ei fod yn methu peidio. Tybiai ei fod yn cofio'r union fan y disgynnodd Hannele i'r eira wrth ei draed. Y peth olaf a welodd cyn i'r sach gau amdano oedd y traed yn sathru gwallt Hannele i'r eira budr, hwnnw wedi troi'n eira coch o dan y bronnau noethion.

'Pam ddudodd o 'mod i'n 'i nabod hi?' meddai, bron heb sylweddoli fod ei eiriau'n glywadwy.

'Be?' gofynnodd Dämi.

'Ddoe. Mi ddudodd Svend cyn i ni gyrraedd yma, a finna'n methu symud, mai dim ond 'i dad a fo a minna oedd wedi nabod Hannele. Pam oedd o'n deud peth felly?'

'Am mai chdi wyt ti, mae'n debyg. Yr hogan fach 'ma,' meddai hi'n sydyn gan amneidio at y bedd, 'be ddudoch chi oedd enw 'i chwaer hi?'

'Louhi?'

'Mi aeth hi i fyny'r rhaeadr, 'ndo?'

'Do.' Dalltodd Bo. 'A soniodd hi ddim am na duw na dim arall yn 'i bygwth hi na'i hatal hi na'i throi hi'n gadach o euogrwydd na dim.' Ystyriodd. 'Mae'n rhaid fod Svend yn cymryd yn ganiataol mai'r drwy'r bwlch arall yr aethon nhw.'

'A phan oeddach chi'n deud eich hanas wrth y pymthag oedd wedi goroesi lladdfa'r gymdogaeth, ddaru chi ddim sôn am ddringo'r rhaeadr?'

'Dim hyd y cofia i. Os daru Eyolf, ddaru nhw ddim ymatab.'

'Ddaru o ddim, felly.' Roedd y rhyddhad i'w glywed yn llais Dämi. 'Paid ditha â sôn dim am 'i ddringo fo pan ewch chi i'r gymdogaeth. Mae 'na un agwedd yno sydd heb newid o gwbwl. Mae Güdda dduw yn dal i deyrnasu.'

'Fel daru o noson y lladdfa.'

Doedd Bo ddim wedi aros eiliad cyn ateb.

'Dyna'r math o beth rwyt ti wedi bod yn 'i ddeud wrth Svend, debyg,' meddai Dämi wedi ennyd bensyfrdan.

'Amball awgrym yma a thraw ella.'

'Os dyna galwi di sylwada sy'n gwneud iddo fo ochneidio ac ysgwyd 'i ben mewn anobaith llwyr yn dy gylch di.'

Nid atebodd Bo hynny mor chwim.

'Roedd hynny'n 'i atal o rhag gori drwy'r adag ar yr hyn oedd o'i flaen o pan gyrhaeddai o yma, 'toedd?' meddai yn y man.

'Dyna oedd dy fwriad di?'

'Na. Dw i'n deud petha ar y twymiad ers pan dw i'n glapyn. Mae Mam yn gwylltio hefo fi rioed. Mae dy dad a dy fam isio i chi fynd i fyw i'r Saith Gwarchodwr.'

Ysgwyd ei phen yn gynnil oedd Dämi.

'Mi wyddost yn well na mi be ydi ofn,' meddai.

'Does dim angan i ti fod ofn...'

'Nid hynny,' torrodd hi ar ei draws. 'Mi ddudodd Svend neithiwr bod Priodas Deilwng arall wedi'i threfnu, hefo un fwy teilwng na fi i addo petha ynddi.'

'Mawredd!' sibrydodd Bo. 'Mae hynna'n haeddu cusan.'

Trodd ati. Gwelodd fodlonrwydd newydd sbon yn ei llygaid. Gafaelodd amdani a'i chusanu, yn ysgafn, yna'n ddwysach wrth deimlo cynhesrwydd Edda yn ei gafael. Daliodd ei afael ymollyngol ynddi am dipyn, yn gwybod o'i mwythiad ei bod hi'n dallt yn well na fo, yn union fel Edda. Cusanodd hi eto cyn gollwng.

'Ro'n i'n gobeithio y basan nhw wedi'n gweld ni,' meddai gan chwilio tua'r rhaeadr. 'Mae'r ddau wedi cusanu digon ar 'i gilydd.'

'Roedd Svend yn deud mai un fel'na wyt ti,' atebodd hi. Sobrodd. 'Mi anfonwn ni negas i ddeud wrthyn nhw adra ble'r ydan ni.'

'Ddôn nhw yma?'

'Pan glywan nhw'r negas mi ddôn, ac Egor hefo nhw. Mi gân ddod yma i fyw,' meddai wedyn, beth yn fwy synfyfyriol. 'Mi gân nhw fagu Svena hefo ni.'

'Mae'n well gen ti fa'ma na'r Saith Gwarchodwr, felly?'

'Ydi bellach.'

'Ac mi fydd Svend yn iawn hefo'r bedd 'ma rŵan.'

'Rwyt ti wedi poeni dy enaid ers lleuada am be ddigwyddai i Svend pan welai o fo, 'twyt?'

Dim ond dal i edrych ar y bedd ddaru Bo.

'Llygaid 'i nain sy gan Svena,' meddai.

Methodd. Hi ddaru ei gusanu o y tro hwn. Ond ataliodd hynny ddim ar y dagrau. Gafaelodd amdano a gadael iddo. Welodd o na hi mo'r eryr amyneddgar yn plymio.

Roedd Bo'n dal i wylo pan ddychwelodd Edda a Svend a'r fechan.

28

Eisteddai Linus fymryn o'r neilltu. Doedd o ddim yn sylwi mor ddiarth oedd iddo beidio â chymryd sylw o Lars yn ei freichiau. Roedd y milwr yn galw eto ar ei fam. Un min nos adra, yn fuan wedi iddo ddychwelyd o'i deithiau ac yntau'n gorweddian yn y cwch am fod y ddau frawd bach yn mynnu rhwyfo, roedd Linus wedi sylweddoli fod ei ryddid newydd yn golygu na chlywai'r galwadau hynny fyth eto. Gwyddai mai dim ond cymryd arnyn eu bod wedi hen ddygymod oedd llawer o'r milwyr profiadol hefyd pan glywent filwyr yr un oed â fo neu ieuengach, a rhai hŷn hefyd o bryd i'w gilydd, yn galw ar eu mamau hefo gweddillion eu lleisiau. A doedd clywed y milwr hwn, a'i lais ar fin darfod, ddim ond yn cadarnhau iddo yr hyn oedd o'i flaen. Doedd o ddim wedi cymryd arno wrth yr un o'r lleill ond rŵan gwyddai fod yn rhaid iddo ddeud yn fuan iawn.

Ychydig funudau oedd hynny. Cododd Idunn a gwasgu llaw Eir cyn troi ei phen i edrych ar Linus a Lars. Hi oedd wedi bod yn dal pen y milwr yn ei chôl. Roedd yn ifanc, yn ieuengach na Bo yn ôl ei olwg, tybiai. Roedd ei wallt yn hir a melyn a gwaedlyd. Roedd hi wedi gofyn iddo beth oedd ei enw ac wedyn faint oedd ei oed ond ni chafodd atcb i'r naill gwestiwn na'r llall. Roedd Eir wedi bod yn gafael yn ei law, hithau hefyd yn chwilio am y geiriau cysur gorau a feddai, yn teimlo'r gwasgiad yn gwanhau a pheidio tra oedd Ahti a Tarje'n ceisio cael rhyw fath o drefn ar yr archoll.

'Waeth i ti alw ar Eyolf,' meddai Idunn wrth ddod at Linus.

Ni wnaeth. Cododd, a throsglwyddo Lars iddi. Gwasgodd hi o ati, ei llygaid ynghau. Aeth yntau i fyny'r ochr fechan at Eyolf yn ei wylfa yng nghysgod llwyn. Eisteddodd ar y byrwellt.

'Ydi o wedi marw?' gofynnodd Eyolf.

'Ydi.' Petrusodd Linus, yn chwilio. 'Mae'n rhaid i ni 'i gladdu

o. Os gwêl rhywun o heb 'i wisg, mae'n beryg y byddan nhw'n ama rwbath.'

'I be tynni di amdano fo?'

'Mi ffitith 'i ddillad o fi.'

'Dwyt ti rioed yn meddwl mynd i'w canol nhw?'

Ni fedrai Linus ateb am eiliad. Mor wahanol oedd clywed rhywun arall yn mynegi mewn geiriau.

'Ydi Ahti wedi cynnig unrhyw fath o awgrym sut yn union ydan ni'n mynd i gael gwybod hynt Gaut?' gofynnodd.

'Dydi o ddim wedi cynnig dy fod di'n mynd i ganol y fyddin i chwilota. Fyddai gwallgofyn penna'r tiroedd ddim yn gwneud hynny.'

Yr eiliad honno roedd Linus yn gwerthfawrogi'r gwahaniaeth rhwng Eyolf a Tarje. Byddai geiriau cyffelyb gan Tarje'n gymysgfa o fylltod ac anobaith.

'Mae hi wedi canu ar Ahti a Tarje fynd i'w canol nhw, 'tydi?' meddai. 'Ac mi fuost ti yn y fyddin am saith mlynadd. Mae peryg y byddai 'na rai'n dy nabod ditha hefyd.'

'A be wyt ti'n bwriadu 'i wneud?'

'Stelcian yng nghysgod y fyddin nesa a welwn ni, a mynd i un o'r pebyll fel mae hi'n twllu. Dydi milwr diarth yn cyrraedd paball ddim yn beth anarferol, nac'di?'

'A be wedyn?'

'Gwrando ar y sgyrsia cyn cysgu.'

Syllodd Eyolf ar Tarje yn plygu dros y milwr islaw ac yn dal ei fysedd dros y llygaid.

'Pam dylan nhw fod wedi cl'wad am Gaut?' gofynnodd. 'Ac wyt ti'n meddwl 'u bod nhw'n sôn amdano fo bob nos hyd yn oed os ydyn nhw?'

'Na. Dim ond procio rhyw awgrym i weld be ddaw ohoni os bydd angan. Rwyt ti'n dawal,' meddai ymhen ennyd.

Roedd Eyolf yn dal i gadw ei olwg ar y corff islaw.

'Roedd Jalo wedi marw, Tarje wedi mynd, Aarne yn deud

drosodd a throsodd 'i bod hi'n beryg amdanat ti. Does gen ti ddim syniad be oedd yn mynd drwy 'meddwl i wrth erchwyn dy wely di.'

'Rwyt ti'n malu rŵan.' Roedd llais Linus yr un mor dawel. 'Mae hyn yn wahanol 'tydi? Fydda i ddim mewn peryg. Unwaith y bydd pawb yn cysgu mi sleifia i o'no a dychwelyd i baball arall nos drannoeth os bydd angan.'

'A phryd wyt ti'n bwriadu deud hyn wrth y lleill?'

'Ro'n i isio 'i ddeud o wrthat ti yn gynta.'

'Chei di ddim mynd gynnyn nhw.'

'Os oes gynnyn nhw syniad gwell, mi'i derbynia i o y munud hwnnw. Dwyt ti na fi ddim yn credu fod gynnyn nhw. Mi fasan ni wedi'i gl'wad o bellach.'

'Tyd 'ta.'

Cododd Eyolf. Tynnodd Linus ar ei draed a'i gofleidio, cofleidiad hir, cadarn. Ai arwydd o genfogaeth, ai dyhead iddo beidio â mynd, ni wyddai Linus. Neu ella ail-fyw profiadau'r wisg lwyd, meddyliodd wedyn.

'Mi fydda i'n iawn 'sti,' meddai.

Aethant i lawr.

Roedd y milwr beth pellter oddi wrth y gweddill marw, wedi llwyddo i gropian rhywfaint o bant y frwydr i damaid cul o dir rhwng dau fryncyn main. Wrth edrych i lawr o'i wylfa ar ben y bryncyn deheuol ni welsai Eyolf yr un symudiad arall ymhlith y milwyr a orweddai yn y pant. Nid aeth i gyfri.

'Ers pryd wyt ti wedi bod yn meddwl am hyn?' gofynnodd wrth iddyn nhw fynd i lawr.

'Pan aeth Ahti a Tarje'n dawelach a phan ddechreuodd Gaut fynd yn brinnach yn 'u siarad nhw.'

'Sut wyt ti am fynd ati i drio 'u darbwyllo nhw?'

'Dim ond deud, ac ymatal rhag ymuno yn y racsiwns.'

'Chei di ddim,' meddai Eir funud yn ddiweddarach.

Difarodd Linus y munud hwnnw. Doedd o ddim yn un da

iawn am ddygymod â dagrau yn llygaid neb. Eisteddodd ar y gwellt wrth ochr Eir, yn sylweddoli yn rhy hwyr, meddyliai, yr hyn oedd yn mynd drwy ei meddwl wrth iddi afael yn llaw y milwr a'i deimlo'n marw. Daeth Idunn i eistedd wrth ei ochr, yn dynn wrtho fel tasai hithau am ei gaethiwo. Roedd Lars yn ei breichiau o hyd.

'Dydan ni ddim yn mynd i adael i ti wneud i ni orfod chwilio amdanat titha hefyd,' meddai.

'Mae milwr diarth yn cyrraedd gwersyll ar ôl colli cysylltiad â'i wersyll 'i hun yn rwbath beunyddiol bron,' meddai yntau.

'Welist ti mo Aino noson y storm eria honno,' atebodd Idunn. 'Wyt ti'n meddwl ein bod ni am adael i ti'n gorfodi ni i fynd i dy gartra di i roi dy fam yn yr un cyflwr ag Aino y noson honno a thrwy'r gaea a'r gwanwyn wedyn?'

'Mae hynna braidd...'

'Nac'di.' Roedd hi'n pwyso'n dynnach yn ei erbyn. 'Mi fûm i hefo Aino bob un diwrnod o'r gaea hwnnw. Tair ar ddeg o'n i, ond mi rois i'r gora i chwara hefo fy ffrindia. Mi fûm i'n llenwi'r gwely gwag lawar noson, a Mam a Dad yn 'y ngorfodi i fynd â bwyd hefo mi'n ôl bob tro'r o'n i'n mynd adra, yn lle bod Aino druan yn cael 'i sbydu. Roedd Aino'n rhannu 'i chyfrinacha a'i bwriada hefo fi fel tasan ni'n gyfoed. Welist ti mo'r tristwch yn 'i gwên hi pan ddaeth y gwanwyn a minna'n trio 'i pherswadio hi i fynd â mi hefo hi i chwilio'r tiroedd am Baldur.'

'Eyolf ydi o,' hanner cywirodd Linus.

'Paid â thrio bod yn ffwr-bwt. Cheith dy fam ddim diodda'r un peth.'

'Be am fam Gaut?'

'Mae Thora'n gwybod fod Gaut yn gaeth,' meddai Eir.

'Tria ddeud wrth rhein nad ydi be dw i'n mynd i'w wneud hannar mor beryg â maen nhw'n 'i dybio,' meddai Linus wrth Eyolf.

'Na wnaf.'

Ychydig eiliadau wedyn yr aeth Ahti a Tarje i'r afael â fo, ac yntau ar goll braidd o gael Tarje'n dawel a chymedrol, yr un mor dawel a hunanfeddiannol ag Idunn.

'Sut fath o bobl sy'n anfon y fenga yn 'u mysg i'r fath beryg?' gofynnodd.

'Dydan ni ddim yn anfon Lars nac Eir,' llwyddodd yntau i ddeud.

'Sut fath o bobl sy'n anfon y fenga yn 'u mysg i'r fath beryg?' ailofynnodd Tarje.

'Pobol gall pan maen nhw'n gwybod nad oes dewis arall.'

Aros yn dawel ddaru Tarje i hynny. Roedd Ahti ac Eyolf hefyd yn syllu'n wastadol dawel ar Linus.

'Rwyt ti'n gadarn dy feddwl nad oes peryg iddyn nhw wneud dim i Gaut ar y funud,' meddai o wrth Ahti. 'Dwyt ti ddim wedi deud pam chwaith, naddo?'

'O'r gora.' Eisteddodd Ahti groesymgroes o'i flaen. Chwiliodd am ei eiriau am eiliad. 'Mae 'leni'n flwyddyn fawr. I amball un,' ychwanegodd, ac Eyolf yn tybio iddo glywed barn yn y gosodiad. 'Fore troad rhod terfyn haf mi fydd yr Aruchben wedi bod yn ben ar ei bawb am ddeng mlynedd ar hugian. Y bwriad oedd dathlu mawr, ond ers yr helynt y bwriad bellach ydi 'i wneud o'n ddiwrnod arbennig coffáu Anund, ne' dyna oedd y bwriad dwytha glywis i, a go brin 'i fod o wedi newid gan mai Anund oedd yr hoff fab a'r olynydd arfaethedig.'

''I goffáu o yn yr adeilad gwallgo 'ma?' gofynnodd Linus.

'Na. Mi gymrith flynyddoedd i orffan hwnnw, rhwng cludo'r cerrig, 'u trin nhw, a deisyfu sêl bendith y duwiau ar bob llychyn o g'ledydd a chalch fydd yn cael 'u cymysgu i'r tywod. Ond yn fan'no ac yng ngolwg bedd Anund y bydd y coffáu, ac yno y bydd Gaut, wedi'i gadw'n ofalus iach tan y diwrnod hwnnw. Os na fyddan nhw wedi cael gafael arnat ti yn gynta, wrth gwrs,' meddai wrth Tarje.

'Dw i wedi deud, 'ndo?' rhuthrodd Tarje.

'Do,' meddai Linus, ei lais yn datgan ei farn.

'A tasai'r Aruchben yn llwyddo i gael gafael ar Bo hefyd,' meddai Ahti gan adael i'w lygaid ddatgan yr un farn am eriau Tarje, 'mi allwn fentro y byddai ynta yn y crochan.'

Tawodd. Wyddai Linus ddim prun ai fo oedd wedi gafael yn llaw Eir 'ta hi oedd wedi gafael yn ei law o.

'Roedd arnoch chi isio cl'wad y gwir,' meddai Ahti.

'Dydi'r gwir ddim yn deud wrthan ni sut i gael gafael ar Gaut heb wybod ble mae o,' meddai Linus.

'Chei di ddim mynd,' meddai Eir, a dim ond olion y dagrau i'w gweld bellach.

'Sut ydan ni'n mynd i gael gafael ar Gaut heb wybod ble mae o?' gofynnodd yntau.

Roedd ei law yn dal i fod am law Eir. Trodd ati cyn aros am ateb. Gafaelodd amdani a'i gwasgu ato'n dyner.

'Er mwyn Lars a thitha,' meddai wrthi.

Awr yn ddiweddarach eisteddai ar y graig y tu cefn i'r babell, yn syllu ar y wisg lwyd yn sychu ar fymryn o lwyn wrth ei draed. Eisteddai Idunn wrth ei ochr, ei braich amdano fel tasai am ei hawlio.

'Dy hiraeth di sy'n gyfrifol am hyn,' meddai hi.

'Na,' atebodd o, yn clywed y gair bychan yn swnio'n debycach i gwestiwn na gwadiad.

'Mi wn inna be ddacth i dy feddwl di pan welson ni'r milwr.'

Aros yn dawel ddaru Linus.

'Tasai gen i ddau frawd fengach fel Idar a Karl mi fyddai gen inna lawar mwy o hiraeth hefyd,' aeth hi ymlaen.

'Tasai gen ti frawd bach 'fath â Karl mi fyddat wedi dy naddu gan 'i bryfocio diddiwadd o.'

'Rwyt ti'n ysu am gael dy naddu gynno fo eto. Ac mae'r milwr druan 'ma'r un ffunud ag Idar. Ia, mi wn i na welis i mo Idar ond am ddiwrnod,' mynnodd wedyn o weld Linus yn ysgwyd ei ben. 'Ond mae o'n debyg iddo fo 'tydi? A gweld Idar wnest titha hefyd, a dyna pam rwyt ti wedi penderfynu mynd ar dy antur ynfyd. Dwyt ti ddim yn gallu meddwl yn glir ar ôl gweld y milwr 'ma.'

'Dw i wedi penderfynu ers tro. Wnawn ni ddim ohoni fel hyn.'

Daeth Eyolf o'r babell ac edrych arnyn nhw am eiliad.

'Dal ati,' meddai wrth Idunn. 'Dim ond chdi ne' Eir fedar 'i ddarbwyllo fo.'

'Dydi Karl ddim wedi torri 'i wallt ers pan oedd o'n naw oed. Mae Dad yn rhy swil ac yn ormod o ffrindia hefo ni i wneud dim yn 'i gylch o.' Rŵan roedd Linus yn prysur ddarbwyllo ei hun fod siarad am ei frodyr yn mynd i gadarnhau ei benderfyniad. 'Pan tynnwyd fi i'r fyddin mi ddudodd ar 'i ben nad oedd o'n mynd i'w dorri o nes down i'n ôl. Pan ddois i'n ôl mi ddudodd o nad oedd o'n mynd i'w dorri fo nes priodwn i. A rŵan mae o wedi penderfynu fod 'i wallt o'n mynd i'w arbad o rhag cael 'i gipio i'r fyddin. Pan ddôn nhw i hela milwyr mae o am sefyll yn hollol lonydd ynghanol y cynhaea a'i ddwy fraich ar led.'

Ond teimlodd ddagrau'n bygwth. Tawodd. Gafaelodd Idunn yn dynnach ynddo.

'Paid â mynd,' meddai.

'O ble doist ti?' gofynnodd y milwr.

'O fod ar goll,' atebodd Linus. 'Mi gawson ni orchymyn i fynd i chwilio am Tarje Lwfr Lofrudd yn y coed tua rhyw waelodion yn y pellteroedd 'cw. Doedd 'na neb haws â thrio deud y byddai o wedi'i ddal ers blynyddoedd tasai o'n ddigon ynfyd i fod yno. Mi grwydris inna ac mi es ar goll.'

Teimlai ei fod yn ddigon diogel yn deud hyn. Wrth lercian gwelsai'r milwr yn cael cerydd cyfarthog gan Isben a'i glywed wedyn yn rhegi wrtho'i hun am hydoedd. A doedd waeth iddo yntau wyntyllu'r maes yn syth ddim, meddyliodd.

'Be 'di d'enw di?' gofynnodd y milwr wrth lithro i'w sach cysgu.

'Knud.'

'O ble doi di?'

'Rhyw wersyll tua'r gogladd 'cw yn rwla.'

'Naci.' Roedd y llais yn ddiamynedd. 'Dy gartra.'

'Rhyw ddarn leuad i'r dwyrain o'r Pedwar Cawr.'

'Wyddwn i ddim fod 'na betha wedi'u dofi yn fan'no.'

'Rhyw hannar. Amball un.'

'Dyna chdi 'ta. Cau dy geg rŵan. Dw i isio cysgu.'

'Mae o wedi llyncu mul ac arth,' meddai llais o sach cysgu yr ochr arall i Linus.

'Cau hi.'

'Wedi cael hanas 'i nain gan yr Isben, ac ynta wedi bod yn llyfu 'i din o ers deng mlynadd.'

'Wyt ti'n credu y byddai Tarje Lwfr Lofrudd hyd y fan?' mentrodd Linus wrth y llais newydd.

'Chredis i ddim byd rioed. Rŵan cau hi. Dw inna isio cysgu hefyd.'

Drwg tawelwch effro oedd meddwl. Rŵan roedd Linus yn cael y cyfle nad oedd yn ei chwennych i wneud hynny. Doedd o ddim yn rhy bell oddi wrth agoriad y babell ond wyddai o ddim faint o filwyr oedd rhyngddo a hwnnw. Roedd gofyn mwy o ymdrech nag yr oedd wedi'i gymryd arno wrtho'i hun na neb arall i'w berswadio ei hun nad oedd yn bod yn rhy ryfygus, ond roedd meddwl am wylwyr nos yn sefyll o flaen y babell drwy'r adeg am ei bod yn rhy dywyll i grwydro'r gwersyll yn syniad llawer llai hurt nag yr oedd yng ngolau dydd.

Felly y treuliodd ei awr. Felly y treuliodd bedair awr arall, un ar y tro.

'Gwastraff llwyr ar amsar,' meddai Tarje wedi iddo ddychwelyd y bumed noson.

Doedd dim anghymeradwyaeth yn ei lais. Roedd eu taith

bellach yn un lawer mwy gwyliadwrus gan ei bod yn amlwg fod y fyddin lwyd wedi ymgrynhoi yn lluosog yn y cyffiniau ac roedd milwyr i'w gweld a'u hosgoi droeon bob dydd.

'Mae'n ddigon posib bod 'na rai wedi deud hynny wrth Mam hefyd,' meddai Eyolf, wedi rhai eiliadau o wrando ar y tawelwch wrth i bawb ori ar eiriau Tarje.

'Dyna chdi wedi'i annog o rŵan 'ta,' meddai Idunn.

'Gen ti fydd y gŵr gora yn y tiroedd,' meddai Linus, yn swatio, ond yn gwybod ei fod yn llawer rhy effro ar ôl y fath gefnogaeth gan Eyolf i hynny fod o fudd cyflym iawn. 'A chdi fydd y gynta yn y tiroedd hefyd i gael chwech Hebryngwr yn dy briodas.'

'Be 'di dy falu di rŵan?' gofynnodd Tarje.

'Mae Bo a fi eisoes yn y gorlan. Chdi a Gaut a Lars bach ac Ahti fydd y pedwar arall.'

'Cysga rŵan,' meddai Eir.

Roedd ei llaw am law Lars, ynghwsg wrth ei hochr, a'i meddwl ar law arall, a dwylo eraill.

'Dwyt ti ddim i fynd eto,' meddai Ahti wrth Linus ben bore trannoeth.

Stelcian yn y babell oeddan nhw gan ei bod yn stido bwrw. Roedd Lars newydd ddarganfod ei bengliniau a'i freichiau ac roedd yn cropian a chrafangio o un i'r llall ac yn tuchan gan yr ymdrech bob hyn a hyn bob yn ail â gwenu ar gyrraedd nod. I Linus, roedd hynny ynddo'i hun fel arwydd fod popeth yn iawn ac nad oedd sleifio i mewn ac allan o bebyll y fyddin a'i feddwl yn effro'n peryglu nemor ddim arno.

'Ella na fyddai o'n syniad rhy ddrwg i ti ystyriad rwbath arall hefyd,' meddai Eyolf, a Linus yn prysur gael trefn ar ateb i Ahti.

'Dw i'n ystyriad pob dim fedra i.'

'O'r gora.' Dechreuodd Eyolf blygu'r gôt yr oedd Linus wedi'i lluchio i'r llawr wrth iddo newid yn ôl i'w ddillad ei hun y noson cynt. 'Mae 'na filwr yn deud bod 'na rywun diarth wedi dechra sôn am Tarje y noson cynt ac erbyn y bora doedd 'na ddim hanas ohono fo. Mae 'na un arall yn deud bod yr un peth wedi digwydd yn 'u paball nhw.'

'Dyna pam nad ydw i wedi mynd i fwy na dwy baball mewn gwersyll,' meddai Linus.

'Mae'r hanas yn ymledu, a'r peth nesa ydi rhybudd yn mynd o un gwersyll i'r llall.'

'Ia, ond...'

'Ac mi fyddan nhw'n ama tybad oes 'nelo hyn rwbath â Gaut ac yn anfon rhybudd at ble bynnag mae o'n cael 'i gadw, rhag ofn bod rwbath ar y gweill.'

'Dw i'n bwriadu mynd am ddyrchafiad heno, prun bynnag.'

'Dwyt ti rioed am fynd i baball Uwchfilwyr?'

'Na. Neidio'n uwch, fel daru Tarje.'

'Pabell yr Isbeniaid,' meddai Ahti. 'Os felly, mae'n rhaid i mi ymddwyn fel ein tad ni oll. Chei di ddim mynd.'

'Mi ddylat fod wedi deud hynna ar y dechra,' meddai Tarje.

'Roedd gen ti syniad go lew hefo'r pebyll erill,' aeth Ahti ymlaen. 'Does gen ti ddim rŵan. Nid malu awyr na chwythu bygythion ydw i.'

'O'r gora 'ta.' Derbyniodd Linus y drefn, yn teimlo'n sydyn nad oedd ei gynllun yn debyg o ddwyn ffrwyth, a hefyd am mai Ahti oedd wedi bod y lleiaf gwrthwynebus i'w ymdrechion hyd hynny. 'Ond mae'n rhaid i ni wneud rwbath amgenach na gobeithio. Oes gen ti gynllun?'

'Be 'di hwn?' gofynnodd Eyolf cyn i Ahti gael ateb, yn siarad lawn cymaint hefo fo'i hun â neb arall.

'Be sy gen ti?' gofynnodd Idunn.

'Mae 'na rwbath y tu ôl i'r botwm 'ma.' Roedd yn byseddu'r defnydd y tu ôl i'r trydydd botwm o'r uchaf. 'Aros.'

Gwelodd fod gwnïad lled y botwm y tu cefn iddo, gwnïad mân a disylw. Torrodd ar hyd y gwnïad yn ysgafn â blaen ei gyllell, a gwelodd ddarn metel bychan wedi'i wnïo i'r gôt gyferbyn â'r botwm. Torrodd y pwythau a thynnodd o o'r gôt. Roedd y darn yn union yr un faint â'r botwm. Dangosodd o.

'Y creadur wedi penderfynu gwisgo'r gwinau,' meddai.

Cymerodd Linus y dernyn oddi arno. Astudiodd o'n fanwl. Darn plaen oedd o, heb gerfiad o fath yn y byd. Ond doedd y gwinau ddim yn dod oddi arno wrth iddo rwbio ei fys arno.

'Ella 'i fod o'n chwilio am 'i gyfle i ddengid o'r frwydr,' meddai wrth i law fechan afael yn ei law o er mwyn busnesa'n well. 'Mae'n rhaid i ni ddod o hyd i Gaut.'

29

'Mae'n rhaid i ni ddod o hyd iddo fo,' meddai Linus.

Roedd y teimlad euog yn gyndyn o gilio. Dim ond Eir a Lars ac yntau oedd yn y babell a thra oedd Eir yn bwydo Lars aeth o ati i blygu ei sach cysgu hi, gan fod Ahti wedi dyfarnu ei bod yn ddiogel iddyn nhw ailgychwyn eto wedi tridiau o swatio. Wrth iddo blygu'r sach disgynnodd y cerflun ohono. Doedd Eir ddim yn ei wisgo a'i ddangos i bawb yn ôl cyngor tawel a brwd Ahti, ond roedd o ganddi yn y sach cysgu bob nos.

'Mae o'n wych,' meddai Linus eto, yn mwytho'r cerflun ar gledr ei law. 'Dw i'n teimlo fel ryw hen drwyn, yn busnesa yn dy betha di,' ychwanegodd ar frys.

'Hidia befo.'

Eto teimlai Linus mai deud o ran deud oedd hi.

'Oes 'na rywun arall yn gwybod bod hwn gen ti?' gofynnodd.

'Ahti. Ddaru o ddim deud?'

'Ddim wrtha i, beth bynnag.'

Ac yna, wrth i'r ddau edrych ar ei gilydd, diflannodd yr euogrwydd. Wrth weld ci llygaid, cafodd Linus deimlad cryf fod dyhead i rannu. Edrychodd i lawr ar y cerflun eto.

'Sut ce'st ti o?' gofynnodd.

''Di o ddim ots sut ce's i o ddudodd Ahti.'

'Mae o'n iawn, debyg. 'Di o ddim ots i ni, nac'di? Sut ce'st ti o?'

'Doedd deud wrth y milwyr ble i guddiad i gipio Gaut a bod yno i'w helpu nhw i'w ddal o ddim digon gynno fo. Na 'i ddyrnu o.'

'Pwy? Obri?'

'Roedd yn rhaid iddo fo gael crochlefain 'i fuddugoliaeth drwy'r gymdogaeth. Am ddyrnodia bwygilydd. Yn ddi-daw.'

Roedd saib go hir rhwng pob gosodiad. Daliai Linus i edrych i'w llygaid, pob tyndra bellach wedi diflannu.

'Sut ce'st ti o?' gofynnodd eto, a hithau wedi tewi eto.

'Gynno fo oedd o 'te?'

'Sut ce'st ti o?'

'Roedd o'n 'i ddangos o i bawb, yn crechwenu a gwatwar.'

'Mi sleifist titha i'w dŷ o a'i fachu fo pan oedd o allan.'

Mwythodd Eir Lars.

'Naddo, wnest ti ddim,' meddai Linus wedyn. 'Roedd o'n 'i gario fo hefo fo drwy'r adag, 'toedd?'

'Oedd,' meddai Eir toc.

'Mi'i ce'st ti o gan bwy bynnag laddodd Obri, felly, 'ndo?'

Plygodd Eir ei phen i gusanu pen Lars a chwythu'n ysgafn arno.

'Ydi Tarje'n gwybod pwy lladdodd o?'

Ysgydwad pen cynnil oedd ateb Eir i hynny. Ni welai Linus o'n gadarnhad nac yn wadiad.

'Mi wyddon ni am o leia bedwar na fedrai fod wedi'i ladd o,' meddai.

'Be 'di dy bendantrwydd di?' gofynnodd hi, yn dal i edrych i rywle o'i blaen, a Linus yn tybio ei fod yn clywed rhyw ddyhead ofnus yn ei llais.

'Be 'di enw'r hen ddyn hwnnw'r ydach chi i gyd yn hoff ohono fo?'

'Angard?'

'Mi ddudodd o wrth Ahti fod y Weddw honno wedi deud wrtho fo fod rhywun wedi hudo Obri at y goedan a'i bod hi'n gwybod pwy. Fedrai dy dad na dy fam ddim gwneud hynny mwy na fedrai tad a mam Gaut. Ond mi ddudodd Angard wrth Ahti 'i fod o'n argyhoeddedig nad oedd mwy nag un yn y brwas. Fasai dim angan i ddau ne' ragor fynd i'r fath draffarth medda fo. Ac mi ddudodd nad oedd angan cryfdar corff, dim ond cryfdar meddwl.'

Roedd boch Eir yn gorffwys yn ysgafn ar dalcen Lars, a llaw fechan yn codi i chwilio ei hwyneb.

'Felly roedd gofyn i'r hudwr fod yn gredadwy,' aeth Linus ymlaen, 'ella rywun nad oedd Obri'n gallu credu 'i fod o'n gredadwy ar y cychwyn. Dyna ddiben y gostrelaid o fedd ella.'

'Welist ti mo lygaid Gaut pan ddaeth o acw hefo Lars yn 'i freichia ar ôl 'i dynnu o o'r gors. Welist ti mo Mam yn 'i gofleidio fo ac yn 'cau gollwng ac ynta'n troi oddi wrthi wedyn i sychu 'i ddeigryn.'

'Does dim angan i ti d'amddiffyn dy hun.'

'Welist ti...'

Arhosodd Eir. Ysgydwodd ei phen, symudiad cynnil yn cyfleu. Syllodd Linus arni am eiliad, yna ar Lars â'i fochau dannedd. Yna cododd. Daeth at Eir a gafael amdani a'i chusanu'n ysgafn ar ei boch.

'Does dim angan i ti d'amddiffyn dy hun.'

Cusanodd hi eto.

Roedd gweld y cerflun wedi mynd â'i feddwl o'r cynnwrf disyfyd a ddaethai drosto pan ddywedodd Ahti y dylen nhw weld y Mynydd Pigfain tua'r de-orllewin yn ddiweddarach yn y dydd neu drannoeth.

'Mae'n well i ni dynnu'r baball, debyg,' meddai.

Cododd Eir hithau. Rhwbiodd Linus gefn ei fys ar foch Lars a theimlo'r mymryn gwres.

'Mae'n rhaid i ni ddod o hyd iddo fo,' meddai.

'Oliph a'n cadwo!' meddai Ahti.

'Be sydd?' gofynnodd Eyolf.

'Mae'r bwbach yn Orisben.'

'Pwy ydi o?'

'Uwchfilwr oedd o pan oedd o'n un o'r pedwar ddaru chwipio Gaut wrth bolyn.' Roedd mylltod tawel yn llenwi llais Ahti. 'Mi'i diraddis i o a chael torch ddirmyg am 'i wddw o a'r tri arall. Doedd pawb ddim yn cytuno hefo fi, mae'n amlwg.'

Tynnodd ei lygaid oddi ar yr olygfa islaw ac edrychodd ar Eyolf. 'Ydi oferedd ugian mlynedd i'w gl'wad yn fy llais i?'

Doedd o ddim yn gofyn am ateb. Odanynt, roedd milwyr llwyd yn chwilio pob llwyn hyd y tir. Roeddan nhw eu saith yn ddigon diogel gan eu bod wedi gorfod dibynnu ar gymorth rhaff i ddringo i fyny i hafn gul wedi i Tarje weld y symudiadau yn y pellter dros awr ynghynt. Roedd Eir wedi mynd fwy o'r golwg i'r hafn gan fod Lars yn annifyr ei fyd braidd ac roedd Linus wedi mynd hefo hi i sibrwd ei gysur ei hun wrth Lars a cheisio ei gadw'n ddigon tawel. Ond roedd gan Linus ei reswm arall hefyd. Wyddai o ddim a oedd sail i'w amheuon newydd am dynged Obri, ond roedd yn benderfynol o ddangos i Eir ei gefnogaeth lwyr iddi.

Yna roedd Tarje'n brysio tuag atynt gan amneidio â'i law.

Prin ddigon o le oedd i bawb weld o geg yr hafn. Daethai byddin i'r golwg, yn gorymdeithio'n ffurfiol tua'r dwyrain, dri mewn rhes.

'Hannar can rhes gosgordd anga,' meddai Tarje, yn cyfri'n ddiangen.

'Uchben Mulg,' meddai Ahti.

Gorymdeithiai'r Uchben yr un mor ffurfiol y tu ôl i'r hanner can rhes, gan gadw beth pellter oddi wrthi. Roedd ei arf yn ei law dde, a'r fraich wedi'i chodi'n syth fymryn i'r ochr. Y tu ôl iddo roedd elor ganghennog ar ddeg ysgwydd a'r corff o dan y canghennau wedi'i lapio'n ofalus mewn cynfas lwyd. Roedd arf wrth bob ysgwydd iddo.

'Be sy gynnon ni yma?' gofynnodd Linus i Ahti.

'Mi wyddost cystal â mi,' atebodd Ahti, ei lygaid eisoes yn chwilio'r milwyr a ddilynai'r elor. 'Uchben, a hwnnw'n Uchben o'r iawn ryw.'

'Mae o wedi'i selio,' meddai Eyolf, yn craffu ar y mymryn sglein ar y cynfas. 'Maen nhw'n mynd â fo ymhell.'

'Ydyn, mae'n debyg,' cytunodd Ahti. Trodd at Eir. 'Dw i

ddim isio i ti boeni,' meddai wrthi, a'i lais yn gyflymach, 'ond mi wyddost be sy'n digwydd.'

'Gwn bellach,' meddai hi, yn gwybod y byddai deud rhagor yn datgelu popeth.

'Mae bron yn amhosib fod Gaut yna hefo nhw,' meddai Ahti. 'Os ydi o mewn sach, mae o wedi'i glymu wrth bolyn rhwng dwy ne' bedair ysgwydd, nid sach ar gefn neb. Os ydi o'n cerddad, mae o wedi'i glymu wrth raff. Mi welwn ar ein hunion.'

Dilynid yr elor gan chwe Uchben mewn rhes, yna gan weddill y fyddin, eto mewn rhesi, ond nid mor ffurfiol. Roedd deg ym mhob rhes, a Tarje unwaith eto'n methu peidio â chyfri. Cyfrodd gant a deugain rhes. Roedd pob sach ar ysgwydd a thynnu ceir llusg yn orlawn gan bebyll ac offer oedd swyddogaeth pob rhaff a welid.

30

'Diogyn,' meddai Gaut.

Gwenodd wên drist. Roedd wedi blingo glastorch ac wedi gosod ei hymysgaroedd yn llwyth taclus ar ben carreg lydan ar ochr yr hafn. Doedd o ddim wedi meddwl gwneud hynny cynt, ond cwta funud fu'r ymysgaroedd ar y maen nad oedd yr eryr yn glanio arno am ei sgram.

'Chdi wyt ti?' gofynnodd wedyn wrth ei wylio.

Doedd o ddim wedi'i weld o ers pedwar diwrnod, ond pan ddaeth o'i babell yng nghuddfan yr hafn ben bore roedd yr eryr yno yn glanio ar y graig uwch ei ben. Daeth i'r casgliad mai cadw'n glir o'r byddinoedd oedd yr eryr hefyd, oherwydd buasai o'n ymguddio am ddeuddydd a hanner rhagddyn nhw. Roedd wedi gweld y fyddin werdd yn y gwastadedd o'i flaen pan ddaeth o goedwig, a phrin lwyddo i sleifio o'r golwg i'r hafn ddaru o pan welodd hi. Ryw awr wedi iddo setlo o dan graig yn ei guddfan newydd ac yntau ar ganol bwyta afanc, anifail nad oedd erioed wedi'i ddal o'r blaen, daethai synau'r bloeddio a'r taro a'r sgrechian, a chan nad oedd modd sbecian o'r hafn a chadw ynghudd yr un pryd, clywed y frwydr ddaru o yn hytrach na'i gweld. Ni fedrai wneud dim ond gwrando, a'i unigrwydd yn ei lethu. Roedd arno ofn. Ofn y byddinoedd, ofn cael ei weld, ofn yr unigrwydd, ofn na chyrhaeddai adra. Ni wyddai. Dim ond ofn.

Roedd y gweiddi a'r sŵn wedi para am awr neu ragor. Ni feiddiodd sbecian wedyn chwaith. Daeth yn nos ddileuad a swatiodd yn ei babell. Ben bore trannoeth, o wrando ar yr hir ddistawrwydd, mentrodd.

Nid fo oedd y cyntaf i wneud hynny. Ymguddiodd yn ôl ar unwaith. Yna, yn ara deg, mentrodd eto. Cyfrodd wyth. Roedd dwy ddynes, tri dyn, a dwy hogan a hogyn tua deg oed yn prowla ymysg y cyrff. Roedd wedi clywed am bobl fel y rhain, pob math ar straeon anfad. Roedd yn amlwg o'r prowla mai'r rhain oedd y crwydrwyr ysbail. Gwelodd un o'r plant, hogan tua deuddeg oed tybiodd, yn troi ei phen yn sydyn at filwr y tu ôl iddi. Roedd y milwr yn symud, yn ceisio codi ei ben. Doedd Gaut ddim wedi meddwl y gallai fod yno glwyfedigion ynghanol y cyrff. Ond chafodd o ddim cyfle i ystyried dim wedyn chwaith oherwydd gwelodd yr hogan yn rhuthro at y milwr a'i drywanu yn ei wddw a mynd ati'n syth i chwilio ei bocedi. Yna daeth gwaedd llawn argyfwng a sgrialodd yr wyth i'r coed ac o'r golwg. Daeth bloeddiadau eraill wrth i ddwsin neu ragor o filwyr gwyrdd redeg o gyfeiriad bryncyn gan chwifio eu harfau a diflannu i'r coed. Ymhen dim daeth dau i'r golwg eto yn llusgo'r hogyn rhyngddyn. Dechreuodd y ddau bwyo a dyrnu'r hogyn. Roedd eu lleisau nhw'n gweiddi i'w clywed yn glir ond ni chlywai Gaut lais yr hogyn. Ni welai o'n ceisio ei amddiffyn ei hun chwaith. Ciciodd un milwr o yn ei ben a disgynnodd. Gafaelodd y milwr arall yn ei wallt a'i godi cyn ei drywanu. Lluchiwyd o i'r llawr a dychwelodd y ddau filwr i'r coed. Daeth un yn ei ôl bron ar ei union a chicio'r pen gryn hanner dwsin o weithiau cyn ei sathru i'r ddaear a dychwelyd i'r coed.

Ymhen amser symudodd Gaut. Daeth yn ôl i gysgod ei graig. Bellach roedd yn crynu. Ni symudodd o'i guddfan y diwrnod hwnnw, na thrannoeth.

Rŵan roedd yr eryr yn ddigon agos iddo ei astudio'n llawer mwy manwl na'r un tro arall, ac i siarad bwl neu ddau hefo fo. Penderfynodd mai annaturiol fyddai iddo aros yn llonydd ac aeth ati i orffen trin y lastorch gan ofalu nad oedd yn gwneud unrhyw symudiad sydyn i ddychryn yr eryr. Chwiliodd yr awyr, hynny a welai ohoni o'r hafn, ond doedd yr un cymar i'w weld. Doedd o ddim yn synnu, oherwydd tybiai mai rhyw dair oed oedd yr eryr ac nad oedd ei reddf wedi'i danio hyd yma. Daeth hynny â gwên drist arall. Rwyt ti'n rhy ifanc o beth mwdradd i dadogi, y cyw stalwyn, oedd Angard wedi'i ddeud wrtho y noson cyn iddo gael ei gipio, ei gerydd yn dangos ei fod yntau hefyd yn dallt ac wedi dechrau cymeradwyo.

'Chdi wyt ti?' gofynnodd eilwaith i'r eryr.

Sylweddolodd wrth ofyn fod ei ofn wedi diflannu, neu wedi cymedroli yn ôl i'r hyn oedd o ar hyd yr adeg, rhywbeth yn y cefndir yr oedd yr hyder yn ei orchfygu yn ei dro. Roedd yr eryr yr un ffunud a thua'r un oed ag eryr Eir ac yntau. Ond doedd hynny ddim gwerth ei ystyried. Daliodd i sgwrsio hefo fo serch hynny, gan edrych arno wrth siarad er mwyn iddo gael gweld fod y cysylltiad yn fwriadol a bod dyhead ynddo i bara.

Wedi iddo orffen ei bigo prysur, cododd yr eryr. Setlodd am ychydig ar graig ar ben yr hafn, ond nid arhosodd yno am hir. Cododd eto, a mynd o'r golwg tua'r de-ddwyrain.

Doedd neb wedi dod i gladdu'r cyrff. Cododd Gaut ei bynnau ac aeth yntau tua'r de-ddwyrain.

Ben bore trannoeth, safai yng nghysgod craig ar ben trum. Roedd y tirwedd rhyfeddaf a welsai erioed i'r de a'r dwyrain o'i flaen. Roedd yn eang, ond nid yn rhy eang iddo weld ei derfynau, gyda'r mynyddoedd yn hanner cylch o'i gwmpas ac eira ar gopa ambell un. Roedd y tir i gyd yn dywyll a chodai dau fynydd bychan du yn ei ganol, gydag ochr y lleiaf fel desgil. Roedd bryncynnau eraill yma a thraw, pob un yn dywyll neu â rhyw fath o dyfiant oedd o bell fel hyn i'w weld yn debycach i fwsog nag i borfa. Yr un tyfiant oedd ar lawr gwlad hefyd. Nid oedd na llwyn na choeden i'w gweld ar y cyfyl, na'r un anifail. Ni welai adar chwaith. Ymdroellai afon ar hyd-ddo, a llwybrau dŵr yn cychwyn ohoni ac yn dychwelyd iddi ym mhob rhyw fan. Doedd dim math o dyfiant ar ei glannau, dim ond düwch y graig, honno hefyd i'w gweld o bell fel hyn yn llyfn ac unffurf a digymeriad. Ni welsai dir mor ddigroeso erioed a'r drwg oedd ei fod yn ymestyn yr un mor bell tua'r dwyrain ag a wnâi tua'r de. Ond roedd y trum yr oedd arno i'w weld fel rhyw fath o derfyn gogleddol iddo.

Chwiliodd yr awyr eto, bron fel tasai'n chwilio am gyngor ei gydymaith. Credai y medrai groesi'r tir mewn tridiau ac roedd ganddo ddigon o fwyd yn ei sachyn i bara hynny. Ac er yr holl lymder, neu o bosib o'i herwydd, roedd yno brydferthwch, ac roedd rhywbeth yn atyniadol yn y syniad o fynd i'w ganol. Ond sadiodd. Doedd y prydferthwch rhyfedd ddim am ddarparu cysgod na chuddfan ac wrth ei groesi byddai o i'w weld o bell. Fyddai o ddim yn synnu chwaith tasai'r tyfiant dan draed yn socian, a byddai hynny'n ei arafu yn ddirfawr ac yn gwneud y teithio'n fwy annymunol fyth.

Chwiliodd yr awyr eto. Tybiai fod y gogledd yn argoeli'n well gan fod y tir o'i flaen i'w weld fel tasai'n gogwyddo tua'r de yn ei bellafoedd ger y mynyddoedd. Credai hefyd fod y mynyddoedd yn cau'r tir i mewn, a bod tirwedd mwy naturiol y tu hwnt. Roedd yn rhaid fod hynny'n wir, meddyliodd wedyn, oherwydd tasai'r un math o dir â hwn yn ymestyn ymhellach siawns na fyddai wedi cael ei rybuddio amdano gan y gymdogaeth garedig ar gwr y Tri Llamwr.

Cododd ei bynnau a dilynodd y trum tua'r gogledd-ddwyrain. Ymhen rhyw deirawr, a'r haul eto beth pellter o'r de, roedd y coed yn cau amdano ac am eiliad gwerthfawrogodd nhw o'r newydd. Arhosodd yno i gael ei fwyd, a gwrando eto ar y synau cyfrin. Eir, Lars, Mam, Dad, Cari, Dag. Roedd Dämi wedi'i ddysgu sut i feddwl yn fwy cadarnhaol amdanyn nhw, er nad oedd hi'n ymwybodol o hynny. Siawns nad oedd Lars yn cropian bellach. Ella ei fod o'n cerdded. Roedd Dag wedi gollwng ymhell cyn ei flwydd ac wedi bod yn beryg bywyd hyd y tŷ a phobman am leuadau. Ella fod Lars yr un fath. Ella ei fod o'n siarad. Ella fod Eir yn ei godi yn ei breichiau ac yn pwyntio i'r awyr i ddangos yr eryr iddo. Gwrandawodd eto ar y goedwig. Roedd yn sicr na allai feddwl fel hyn tasai o wedi penderfynu mentro'r tir rhyfedd, ac mor wahanol oedd meddwl mewn lle fel hwn i'r ymdrechion i wneud hynny yn y sach. Wrth feddwl am hwnnw roedd o'n meddwl am Beli eto. Roedd o wedi deud yr hanes i gyd wrth Dämi. Fyddwn i ddim yn codi ffrae hefo chdi na neb arall oherwydd y duwia, oedd hi wedi'i ddeud. Godist ti ffrae hefo rhywun rioed, oedd Gaut wedi'i ofyn.

'A be wnei di mewn lle fel hyn?'

Roedd y dyn wedi sleifio ar ei warthaf, yn amlwg yn gwybod sut i dramwyo'r goedwig yn ddisylw a di-sŵn, a'r un mor amlwg yn ei gynefin gan nad oedd ganddo ddim ar ei gefn nac yn ei ddwylo. Roedd yn ddyn llawer hŷn na'i dad, gwelodd Gaut, a thybiodd fod yr amheuaeth oedd lond ei lygaid yn annymunol braidd. Wedi eiliad arall o ystyried, cododd, a chynnig ei ddwylo iddo. Gwelodd o'n meddwl. Yna derbyniodd nhw, dim ond fel defod, tybiodd Gaut eto.

'Be wnei di yma?'

Doedd yr amheuaeth ddim wedi cilio.

'Rhyw 'nelu at Fynydd Tarra,' meddai, yn dilyn cyngor cymdogaeth y Tri Llamwr iddo fod yn ofalus os oedd ganddo amheuaeth. 'Sgynnoch chi ryw amcan pa mor bell ydi o?'

'Wyt titha am waredu 'i gopa fo o'r eira?'

'Os ca i raw yn rwla,' atebodd, yn amau y munud hwnnw bod rhyw fath o fagl ynghlwm wrth y cwestiwn ac yn penderfynu fod ateb felly cystal â'r un.

'I be teithith rhyw gybyn fel chdi mor bell?'

'Mae Nain a Taid yn byw ar odre Tarra. Mi gawson ni negas 'u bod nhw'n dechra 'i chael hi'n anodd.'

Doedd dim golwg coelio ar y dyn ond doedd Gaut ddim yn poeni am hynny. Roedd yn hen gyfarwydd â dynion oedd yn drwgamau popeth a glywent gan rai ifanc ac oedd yn credu heb fynd i'r drafferth o ddeud nad oedd neb ieuengach na nhw'u hunain a rhai o'u cyfoedion yn werth gwrando arnyn nhw.

'Sut mae petha diarth yn tramwyo'r coed yn hytrach na'r tir gorad, lle medran nhw weld i ble maen nhw'n mynd?' gofynnodd y dyn.

'Newydd ddŵad iddyn nhw ydw i,' atebodd Gaut. 'Roedd 'na ryw diroedd digon digroeso yr olwg tua'r cefna 'na a dim ond troi'n ôl ne' ddŵad ymlaen at yma oedd 'na'n ddewis.'

'Tyd 'ta, cyn i ti fynd ar goll fel na wêl neb mohonat ti fyth.'

Roedd rhyw osgo ddiamynedd yn ei amnaid. Cododd Gaut ei bynnau a'i ddilyn. Doedd y dyn ddim am gynnig rhagor o sgwrs wrth iddo frasgamu o'i flaen. Gan ei fod mor llwythog câi Gaut fymryn o drafferth weithiau ond ni wnâi'r dyn ddim ond troi ei ben i edrych arno bob hyn a hyn. Yna, yn gynt nag oedd Gaut wedi'i ragdybio, daethant i gwr y coed. Cododd ei galon y munud hwnnw. Roedd tir llawer gwell o'u blaenau, ac roedd ei ddyfaliad gobeithiol fod y mynyddoedd yn cau'r tirwedd rhyfedd yn ei le yn amlwg wedi bod yn gywir. Gwelodd gymdogaeth yn y pellter, awr daclus draw tua'r dwyrain. Chwiliodd yma a thraw, ond ni welai'r un arall, na thai ar eu pennau'u hunain chwaith.

Trodd y dyn tua'r dwyrain.

'O'r gymdogaeth ydach chi?' gofynnodd Gaut.

'Mae gan bawb 'i gartra, decini.'

Ryw bum munud yn ddiweddarach, gwelodd Gaut y coed yn hanner cylchu uwchben pant ac wrth iddyn nhw ddynesu daeth to i'r golwg. Adeilad cerrig bychan oedd o, a phan ddaethant yn nes gwelodd Gaut mai cwt oedd o. Go brin fod y dyn yn byw yn hwn, tybiodd. Roedd yn debycach i hen gwt mochal na dim arall, er na welai Gaut breiddiau hyd y lle. Doedd dim ond rhyw hyd braich rhwng ei gefn a'r tir a godai'n serth i'r coed.

Ond at y cwt yr anelai'r dyn.

'Tyd i mewn am funud inni gael llymad cyn canlyn arni,' meddai.

Roedd y ddau far mawr a gadwai'r drws ynghau yn llithro'n weddol rwydd wrth i'r dyn eu hagor a thybiai Gaut fod hynny'n awgrymu defnydd lled gyson i'r cwt. Agorodd y dyn y drws, ond 'daeth o ddim i mewn. Amneidiodd ar Gaut a dal ei law iddo fynd i mewn yn gyntaf. Yr eiliad y cyrhaeddodd traed Gaut y trothwy cafodd hergwd yn ei gefn nes ei fod ar ei hyd ar lawr y cwt.

'Mi gawn ni weld be fydd gan y fyddin i'w ddeud am dy Fynydd Tarra di,' arthiodd y dyn.

Caeodd y drws yn glep a chlywodd Gaut sŵn y ddau far yn cael eu gwthio, y sŵn yn llawer mwy terfynol nag yr oedd wrth eu hagor. Straffagliodd i ymryddhau o'i bynnau. Gwyddai cyn mynd at y drws nad oedd haws, ond roedd y reddf yn drech na'r rheswm.

Pwysodd ei gefn yn erbyn y drws. Mor hawdd oedd meddwl pan oedd yn rhy hwyr i wneud hynny. Byddai pawb call wedi sylweddoli na fyddai'r dyn yn meddwl am beidio â mynd i mewn o flaen neb arall. Roedd yn hawdd sylweddoli hynny rŵan.

Cynefinodd ei lygaid. Roedd pwt o ffenest yn yr ochr ddwyreiniol a chaead drosti, a chraciau yn styllod culion y caead a mymryn o fwlch rhyngddyn nhw yma a thraw, yn ddigon i ddod â rhywfaint o olau i mewn. O hynny a welai, stôl oedd yr unig beth yn y cwt. Yna yn sydyn doedd ganddo ddim digon o nerth i fynd ati a phwysodd yn ôl yn erbyn y drws a gadael i'w gorff lithro i'r llawr.

Wylodd.

Doedd neb i weld ei ddagrau. Doedd dim yn bodoli ond ofn. Doedd dim yn bodoli ond methiant. Dim ond un methiant mawr. Popeth yn fethiant. Dim yn bodoli ond un anobaith mawr, eang. Roedd yr hogan yn codi oddi wrth gorff ac yn rhedeg at un arall i'w drywanu am ei bod wedi'i dysgu i wneud hynny. Roedd yr hogyn yn cael ei lusgo o'r coed a'i guro a'i gicio gan filwyr nes ei fod yn farw, nid am eu bod nhw wedi'u dysgu i wneud hynny. Roedd y milwr yn dychwelyd i gicio pen yr hogyn marw, nid am ei fod wedi'i ddysgu i wneud hynny. Roedd milwyr yn pluo eryr byw, nid am eu bod wedi'u dysgu i wneud hynny. Roedd o'n cael ei watwar a phawb oedd wedi gwneud ei fywyd yn gyflawn yn cael eu dirmygu yn ei wyneb, nid am fod y dirmygwyr wedi'u dysgu i wneud hynny. Wylodd. Doedd neb i weld ei ddagrau.

Wêl neb ond fi nhw, oedd Ahti wedi'i ddeud. Ymhen sbelan y cofiodd o hynny.

Doedd Dämi ddim wedi gweld ei ddagrau. Roedd o wedi deud popeth wrthi, ei holl hanes o'i blentyndod i'r eiliad y dychrynodd pan welodd hi ac yntau'n sefyll wrth y bedd o flaen ei thŷ. Roedd hi wedi'i gusanu a'i anwylo, yn naturiol braf fel tasai o'n frawd bach iddi. Roedd hi wedi adfer ei hyder. Rŵan hefo'i ddagrau roedd o'n gwrthod hynny, yn ei wadu. Gwylltiodd. Sychodd y dagrau. Daeth chwaneg y munud hwnnw. Sychodd nhw wedyn yn fwy ffyrnig. Cododd. Roedd o'n wan. Gwylltiodd.

Ystyriodd. Gwrandawodd ar ei anadl. Eir, Lars, Mam, Dad, Cari, Dag, Aud, Lars Daid, Angard. Dämi.

Ystyriodd.

Doedd y dyn ddim yn gwybod ei fod wedi bod mewn caethiwed llawer gwaeth na hwn. Roedd ei ddwylo'n rhydd, roedd ei draed yn rhydd, doedd dim mwgwd dros ei lygaid. Roedd ei sachyn ganddo, a'i gelfi. Roedd y dyn yn fwy ynfyd na fo. Peth fel hyn oedd anogaeth Dämi. Dyna oedd Beli wedi'i wneud hefyd wrth ei gofleidio, yn gadael i'r cofleidiad fod yn anogaeth ddi-ddeud a hanner difaru am ffraeo yr un pryd.

Wrth feddwl hynny teimlai'n well, yn gryfach. Tyrchodd yn ei sachyn a thynnodd ei fwyell ohono. Aeth at y ffenest ond 'daeth o ddim i'r drafferth o ffidlan o'i chwmpas gan ei bod yn llawer rhy fach i feddwl am stwffio drwyddi. Doedd y fwyell yn dda i ddim ar gerrig y waliau. Dychwelodd at y drws. O'r mymryn golau a ddeuai arno tybiai ei fod yn rhy gadarn i'r fwyell. Yna meddyliodd am y sŵn y byddai'r fwyell yn ei greu. Ystyriodd eto. Rŵan nid oedd ganddo syniad am faint y bu'n wylo. Ella fod y dyn allan o hyd.

Châi yr anobaith ddim dychwelyd. Mae'r eryr hefo chdi, defnyddia ditha dy reddf fel ynta, oedd Dämi wedi'i ddeud. Pwysodd eto yn ôl ar y drws. Greddf yr eryr fyddai codi.

Cythrodd i'r stôl. Ysgydwodd hi ar y llawr a gweld ei bod yn ddigon cadarn i'w ddal. Safodd arni a dechrau busnesa o gwmpas y to. Symudodd y stôl at y cefn a dechrau busnesa o ddifri. Gwthiodd flaen y fwyell i fymryn o fwlch rhwng dwy styllen, a thrwy grafu ac ysgwyd dechreuodd y bwlch ymledu rhywfaint. Hyn oedd orau, meddyliodd. Roedd ynfytyn penna'r tiroedd yn gwybod nad o'r tu mewn y dylid dymchwel adeilad a chan nad oedd ganddo fodd i wybod cyflwr y to gallai un colbiad â'r fwyell greu digon o lanast i'w ladd. A doedd y crafu a'r ysgwyd yn creu dim sŵn, bron.

Ymhen ychydig roedd y fwyell wedi lledu digon ar y bwlch iddo deimlo'r rhisgl bedw o dan dywyrch y to. Daliodd ati. Aeth y bwlch yn lletach a chyn hir roedd ganddo ddigon o le i weithio ar y rhisgl. Aeth y fwyell drwy hwnnw'n hawdd a safodd i'r ochr wrth i bridd ddisgyn. Ymhen ychydig roedd ganddo dwll a llawer mwy o olau. Ymhen ychydig wedyn roedd â'i draed yn rhydd ac yn edrych ar y twll blêr yn y to.

Y dewis amlwg oedd y coed. Felly roedd yn rhaid gwrthod hwnnw os oedd modd. O edrych i bob cyfeiriad ni welai arwyddion pobl ond yn y gymdogaeth, a chredai ei bod yn rhesymol tybio mai tuag yno yr aethai'r dyn. Ella ei fod yn brysio, ond go brin ei fod yn rhedeg, meddyliodd wedyn, a go brin y byddai unrhyw fyddin yn rhedeg yn ôl o'r gymdogaeth i'r cwt chwaith a hwnnw wedi'i fario. Os felly, tybiodd, roedd ganddo ddwyawr ella. Roedd digon o fryncynnau a choedlannau a llwyni tua'r gogledd a setlodd ar hwnnw. Chwiliodd yr awyr, dim ond rhag ofn.

Brysiodd ymlaen. Buan iawn yr aeth o olwg y cwt a chyn hir doedd y gymdogaeth ddim i'w gweld chwaith. Daliodd i fynd, heb arafu. Bwytaodd ddarn arall o'r afanc heb arafu dim ar ei gerddediad. Cyn hir daeth at nant a llechodd yng nghysgod llwyn ar ei glan i olchi ei wyneb a chael gwared ag annifyrrwch caled olion dagrau a smotiau o bridd tywyrch y to. Roedd yr haul wedi hen fachlud pan gododd ei babell mewn coedlan fechan.

Aeth i'w chyrion i gael ei fwyd er mwyn gwylio'r sêr yn graddol hawlio'r awyr. Roedd yn ddileuad, a phan dywyllodd roedd Llwybr Gwyn yr Adar yn harddach nag y'i gwelsai erioed, yn fwy cyflawn a chadarnhaol nag y'i gwelsai erioed. Arhosodd yno am hir, y gwylio'n troi'n ddathlu. Waeth pa mor ddiarth y tiroedd, roedd o'n nabod yr awyr, yn nabod lleoliadau'r sêr. Yn union uwch ei ben roedd y Seren Grwydrol Wen yn hawlio ei lle fel un ddisgleiriaf y nos. Roedd yn braf gobeithio fod Eir yn edrych arni hefyd, yr eiliad honno, ac yn meddwl amdano fo. Er ei bod yn oeri fwy a mwy roedd gofyn ymdrech i adael y prydferthwch a'r meddyliau cyfoethogol a dychwelyd i'w babell.

Nid wedi blino gormod i gysgu oedd o. Credai mai dim ond rhyw ddywediad er ei fwyn ei hun oedd hwnnw prun bynnag. Nid y dyn a ddylai atal cwsg. Eir, Lars, Mam, Dad, Cari, Dag, Aud, Lars Daid, Angard, Dämi. Roedd yn rhaid iddo feddwl amdanyn nhw. Yr unig ddewis arall ocdd drwgdybio pawb, a ddeuai dim o hynny, yn enwedig gan nad oedd y cyfarwyddiadau a gawsai ar sut i gyrraedd Llyn Sorob yn ddigon manwl iddo allu anwybyddu pawb a phopeth. Fo oedd wedi enwi Mynydd Tarra wrth y bobl yn y Tri Llamwr gan ei fod yn gwybod yr enw, ond roeddan nhw wedi deud wrtho fod hwnnw ormod i'r gogledd ac os cyrhaeddai fan'no byddai'n rhaid iddo anelu tua'r de wedyn. Y rheswm y gwyddai am fodolaeth Mynydd Tarra oedd mai yno yr oedd cefnder ei fam wedi treulio ei lencyndod pan gollodd ei gof a mynd ar goll.

Ella, meddyliodd wedyn, fod Dämi a'i chymdogaeth wedi plannu gormod o hyder ynddo, a'i fod yn meddwl yn dda am bob dieithryn am nad oedd ganddo reswm i beidio. Peidio â bod mor ddof oedd yr ateb. Ond doedd o ddim wedi bod yn ddof pan ddechreuodd y fwyell ar ei gwaith. Cynt ella, ond roedd pawb yn dychryn. Roedd ar bawb ofn yn eu tro, pawb oedd yn werth eu nabod beth bynnag. Ella mai ei brofiadau yn y sach oedd yn gyfrifol am iddo ei orchfygu. Buddugoliaeth dros y fyddin, lawn cymaint â'r hyn a wnaeth Beli.

Nid bod yn anniolchgar i Beli oedd meddwl hynny. Eir, Lars, Mam, Dad, Cari, Dag, Aud, Lars Daid, Angard, Dämi. Ahti.

Cysgodd.

31

'Mae o'n hardd, 'tydi?' meddai Idunn.

'Ydi,' meddai Eyolf, yn deud o ran deud.

'Am be wyt ti'n meddwl?'

'Am fynd yna i chwilio am Bo,' meddai Linus heb droi ei ben.

'Dydi Bo ddim ar goll,' meddai Idunn. 'Dydi o ddim mewn sach chwaith.'

Roedd haul cynnar ar y mynyddoedd pell, yn gwneud i'r Mynydd Pigfain ymddangos yn fwy trawiadol fyth, er ei belled. Roedd o bron yn union i'r de, yn cadarnhau i Eyolf a Linus eu bod yn agos at safle'r warchodfa a fu'n lloches iddyn nhw am aeaf. Tybiai Eyolf fod y safle fymryn i'r de-orllewin o'r geufron yr oeddan nhw'n sbecian ohoni ar yr olygfa bell. Roedd y pell ac agos i'w gweld yn well fyth am fod y niwl gwlyb a'u cadwodd yn y babell y diwrnod cynt, gan roi gormod braidd o amser i bawb ori ar ei feddyliau a'i deimladau, wedi codi.

''Dan ni'n dibynnu arnach chi'ch dau rŵan,' meddai Ahti wrth Eyolf a Linus.

'Mi faswn i'n deud ein bod ni fymryn i'r dwyrain,' meddai Linus ar ôl astudio'r Mynydd Pigfain ac edrych o'i amgylch eto.

'Os ydan ni mor agos, pam nad ydi'r tiroedd 'ma'n berwi o filwyr?' gofynnodd Idunn.

'Mae'n beryg bywyd yma,' meddai Ahti.

'Ydi,' cytunodd Linus. 'Cusana dy gariad a thyd hefo fi,' meddai wrth Eyolf.

'Dw i'n dŵad hefo chi,' meddai Tarje.

'Callia,' meddai Linus.

'Tasai'r duwiau'n gosod Gaut yn daclus o'ch blaena chi, sut dach chi'n mynd i'w nabod o a chitha rioed wedi'i weld o? Sut basa fo'n gwybod pwy ydach chi?'

'Trio darganfod ble'n union yr ydan ni ydan ni rŵan,' meddai Linus. 'A faint oedd oed Gaut pan est ti i'r fyddin prun bynnag? Wyth ne' naw ar y gora. Sut wyt ti'n mynd i'w nabod o?'

'Dw i wedi'i weld o fwy nag unwaith yn ystod y ddwy flynadd ddwytha 'ma.' Roedd sŵn braidd fel cyffes yn llais Tarje. 'Mi wyddwn i am yr eryr roedd o ac Eir yn 'i fagu, a'u bod nhw'n gariadon.' Edrychodd ar Eir am eiliad. 'Ddychrynis i ddim o gwbwl pan glywis i am Lars.'

'Dyma'r tro cynta i mi wybod fod Lars yn greadur i ddychryn yn 'i gylch,' meddai Linus. 'Glywist ti, 'rhen ddyn?' gofynnodd i Lars, ynghwsg ym mreichiau Idunn. 'Mae dy fam newydd gael cerydd mewn iaith gyfrin gan dy ewyrth.'

'Paid â malu dy awyr,' meddai Tarje.

'Cerwch,' meddai Eir. 'Peidiwch â bod yn rhy hir.'

Unwaith yn rhagor pan nad oedd neb ond nhw ill tri hefo'i gilydd roedd ail-fyw'r profiadau'n byrlymu am ennyd heb i'r un orfod deud dim, a Jalo a'i dynged yn anorfod ganolog yn yr ail-fyw. Tawel fu'r tri am dipyn, ac Eyolf a Linus yn bodloni ar ddilyn Tarje wrth iddo sleifio rhwng coed a llwyni, a hwythau eu dau'n nodi popeth a fyddai'n eu hwyluso i ddychwelyd at y lleill heb fynd oddi ar eu llwybr. Wedi rhyw awr o hynny, a bron yr un gair wedi'i ddeud, arhosodd Tarje. Roeddent yn llechu y tu ôl i lwyn ar ochr tir mwy agored, yn ddyffryn cul yn mynd tua'r gorllewin, ac ôl tramwyo arno. Llechasant.

'Deud i mi,' meddai Linus wrth Tarje ymhen ysbaid o'r llechu llonydd, a dim arwydd o neb arall i'w weld ar hyd y dyffryn, 'sut llwyddist ti i fod yn yr un lle ag Eyolf y bora hwnnw y rhoist ti dy ben i mewn yn 'i baball o pan oedd o'n mynd adra o Lyn Sorob?'

Dim ond eiliad oedd y saib, ond gwyddai Linus ei bod yn arwyddocaol.

'Be 'ti'n 'i feddwl, llwyddo?' gofynnodd Tarje, a Linus eto'n clywed rhyw ddihidrwydd hynod fwriadol yn ei lais.

'Awgrymu mewn dull go Hynafgwrol dy fod wedi'i ddilyn o o Lyn Sorob.'

Trodd Eyolf ei ben yn ôl at Tarje.

'Ddaru ti?' gofynnodd.

'Naddo,' meddai Tarje. 'Mynd am adra o'n i pan welis i chdi y noson cynt.'

'Dwyt ti ddim yn gwneud synnwyr,' meddai Linus. 'Os est ti adra, sut na wyddat ti fod Gaut wedi'i ddal tan y bora y gwelodd Ahti chdi hefo Eir?'

''Des i ddim adra. Wyddwn i ddim fod Gaut wedi'i gipio i'r fyddin o gwbwl, heb sôn am 'i hanas o wedyn.' Arhosodd. 'Mi ddilynis i chdi i Lyn Sigur,' meddai wrth Eyolf. 'Roedd arna i ofn i filwyr fynd i'r afael â chdi. Roedd 'na rai hyd y fan. A hefyd...'

Arhosodd eto.

'Roedd arnat ti isio sgwrs hefo Eyolf, sgwrs hir, sgwrs yn para diwrnod cyfa a mwy,' meddai Linus. 'Roedd arnat ti isio deud wrtho fo am bob dim ddigwyddodd hefo'r Uchben hwnnw. Roedd arnat ti isio 'i gl'wad o'n anghymeradwyo be wnest ti, ac yn gwybod yn iawn na wnâi o ddim byd o'r fath.'

'Rwyt ti'n rwdlan eto.'

'Ydw, debyg. Ac yn ddigon dwl i gredu dy fod di'n ddigon dwl i beidio â sylweddoli dy fod yn gadael olion dy draed yn yr eira o flaen paball Eyolf ac 'i fod ynta'n ddigon dwl i beidio â'u gweld nhw pan godai o. 'Tydi dylni'n beth call?'

Trodd Tarje ei gefn atyn nhw er mwyn parhau â'i wylio.

'Roeddat ti isio sgwrs hefo fo, toeddat?' meddai Linus wedyn.

'Oeddwn.'

'Oeddat, debyg.'

Roedd Linus am ymhelaethu ond daeth galwad y bras mawr o un o'r llwyni yr oeddan nhw newydd fod yn sleifio drwyddyn nhw. Trodd ei ben i chwilio.

'Maen nhw wedi'n dilyn ni,' meddai.

'Be nesa 'ta?' gofynnodd Eir pan gyrhaeddodd y pedwar.

'Dal ati yr un fath,' meddai Eyolf, yn gweld ei hamheuaeth. 'Mi awn ni'n tri ymlaen. 'Rhoswch chi yma nes cewch chi arwydd. Ledia 'ta,' meddai wrth Tarje.

Aeth y tri. Roedd y siwrnai'n llawer haws rŵan ond gwnâi hynny Tarje'n fwy gochelgar. Gwyddai nad oedd y lle ei hun yn golygu dim iddo. Dim ond un noson gyfan a rhan o ddwy noson arall roedd o wedi'u treulio yno prun bynnag, ac roedd y cwt y bu ynddo wedi'i losgi'n ulw. A tasai o'n dychwelyd i'r union fan y digwyddodd yr helynt gwyddai mai ffliwc fyddai iddo'i nabod, a hyd yn oed wedyn gwyddai na fyddai'n gweld arwyddocâd o fath yn y byd i'r lle. Doedd o'n ddim ond tamaid o dir ynghanol coed a mymryn o bant ynddo yn rhywle. Ac os yn yr union fan honno y byddai'r adeilad newydd yn cael ei godi, roedd yn ddigon posib fod y coed wedi'u torri a'u clirio prun bynnag.

Ond eto roedd yn dychwelyd, yn dychwelyd i'r union fan yr oedd i fod i gael ei arteithio a'i ladd. Ond nid y prae yn dod i'w gyflwyno ei hun i'r helwyr oedd o. Roedd ei gymdeithion yn sicrhau hynny, yn enwedig y ddau oedd hefo fo rŵan, meddyliodd. Am eiliad roedd ei werthfawrogiad yn ei drechu. Trodd at y ddau

'Diolch,' meddai.

Trodd yn ôl a sleifio ymlaen.

Y tu ôl iddo, roedd y llaw a deimlodd Linus ar ei fraich yn ddianghenraid ei rhybudd.

'Rydan ni'n dau o'r un meddwl,' meddai Linus wedi rhyw hanner awr arall o sleifio.

'Be, felly?' gofynnodd Eyolf.

'Mae hi'n llawr rhy dawal yma.'

'Ydi,' cytunodd Eyolf. 'Nid dyna sydd ar dy feddwl di chwaith, naci?'

'Mi wyddost pwy oedd ar yr elor 'na.'

'Gawn ni weld,' meddai Eyolf.

Di-fudd oedd amau. Aethant ymlaen, a chyn hir roedd y dyffryn i'r chwith iddyn nhw i'w weld yn dod i'w derfyn ac yn ymagor i dir fymryn ehangach yn goleddfu i'r de, ac wrth sbecian ymhellach ymlaen tua'r gorllewin roedd i'w weld yn cau amdano'i hun ac yn gorffen mewn bryncyn. Daethant at hwnnw ymhen ychydig a dringo mymryn, a Tarje'n dal ar y blaen.

Ychydig funudau yn ddiweddarach a hwythau wedi cyrraedd hynny o gopa oedd i'r bryncyn, roedd llaw Linus ar fraich Eyolf. Roedd newydd sbaena heibio i lwyn. Brysiodd ymlaen at Tarje a gafael yn ei ysgwydd am eiliad.

'Aros.'

Aeth ymlaen, ar ei fol heibio i lwyn arall. Edrychodd yn ei flaen ac o'i amgylch am ychydig. Dychwelodd yn ei gwman at Tarje ac Eyolf.

'Rydan ni yna.'

'Welist ti rywun?' gofynnodd Tarje.

'Naddo.' Pwyntiodd i'r dde oddi wrth y bryncyn. 'Mi awn ni i'r coed. Mi ddown ni ohonyn nhw yn ymyl y graig uwchben y cytia. Yn fan'no mae bedd yr Anund 'na, medda Ahti. Dowch.'

'Mae'n well i ti aros yma, rhag ofn 'u bod nhw'n ein dilyn ni eto,' meddai Eyolf wrth Tarje.

'O'r gora.' Roedd profiad Tarje'n ddigon iddo gytuno'n ddilol. 'Mae'n debyg 'u bod nhw'n dod prun bynnag.'

Am eiliad teimlodd hynny fel esgus i ohirio, ond wrth edrych ar y ddau yn cychwyn tua'r coed gwyddai nad oeddan nhw'n meddwl hynny. Ond roedd o'n esgus, a doedd o ddim haws â'i wadu. Rŵan roedd arno ofn. Rŵan roedd ar ei ben ei hun. Roedd arwyddocâd i'r lle. Roedd arwyddocâd dwfn i'r lle. Gwyddai rŵan fod arno ofn. Ceisiodd ganolbwyntio ar Eyolf a Linus yn sleifio heibio i lwyni ac yn mynd ar eu boliau i ymlusgo tua'r llwyn nesaf pan nad oedd un ar gael i lechu wrtho. Aethant o'r golwg am ychydig a phrin eu gweld ddaru o wedyn cyn iddyn nhw gyrraedd y coed. Arhosodd o ble'r oedd, yn llonydd. Rŵan roedd o'n brae, yn dod i'w gyflwyno ei hun i'r helwyr. Rŵan roedd meddwl am fynd yna i ganol yr holl filwyr i gael gafael ar Gaut, ac yntau'n cael ei warchod yn ddi-baid, yn amhosib.

Nac oedd. Châi o ddim bod. Cynnwrf sydyn y gwybod ei fod yno oedd yn gyfrifol am y meddyliau hyn, nid ei gyfansoddiad. Tasai Eyolf a Linus, yn enwedig Linus, yn cael achlust o'i feddyliau rŵan byddai'n cael ei bannu gyda bwced hanner llawn dihysbydd Linus. Nid cyllell yng ngwddw mab yr Aruchben oedd unig arwyddocâd y lle. Roedd yno sach wedi bod hefyd, ar ei ben ei hun ar y gefnen a lleisiau milwyr yn gweiddi ei fod yn ysgwyd, ac yntau'n carlamu o'r gwaelod ac yn rhwygo ceg y sach i weld Bo'n glasu o'i fewn, ac yntau'n gwneud popeth i osgoi cydnabod mai milwyr y gelyn oeddan nhw a'u bod yn glên, yn poeni am Bo ac yn ei ymgeleddu. Rŵan am ennyd wrth iddo ddod ato'i hun roedd yn braf cael bod yn ddiniwed a gobeithio mai sach aflonydd heb neb ar ei gyfyl fyddai'r peth cyntaf a welai Eyolf a Linus pan ddeuent o'r coed.

Dychrynodd. Roedd wedi pensynnu yn hytrach na gwylio. Dyna oedd ofn yn ei wneud. Chwiliodd eto heibio i'r llwyn, ond roedd pobman yn dawel.

Roedd y goedwig yr un mor dawel, ond roedd Eyolf a Linus yn dal i ochel. Linus oedd ar y blaen rŵan, heb fod yn sicr ai twyllo ei hun oedd o wrth deimlo'r coed yn gyfarwydd a'i fod yn cofio eu siâp a'u lleoliad. Cyn hir fe'u gwelodd yn teneuo ac aeth ar ei fol drachefn i ymlusgo ymlaen. Ymlusgodd Eyolf hefo fo.

O'r fan hon roedd y Mynydd Pigfain yn union fel y cofiai Linus o. Aeth hwnnw â'i sylw i gyd am eiliad am mai fo oedd y peth cyntaf a welod wrth iddo ddod hebio i'r goeden olaf.

Roeddan nhw'n dawel am ennyd, dim ond yn syllu yma a

thraw. Doedd dim angen iddyn nhw chwilio i sylweddoli mai nhw oedd yr unig ddau enaid ar gyfyl y lle.

Ddaru Linus ddim derbyn cyngor Eyolf ac aros ynghudd nes dychwelai o hefo'r lleill. Funud neu ddau wedi i Eyolf sleifio'n ôl, ac yntau'n dal i archwilio'r llonyddwch o'i flaen, cododd a daeth o'r coed.

Doedd arno ddim angen cadarnhad mai hwn oedd y lle, ond roedd y cadarnhad ar gael. Roedd cytiau'r cŵn y tu ôl i safle'r cwt uchaf yno o hyd. Roedd y llain gysgodol o dan gytiau'r cŵn a'r bonion coed yr eisteddid arnyn nhw pan oedd y tywydd yn caniatáu yno o hyd. Doedd dim angen y cytiau cŵn na'r llain i gadarnhau chwaith, oherwydd roedd y darnau gwastad lle bu lloriau'r tri chwt hefyd yn dal yn y golwg, yr un mor ddigamsyniol.

Doedd y lle ddim wedi cael llonydd chwaith. Roedd digon o ôl y fyddin ym mhobman arall bron. Roedd llawer o'r coed i'r gorllewin o'r cytiau wedi'u torri, a'r tir wedi'i glirio a gweddillion coelcerthi yma a thraw. Roedd yn amlwg fod un goelcerth wedi bod yn llawer mwy na'r lleill. Cofiodd am y goelcerth nas gwelodd, dim ond ei chlywed. Roedd o yn ei wely, nid yn rhy gyndyn o gydnabod ei fod yn ei wendid wedi ymlâdd ar ôl y siwrnai gar llusg i guddfan ac yn ôl. Roedd Eyolf allan, yn gwylio'r goelcerth yn hawlio'r can milwr.

Rhythodd eto ar weddillion y goelcerth fawr odano. Yna brysiodd i lawr tuag ati. Doedd dim angen iddo chwilio i weld nad oedd neb wedi mynd i'r drafferth o glirio'r esgyrn.

'Nac'di. Dydi o ddim.'

Dywedodd hynny'n uchel. Ceisiodd ei berswadio ei hun ei fod yn teimlo'n well wedyn.

Roedd wedi sylwi cyn dod i lawr fod llawer mwy o gerrig ar y gefnen uwchben lle bu'r cytiau nag oedd pan oedd y cytiau yno, yn amlwg yn cadarnhau'r hyn roedd Ahti wedi'i ddeud am gladdu'r Uchben Anund arni. Ond doedd yr un tŵr yno, fel roedd Ahti wedi'i ddeud. Aeth i fyny.

Roedd Ahti'n gywir. Roedd y graig wedi'i gweithio a'i thyllu yn siâp bedd ble'r oedd y rhan fwyaf o'r cerrig rhydd. Doedd dim corff ynddo.

Eisteddodd ar y gefnen, a phwyso'n ôl yn erbyn ei bynnau. Rŵan roedd yr oferedd yn llifo drwyddo. Cyn hir ceisiodd ei dderbyn a dychwelodd ei sylw trist at y gwastad y bu'r cwt mawr yn sefyll arno. Roedd y gwellt a'r mân blanhigion wedi cael gwell hwyl ar ei goncro mewn ambell damaid yma a thraw. Ella mai dyna oedd yn tarfu ar ei ymdrech i geisio ail-greu'r cwt. Rŵan doedd o ddim yn rhy sicr ai rhy fawr 'ta rhy fach oedd y gwastad. Ond o dipyn i beth, daeth siâp. Roedd stafell y baddonau a'r ager yn y pen pellaf yn hawdd. Ffurfiodd y cyntedd cul ohoni a'r stafelloedd cysgu ar y dde iddo, yna'r drws allan a'r cyntedd lletach a droai'n sgwâr oddi wrth y cyntedd cul, a hwnnw'n mynd â fo heibio i'r gegin fwyta i'r stafell y bu'n gorwedd ynddi, yn cael ei ymgeleddu gan Aino a Mikki a phawb. Yn y stafell honno y bu'n cynorthwyo Aino i ddysgu eu hiaith i Eyolf, ac Eyolf heb fodd i wybod mai ei hailddysgu oedd o. Cododd ei galon fymryn. Roedd y stafell wedi mynd ond roedd y rhyfeddodau'n aros. Ond doedd hynny na'r ailgreu ddim yn mynd â'i feddwl oddi wrth ffawd Gaut. Roedd o'n ymladd yn erbyn y syniad fod eu taith yn ofer.

Daeth y symudiad i'r chwith ag o o'i fyfyrdod. Gwelodd Eyolf yn ledio'r lleill dros y bryncyn. Ni chododd i fynd atyn nhw, dim ond troi ei olygon yn ôl at ble bu'r cwt mawr.

Aeth Eyolf i lawr. Cerddodd o gwmpas. Daeth at weddillion coelcerth, a chododd frigyn i archwilio ei gweddillion. Daeth at weddillion y goelcerth fawr. Doedd dim angen y brigyn ar honno, ond eto fe'i prociodd. Daeth mymryn o ddefnydd oedd yn gymysg â'r pridd du i'r golwg, darn o wisg o gorff oedd yn amlwg wedi bod bron ar waelod y goelcerth pan daniwyd hi.

Defnydd gwyrdd oedd o. Aeth ati i brocio rhagor, ar fwy o frys na chynt.

'Am be wyt ti'n chwilio?'

Roedd o mor brysur fel na chlywodd Idunn yn dynesu.

'Esgyrn plant. Wela i'r un. Go brin y basan nhw i gyd wedi llosgi'n ulw.'

Syllodd Idunn ar weddillion yr esgyrn yma a thraw. Roedd penglog ger y canol, a thwll un llygad i'w weld, y llall yn y ddaear neu'r penglog wedi'i dorri. Roedd yn amlwg nad coelcerth ddiweddar iawn oedd hi, oherwydd roedd y lludw rhydd i gyd wedi'i chwythu ymaith. Roedd penglogau eraill i'w gweld yma a thraw.

'Meddwl mai caethion oeddan nhw wyt ti?' gofynnodd.

'Ia, ond mae'n annhebyg. Gobeithio.' Gollyngodd Eyolf y ffon ac amneidio tuag at ben y gefnen. 'Mae'n debyg mai'r twmpath cerrig 'cw oedd bedd Anund. Hwnna oedd y tŵr.'

Cychwynasant i fyny. Ond arhosodd Eyolf ymhen ychydig gamau.

'Yn fa'ma o'n i.'

'Be?' gofynnodd Idunn.

'Roedd Baldur yn mynd i lawr o'n blaena ni, yn cario Linus ar 'i gefn. Ac roedd hi yna, yn sefyll rhwng y ddau gwt yn fan'na. Welis i moni'n cyrraedd na dim.'

Roedd o wedi deud yr hanes o'r blaen, ond adra oedd hynny.

'Prin weld 'i hwynab hi yn y cwfwl o'n i,' aeth ymlaen. 'Ond mi wyddwn i mai arna i'r oedd hi'n edrach, nid ar Tarje na neb arall. Mi droth 'i hwynab fwya ara deg welist ti rioed i gyfeiriad y gogledd, ac yna troi'n ôl yr un mor ara i edrach arna i drachefn. Drannoeth ro'n i'n dechra 'i galw hi'n Aino, heb y syniad lleia pwy oedd hi, a hitha wedi 'nabod i o'r eiliad gynta un. Yn nes ymlaen pan ailddysgis i ddigon ar fy iaith mi ddudodd hi wrtha i mai dilyn hynt yr eryr oedd hi wrth syllu tua'r gogledd.'

Chwiliodd yr awyr, rhyw reddf yn ei gymell. Wrth droi ei olygon yn ôl o'r gogledd y gwelodd yr eryr yn dynesu o'r de-ddwyrain. Islaw, gwelai Linus a'i law ar ysgwydd Tarje ac yn siarad yn daer hefo fo.

Rai oriau'n ddiweddarach eisteddai'r chwech o flaen y babell, oedd wedi'i chodi gerllaw ble buasai drws y cwt mawr gynt, yn bwyta eu pryd o fwyd poeth cyntaf ers dyddiau. Doedd gan Tarje ddim i'w ddeud, dim ond eistedd yn llonydd gan edrych i'r tân drwy'r adeg, ac Eyolf a Linus yn edrych ar ei gilydd bob hyn a hyn a Linus yn derbyn ysgydwad pen cynnil Eyolf fel arwydd i adael llonydd iddo yn ei gragen am sbel. Roedd Lars ar lin Tarje, yntau hefyd wedi ymgolli yn y fflamau byw o'i flaen.

Doedd fawr o gysuro ar Ahti chwaith.

'Dy lusgo di yma i ddim,' meddai wrth Eir. 'Codi dy obeithion di i ddim.'

'Mae cyflwr y lle 'ma'n dangos dy fod di'n gywir,' meddai Linus.

'Pam nad ydyn nhw yma 'ta?'

'Maen nhw wedi ailfeddwl, 'tydyn?' meddai Eyolf. 'Mi fyddai gofyn i ti fod yn y fyddin o hyd i wybod hynny.'

'Ella na fasat ti'n gwybod wedyn chwaith,' meddai Linus wrth Ahti. 'Chlywis i'r un awgrym pan o'n i yn y pebyll. Ella mai newydd benderfynu rhoi'r gora i fa'ma maen nhw. Mae'n amlwg 'u bod nhw wedi penderfynu 'tydi, ne' fasan nhw ddim wedi mynd â'r corff hefo nhw.'

'Mae'n debyg bod rhywun ne' rwbath wedi perswadio'r Aruchben mor wallgo oedd 'i fwriad o,' meddai Eyolf, yn canolbwyntio ar y tân o'u blaenau, ond a'i feddwl ar anobaith newydd a diarth Ahti. 'Ella bod rhywun wedi llwyddo i ddangos rwbath syml iddo fo, rwbath fel mor amhosib oedd trio bwydo byddin mor fawr â honna mewn lle fel hyn.'

Edrychodd o gwmpas eto, yn rhannol i roi cyfle i Ahti gynnig rhyw bwt, ond doedd dim am ddod.

'Oeddach chi'n gwybod mai corff yr Uchben Anund 'na oedd ar yr elor pan welson ni nhw?' gofynnodd Eir. 'Oeddach, debyg.'

Hyd yma roedd hi wedi bod yn dawel, yn dal i edrych bob hyn a hyn ar weddillion y goelcerth fawr ac yn ystyried geiriau taer Linus ychydig ynghynt wrth iddo geisio ei hargyhoeddi ei bod yn amhosib fod esgyrn Gaut yn gymysg â'r lludw. Roedd pob greddf ynddi'n deud wrthi am gytuno.

'Roeddan ninna'n gwybod hefyd, fwy na heb,' meddai Idunn. 'Ac mae'n debyg fod Linus yn gywir,' meddai wrth Ahti. 'Mae'n ddigon posib mai'r diwrnod cyn i ni 'u gweld nhw y daru nhw benderfynu mynd o'ma. Mae gofyn i ti fod yn dduw ne'n ddewin i weld bai arnat ti dy hun.'

'A chditha hefyd,' meddai Eir wrth Tarje. 'Paid â gori.'

'Tasai...' dechreuodd o yn y man, yn dal i edrych i'r tân.

'Waeth i ti 'i chau hi ddim,' meddai Linus.

'Y?'

'Bob tro ti'n deud hynna mae 'na ryw ffwlbri colbio dy hun yn dod o dy geg di.'

'Mi'i caea i hi 'ta.'

Lled fwriadol oedd ymgais Linus i sgafnu tipyn ar y sgwrs. Roedd o wedi hen arfer â'r pyliau a gâi Tarje o weld bai arno'i hun am bopeth, pyliau a ddilynid yn ddi-feth gan gyfnod o ddeud dim ar wahân i ateb cwestiynau'n bytiog ac unsill. Ond roedd yn annymunol ddiarth gweld Ahti felly, ac roedd o wedi bod felly ers yr eiliad y gwelodd y lle. Roedd arnyn nhw angen ei gadernid.

Doedd dim llawer o arwyddion o hwnnw, a thrannoeth heliasant eu pac a chychwyn yn ôl tua'r dwyrain, heb fawr o syniad i ble'r aent nesaf. Ahti oedd y mwyaf tawel.

Doeddan nhw ddim yn gweld diben mewn ymguddio rhyw lawer wrth ddychwelyd ar hyd y dyffryn cul yr oedd yn amlwg fod y fyddin wedi'i dramwyo ryw dridiau ynghynt. Er nad oedd wedi deud wrth neb, roedd Linus yn benderfynol o ailwisgo ei wisg lwyd am noson os deuen nhw o fewn cyrraedd gwersyll, os na ddeuen nhw o hyd i gymdogaeth ynghynt. Gwyddai ei bod yn bosib na fyddai neb yn gwybod dim yn yr un o'r rheini chwaith, ond doedd dim dewis arall.

Yna aeth rhywbeth arall â'i sylw. Roedd eryr wedi codi oddi ar graig i'r chwith dipyn o'u blaenau ac wedi hofran mymryn cyn troi a hedfan tua'r de-ddwyrain. Pwniodd fraich Eir yn ysgafn a phwyntio tuag ato. Ond roedd hi eisoes wedi'i weld.

32

Gyda chefnogaeth y negesydd a ddaeth o'r Tri Llamwr, cwta awr a gymerodd i Egor ddarbwyllo ei dad a'i fam. Cychwynasant gefn nos, wedi trosglwyddo'r tŷ i ofal a pherchnogaeth nith.

''Bryd i rwbath fel hyn ddigwydd,' meddai Egor wrth iddyn nhw adael.

Roedd y negesydd wedi deud wrth Svend a Dämi mai rhyw leuad a darn y dylai'r daith i'r Saith Gwarchodwr ac yn ôl bara. Un gyda'r nos a Svend yn tybio bod yn rhaid i'r daith yn ôl bellach fod yn agos iawn i'w therfyn, eisteddai wrth ochr Bo ar y fainc y tu allan i'r tŷ. Wedi tridiau o law roedd sŵn yr afon i'w glywed yn gliriach nag arfer, yn gwadd y glust i wrando. Roedd Edda a Dämi a Svena wedi mynd draw at y rhaeadr am fod ar Edda isio ei weld o ar ddŵr mawr, ond ar ôl y diwrnod olaf o waith ar y stafell ager newydd yng nghefn y tŷ roedd Svend a Bo'n ddigon bodlon setlo ar y fainc, a gwledda mymryn ar wefr y cyflawni.

'Paid â 'ngham-ddallt i, ond mae gen i hiraeth weithia am dy glebar paldaruog di,' meddai Svend yn y man.

'Chdi dreuliodd gyfnod helaeth o dy oes yn deud wrtha i bob yn ail anadl am gallio o'r diwrnod y gwelist ti fi gynta tan i ni gyrraedd yma?'

'Ia, mae'n beryg. Wnei di fod yn Hebryngwr i mi?'

Dychrynodd Bo.

'Wnei di?' gofynnodd Svend wedyn.

'Mae 'na dri o dy ffrindia di yn ôl yn y gymdogaeth medda chdi,' meddai Bo.

'I chdi dw i'n gofyn.'

Bu raid iddo aros am fymryn wedyn hefyd.

'Gwnaf, debyg.'

'Rydan ni am briodi unwaith y bydd Egor a thad a mam Dämi

wedi cael 'u cyfla i nabod y gymdogaeth a phlethu iddi. Mae Dämi am ofyn i Edda fod yn Warchodes.'

'Ydach chi am gael Svena'n Warchodes hefyd?' Roedd Bo yn dod ato'i hun. 'Mi fyddai hynny'n wych.'

'Dydi pawb ddim mor anystyrllyd o arferion yr holl diroedd â chdi.'

A hynny a fu am ychydig. Y noson cynt wrth i'r pedwar fwyta a Svena newydd fynd i gysgu roedd Dämi wedi deud wrth Svend mai i lawr y rhaeadr y daethai i'r gymdogaeth. Roedd Svend wedi peidio â bwyta am eiliad, yna wedi deud yn ddigyffro nad herio yr un duw yr oedd hi. Leuad ynghynt, ni fyddai geiriau o'r fath wedi meiddio dod o'i geg.

Roedd y geiriau fymryn yn gyndyn o ddod rŵan hefyd.

'Y diwrnod hwnnw, pan welson ni gyrff y milwyr,' meddai.

Arhosodd Bo am chwaneg.

''Daeth neb i'w claddu nhw mae'n siŵr, naddo?' meddai.

'Wnest ti nac Edda ddim ffieiddio pan ddudis i 'mod i wedi bod yn hela crwydrwyr ysbail.'

Roedd llais Svend wedi tawelu bron i ddim.

'Mi welson ni dy lygaid di pan oedd y peth arall 'na'n hyrddio Tona i'r eira,' meddai Bo.

'Dydi hynny...'

'Ydi mae o.' Roedd llais Bo yr un mor dawel. 'Mae sŵn yr afon 'ma'n dristwch newydd i chdi. Mae o'n trio celu'r tristwch i mi.'

Gwrandawsant eto am ychydig.

'Mae'n debyg fod Edda wedi dechra gweld mymryn o synnwyr yn dy feddylia digyswllt di yn llawar cynt na fi,' meddai Svend toc.

'Isio i ti wrando'n iawn sydd. Chdi a dy ddigyswllt.'

'Rwyt ti'n dal i fethu tynnu dy lygaid oddi ar fan'na 'twyt?' meddai Edda yn ddiweddarach, yn edrych i'r un lle, a dim ond nhw'u dau ar y fainc.

'Mi ddigwyddodd.' Wyddai Bo ddim sut fath o ateb oedd hwnnw. 'Dyna fo,' meddai wedyn.

'Mae'n bryd i ni fynd.'

'Priodas,' meddai Bo, ei lais a'i feddwl yn flêr.

'Rwyt ti'n diodda ac rwyt ti'n trio 'i wadu o.'

'Sut medar neb ddiodda a chdi wrth 'i ochor o?'

'Paid â chymryd arnat. Dydi'r gori 'ma feunydd beunos ddim yn dy natur di.'

Claddodd Bo ei wyneb yn ei gwallt.

'Fûm i rioed fwy o ddifri.'

Buont felly am funudau hirion. Roedd Edda bron yn sicr ei bod yn teimlo rhyw dyndra mawr yn graddol ostegu a'r ddibyniaeth yn ailafael, yn union fel yr oedd wedi bod ers y diwrnod iddyn nhw gyrraedd yno. Wedi i'r eiliadau cyfrin hynny drosglwyddo'r cyfoeth o un i'r llall ymryddhaodd hi a'i dynnu ar ei draed.

'Tyd. Dw i isio 'i weld o eto. Mae o'n rhyfeddol ar ddŵr mawr.'

Nid esgus oedd y gorchymyn. Ac roedd yr eiliadau wedi gwneud eu gwaith.

Pan ddychwelasant o'r rhaeadr, y peth cyntaf a welsant oedd pynnau a sachau wrth y drws a chlywent sŵn lond y tŷ. Ond ddaru'r croesawu brwd ar y newydd-ddyfodiaid ddim atal Svend a Dämi rhag gweld a gwerthfawrogi dedwyddwch newydd mewn dau bâr o lygaid.

Roedd y crynu'n gorchfygu pob awydd. Doedd hyder Dämi a charedigrwydd pobl y Tri Llamwr ddim yn ddigon, ac roedd y penderfyniad cryf i'w alw ei hun yn Angard yn hytrach na Gaut yn troi'n llipa.

Roedd yn lled fodlon ei fod yn mynd i'r cyfeiriad cywir hyd y gwyddai, yn dewis y mynydd pellaf a welai i'r cyfeiriad hwnnw er mwyn anelu tuag ato pan nad oedd yr haul ar gael, neu'n gofalu fod y Seren Lonydd i'r chwith a mymryn i'w gefn pan fyddai'n teithio'r nos ar ôl gorfod ymochel yn ystod y dydd. Y diwrnod cynt cawsai flaidd yn gydymaith gydol y bore, yn cydgerdded beth pellter oddi wrtho ac yntau'n aros bob hyn a hyn i geisio ei ddenu'n nes, yn cofio mwy am watwareg ei boenydwyr yn y sach nag am hanes cefnder ei fam o Lyn Sigur. Roedd y milwyr wedi bod yn udo yn ei glust droeon a deud wrtho mai mynd yn fwyd i'r bleiddiaid oedd ei dynged, ac nad oedd neb a ddarfyddai ei fywyd felly'n cael mynd i blith y duwiau ac na fyddai ganddo galon ar ôl i roi carreg lefn drosti, heb sôn am gorff i'w ollwng i fedd. Ond wrth gerdded ar gyrion y coed roedd presenoldeb ei gydymaith yn gorchfygu pob gwatwareg ac yn adfer hyder. Tua chanol dydd ac yntau'n dechrau teimlo'n llwglyd, eisteddodd yng nghysgod llwyn. Dal i fynd yn ei flaen ddaru'r blaidd a thoc trodd a mynd i'r coed. Ni welodd mohono wedyn.

Ond rŵan unwaith yn rhagor ni fedrai wneud dim ond sbecian a chrynu.

Roedd golwg ddigon clên ar y dyn, yn canu byliau wrth fesur a thorri sgotal newydd i'w gwch ar lan y llyn. Llyn bychan oedd o ond gwelai Gaut gychod ar ei lan bellaf ac roedd yn amlwg fod cymdogaeth gerllaw er na welai mohoni. Roedd hen gwt heb ddrws arno ar lan y llyn fymryn heibio i'r dyn a'i gwch, a golwg druenus braidd ar dywyrch ei do. Roedd tŷ graenusach ei olwg y tu hwnt i'r cwt, yntau hefyd yn agos at lan y llyn ond ar fymryn o graig uwch ei ben. Roedd drws y tŷ'n agored ond ni welai Gaut unrhyw symudiad y tu mewn.

Arhosodd yno'n llonydd. Doedd cyfri'r dyddiau'n golygu fawr ddim os oedd y cyfeiriad ohoni. Ella ei fod wedi anelu ormod i'r gogledd, neu ormod i'r de. Dim ond wrth holi oedd cael gwybod. Daliai'r dyn i ganu wrth godi'r sgotal i'w hastudio a gadael i'w osgo gyfleu ei fod yn cymeradwyo ei waith ei hun. Roedd golwg ddibynadwy arno.

Stwyriodd Gaut. Roedd yn rhaid iddo gael gwybod rhywbeth. Chwiliodd yr awyr. Doedd yr eryr ddim yno. Syllodd eto ar y dyn. Gwrandawodd eto ar ei gân.

Ciliodd.

33

'Dydw i rioed wedi teithio i unman pell heb Svend,' meddai Edda.

'Mi ddown drwyddi,' cynigiodd Bo.

Doedd dim llawer o siâp teithio arno fo, a medd y briodas y diwrnod cynt yn dal â'i grafangau arno. Roedd llai fyth o siâp ar Egor wrth iddo fo ymlusgo o'r tŷ a disgyn ar y fainc wrth ochr Edda. Fo oedd wedi penderfynu fod dwyawr yn hen ddigon o amser i'w fam a'i dad ac yntau nabod y gymdogaeth a phlethu iddi, a thridiau wedi iddyn nhw gyrraedd roedd Dämi a Svend yn priodi.

'Gobeithio fod Svend yn well am wneud plant nag ydi o am wneud medd,' griddfanodd. 'Ne' Oliph ne' pa dduw bynnag sy'n mynd â'i ffansi o y dyddia yma a helpo Svena fach, druan.'

'Mi ge's i dipyn go lew o'r medd hefyd,' meddai Edda. 'Dw i'n iawn.'

'Dyna chdi. Edliwia tan ddydd dy briodas dy hun. Bo druan.'

'Nid medd Svend oedd o,' meddai Bo. 'Dydan ni ddim wedi cael cyfla i wneud peth.'

'Nid bregliach pobol wedi cael ochor glywsoch chi neithiwr,' meddai Egor ar ôl ennyd o gau ei lygaid. 'Mae 'na ddigon o le a chroeso i chi yn y gymdogaeth.'

'Dydi hynny...' dechreuodd Bo.

'Ydi. Rwyt ti wedi teithio mwy o diroedd na neb yma, er bod un ne' ddau ohonyn nhw bedair a phum gwaith dy oed di. Weli di fawr ddim yn newydd bellach. Ac os oedd y fyddin ar d'ôl di pan oeddat ti'n dengid o 'cw go brin 'i bod hi wedi rhoi'r gora i chwilio amdanat ti. Dw i wedi cael digon o hanesion y gochal y buo'n rhaid i chi 'i wneud gydol eich siwrna o'r Pedwar Cawr, heb sôn am y lol 'na yn y Saith Gwarchodwr.'

'Mae gynnon ni deuluoedd,' meddai Edda.

Gwyddai fod Egor yn gwybod cystal â hithau nad hynny oedd ar ei meddwl.

'Perwch i negesyddion fynd i'w cyrchu nhw,' meddai Egor.

'Maen nhw'n mynd yn feunyddiol, debyg,' meddai Bo. 'Be 'di'r lleuada rhwng fa'ma a'r Pedwar Cawr ac wedyn Llyn Helgi Fawr ond chwinciad?'

Ond roedd Egor wedi trefnu'r ateb i hynny.

'Mi wn i am ddau sy'n nabod y tiroedd ac yn fodlon mynd. Mi eith un at y Cewri a'r llall tua'r llyn os bydd 'na stafall ager newydd iddyn nhw bob un yn 'u cartrefi pan ddychwelan nhw. Rwyt ti'n godwr stafelloedd ager tan gamp.'

'Pryd trefnist ti hyn?' gofynnodd Edda.

'Ddoe.'

'Mae'n rhy drist yma,' meddai Edda. 'A does dim gorchfygu arno fo.'

'Do'n i ddim yn disgwyl atab arall, 'sti,' meddai Egor yn y man. 'Ble setlwch chi?'

Roedd Bo i'w weld yn meddwl cyn ateb, yn sylwi nad oedd Edda am gynnig. Doedd o ddim yn edrych arni, ac ni welodd yr ansicrwydd sydyn ac annodweddiadol ar ei hwyneb.

'Mae gen i bedair chwaer adra,' meddai. 'Does dim siâp crwydro arnyn nhw. Mi fydd Mam yn iawn am gwmni teulu tra bydd hi. Dim ond Edda sydd gan Helge. Ac mae o ac Amora'n wych hefo fi. A Tona.'

Cododd Edda ei llygaid.

'Pryd penderfynist ti hynna?' gofynnodd.

'Pan welis i chdi gynta un.'

'On'd ydi o'n gall?' meddai Egor. Trodd at Bo. 'Wyt ti'n dal i fod â dy fryd ar gyrchu Mynydd Trobi a'r tu hwnt iddo fo?' gofynnodd.

'Ella.' Rhwng y cwestiwn a'r medd roedd Bo'n swnio'n synfyfyriol. 'Chdi sydd i benderfynu,' meddai wrth Edda.

'Mae hynny o synnwyr sy gen i y tu ôl i'r blewiach 'ma'n deud na ddylach chi ddim cael mynd eich hunain,' meddai Egor.

'Mae Aino wedi deud fod y tiroedd yn wag nes down ni i olwg y mynydd, ac mae Gaut wedi profi hynny' meddai Bo.

'Yn wag o bobol ella. Be am y bleiddiaid a ballu?'

'Mwya'n byd o fleiddiaid, lleia'n byd o filwyr. Ac mi elli fentro fod 'na fwy o filwyr yn chwilio am Gaut nag amdana i. Mi gyrhaeddodd o yma'n ddianaf.'

'Mae gan hwn atab i bob dim,' meddai Egor.

'Does gen i ddim atab i ddim byd,' meddai Bo.

'Paid â bod mor ddibris ohonat ti dy hun, gyw llgodan.' Cododd Egor ac ailfeddwl y munud hwnnw. Eisteddodd. 'Os ydach chi am anelu tuag at Fynydd Trobi dw i'n dŵad hefo chi. Oes raid i chi fynd yno?'

'Mi ge's i gusan gan Louhi nes 'mod i'n gwegian.' Roedd llais Bo yr un mor synfyfyriol â chynt. 'Mae arna i un iddi.'

'Hogyn sydd â'r fyddin am 'i waed o'n mynd hefo'i gariad am leuad a rhagor drwy bob math ar beryglon yn unswydd i gusanu rhywun arall. Wel ia.'

'Ond os ydan ni'n mynd yno a bod Aarne a'r lleill yn derbyn y wŷs i ddychwelyd hefo ni i briodas Eyolf,' aeth Bo ymlaen fel tasai o heb ddeud dim arall, ond yn llawn werthfawrogi llygaid Edda, 'mae'n ddigon posib na fyddan ni'n dychwelyd yr un ffor. Mae Aarne wedi crwydro'r holl diroedd. Mi ŵyr o y ffor hwylusa.'

'Dydi hynny nac yma nac acw. Mi fedraf gerddad yn ôl, debyg.'

'Ers pryd wyt ti'n rhy hen i'r fyddin dy gipio di?'

'Mi fedra inna osgoi petha hefyd.'

'Ddaru neb drio dy gael di i'r fyddin?' gofynnodd Edda.

'Mi ofalis nad o'n i ar gael pan oeddan nhw'n dŵad i hela. Mae'r coed yn hwylus iawn amball dro, fel gwyddoch chi.' Stwyriodd Egor eto i godi. 'A 'dân nhw ddim â phawb prun bynnag, ne' fydd 'na neb ar ôl i dadogi'r milwyr nesa. Yn bwysicach fyth, fydd 'na neb ar ôl i dadogi'r gelyn nesa.'

Cododd. Griddfanodd.

'Os ydach chi'n mynd i gyrchu'r bobol 'na, y peth cynta fydda i'n 'i wneud ar ôl cyrraedd yn ôl yma fydd dysgu'r bobol 'ma sut i wneud medd.'

'Dw i'n iawn,' meddai Edda.

'Bo druan bach.'

Canolbwyntiai Edda ar lastorch oedd newydd ddod o'r coed i'r llain yr oedd sylw cyson Bo arno. Blasodd y lastorch y borfa yma a thraw. Cododd ei phen yn sydyn a sboncio yn ôl i'r coed. Chwiliodd Edda yr awyr. Dynesai hebog mawr o gyfeiriad y rhaeadr ond ni chredai hi y byddai'r lastorch wedi gallu ei weld o ble'r oedd hi ac mai fo oedd wedi ysgogi'r sboncio, os nad oedd rhyw reddf wedi rhybuddio'r lastorch. Nid dyna oedd chwaith. Daeth y rheswm yn amlwg ymhen eiliad wedyn. Cododd y llwynog oedd wedi sleifio drwy dociau brwyn yng ngwaelod y llain wib a rhuthrodd yntau i'r coed ar lwybr y lastorch. Troes Edda ei golygon yn ôl ar yr hebog.

''Dan ni'n cychwyn fory,' meddai.

'I ble?' gofynnodd Egor.

'Mynydd Trobi.'

'Mi a' i i hel 'y mhetha 'ta os llwydda i i atgyfodi cyn nos. Dw i'n dŵad hefo chi.'

'Iawn. Mae'n hen bryd i'r tri 'ma gael 'u tŷ iddyn nhw'u hunain.'

'Rwyt ti'n rwdlan rŵan. Mae'r tri wrth 'u bodda eich bod chi'ch dau yma, ac mi wyddost hynny.' Trodd Egor at Bo. 'Wyt ti am ddeud rwbath?' gofynnodd.

'Ia. Mi awn ni.'

Ar Edda yr edrychai Bo, ac ni throes ei olygon yn ôl at y llain tir.

34

Y tro hwn roedd Eyolf hefo Linus. Dyna oedd yr amod.

Daethai Ahti i'r casgliad fod gosgordd cludo corff Uchben Anund wedi dod i ben a bod y corff bellach yn cael ei gludo'n fwy dirgel a disylw i ble bynnag yr oedd y fyddin yn mynd â fo. Pan ddaethant ar draws byddin yr osgordd heb yr elor na'r corff dridiau ynghynt doedd ganddyn nhw ddim dewis ond aros i ochel. A phan glywodd Linus yr amod, yn gwybod na ellid ei chyflawni gan nad oedd gan Eyolf wisg lwyd, roedd wedi ailwisgo ei un o ac wedi sleifio i'r gwersyll gefn nos i gael un arall.

Gefn dydd golau, cafodd Eyolf ac yntau ddigon o amser i ddewis eu milwr wrth i'r fyddin stryffaglian yn ôl o'r drin. Câi rhai milwyr eu cario, eraill eu hanner llusgo. Disgynnodd un yn waed i gyd yn union o dan ble'r oedd y ddau'n gwylio. Daeth milwr arall ato a phlygu drosto am eiliad cyn ei adael. Doedd neb yn arthio ar neb, neb yn lluchio gorchmynion.

'Hwnna,' amneidiodd Linus.

Roedd y milwr yn hŷn na'r rhan fwyaf o'r dychweledigion, a hongiai ei arf yn llipa yn ei law wrth iddo gerdded wrth ei bwysau a'i ben wedi gwyro mymryn, fel crymanwr yn dychwelyd o'i lafur ar ddiwedydd tesog. Ni chymerai sylw o neb.

'Rwyt ti braidd yn rhy lesg,' meddai Eyolf wrth i'r ddau ddod o'u cuddfan. 'Cofia fod arnat ti isio bod yn ddigon cry i siarad a holi.'

'O, ia.'

Cymedrolodd Linus ei osgo. Ychydig gamau ymhellach daethant at y milwr oedd newydd farw yn ei waed. Plygodd Linus ato, a chan gymryd arno chwilio am guriad calon plannodd ei law rydd yn y gwaed a'i daenu hyd ei wisg a tharo slempan arall ar ei dalcen a'i foch.

'Does dim angan i ti waedu hefyd,' meddai.

Aethant ymlaen i ganol y milwyr. Doedd neb yn cymryd sylw o neb, ar wahân i'r rhai oedd eisoes mewn criw neu'n un o ddau. Roedd ambell un yn siarad a neb yn cymryd sylw. Roedd ambell un yn canu, un yn cerdded o gwmpas wrth wneud hynny, a'i lygaid yn ei fyd ei hun. Roedd ambell griw yn sgwrsio. Trodd y milwr oedd yn cerdded a chanu tuag atyn nhw. Gam neu ddau wedyn disgynnodd ar ganol nodyn a thawodd. Daeth Gorisben ato a dal ei droed wrth ochr ei wyneb i'w droi i gael gwell golwg. Tynnodd ei droed yn ôl a cherddodd ymaith.

Aethai'r milwr yr oeddan nhw wedi'i ddewis i eistedd ar greigan, ei arf yn hongian yn ei law o hyd. O'i weld yn agos fel hyn roedd yn amlwg yn un o'r hynaf oedd yno. Prin gymryd sylw ohonyn nhw ddaru o.

'Mae'n iawn arnoch chi, cybia,' meddai, fel tasan nhw ar ganol sgwrs. 'Mae gynnoch chi flynyddoedd o hyn, os na fydd y gwyrddion wedi rhoi taw arnoch chi.'

'Ddoe daethon ni yma,' meddai Eyolf ar ôl eistedd ar y gwellt. 'Dim cyfla i gael ein traed danan.'

'Wyt ti ddim wedi ymladd o'r blaen ne' rwbath?'

'Do. Dim ond na chawson ni gyfla i wybod lle'r oedd y gatrawd wedi bod nac i ble mae hi'n bwriadu mynd.'

'Fyddai trigfan y gwiddonod meirw ddim yn ynfytach lle i fynd iddo fo na'r lle y daethon ni ohono fo, waeth gen i pwy glyw.'

Doedd yr her yn y geiriau ddim i'w chlywed yn y llais.

'Dipyn o ddeud,' cynigiodd Linus, yn dal i edrych o'i gwmpas. Yna eisteddodd yntau ar y gwellt. Roedd rhyw gynnwrf bychan. 'Lle oedd fan'no, felly?'

'Y lle mwya dinad-man y medra neb fod yn'o fo. Mae o'n ddigon uchal i drywanu'r sêr ohono fo. Weli di fawr o ddim arall i'w wneud yno. Ynfydion.'

'Be oedd yno i chi fod yno?' gofynnodd Eyolf.

'Y Mab Olynydd, 'te? Hynny oedd ar ôl ohono fo.'

'Oeddach chi'n gwarchod fan'no?' gofynnodd Linus, yn llawn o'r edmygedd diniwed gorau y medrai ei gronni. 'Chi oedd yn codi'r adeilad?'

'Gymri di'r arf 'ma drwy dy gorun, y gath frech?'

'Mae 'na rwbath wedi digwydd yno 'toes?' meddai Eyolf.

'Mae'r Aruchben 'na'n dechra colli 'i afael, 'tydi? Fo a'i haid. Coffáu'r Mab Olynydd. Chlywodd y duwiau rioed y fath lol. Yr unig beth sy 'na ar ôl yno ydi coelcerthiad o wyrddion.'

'Pam ddaru nhw ailfeddwl?' gofynnodd Eyolf.

'Pa obaith oedd gan y ffyliad a'r duwiau yn 'u herbyn nhw? Fedran nhw ddim hyd yn oed gadw cybyn mewn sach.'

Poerodd. Osgôdd Eyolf lygaid Linus.

'Cybyn be?' gofynnodd.

'Y cybyn, 'te? Wedi'i ddal leuada ynghynt. Mi wyddoch am hwnnw, debyg, cyn ddylad ag ydach chi.'

''Dan ni wedi bod tua'r gogledd-ddwyrain 'na am hydoedd,' meddai Eyolf ar ôl mentro cip ar lygaid Linus. 'Rhyw lefydd digon dinad-man yn fan'no hefyd. Neb i ddŵad â negeseuon na dim. Pa gybyn, felly?'

'Yr Aruchben wedi bod yn chwara yn y coed.' Roedd goslef egluro wrth blant yn llais y milwr. 'A phan glywodd o ymhen y blynyddoedd bod 'na gybyn wedi dŵad o hynny ac mai hwnnw oedd yn gyfrifol am dynged y Mab Olynydd, mi orchmynnodd 'i fod o i gael 'i gludo ato fo mewn sach iddo fo gael datod 'i wddw fo.'

''I fab o'i hun, felly?' gofynnodd Eyolf, am fod y milwr wedi bodloni ar ei eglurhad.

Cododd y milwr y mymryn lleiaf ar ei arf i bwysleisio.

'Roedd y cybyn wedi addo pob math o betha i'r Llwfr Lofrudd, ac mi aethon nhw ati hefo'i gilydd. Mi ddaru'r cybyn dynnu sylw'r Mab Olynydd ddigon i'r Llwfr Lofrudd sleifio ato fo i dorri twll yn 'i wddw fo, a hwnnw'n dwll y gwelat ti drwyddo fo.'

Daliai Eyolf i osgoi llygaid Linus.

'Pam ddudoch chi na fedran nhw mo'i gadw fo mewn sach?' gofynnodd Linus.

'Nid y duwiau ddaru agor ceg y sach a'i dynnu fo o'i raffa gefn nos, naci?'

'Pa bryd oedd hyn?'

'Bedwar ne' bum lleuad yn ôl bellach. Tua'r de-orllewin 'cw yn rwla.'

'A chlywyd dim mwy o'i hanas o?' gofynnodd Linus.

'Naddo, debyg.' Cododd y milwr. 'Ond dyna fo. Waeth gen i amdano fo na neb bellach. Dw i wedi ymladd 'y mrwydr ola.'

'Ble dach chi'n byw?' gofynnodd Linus.

'Lle mae 'nhraed i arno fo ar y funud. Yn fan'no dw i wedi byw erioed.'

Aeth tuag at y pebyll ym mhen pellaf y llain, yr un mor araf a hamddenol â chynt.

Cododd Linus.

'Doedd o ddim yn paldaruo am y sach,' meddai. 'Mi holan ni ragor.'

Edrychodd Eyolf o'i amgylch. Roedd o wedi canolbwyntio cymaint ar y milwr fel nad oedd wedi sylwi fod y llain wedi llenwi cryn dipyn. Yna sylwodd fod Uwchfilwyr a Gorisbeniaid yn mynd o amgylch gan aros yn ymyl milwyr, yn unigol ac mewn criwiau.

'Mae'n well i ni 'i gl'uo hi,' meddai. 'Mi anelwn ni at y cyrff. Mi wneith hynny esgus iawn.'

Er mai nhw ill dau oedd yr unig rai i'w gweld yn mynd yn groes i bawb arall, chymerodd neb sylw. Plygodd y ddau wrth bob milwr oedd yn gorwedd, y naill na'r llall heb ystyried yr ymbil a ddeuai o ambell geg o gael sylw.

'Mi ddaw 'na rywun atat ti rŵan,' meddai Eyolf wrth y cyntaf.

Dyna a ddywedwyd wrth bob un. Erbyn iddyn nhw gyrraedd cwr y coed roedd Linus yn ddigon gwelw. Chwiliodd Eyolf y llain eto cyn gafael yn ei fraich a diflannu hefo fo i'r coed.

'Ofer?'

Neidiodd Eyolf. Trodd, ei arf i fyny, a gweld Tarje'n dod o'r tu ôl i goeden.

'I be dilynat ti ni?' gofynnodd.

'Amlwg, 'tydi?' Daeth Tarje heibio i Eyolf ac at Linus, oedd yn pwyso'n ddiymadferth yn erbyn coeden. Gafaelodd yn ei ysgwydd. 'Chei di ddim gwneud hyn eto.'

'Dw i ddim yn credu y bydd angan,' meddai Eyolf.

'Paid â thaflu dy wisg lwyd,' meddai Linus wrth Eyolf.

'Mae hi'n mynd,' meddai Tarje wrtho.

Doedd dim gair o feirniadaeth wedi dod o'i geg, dim ond gwerthfawrogiad a'r cyfeillgarwch yr oedd fel rheol mor gyndyn o'i ddangos.

'Mae'n rhaid i ni gael cadarnhad,' meddai Linus. 'Roedd o'n malu gormod o awyr i ddibynnu arno fo. Mae'n well i ni fod heb wybodaeth o gwbwl na chael ail.'

'Mae dy wisg lwyd di'n mynd i'r fflama,' meddai Ahti.

Roedd yntau hefyd wedi penderfynu. Roeddan nhw wrthi'n bwyta, a wyneb Lars yn blastar o'i fwyd wrth iddo fynnu cipio'r llwy oddi ar Linus bob cyfle a gâi, a Linus yn ei deimlo ei hun yn dibynnu ar y corff bychan cynnes cadarnhaol ar ei lin i'w atgyfnerthu ar ôl ei fethiant hefo pob milwr oedd yn gorwedd yn y llain. Roedd Idunn fel pob tro wedi tyrchu i'w grombil a chael ei deimladau i gyd ohono dim ond am ei bod wedi gweld ei wyneb y munud y dychwelodd.

Roedd Eir ac Eyolf yn bwyta'n dawel, fo'n teimlo ei fod yn well na Linus am guddio. Eir oedd wedi bod dawelaf wrth i bawb drin a thrafod geiriau'r milwr drosodd a throsodd gydol y pnawn.

'Does dim angan i ti fynd eto,' meddai wrth Linus, yn methu peidio â gwenu wrth weld llwyaid arall o fwyd yn mynd i bobman ond i geg Lars. Yna sobrodd. 'Mae o wedi deud wrthan ni i ba gyfeiriad i fynd ers y pnawn y cychwynnon ni o'r lle 'na.'

'Pwy?' gofynnodd Tarje.

'Wnei di ddim coelio.'

35

'Dw i ddim yn gwirioni llawar ar 'i flas o,' meddai Bo.

'Dwyt ti ddim i fod i wirioni ar 'i flas o, y llwdwn,' meddai Egor. 'Rwyt ti'n ddigon gwallgo fel rwyt ti.'

'Be sy 'nelo hynny â'r peth?'

'Mae pawb sy'n yfad dŵr môr yn mynd yn wallgo.'

'Mae'n well gen i ddŵr y llyn.'

Doedd Bo ddim yn rhy hoff o'r tonnau, er nad oeddan nhw hanner mor ddireol â'r hyn roedd Aino wedi'i blannu yn ei ddychymyg. Er hynny, teimlai ei hun yn ymlafnio yn hytrach na nofio ac roedd yn amlwg ar Egor ei fod yntau mewn newyddfyd. Doedd Bo ddim wedi gweld golwg beryglus ar y traeth chwaith, ac roedd yr adar a bigai'r tywod trai wedi bod mor ddi-hid ohonyn nhw wrth iddyn nhw gerdded ar hyd-ddo â tasan nhw'n ei gerdded bob awr o'r dydd.

Roeddan nhw wedi cyrraedd yr arfordir uwchben bae cynnil, braidd ormod i'r de gan eu bod wedi gorfod osgoi'r fyddin werdd ddeuddydd ynghynt. Roedd y traeth odanyn nhw'n dywod gan mwyaf, gydag ambell ddernyn o graig yn codi'n isel yma a thraw a phyllau ger eu godre. Pigai'r pibyddion prysur eu ffordd ar hyd y tywod yn nes at ble torrai'r tonnau. Roedd mwy o greigiau ym mhen gogleddol y bae nag yn y pen arall, yn lympiau cregynnog yma a thraw hyd y tywod ac yn y môr. Ychydig y tu hwnt iddyn nhw ymestynnai clogwyn i'r môr, a gwelent geg ogof yn ei ganol rhwng y pytiau creigiau. Gwelai Edda hi'n gwahodd.

Roedd hi wedi dygymod â'r tonnau yn llawer cynt na Bo ac Egor ac wedi darganfod bron ar ei hunion sut i'w defnyddio yn hytrach na'u hymladd. Roedd wedi mynd dipyn o flaen y ddau a throai bob hyn a hyn i wenu ar yr ymdrechion carbwl o'i hôl.

'Fasat ti'n mynd i nofio mewn Llyn Cysegredig?' gofynnodd
Bo yn sydyn.

'Fasat ti'n mynd i nofio ynghanol boncyff y dderwen?'

O'u blaenau, anelai Edda rhwng dwy o'r mân greigiau tuag
at geg yr ogof. Gwelodd ei bod yn ddigon llydan i dri nofio
ochr yn ochr iddi, a stelciodd yno i aros. Wrth wneud hynny
aeth rhywbeth arall â'i sylw. Doedd yr ogof ddim fel y ddwy
ar lethrau deheuol Mynydd Corr, y llethrau uwchben y Llyn
Cysegredig. O edrych ar y rheini o'r tu allan roeddan nhw
i'w gweld yn tywyllu o fewn dim. Ond roedd hi'n gallu gweld
ochrau'r creigiau ymhell i mewn i hon, ac roedd yn amlwg ei
bod yn troi tua'r traeth ymhellach i mewn.

'Mae'n debyg bod rhyw dduw neu'i gilydd yn gwahardd neb
rhag nofio ogofâu,' meddai Bo cyn cychwyn ymlaen.

'Deud wrtho fo fod y duwia'n adfywio cred pawb sy'n mynd
i mewn iddyn nhw,' meddai Egor.

Arhosodd Edda wrth geg yr ogof i edrych eto ar y traeth a'r
tir uwch ei ben. Er ei bod yn amlwg nad oedd neb ar y cyfyl
roeddan nhw wedi cuddio eu dillad a'u pynnau dan graig ym
mhen ucha'r traeth, oedd yn gerrig i gyd yn y fan honno. Safodd
i geisio teimlo'r gwaelod dan ei thraed ond roedd y dŵr yn rhy
ddyfn i hynny. Aeth ar ôl Bo ac Egor i'r ogof, nhw ill dau bellach
yn dygymod yn well gan fod wyneb y dŵr yn fwy o gythrwfwl
di-ffurf nag o donnau pendant wrth iddyn nhw fynd ymhellach
i mewn. Gwrandawodd hi am sŵn tonnau'n torri yn yr ogof ond
doedd hynny ddim i'w glywed.

'Mae hi'n g'luo yna,' meddai. Nofiodd ymlaen beth. 'Mae 'na
agoriad yn fan'cw. Mae'r ogo'n mynd drwy'r clogwyn.'

'Well i ni bwyllo rhyw fymryn,' meddai Egor, yn gweld wrth
iddynt fynd ymlaen fod ceg yr ogof o'u blaenau cyn lleted ag yr
oedd hi yr ochr arall. 'Paid â rhuthro ohoni,' meddai wrth Bo o'i
weld yn dechrau mynd yn gyflymach.

'Dim ond busnesa.'

'Nofia gyda'r ochor 'ta. Aros,' ailfeddyliodd Egor, 'does 'na neb yn chwilio amdana i.'

Nofiodd heibio i Bo. Aeth yntau ar ei ôl am ychydig cyn troi a nofio'n ôl at Edda. Wrth iddo ddynesu sylwodd hithau eto cymaint roedd ei lygaid wedi tawelu, a hynny'n cael ei gadarnhau rywfodd gan led-dywyllwch yr ogof. Pan oeddan nhw yn y Tri Llamwr, pyliog oedd y dedwyddwch oedd wedi'i amlygu ei hun y gyda'r nos honno y cyrhaeddodd Egor a'i rieni. Diflannai bob tro y deuai Bo i olwg y llain o flaen y tŷ. Doedd dim arwydd o'r tryblith hwnnw yn ei lygaid wrth iddo gyrraedd ati rŵan. Gafaelodd amdani, gan ddibynnu ar ei draed a'i goesau i'w cadw uwchben y dŵr, yn union fel roeddan nhw wedi'i wneud yn y Llyn Cysegredig.

'Mae cariadon y traetha'n cusanu yn y môr ac odano fo,' meddai o, y llygaid ar lygaid yn cyfleu popeth. 'Meddylia am genhedlu plentyn ynghanol yr ogo 'ma.'

'Na wnei, y bwncath.'

'Ia, do'n i ddim yn sôn amdanon ni, nac o'n?'

'Nac oeddat, debyg.'

Sugnodd Edda gegiad o ddŵr a'i chwalu dros ei wyneb. Cusanodd o mor swnllyd ag y medrai cyn ymryddhau a nofio ar ôl Egor, yn benderfynol braf y byddai blas dŵr y môr yn rhywbeth dymunol i'w gofio y tro nesaf y byddai'n mynd i nofio Llyn Borga.

Arafodd Egor wrth gyrraedd ceg yr ogof a chadwodd yn dynn wrth y graig. Chwiliodd ei draed am y gwaelod a'i gyrraedd yn hawdd. Safodd. Roedd ei ben a'i ysgwyddau uwchlaw'r dŵr, ac roedd y tywod a'r graean yn braf o dan ei draed. Camodd gamau bychain gofalus tuag at geg yr ogof. Arhosodd, a throdd i amneidio ei rybudd i Edda a Bo â'i law. Edda ddaru ennill y ras fechan a safodd wrth ei ochr a gosod dwy law naturiol braf ar ei ysgwydd i sbecian hefo fo. Dim ond eiliad y parodd ymateb cyntaf Egor, ond am yr eiliad honno roedd yn angerddol eiddigeddus o Bo. Calliodd.

Roedd ceg yr ogof dipyn yn nes at y traeth na cheg yr ochr arall. Traeth tywod rhwng dau glogwyn oedd o, yn hwy a llawer culach na'r llall. Doedd dim creigiau yn ei ben uchaf, dim ond y tir yn codi'n raddol at y gymdogaeth, ac un llwybr llydan yn mynd ohono i'w chanol. Roedd pobl a phlant ar y traeth, er nad oedd neb yn y dŵr. Ond roedd sylw pennaf y tri fel ei gilydd ar y ddau filwr llwyd.

'Well i ni fynd i nôl ein petha,' meddai Bo wedi i'r tri fod yn syllu ar y traeth a'i bobl am ychydig, ac Egor yn ymwybodol o hyd o ddwy law ar ei ysgwydd.

'Dowch 'ta,' meddai Edda.

Nofiodd y tri'n ôl drwy'r ogof, yn dipyn mwy gochelgar a pharod na chynt, ac aros wrth ei cheg yr ochr arall rhag ofn. Ond roedd y traeth hwnnw'n wag o hyd.

'Yn enw Oliph, deud wrth hon nad ydi o'n beth call i hogan noethlymun blannu dwy law ar ysgwydd rhyw druan fel fi, yn enwedig mewn ogo,' meddai Egor wrth Bo pan oeddan nhw'n gwisgo amdanyn.

'Mi chwiliwn ni am hogan na fydd arni ofn treulio 'i hoes yn ymlafnio drwy dy farf di,' meddai Edda.

'Ella bod gan un o'r milwyr 'na awgrym ble cei di un,' meddai Bo. 'Be wnawn ni?'

'Trio cael rhyw syniad faint o filwyr sy 'na,' meddai Edda.

'Mae'n ddigysgod hyd y topia 'na,' meddai Egor, ond a'i feddwl ar ddihidrwydd braf y ddau o'i sylw cynharach.

Brysiodd Bo i orffen gwisgo amdano.

'Doedd y ddau 'na ddim i'w gweld yn gwasgaru 'u gwrhydri hyd y lle,' meddai. 'Dw i am fynd i gael sbec. Pum galwad y deryn swnllyd os bydda i eich angan chi.'

'Maen nhw'n chwilio amdanat ti, greadur,' meddai Egor.

'Mi ddudodd Helge bod 'y nghael i i ochal rhag 'y nghysgod yn llawar mwy o hwyl iddyn nhw na 'nienyddio i.'

Doedd dim gwaith dringo ar y darn clogwyn y tu ôl iddo ac ar ôl ychydig o hynny roedd Bo'n gallu cerdded i fyny. Anelodd ar hytraws ar dir oedd yn ddi-goed a dilwyni ar wahân i fymryn o eithin mân a swil yma a thraw. Aeth yn ei flaen nes i dai pellaf y gymdogaeth ddod i'r golwg. Roedd y tir mor ddigysgod fel mai ffolineb fyddai iddo grafangu ymlaen ar ei fol. Eisteddodd ar y gwellt, a symud ymlaen felly yn araf bach nes i'r traeth ymddangos odano. Doedd na byddin na gwersyll yn y golwg ac roedd yn amlwg fod y ddau filwr islaw yn rhan o'r gymdogaeth. Gwyddai o sgyrsiau ei dad a'i brofiad ei hun nad oedd milwyr cyffredin yn cael mynd adref bob hyn a hyn fel yr Uchbeniaid. Roeddan nhw'n cael mynd adref i gael eu hymgeleddu ac i wella os oeddan nhw wedi'u clwyfo o fewn cyrraedd eu cartrefi, neu'n cael aros am sbelan mewn cymdogaeth ddiarth os oeddan nhw wedi'u clwyfo o fewn cyrraedd iddi a bod yno rywun oedd yn fodlon eu hymgeleddu, fel oedd wedi digwydd hefo Svend. Daliodd i syllu arnyn nhw. Ella mai gweddillion llongddrylliad oeddan nhw, fel Eyolf a Linus.

Roedd plentyn ar y traeth yn pwyntio tuag ato ac yn tynnu sylw'r lleill. Trodd yntau'n araf i wynebu'r môr i gymryd arno nad busnesa'r oedd o. Cyn hir, cododd, a dal i syllu i'r môr am ychydig cyn troi wrth ei bwysau eto a dychwelyd tua'r clogwyn.

Pan ddychwelodd i'r traeth roedd Egor yn eistedd ar y cerrig ac yn chwarae'n freuddwydiol hefo nhw. Roedd Edda wedi mynd draw at nant fechan a lifai i lawr y graig cyn ymgolli yn y cerrig. Roedd wedi tynnu amdani drachefn a daliai gawg wrth y graig i'w lenwi â dŵr a'i dywallt ar ei phen gan rwbio ei gwallt yn drwyadl cyn ail-lenwi'r cawg.

''I gwallt hi'n sychu'n gras medda hi,' meddai Egor. 'Mi ofynnodd i mi 'i helpu hi. Mi ddudis i wrthi hi am fynd i ganu.'

'Pam?' gofynnodd Bo mor ddiniwed ag y medrai.

'Yn enw Oliph, mae edrach arni'n ddigon, heb fynd i'w mwytho hi. Na wna i, yr hulpan, medda fi wrthi. Beryg i ti gael babi hefo barf.'

'Diolch i ti am ddŵad hefo ni.'

Wyddai Bo ddim pam roedd o'n teimlo mor gry fod angen iddo ddeud hynny.

'Maen nhw wedi 'ngweld i,' meddai wedyn, yn sylwi fod Egor fel tasai o wedi dychryn braidd o glywed ei ddiolch.

'Pobol y gymdogaeth?'

'Ia. Mae'n well i ni fynd yno felly, 'tydi, ne' mi ân nhw i ama a dechra chwilio a rhyw lol.' Teimlodd ei wallt. 'Ydi mae o'n sychu'n gras.'

Aeth at Edda i olchi ei wallt. Arhosodd Egor fodlon ble'r oedd.

Doedd yr un llwybr i lawr y llethr tuag at y gymdogaeth ond y ffordd hwylusaf o'i dramwyo oedd anelu tuag at y traeth. Egor oedd ar y blaen ac roedd o'n gwneud ei orau i geisio cuddio Bo ac Edda y tu ôl iddo. Roedd bron bawb wedi troi i edrych arnyn nhw, ac wedi busnesa mymryn eu hunain roedd y ddau filwr wedi dychwelyd at eu sgwrs.

'Da bo eich dydd, bawb,' cyfarchodd Egor.

Daeth murmuron cyffelyb yma a thraw a daeth yn amlwg mai yng ngwallt Edda'r oedd y diddordeb pennaf pan ddaeth hi i'r golwg yn iawn. Daliai Egor i geisio cadw ei hun rhwng Bo a'r ddau filwr.

'Mae dieithriaid o'r de'n anghyffredin iawn yma,' meddai'r henwr penwyn oedd agosaf atyn nhw. 'O ble daethoch chi?'

'O dramwyo'r tiroedd sydd tua'r dwyrain,' atebodd Bo.

Ni welodd y milwr oedd â'i gefn atyn nhw'n troi ei ben yn sydyn.

'Wel tawn i'n Hynafgwr!' ebychodd y milwr.

'Be sydd?' gofynnodd y llall.

'Mae tiroedd a thiroedd,' meddai'r henwr. 'O ble'n union daethoch chi?'

'Glywsoch chi am y Saith Gwarchodwr a'r Tri Llamwr?'

'Mi glywsom y chwedlau.'

'Mae Egor 'ma newydd fudo o un i'r llall.'

'Mae croeso i chi yma weddill y dydd a heno.'

Roedd yr amheuaeth wedi diflannu.

'Na, mi awn ymlaen,' meddai Bo. 'Rydan ni ar frys braidd.'

'Doeddat ti ddim ar ormod o frys i stelcian hyd y topia 'na gynna, 'ddyliwn.'

'Rhein sy'n ara deg,' meddai Bo gan amneidio ar Egor ac Edda.

Roedd Egor wedi sylwi bod y milwr oedd wedi bod â'i gefn atyn nhw wedi symud fymryn o'r neilltu, ac wedi amneidio ar hogyn tua deuddeg oed i ddod ato. Roedd y milwr â'i fraich am ysgwydd yr hogyn ac yn amlwg yn ei gyfarwyddo. Tra bu Bo'n ehangu yn ei ddull ei hun ar arafwch Edda ac Egor roedd yr hogyn wedi dod atyn nhw.

'Well i chi ddallt un peth,' meddai, yn gwrido o gael sylw. 'Os ydach chi'n mynd ffor'cw, cadwch yn glir o'r gors.' Pwyntiai yn bur bwysig tua'r gogledd. 'Mae hi'n beryg bywyd, yn feddalach na Chors Tarra hyd yn oed.'

Methodd ei lygaid braidd wrth ddeud hynny. Nid fod Bo nac Edda wedi sylwi chwaith. Roedd y ddau'n rhythu am y gorau ar y milwr wrth i hwnnw droi tuag atyn nhw.

'A be 'di d'enw di erbyn hyn, tybad?' gofynnodd i Bo.

Gwelodd Bo ei lygaid. Gollyngodd ei bynnau a brysio ato a chynnig ei ddwylo iddo.

'Be wnei di yma?' gofynnodd y milwr wrth eu derbyn.

'Pam na wnest ti achwyn?' gofynnodd Bo.

'Oes golwg achwynwr arna i, lastorchyn?'

'Nac oes, debyg. Ond mi luchist ddyrchafiad. Isben, yn ôl y sôn.'

Trodd y milwr at y llall.

'Glywist ti?' gofynnodd. 'Ffansi dyrchafiad?'

'Wel ia, rwbath buddiol iawn mewn lle fel hwn,' atebodd hwnnw. 'Am be dach chi'n sôn?'

'Hwn a'i gneithar munud hwnnw. Dyma hi, yli,' meddai o weld Edda'n cyrraedd atyn nhw, hithau hefyd wedi'i nabod, 'yn yr un gwallt yn union ag oedd gynni hi'n rhedag rhwng y llwyni i rybuddio 'i chymdoges 'mod i a 'nghydymaith i fod â'n bryd ar fynd â'r creadur hwn i gwfwr y sach oedd ar ei gyfer.'

'Pam na wnest ti achwyn?' gofynnodd Bo eto.

'Am mai llygaid dau gariad oedd gen ti a hitha. Am 'i bod hi'n amlwg o'r hanas gawson ni ohonot ti dy fod wedi cerddad dau leuad i fod hefo hi. Am fod dy dad wedi'i ddienyddio ar gam. Am dy fod wedi dangos parch na fu rioed ei debyg at Hynafgwr. Am dy fod wedi teimlo i'r byw pan glywist ti hwnnw'n galw rhywun yr oeddat ti'n hoff ohoni'n wallgofas. Faint o resyma gymri di?'

'Does 'na'r un ohonyn nhw'n sôn amdanat ti dy hun. Be 'di d'enw di?'

'Nils.' Difrifolodd ei lygaid yn sydyn. 'Faswn i ddim yn mynd llawar pellach i'r gogledd taswn i chdi.'

'Pam?' gofynnodd Edda.

'Glywsoch chi am Fynydd Trobi?'

'I fan'no 'dan ni'n mynd,' meddai Bo, yn ffyddiog nad oedd angen iddo gelu dim. 'Mae 'na gymdogaeth ar 'i odre fo.'

'Nac oes rŵan. Dim ond gwersyll. Paid â phoeni,' meddai o weld llygaid Bo, 'mi gafodd y gymdogaeth wybod mewn da bryd. Mi lwyddodd pawb yno i gymryd y goes cyn i'r gwyrddion gyrraedd.'

'Pryd oedd hyn?' gofynnodd Edda.

'Chwe ne' saith lleuad yn ôl,' meddai Nils, ond a'i sylw ar Bo. 'Maen nhw'n codi gwylfa gerrig anferth ar gopa Mynydd Trobi i gadw golwg ar y môr a'r tiroedd.'

'I ble'r aeth y bobol?'

Roedd y cwestiwn hwnnw ar fwy o frys na'r llall.

'Mae'n debyg 'u bod nhw wedi gwasgaru. Mi ddaeth 'na dri theulu yma.'

'Aarne? Louhi? Leif?' rhuthrodd Bo.

Ysgydwodd Nils ei ben.

'Na. Neb hefo'r enwa yna.'

Yn syllu ar y ddau wyneb, daeth y milwr arall yn nes.

'Pryd cawsoch chi fwyd poeth?' gofynnodd.

''Di o'm ots,' meddai Bo, ei lais a'r geiriau'n flêr.

'Ydi.' Amneidiodd y milwr ar Egor iddo ddod atyn nhw. 'Dowch.'

Gorchymyn di-lol oedd hwnnw. Mynnodd Nils bynnau Edda oddi arni i'w cario ei hun. Yn gweld hynny, daeth rhai eraill yno a mynnu pynnau Bo ac Egor, a mynnu pynnau Edda oddi ar Nils hefyd, er iddo ddatgan yn bur ddiamynedd nad oedd angen iddyn nhw wneud hynny. Wrth iddyn nhw gychwyn i fyny'r traeth teimlodd Bo law Egor ar ei ysgwydd.

'Dy dynnu di hefo ni i ddim,' meddai Bo ymhen ychydig.

'Ia.' Gadawodd Egor hi ar hynny am eiliad. 'Rhyw dynnu digon rhyfadd hefyd, 'ddyliwn, yn enwedig pan o'n i ar y blaen.'

Aeth y gafael yn gadarnach, ac aros felly.

'Dyma i ti un,' meddai Nils wrth Bo pan ddigwyddodd droi ei ben pan oeddan nhw newydd adael y tywod.

Roedd yr hogyn oedd wedi crybwyll Cors Tarra wrthyn nhw yn eu dilyn yn agos, a golwg parod i dderbyn rhagor o gyfrifoldeb ar ei wyneb. Arhosodd Nils iddo gyrraedd.

'Un o bobol Mynydd Trobi,' meddai.

Trodd Bo at yr hogyn.

'Aarne?' gofynnodd.

'Uchben Aarne?' gofynnodd yr hogyn, ei lygaid fel tasai'n nabod y pryder.

'Ia. A Leif, a Louhi.'

'Mi aethon nhw ryw ffor arall, mae'n rhaid.'

'Ydyn nhw'n iawn?'

'Mi oeddan nhw'n iawn.'

O weld y pryder yn gostegu, chwiliodd yr hogyn lygaid Nils am ganiatâd. Bodlonodd hebddo.

'Mae'n well iddyn nhw gadw'n glir o Gors Tarra hefyd, 'tydi?' meddai.

'Peth fel hyn ydi medd,' meddai Egor.

'Yr heli'n dy wneud di'n fwy sychedig ella,' meddai Nils.

'Dydw i ddim yn sôn am sychad. Oes blas ar y rhain?' gofynnodd gan amneidio tuag at wylan.

'Anamal fydd pobol yn 'u bwyta nhw. Mwy o blu nag o gig arnyn nhw.'

Dim ond nhw ill pedwar oedd ar y traeth, yn stelcian ar y tywod gan wylio'r haul yn araf gochi. Roedd Edda a Bo ac Egor yn cael pyliau cyson o chwarae eu bysedd drwy'r tywod sych wrth iddyn nhw eistedd a'u cefnau'n pwyso'n erbyn pwt o graig, hwnnw'n brofiad newydd sbon i'r tri. Roedd yr awel a greodd donnau'r pnawn wedi gostegu a llawer llai o le ar y traeth ar benllanw ac roedd rhyw sŵn di-hid lleddfol gan y tonnau bach wrth iddyn nhw ddarfod ar y tywod. Roedd gan Egor gostrelaid o fedd wrth ei ochr, a fo oedd y lleiaf hwyrfrydig o'r pedwar i ail-lenwi ei gwpan bob hyn a hyn.

Ar ôl y siom gyntaf, roedd Bo wedi derbyn y newydd am gymdogaeth Mynydd Trobi'n ddistaw, braidd yn rhy ddistaw, tybiai Edda. Roedd hi wedi cynnig mai hi oedd wedi'i dynnu o yno yn y diwedd, nid bod ganddi fawr o ddewis ond gwneud hynny.

'Mi gawsom weld y môr,' meddai. 'Wna i mo Dad yn eiddigeddus, ond mi fedraf drio. Mi wyddon sut beth ydi o rŵan a sut ogla a sut flas sy arno fo. Be 'di dy hanas di 'ta?' gofynnodd i Nils wedi pwl arall o wrando ar y tonnau a sipian y medd. 'Sut doist ti yma?'

'Oherwydd dy gariad.'

'Ia, debyg,' meddai Bo.

'Dw i'n deud y gwir.' Arhosodd Nils eiliad i werthfawrogi'r ddau wyneb. 'Wyt ti'n cofio'r sgwrs gawson ni yn ddiweddarach y diwrnod hwnnw?' gofynnodd i Edda.

'Ydw,' atebodd hi, y disgwyl yn llenwi ei llais.

'Mi welodd Gorisben ni wrthi. Mi welodd ein bod ni'n siarad yn naturiol braf ac i ffwr â fo at Isben i achwyn. Drannoeth ro'n i ymysg llwyth oedd yn cael eu hanfon o'r gwersyll am nad oeddan ni'n plesio.'

'Dy anfon di i orweddian ar draeth fin nos i sipian medd sydd gyda'r gora drwy'r holl diroedd,' meddai Egor. 'Maen nhw'n gwybod sut i gosbi.'

'Dyma hi, yli,' meddai Nils.

Agorodd ei grys a'i dynnu oddi amdano. Dangosodd ei fraich chwith. Roedd crachen led dau ewin o'i benelin bron at ei arddwrn.

'Ia,' dechreuodd Egor.

'Hidia befo. Buan iawn y cawson ni ar ddallt mai i'r lle rhyfadd hwnnw y cafodd mab yr Aruchben 'i ladd yr oeddan ni'n cael ein hanfon,' aeth ymlaen. 'Yn ôl y sôn, yn fan'no y ce'st ti dy ryddhau o sach,' meddai wrth Bo.

'Gyrhaeddist ti yno?' gofynnodd Edda.

'Do, debyg. Mi'n rhoddwyd ni i glirio'r coed lle cafodd y Mab gyllall yn 'i wddw, a pharatoi'r tir ar gyfer rhyw adeilad na bu ei debyg rioed. Roedd ar bawb ofn deud hyd yn oed wrthyn nhw'u hunain mor ynfyd oedd y syniad. Ond ymhen ychydig, drwy gyfrwng gwenau mêl yma a thraw mi lwyddis i stwffio fy hun i weini'r Uchbeniaid a buan iawn y dois i wybod 'u bod nhwtha hefyd yn credu hynny, ac yn fwy chwannog o'i ddeud y naill wrth y llall pan nad o'n i i fod i'w cl'wad nhw. Erbyn dallt roeddan nhw'n gwneud 'u gora i drio perswadio'r Aruchben i godi 'i gwt coffa mewn lle fymryn yn gallach.'

'Cwt coffa,' synfyfyriodd Egor ar ei gwpan.

'Yna, un diwrnod, mi gawson ni ddau ymweliad, un gan filwr cyffredin yn y bora, ac un yn lled gynnar yn y pnawn gan y fyddin werdd,' meddai Nils wrth gymryd y gostrel o law Egor i ail-lenwi ei gwpan ei hun. 'Roedd y milwr wedi cyrraedd ar archiad un o'r Uchbeniaid, hwnnw wedi digwydd cofio'r hyn oedd y milwr wedi'i ddeud pan ddychwelodd o o ymgyrch yr oedd pawb ond fo ac un arall wedi yfad gwenwyn fesul casgennaid ynddi. Am be dw i'n sôn, meddat ti?' gofynnodd i Bo.

Ni fedrai Bo wneud dim ond rhythu arno.

'Roedd y milwr yn cofio ble'r oeddat ti wedi dy dynnu o'r sach. Roedd yr Uchbeniaid mor falch o gl'wad 'i stori o fel y dyrchafwyd o'n Isben yn y fan a'r lle. Ymhen yr awr roedd o a thri Uchben a'u gosgordd yn cychwyn ar 'u siwrna i ddeud mewn llawenydd cudd wrth yr Aruchben fod 'i fab o wedi'i gladdu yn yr union fan ar y bryncyn y tynnodd 'i laddwr o chdi o sach, gan wneud y lle yn un o'r lleoedd mwya halogedig drwy'r holl diroedd. Wyt ti'n rwbath 'blaw helynt, hogyn?' gofynnodd i Bo.

Cododd ei gwpan i'w gyfarch, ac yfodd. Llwyddodd Bo i wenu rhywfaint.

'Sut doist ti yma 'ta?' gofynnodd.

'Gwta awr ar ôl i'r Uchbeniaid fynd ar 'u hynt mi gyrhaeddodd y fyddin werdd yn sgrechiada am y clywat ti. Bora trannoeth roedd cryn ddeucant ohoni ynghanol cleciada coediach y goelcerth. Mi gawson ninna orchymyn i ymlid y gweddill i derfyna'r tiroedd. Mi ddaru ni hynny am leuad. Y peth nesa dw i'n 'i gofio ydi dod ata fy hun yn fa'ma a 'mraich a 'mhen i mewn rhwymynna. Yr un cynta welis i oedd Dirg.' Amneidiodd tuag at y gymdogaeth i gyfleu mai'r milwr arall oedd hwnnw.

'Roedd o â'i ben a'i droed mewn rhwymynna. Ond roedd o adra. Do'n i ddim.' Yfodd fymryn eto. 'Ydach chi'n perthyn i Uchben Aarne?'

'Na,' atebodd Bo.

'Dw i wedi cael rhywfaint o'i hanas o i chi. Mae o a Leif a Louhi'n iach, ne' mi oeddan nhw cyn y llanast 'ma. Mae Leif a Louhi â'u bryd ar briodi ers tro, ond bod Leif yn ôl y sôn braidd yn gyndyn o wneud hynny heb wahodd rhyw gyfeillion o bellafoedd y tiroedd i'r briodas, sut bynnag mae o'n bwriadu gwneud hynny. Nid chi, debyg,' meddai'n sydyn.

'Dw i'n un,' meddai Bo.

'Roedd Aarne yn sôn byth a hefyd am ryw ddynas oedd wedi bod hefo nhw ers rhai blynyddoedd. Roedd yn amlwg 'i fod o'n hiraethu am 'i chwmni hi yn amal, ac mi fyddai'n deud 'i bod hi'n llawer rhy bell i feddwl am fynd i edrach amdani. Bob tro y byddai o'n deud hynny mi fyddai Leif yn deud nad oes unman yn yr holl diroedd yn rhy bell.'

'Wyt ti'n bell o adra?' gofynnodd Edda.

'Dri lleuad taclus i'r de, ar lan y môr, fel yma.'

'Wyt ti am fynd adra?'

'Mae'n debyg yr a' i, rhag ofn bydd 'no rywun yn 'y nghofio i.'

Aeth y pedwar yn dawel, pawb yn ei fyd ei hun am ennyd. Rŵan gwelai Bo y môr yn fwy atyniadol nag yr oedd yn nhonnau'r pnawn, a bellach roedd bron gyfuwch â nenfwd yr ogof y buon nhw'n busnesa o'i cheg.

Egor darfodd ar eu tawelwch.

'Pryd ydan ni am gychwyn yn ôl?' gofynnodd.

36

Eithriad bellach oedd iddo weld llai na thri blaidd bob dydd. Roeddan nhw'n agos heno, yn nhywyllwch nos gymylog. Roedd un wedi bod yn ei wylio yn nofio, yn aros ar y lan tra bu o'n gwneud ei gampau bychain yn y pwll. Roedd hwnnw'n rhy fach i'w alw'n llyn, er ei fod yn ddigon dyfn i ymdrochi ynddo a deifio i'r gwaelod i wylio ambell frithyll a thorgoch yn gwibio oddi wrtho. Roedd pysgod diarth nas gwelsai erioed yn Llyn Sorob ynddo hefyd. Bob tro y codai i'r wyneb roedd y blaidd yno, a chan ei fod yn warchodwr mor ddibynadwy treuliodd Gaut dros awr yn chwarae yn y pwll.

Am y tro cyntaf ers ei ddyddiau yn y Tri Llamwr teimlai'n ddiogel. Roedd yn lân ac yn newydd, ei gorff a'i ddillad wedi'u golchi yn y pwll a'u sychu yn yr haul. Bechod na fyddai'r pantle o fewn cyrraedd Llyn Sorob, meddyliodd, i Eir ac yntau gael dod yma i nofio ac yna garu wrth sychu yn yr haul, neu olchi gwalltiau ei gilydd fel roedd Dämi wedi golchi ei wallt o yn y twb. Dämi oedd wedi'i ailddysgu i chwerthin. Nid arni hi'r oedd y bai am nad oedd hynny wedi para'n hir.

Eir, Lars, Mam, Dad, Cari, Dag, Aud, Lars Daid, Angard. Roedd hyn filgwaith yn fwy cadarnhaol nag ofni pob cam nesaf. A rŵan roedd fel tasai holl naws yr aer yn gyfarwydd. Roedd yn iach, roedd yn symud, roedd yn cadw cyfeiriad. Deuai'r eryr i'r golwg bob hyn a hyn. Doedd yr un blaidd yn cyffroi o'i weld.

Yn wahanol i'r arfer, roedd y plygain wedi hen fynd heibio pan ddeffrodd fore trannoeth, a'r haul wedi codi'n dipyn uwch na phan ddaeth o o'r babell y bore cynt. Y peth cyntaf a welodd wrth sbecian allan oedd y blaidd yn hepian ger yr agoriad. Aeth yntau o gwmpas ei bethau mor ddi-hid ag y medrai, ond codi ddaru'r blaidd ac edrych arno am ennyd cyn mynd. Doedd o ddim wedi gweld yr eryr ar gangen uwchben nes iddo godi ei adain a hedfan ymaith tua'r de.

Roedd yn demtasiwn i aros yno am ddiwrnod arall. Roedd y pantle fel desgil, y pwll ar un ochr iddo, a nant yn disgyn iddo yn un pen ac yn llifo'n droellog ohono yn llawer mwy hamddenol yn y pen arall, gan greu dôl fechan cyn diflannu i'r coed. Roedd afon lydan y tu hwnt i'r coed i'r cyfeiriad hwnnw, yn llifo tua'r de-ddwyrain. Roedd o wedi'i dilyn cyn gorfod ei chroesi pan ddaeth o hyd i ryd y bore cynt.

Bwytaodd yn araf. Roedd cant ac ugain o ddyddiau wedi mynd heibio ers iddo ymadael â'r Tri Llamwr. Tua phedwar lleuad oedd y cynnig yno cyn iddo gychwyn. Gorffennodd ei fwyd ar fwy o frys ac aeth ati i bacio.

Neidiodd.

'Paid â dychryn,' meddai'r hynaf.

Tua'r un oed â Gaut oedd o. Roedd ei gydymaith tua dwy neu dair blynedd yn fengach yr olwg er nad oedd fawr mwy na thrwyn a cheg a gên i'w gweld gan fod gweddill ei ben a llawer o ran uchaf ei gorff wedi'u gorchuddio gan y ffluwch mwyaf o wallt golau felyn a welsai Gaut erioed. Safai'r ddau ochr yn ochr, yn amlwg wedi dod i lawr drwy'r coed ar ochr y pantle.

'Chynhyrfist ti ddim pan welist ti'r blaidd gynna,' meddai'r hynaf wedyn. 'Does dim angan i ti gynhyrfu hefo ninna chwaith.'

Doedd dim arlliw o'r hyder newydd.

'Dwyt ti ddim yn beryg, nac wyt? Ne' mi fasa dy llgada di wedi troi'n filain bellach,' meddai'r ieuengaf, ei lais yn gân naturiol. 'A tasan ni'n meddwl dy fod di'n beryg, mi fasan ni wedi mynd â dy ddillad di pnawn ddoe pan oeddat ti yn y llyn.' Roedd buddugoliaeth ei resymu'n llond ei lais. 'Ac mi fasan ni wedi dŵad â phobol o'r gymdogaeth hefo ni heddiw hefyd.'

'Trio mynd adra dw i.' Bellach doedd dim gwahaniaeth pa

mor anobeithiol y clywai Gaut ei lais ei hun. 'Pa fynydd ydi hwnna?' gofynnodd gan amneidio tua'r gogledd.

'Mynydd Frigga, debyg,' meddai'r ieuengaf, ei lais yn cyfleu fod pawb call yn gwybod hynny. 'Pwy wyt ti, felly?' gofynnodd. 'Be 'di d'enw di?'

Roedd Gaut yn llwyddo i weld y chwilfrydedd yn y llygaid y tu ôl i'r gwallt.

'Angard,' atebodd.

'Lle mae dy gartra di?'

'Llyn Embla.'

Syniad sydyn oedd hwnnw. Roedd Llyn Embla o fewn deuddydd i Lyn Sorob.

'Wyddoch chi ble mae o?' gofynnodd.

'Na,' atebodd yr hynaf. 'O ble doist ti?'

'Dim syniad.'

'Yli.' Daeth yr hynaf ato a chynnig ei ddwylo iddo. 'Waeth i ti ddeud ddim. Dydan ni ddim yn beryg.'

Derbyniodd Gaut y dwylo. Ond ei dristáu ddaru'r rhyddhad.

'Dw i'n gwybod dim,' meddai.

'Dwyt ti ddim yn gwneud llawar o synnwyr,' meddai'r ieuengaf.

Roedd yn petruso rhywfaint. Yna cynigiodd yntau ei ddwy law i Gaut.

'Mi ge's 'y nghipio i'r fyddin,' meddai Gaut wrth eu derbyn.

'Wedi dengid wyt ti?' gofynnodd yr hynaf, a brwdfrydedd newydd yn llond ei lais.

'Ia, rywsut. Mae – mae'n gymhleth.'

'Pa fyddin oedd hi?' gofynnodd yr ieuengaf.

'Y fyddin lwyd.'

'Ers faint wyt ti'n cerddad?'

'Lleuada. Wn i ddim.'

'Tyd adra hefo ni,' meddai'r hynaf gan amneidio tua'r de.

Methodd Gaut guddio dim.

'Doeddat ti fawr o filwr, nac oeddat?' meddai'r ieuengaf.

'Cau hi, y bwbach blwydd,' meddai'r hynaf, a sŵn hen arfer yn ei gerydd.

'Wel doedd o ddim,' dadleuodd yr ieuengaf. ''Drycha arno fo. Does dim isio i ti wneud 'i llond hi,' meddai wrth Gaut, 'dydan ni ddim yn mynd i dy grochanu di'n gawl gwiddon.'

'Idar ydw i,' meddai'r hynaf. 'Karl 'y mrawd ydi hwn, druan â ni. Mae gynnon ninna frawd ddaru ddengid o'r fyddin hefyd, ac ar ôl iddyn nhw gl'wad 'i hanas o does 'na neb o'r gymdogaeth wedi achwyn arno fo, hyd yn oed yr Hynafgwr. Mi fyddi di'n berffaith ddiogel acw.'

'D'o ni dy helpu di hefo'r pynna 'ma,' meddai Karl a chodi'r babell heb ofyn dim arall.

'Mi fyddwn ni adra cyn i fawr neb dy weld di prun bynnag,' meddai Idar.

'Ella bod Dad ne' Mam wedi cl'wad am Lyn Mebla,' meddai Karl.

'Embla,' cywirodd Gaut.

'Ia, hwnnw. Mae'n iawn 'sti,' meddai wedyn, yn dal i syllu ar Gaut. Trodd at ei frawd am ennyd fel tasai o'n chwilio am gadarnhad. 'Waeth i ti gael gwybod ddim,' meddai, yn amlwg fodlon bod y cadarnhad yna. 'Mi welson ni chdi'n cyrraedd yma. 'Dan ni wedi bod yn dy wylio di ers bora ddoe, a dydan ni ddim 'di deud wrth neb, Mam a Dad na neb.'

'Tyd,' meddai Idar.

Roedd y siarad wedi bod yn ddi-ball, a phan beidiodd wrth iddo dderbyn y drefn a chychwyn hefo nhw, dechreuodd Gaut deimlo'n euog am ei ddau gelwydd. Medrai eu cywiro a'u cyfiawnhau ond ni fedrai grynhoi'r plwc i wneud hynny. Ar wahân i'r dyn hwnnw a droes gyfathrachu'n ofn, y ddau naturiol hyn oedd yr unig rai yr oedd wedi siarad hefo nhw ers iddo ymadael â'r Tri Llamwr. Roedd wedi siarad hefo'r bleiddiaid a'r eryr, ond eu cyfrinach nhw oedd honno.

Codai llwybr heb lawer o gerdded arno drwy'r coed o'r pantle. Karl a'i lwyth pabell oedd ar y blaen a cherddai Idar wrth ochr Gaut pan oedd y llwybr yn ddigon llydan iddo wneud hynny. Ac wrth ei gerdded roedd Gaut yn gweld y gwahaniaeth. Doedd hyn ddim yr un fath â'r cerdded drwy'r coed hefo'r dyn. Rŵan yr oedd o'n llawn sylweddoli mor anniddig oedd o y tro hwnnw. A dim ond rŵan wrth weld y ffluwch melyn yn bownsian o'i flaen mor naturiol a difygythiad gyda phob cam a gymerai Karl yr oedd y dychryn newydd yn dechrau cilio.

'Faint ydi d'oed di?' gofynnodd Idar toc.

'Un ar bymthag.'

'Pryd ge'st ti dy gipio?'

'Pan o'n i'n bymthag. Ddim ymhell o flwyddyn yn ôl bellach.'

'Un ar bymthag dw inna hefyd. Mi fydd hwn yn bedair ar ddeg ymhen lleuad os na fydd 'i wallt o wedi'i orchfygu o.'

'Cau dy geg, y moelyn,' meddai Karl heb droi ei ben.

Roedd gwallt Idar hefyd ymhell dros ei glustiau ac yn gorffwys ar ei ysgwyddau. Daeth hynny â Gaut ato'i hun yn fwy na dim. Bron nad oedd wedi anghofio amdano, y cega a'r gwrthgega diddrwg ynghanol sgyrsiau a geid yn y gymdogaeth. Doedd o ddim wedi bod lawer ynghanol y sgwrsio hwnnw ers i Eir fynd yn feichiog, ond wrth glywed Karl rŵan roedd ei fyd yn dychwelyd iddo. Am ennyd ella, ond roedd yn ennyd werthfawr.

'Oes 'na rywun arall hefo gwallt fel'na hyd y lle?' gofynnodd.

'Callia,' meddai Idar. 'Anamal y bydd Dad yn chwerthin,' meddai wedyn gan wenu'n braf. 'Mae o'n rhy swil i wneud, medda Mam. Ond mi ddaeth yr Hynafgwr acw echdoe a'i ddau gynhaliwr hefo fo ac mi ddaru o orchymynnu Dad yn ddigon siort i dorri gwallt hwn. Roeddan nhw wedi bod yn ymgynghori â nhw'u hunain am hydoedd ac wedi dŵad i'r casgliad fod 'i wallt o'n dwyn anfri ar y tiroedd. Roedd Dad yn dal i chwerthin bora 'ma.'

'Dad a fi'n dallt ein gilydd,' meddai Karl. 'Wedi gwneud hynny rioed.'

Yna'n ddirybudd daethant o'r coed a'r pantle. Gwelai Gaut wastadedd braf o'i flaen, a'r afon lydan a groesodd y bore cynt yn llifo i lyn ymhellach draw ar y dde. Roedd cymdogaeth daclus yr olwg ar ei lan. Trodd Karl.

'Afon Cun Lwyd ydi hon, a Llyn Nanna ydi hwnna,' meddai. 'Wyddost ti mo hynny chwaith, debyg,' meddai wedyn, ei lais yn llawn tosturi.

Trodd yn ôl a chychwyn heb aros am ateb.

'Chei di ddim rhannu dy brofiada hefo Linus chwaith,' meddai Idar. 'Dydi o ddim adra.'

'Pwy ydi Linus?' gofynnodd Gaut.

''Y mrawd mawr. Fo ddaru ddengid. Mae o wedi deud 'i hanas i gyd wrthon i.'

Roedd Gaut wedi rhannu ei brofiadau ddwywaith hefo Dämi, yr eildro heb ddeud yr un gair. Wedi iddi nosi ac yntau ar fin mynd i'r gwely roedd wedi sefyll yn stond, dim ond i edrych arno, y tro cyntaf iddo weld gwely ers pan oedd o adra. Gwelodd hi rywbeth yn ei lygaid oedd yn drech na'r hapusrwydd newydd a welsai pan oedd o yn y twb, a daeth ato a gafael ynddo a'i gofleidio. Dim ond hynny. Ni ddywedwyd yr un gair, dim ond cofleidio llonydd, a barodd ella hanner awr, ei brofiadau o i gyd yn y gafael tyner hwnnw. Roedd popeth yn iawn wedyn, mor iawn ag y gallai fod.

'Lle mae Llyn Embla, Dad?'

Hwnnw oedd cyfarchiad Karl i'r dyn a ddaeth heibio i gornel y tŷ.

'Be sy yn fan'no? Dyn cynaeafu gwalltia?'

Ni chymerai'r dyn swil yr olwg fwy o sylw o Gaut na phetasai'n un o lanciau'r gymdogaeth.

'Angard ydi hwn,' meddai Idar wrth ei dad gan wincian yn gynnil ar Gaut. 'Mae o'n byw yno. Mae o ar goll.'

Edrychodd y dyn ar Gaut. Dim ond am ennyd. Yna daeth ato a gafael yn ei ysgwydd a'i droi. Roedd rhywbeth yn braf a chyfeillgar yn y gafael.

''Nela hi y mymryn lleia fu erioed tua'r de-ddwyrain 'cw am ryw dridia ac mi weli di Fynydd Agnar o dy flaen,' meddai, gan anelu ei fys yn union i'r de a'i symud led ewin tua'r dwyrain. 'Fo ydi'r unig un gwyn 'i gopa. Pan ddoi di ato fo mewn rhyw ddiwrnod wedyn paid â meddwl y medri di 'i ddringo fo a chadwa'n glir o'r ochra dwyreiniol. Dos drwy'r coed ym mhen draw'r llechwedd mawr ar 'i ochor orllewinol o heibio i bwt o fynydd arall sy'n cymryd arno 'i warchod o, ac os 'neli di'n gywir ar fymryn o gylch i'r de-ddwyrain wrth fynd drwy'r coed a pheidio â mynd ar goll a rhyw stwna wirion, mi ddoi di i gyffinia Llyn Sigur ymhen 'chydig oria, dair ne' bedair.'

Methodd ganlyn arni am eiliad. Roedd y rhyddhad enfawr i'w deimlo o dan ei law. Edrychodd ar Idar a Karl am eiliad, bron fel tasai'n disgwyl fod ganddyn nhw eglurhad amdano. Yna aeth ymlaen, yn synnu braidd o glywed ei lais yn fwy tadol gyfeillgar fymryn.

''Nela hi tua'r de-ddwyrain wedyn a gochela'r bleiddiaid os nad wyt ti'n 'u hannar addoli nhw 'fath â'r petha deutroed gwallgo 'ma dw i wedi gorfod 'u magu yn y tŷ 'ma.'

'Mae o,' torrodd Karl ar ei draws, a Gaut wrth edrych arno'n gweld dim ond gwallt a gwên. 'Mi welson ni hynny gynna. Bron nad oedd o'n mwytho'r blaidd.'

'Wel dyna fo.' Roedd goslef derbyn y drefn yn llais y tad. 'Mi ddylat gyrraedd Llyn Embla ymhen rhyw naw diwrnod wedyn os wyt ti o gwmpas dy betha.'

Roedd y gwasgiad cynnil ar ei ysgwydd cyn i'r llaw godi yn cadarnhau i Gaut fod y tad yn credu ei fod.

'Rwyt ti wedi dŵad o bell.'

Gosodiad oedd hwnnw, yr un mor bendant ddigyffro â'r cyfarwyddiadau.

'Mae o wedi dengid o'r fyddin, 'fath â Linus,' meddai Karl.

Edrych yn sobor ddigon oedd y dyn, yn cofio'r rhyddhad ar wyneb arall.

Rŵan roedd brys. Er pob taerineb, mynnodd Gaut fynd. Fedrai o ddim deud wrthyn nhw ei fod ddeuddydd yn nes adra nag a gymerai arno, gan fod Llyn Embla gymaint â hynny ymhellach o Lyn Sigur nag oedd Llyn Sorob ac Eir a Lars a phawb. Tynnodd lastorch oedd wedi'i blingo ddeuddydd ynghynt o'i sachyn a'i chyflwyno i ddatgan ei ddiolch, ond gwrthododd y wên anghyfarwydd ar yr wyneb swil yr offrwm gan gynnig y byddai gwell defnydd iddo ymhen deuddydd neu dri. Gorchmynnodd y tad i'r hogiau fynd â fo yn y cwch ar draws y llyn gan fod hynny'n llai trafferthus na chroesi'r afon. Ynghanol y cyffro newydd yn y cwch a'r rhwyfo brwd a siarad di-baid Karl dechreuodd Gaut deimlo'n euog eto oherwydd y celwyddau. Chwiliodd am yr egni i ddeud y gwir ond doedd hwnnw ddim ar ddod y tro hwn chwaith, er mor ddiniwed y celwyddau. Erbyn iddyn nhw gyrraedd y lan yr ochr arall roedd yn rhy hwyr, yn enwedig gan fod Idar a Karl yn prysur gyfarch hen ŵr clên y tybiai Gaut fod rhywbeth yn anarferol yn ei wyneb. Y peth olaf a glywodd ar ôl ffarwelio a'r cwch wedi cychwyn yn ôl oedd Karl yn deud ei bod yn hen bryd i Linus ddychwelyd.

Doedd dim temtasiwn i beidio â bod yr un mor wyliadwrus. Byddai iddo gael ei ddal ac yntau mor agos at adra'n llawer gwaeth na chael ei ddal ym mhellafoedd y tiroedd. Am hynny roedd yn gochel mwy ger pob tro yn y tir a chwr pob coedwig a choedlan, ac mor wyliadwrus â'r ewig wrth fentro pob nant i gael ei ddiod a'i ddŵr berwi a'i ddŵr molchi. Ond rŵan wrth gyrraedd pen uchaf cwm cul a chryn dipyn o waith dringo arno roedd yn demtasiwn i redeg a gweiddi wrth i gopa gwyn Mynydd Agnar ddod fwy a mwy i'r golwg. Cododd ddwyfraich i gyfarch yr eryr a ddaeth o'r tu cefn iddo ac aros i werthfawrogi'r llechwedd eang oedd yn graddol ddisgyn tua'r gorllewin, oedd yn union fel y disgrifiodd tad Idar a Karl o. Codai pwt o graig ar y chwith a phenderfynodd gael tamaid i'w fwyta yn ei chysgod.

Nid fo oedd yr unig un. Neidiodd y milwr llwyd ar ei draed a chodi ei arf.

'Dim ond fi sy 'ma!'

Roedd llawn cymaint o anadl ag o lais yng ngwaedd Gaut wrth i'w ddwyfraich saethu ymlaen. Ond er ei ddychryn sylwodd mai milwr unig oedd o.

'Angard ydw i,' gwaeddodd wedyn.

'Tyn y cwfwl 'na.'

Gwthiodd Gaut y cwfwl yn ôl ac ysgwyd ei ben iddo ymryddhau.

'Mynd adra dw i. I Lyn Embla.'

Daeth y milwr gam yn nes, a gwelodd Gaut y llygaid chwim yn chwilio'r cwm y tu ôl iddo. Ond yna newidiodd gwedd y milwr wrth iddo edrych ar Gaut ac astudio ei wyneb. Roedd pob drwgdybiaeth yn diflannu o'i lygaid wrth iddo ostwng ei arf.

'Chdi!' meddai. 'O ble doist ti?'

Roedd golwg ryfedd braidd ar ei wyneb wrth iddo droi ei olygon i chwilio i lawr y cwm eto. Edrychodd ar Gaut unwaith yn rhagor.

'Angard?'

'Ia.'

Cadwodd y milwr ei arf o'r neilltu.

'Pam dewisist ti'r enw hwnnw?' gofynnodd.

'Rhyw feddwl dw i mai Mam a Dad ddaru.'

Roedd y milwr yn ysgwyd ei ben yn gynnil. Daeth at Gaut a gosod dwy law gadarn am ei freichiau.

'Nid dyna oedd dy enw di pan oeddan nhw'n dy gau di yn y sach hwnnw. Nid Milwr G a rhyw rigmarôl ar 'i ôl o oedd dy enw di chwaith. Gaut oedd dy enw di bryd hynny a Gaut ydi dy enw di rŵan. Sgwn i pam dw i wedi cofio hynny.'

A rŵan roedd Gaut yn ei nabod.

'Chdi oedd wrth ymyl y sach pan ddaru nhw 'i agor o i 'mwydo fi,' meddai. 'Roeddat ti'n trio cyfleu dy gefnogaeth i mi.'

Nid atebodd y milwr hynny.

'Ro'n i'n gobeithio y byddat ti yno y troeon wedyn, ond doeddat ti ddim.'

'Na.' Gollyngodd y milwr ei afael. 'Pam nad wyt ti mewn sach o hyd?'

'Mi gafodd 'na filwr gweir. Mi ddaru o ddial drwy 'nhynnu fi o'r sach gefn nos a mynnu 'mod i'n dengid hefo fo.'

'Oliph gawr! Pa bryd oedd hyn?'

'Dim syniad. Hannar blwyddyn 'ballu.' Gwelai Gaut fod y milwr yn cael cryn drafferth i'w goelio. 'Dw i wedi bod yn cerddad ac yn osgoi byddinoedd ers hynny. Cyffinia Mynydd Trobi a'r Tri Llamwr. Wyddost ti ble maen nhw?'

'Gwn.' Roedd siâp gorfod dechrau coelio ar y milwr. 'Pryd ce'st ti fwyd?'

'Mynd i gymryd peth o'n i.'

'Mi rannwn ni.' Rŵan roedd edmygedd yn ei lygaid. 'Rwyt ti wedi cerddad yn dda.'

Ymryddhaodd Gaut o'i bynnau a'u gosod yn ymyl rhai'r milwr, y rhyddhad yn byrlymu drwyddo unwaith eto. Doedd dim gwahaniaeth ganddo a oedd ei wyneb yn dangos hynny. Nid heddiw roedd y milwr wedi profi ei fod yn un y medrai o ddibynnu arno. Ystyriodd a oedd o'n beth rhy hurt i obeithio ei fod yntau hefyd yn mynd i gyfeiriad Llyn Sorob, ond gwyddai nad ystyried oedd o ond gobeithio o grombil ei gyfansoddiad. Edrychodd yn yr un gobaith ar y pynnau diarth. O'r hyn a welai o'r babell oedd yn rholyn wedi'i glymu wrth sachyn, roedd ei babell o mewn tipyn gwell cyflwr.

Daeth hynny â fo fymryn at ei goed. Tynnodd ddarn o eog

o'i sachyn a rhoi ei hanner i'r milwr, yntau i'w weld yn dod at ei goed hefyd wrth iddo amneidio ei gymeradwyaeth o'r pysgodyn. Eisteddodd Gaut, a phwyso ei gefn diolchgar yn erbyn y graig. Am yr eildro mewn pedwar diwrnod roedd yn siarad hefo rhywun call.

'Be 'di d'enw di?' gofynnodd.

'Hagan.' Cymerodd y milwr gegiad o'r eog ac amneidio cymeradwyaeth eto cyn edrych fymryn yn chwareus ar Gaut wrth roi darn o gig ystlys elc iddo. 'Pwy ddaru garu digon ar 'i gilydd i ddod â chdi i'r tiroedd?'

'Y?'

'Pwy 'di dy deulu di yn Llyn Sorob?'

'Pam, wyt ti'n nabod rhywun yno?'

'Ella 'mod i.'

Codai'r diriedi yn y llais obeithion Gaut i'r entrychion.

'Thora ydi enw Mam, Seppo ydi Dad,' meddai, yn sylweddoli am y tro cyntaf ei fod yn gallu deud y gwir amdano'i hun a phawb. 'Mae gen i chwaer a brawd bach,' aeth ymlaen yn fwy eiddgar, 'Cari a Dag.'

'Dwyt ti ddim wedi deud wrtha i pam dewisist ti Angard yn enw,' meddai Hagan.

'Mae o'n byw yn ein hymyl ni,' meddai Gaut, ei lais rŵan yn synfyfyriol braidd. 'Mae o'n hen, dros 'i ddeg a thrigian medda Dad. Mi oedd gynno fo chwech o hogia ac mi aeth y fyddin lwyd â nhw i gyd a'u lladd nhw i gyd.'

Gwelodd lygaid Hagan yn difrifoli. Credai Gaut ei fod yn ail-fyw profiadau, a'i fod yn gwybod yn rhy dda am frodyr oedd wedi bod ymysg ei gyfeillion a'r un dynged wedi dod iddyn nhw.

'Ond mae o'n glên ac yn gall,' aeth ymlaen ymhen ychydig, gan nad oedd Hagan am ddeud dim. 'Fo ydi'r calla yn y gymdogaeth.'

Canolbwyntio ar ei fwyd oedd Hagan. Roedd yn amlwg nad oedd am ddeud pam oedd arno isio gwybod fod Gaut wedi dewis Angard yn enw. Bwytaodd yntau'n dawel. Roedd pob rhyddhad yn newydd.

'Roedd dy dad a dy fam yn caru pan oeddan nhw'n blant,' meddai Hagan toc. 'Ydyn nhw wedi deud wrthat ti?'

Ond nid am hynny y cofiodd Gaut.

'Mae Dad wedi bod yn sôn am Hagan.'

'Do?'

Bron nad oedd Hagan yn swnio'n ddi-hid.

'Roedd o'n fab i Angard. Roedd Dad a fo'n ffrindia penna pan oeddan nhw'n gybia medda Dad.'

Roedd Gaut wedi rhoi'r gorau i fwyta. Rhythai ar Hagan.

'Weli di rŵan pam o'n i'n syllu fel roeddwn i arnat ti yn y sach 'nw?' gofynnodd Hagan, yntau hefyd wedi rhoi'r gorau i'w fwyd.

'Chdi ydi Hagan.'

'Dw i ddau ddiwrnod yn hŷn na dy dad. Mynd adra dw inna hefyd, wedi cymryd y goes fel chdi.'

Yn y distawrwydd a ddilynodd hynny a'r naill na'r llall ddim yn rhy siŵr beth i'w ofyn nesaf daeth Gaut yn ymwybodol o'r awel ar ei wyneb, a chanolbwyntiodd arni am ennyd. Wedi'r dringo llafurus roedd rhyw fymryn o ias arni, yn debyg iawn i'r awel a chwaraeai ambell dro ar gorff gwlyb oedd newydd ddod o'r llyn i orweddian ar y gro neu ar y gwellt o dan y ddwy hoff fasarnen. Ac wrth gofio hynny gwyddai fod Hagan hefyd wedi bod yn nofio yn y llyn a gorwedd i sychu ohono'i hun o dan y ddwy goeden. Rŵan gwyddai Gaut ei fod yn ddiogel. Rŵan gwyddai y byddai unrhyw anhawster ar weddill ei daith yn cael ei rannu.

Hagan ddaru ailddechrau'r siarad.

'Mam,' meddai.

'Prin 'i chofio hi ydw i,' meddai Gaut.

Sylweddolodd yr eiliad nesaf.

''Ddrwg gen i,' mwmbliodd.

Diflannodd yr hyder newydd.

'Pryd buo hi farw?' gofynnodd Hagan, yn edrych ar y gwellt wrth ei draed.

Bu'n rhaid iddo aros ychydig am yr ateb.

'Tua deng mlynadd yn ôl.'

Aethant yn ddistaw eto am ennyd.

'Oedd hi'n wael?'

'Dw i ddim yn gwybod. Dw i ddim yn cofio. Rhyw bump oed o'n i, ella chwech. Dw i'n cofio pawb yn drist.'

Ailddechreuodd Hagan bigo bwyta. Doedd Gaut ddim yn bwyta o gwbl.

'Nid arnat ti mae'r bai am nad o'n i ddim yn gwybod,' meddai Hagan yn y man. 'Tyrcha i'r bwyd 'na.'

Ond dim ond dal i edrych ar ei fwyd oedd Gaut.

'Be am dy frodyr?' gofynnodd, a difaru eto yr un munud.

Ond nid oedd angen iddo.

'Chdi 'di'r cynta i mi 'i gl'wad yn sôn gair amdanyn nhw ers i Mam wneud hynny y diwrnod y ce's i 'nghipio. Mae hynny ddeunaw mlynedd yn ôl.'

'Ella 'u bod nhwtha'n 'nelu tuag adra hefyd.'

Ysgydwodd Hagan ei ben. Roedd gwên fymryn yn drist ar ei wyneb wrth iddo godi ei lygaid i edrych ar Gaut.

'Roedd dy lygaid di pan oeddan nhw'n dy gau di yn y sach yn datgan mai dyna'r math o beth y byddat ti'n 'i ddeud.'

'Oeddat ti'n gwbod pwy o'n i pan o'n i yn y sach?' gofynnodd Gaut, y cwestiwn newydd ei daro, ac yntau'n gweld cyfle i newid 'chydig ar y cywair.

'Na, dim ond gwybod pam roeddat ti ynddo fo.' Astudiodd Hagan ei damaid eog, fel tasai'n ceisio penderfynu pa damaid i'w gymryd nesaf. 'Hogyn Lars ac Aud ydi Tarje?' gofynnodd.

'Ia.'

'Ro'n i'n ama. Rhyw wyth oed oedd o pan ge's i 'nghipio i'r fyddin a fo oedd yr unig Tarje yn y gymdogaeth bryd hynny. Mi wyddwn i mai am dy fod di'n gariad i'w chwaer o yr oeddat ti yn y sach, ac roedd pawb wedi cl'wad dy hanas di'n piso'n gam am ben y duwiau un ac oll drwy roi babi bach yn 'i chroth hi cyn pryd.'

Roedd ei lais wedi tyneru wrth ddeud hynny, dim ond tyneru'n naturiol nes codi'r hiraeth eto ar Gaut, cyn gryfed ag y bu o gwbl.

'Doedd hi ddim wedi'i geni pan ge's i 'nghipio,' meddai Hagan, y tynerwch rŵan yn drist. 'Dyna i ti ers faint ydw i oddi cartra. Dyna i ti'r hyn mae o'n 'i olygu.' Arhosodd eto, i synfyfyrio. 'Be 'di 'i henw hi?'

'Eir.'

'A'r babi?'

'Lars.'

'O. Trio plesio, debyg.'

O weld wyneb Gaut daeth mymryn o ddireidi i lygaid Hagan cyn iddo ddifrifoli drachefn.

'Mae'n debyg dy fod yn gwybod mai'r un fyddai dy dynged di tasat ti wedi cymryd arnat dy fod yn 'u diarddal nhw er mwyn cael dy ryddhau o'r sach,' meddai.

'Does 'na ddim byd i'w wybod pan wyt ti mewn sach. Na, dydi hynna ddim yn wir,' ailfeddyliodd Gaut ar yr un gwynt.

'Dibynnu ar dy gyfansoddiad di, 'tydi?' meddai Hagan.

Darfu'r sgwrs eto. Nid am y sach oedd Gaut yn meddwl chwaith. Syllodd ar gopa Mynydd Agnar i fyny yn yr uchelderoedd tua'r chwith. Doedd dim angen i dad Idar a Karl ei rybuddio rhag ceisio dringo'r mynydd, a hwnnw rŵan mor ddigroeso yr olwg i unrhyw un a fyddai â'i fryd ar ei ddringo ag yr oedd o hardd.

'Deud dy hanas,' meddai Hagan.

Ac wrth wrando a gofyn ambell gwestiwn roedd Hagan yn gallu meddwl am ei fam yr un pryd. Dim ond fel dynes iach yr oedd o'n ei chofio, ac eto roedd wedi marw ymhell cyn cyrraedd trigain oed. Tasai rhyw ddamwain wedi dod i'w rhan roedd yn debyg y byddai Gaut yn gwybod hynny. Yna roedd yn meddwl tybed oedd hi wedi marw yn y dyb fod ei frodyr ac yntau i gyd wedi'u lladd. Roedd yn amlwg mai dyna oedd cred y gymdogaeth neu ni fyddai Gaut wedi deud hynny. Ac felly roedd ei dad yn treulio ei weddwdod yn gwybod mai dyna'r oedd y gymdogaeth yn ei dybio. Tybed oedd o wedi derbyn hynny ei hun, meddyliodd eto, a thrwy'r cwbl wedi aros yn glên ac yn gall, yn ôl geiriau diarwybod galonogol Gaut. Rŵan roedd o'n ysu am gyrraedd adref.

'Mae'n debyg dy fod wedi cymryd yn ganiataol bellach y byddan ni'n cyd-deithio o hyn ymlaen,' meddai pan ddistawodd Gaut.

'Do.'

Doedd dim mymryn o drafferth bod yn onest ynglŷn â hynny.

'Sut fasat ti'n teimlo o gelu'r gwir am Mam oddi wrtha i am saith ne' wyth diwrnod a gwybod yn iawn ar hyd yr adag 'mod i'n mynd i ddarganfod hynny unwaith y basan ni adra? Does dim isio i ti deimlo'n euog am ddim.'

'Diolch.'

Ni wyddai Gaut oedd hwnnw'n air addas ai peidio, ond roedd wedi'i ddeud.

'Oes gen ti syniad ble buost ti, ar wahân i'r lleoedd ar dy ffor yn ôl?' gofynnodd Hagan.

'Na.'

'Welist ti'r moroedd?'

'Na.'

'Ella dy fod wedi bod yn nes atyn nhw na'r hyn oedd Beli'n 'i awgrymu. Mae'n amlwg mai tua'r gorllewin oedd dy daith di o'r dydd y ce'st ti dy gipio tan iddyn nhw gyrraedd yr arfordir fwy na heb cyn troi tua'r gogledd. A hynny er mwyn i ti ddiodda a dim arall.'

Tawodd, i ori ar ei eiriau. Ond dychwelai ei feddwl at ei fam.

'Be fuost ti'n 'i wneud am ddeunaw mlynedd?' gofynnodd Gaut toc.

Dim ond syllu o'i flaen ddaru Hagan am ychydig.

'Ymladd. Laru. Disgwyl. Cerddad. Rhuthro. Ufuddhau. Lladd. Canu.' Roedd undonedd ei lais yn cadarnhau'r geiriau. 'Gorfoleddu pan oedd y gorchmynwyr yn rhy agos i mi wrthod. Gwrando ar bob math o bobol yn stormydda am betha dim gwerth cynhyrfu blewyn yn 'u cylch. Gwrando ar y doeth a'r dwl yn deud 'u deud.' Cododd. 'A dydw i na'r tiroedd ddim elwach o gl'wad y naill na'r llall.'

Arhosodd Gaut ar ei eistedd. Chwaraeodd ei fys ar hyd y gwellt wrth ei draed. Doedd dim collfarn o fath yn y byd i'w chlywed yn llais Hagan, dim ond ei lais yn deud y geiriau fel tasai'n sôn am ei fwyd. Yn union fel Angard, meddyliodd.

'Fedra i ddim meddwl am ddeunaw mlynadd,' meddai, yn codi gwelltyn a chwarae hefo fo, rhywbeth nad oedd wedi'i wneud ers pan oedd o adra. 'Mae hynny cyn i Mam a Dad briodi.'

'Ydi.' Trodd Hagan ato. 'Chdi sydd i ddeud pryd ydan ni am gychwyn.'

'Wel...'

'Paid â bod yn swil, hebogyn. Mi fydda i'n falch o dy gwmni di. Dw inna wedi bod yn cerddad ar 'y mhen fy hun ers lleuada.'

'Pam wnest ti ddengid?'

'Mynd. Gefn nos, fel chditha, ond hefo dipyn llai o chwyrlïo yn 'y nghrombil, mi fentraf. A phaid â meddwl am eiliad dy fod yn ddiogel am fod gen ti rywun hefo chdi rŵan.'

'Wna i mo hynny, siŵr.'

'Dyna chdi. Os wyt ti isio aros yma i orffwys, deud.'

'Nac oes. Mi deithia i ddydd a nos.'

'Na wnei.'

'Wyddost ti'r union lwybr o fa'ma?'

'Fwy na heb. Doro i ni seithddydd dirwystr wedi inni ddod i Lyn Sigur ymhen rhyw dair ne' bedair awr ac mi fyddwn ni adra.'

'Mae modryb Mam yn byw yn fan'no.'

'Ella byddi di'n iawn am y nos, felly.'

'Ella. Unwaith dw i wedi'i gweld hi. Ond mae gen i stori dda am 'i mab hi, cefnder Mam. Wn i ddim goeli di hi chwaith.'

Pan ddechreuodd Gaut ar ei stori wrth iddyn nhw groesi'r llethr eang i lawr at y coed rhyngddyn nhw a Chwm yr Helfa, doedd dim taw arno.

37

Syniad Gaut oedd dringo coeden i gael sbec o'i brig. Cyhoeddai'r haul ei bod bellach tua chanol y pnawn ac roedd Hagan yn anniddig braidd am ei fod yn credu y dylent fod wedi dod o'r goedwig.

'Dipyn o glompan,' dyfarnodd Gaut.

'Clompan o goedan gysegredig,' oedd unig sylw Hagan.

'Mae hi dipyn talach na'r lleill 'ma.'

'Mae hi'n goedan gysegredig, Gaut.'

Tynnodd Gaut ei bynnau.

'Mae hi'n goedan gysegredig, Gaut.'

'Nid arnat ti mae'r bai os ydan ni ar goll. Dwyt titha ddim yn dy gynefin chwaith.'

Dechreuodd ddringo.

'Tyd i lawr, hogyn.'

'Fydda i ddim chwinciad.'

'Yn enw Oliph, paid!'

Gadawodd Hagan i'w bynnau ddisgyn i'r ddaear a phwysodd yn erbyn pinwydden gam neu ddau oddi wrth y goeden gysegredig. Chwiliai am ryw fodd arall o ymbil ond ymhen dim roedd Gaut wedi diflannu i blith y canghennau a doedd dim symudiad i'w weld. Rhyfyg nad oedd credu arno, meddyliodd. Styfnigrwydd gwaeth na hynny, meddyliodd wedyn. Ond doedd na rhyfyg na styfnigrwydd wedi bod yn llygaid Gaut wrth iddo fynd at y goeden, dim mwy na fyddai ganddo wrth fynd at y fasarnen fawr ger y llyn adra yr oedd newydd sôn amdani ar eu ffordd drwy'r coed. Profiad, meddyliodd yn un rhuthr. Dial yn fwy na dringo. Roedd Gaut yn gwybod fod y rhai a'i caethiwodd yn y sach ac a'i gwatwarodd yn ddi-baid wedyn yn credu ym mhopeth oedd i'w gredu. Roedd o'i hun wedi'u clywed yn edliw y duwiau i Gaut wrth ei watwar. Rŵan yn sicrwydd y goedwig roedd Gaut yn dangos ei fod wedi gadael y duwiau i gyd a'r holl gredoau ar ôl yn y sach. Daliodd i edrych i fyny i'r canghennau ond roedd yn amlwg nad oedd Gaut yn symud dim ond ei gorff. Yna dyma rhywbeth arall yn ei daro. Roedd Gaut wedi deud yr hanes arall hefyd ar eu ffordd drwy'r goedwig.

Doedd dim her yn ei lygaid pan ddaeth i lawr chwaith.

'Nid dial am y sach oeddat ti,' meddai Hagan.

'Chwilio o'n i.'

'Yr un oedd y duwiau uwchben y sach â'r rhai uwchben y gors lle'r oedd dy hogyn bach di.'

'Y mynydd,' meddai Gaut, gan bwyntio drach ei gefn tua'r gogledd-ddwyrain. 'Dw i'n meddwl fod y coed yn darfod ffor'cw,' meddai wedyn gan amneidio tua'r dwyrain. 'Cwm yr Helfa ydi o?'

'Fedar o ddim bod yn unman arall.' Roedd edmygedd na fyddai wedi credu ei fod yn bosib eiliadau ynghynt yn bygwth gorchfygu'r dychryn yng nghrombil Hagan. 'Rwyt ti'r un ffunud â dy dad.'

'Ydi hynny'n bwysicach na darganfod nad ydan ni ar goll?'

'Ddaru o rioed ddringo coedan gysegredig chwaith. Ond chafodd o ddim achos. Tyd.'

'Coedan ydi coedan,' meddai Gaut toc, o deimlo fod Hagan braidd yn rhy dawel.

'Ia bellach.'

'Be wyt ti'n 'i wneud hefo cymdogaetha, 'u hosgoi nhw 'ta mynd drwyddyn nhw?'

'Does gynnon ni ddim dewis hefo cymdogaeth Llyn Sigur ond mynd drwyddi,' atebodd Hagan, yn synhwyro'r rheswm am y cwestiwn. 'Waeth i ni heb â chroesi'r llyn yng ngwaelod y cwm. Does 'na ddim ond corsydd yr ochor arall iddo fo yn y pen yma. Ac mi fasan nhw'n ein gweld ni prun bynnag. Paid â phoeni. Mi gawn ni fod yn dad a mab i unrhyw fusneswr.'

'Iawn, Dad.'

Yn ddirybudd, methodd yr ysgafnder. Daeth Hagan ato.

'Tyd. Mae dy hiraeth di bron ar ben.'

Methodd hynny hefyd.

'Mi gychwynnwn ni pan fyddi di'n dymuno,' meddai Hagan toc.

Aeth rhai munudau heibio cyn i hynny ddigwydd.

'Mi fûm i'n crio am leuada, yn ddistaw bach yn y sach cysgu,' meddai Hagan, wedi iddyn nhw fod yn cerdded mewn tawelwch am ychydig wedyn. 'A dim ond y bygythiada arferol oedd yn tywallt arna i.'

Braidd yn ddirybudd daethant i gwr y coed. Roedd gwersyll y fyddin lwyd ar waelod y cwm islaw.

'Siawns nad ydi'r cwestiwn wedi dŵad i ti bellach,' meddai Hagan.

Cododd Gaut ei lygaid.

'Pa gwestiwn?'

'Os llwyddodd Beli ddiarth i chwalu pob trefn a rheol fu gan unrhyw fyddin erioed drwy dy dynnu di o sach, pam nad oedd gen i ddigon o asgwrn cefn i drio gwneud yr un peth.'

'Dw i ddim...' dechreuodd Gaut, ei lais yn grynu drwyddo.

'O'r gora. Wnest ti ddim mo'i feddwl o. Dw i'n dy goelio di.' Canolbwyntiodd Hagan am ennyd ar weddillion ei eog. Bwytaodd y tamaid olaf. 'Y bora ar ôl i ti 'ngweld i'n edrach arnat ti pan ddaru nhw agor y sach mi ge's fy nhrawsblannu'n ddigon swta i wersyll arall, a hynny o dy herwydd di.'

'Sut hynny?' gofynnodd Gaut.

Roedd rhywfaint o gryndod yn dal yn ei lais.

'Roedd pawb yn gwybod o ble'r oeddat ti'n dod. Roedd un o'r Gorisbeniaid yn gwybod o ble'r ô'n i'n dod hefyd, ac mi ddaru o 'ngweld i'n edrach arnat ti. Mi welodd ynta fy llygaid i hefyd mae'n debyg, ac mi aeth i achwyn. Ben bora trannoeth i ffwr â fi. Dim pwt o rybudd wrth gwrs. Mae Dad yn deud rioed mai ofn sy'n creu amheuaeth.'

'Do'n i ddim wedi meddwl,' dechreuodd Gaut eto.

'Dw i'n dy goelio di, medda fi.'

Bwytaodd y ddau'n dawel am sbelan. Roeddan nhw wedi straffaglio i guddfan ger glan y llyn, a Hagan wedi gweld mai gwersyll dros dro oedd gan y fyddin. Doedd dim dichon gwybod am faint y byddai yno.

'Pam wnest ti ddengid wedyn 'ta?' gofynnodd Gaut pan orffennodd ei fwyd. 'Dwyt ti ddim wedi deud.'

'Pwy a ŵyr?' Roedd Hagan yn synfyfyrio ar y mân wybed yn hedfan a hofran ymysg yr hesg. 'O dy herwydd di ella.' Cododd ei ben ac edrych o'i amgylch. 'Be wnawn ni? Fedrwn ni ddim aros yn fa'ma am ddiwrnoda.'

Tasai ar ei ben ei hun byddai'n sleifio drwy'r gwersyll gefn nos. Doedd o ddim ar feddwl cynnig hynny i Gaut. Ond roedd Gaut yn gwrido mymryn.

'Mae gen ti gynllun,' gwenodd Hagan.

Cymerodd Gaut ychydig o amser i ateb.

'Does 'na ddim lleuad, ond mi fydd y sêr hefo ni i gadw cyfeiriad.'

'Ia?' gofynnodd Hagan, am fod Gaut yn petruso.

'Dydi o ddim yn syniad call iawn.'

'Tyd â fo.'

'Nofio heibio i'r gwersyll a'r gymdogaeth.'

Chwinciad barodd yr wfft. Mae o'n haeddu gwell, meddyliodd Hagan ar unwaith.

'Ia, ond...'

'Gwneud sgraffyn. 'I glymu fo wrth 'i gilydd hefo briga tena.' Gwelodd Gaut fod Hagan am wrando. 'Mi fedran ni wneud un cyn iddi dwllu. Rhoi ein dillad a phob dim sydd 'i angen arnon ni yn ein sacha cysgu a'u clymu nhw ar ben y sgraffyn a rhoi digon o friga mân odanyn nhw i'w cadw nhw'n sych.'

Dechreuodd ei eiriau gyflymu. 'Mi wneith un cawg rhyngon ni. Mi fedrwn adael ein pebyll ar ôl, 'nelo saith ne' wyth diwrnod. Mi ddysgodd Tarje fi sut i wneud paball ganghenna a fydda i ddim chwinciad yn gwneud un. Mi nofiwn ni hefo'r sêr ac mi wthiwn ni'r sgraffyn hefo'n gilydd.'

Bedair awr yn ddiweddarach roedd Hagan yn difaru ei enaid.

'Nofia hefo dy freichia,' meddai Gaut, yn clywed ac yn synhwyro'r argyfwng wrth ei ochr. 'Mi gnesi di'n gynt. Mi wna i wthio.'

Prin ddigon o nerth i wneud hynny oedd gan Hagan.

'Y Pellgerddwr,' meddai Tona.

Roedd ei bysedd ym mhobman hyd ei wyneb, yn teimlo, yn mwytho, yna'n mynd yn ara bach am ei wegil ac yn ei fwytho am hir cyn ei dynnu ati, a'i gwefusau'n chwilio ei wyneb, yn cyffwrdd ei dalcen a'i fochau ysgafna fu erioed, yn chwythu yr un mor ysgafn, yn cusanu.

'Lle mae'r Hirwallt Euraid gen ti?'

'Mae hi adra hefo Helge, Tona. Well iddyn nhw gael bod ar 'u penna 'u hunain am awr ne' ddwy.'

'Y Pellgerddwr yn ddoeth.' Roedd y gusan nesaf yn gadarnach. 'Yr Hirwallt Euraid a'r Pellgerddwr wedi dŵad yn ôl.'

'Doeddat ti rioed yn meddwl ein bod ni'n mynd i dy adael di am byth?'

Ystyriodd hi'r geiriau hynny am ychydig.

'Hogyn Trist yr Arfa yn y tir pell.'

'Dydi o ddim yn drist rŵan, Tona, nac yn Hogyn yr Arfa chwaith.'

'Ddoist ti â'r Hirwallt Euraid yn ôl a'i chroth yn wag?'

Dechreuodd Bo siglo chwerthin.

'Do, Tona.'

'Paid ti â llenwi croth yr Hirwallt Euraid cyn y deugian lleuad.'

'Ga i wneud cyn bydda i'n benwyn?'

'Paid ti â llenwi croth yr Hirwallt Euraid cyn y deugian lleuad.'

'Wna i ddim.'

Gollyngodd hi o, a throi. Trodd yn ôl a'i gusanu drachefn. Yna dychwelodd i'w thŷ, a Bo'n methu peidio â'i gwylio. Wedi iddi gau'r drws, dynesodd yntau at dŷ Amora.

Roedd ei chusan hi'n llawer mwy di-lol.

'Meddwl 'u gadael nhw hefo'i gilydd am ryw ddwyawr,' meddai o. 'Ga i awr yn y twb a rhyw hannar awr yn yr ager os gweithia i amdanyn nhw?'

'Chdi a dy weithio. Ydi Edda'n iawn?'

'Fel newydd.'

'A Svend?'

'Mae o'n well na iawn. Mae 'na hanas go helaeth iddo fo.'

Ar yr hanes hwnnw y canolbwyntiodd Bo tra bu'r twb yn llenwi ac Amora'n gwneud dim ymdrech i guddio ei rhyddhad. Wedi i Bo fynd i'r twb aeth hi at goffor yn y gornel a'i agor.

'Mae gen i ddillad glân i ti. Mae Jalo a thitha yr un maint a'r un siâp. Mae'n well i ti 'u cael nhw bellach.'

Tynnodd ddillad o'r coffor ac edrych arnyn nhw a'u byseddu.

'Newydd gael croeso mawr gan Tona,' meddai Bo.

'Mae hi wedi gofyn eich hynt chi bob dydd.' Tynhaodd Amora ychydig ar ei gafael am y dillad. 'Yn ddiweddar mae hi wedi dechra sôn amdanat ti a Jalo ar yr un gwynt. Tona druan.'

Cododd grys. Amora druan, meddyliodd Bo wrth weld cusan cyn ysgafned ag un Tona.

'Ga i olchi dy wallt di?' gofynnodd hi.

'Cewch, debyg.'

Roedd atebiad Bo yr un mor dawel.

Roedd ei dwylo'n dyner ar ei ben.

'Y diwrnod cyn i'r fyddin fynd â Jalo,' meddai, ei llais mor freuddwydiol â'i bysedd, 'mi aeth ynta i'r twb, ganol y pnawn fel hyn. Roedd o wedi bod wrthi drwy'r bora, fel bydda fo, a dim ond fo a fi oedd yn y tŷ. Doedd o na finna'n gwybod y byddai'r fyddin yma trannoeth. Wn i ddim be oedd, rhyw reddf ella, ond mi es ato fo a golchi 'i wallt o. Do'n i ddim wedi gwneud hynny ers pan oedd o'n fach, bump ne' chwech oed. Ond mi wenodd a gadael imi. Roeddan ni'n sgwrsio bwl, yn ddistaw bwl, a phan oeddan ni ar ein cyfoethoca, fo yn y twb a minna'n ista fel hyn a 'nwylo yn 'i wallt o, mi ddaeth 'i dad o i mewn. Mi aeth yn lloerig.'

'Priodas Deilwng,' meddai Bo ar ôl ennyd o ddistawrwydd.

Tynerodd y dwylo oedd ar goll yn ei wallt.

'Rydan ni am briodi ac am fyw yma,' meddai Bo wedyn.

Ebychiad bychan, yna roedd Amora'n troi ei ben ac yn ei gusanu.

'Rwbath o'r Chwedl ydi'r deugian lleuad?' gofynnodd o, yn teimlo dwylo hapusach drwy ei wallt.

'Deugian lleuad yr adnabyddiaeth?' Gwenai Amora. 'Tona eto?'

'Ia, debyg.'

Darfu gwên Amora.

'Ia, o'r Chwedl.'

'Yr un Chwedl â'r un sy'n gorfodi Priodasa Teilwng.'

'Doedd Jalo ddim mor llafar 'i farn â chdi. Dyna'r unig wahaniaeth rhyngoch chi.'

Cusanodd ei ben. Yna tywalltodd ddŵr glân arno'n ara a'i rwbio i mewn.

'Mi hulia i fwyd inni'n pedwar,' meddai.

'Na,' meddai Bo. 'Gorchymyn gan Helge ac Edda. Mae isio i ni fynd yno.'

'Dyna fo 'ta.' Cododd Amora. 'Gofala sychu dy hun yn iawn cyn mynd i'r ager.'

Aeth i eistedd gyferbyn â'r twb. Cododd Bo ohono a chladdu ei wyneb yn y llian cynnes am ychydig.

'Ddaru Helge ddeud wrthach chi?' gofynnodd Amora.

'Chafodd o ddim cyfla i ddeud llawar o ddim. Doedd o ddim mewn cyflwr chwaith.' Dechreuodd Bo sychu ei wallt. 'Be oedd o i fod i'w ddeud?'

'Os cyflawnist ti dy fwriad mi wyddon ni fod un rhan o'ch taith chi'n seithug.'

'O?'

'Mi fuon ni'n lletya dy gyfeillion am ddau leuad a rhagor, nhwtha hefyd ar daith bell.'

'Pwy?'

Yr un oedd y chwilfrydedd disyfyd yn ei lygaid ag a welsai hi mor aml yn llygaid Jalo.

'Aarne a Louhi a Leif.'

'Nhw?'

'Taith fwy gorfodol na d'un di. Wyddat ti?'

'Gwyddwn.' Ond roedd chwilfrydedd Bo'n drech na'i stori. 'Sut daethon nhw yma?'

'Yr un ffor â chi y tro cynta fwy na heb, o ogledd Mynydd Horar beth bynnag. Chwerthin ddaru Louhi a Leif pan ddudis i wrthyn nhw fod y mynydd wedi cael enw newydd gen ti. Ysgwyd 'i ben mewn atgo ddaru Aarne pan glywodd o be oedd o. Ond gan mai o'r gogledd drwy geunant Borga Fach a heibio i Sarn yr Ych y daethon nhw, tŷ Helge oedd y cynta y daethon nhw ato fo. Ac yma y buon nhw. Roedd 'chydig funuda o sgwrs yn ddigon i ddarganfod ein bod ni wedi cl'wad amdanyn nhw lawer gwaith o'r blaen.'

'Pryd oedd hyn?'

'Mi gychwynnon nhw o'ma ddeg diwrnod yn ôl.'

'Pa ffor?'

'Nac wyt, greadur. Aros lle'r wyt ti.'

Roedd pob math o obeithion yn chwyrlïo drwy feddwl Bo. Ond cymedrolodd. Ailddechreuodd sychu ei hun.

'Mi gawson ni hanas y gymdogaeth yn cymryd y goes,' meddai. 'Mi ddaethon ni at gymdogaeth ar lan y môr ym mhellafoedd y tiroedd daith diwrnod ne' well i'r de o Fynydd Trobi. Roedd y fyddin werdd wedi cipio cymdogaeth Aarne ryw chwe lleuad ynghynt. Mae'n well gen i flas y llyn.'

'Gofala mai'r llyn mawr fydd o o hyn ymlaen.' Gwenodd Amora eto o ailbrofi'r saethu dirybudd o un peth i'r llall ym mhen Bo. 'Mi aeth y rhan fwya o'r gymdogaeth tua'r gogledd, a gwasgaru o dipyn i beth a setlo yma a thraw mewn cymdogaetha erill. Ond roedd Aarne yn anniddig. Roedd o wedi bod felly ers y diwrnod y gadawodd o chi, medda Leif, yn mwydro ac yn poeni am eich hynt chi, ac am Aino yn arbennig. Roedd 'i flynyddoedd o yn 'i chwmni hi wedi gadael mwy o'u hôl arno fo nag oedd o'n 'i sylweddoli, heb sôn am 'i gydnabod, medda Leif. A Louhi ac ynta ddaru awgrymu 'u bod nhw'n 'i mentro hi tuag yma i weld a ddaru chi gyrraedd yma yn ôl eich bwriad ac a wyddai rhywun yma rwbath am eich hynt chi wedyn. Er mwyn heddwch yr oeddan nhw'n gwneud hynny, meddan nhw. Mi gawson nhw dipyn mwy o hanesion nag yr oeddan nhw'n 'u disgwyl.'

'Ffor aethon nhw o'ma? Tua'r de?'

'Ia. Dw inna wedi bod yn meddwl am Lyn Sigur hefyd.'

'I ble arall yr aen nhw?'

'Mae Aarne yn nabod y tiroedd. Wn i ddim mwy na hynny. Ond ddaru o ddim dychryn o gwbwl pan glywodd o pwy oedd Eyolf. Bron nad oedd o wedi ama o'r munud cynta, medda fo. Roedd rhyw ddedwyddwch nad oedd yno cynt wedi dod i Aino yr eiliad y gwelodd hi Eyolf y diwrnod y cyrhaeddon nhw'r warchodfa. Roedd o wedi sylwi hefyd mor gyndyn oedd Eyolf o sôn am 'i blentyndod, mor wahanol i barablu diddiwedd Linus.'

Rŵan gwelai Bo hiraeth yn ei meddiannu hithau. Lapiodd y llian amdano ac aeth i eistedd ati.

'Amora ydi Mam hefyd. Mae gen i hawl felly, 'toes?'

Rhoes ei fraich o amgylch ei gwddw a gorffwyso ei ben ar ei hysgwydd, fel plentyn. Mwythodd hi ei law yn araf cyn rhoi ei braich amdano.

'Be am i ni briodi hefo'n gilydd?' Roedd y syniad yn saethu o geg Bo. 'Helge a chi ac Edda a minna. Yr un diwrnod. Helge'n Hebryngwr i mi a fi iddo ynta ac Edda'n Warchodes i chi a chi iddi hitha...'

'Svend druan.'

'Y?'

'Mae dy feddwl llafarog di ymhell o fod yn gweddu i'w gyfansoddiad o.'

'Be sy 'nelo hynny â'r peth? Mi ge's fod yn Hebryngwr iddo fo prun bynnag.'

'Y ffordd ora o anobeithio yn dy gylch di y medra fo feddwl amdani mwya tebyg. Ond thâl dy syniad di ddim, mae arna i ofn.'

'Pam?'

'Mae o o gwmpas o hyd.'

'Dyn y Briodas Deilwng?'

'Ia, os mynni di. Cha i ddim priodi ac ynta'n fyw, fel y gwyddost ti'n iawn, y lwmpyn.'

Gwasgodd o ati.

'Wyt ti'n well o gyrchu'r Tri Llamwr?' gofynnodd hi ar ôl rhannu tawelwch nad oedd angen tarfu arno.

'Ro'n i mor ddewr â malwan ar flaen tafod llyffant. Mi fasai wedi canu arna i taswn i yno fy hun. 'Blaw am Edda a Dämi a Svend...'

'Paid â dy ddifrïo dy hun.'

'Dydw i ddim. Dim ond y gwir. Ond mi fydda i'n iawn rŵan. Dw i wedi bod yno.'

'Tyd!' gwaeddodd Dag.

'Ddo i rŵan,' meddai Gaut.

'Mae hi'n rŵan yn barod. Tyd!'

'Pwy dysgodd o i nofio mor dda?' gofynnodd Hagan.

'Cari. Newydd wneud, medda hi.'

'Tyd!'

'Dwyt ti ddim am gael llonydd gynno fo,' meddai Hagan.

'Dw i ddim isio llonydd gynno fo.'

Cododd Gaut. Dechreuodd gerdded i'r llyn. Ond yr eiliad nesaf roedd cerdded yn rhy ara deg ac roedd yn rhedeg. Yna roedd yn llamu. Roedd y dŵr yn tasgu i bobman wrth i Cari a Dag neidio arno ar ganol ei ruthr ac iddo yntau afael un ym mhob braich a'u tynnu ato ac aros felly nes bod y dŵr wedi hen lonyddu o'u hamgylch. O'r lan ni welai Hagan ond cefn Gaut, ei ben wedi'i blygu a dau benfelyn wedi glynu ynddo a dwy fraich am ei wddw. Roedd yntau ynghanol ei synfyfyrio newydd pan glywodd sŵn traed ar y graean.

'Maen nhw'n cael rhywfaint o lonydd o'r diwadd,' meddai Thora wrth eistedd wrth ei ochr.

'Ydyn.'

'Deuddydd digon rhyfadd.'

'Ia.'

Seppo oedd wedi deud wrth Hagan. Roedd Gaut ac yntau wedi cyrraedd ben bore y diwrnod cynt a Gaut yn brysio fwyfwy gyda phob cam, ond yna'n aros am eiliad i flasu'r wefr yn llawn cyn dechrau brysio drachefn a Hagan yn rhyfeddu o weld dim yn newydd nac yn wahanol, a hyd yn oed y llwyni a'r coed i'w gweld yn union yr un fath ag yr oeddan nhw y diwrnod y'u gadawsai. Gan iddyn nhw osgoi'r gymdogaeth a mynd i fyny'r boncan uwchben y llyn a'r gors ac yn syth tua chefnau eu cartrefi, Thora oedd y gyntaf a welsant. Daliodd Hagan yn ôl y munud y'i gwelodd. Daliodd fwy yn ôl pan ddaeth Seppo o'r tŷ, a gadael i'r tri hawlio a meddiannu ei gilydd cyhyd ag oedd hynny i fod. Dychrynodd pan welodd y boen sydyn yn llygaid a holl gorff Gaut, ond yna roedd Thora a Seppo yn siarad yn daer hefo fo ac yn ei dawelu. Ymhen ychydig wedyn cododd Seppo ei lygaid. Daeth ato. Cofleidiodd yntau am hir, yna trodd ei olygon tua'i draed cyn codi ei lygaid drachefn.

'Mae arna i ofn fod Angard wedi marw. Ddau leuad yn ôl.'

Roedd y newydd yn llond ei wedd welw wrth iddo yntau rŵan wylio'r tri yn y llyn.

'Mae'n ddrwg gen i mai i hyn y doist ti adra,' meddai Thora.

Dal i gadw ei olygon ar y tri disymud yn y llyn ddaru Hagan am ysbaid.

'Ddaru Nhad ddiodda?' gofynnodd yn y man.

'Dim llawar. Mi ymgeleddon ni o ora y gallen ni.'

Gwyliodd y ddau y tri yn y llyn yn ymryddhau, yna'n glynu wrth ei gilydd drachefn cyn ymwahanu eto a dechrau nofio.

'Welist ti'r fath wallt gan hogyn chwech oed o'r blaen?' gofynnodd Hagan.

'Pan gipiwyd Gaut mi wrthododd y bychan adael i neb dorri 'i wallt o wedyn. Dim ond Gaut gâi wneud medda fo. Rŵan mae o'n deud mai dim ond Lars bach ac Eir a Gaut geith wneud, a hynny hefo'i gilydd.' Tynnodd Thora ei sylw oddi ar Dag a chanolbwyntio ennyd ar y fasarnen fwyaf o'u blaen. 'Ddaru o ddim deud,' meddai'n annodweddiadol araf, 'ond mi wn i nad oedd Angard yn credu dy fod di a dy frodyr wedi'ch lladd.'

'Mae pawb arall yn y gymdogaeth wedi derbyn ein bod ni.'

'Mae hynny'n wir, mae'n debyg. Ond ar ôl ddoe maen nhw i gyd fel ninna'n gobeithio daw'r pump arall yn ôl, yn gyfa ac yn iach fel chditha.'

Roedd chwerthin o'r llyn wrth i Gaut orfod cario Cari a Dag ohono, un ar bob braich.

'Mae dy wynab di rŵan yn werth yr holl diroedd,' meddai Hagan wrtho. 'Maen nhw'n dŵad yn 'u hola.'

'Mi wn i,' meddai Gaut.

Yn ddiweddarach yn y pnawn y daeth yr ergyd. Un fechan

oedd hi, ond roedd yn ergyd. Pan wasgodd y Weddw y crys newydd i'w ddwylo y sylweddolodd o am y tro cyntaf na fyddai'n nabod Lars tasai rhywun diarth yn dod â fo o'i flaen.

'Cod dy galon,' meddai'r Weddw, o weld a cham-ddallt ei wyneb wrth iddo edrych ar y crys. 'Fyddan nhw ddim yn hir rŵan. Mae o'n dipyn mwy na'r llall y daru mi 'i wneud iddo fo. Mi fydd o'n hogyn mawr bellach. Ac mae o'n well na'r llall, er mai fi sy'n deud. Fawr ddim i'w wneud rŵan ar ôl i Angard druan fynd, ar wahân i Cari a Dag, debyg iawn. Nhw ydi 'nghysur gweddw i bellach.'

Mae hi wedi callio y tu hwnt i bob rheswm oedd geiriau ei fam pan ddywedodd hi wrtho y bore cynt fod Cari a Dag wedi rhedeg i dŷ'r Weddw i ddeud wrthi ei fod yn ôl.

'Mi wyddoch mai Obri oedd yn gyfrifol am 'y nghipio i,' meddai, yn dal i edrych ar y crys.

'Mi ge's 'y nhwyllo ar hyd y blynyddoedd gynnyn nhw.'

Ni wyddai Gaut pwy oedd y nhw. Cododd ei lygaid. Gwelai ddiffuantrwydd trist.

'Mi wyddoch pwy ddaru 'i ladd o hefyd.'

'Mae hynny'n ango bellach, ac yn ango y caiff o fod.'

'Nac'di. Maen nhw'n dal i ymchwilio medda Dad. Pwy ddaru?'

'Paid â holi hen wreigan a hitha wedi addo, wedi addo iddyn nhw.'

'Nhw?'

Trodd y Weddw tuag at y bwrdd. Rŵan roedd a'i chefn ato.

'Mi ddudodd Dad fod Angard yn argyhoeddedig mai dim ond un oedd yn gyfrifol,' meddai o.

Trodd y Weddw eto. Daeth ato, ei chamau'n fyr.

'Cod.'

Cododd Gaut, yn ymwybodol o fod yn ufudd ac yn methu dirnad pam. Gafaelodd y Weddw amdano, ei dwylo a'i breichiau'n crynu. Mwythodd ei gefn am dipyn, y dwylo'n dal i grynu.

'Tyd â chusan i hen wraig y buost ti'n 'i chasáu.'

Doedd y pantle hwn yn ddim o'i gymharu â'r un yr oedd ynddo pan welodd Idar a Karl o. Ond roedd yn lle bach digon difyr, serch hynny, ac roedd pwll ynddo, yn cael ei gyflenwi gan ffynnon gerllaw a nant fechan yn tarddu ohono gan lifo i lawr drwy ddwy goedlan nes cyrraedd y llyn islaw. Doedd y pwll yn dda i ddim i nofio ynddo gan ei fod yn rhy fach a rhy fas, ond roedd iddo ddigon o rinweddau. Un oedd ei fod newydd ddenu gwas y neidr i hofran uwch ei ben.

Dynesodd Gaut yn araf at y pwll i gael gwell golwg. Eisteddodd ar garreg gron i wylio. Tua hyd ei fys oedd y gwas, a chylchoedd glas a melyn pendant ei gorff yn cyferbynnu'n drawiadol â'i gilydd, yn fwy trawiadol â chynildeb anweledig bron ei adenydd prysur, ac yn cyferbynnu hefyd â'r dŵr odano ac â'i amgylchfyd ar y funud, ond eto'n gweddu. Roedd ei symudiadau'n gywrain ac yn gyfrin, yn gwibio ryw hyd braich ymlaen, yn hofran yn llawn amynedd am sbelan wedyn, yn gwibio eto, ella i'r ochr, ella ymlaen. Cadarnhad a welai Gaut.

Rhinwedd arall y pantle oedd ei fod yn wylfa ac yn guddfan yr un pryd. Roedd uwchben y dyffryn oedd i'r gorllewin o Lyn Sorob, y dyffryn y deuid ar hyd-ddo i gyrraedd y gymdogaeth o bobman ond y dwyrain. Ar hyd hwnnw y cafodd o ei lusgo i'r fyddin, ar hyd hwnnw yr aeth Tarje ac Ahti i chwilio amdano ac y dilynodd Eir a Lars nhw'n slei bach. Ar hyd hwnnw y byddent yn dychwelyd.

Yr eryr oedd wedi mynegi. Roedd Gaut wedi'i weld bob dydd ers iddo ddychwelyd. Gwyddai mai'r un oedd Eir ac yntau wedi'i fagu oedd hwn, ac roedd pob gronyn o synnwyr yn deud nad oedd wedi mynd o'i gynefin ers y dydd y deorodd. Doedd dim ots am hynny. Ychydig oriau ynghynt roedd Gaut wedi'i weld yn hedfan uwchben y dyffryn, yn hedfan i'r gorllewin yn unswydd ar berwyl pendant heb wyro oddi ar ei gyfeiriad na stelcian dim. Yn ei ddeall i'r blewyn, roedd ei dad wedi deud wrtho am beidio â rhoi ei holl obaith ar hynny. Ond ymhen rhyw deirawr dychwelodd yr eryr, yn un mor unionsyth. A dyna pam roedd Gaut yn y pantle rŵan.

Toc, a'r gwas y neidr yn dal wrth ei waith diwyd, cododd Gaut a dychwelodd i'w wylfa. Roedd carreg gron yma hefyd, ac o'r fan hon gallai weld y dyffryn a'r pwll â'i chwilotwr bwyd. Bellach roedd pawb yn y gymdogaeth fel tasan nhw'n gwneud ati i godi ei galon, hyd yn oed yr Hynafgwr Newydd a'i ddilynwyr. Ond gwyddai pwy oedd yn ei gynnal.

Tynnodd rhywbeth arall ei sylw. Draw, lle'r oedd y dyffryn yn mynd o'r golwg mewn tro fymryn tua'r de roedd ewig ac elain yn rhuthro. Doedd o ddim yn rhuthr gwyllt, ond rhuthr oedd o. Diflannodd y ddau i'r coed. Llechodd Gaut y tu ôl i lwyn bychan. Yn union wedyn daeth cynhyrfiad arall. Cododd haid o adar heibio i'r tro pell, yn frain gan mwyaf. Er ei waethaf, er pob rhybudd, dechreuai'r cynnwrf ei feddiannu. Aeth y gwas y neidr cadarnhaol yn angof.

Doedd o ddim am ddangos i neb ei fod yno. Roedd pawb yn gwybod ei fod yn cyrchu'r lle, ond doedd hynny ddim o bwys. Mor braf rŵan oedd gwybod ei fod wedi cadw ei hyder prin pan oedd yn y sach. Byddai wedi dod â Cari a Dag hefo fo yma, ond roedd arno ofn eu siomi.

Daliodd i wylio. Draw, tuthiodd carw i'r golwg, gan gyflymu mymryn wrth droi tua'r coed a mynd iddyn nhw. Roedd rhywun neu rywrai'n dynesu.

Arhosodd ynghudd.

∾